GECENİN SONUNA YOLCULUK

KÂZIM TAŞKENT KLASİK YAPITLAR DİZİSİ

Louis-Ferdinand Céline

GECENİN SONUNA YOLCULUK

Çeviren
Yiğit Bener

YAPI KREDİ YAYINLARI

Yapı Kredi Yayınları - 1670
Kâzım Taşkent
Klasik Yapıtlar Dizisi - 46

Gecenin Sonuna Yolculuk / Louis Ferdinand Céline
Özgün adı: Voyage au bout de la nuit
Çeviren: Yiğit Bener

Kitap editörü: Orçun Türkay
Düzelti: Fahri Güllüoğlu

Kapak tasarımı: Mehmet Ulusel

Baskı: Asya Basım Yayın Sanayi Tic. Ltd. Şti
Tevfikbey Mah. Halkalı Cad. No: 162/7
Küçükçekmece / İstanbul
Tel: 0212 693 00 08
Sertifika No: 36150

Çeviriye temel alınan baskı: Louis-Ferdinand Céline: Voyage au bout de la nuit,
Editions Gallimard, Bibliothèque de Pléiade, 1981
1. baskı: İstanbul, Temmuz 2002
19. baskı: İstanbul, Şubat 2018
ISBN 978-975-08-0419-8

Yapı Kredi Kültür Sanat Yayıncılık Ticaret ve Sanayi A.Ş.
İstiklal Caddesi No: 161 Beyoğlu 34433 İstanbul
Telefon: (0 212) 252 47 00 (pbx) Faks: (0 212) 293 07 23
http://www.ykykultur.com.tr
e-posta: ykykultur@ykykultur.com.tr
İnternet satış adresi: http://alisveris.yapikredi.com.tr

Yapı Kredi Kültür Sanat Yayıncılık
PEN International Publishers Circle üyesidir.

YOLCULUK'TAN HABERLER

1940'lardan sonra bir daha hiç izine rastlanmayan *Gecenin Sonuna Yolculuk*'un ilk elyazması, 2001 yılı baharında bir satış kataloğunda yeniden ortaya çıkıverdi. Zamanımızın güncel olaylarının çapı göz önüne alındığında kuşkusuz küçük bir haberdi bu. Yine de, satış gerçekleşene dek, genelde kitaplarla ilgili konuların pek üzerinde durmayan televizyon da dahil, medyanın her alanında aylarca haber ve yorum konusu oldu. Aynı döneme ait olup da sırf elyazmasının bulunuşuyla böylesi büyük bir ilgi uyandırabilecek bir başka roman yoktur kuşkusuz. Medyadaki yankılar bu romanın ve yazarının Fransız kamuoyundaki çok özel konumunun gözle görülür bir yansımasıydı.

Bundan kısa bir süre önce, bir üniversite öğrencisi Céline'i yıl sonunda ödev konusu olarak seçip seçemeyeceğini sormuştu hocasına. Öğrenci daha önce edebiyata karşı pek ilgili görünmediğinden hoca şaşırmıştı biraz, "Evet ama, dedi öğrenci, *Gecenin Sonuna Yolculuk*'u okudum ve bir tokat yemiş gibi oldum." Bu romanı okumak onu ilgisizliğinden sıyırmış, onda bir sarsıntı yaratmıştı. Okumayı bitirdiğinde, kitaba başlamadan önceki o çocuk değildi artık.

Çok değil, yine kısa bir süre önce, Côte d'Ivoire'lı bir romancı, Fransa'daki edebiyat ödüllerinden birinin sahibi Ahmadou Kourouma bir röportajında, ne zaman yeni bir romana başlayacak olsa *Gecenin Sonuna Yolculuk*'tan birkaç sayfayı tekrar tekrar okuduğunu söylemişti.

Bu birkaç olay, Fransa'da yetmiş yıl önce yayımlanan bu kitabın çelişkili bir güncelliği korumaya devam ettiğini doğruluyor. Hatta eşsiz bir konuma sahip, çünkü bugün, 1930'lu yılların bir klasiğine dönüşmüş olmakla kalmıyor, sarsıcı gücü yeni okurları üzerinde de olanca etkisini gösteriyor. Öyle kitaplar vardır ki, örneğin André Malraux'nun 1933'te yayımlanan *İnsanlık Durumu* adlı romanı, Sartre'ın 1938 tarihli *Bulantı*'sı ya da 1942'de çıkan Camus'nün *Yabancı*'sı gibi, anlık bir başarının da ötesinde, bir döneme damgasını vuran eserler olarak çabucak benimsenirler. Genelde bu konum, yapıtın belli ölçüde kurumsallaşmasını da beraberinde getirir. Abideleştirilmek, yapıtla yeni kuşak okurları arasına sanki bir resmiyet perdesi çeker. Klasik kabul edilen bir yapıtı keşfetmekse, çoğu zaman, böylesi kabul görmüş olmasını sağlayan nedenleri keşfedip bunları benimsemekten ibarettir. Öte yandan, *Gecenin Sonuna Yolculuk* için bu abideleştirilmenin göstergeleri gitgide artmaktadır: Saygın Pléiade dizisinde yayımlanmış olması, akademik incelemelere konu olması, ders kitaplarında yer alması vb. Sonuncusu da kuşkusuz elyazmasının Fransa Milli Kütüphanesi tarafından satın alınması. Ne var ki, böylesi bir konum edinmiş olmakla birlikte roman hâlâ, başta gençler olmak üzere yeni okurlarının çoğu tarafından, başkalarının beğenisinden bağımsız olarak okunma ayrıcalığını koruyabiliyor. *Gecenin Sonuna Yolculuk*'u eline alan okur, bunun daha önceki kuşaklarda da hayranlık uyandırmış bir kitap olduğunu biliyor olabilir, ancak bu durum romanın onun içinde özel bir yankı uyandırmasını engellemeyecektir.

Çünkü Céline'in açıklamak istediği gerçekler, ki bunları duyurabilmek için yepyeni bir dil geliştirmiştir, başka romancıların ya dile getirmedikleri –bunları fazlasıyla aleni ya da fazlasıyla mahrem bulduklarından olsa gerek– ya da okuru artık etkileyemeyecek derecede geleneksel bir dille açıkladıkları gerçeklerdendir.

Dünya tarihinde ayrıcalıklılarla geri kalanları ayırıp karşı karşıya getiren o ayrım çizgisini taşımayan bir toplum olmuş mudur hiç –bir gün olacak mıdır–? Bu iki kesimi belirten adlar dilden dile, hatta aynı dilde dönemden döneme değişebilir; en iyi durumda, tarafların aynı toplumdaki oranı, ayrıcalıklıların sayısında ufak bir artışla değişikliğe uğrayabilir, yine de temel ayrım asla ortadan kalkmayacaktır. Bir taraf, tam da ötekiler öyle olmadığı için ayrıcalıklı kalacaktır hep ve bir önceki ayrıcalıklar seyrelmeye yüz tuttuğunda da, yenileri ortaya çıkmaya hazır olacaktır. Bu olgu hem bir deneyim hem de tarihsel bir bilgi nesnesidir bizim için, öyle ki, bunu, yazına yeterince yeni bir malzeme sunamayacak kadar sıradan bir konu olarak görmeye yatkınızdır.

Bilinçli ya da bilinçsiz, bu ayrımın anlamını içten içe biliriz hep: Céline bizi ilk başta buradan vurur. 1929'a doğru, otuz beş yaşındayken *Gecenin Sonuna Yolculuk*'u yazmaya koyulmasına neden olan ve o günden beri okuru daha ilk sayfalarda içine alıp sürüklemeye devam eden heyecanın kaynağında da bu vardır. Söz konusu olan, bu ayrımın üç kıtada, Avrupa, Afrika ve Amerika'da, 1910-1930 yıllarında edinebileceği çeşitli biçimleri gözden geçirmekti, ister olağanüstü ister gündelik, egzotik ya da alışılageldik. Başta savaş geliyorsa eğer, bu ayrımı tepe noktasına ulaştırdığı içindir, çünkü bu koşullarda bir avuç insan, diğerlerini ölüme yollama yetkisine sahiptir. Ancak romanın kahramanı Bardamu, yaralandığı için savaştan paçayı sıyırıp cephe gerisine yollanır yollanmaz aynı ayrımı farklı biçimlerde yine karşısında bulur. Bu biçimlerin bir kısmı birbirini andırırken, diğerleri pek o kadar göze batmaz, ama onun açısından sonuç hep aynıdır: o daima ayrım çizgisinin yanlış tarafında durmaktadır. Karşısındakiler şimdi de sivillerdir, ama onlar da ayrıcalıklılardan. Mevkileri, ilişkileri ya da ekonomik durumları sayesinde, cephe hizmetinden muaf olmayı becermişlerdir. Paris'te yaşamın tadını çıkarmayı –hatta yaşamın tadını çok daha fazla çıkarmayı– sürdürmektedirler. Çünkü ayrıcalığın eylem aracı ne olursa olsun, para, toplumsal güç ya da yasal yetki, sonuç hep aynıdır: Rahat bir yaşam ve her türlü zevkten yararlanma yetkisi. Öteki tarafta payınıza düşen de daima aynı perişanlıktır, ister basit bir asker ya da sömürge vatandaşı bir Afrikalı olun, ister ABD'ye göçmen adayı, Ford'da işçi ya da Detroit'taki bürolarda gece temizlikçisi olun, isterse de Fransa'da, Paris banliyösünde yaşayan, çirkinlikte, konforsuzlukta ve mahremiyetten yoksunlukta birbirleriyle yarışan şu apartmanlardan birinde her an kapıya konmayı bekleyen bir kiracı olun.

Gecenin Sonuna Yolculuk'un yeniliği, Céline'in bu ayrımdan söz etmek için toplumun alt tabakalarının bakış açısını benimsemesi ve hatta onların dilini, tümüyle değilse bile, en azından ayrıcalıklıların diliyle karşıtlığını daha ilk anda ve sürekli olarak vurgulayacak ölçüde kullanmış olmasıdır. Bu bakış açısının beraberinde getirdiği anlatım haliyle protestolarla, teşhir etmelerle biçimlenir ve doğal olarak *Gecenin Sonuna Yolculuk*'un başat niteliğini oluşturur. 1932 yılında, kimilerinin göklere çıkardığı kimilerininse elinin tersiyle ittiği bu kitap, büyük bir çığlık, bir intikam çığlığı, bir isyan çığlığı olarak karşılanmıştı.

Ama her şey bu kadar basit değil. Romanın ilk sahnesinde, saf ve konformist bir adamı karşısına alan Bardamu, ilk repliklerinden itibaren kurulu düzenin düşmanı olarak çıkar karşımıza, daha doğrusu, kendisinin de ilan ettiği gibi, bir anarşisttir o. Ama bu sahne henüz sona ermeden, muhatabında büyük bir şaşkınlık uyandırarak olası en ilkel ya da en yabancılaşmış tepkiyle hareket eden de odur. Albayının arkasında ilerleyen bir süvari alayının geçit törenini görüp müziğini duyması bile bu coşkuya kapılıp onların peşine takılması, bir başka deyişle orduya katılması için yeterli olacaktır. Romanda, uzun süre, çoğu zaman anarşist bir söylem tutturmakla birlikte, sesinde ara ara saflığın ve saygıyla boyun eğmenin vurguları duyulan bir kişi olarak yer alacaktır. Örneğin, New York serüveninde, bir bankta otururken karşıdan geçenlerin kaldırıma tükürdüğünü görünce içten içe: "*Bu ne cüret!*" diye haykırır.

Bardamu'nün sesinin, roman yayımlandığından beri süren yankısı, olasılıkla şu ikiliğe bir şeyler borçludur: İsyan çığlığında alttan alta saflığın, utangaçlığın ve saygının ezgisi de duyulmaktadır. İsyan tek başına kalsaydı eğer, şaşırtıcı ve sarsıcı etkisi yavaş yavaş dağılabilirdi. İlk sarsıntı geçince, uzun vadede tekdüze bir ses olup çıkabilirdi. Ama yeraltından gelen o bambaşka vurgu, zaman geçtikçe isyanı yeniden silahlandırmak üzere hazır bekler. Alttan alta duyulan ezgi, Bardamu'nün sesine, o sesi bugün hâlâ canlı kılan titreşimi verir.

Bu ikilik bir noktaya kadar yaratım sürecine bağlanabilir. Geçen yıl bulunan elyazması, ilk değişkede öyküyü anlatan kişinin anarşist Bardamu değil, onun kurulu düzene saygılı muhatabı olduğunu göstermiştir. Céline ancak metnin devamında birinci tekil anlatımı Bardamu'ye devretmiştir. Daha sonra, giriş bölümünü de ona göre düzeltmiştir, ancak kısmen. İşte böylece, ilk sahnede Bardamu hep bir isyankârın sözleriyle konuşurken, sonunda gidip askere yazılan yine kendisidir. Romanın ilk yarısında anarşizm ve konformizmin vurguları onun sesinde hep birbirine karışacaktır.

Birinci tekil anlatımının, ikinci bir aşamada, bir roman kişisinden bir başkasına aktarımı bir buluştu elbette, ama rastlantısal bir yanı da yoktu. Céline'i bambaşka noktalara uzanan bir açımlamaya götüren bir billurlaşma görülebilir burada. Bardamu, Céline'in yapıtında sesi birbirinden farklı, hatta uyumsuz vurgular içeren tek kişi olarak kalmayacaktır. Bu iki zamanlı yaratım, temel bir dilsel sezgiyi doğrulamak için bir fırsat olmuştur: Her birey, söyleminde toplumsal kökeninin, kendi hikâyesinin, deneyimlerinin, girip çıktığı ortamların izlerini taşır. Her insan sesi çoğuldur, *Gecenin Sonuna Yolculuk*'u izleyecek olan romanlarda Céline, biçemini oluşturmak için bu çoğulluğun etkilerini artan bir ustalıkla kullanmayı sürdürecektir.

1932 yılında, Céline yalnızca standart bir Fransızcayı okumaya alışmış okurları sokak diliyle ya da açık saçık bir Fransızcayla karşı karşıya getirerek zorluyordu. O zamandan beri, Céline'in kendisinin de büyük katkıda bulunduğu bir evrim sürecinin sonunda, bu kopukluğun yarattığı etki kaçınılmaz bir biçimde zayıfladı. Romanlarda konuşma diliyle, sokak dili ya da kaba bir Fransızcayla karşılaşmak olağanlaştı. Ama bu ayrım ortadan kalkmış değil. Bu öteki Fransızcayla yazmak daima, okulda öğretilen yazılı Fransızcayı kullanmayı sürdüren toplumun geri kalanı karşısında belli bir tavır alışın göstergesidir. İki dilin aynı anda varoluşu, başka yerlerde değişik biçimlerde süregelen bir farklılaşmanın Fransızcada aldığı biçimdir. Céline, keskin bir dil sezgisiyle, her dilin, başlangıçta sunduğu birlik görünüşü ne olursa olsun, gerçekte temel bir ayrışıklığa bağlı olduğu, ve zaten, bundan zarar görmek bir yana, yaşadığına kesin bir biçimde işaret eden titreşimleri de buna borçlu olduğu gerçeğinin ayrıcalıklı tanığıdır.

Çelişkili yanlarıyla ifade edilen ezilenlerin bu bakış açısı, bir de onlarla aynı sesi veren bir dille aktarıldığında, kimi okurlara itici gelme riski taşır elbette –zaten bu amaçla seçilmiştir–

ama tersi de geçerlidir, yani geri kalan herkesin de hoşuna gidecek niteliktedir. Her toplumun eleştirilecek yönleri olduğunu gayet iyi bildiğimiz için, onların kusurlarını gözler önüne seren her kitap içimizde ille de bir yankı uyandırmaz. Ama Céline bu toplumsal düzlemle yetinmez. Metafizik düzlemde yer alan ve kendimizden doğal olarak saklamaya çalıştığımız birkaç gerçek daha vardır duyuracağı. Bu gerçeklerle, okurunu bir yandan suç ortağına dönüştürürken, onu bir yandan da savunma durumuna geçirir, hatta zaman zaman karşısına alır.

Savaş, toplum yaşamındaki kötülüklerin en büyüğü olarak çıkar karşımıza. Onun neden olduğu ve *Gecenin Sonuna Yolculuk*'un başında sergilenen birbirinden korkunç ve dayanılmaz ölümler, savaşın mahkûm edilmesinin en emin yoludur. Romanın geri kalanında ortaya çıkan aynı kötülüğün daha ufak çaplı örneklerinin değerlendirilmesinin temelini de sırasıyla bu görüntüler oluşturacaktır. Ama bu aşırıya kaçmış dehşetin dışında ele alındığında bile, ölüm her ne olursa olsun hepimizin yazgısıdır. Bu düşünceyi hep aklımızdan çıkarmaya, ya da en azından olası en büyük soyutlama içinde hapsetmeye çalışırız. Oysa hep bu düşünceyle yatıp kalkan Céline, onu inadına en somut gerçekliği içinde bize anımsatmayı üstlenir. *Gecenin Sonuna Yolculuk*'ta, ilk bölümlerden sonra bile can çekişme sahneleri hiç eksik olmaz. Ölümü imgeleme alışkanlığına sahip olmayan okurlar bile, onu ister istemez kafalarında canlandırmak zorunda kalırlar. Ölüm söz konusu olmadığı zamanlarda bu kez de farklı anıştırmalar sergilenir, özellikle de bedenle ilgili olanları, hem de hastalanma ya da yaşlanma süreçleri gibi, bir başka deyişle yaşamın fizyolojik ve biyolojik zorunluluklarına boyun eğişi içeren, aklımıza getirmeye pek yanaşmadığımız işlevleriyle. Céline'in işin içine kattığı gülünç öğelere karşın, okurun bir başka yönden hissetmiş olabileceği yakınlığı yok edebilecek bir özelliktir bu. Bırakınız sonraki romanlarını, *Gecenin Sonuna Yolculuk*'ta bile, Céline'i okumak rahat bir iş değildir. Çelişkili heyecanlarla örülmüştür bu okuma süreci ve gerçekten bu duyguları zaman zaman suratımıza atılmış birer tokat ya da bize yapılmış birer saldırı olarak algıladığımız da olur, öte yandan, bu okumayı birçoklarından daha canlı kılan özellik de budur işte.

İnsanı, unutmaya çabaladığı bir durumun yarattığı duyguya yöneltmek için işi böylesi bir hoyratlığa vardırmak şart değil. Ancak Céline'in ait olduğu kuşak için, Birinci Dünya Savaşı kendi dehşetiyle sınırlı kalmamış, bir çağın bitiminin doğrulanışı olarak ortaya çıkmıştır. Savaşla birlikte, dört yüzyıl boyunca Batı'nın felsefi iyimserliğinin temelini oluşturan bütün o fikirler, dünyanın ussal düzeni, insanın ussal doğası, ilerleme, vb., kesin bir biçimde yok olup gitmiştir. Céline'den sonra başkaları da her türlü dayanak noktasından yoksun kalmış insandaki bu duyguya, olumsallık (Sartre) gibi, saçma (Camus) gibi felsefi adlar vereceklerdir. Ama belki bu adlar hâlâ, işaret ettikleri duygunun yaşanmış gerçekliğini uzakta tutmanın bir biçimidir. Bu duyguyu daha da derinden hissetmeye başladığı bir anda Céline'in Bardamu'sü şunu söyler yalnızca: "Adeta boş bir insan olmaktan hep ürkmüşümdür, yani varolmak için hiçbir nedenim olmamasından." Böylelikle o, herkesin kullandığı bir dili benimseyerek, bilinçsiz bile olsa herkesin paylaştığı bir deneyime daha yakın durmayı başarıp bunu okurda canlandırma konusunda daha elverişli bir konuma ulaşır. Céline'in başlangıçta toplumsal nedenlerle benimsediği bu dil, felsefi dile yakınlığı olmayan bireylerin bile kendilerine en az ötekiler kadar yönelttikleri soruları özgün bir biçimde dile getirebilecek bir dildir.

Diller arası farklılıkların ve Céline'in seçiminden doğan gücün en belirgin olduğu yerler, kötülüğün sorgulandığı yerlerdir. XVIII. ve XIX. yüzyıllar Batı'da, insan doğasının iyi ya da en azından iyiye dönüştürülebilir olduğu inancıyla belirlenmiştir; eğitim ve toplumsal sömürüye karşı mücadelenin, kötülük eğilimi olarak görülen ve Hıristiyanlığın ilk günah diye adlandırdığı şeyi yok edebileceği düşünülüyordu. Céline'in kuşağı için savaş, bu iyimserliği de diğerleriyle birlikte gömmüştü. Buna Céline kadar ikna olmuş biri yoktur herhalde, ama yalnızca belli bir felsefi ya da tanrıbilimsel kültür düzeyine ait olan kötülük sözcüğü, Bardamu'nün kalemine asla yansımaz. Bardamu onun yerine, yalnızca "hırtlık" adını ya da "hırt" sıfatını kullanır, bu sözcükler de tümüyle sokak diline aittir ve görünüşte zararsızdır. Ama Céline'de bağlam bunlara birçok kez, filozofların ya da tanrıbilimcilerin teşhir ettikleri şu "kötülük (ya da Kötü'ye yatkınlık) içgüdüsü" kadar değer yükler.

"Her alanda, asıl yenilgi, unutmaktır, özellikle de sizi neyin gebertmiş olduğunu unutmak, insanların ne derece hırt olduklarını asla anlayamadan gebermektir"; "[İnsanlar] size kötülük etmenin en kolay yolunu bulmaya çalıştıkları sürece, biraz nefes almak mümkündür [...] *Sonrasında, aynı hırtlık yeniden başlar.*" Burada söz konusu olan ucuz kötü kalpli davranışlar değil, benzerine acı çektirmekten zevk almaktır. Yaşamları boyunca insanların birbirlerine yaptıkları ufak tefek "hırtlıklar", belki de gerçek boyutunu ancak savaşların, siyasal çatışma görünümü altında açığa çıkardıkları daha temel bir hırtlığın, indirgenmiş, yasalarla iyi kötü sınırlandırılmış şekilde ortaya çıkışıdır. Ama burada olduğu gibi en yüklü anlamıyla kullanıldığında, şu "hırtlık" sözcüğünün Céline tarafından yeğlenmesinin nedeni, en gündelik, hatta söylemek gerekirse, en somut olana işaret ediyor olmasıdır. Ona kıyasla, standart söz dağarcığında eşanlamlısı olabilecek "kötü kalplilik" gibi bir sözcük bile soyut kaçmaktadır. Tersine, Ahmadou Kourouma'nın sözleri, Céline'in terimlerinin gücünü daha iyi görmemizi sağlıyor: yeni bir romana başlamadan önce *Gecenin Sonuna Yolculuk*'u bir kez daha okurken benim keşfetmek istediğim şey, diyor Kourouma, tam da işte şu "evrensel hırtlığın" anlamıdır.

Bu romanla ilgili haberler sık sık gündeme getiriliyorsa, bunun nedeni edebiyat tarihinde bir işaret noktasına dönüşmekle birlikte, onu keşfeden okurların doğrudan doğruya algılayabilecekleri bir yeniliği hâlâ koruyor olmasıdır. En kalıcı devrimler belki de dilde gerçekleştirilenlerdir. Céline, bir biçem oluşturmak üzere sokaktaki adamın dilini seçmek suretiyle, Fransız dilinin tarihinde bir dönüm noktasına imza atmakla kalmamıştır. Resmi dilin terimleriyle dile getirildiklerinde artık hiçbir heyecan uyandırmayan, ama dün olduğu gibi bugün de deneyimlerimizin merkezinde yer alan konulara, sorgulayıcı ve kışkırtıcı yeteneklerini yeniden kazandırmıştır.

Henri Godard

Fransızcadan çeviren: Esra Özdoğan

ÖNSÖZ

Öyle kitaplar vardır ki, elinize alıp daha ilk sayfasını bitirmeden ürperirsiniz. Olağanüstü hiçbir şey yoktur ama, duyduğunuz yepyeni bir sestir. Kendi kendinize, bu sesin, bu ürpertinin, kitabın sonuna değin sürüp sürmeyeceğini sorarsınız. *Gecenin Sonuna Yolculuk*'un yarattığı ürperti, okuru, o güne değin, bilmediği, tanımadığı bambaşka bir dünyaya, bambaşka bir iklime çağırmasından kaynaklanmaz. Okur, kendini sokakta sanır. Çünkü okuduğu sözcükler, cümleler sokağın sözcükleri, sokaktaki adamın cümleleridir. İlk sayfalarda, ne mene bir yazarla karşı karşıya olduğunu çıkaramaz ve nasıl bir yolculuğa çıktığını da ayrımsayamaz. Tıpkı 20. yüzyılın tüm büyük romanlarında, *Kayıp Zamanın İzinde, Dava, Şato, Ulysses* ya da *Niteliksiz Adam*'da olduğu gibi.

Gecenin Sonuna Yolculuk da bu romanlardandır. Ama hemen söyleyeyim ki, bu romanlarla uzaktan yakından hiçbir göbek bağı yoktur onun. Bellekten, bilgelikten, düş gücünden, zihinden, felsefeden değil, yaşamın içinden doğan bir romandır o. 1932 yılında, o güne değin adı duyulmamış bir yazarın adıyla yayımlandığında, edebiyat dünyasını alt üst eden özellikle romanın dili olmuştu. Bu, Fransız yazınında üç yüz yıldır unutulmuş, sokağın diliydi. Bu yeni, genç yazar, bu dilden bir üslup, hattâ, onu da aşan yepyeni bir roman dünyası yaratmıştı.

Bu sesi daha önce duymuştum, dedirten bir dil, bir üsluptur söz konusu olan. Sıradan insanların, işçilerin, işsizlerin, esnafın, yosmaların, kanun kaçaklarının konuştuğu bir dil. Yazar, onların sözcükleri, deyişleri, argosuyla yazmış, bu dile uygun bir de sentaks yaratmıştır. Bitmeyen üç noktalar, hemen her sözcükten sonra yer alan ünlemler...

Yazar Céline, sokağın bu diline öykünmez; o hammaddeden yeni bir dil yaratır. Çünkü, konuşma dili, yazı diline dönüştüğünde, tüm renklerini, şiirini, canlılığını yitirir, solar, ölü bir dile dönüşür. Bunun bilincindeki yazar, o hammadeyi işlerken, bir roman diline dönüştürürken, o dili yeniden yaratır. Artık o, sokağın değil, romanın dilidir.

Yetmiş yıl sonra, bugünün okuruna (özellikle bu romanı Türkçe çevirisinden okuyanlara), bu düşünceler abartılmış gibi gelebilir. Haklıdır da. Çünkü aradan geçen süre içinde, Céline'in bu romanla açtığı ve ölene dek sekiz romanında sürdürdüğü bu dil, bu üslup, yalnız Fransa'da değil, yeryüzünün birçok ülkesinde, birçok yazara yol gösterici olmuş, yeni roman, anlatı anlayışlarına kaynak oluşturmuştur. Özellikle de, Amerikan edebiyatında Henry Miller ve ondan sonra gelen hemen tüm *beat generation* yazarlarında bu etkinin derinliğini görürüz.

Céline, anlatı dilinin kemikleşmiş yapısını yıkarken, toplumun tüm kurumlarının, politika, din, kültür, sanat, edebiyat, daha da önemlisi, yaşama biçimini karşısına alır ve anarşist bir tutumla bu değirmenlere saldırır. Vatan, millet, eşitlik, özgürlük, kardeşlik ve *blue-blanc-rouge* içleri boş, üzerlerine tükürülecek kavramlardır. Tüm yazarlık yaşamı boyunca bunların üzerine tükürür. Kendisinin de bu toplumun bir ürünü olduğunu unutmadan. Dolayısıyla kendi üzerine de tükürerek.

Céline, iki dünya savaşını, sömürgeciliğin en korkunç boyutlarını, palazlanmaya başlayan kapitalizmin acımasızlığını yaşayan 20. yüzyıl Batı insanının bireysel bozgununu, devrimci inancın yükselişini ve çöküşünü, ne Malraux gibi yücelterek yazdı, ne de Sartre gibi *Varlık ve Hiçlik* açılarından.

Bu ve benzeri örnekler göz önünde tutulduğunda, onun toplu yapıtı, ilk roman *Gecenin Sonuna Yolculuk*'tan başlayarak, son kitabı *Rigodon*'a değin şaşırtıcı bir insanlık durumu sergiler: Kendini ve yaşamına giren çıkan insanların öyküsünü anlatırken, iki savaşın arasına sıkışmış insanların sefaletini anlatır. Onların diliyle. Başka bir deyişle, kendi kişisel öyküsünü, yazı yoluyla bu çağın öyküsüne dönüştürmeye çalışmıştır. Ya da tersi:

Fransa'nın toplumsal öyküsünü, kendi yaşamına indirgemiş, bir romandan öbürüne anlattığı olaylarda, bata çıka kendi yaşam öyküsünü anlatmıştır. Öylesine ki ne kendinden önce, ne kendinden sonra, hiçbir romancı (belki Jean Genet hariç, ama o ayrı bir konu) kendini böylesi bir çıplaklıkla romanlarının konusu durumuna getirmemiştir.

Céline, *Gecenin Sonuna Yolculuk*'tan sonraki romanlarında, ad vererek, çağdaşı Malraux'nun kahramanlığından tiksinir. Sartre'ın varoluşçuluğu ve politik düşünceleriyle Simone de Beauvoir'ın feminizmiyle dalga geçer, Katolik Mauriac'ı, komünist Aragon'u, Elsa'sıyla birlikte horlar, gülünçleştirir. Onun zehirli kaleminden kurtulmuş pek az yazar ve politikacı vardır. Kendine gelince, o, yerlerde sürünen, tek ereği yaşamak uğruna her şeyi yapan, her şeyi "mubah gören" o "insanlık sefaleti"nin kahramanıdır – eğer burada, onun tiksindiği "kahraman" sözcüğünü kullanabilirsek. Céline'in romanlarında doğrular, yanlışlar yoktur. Çünkü doğru/yanlış, doğru/yalan, iyi/kötü, güzel/çirkin karşıtlıkları bir değer ölçütünü, hattâ bir *ethik*'i gerektirir. Céline'de böylesi bir *ethik* de yoktur. Yaşamak, ayakta kalmak için neye inanması gerekiyorsa, ona inanır. Bana sorarsanız bir tek şeye: Yazmaya.

Jean Genet, kendisini dışlayan topluma, o toplumun tüm değerlerini dışlayarak yanıt veriyordu. Öylesine ki, işgal yıllarında Fransa ulusuna düşman olan her şeyi kendine dost bilmişti.

Céline de aynı radikal tutum içindedir. Ama o, Genet gibi eşcinsellere; Freud, Marx gibi Yahudilere de karşıdır.

Kısacası, insan Céline'de, bir insanda dayanasım olmayan her şey var: benmerkezcilik, bencillik, çıkarcılık, güçlüden yana olmak, insan, özellikle de Yahudi düşmanlığı...

Yazar Céline'de ise, bir yazarda aradığım hemen her şey var: Kendini olduğu gibi benmerkezci, bencil, çıkarcı, korkak, Yahudi düşmanı olarak ortaya koymaktan çekinmemek. Hiçbir şeyi saklamadan. Gizlemeden. Ama böylesi içtenlik havarilerinden her zaman büyük yazarlar çıkmaz. O, 20. yüzyılın, yepyeni bir dil yaratmayı başarmış birkaç romancısından biridir. Bu yüzyılda (yani geçen yüzyılda) insanoğlunun gerçeğini çöplüklerde, siperlerde, hastanelerde, kamplarda aramak gerektiğine inanmıştı. Hiçbir şeye (insana bile) inancı olmayan bir mahalle doktoruydu. Paris'in, bir kenar semtinde, Clichy'de iki savaş arası, fakir fukaranın derdine derman olmak isteyen bir hekim.

II. Dünya Savaşı yıllarında, işgal altındaki Fransa'da, Nazilere yakın tavır alan, Yahudi düşmanlığını dile getiren yazılar, kitapçıklar yayımlayan, savaşın bitiminde Almanya üzerinden, karısı ve kedisiyle birlikte Danimarka'ya kaçan, 1950'ye değin Hamlet'in ülkesinin zindanlarında yatan, ancak 1951'de Fransa'ya dönebilen bir hekim-yazar. Toplumdaki hastalıklara, salgınlara karşı hekim olarak, anlaşılan elinden pek bir şey gelmediğini çok çabuk anlamış olmalı.

Mort à Crédit (Taksitle Ölüm), *Nord* (Kuzey), *D'un Château l'Autre* (Bir Şatodan Öbürü) bunun büyük birer roman olarak kanıtlarıdır. Bu romanların tümü Nietzsche'nin "üstün insan" kavramına verilmiş bir yanıt gibidir: bir yerde sürünen, sürüklenen insanlar.

Céline'i bağışlatan, yaratmış olduğu bu kendine özgü yepyeni roman dünyasıdır. Kötülüğün, akla gelen ve gelmeyen her türlüsü, aptallık, salaklık, hödüklük, alçaklık, ne isterseniz hepsi vardır bu yazarda. Belki hiç okumadığı ya da okuduğunu itiraf etmekten kaçındığı Nietzsche gibi, bu romanları okurun yüzüne fırlatıp, işte insan! demiştir.

Çevrilmesi son derece güç, hattâ olanaksız bir yazarın, ilk, ama en önemli kitabını, yayımlanışından tam yetmiş yıl sonra, elinizde tutuyorsunuz.

Benim söylediklerimi unutun, yazarın cümlelerine kulak verin. Çünkü bu dünyadan, bu dünyanın korkunç savaşlarından, bu dünyadaki aşağılık sömürüden, zorbalıktan, saçmalıktan hoşnut olmayan, ama tüm bunları yaşamın kaçınılmaz koşulları olarak yaşayan insanlarla tanışacaksınız bu romanda. Yaşamlarına, ezilmişliklerine, hiçliklerine, pisliklerine, kimi yerde başeğen, kimi yerde başkaldıran insanlarla. Yazarına, onun saçma sapan inançlarına kulak asmadan, gerçek bir yazarın yarattığı gerçek bir dille ancak bir romanda var olan gerçek insanlar.

Ferit Edgü
Nisan 2002

Elisabeth Craig'e

Bir yolculuktur yaşamımız
Kışın ve Gecenin içinde
Kendimize bir geçit ararız
Tümüyle ışıltısız Gökyüzünde.

İsviçre Muhafız Alayı Şarkısı
1793

Yolculuk etmek, çok işe yarar, düş gücünü çalıştırır.
Gerisi yalnızca düş kırıklığı ve yorgunluktan ibarettir. Bizim yolculuğumuz ise tümüyle düşseldir. Gücünü buradan alır.

Yaşamdan ölüme doğru gider. İnsanlar, hayvanlar, kentler, nesneler, her şey düşlenmiştir. Bu bir romandır, yalnızca düşsel bir öyküdür. Böyle buyurmuştur Littré, o ki asla yanılmaz.*

Kaldı ki herkes aynı şeyi yapabilir. Gözünü yummak yeterlidir.

Yaşamın öbür tarafındadır bu.

* Emile Littré: Fransız hekim, filozof, dilbilimci ve siyaset adamı. Pozitivizmi dilbilime uygulamıştır, kendi adıyla anılan bir Fransızca Dili Sözlüğü ve Fransızca Dili Tarihi yazmıştır.

İşte böyle başladı. Ben, hiç sesimi çıkarmamıştım. Hiç. Arthur Ganate'tı beni konuşturan. Arthur, öğrenciydi, o da tıpçı, arkadaşım. Neyse işte, Clichy meydanında karşılaştık. Öğle yemeğinden sonraydı. Benimle konuşmak istiyor. Ben de dinliyorum. "Dışarıda durmayalım! diyor bana. İçeri girelim!" Ben de peşindeyim. İşte. "Taraçada haşlanmış yumurtaya döneriz! diye giriyor söze, bu tarafa gel!" Derken, sokaklarda kimseciklerin olmadığını fark ediyoruz, malum, hava sıcak; ne araba ne başka bir şey. Hava çok soğuk olduğunda da sokakta kimsecikler yoktur; hatta bu konuda, hiç unutmam, bana şöyle diyen de oydu: "Paris'in insanları hep çok meşgulmüş gibidirler, ama aslında, sabahtan akşama kadar sadece dolaşıp dururlar; nereden mi belli, eğer hava dolaşılacak gibi değilse, çok sıcak ya da çok soğuk, onları ortalıkta göremezsin; hepsi içerde sütlü kahve ve bira içiyordur. Böyle işte! Hızlı yaşam çağı! diye atıyorlar. Hani nerede? Büyük değişiklikler! diye uyduruyorlar. Nasıl yani? Aslında değişen bir şey yok. Hâlâ kendilerini dev aynasında görmeye devam ediyorlar, işte o kadar. Bu zaten yeni bir şey de değil. Değişen, sadece sözcükler, hoş, sözcükler bile aslında o kadar da çok değişmedi! İki şurdan, üç burdan, azıcık ucundan..." Bu faydalı gerçekleri çınlatmanın verdiği gururla, kurulup oturduk orada, keyiften dört köşe, *café*'deki* hanımları seyretmeye koyulduk.

Derken, laf lafı açtı, tam da o sabah bir küçük köpek sergisini açmaya giden Cumhurbaşkanı Poincaré'ye geldi sıra; sonra da döndü dolaştı, bu haberin yer aldığı *Le Temps*** gazetesine uzandı. "Bak işte, gazete diye buna derim, *Le Temps!*" diye bana takıldı bu konuda Arthur Ganate. "Fransız ırkını savunmada onun gi-

* *Café*: içki de satabilen kahveler.

** *Le Temps:* dönemin en ünlü günlük gazetesi (bugünün *Le Monde*'u gibi).

bisi yoktur! — Savunulmaya da bayağı ihtiyacı var hani Fransız ırkının, çünkü öyle bir ırk yok!" diye yanıtladım ben, konudan haberli olduğumu göstermek için, hem de sektirmeden.

"Hadi ya! Olmaz olur mu! Üstelik güzel bir ırk! diye ısrar ediyordu o, hem de dünyanın en güzel ırkı, aksini söyleyen de boynuzlu domuzun tekidir zaten!" Ve aldı sazı, başladı beni azarlamaya. Sıkı durdum tabii.

— Hiç de öyle değil! Senin ırk dediğin şey, alt tarafı, açlıktan, vebadan, urlardan ve soğuktan kaçarak, yedi düvelin sillesini yedikten sonra gelip kendini burada bulmuş, pirelenmiş, gözü çapaklı, götü donmuş, bana benzeyen koca bir çulsuzlar yığınından ibarettir. Denize dayandıkları için daha öteye gitmeleri de zaten olanaksızdı. Fransa budur işte, Fransızlar dediğin de budur.

— Bardamu*, dedi bana o zaman, ciddi, biraz da üzgün bir şekilde, babalarımızın bizden aşağı kalır tarafları yoktu, arkalarından konuşma!...

— Haklısın, Arthur, bak bu konuda haklısın işte! Kindar ve uysal, ırzına geçilmiş, soyulmuş, bağırsakları deşilmiş ve hâlâ gerzek, doğru, yoktu onların bizden aşağı kalır tarafları! Tam üstüne bastın! Değişen bir şey yok! Ne çoraplarımız, ne efendilerimiz, ne de kanaatlerimiz, ya da hepsi o kadar geç değişiyor ki, iş işten geçmiş oluyor. Sadık doğduk biz, sadakatten de geberip gidiyoruz! Bedava asker, herkes için kahraman ve konuşan maymunlar, acı çeken sözcükler, Sefalet Tanrısı'nın gözdeleriyiz biz. Efendimiz odur bizim! Uslu durmazsak, sıkıverir... Parmakları boynumuza kenetlidir, daima, konuşmayı zorlaştırır bu, yemek yiyebilmek istiyorsak da bayağı dikkatli olmalıyız... Bir hiç uğruna boğuverir adamı... Buna da yaşamak mı diyorsun...

— Aşk da var, Bardamu!

— Arthur, aşk dediğin şey, sonsuzluğun kanişlerin ulaşabileceği bir düzeye çekilmesidir, benimse bir onurum var! diye yapıştırıyorum yanıtı.

* Céline'in hemen tüm özel isimleri belirli çağrışımlar yaratmayı hedefler, kelime oyunları içerir: Bardamu, Fransızcada *barda* (askeri teçhizat) ve *mu* (*mouvoir* fiili: hareket etmek, kımıldamak) sözcüklerinin bileşkesini andırıyor (bay Ferdinand Kımıldasker gibi).

— Sen nesin peki! Sen anarşistin tekisin, işte hepsi bu! Yani gördüğünüz gibi, neresinden baksanız, adam uyanığın teki, fikirleri de bayağı oturaklı hani.

"Tam da taşı gediğine kodun, tosun, anarşistim ben! Bunun en harbi kanıtı da, bestelemiş olduğum ve derhal bana nasıl bulduğunu söylemen gereken bir tür sosyal içerikli, intikamcı dua: ALTIN KANATLAR! Adı bu!..." Başladım sonra sıralamaya:

Dakikaları ve paracıkları sayan bir Tanrı, umutsuz, tıpkı bir domuz gibi şehvetli ve suratsız bir Tanrı. Her fırsatta sırtüstü düşen, sürekli okşanmaya hazır, altın kanatlı bir domuz, odur işte, odur efendimiz. Öpüşelim haydi!

"Bu küçük besten hayatın gerçeklerinin karşısında tutunamaz, ben, şahsen, kurulu düzenden yanayım, politikayı da sevmem. Nitekim, vatan benden uğruna kanımı dökmemi istediğinde, beni elbette kanımı son damlasına kadar akıtmaya hazır bulacaktır, hiç oyalanmadan." İşte bana yanıtı bu oldu.

Tam o sırada savaş da, biz farkına bile varamadan, bize yaklaşmaktaydı, benim kafamsa iyice karışmıştı. Bu kısa ama hararetli tartışma beni yormuştu. Üstelik, bahşiş yüzünden garson bana pinti herif dediği için biraz da kan tepeme çıkmıştı. Neyse, sonuç olarak Arthur'le barıştık, tastamam. Neredeyse her konuda hemfikirdik.

— Doğru, haklısın aslında, diye kabulleniyorum, uzlaşmacı halimle, yine de hep beraber bindik bir alamete gidiyoruz kıyamete, gel de sıkıysa inkâr et şimdi!... Üstelik de bizler pranga mahkûmları gibi çivisi çıkmış sıralarda oturup kürek çekiyoruz! Karşılığında ne alıyoruz peki? Hiç! Sadece kafamıza inen sopalar, sefillikler, palavralar, daha nice kazıklar. Çalışıyoruz ya! deyip dururlar. Aslında kepazeliğin dik âlâsı da bu ya, şu çalışmak dedikleri şey. Biz aşağıdayız, sintinede, anamız ağlıyor, leş gibiyiz, taşaklarımızdan ter damlıyor, işte bu kadar! Yukarıdaki güvertede ise efendiler, gölgede, pembe yanaklı, parfüm kokularını havaya salmış güzel kadınları kucaklarına oturtmuş, keyif çatıyorlar. Derken bizi güverteye çağırıyorlar. Sonra silindir şapkalarını kafalarına geçirip başlıyorlar bize sıkı bir zılgıt çekmeye: "Leş sürüsü, savaş çıktı!" diye böğürüyorlar. 2 No'lu Vatandaki pisliklerin gemisine saldıracağız, kafalarını uçuracağız! Haydi!

Haydi! Ne lazımsa gemide var! Hep bir ağızdan! Önce hep beraber "Yaşasın 1 No'lu Vatan!" diye avazınız çıktığı kadar bağırın bakalım, yer gök inlesin! Sesiniz ta uzaklardan duyulsun! En sıkı bağırana hem madalya hem de Yüce İsa'nın vaftiz şekerinden vereceğiz! Ulan ne duruyorsunuz! Ayrıca, denizde gebermek istemeyenler isterlerse gidip karada geberebilirler, orada bu işler buradakinden çok daha çabuk halledilebiliyor!

— Tam da böyle oluyor gerçekten! diye onayladı beni, nedense artık kolay ikna edilebilir hale gelmiş olan Arthur.

Tam o sırada, oturduğumuz *café*'nin önünden bir alay geçivermesin mi, hem de en önde atına binmiş albayıyla birlikte, üstelik pek de sevimli ve bayağı da dinç görünüyordu, albay! Ben, coşkuyla fırlayıverdim.

"Gidip bi bakayım tam da öyle oluyor mu!" diye bağırıyorum Arthur'e, ardından da askere yazılmaya gidiyorum, hem de koşar adım.

— Sen a...cıkın tekisin Ferdinand! diye bağırıyor bana Arthur, cevaben, kahramanlığımın bizi izleyenler üzerinde yarattığı etkiye bozulmuş olsa gerek.

Soruna böyle yaklaşması beni biraz incitmedi değil, ama durduramadı. Uygun adıma geçmiştim artık. "Ölmek var, dönmek yok!" diyorum kendi kendime.

"Göreceğiz bakalım, avanak!" diye bağırma fırsatını bile bulabildim, albayın ve onun o bando mızıkasının ardından alayla birlikte sokağın köşesini dönmeden önce. Her şey tam da böyle oldu işte.

Derken, epeyce bir süre yürüdük. Sokaklar geç geç bitmiyordu, taraçalar, istasyonların önü, kiliseler tıklım tıklım, hepsi de alkış kıyamet bize destek veren, çiçek atan siviller ve karılarıyla doluydu. Ne de çok vatansever varmış! Derken vatansever sayısı gitgide azaldı... Yağmur yağdı, yol boyunca alkışlar da gittikçe azaldı, azaldı, sonra da tamamen kesildi, tek bir tane bile kalmadı.

Biz bize mi kalmıştık yani? Sıra halinde? Müzik durdu. "Kısacası, eğlence bitti! dedim kendi kendime, işlerin ne yöne kaydığını görünce. Sil baştan!" Çekip gidecektim. Ama iş işten geçmişti! Kapıları çaktırmadan biz sivillerin üstüne kapamışlardı. Fare gibi kapana kısılmıştık.

Oraya bir kez girdin mi de, giriş o giriş. Önce bizi ata bindirdiler, derken, iki aydır at üstündeyken de bu sefer tekrar yere indirdiler. Çok mu pahalıya mal oluyordu ne? Neyse, bir sabah albay atını arıyordu, emir eri alıp gitmiş, kim bilir nereye, herhalde yolun ortasına kıyasla kurşunların o kadar kolay geçemediği kuytu bir yere olsa gerek. Çünkü biz, yani albayla ben, dikilmek için tam da orayı bulmuştuk, tam yolun ortasını, o emirlerini kaydediyor ben de onun defterini tutuyordum.

Yolun ta öbür ucunda, gözle görülebilecek en uzak köşesinde, iki kara nokta vardı, onlar da tam ortada, bizim gibi, ama o ikisi Alman'dı ve yaklaşık bir on beş dakikadır işi gücü bırakmış ateş etmekle meşguldüler.

O, yani albayımız, o ikisinin neden ateş ettiklerini belki de biliyordu, Almanlar da belki biliyorlardı, ama ben, gerçekten, bilmiyordum. Belleğimi ne kadar sorgularsam sorgulayayım, bildiğim kadarıyla ben Almanlara hiçbir kötülük yapmamıştım. Onlara karşı hep kibar davranmıştım, pek de saygılıydım hep. Almanları biraz da tanırdım, hatta, küçükken, Hannover civarlarında onların okullarına bile gitmiştim. Dillerini konuşmuştum. O zamanlar çığırtkan, salak bir velet sürüsüydüler, kurtlarınki gibi soluk, kaypak gözleri vardı; okul çıkışında çevre ormanlarda kızlara sarkıntılık etmeye giderdik, Tatar oklarıyla tabanca da atardık, hem de bunlar için dört mark sayardık. Tatlı bira içerdik. Ama yani bunları yapmakla, gelip şimdi, üstelik önceden yanaşıp konuşmayı bile denemeden, hem de yolun tam ortasında tepemize kurşun yağdırmaya kalkmak arasında fark var, hatta fark ne kelime, uçurum var. Nereden nereye.

Sonuçta savaş dediğiniz şey, anlamadığınız ne varsa odur. Bu böyle gidemezdi.

Yani şimdi bu adamların kafalarında olağanüstü bir şeyler

mi olmuştu? Benim hiç, ama hiç hissetmediğim cinsten bir şeyler. Farkına varmamıştım herhalde...

Oysa benim onlara yönelik duygularım hâlâ değişmemişti. Yine de, içimde sanki bu kabalıklarını anlamaya çalışma isteği vardı, ama her şeyden ötesi çekip gitmek isteği ağır basıyordu, kesinlikle, mutlaka, çünkü bütün bu olup bitenler bana birden korkunç bir hatanın ürünü gibi gelmişti.

"İş bu hale gelince, yapacak bir şey kalmaz, en iyisi siktir olup gitmek", diyordum, ne de olsa, kendi kendime...

Kafalarımızın üzerinde, şakakların iki, hatta belki de bir milimetre yakınında, yazın bu sıcağında, sizi öldürmek isteyen kurşunların havada arka arkaya çizdikleri o alımlı uzun çelik ipler çınlıyordu.

Şimdiye kadar kendimi hiç, bütün bu kurşunlarla şu güneşin ışığı arasında hissettiğim kadar gereksiz hissetmemiştim. Bu, devasa, evrensel boyutta bir soytarılıktı.

O zamanlar daha yaş olarak yirmisindeydim. Uzaklarda çiftlikler ıssız, kiliseler boş ve kapıları açık, sanki köylüler yörenin öbür ucundaki bir eğlenceye katılmak üzere, hep birlikte, bu mezraları günübirlik terk etmişler ve sahip oldukları ne varsa, kırlarını, yük arabalarını, kolları havaya dikili, tarlalarını, çitlerini, yolu, ağaçları, hatta inekleri, zincirine bağlı bir köpeği, yani her şeyi, güvenip bize emanet etmişler gibi. Hazır onlar yokken canımız ne isterse rahat rahat yapabilelim diye. Bir bakıma bayağı nazik davrandıkları düşünülebilirdi. "Yine de, keşke burda kalsalardı!" diyordum kendi kendime "buralarda hâlâ birileri olsaydı, eminim bu kadar iğrenç davranışlar sergileyemezdik! Bu kadar kötüsü olmazdı! Onların gözünün önünde bunu yapmaya cesaret edemezdik!" Ama başımıza dikilecek kimsecikler yoktu! Bir biz vardık, herkes gittikten sonra baş başa kalınca ayıp şeyler yapan yeni evliler gibi."

Ayrıca kendi kendime diyordum ki (bir ağacın arkasına gizlenerek), bana o kadar methettikleri şu Déroulède* denen adamın burada olmasını çok isterdim, işkembesinin ortasına kurşunu yediğinde ne bok yiyeceğini anlatırdı belki bana.

Yolun ortasında çömelmiş olan şu nişan atma meraklısı,

* Paul Déroulède: (1846-1914) Askeri kahramanlık marşları yazarı, Vatanseverler Birliği kurucusu, bir zamanların ünlü Fransız aşırı milliyetçisi.

inatçı Almanlar iyi nişan alamıyorlardı, ama mağazalar dolusu fazlalık kurşunları vardı sanki. Anlaşılan, savaşın biteceği yok! Albayımız ise, doğruya doğru, şaşırtıcı bir kahramanlık sergiliyordu! Yağan kurşunlara aldırmadan yolun tam ortasında bir sağa bir sola geziniyordu, sanki istasyon peronunda bir arkadaşını beklermişçesine rahat, olsa olsa belki biraz sabırsız bir hali vardı denebilir.

Her şeyden önce şunu hemen belirtmeliyim ki, ben kendimi bildim bileli kırsal bölgelerden hiç hazzetmedim, sonu gelmeyen çamur yığınlarıyla, asla kimseyi bulamayacağınız evleriyle, nereye gittiği belirsiz yollarıyla oraları gözüme hep sevimsiz görünmüştür. Ama bir de bütün bunlara savaşı eklediğinizde, hiç çekilmiyor. Bayırın her tarafından sert bir rüzgâr esmeye başlamıştı, kavak ağaçları, oralardan üstümüze yağan o tok seslere kendi yaprak hışırdamalarını da eklemişlerdi. O meçhul askerler bizi hep ıskalıyorlardı, ama aynı anda, sanki bir giysi giydirir gibi, bizi binlerce ölümle sarmalıyorlardı. Kımıldamaya bile cesaret edemiyordum.

Bu albay anlaşılan tam bir canavardı! Artık bundan emindim, bir köpekten bile beterdi, kendi ölümünü imgelemekten âcizdi! Aynı zamanda bir başka gerçeğe daha vâkıf olmaktaydım, ordumuzda onun gibi nice yiğitler vardı ola ki, tabii karşı ordu da herhalde bizimkinden aşağı kalmıyordu. Kim bilir sayıları ne kadar da çoktu? Toplam bir, iki, belki de birkaç milyon? O andan itibaren korkum paniğe dönüştü. Böyle yaratıklar olduğu sürece, bu korkunç saçmalık sonsuza dek devam edebilirdi... Niye dursunlar ki? İnsanların ve nesnelerin hükmünün bu kadar acımasız olabileceğini ilk defa hissediyordum.

Yeryüzündeki biricik korkak ben miyim yani? diye düşündüm. Hem de nasıl bir dehşete kapılarak!... Saçlarının dibine kadar silahlanmış ve ölçüyü kaçırmış ve de kahraman iki milyon çılgının arasında kaybolmuş muydum yoksa? Miğferli, miğfersiz, atsız, motosikletli, böğüren, arabalı, ıslık çalan, avcı, entrikacı, uçan, diz çökmüş, kazmakta olan, kaçan, patikalarda koşuşturan, çatapat atan, toprağın içine tıkılmış, tımarhanede gibi, her şeyi yok etmek için, soluk alan ne varsa, Almanya'yı, Fransa'yı, tüm kıtaları, kuduz köpekten bile daha çok kudurmuş, kudurmuşluklarına tapan (kaldı ki köpekler bunu yapmaz), bin köpekten yüz binlerce defa daha kudurmuş ve üstelik çok daha sapık! Ne de hoştuk! Gerçekten de, artık anlamıştım ki kıyamete giden bir haçlı seferine katılmıştım.

İnsan şehvet bakiri olduğu gibi, Dehşet bakiri de olabiliyor. Clichy meydanını terk ettiğimde böyle bir dehşetin var olabileceği nereden gelebilirdi ki aklıma? Savaşın gerçekten içine girmeden önce, insanların o kahraman ve tembel pis ruhunun içinde neler olabileceğini kim öngörebilirdi ki? Artık ateşe doğru, toplu cinayete doğru giden bu kitlesel kaçışın içine sıkışıp kalmıştım... Derinlerden geliyordu bu, olan olmuştu.

Albay hâlâ tınmıyordu, bayırda, yağan kurşunların ortasında, generalden gelen küçük mektupları alıp telaş etmeden okuyuşunu, ardından da küçük parçalara bölerek yırtışını izliyordum. Bu mektupların hiçbirinde bu iğrençliğe derhal son verme emri yok muydu yahu? Yukarıdakiler bu işte bir hata olduğunu söylemiyorlar mıydı ona? Korkunç bir hata? Kâğıtlar yanlış dağıtılmış? Hata yapılmış? Yapılmak istenen aslında cinayet işlemek değil de gırgırına manevralarmış! Hiç de değil! "Devam edin albayım, doğru yoldasınız!" Korkudan her seferinde rengi biraz daha yeşile çalan, ödü patlamış bir irtibat erinin beş dakikada bir getirdiği o zarflarda hepimizin şefi, tümgeneral des Entrayes'ın* ona yazdığı buydu herhalde. Şu irtibatçı oğlanı korku kardeşim ilan edebilirdim! Ama kardeşçe kucaklaşacak zamanımız bile yoktu.

Yani ortada bir hata yoktu? Bu yaptıklarımız, birbirimizi dahi görmeden birbirimizin üstüne böyle ateş etmemiz falan yasak değildi yani! Sıkı bir fırça hak etmeden yapılabilecek şeylere dahildi. Hatta ola ki ciddi kişiler tarafından kabul edilen, teşvik edilen şeyler arasındaydı, tıpkı kura çekimi, nişanlanmak, sürek avı gibi!... Ne diyeyim. Birden savaşı tümüyle keşfetmiştim. Bakir değildim artık. O adiyi cepheden ve profilden iyi görebilmek için, onun karşısında neredeyse yapayalnız olmak gerekirdi, benim şu an olduğum kadar. Bizimle karşıdakiler arasında savaş yangını ateşlenmişti ve artık bayağı yanıyordu! Ark lamba-

* Des Entrayes: Bu isim, Fransızcada *des entrailles* sözcüğünü (bağırsak ya da iç organlar) çağrıştırıyor (General Darsak gibi).

sındaki iki kömür parçası arasındaki akım gibi. Kömürün söneceği de yok! Hepimiz yanacağız, ne kadar zıpır görünürse görünsün, albay da diğerleri gibi yanacak ve karşıdan gelen akım omuz başları arasından geçtiğinde, onun kayış gibi etinden de benimkinden daha fazla rostoluk malzeme çıkmayacak.

Ölüm cezasına çarptırılmanın çeşitleri var. Ah, ah! Şu an burada olacağıma hapiste olmak için neler vermezdim neler, geri zekâlı kafam! Örneğin, biraz tedbirli davranıp, bu işleri yapmak kolay olduğu zamanlarda, henüz vakit varken, bir yerlerden bir şeyler çalıvermiş olmak için neler vermezdim. İnsanın aklına hiç gelmiyor ki! Hapisten sağ salim çıkılır, ama savaştan çıkılmaz. Gerisi laf.

Keşke daha hâlâ yeterli zamanım olsaydı, ama artık yok! Çalacak bir şey kalmamıştı! Kendi kendime diyordum ki, ne de güzel olurdu şimdi, kıyak bir küçük hapishanede yaşamak, kurşun geçirmeyen cinsinden! Asla geçirmeyen! Hazırda bildiğim bir tane vardı, güneşli, sıcacık! Rüya gibi, tam da Saint-Germain'de, ormanın dibinde, iyi bilirdim onu, sık sık önünden geçerdim, eskiden. İnsan nasıl da değişiyor! O zamanlar çocuktum, korkutuyordu beni hapishane. Çünkü o zamanlar daha insanları tanımamıştım. Artık asla onların laflarına, düşüncelerine kanmayacağım. Asıl korkulması gereken insanlardır, sadece onlar, daima.

Bu hezeyanları daha ne kadar sürecek böyle, onların, yani bu canavarların bitkin düşüp, nihayet, durmaları için? Bu tür bir nöbet daha ne kadar zaman sürebilir? Aylarca mı? Yıllarca mı? Ne kadar? Belki de herkes, tüm çılgınlar, ölene dek? En sonuncusuna kadar? Olayların bu denli umutsuz bir seyir izlemeye başladığını görünce, ben de her şeyi göze almaya karar verdim, son bir girişimde bulunup en son kozumu oynayarak, ben, tek başıma, savaşı durdurmayı denemeye kalkışacaktım, en azından kendi bulunduğum şu bölgede.

Albay iki adım ötede salınıyordu. Onunla konuşacaktım. Bunu daha önce hiç yapmamıştım. Buna cesaret etmenin tam zamanıydı. Artık öyle bir noktaya gelmiştik ki, kaybedecek neredeyse hiçbir şey kalmamıştı. "Ne istiyorsunuz?" diye soracaktı, sanırım, tabii bu cüretkâr girişimime çok şaşırarak. Ben de ona olup biteni kendi açımdan anlatacaktım. Bakalım o ne diyecekti. Hayatta esas olan hesaplaşabilmektir. Bunu tek başına yapmaktansa, iki kişi yaparsanız daha başarılı olur.

Bu belirleyici girişimi gerçekleştirmek üzereydim ki, tam da o anda, sarsak, yorgun bir atsız süvari (o zamanlar öyle deniyordu), ters dönmüş miğferi elinde, Bizanslı general Belisarios gibi koşar adım çıkageldi, tir tir titriyordu, üstelik üstü başı iyice çamur içindeydi ve de yüzü öteki irtibat erinden bile daha fazla yeşile çalıyordu. Eveleyip geveliyordu, ruh gibiydi, sanki bir tabuttan çıkmakta feci zorlanıyor, o yüzden de midesi bulanıyordu zavallı süvariciğin. Bu hayaletçik de mi sevmiyordu yani kurşunları? O da mı benim gibi öngörebiliyordu onları yoksa?

— Ne var? diye birden sözünü kesti albay, kabaca, rahatsız edilmiş gibi, bu hortlağa bir tür çelikten bakış fırlatarak.

Bu iğrenç süvariyi bu halde, nizami olmayan bir kılıkta, üstelik heyecandan allak bullak olmuş bir vaziyette görmek albayımızın bayağı canını sıkmıştı. Korkudan hiç ama hiç hoşlanmıyordu. Besbelli. Üstüne üstlük, bir melon şapkaymışçasına elde tutulan şu miğfer, savaşa koşan bir alayın, bizimki gibi bir savaş alayının şanına pek de yakışmıyordu doğrusu. Girerken sanki ona, yani savaşa selam durur gibiydi, şu atsız süvari.

Sendeleyen ulak, bu aşağılayan bakışın etkisiyle yeniden "hazır ola" geçti, bu tür durumlara uygun bir şekilde, serçe parmakları pantolonun dikişine yapışık vaziyette. Böylece, kaskatı, topuklarının üstünde, durduğu yerde sallanıyor, şah damarından aşağı terler akıyordu, öyle bir çenesi atıyordu ki sanki çığlıklarını daha ağzından çıkarken bastırır gibiydi, düş kuran küçük bir köpek gibi. Bizimle konuşmak mı istiyordu, ağlıyor muydu, ayırt etmek olanaksızdı.

Yolun tam öteki ucunda çömelmiş olan Almanlarımız ise o sırada aletlerini değiştirmişlerdi. Artık o saçmalıklarını makineli tüfekle sürdürüyorlardı; koca kibrit kutularını yakar gibi çatırdatıp duruyorlardı ve yuvalarından fırlamış yabanarıları gibi öfkeli, inatçı kurşun sürüleri çevremizde uçuşuyordu.

Sonunda adamın ağzından az çok anlaşılır bir şeyler dökülüverdi:

— Astsubay çavuş Barousse az önce öldürüldü albayım, dedi bir çırpıda.

— Eee, ne olmuş?

— Etrapes yolu üzerinde ekmek vagonunu teslim almaya giderken öldürüldü albayım!

— Eee, ne olmuş?

— Bir havan topu mermisi onu paramparça etti albayım!

— Eee, ne olmuş, Allah aşkına!

— Eee'si bu! Albayım…

— Bu kadar mı?

— Evet, bu kadar, albayım.

— Ya ekmek? diye sordu albay.

Diyalog orada kesildi, çünkü gayet iyi hatırlıyorum ki: "Ya ekmek?" diye soracak vakti oldu ancak. Sonra, o kadar işte. Ardından sadece ateş, yanında bir de gürültü. Ama öyle bir gürültü ki, öylesi daha önce hiç duyulmamış. Gözlerimizi, kulaklarımızı, burnumuzu, ağzımızı, anında o kadar doldurdu ki o gürültü, her şey bitti sandım, herhalde kendim de artık ateş olmuştum, gürültü olmuştum.

Ama hayır, ateş gitti, gürültü ise kafamın içinde uzun süre kaldı, kollar ve bacaklar tir tir titriyordu, biri sanki arkadan tutmuş da sallıyormuş gibi. Kollarım bacaklarım beni terk etmek ister gibiydiler, derken, yine de bırakmadılar beni. Daha epey uzunca bir süre gözleri yakmaya devam eden dumanın içindeki keskin barut ve kükürt kokusu bir türlü geçmiyordu, yeryüzünde ne kadar pire ve tahtakurusu varsa hepsini öldürmek istermişçesine.

Bu fasıl biter bitmez, ötekinin bize aktardığı biçimde paramparça olan astsubay çavuş Barousse'a gitti aklım. Bu iyi bir haberdi. Oh olsun! diye düşündüm hemen, şöyle ki: "Alaydan hatırı sayılır bir leş kargası eksilmiş oldu!" Bir konserve kutusu yüzünden beni divanıharbe vermeye kalkmıştı. "Herkesin savaşı kendine!" dedim kendi kendime. Bu açıdan bakıldığında, kabul etmek gerekir ki, zaman zaman bir şeylere yaradığı da oluyordu savaşın! Alayda, Barousse'unki gibi bir havan mermisiyle buluşmalarına elimden gelse seve seve yardım edebileceğim en az üç dört sıkı pislik daha tanıyordum.

Albaya gelince, onunla bir alıp veremediğim yoktu. Oysa o da ölmüştü. Önce onu göremez oldum. Bayırın üstünde sürüklenmiş, yan yatıp uzanmıştı, patlamanın etkisiyle kucağına fırlatıldığı atsız süvarinin, yani ulağın da işi bitmişti. İkisi şimdilik ve ebediyen kucaklaşıyorlardı, ancak süvarinin artık kellesi yoktu, boynunun üzerine bir delik açılmıştı yalnızca, içindeyse kan kaynıyordu fokur fokur, tıpkı tenceredeki reçel gibi. Albayınsa karnı deşilmişti, yüzünü de bayağı ekşitmişti hani. Darbeyi yediği anda canı epey acımış olmalı. Kendi düşen ağlamaz! İlk kurşunlarda çekip gitseydi, gelmezdi bunlar başına.

Bütün bu etler butlar hep bir arada bayağı kanıyordu.

Sahnenin sağında solunda hâlâ havan mermileri patlıyordu.

Hiç üstelemeden oradan ayrıldım, pek mutluydum çekip gitmek için böyle sağlam bir bahane bulduğuma. Hatta bir türkü bile mırıldanıyordum, sallana sallana, hani insan kayık sefası yapar da, sonradan bacakları biraz karıncalanır, tutulur ya, öyle işte. "Tek bir havan mermisi! İşler amma da çabuk yoluna girdi, tek bir havan mermisiyle!" diyordum kendi kendime. "Vay canına! diye söylenip duruyordum. Vay canına!.."

Yolun sonunda kimsecikler kalmamıştı. Almanlar gitmişti. Yine de ağaçları siper ederek yürüyordum artık, bu numarayı çabuk kapmıştım. Bir an önce kamp kurduğumuz yere dönüp, keşif sırasında alaydan ölen başkalarının olup olmadığını öğrenmek istiyordum. Esir düşmenin de kıyak yolları vardır mutlaka, diyordum kendi kendime!... Orda burda insanın ağzını burnunu yakan duman kümeleri keseklere yapışıyordu. "Belki de şu an hepsi ölmüştür? diye soruyordum kendi kendime. Madem hiçbir şeye kafaları basmıyordu, en faydalı, en pratik çözüm hepsinin çabucak öldürülmüş olmalarıydı... Böylece bu işi hemencecik bitirmiş olurduk... Eve dönerdik... Belki Clichy meydanından törenle geçerdik... Yalnızca sağ kalmış olan bir iki kişi... Bence öyle olmalıydı... Eli yüzü düzgün, efendi çocuklar, hepsi generalin arkasına dizilmiş olurdu, ötekilerse ölmüş olurlardı, alb. gibi... Barousse gibi... Vanaille* gibi... (o da bir başka hırt)... vb. Bizi madalyalara, çiçeklere boğarlardı, Zafer Takı'nın altından geçerdik. Lokantaya girerdik, para almadan hizmet

* Vanaille: Fransızcada *canaille* sözcüğünü (it herif) çağrıştırıyor (İterif gibi).

ederlerdi bize, bir daha asla para ödemezdik, ömür boyu hiç para ödemezdik! Biz, kahramanlarız! derdik hesap ödeme sırası geldiğinde... Vatanı savunanlar! Ve bu yeterli olurdu!... Küçük Fransız bayraklarıyla öderdik hesabı!... Kasadaki kız da elbette kahramanlardan para almayı reddeder, hatta, kasanın önünden geçerken, bizi hem öper, hem de bize para bile verirdi. İşte o zaman yaşamaya değerdi yani."

Kaçarken fark ettim ki kolum kanıyor, ama sadece birazcık, hiç de yeterli sayılabilecek bir yara değildi bu, sıyrık. Sil baştan.

Yeniden yağmur başladı, Flandres tarlalarından pis sular sızıyordu. Uzunca bir süre kimseye rastlamadım, yalnız rüzgâr, az sonra da güneş. Ara ara, nereden geldiğini bilmediğim bir kurşun, güneşle hava arasından fırlayıp, öylesine, gelip beni arıyordu, şen şakrak, beni öldürmeye kararlı, hem de bu ıssızlığın ortasında, ille de beni. Neden? Bundan böyle, bir yüz yıl daha yaşasam bile, asla tarlalarda dolaşmayacağım. Söz.

Yoluma giderken, bir önceki günkü töreni anımsıyordum. Bir çayırda yapılmıştı o tören, bir tepenin yamacında; albay, kalın sesiyle alaya seslenmişti: "Başınızı dik tutun! demişti... Başınızı dik tutun! Ve yaşasın Fransa!" İnsanda düş gücü yoksa, ölmek fazla dert değildir, ama varsa da, o zaman ölüm fazlasıyla derttir. Benim görüşüm bu. Şimdiye kadar aynı anda hiç bu kadar çok şeyi anlamamıştım.

Albayın asla düş gücü olmamıştı. Bu adamcağızın başına ne geldiyse de bu yüzden geldi, haliyle bizim başımıza daha da fazlası geldi. Bu alayda ölümü düşleyebilecek biricik kişi ben miydim yani? Kendi ölümüm konusundaki tercihim, geç olmasıydı... Yirmi... Otuz yıl sonra... belki daha da geç, ama her halükârda hemen, şimdi, Flandres bölgesinin çamurunu yutarak, hem de ağız dolusu, hatta daha bile fazla, bir şarapnel parçasıyla kulaklarına kadar yarılmış olarak öngörülenden daha geç. İnsanın kendi ölümü konusunda bir fikir sahibi olma hakkı da olmalı, değil mi? Ama o zaman nereye gitmeli? Dümdüz ileri? Sırtım düşmana dönük. Jandarmalar beni bu halde, böyle dolanırken enselemiş olsalardı, sanırım hapı yutmuş olurdum. Beni daha o akşam, apar topar, paldır küldür yargılarlardı, belge almış bir okulun boş bir sınıfında. Geçtiğimiz her yerde böyle bir sürü boş sınıf vardı zaten. Benimle mahkemecilik oynarlardı, tıpkı öğretmen gittiğinde çocukların kendi aralarında oynadıkları gibi. Rütbeliler kürsüde, oturmuş, ben, öğrenci sıralarının önünde, ayakta, elleri kelepçeli. Sabaha karşı beni kurşuna dizerlerdi: on iki kurşun artı bir. O halde?

Albayı düşünüyordum yine, öyle cesurdu ki bu adamcağız, zırhıyla, miğferiyle, bıyıklarıyla, onu, benim gördüğüm haliyle bir gazinoda gösteriye çıkartabilselerdi, yani kurşunlarla havan mermilerinin arasında dolaşırken, o zamanın ünlü Alhambra'sını dolduracak bir gösteri olurdu bu, hatta Fragson'u bile gölgede bırakabilirdi, oysa o da size sözünü ettiğim dönemin müthiş bir yıldızıydı. Ben öyle düşünüyordum işte. Başınızı öne eğin! öyle düşünüyordum ben.

Saatlerce süren kaçamak, dikkatli bir yürüyüşten sonra nihayet çiftliklerden oluşan bir mezrada askerlerimizi gördüm. Bizim öncü karakollarımızdan biriydi bu. Oralarda konuşlanan takımlardan birinin emrindeydi. Bizde tek bir kayıp yok, diye haber verdiler bana. Hepsi sağ! Esas haberi taşıyan bense: "Albay öldü!" diye bağırdım, karakola yeterince yaklaşır yaklaşmaz. "Albaydan bol ne var!" diye taşı gediğine koyarak yanıtladı beni, o gün kendi de nöbetçi olan, hatta angaryaya koşulmuş olan onbaşı Pistil*.

— Albayın yerine yenisi atanıncaya kadar sen de boş durma, seni kaytarıcı, Empouille** ve Kerdoncuff'le birlikte moloz dağıtımına gidin bari, ikişer tane de çuval alın, dağıtım kilisenin arkasında... Aha şurada görünen... Sonra dikkat edin de dünkü gibi yine et niyetine sadece kemikleri kakalamasınlar size, karanlığa kalmadan da mangaya dönmeye bakın, anladınız mı aşağılık herifler!

Dolayısıyla üçümüz, yine yollara düştük.

"Bir daha onlara bir şey anlatmayacağım" diyordum kendi kendime, bozum olmuş. Bu insanlara herhangi bir şey anlatmaya değmeyeceğini anlamıştım zaten, benim tanık olduğum türden bir dramı böylesine kepaze heriflere anlatıp ziyan etmenin âlemi yoktu! Böyle şeylerle ilgilenmeleri için artık çok geç. Oy-

* Pistil: Fransızcada *pisse-t-il?* sorusunu (o işiyor mu?) çağrıştırıyor (onbaşı İşermi gibi).

** Empouille: Fransızcada *andouille* sözcüğünü (salak) çağrıştırıyor (er Zalak gibi).

sa eminim daha sekiz gün önce, bir albayın bu şekilde ölümü gazetelere dört sütun üzerinden manşet olurdu, benim de bir fotoğrafımı basarlardı. Dangalak bunlar.

Her neyse, daha şimdiden yaz sonunun güneşinde kavrulmuş, üzerine kiraz ağaçlarının gölgesi düşmüş bir Ağustos çayırında dağıtılıyordu alayın bütün etleri. Yan yana yayılmış çuvallar ve iyice gerilmiş çadır bezlerinin, hatta doğrudan çimlerin üstüne kilolarca işkembe saçılmıştı, sarı, soluk yumaklar halinde yağlar, karnı deşilmiş, organları darmadağın ortaya saçılmış koyunlar, kanları çevre yeşillikler içine kıvrak derecikler oluşturarak sızan, alayın dört kasabının hâlâ ondan bir parça sakatat koparabilmek için söverek, itişerek üşüştükleri, ağaca asılı ikiye bölünmüş bir dana. Yağları, özellikle de böbrekleri kaptırmamak için mangalar birbirlerine bağırıp çağırıyorlardı, yalnızca öyle anlarda görülen cinsten sineklerin ortasında, minik kuşlar gibi müzikal sesler çıkaran ve iri cüsseli.

Bir de kan, çimlerin arasında, uygun bir eğim arayarak birbirine yakınlaşan gevşek birikintiler halinde kan, yine ve her yerde. Birkaç adım ötede sonuncu domuz öldürülmekteydi. Daha şimdiden dört adamla kasabın teki oradan gelecek işkembelerin paylaşımının derdine düşmüştü.

— Seni satılmış seni! dün de sığır filetosunu sen cukkalamıştın zaten!..

Bir ağaca yaslanarak gıda konulu bu tartışmaya bir iki bakış daha atabildim ancak, sonra da müthiş bir kusma arzusuna boyun eğmek zorunda kaldım, hem de öyle böyle değil, bayılıncaya kadar.

Kamp yerine beni sedyeyle getirdiler, ama fırsat bu fırsat, kahverengi bez çuvallarımın ikisini birden araklamayı da unutmamışlardı.

Onbaşıdan yeni bir azar işiterek uyandım. Savaş bitmek bilmiyordu.

Olmaz olmaz deme olmaz olmaz, aynı Ağustos ayının sonuna doğru onbaşı olma sırası bana geldi. Beni sık sık beş adamla birlikte, general des Entrayes'ın emrine, irtibat görevine yolluyorlardı. Bu komutan kısa boyluydu, sessizdi ve ilk görüşte ne gaddar birine ne de bir kahramana benziyordu. Yine de ihtiyatlı olmakta yarar vardı... Her şeyden önce kendi rahatına düşkün gibiydi. Hatta durmadan rahatını düşünüyordu, bir ayı aşkın bir süredir geri çekilmekte olmamıza karşın, her yeni durakta, yaveri eğer konaklama noktasına varır varmaz ona tertemiz bir yatak, bir de modern süsü verilmiş bir mutfak sağlamamışsa herkesi fırçalıyordu.

Bu konfor kaygısı dört şeritli kurmay başkanının epey başını ağrıtıyordu: binbaşı, ev işleri konusundaki bu titizliği yüzünden general des Entrayes'dan yaka silkiyordu. Üstelik, soluk tenli, ciddi şekilde mide hastası, kabız biri olarak yemekle arası hiç de iyi değildi. Yine de rafadan yumurtasını generalin sofrasında yemek, bu vesileyle de onun serzenişlerini dinlemek zorunda kalıyordu. Eee, askersen askerliğini bileceksin. Ne var ki ona acıyamıyordum, çünkü subay olarak hatırı sayılır bir alçaktı. Kararı siz verin. Akşama kadar o yonca tarlası senin bu havuç tarlası benim, dere tepe dolandıktan sonra, generalimiz bir yerlerde yatıp uyuyabilsin diye er geç durmamız gerekiyordu. Ona derhal sakin bir köy aranıyor ve bulunuyordu, korunaklı, henüz birliklerin kamp kurmadıkları bir köy, zaten kazara köyde önceden yer yurt edinmiş birlikler varsa da, o saat yersiz yurtsuz kalıveriyorlardı, paşa paşa kapı dışarı ediliyorlardı yani; silah çatmış olsalar bile, dağ başına havale ediliyorlardı, bir koşu.

Köy, generalin karargâhına, atlarına, kantinlerine, bavullarına, bir de o alçak binbaşıya ayrılıyordu. Pinçon'du* o alçağın adı, binbaşı Pinçon. Umarım gebermiştir (hem de cehennem azabı çekerek). Ama o sıra maalesef hâlâ capcanlıydı o Pinçon denen herif. Biz irtibat erlerini her akşam topluyordu, ardından da hizaya sokup savaşçı ruhumuzu canlandırmak için bize sıkı bir fırça çekiyordu. Akşama kadar generalin peşinden canı çıkan bizleri yerden yere vuruyordu. At in! At bin! Yine in! İşte böyle, sağa sola emirlerini ulaştırmalıydık. Oldu olacak iş bitince bizi bir kaşık suda boğsalardı bari. Bu herkes için çok daha hayırlı olurdu.

— Hepiniz defolun! Kendi alaylarınıza gidin! Oyalanmayın! diye bağırıyordu.

— Peki alay nerede komutanım? diye soruyorduk bizler...

— Barbagny'de.

— Barbagny de neresi?

— Orası!

Orada, o gösterdiği yönde, geceden başka bir şey yoktu, her yeri kaplamıştı zaten dev bir gece, iki adım ötemizdeki yolu bile yutmuştu, o kadar ki, karanlıkta yolun sadece ufacık bir parçası, dil uzunluğunda bir parçası görünüyordu.

Kolaysa gidin de onun o Barbagny'sini cehennemin dibinde bulun! Onun o Barbagny'sini bulmak için en azından koca bir alayı feda etmek gerekirdi yahu! Hem de bir yiğitler alayını! Ben ki pek yiğit sayılmazdım, üstelik yiğit olmak için de bir neden göremiyordum, doğal olarak başkaları kadar bile hevesli değildim onun o Barbagny'sini bulmak için, zaten o da tamamen laf olsun diye söylüyordu bunları. Bu, sanki beni enikonu azarlayarak bende intihar etme arzusu uyandırmayı istemek gibi bir şeydi. Oysa böyle şeyler insanın içinde ya vardır ya yoktur, zorla güzellik olmaz.

Bu karanlık, omzunuzdan öteye uzattığınızda size kolunuzu bile göremeyeceğinizi düşündürecek kadar koyuydu ve benim onun hakkında bildiğim tek şey, ama işte bunu da en ufak bir tereddüte yer bırakmayacak kadar kesin olarak biliyordum,

* Pinçon: Fransızcada *être gai comme un pinson* (şen şakrak olmak) deyimindeki *pinson* (ispinoz kuşu) ya da *pinçons* ("*pincer*" fiili: çimdiklemek) sözcüklerini çağrıştırıyor (Binbaşı Şakrak ya da Binbaşı Çimdikleyek gibi).

bu karanlığın feci ve sayısız cinayet istekleriyle dolu olduğuydu.

Akşam olduğunda bu karargâh çenebazının işi gücü bizi öteki dünyaya yollamanın bir yolunu bulmaktı, güneş batar batmaz da her fırsatta bu hevese kapılıyordu. Ayak sürüyerek ona direnmeye çalışıyorduk, anlamazdan gelmekte inat ediyorduk, kamp kurduğumuz o sotalanma yerine sıkı sıkı yapışmaya çalışıyorduk, elimizden geldiğince, ama sonunda, ağaçlar artık görünmez hale geldiğinde, gidip biraz ölmeye razı olmamız gerekiyordu: çünkü generalin yemek saati gelmiş oluyordu.

O andan itibaren artık her şey tesadüflere kalıyordu. Alayı ve Barbagny'sini kimi zaman buluyorduk, kimi zaman da bulamıyorduk. Bulduğumuzda ise bu çoğu kez kazara oluyordu, çünkü nöbetçi tabur geldiğimizi görünce üstümüze ateş açıyordu. Böylece kendimizi ister istemez tanıtmış oluyorduk, geceyi de hemen her seferinde çeşitli angaryalarla tamamlıyorduk, uyku sersemi olduğumuz yetmiyormuş gibi bir de azar sersemi olarak, bol miktarda yulaf balyasıyla kovalarca su taşıyorduk.

Sabaha karşı, irtibat grubu olarak, beşimiz birlikte, general des Entrayes'ın karargâhına doğru yola çıkıyorduk, savaşa devam etmek için.

Ancak çoğu kez alayı bulamıyorduk, bilinmeyen yollarda köylerin etrafında daireler çizerek gün ışığını beklemekle yetiniyorduk, boşaltılmış mezraların, sinsi koruluklarının sınırında, bir yandan da Alman devriyeleri yüzünden elimizden geldiğince tüm bunlardan uzak durmaya çalışıyorduk. Ancak sabah olmasını beklerken yine de bir yerlerde olmak gerekiyordu, gecenin içinde bir yerlerde. Her şeyden de uzak durulamıyor ki. O gün bugün, adatavşanlarının neler hissettiklerini gayet iyi anlıyorum.

İnsanda acıma hissinin uyanması garip süreçlerden geçiyor. Binbaşı Pinçon'a korkak bir adi katilin teki olduğunu söylesek, onu olağanüstü derecede mutlu etmiş olurduk, çünkü bizi yaka paça kurşuna dizdirtirdi, hem de zaten aklını bu işe takmış olan ve dizinin dibinden bir an olsun ayrılmayan jandarma yüzbaşısına. Almanlarla değildi jandarma yüzbaşısının derdi.

Bu durumda, çaresiz, birbirini izleyen aptal geceler boyunca, o pusudan bu pusuya düşmemek için kaçışa kaçışa bir hal olduk, gitgide akılcı olmaktan çıkan paçayı kurtarmak umudumuz dışında tutunacak tek bir dalımız kalmamıştı doğrusu, ayrıca bir şey de keşfetmiştik ve eğer kurtulursak bunu asla, ama asla unutmayacaktık: şu dünyada yaşayan insanlardan biri, dış görünüş olarak bizlere benzese bile, aslında Havana'da, sintinelerini açıklarda boşaltan çöp ve çürümüş et gemilerinin peşinde ağzı açık, kararsız dolaşan timsahlarla köpekbalıklarına bile taş çıkaracak yeteneklere sahip bir leşçildi.

Her alanda, asıl yenilgi, unutmaktır, özellikle de sizi neyin gebertmiş olduğunu unutmak, insanların ne derece hırt olduklarını asla anlayamadan gebermektir. Bizler, mezarın önüne geldiğimizde, boşuna şaklabanlık yapmaya kalkışmamalıyız, öte yandan, unutmamalıyız da, tek sözcüğünü bile değiştirmeden her şeyi anlatmalıyız, insanlarda gördüğümüz ne kadar kokuşmuşluk varsa, hepsini, sonra da yerimizi sıradakine bırakıp, uslu uslu inmeliyiz deliğin içine. Tüm bir yaşamı doldurmaya yetecek bir uğraştır bu.

Ona dünyanın kaç bucak olduğunu göstermek için binbaşı Pinçon'u köpekbalıklarına yem etmeyi isterdim doğrusu, hem de o jandarmasıyla birlikte; atımı da yanlarına katarak, sırf hayvan daha fazla acı çekmesin diye, çünkü o koca zavallıda sırt diye bir şey kalmamıştı, öyle bir canı yanıyordu ki, selenin altında, sırt niyetine, topu topu iki et kabuğu kalmıştı, toplam iki elim kadar yer kaplayan, kanayan, derisi kalkmış, iri cerahat akıntıları örtünün kenarından diz arkasına doğru sızar durumda. Yine de üstünde tırıs gitmek gerekiyordu, bir, iki... Tırıs gideceğim diye kıvranıyor, tırsıyordu. Ama atlardaki sabır insanlarınkine bile taş çıkarır. Tırıs giderken yalpalıyordu. Onu artık sadece açık havada bağlayabiliyorduk. Ahıra koysak, yaralarından çıkan koku o kadar ağır oluyordu ki, nefes alınamıyordu. Sırtına binildiğinde canı o kadar yanıyordu ki, eğiliyordu, sanki selam verir gibi, karnı da o zaman dizlerinin hizasına iniyordu. Böyle olunca eşeğe biner gibiydik. Ama itiraf etmek gerekir ki böylesi daha rahattı. Zaten bizler de kafamızın ve omzumuzun üstündeki çelik yığınlarına katlanmaktan epey yorgun düşmüş oluyorduk.

General des Entrayes ise, kendisine ayrılan eve yanlamış, akşam yemeğini bekliyordu. Sofrası hazır, lambası yerine yerleştirilmiş.

— Siktir olup gitsenize, Allahın cezaları, diye bir kez daha emrediyordu bize Pinçon efendi, lambasını burnumuzun dibine doğru sallayarak. Sofraya oturacağız! Bir daha tekrar etmeyeceğim! Leş kargaları, defolup gitsenize! diye böğürüyordu hatta. Bizi gebermeye yollarken bu şekilde öfkeden kudurmak, bu saydam tenli herifin yüzüne biraz olsun renk gelmesini sağlıyordu.

Bazen yola koyulmadan önce generalin aşçısı bize bir iki parça bir şeyler verirdi, zaten ne kadar tıkınırsa tıkınsın general tüm istihkakını tüketemiyordu, çünkü mevzuat gereği onun payına tek başına kırk tayın düşüyordu! Üstelik pek de genç sayılmazdı bu adam. Hatta emekli olmasına az kalmış olsa gerek. Yürürken dizlerinin bağı çözülüyordu. Belli ki bıyıklarını da boyuyordu.

Şakaklarındaki damarlarında, biz oradan giderken lambanın ışığında gayet belirgin bir biçimde göründüğü üzere, Paris çıkışında Sen nehrinin oluşturduklarına benzer büklümler vardı. Kızları büyükmüş, rivayete göre, evde kalmışlar ve yoksullarmış, onun gibi. Belki de bu tür anılar yüzünden o kadar hırçın, suratsız bir hali vardı, rahatı bozulmuş bir yaşlı köpek gibi, kapıyı her açtığınız yerde yastığının bulunduğu sepeti arayan cinsten.

Güzel bahçeleri, gül ağaçlarını seviyordu, tek bir gül ağacını bile ıskalamıyordu, her geçtiğimiz yerde. Gül ağaçlarını kimse generaller kadar sevemez. Malum.

Sonuçta yine yola koyuluyorduk. Esas sorun, beygirleri tırısa kaldırabilmekti. Kımıldamaya korkuyorlardı, önce yaraları yüzünden, sonra da bizden de, geceden de korktukları için, her şeyden korkuyorlardı yani! Biz de! On kez dönüp yolu bir daha soruyorduk binbaşıya. On kez bize tembeller, götü boklu iğrenç kaytarıcılar diye sövüyordu. Mahmuzlaya mahmuzlaya nihayet son nöbetçi karakolunu da geçiyor, nöbetçi erlere parolayı söyleyip, birden dalıveriyorduk o pis maceraya, bu sahipsiz yörelerin karanlıklarına.

Gölgenin bir ucundan diğerine gide gide, az buçuk yolumuzu bulmaya başlıyorduk, ya da bize öyle geliyordu... Bulutun biri ötekilerden daha açık olsa, bir şeyler gördüğümüzü sanıyorduk... Ancak önümüzde kesin olan tek şey, gidip gelen yankıydı, tırıs giden atların çıkardığı sesin yankısı, insanı boğan cinsten, kocaman, o kadar ki, asla duymak istemeyeceğiniz bir ses. Göğe kadar tırıs gidip, yerde ne varsa çağırıyor gibiydi atlar, birileri bizi katletsin diye. Zaten bu iş tek elle de yapılabilirdi, bir tüfekle, pusuda bizi beklerken onu bir ağaca yaslamak yeterliydi. Hep kendime diyordum ki, göreceğimiz ilk ışık, sonumuzu getirecek olan tüfeğin namlusundan çıkan kıvılcım olacak.

Dört haftadır sürüp giden bu savaşta, o kadar yorgun, o kadar mutsuzduk ki, yorgunluktan korkumun bir kısmını yolda yitirmiştim. Sabah akşam bu insanlar, yani rütbeliler, özellikle de her zamankinden daha sersem, daha çapsız ve daha nefret dolu düşük rütbeliler tarafından taciz edilme işkencesi, en inatçı insanı bile hâlâ yaşamakta direnme konusunda tereddüt eder hale getiriyordu.

Ah! şu çekip gitme isteği yok mu! Uyuyabilmek için! Öncelikle! Ve eğer uyumak için çekip gitme olanağı gerçekten kalmadıysa, yaşama isteği de kendiliğinden kayboluyor zaten. Çünkü yaşamaya devam ettiğimiz sürece alayı arıyormuş gibi yapmak gerekecek.

Bir dangalağın beyninde herhangi bir düşüncenin şöyle bir dolanabilmesi için, önce başına bir sürü şey gelmesi gerek, hem de en acımasızından. Hayatımda ilk defa düşünmemi sağlayan kişi, gerçekten düşünmeyi kastediyorum, tümüyle bana ait pratik fikirler üretmeyi yani, kesinlikle binbaşı Pinçon oldu, şu işkenceci suratlı herif. Esamesi okunmayan bir figüran olarak katılmış olduğum, hem de... itiraf ediyorum, coşkuyla, balıklama atlayarak katıldığım bu inanılmaz uluslararası olayın içinde, tam teşkilatlı, zırhların yükü altında ezilerek, sarsıla sarsıla ilerlerken, bir yandan da elimden geldiğince yoğun bir biçimde onu düşünüyordum.

Önümüzdeki her yeni gölge dilimi, yeni bir son noktayı koyup geberme vaadiydi, ama ne şekilde? İnfazcının hangi üniformayı taşıyacağı dışında pek fazla bilinmeyen yoktu bu denklemde. Buradakilerden biri mi olacak? Yoksa karşıdakilerden biri mi?

Ne kötülüğüm dokunmuştu ki ona, yani şu Pinçon'a! Hoş, aslında Almanlara da bir kötülüğüm dokunmamıştı ya!... O çürük şeftali suratıyla, kellesinden göbeğine kadar her tarafında parıldayan dört yıldızlı apoletiyle, sert bıyıklarıyla, sivri dizleriyle, ineğin çıngırağı gibi boynundan sarkan o dürbünleriyle, bir de hele o 1/1000 ölçekli haritasıyla... Ne diye başkalarını zıbarmaya yollama hırsı bürümüştü ki bu adamı? Haritası olmayan başkalarını.

Bizler, yoldaki dört süvari, bir alayın yarısı kadar ses çıkarıyorduk. Eğer ta buradan dört saat mesafeden bile geldiğimizi anlamamışlarsa, bu demektir ki o zaman bizi duymak istemiyorlar. Neden olmasın... Belki de bizden korkuyordu Almanlar? Kim bilir?

Gözkapaklarımızın her birinde bir aylık uyku vardı, işte bunu taşıyorduk, bir o kadarını da ensemizde, tabii kilolarca hurda demiri de unutmayalım.

Refakatçi süvarilerim kendilerini düzgün biçimde ifade etmesini pek beceremiyorlardı. Aslında neredeyse hiç konuşmuyorlardı bile. Bretagne bölgesinin ücra köşelerinden askerliklerini yapmaya gelen çocuklardı bunlar, bildikleri her şeyi de okulda değil, asker ocağında öğrenmişlerdi. O akşam, bana eşlik eden ve adı Kersuzon olan çocukla biraz Barbagny köyü hakkında sohbet etmek istemiştim.

— Baksana Kersuzon, dedim ona, biliyorsun, burası Ardennes bölgesi... İlerilerde önümüzde bir şeyler görmüyor musun? Ben hiçbir şey görmüyorum!...

— Her yer göt deliği kadar kapkaranlık, diye yanıtladı beni Kersuzon. Daha ne desin...

— Baksana, gün boyu sana hiç Barbagny'den söz eden oldu mu? Ne taraftaydı yahu? diye sordum ona yine.

— Hayır.

O kadar.

Barbagny denen o yeri asla bulamadık. Sadece sabaha kadar kendi etrafımızda dönüp durduk, dürbünlü adamın bizi beklemekte olduğu başka bir köye varıncaya kadar. Oraya vardığımızda, onun o sevgili generali de belediye başkanının evinin önündeki çardağın altında sabah kahvesini yudumlamaktaydı.

— Ah! ne güzel şey şu gençlik, Pinçon! diye yüksek sesle kurmay başkanına seslendi moruk, bizim geçtiğimizi görünce. Bunu dedikten sonra da kalkıp çiş yapmaya gitti, sonra, ellerini arkasına kavuşturup, kambur kambur, bir tur daha attı. Bu sabah çok yorgun olduğunu fısıldadı bana emir eri, iyi uyuyamamış general, mesanesinde canını sıkan bir şeyler varmış, söylendiğine bakılırsa.

Kersuzon, gece ne zaman ona bir soru sorsam beni aynı şekilde yanıtlıyordu, bu beni oyalar olmuştu tıpkı bir tik gibi. Bana, kapkaranlıkla göt deliği hakkında söylediklerini iki üç kez daha tekrarladı, sonra da öldü, aradan bir süre geçtikten sonra, bir köyden çıkarken, vuruluverdi, gayet iyi anımsıyorum, başkası sandığımız bir köy çıkışında, bizi başkası sanan Fransızlar tarafından.

Etraflıca düşünüp, artık gece kaybolmamak için çok hoşumuza giden basit bir yöntem keşfetmemiz de zaten Kersuzon'un ölümünden birkaç gün sonrasına rastlıyordu.

Demek kamp kurulan yerden kovuluyorduk, öyle mi? Pekâlâ. Artık sesimizi çıkarmıyorduk. Vızıldanmıyorduk. "Defolun!" diyordu, o mum suratlı, her zamanki gibi.

— Emredersiniz komutanım!

Ve işte o zaman, beşimiz birden, hiç ayak sürümeden, top namlusunun gösterdiği istikamete doğru yola koyuluyorduk. Gören de kiraz toplamaya gidiyoruz sanırdı. Bu taraflar bol koyaklıydı. Meuse bölgesi, o üstü bağlarla kaplı tepeleriyle, henüz olgunlaşmamış üzümleriyle ve sonbaharıyla ve de ahşap evli köyleriyle, hani o üç aylık yazın adamakıllı kurutmuş olduğu, yani kolayca tutuşuveren evleriyle.

Bunu biz de fark etmiştik, nereye gideceğimizi hiç bilemediğimiz gecelerden birinde. Top namlusu istikametinde hep yanan bir köy oluyordu. Çok yaklaşmıyorduk ona, gereğinden fazla yaklaşmıyorduk, o köyü sadece epey uzaktan, örneğin on, on iki kilometre mesafeden izlemekle yetiniyorduk, bir nevi seyirci gibi denilebilir. Daha sonra da her akşam, o dönemlerde, ufukta bir dizi köy durup dururken yanar oldu, bu yineleniyordu, sanki tüm bu yanan yörelerle birlikte, garip bir panayırın oluşturduğu kocaman bir çemberle çevriliydik, önümüzde, yanlarda, yükselip bulutları yalayan alevlerle.

Her şeyi alevler alıp götürüyordu: kiliseler, ambarlar, birbiri ardına, gerisinden daha canlı, daha yüksek alevler yaratan saman yığınları, ardından da, kıvılcım demetleri saçarak gecenin ortasında dimdik durduktan sonra aydınlığın ortasına düşen kütükler.

Bir köyün nasıl yandığı uzaktan da çok iyi fark edilebilir, hatta yirmi kilometre öteden bile. Çok neşelidir bu. Gündüz vakti, sevimsiz bir küçük kırsal bölgenin ortasında dikkatinizi bile çekmemiş olan küçücük önemsiz bir mezra, yandığında nasıl da bir etki yaratır, bilemezsiniz! Sanki Notre-Dame birader! Tüm bir gece sürer o köyün yanması, küçücük de olsa, sonunda dev bir çiçeğe benzer, ardından sadece bir gonca, sonra da hiçbir şey kalmaz.

Duman çıkar, o zaman da sabah olur.

Yanımızdaki tarlalarda eyerli halde bıraktığımız atlarımız kımıldamadan duruyorlardı. Bizse, çimlere yayılıp uykuya dalıyorduk, birimiz hariç, o da nöbet tutuyordu, sırası gelince, elbette. Şu da var ki seyredecek yangınlar olduğu sürece geceyi atlatmak çok daha kolay oluyordu, katlanılacak fazla bir şey kalmıyordu yani, yalnızlık sayılmazdı bu.

Köylerin fazla dayanamamış olması ne de yazık... Bir ay geçmeden, bu yörede, bir tanesi bile kalmamıştı. Ormanların üzerine de top atıldı. Onların, yani ormanların yok olması sekiz gün bile sürmedi. Ormanlar da güzel yanıyordu aslında, ama pek dayanıklı değillerdi.

O dönemden itibaren topçu konvoyları yoldan hangi yöne gidiyorlarsa, siviller de öteki yöne kaçışır oldular.

Sonuçta bizlerin artık gideceği yer kalmamıştı, ne ileri ne de geri, olduğumuz yerde kalmak zorundaydık.

Gebermek için kuyruğa giriyorduk. General bile askersiz kamp yeri bulamıyordu artık. Sonunda, hepimiz tarlaların ortasında yatmaya başladık, generali menerali kalmamıştı artık. Az çok yürekli olanlarda bile yürek kalmadı. İşte, bu aylardan itibaren başladılar, morallerini yükseltmek adına askerleri kurşuna dizmeye, taburlar dolusu askeri, aynı şekilde, jandarmanın da kendi küçük savaşını, hani o derin savaşı, savaşların savaşını yürütüş tarzı şerefine, adını günlük emirde övdürmeyi kafaya takması o döneme rastlar.

Bir süre dinlenip, birkaç hafta sonra yeniden at bindik, derken kuzeye doğru yeniden yollara düştük. Soğuk da bize eşlik etti. Top zaten hiç peşimizden ayrılmıyordu. Bununla birlikte, Almanlarla artık sadece tesadüfen karşılaşıyorduk, bazen bir hafif süvari eri ya da bir grup avcı, orada burada, sarılı, yeşilli, pek de güzel renkler. Sanki onları arar gibi yapıyorduk, ama aslında onları görür görmez uzaklaşıyorduk. Her karşılaşmada iki üç süvari fire veriliyordu, kâh onlardan kâh bizden. Ve yükünden kurtulmuş olan atları, parıltılı üzengileri delice savrularak, serseri mayın gibi dörtnal koşarak, o garip arka kaşlı eyerleri ve yılbaşı hediyesi cüzdanlarının derileri kadar parlak derileriyle ta uzaklardan bayır aşağı yuvarlanarak yanımıza ulaşıyorlardı. Asıl niyetleri atlarımıza sokulmaktı, hemencecik dost oluverip. Pek şanslıydılar! Nerede bizde aynı işi yapacak yürek!

Bir sabah, keşif dönüşü, teğmen de Sainte-Engence* diğer subayları palavracı olmadığına ikna etme derdine düşmüştü. Bir yandan orta yerde "onlardan ikisini kılıçtan geçirdim!" diye böbürleniyor, bir yandan da kılıcını gösteriyordu, kılıcın özel olarak o iş için yapılmış dar oluğu gerçekten de pıhtılaşmış kanla doluydu.

— Müthişti! Bravo, Sainte-Engence!... Onu görmeliydiniz, baylar! Ne taarruzdu ama! diye destekliyordu onu yüzbaşı Ortolan**.

Bunlar Ortolan'ın bölüğünde olup bitmişti.

— Gözümden hiçbir şey kaçmadı! Epey yakından izledim! Kılıcın ucuyla boyna bir darbe, önden ve sağdan!... Tak! İlki

* Sainte-Engence: Fransızcada *sainte* (aziz) ve *engeance* (pis ırk) sözcüklerinin bileşimini çağrıştırıyor (Teğmen Aziz-Pisırk gibi).

** Ortolan: (yelvekuşu) Fransızcada *manger des ortolans* deyiminde (kuş sütüyle beslenmek) kullanılır (Yüzbaşı Kuşsütü gibi).

düştü!... Tam göğsünün ortasına kılıcın ucuyla bir darbe daha!... Soldan! Geçiniz! Tam bir yarışma gösterisi, baylar!... Tekrar tebrikler, Sainte-Engence! İki mızraklı süvari! Buradan bir kilometre ötede! İki hırt da hâlâ orada yatıyor! Tarlanın ortasında! Artık onlar için savaş bitti, değil mi Sainte-Engence?... Bir taşla iki kuş diye buna derler! Kurbanlık koyun gibi oluk oluk boşalmıştır kanları!

Atını uzun süre dörtnal koşturan teğmen Sainte-Engence, arkadaşlarının tebrik ve iltifatlarını alçakgönüllülükle kabul etmekteydi. Ortolan başarısına kefil olduğu için rahatlamış, ağırdan alıyordu, sanki bir engelli yarışmanın devamını izler gibi toplanmış olan alayın çevresinde daireler çizdirerek, ağır ağır dönüyor, atının terini soğutuyordu.

"Oraya derhal yeni bir keşif kolu yollamalıyız, hem de aynı yöne! Derhal!" diye telaşlanıyordu yüzbaşı Ortolan, anlaşılan bayağı heyecanlanmış. "Bu iki salak belli ki yollarını şaşırmışlar, ama arkadan başkaları da geliyor olabilir... Mesela, siz, onbaşı Bardamu, dört adamınızı alıp bir gidin bakın bakalım!"

Yüzbaşının seslendiği kişi bendim.

"Üzerinize ateş açtıklarında da, en iyisi yerlerini saptamaya çalışın ve hemen gelip bana nerede olduklarını söyleyin! Bunlar olsa olsa Brandebourglu'dur!.."

Muvazzafların anlattığına bakılırsa, yüzbaşı Ortolan barış zamanı karargâhta hemen hemen hiç ortalıkta görünmezmiş. Oysa şimdi, savaşta, arayı kapıyordu. Aslına bakılırsa yorulmak nedir bilmezdi. Bunca zirzopun arasında bile onun bu coşkusu her gün gitgide daha fazla dikkat çekiyordu. Kokain çektiği de söylentiler arasında yer alıyordu. Soluktu, gözlerinin etrafı morarmıştı, attan indiği zaman, incecik pergellerinin üstünde kıpır kıpır kıpırdanırdı, önce sendeler, ardından da hemen toparlanıp kudurmuş gibi yeni bir kahramanlık girişimi peşinde ekin tarlalarını arşınlamaya koyulurdu. Karşı topların namlusundan ateş almaya bile yollayabilirdi bizleri. Ölümle işbirliği içindeydi. Ölümün yüzbaşı Ortolan'la sözleşme imzalamış olduğuna yemin etseniz başınız ağrımazdı.

Yaşamının ilk bölümünü (bu konuda bilgi toplamıştım) binicilik yarışmalarında, yılda birkaç kez kaburgalarını parçalayarak geçirmişti. Yürümek için kullanılmaya kullanılmaya ve durmadan kırıldıkları için bacaklarında baldır diye bir şey kalmamıştı. Ortolan artık sadece sopaların üzerine tünemiş gibi hem sinirli hem sivri adımlarla yürüyordu. Yağmurun altında, yerdeyken, geniş, koskoca bir kaftana sarılı kambur duruşuna bakan, onu bir yarış atının sağrısı sanabilirdi.

Belirtmekte yarar var, bu korkunç hengâmenin başlarında, yani Ağustos ayında, hatta Eylül'e kadar, bazı yol kesimleriyle kimi orman kenarları ölüm mahkûmları için hiç olmazsa bazı saatlerde, hatta bazen gün boyu olumlu özellikler taşıyabiliyordu. Yani bir tür huzur içinde olduğunuz yanılsamasına kendinizi kaptırmaya teşebbüs etmeniz mümkündü, örneğin bir konserve kutusunu ekmeğinize katık edip tıkınırken, her seferinde bunun ille de son konserve yiyişiniz olduğu önsezisine gereğinden fazla teslim olmayabiliyordunuz. Ancak Ekim ayından itibaren bu soluklanmalardan eser kalmayacak ve artık aralıksız yağmaya başlayan dolu giderek daha kesif, daha yoğun, daha dolgun, içi kurşun ve havan mermisiyle doldurulmuş olarak inecekti tepemize. Yakında kendimizi fırtınanın tam ortasında bulacaktık, o zaman da görmekten kaçındığımız şeyle artık iyice burun buruna gelecektik, hatta ondan başka hiçbir şey göremez olacaktık: kendi ölümümüz.

Bu yaşadıklarımıza kıyasla, ilk başlarda o kadar korktuğumuz gece bile pek sevecen geliyordu artık. Geceyi gitgide bekler, hatta arzular olmuştuk. Gece ne de olsa üzerimize gündüz kadar kolayca ateş edilmiyordu. Dikkate almaya değer tek fark da buydu.

İşin özüne varmak kolay değildir, savaş söz konusu olduğunda bile, fantezi uzun süre direnişini sürdürür.

Ateşin köşeye kıstırdığı kediler eninde sonunda suya bile atlamaya razı olurlar.

Geceleyin, orada burada, o harikulade barış zamanını bir ölçüde andıran çeyrek saatler yakalayabiliyorduk, hani her şeyin selim olduğu, özünde hiçbir şeyin kayda değer sonuçlar doğurmadığı, her biri olağanüstü derecede, inanılmaz keyifli olabilen nice başka şeylerin gerçekleşebildiği, o artık varlığına inanılması güç olan zaman. Adeta ete kemiğe bürünmüş kadife yumuşaklığında bir mutluluktu, o barış zamanı…

Ancak kısa süre sonra geceler bile, onlar da, acımasız kovalamacalara dönüştü. Artık hemen her zaman, geceleri, hiç olmazsa yemek yiyebilmek, karanlığın ortasında bir uyku artığı yakalayabilmek için, yorgunluğunu biraz daha zorlamak, fazladan biraz daha acı çekmek gerekiyordu. Yemek öncü hatlara ulaşıyordu ulaşmasına, ama utanılacak derecede sürüngen ve ağır, eğreti kağnılardan oluşan uzun ve topal kortejler halinde, et, esir, yaralı, yulaf, pirinç ve jandarma, ama bir de şarap dolu, hem de damacanalarla geliyordu şarap, açık saçık eğlenceleri ne de güzel andıran, sarsak ve şişkin.

Demirci ocağının ve ekmeğin ardından, yayalar geliyordu, geride kalmışlar, bizim esirler, bir de onlarınkiler, kelepçeli, şuna ya da buna mahkûm olmuş, birbirine karışmış, jandarmaların üzengilerine bileklerinden bağlanmış, kimisi yarın kurşuna dizilecek, ama diğerlerinden daha üzgün bir halleri yok. Yolun kenarında, konvoyların yeniden harekete geçmesini beklerken, onlar da yiyor, sindirilmesi pek de güç olan (buna yetecek zamanları olmayacaktı) tonbalığı tayınlarını – üstelik o son ekmeklerini de kendilerine zincirlenmiş bir siville paylaşıyorlar, casus olduğu söylenen, ama o bundan habersiz. Biz de.

O andan itibaren alay işkencesi bu kez de geceye özgü biçimiyle devam ediyordu, ışıktan ve insandan mahrum kalmış köyün o kalbura dönmüş sokakçıklarında, el yordamıyla, insanlardan bile daha ağır çuvalların yükü altında iki büklüm, o meçhul ambar senin öteki benim, azarlanarak, tehdit edilerek, bir ona bir ötekine, şaşkın, üstelik de nedenini dahi bilmeksizin, durduk yere, adam öldürmek ya da kendi bağırsaklarını deştirtmekten başka becerisi kalmamış sapık bir çılgınlar sürüsü tarafından kanımızın son damlasına kadar kandırılıp işkence edilmiş olmanın tiksintisi dışında, tehdit ve gübre suyu dışında bir sonumuz olabileceği umudunu dahi taşıyamadan.

İki parça tezek malzemesi arasında sürünürken, bir süre sonra küfür ve tekme yiye yiye rütbeliler tayfası tarafından yerden kaldırılıp, yeniden konvoyun diğer yüklerini taşımaya yollanıyorduk, bir kez daha.

Köyün her tarafından yiyecek ve manga taşıyordu, yağ, elmalar, yulaf, şeker yüklü gecenin ortasında, bütün bu malzemeyi sırtlamak ve yolda karşınıza çıkan her mangaya bölük pörçük dağıtarak başınızdan atmak gerekiyordu. Konvoyda ne arasan vardı, kaçış dışında.

Angaryacılar, canlarından bezmiş, kağnının çevresine yıkılıyorlardı, işte bu larvaların üzerinde gezdirdiği feneriyle tam o sırada çıkagelirdi iaşe subayı. O hengâmenin içinde bile mutlaka bir yalak bulma derdindeki o çift çeneli maymun. Su içme sırası atlarda! Gelgelelim adamlardan dördünün, kıçlarını bile daldırdıkları suyun içine boyunlarına kadar batmış halde, uykusuzluktan baygın düşüp sızdıklarına bile tanık oldum ben kaç kez.

Yalaktan sonra bir de çiftliği ve geldiğimiz sokağı bulmak gerekecekti, hani o mangayı bıraktığımızı sandığımız yeri. Bulamazsak, bir kez daha bir duvarın dibine yıkılmaktan başka çaremiz kalmayacaktı, bir saatçik olsun kestirebilmek için, tabii kalmışsa o bir saat. Bu öldürülme mesleğini icra ederken nazlanmanın âlemi yoktur, sanki yaşam kaldığı yerden sürüyormuş gibi davranmak gerekir, en zor olanı da budur zaten, bu yalan.

Daha sonra yük arabaları gerisin geriye gidiyorlardı. Şafaktan kaçan konvoy, çarpık çurpuk tekerlerini gıcırdata gıcırdata tekrar yola koyuluyordu, ben de arkasından beddua ediyordum, bir baskına uğrasa, parçalansa, hatta o gün oracıkta yakılsa diye, askeri gravürlerdeki gibi, yağmalanıverseydi keşke o konvoy, her şeyiyle, tüm refakatçi jandarma gorilleriyle, at nallarıyla, eli fenerli uzatmalılarıyla, içerdiği her türlü angaryayla ve ille de bir daha asla pişirilemeyecek ve de bir daha asla görmeyeceğimiz o mercimekleri ve bilumum unlarıyla. Çünkü maksat gebermekse, yorgunluktan ya da başka şeyden, çuvalları yüklenip geceyi onlarla doldurmak yine de bunu becerebilmenin en acı veren şekliydi.

Günün birinde birileri şu aşağılık herifleri hakladıklarında, hem de dingillerine kadar, artık mecburen yakamızdan düşecekler, diye düşünüyordum, böylece hiç olmazsa bir kerecik olsun ruhen ve bedenen deliksiz bir uyku çekebilecektik, yalnızca tek bir gece boyunca olsa bile.

Şu iaşe denen şey, ek bir kâbus, koca savaş canavarının üstüne binen onun ömür törpüsü yavrusu. Öne, yana, arkaya. Her tarafa yerleştirmişlerdi o orman kaçkınlarını. Tecilli birer ölüm mahkûmu olan bizler, feci bir uyuma arzusunun ötesine geçemiyorduk, onun dışında her şey eziyete dönüşüyordu, yemek yeme zamanı ve çabası dahil. Orda daha önce gördüğümüzü sandığımız bir dere parçası, şurada bir duvar ucu... Manganın çiftliğini bulmak için kokulardan yardım alıyorduk, terk edilmiş köylerin gecesinde yeniden köpeğe dönüşmüştük. En iyi yön tayin aracı bok kokusudur.

İaşe onbaşısı, alayın nefretlerinin bekçisi, şimdilik evrenin hükümdarı. Gelecekten söz eden her kimse namussuzdur, tek geçerli olan güncel olandır. Kendi ölümsüzlüğüne değinmek, solucanlara söylev çekmeye benzer. Savaş köyünün gecesinde, onbaşı, yeni açılan büyük mezbahalara yollanmak üzere bekleyen insan kılıklı hayvanların çobanıydı. Kraldı onbaşı! Ölüm Kralı! Onbaşı Cretelle*! Öyle işte! En güçlü o, başka güçlü yok. Onun kadar güçlüsü olsa olsa ötekilerin bir onbaşısı olabilirdi, karşıdakilerin.

Köyde, canlı niyetine hiçbir şey kalmamıştı, sadece ürkmüş kediler. Eşyalar, önceden iyice parçalanarak, mutfak kullanımı için ateş yakmaya yarıyordu, sandalyeler, koltuklar, yemek dolapları, en hafifinden en ağırına kadar. Sırtta taşınabilecek ne varsa da alıp götürüyordu, sevgili arkadaşlarım. Taraklar, küçük lambalar, fincanlar, küçük havai şeyler, hatta gelin taçları bile, ne varsa gidiyordu. Sanki önümüzde yaşayacak uzun yıllar vardı da! Oyalanmak için çalıyorlardı, daha önlerinde uzun zaman varmış gibi yapmak için. Ebedi yaşam arzuları.

Top, onlar için gürültüden ibaretti. İşte bu yüzden savaşlar sürüp gidebiliyor. O savaşın içindekiler bile, savaşırken onu imgeleyemiyorlar. Karınlarına kurşunu yemişken bile yoldan geçerken "hâlâ işe yarar" buldukları eski sandaletleri yerden toplamaya devam edebilirlerdi. Çayırda yan yatmış koyun da böyledir işte, bir yandan can çekişir bir yandan otlanmaya devam eder. İnsanların çoğu ancak son anda ölürler; kimileri ise yirmi yıl öncesinden, hatta daha bile erken başlarlar bu işe. Onlar işte dünyanın düşkünleridir.

Bana gelince, pek de uslu sayılmazdım, öte yandan büs-

* Cretelle: Fransızcada *bretelle* sözcüğünü (tüfek kayışı ya da pantolon askısı) anımsatıyor (onbaşı Gayış gibi).

bütün korkak olacak kadar da pratik yönümü geliştirmiştim. Sanırım bu kararlılık nedeniyle olsa gerek çevremde çok dingin bir izlenim uyandırıyordum. Sonuçta, yüzbaşımıza, yani Ortolan'ın ta kendisine, çelişkili bir güven aşılamakta olduğumdan, bana o gece için çok hassas bir görev vermeyi kararlaştırdı. Yapılması gereken, diye açıkladı bana sır verir gibi, atına atlayıp, kamp kurduğumuz köyden on dört kilometre ötedeki bir dokumacı köyü olan Noirceur-sur-la-Lys'ye gün ağarmadan ulaşmak. Düşmanın orada olduğunu bizzat, yerinde müşahede etmeliymişim. Bu konuda, sabahtan beri, oraya yollananların tek becerdikleri şey birbirini tutmayan bilgiler vermekti. General des Entrayes sabırsızlanıp duruyordu. Bu keşif vesilesiyle manganın en az cerahat akıtan atlarından birini seçmeme izin verdiler. Çok uzun süredir yalnız kalmamıştım. Öyle olunca seyahate gidiyormuşum gibi geldi. Ama bu kurtuluş tamamen düşseldi.

Yola koyulur koyulmaz, yorgunluk nedeniyle olsa gerek, kendi cinayetimi yeterince ayrıntılı, kesin biçimde bir türlü düşleyemedim. Bir ağaçtan öteki ağaca, şangır şungur ilerliyordum. Yalnızca güzelim kılıcım bile, çıngar çıkarma açısından, bir piyanodan aşağı kalmıyordu. Acınacak halde miydim bilmiyorum, ama kesin olan şu ki, gülünçtüm.

Zillerle kuşanmış halde beni bu sessizliğin içine yollarken General des Entrayes ne düşünmüştü acaba? Beni düşünmemişti, besbelli.

Anlatılanlara bakılırsa, Aztekler Güneş tapınaklarında haftada seksen bin mümini düzenli olarak boğazlıyorlarmış, onları böylece bulutlar tanrısına kurban ediyorlarmış, yağmur yağdırsın diye. Savaş denen şeyi görmedikçe insanın böyle şeylere inanası gelmiyor. Ama bir kez savaşı yakından görünce, her şey aydınlanıyor, Aztekler de, başkasının bedenine değer vermeyişleri de, belli ki benim mütevazı işkembem de aynı şekilde değersizdi, yukarıda adı geçen generalimiz Céladon des Entrayes'ın gözünde, rütbesi yükseldikçe belli bir tanrıya dönüşmüştü, o da, feci derecede doyumsuz bir tür güneşçik olmuştu.

Azıcık bir umudum kalmıştı, o da esir düşmek. İncecik

bir umuttu, ip gibi. Gecenin ortasında bir ip, çünkü koşullar pek de kibarca girizgâhlara yatkın değildi. Bu gibi durumlarda sıkılan kurşun, sıkılacak elden daha çabuk ulaşıyordu insana. Zaten, Avrupa'nın öbür ucundan özel olarak beni katletmek için gelmiş olan ve adı üstünde düşman olan o askere ne diyebilirdim ki?... Bir saniye olsun tereddüt etse bile (bu da bana yeterdi), ne diyecektim ona?... Sonra, kim bilir aslında neyin nesidir? Herhangi bir mağazada memur? Uzatmalı bir profesyonel? Belki de bir cenaze levazımcısı? Sivil hayatta? Bir aşçı?... Atlar bayağı şanslı, çünkü her ne kadar onlar da, bizler gibi, savaşın ceremesini çekiyorlarsa da, hiç olmazsa onu desteklemeleri, gereğine inanır gibi yapmaları beklenmiyor onlardan. Bahtsız, ama özgür atlar! Galeyan denen o kaltak, maalesef! bize mahsus.

O sırada yolu çok iyi ayırt edebiliyordum, kenarlarda, arazideki balçığın üstüne oturtulmuş, tümüyle sessiz, soluk kütleler halinde, düzensiz koca buz parçaları gibi, ay ışığının duvarlarını beyazlattığı evlerin oluşturduğu büyük kareleri, hacimleri de. Her şeyin biteceği yer burası mıydı yoksa? Defterim dürüldükten sonra daha ne kadar zaman geçirecektim, bu yalnızlıkta? Sıfırı tüketmeden önce? Ya hangi çukurda? Bu duvarların hangisi boyunca? Belki de uzun uzadıya can çekişmemi beklemeden bitirirlerdi işimi? Bir bıçak darbesiyle? Bazen elleri de koparırlarmış, gözleri, hatta gerisini de... Bu konuda öyle şeyler anlatılıyordu ki, hem de pek iç açıcı olmayan cinsten! Kim bilir?... Atın atacağı bir adım... Bir adım daha... yetecekti belki? Bu hayvanların her biri, birbirine yapışmış, demir ayakkabılar giymiş iki insan gibi koşuyorlardı, garip, tamamen uyumsuz bir jimnastik adımıyla.

Kaburga kafesinin ardındaki yüreğim sıcacık, tavşan gibi, kıpır kıpır, büzüşmüş, şapşal.

İnsan kendini birden Eiffel Kulesi'nden aşağı attığında da bu tür şeyler hissediyor olsa gerek. Kendini havadayken tekrar yakalayabilmeyi ister herhalde.

Tehdidini gizledi benden, bu köy, ancak yine de tam değil. Bir meydanın ortasında, minnacık bir fıskıye sırf benim için lıkırdıyordu.

O akşam her şey bana aitti, yalnızca bana. Nihayet bir şeylere sahiptim, ay, köy, müthiş bir korku. Yeniden atımla yola koyulacaktım. Noirceur-sur-la-Lys'ye varmak için daha en az bir saat yol tepmek gerekecekti, derken bir kapının üzerinde iyice gizlenmiş bir ışık gördüm. Dosdoğru o ışığa yöneldim, böylece de bir tür cürete sahip olduğumu keşfettim, firari amaçlı bir cüretti bu elbette, ama yine de hiç hesapta yoktu. Işık çabucak kayboldu, ama onu basbayağı görmüştüm. Kapıyı yumrukladım. Israr ettim, yine yumrukladım, çok yüksek sesle, yarı Almanca yarı Fransızca, sırayla, her ihtimale karşı, seslendim o gölgenin dibine saklanmış meçhul kişilere.

Kapı sonunda aralandı, tek kanadı.

"Kimsiniz?" dedi bir ses. Kurtulmuştum.

"Ben bir Dragon süvarisiyim.

— Fransız mı?" Konuşan kadını görebiliyordum.

"Evet, Fransız...

— İyi de buradan az önce Alman Dragon süvarileri de geçti... Fransızca konuşuyordu onlar da...

— Evet ama, ben sapına kadar Fransız'ım...

— Yaa?..."

Şüphe eder gibi bir hali vardı.

"Neredeler peki şimdi? diye sordum.

— Saat sekiz gibi Noirceur'e gittiler..." Eliyle kuzeyi işaret ediyordu bir yandan.

Bir genç kız, şalı, beyaz önlüğü, çıkıyorlardı şimdi gölgenin içinden, kapının eşiğine kadar.

"Ne yaptılar size? diye sordum, Almanlar?

— Belediyenin yanında bir ev yaktılar sonra da buracıkta erkek kardeşimi öldürdüler, karnını mızrakla deşerek... Onların Rouge* köprüsünün üstünden geçişini seyrederken oyun oynadığı için... Bakın! diye gösterdi bana... Orada duruyor..."

Ağlamıyordu. Işığını görmüş olduğum mumu yeniden yaktı. Dipte de –gerçekten– denizci kıyafeti giymiş, şilteye uzatılmış küçük cesedi gördüm; hem boynu hem de kafası, mavi kenarlı koca bir yakadan dışarı sarkıyordu, mumun ışığı kadar soluk. Kolları, bacakları ve sırtı kıvrılmış, kendi ekseni üzerinde bükülmüştü çocuk. Mızrak darbesi karnının ortasında sanki bir

* *Rouge* = kırmızı, kızıl.

ölüm ekseni oluşturmuştu. Anası ise, yanda, diz çökmüş, hüngür hüngür ağlıyordu, babası da. Sonra da hep birlikte yine inlemeye başladılar. Oysa ben çok susamıştım.

— Bana satabileceğiniz bir şişe şarabınız yok mu? diye sordum.

— Anaya sormalısınız... Hâlâ kalıp kalmadığını belki o bilir... Almanlar bol miktarda alıp götürdüler az önce...

Derken, maruzatıma ne gibi bir karşılık vereceklerini aralarında tartışmaya başladılar, hem de alçak sesle.

— Kalmamış! diye gelip bana haber verdi genç kız, Almanlar hepsini aldılar... Oysa kendiliğimizden vermiştik onlara, hem de bir sürü...

— Vallahi öyle, ne içtiler ama! diye belirtti, ağlamayı birden kesmiş olan ana. İçmesini seviyorlar...

— Hem de yüz şişenin üzerinde, kesinlikle, diye ekledi baba, hâlâ diz çöker durumdaydı.

— Bi tane bile mi kalmadı yani? diye ısrar ettim, hâlâ umudumu kesmeden, çünkü öylesine çok susamıştım ki, özellikle de beyaz şaraba, o iyice acı olanından, insanı biraz kendine getireninden. Parasını ödemeye hazırım...

— Tek kalan, çok iyi cins şarap. Şişesi beş frank değerinde... diye razı oldu o zaman anne.

— Pekâlâ!... Ve beş frankımı cebimden çıkardım, iri bir madeni para.

— Git bir tane getir! diye alçak sesle emretti ablaya, ana.

Abla mumu aldı, bir saniye sonra da gizledikleri yerden litrelik şişeyi getirdi.

İstediğimi aldığıma göre, artık bana yol görünmüştü.

— Geri gelirler mi? diye sordum, yeniden endişelenip.

— Belki, dediler hep birlikte, ama o zaman da her şeyi yakarlar... Giderken öyle yapacaklarına yemin ettiler...

— Gidip bir bakayım.

— Pek cesur birine benziyorsunuz... İşte o taraftan! diye Noirceur-sur-la-Lys istikametini işaret ediyordu bana baba... Hatta gidişimi izlemek için yolun kenarına kadar bile geldi. Anne ve kız, ürkmüş, küçük cesedin yanında kaldılar, gece boyu başucundan ayrılmama niyetiyle.

— İçeri gel! diye sesleniyorlardı ona. Dönsene. Ne işin var senin yollarda, Joseph ...

— Pek cesur birine benziyorsunuz, dedi yine baba ve elimi sıktı.

Atıma atlayıp Kuzey istikametine yöneldim.

— Bari onlara hâlâ burada olduğumuzu söylemeyin! Kız sırf arkamdan bağırarak bunu söylemek için dışarı çıkmıştı.

— Yarın nasıl olsa kendi gözleriyle görürler, diye yanıtladım, hâlâ burada mısınız değil misiniz! Yüz paramı* vermekten hiç de hoşnut kalmamıştım. Aramıza o yüz para girmişti. Nefret etmek için yeter de artar bile, yüz para, hem de hepsinin gebermesini arzulamaya da yeter! Harcayacak aşk yok bu dünyada, yüz paralar oldukça.

— Yarın! diye yineliyordu, onlar, kuşku içinde...

Yarın, onlar için de çok uzaktı, fazla bir anlamı yoktu, böyle bir yarının. Hepimiz için söz konusu olan, özünde bir saat daha yaşamaktı, üstelik, her şeyin cinayete indirgendiği bir dünyada, tek bir saat bile başlı başına bir olguydu.

Fazla uzun sürmedi. Ağaçtan ağaca tırıs gidiyordum ve her an tutuklanmayı ya da kurşuna dizilmeyi bekliyordum. Sonra, bir şey olmadı.

Küçük bir tepenin doruğuna ulaştığımda, ağır adım, geceyarısını geçeli en fazla iki saat olmuştu. Birden, bulunduğum yerden, aşağıda sıra sıra aydınlanmış sokak lambaları gördüm, ardından da, ön planda, vagonlarıyla, lokantasıyla ışıl ışıl bir tren istasyonunu, ancak hiç ses gelmiyordu... Hiç. Sokaklar, caddeler, sokak lambaları ve başka çift sıra ışık demetleri, koskoca mahalleler, çevresinde kalan kısımdaysa, yalnızca karanlık ve boşluk, kentin çevresine göz koymuş, sere serpe yayılmış, kente gelince, o önümde uzanmış duruyordu, koca kent kaybolmuş gibiydi, yanan ışıklarıyla, gecenin ortasına saçılmış. Attan indim, küçük bir tümseğin üstüne oturup bu manzarayı bir süre seyrettim.

Gelgelelim, Almanların Noirceur'e girip girmedikleri konusunda bu bana bir fikir vermiyordu, ancak bu gibi durumlarda genellikle her yeri ateşe verdiklerini bildiğimden, kenti hemen

* Para (*sou*): Fransız Devrimi öncesinin para birimi. 0,05 frank değerindeki en küçük madeni paranın (5 *centimes*) halk arasındaki adı.

ateşe vermediklerine göre, o zaman ola ki garip düşünceleri, sıradışı planları vardı.

Top da yoktu, kuşkulu bir durumdu bu.

Atım da uzanmak istiyordu. Dizginlerini çekiştiriyordu, bu nedenle de başımı çevirdim. Tekrar kent tarafına baktığımda, bir şeyler önümdeki tümseğin biçimini değiştirmişti, çok bir şey değil elbette, ama yine de seslenmeme yetecek kadar. "Hey, kim var orda?..." Gölgenin duruşundaki bu değişiklik iki adım ötede olmuştu... Bu birisi olmalıydı...

— O kadar yüksek sesle bağırma! diye yanıtladı, tipik Fransız tınıları olan ağır ve boğuk bir erkek sesi.

— Sen de mi geride kaldın tertip? diye sordu bana aynen. Artık onu görebiliyordum. Bir piyadeydi, kasketinin siperi "şafağı yakın"* olanlarınki gibi iyice kalkık. Bunca yıl sonra bile o anı, karaltısının otların arasından çıkışını gayet iyi anımsıyorum, eskiden panayırların poligonlarında askerlerin hedef oluşturduğu gibi.

Birbirimize yaklaşıyorduk. Tabancam elimdeydi. Az daha, nedenini bilmeden ateş edecektim.

— Baksana, diye sordu, sen onları gördün mü?

— Hayır, ama buralara onları görmeye geldim.

— 145. Dragon Süvarisi'nden misin?

— Evet, ya sen?

— Ben, yedeklerdenim...

— Aaa? deyiverdim. Şaşırtmıştı beni, yedek olması. Savaşın başından beri ilk kez bir yedeğe rastlıyordum. Bizler şimdiye kadar hep muvazzaflarla karşılaşmıştık. Suratını görmüyordum, ama sesi daha şimdiden bizimkilerden farklıydı, sanki daha hüzünlü, dolayısıyla bizimkilerden daha geçerli. Bu nedenle de ona biraz olsun güvenmekten kendimi alamıyordum. Bu da bir şeydi.

— Ben bıktım, diye yineledi, gidip kendimi Almanlara enselettireceğim.

Lafını esirgemiyordu.

— Nasıl yapacaksın peki?

Birden çok ilgimi çekmişti projesi, her şeyi bir yana bırak, kendini enselettirmeyi başarmayı nasıl becerecekti ki?

* Terhisi yakın olanlar.

— Henüz bilmiyorum...

— Bari tüymeyi nasıl başardığını anlat?... Gidip kendini enselettirmek kolay değil!

— Bana ne, gidip teslim olurum.

— Korkuyorsun demek?

— Korkuyorum, ayrıca da bu iş çok hıyarca bence, fikrimi sorarsan eğer, Almanlardan bana ne yahu, bana bir zararları dokunmadı ki...

— Sus, dedim ona, ya bizi bir dinleyen olursa...

Almanlara nazik davranmak ister gibiydim. Oldu olacak, bana açıklamasını isterdim şunun, yani şu yedeğin, nasıl oluyordu da tüm diğerleri gibi savaşmak için gerekli cesaretten ben de tamamen yoksundum... Ama o hiçbir şey açıklamıyordu, bıktığını yineleyip duruyordu.

Derken alayının bir gün önce, sabaha karşı, nasıl bozguna uğradığını anlattı bana, hem de tarlanın ortasında yanlışlıkla onun birliğine ateş açan bizim avcı piyadeler yüzünden. O sırada daha beklenmiyorlarmış. Öngörülenden üç saat erken gelmişler. O zaman da avcılar, yorgun, şaşkın, onlara kurşun yağdırmışlar. Ben bu filmi daha önce görmüştüm, bana da oynatmışlardı.

— Ben de tabii, deli misin, ne biçim istifade ettim fırsattan! diye ekliyordu. Robinson, dedim kendi kendime! Robinson benim adım!... Robinson Léon! Şimdi vınladın vınladın, dedim kendi kendime!... Öyle dimi? Dolayısıyla küçük bir koruya daldım ve orada, bak şu işe, yüzbaşımıza rastladım... Bir ağaca yaslanmıştı, ayvayı yemişti bizim kıl yüzbaşı!... Gebermekteydi anlayacağın... İki eliyle karnını tutmuş can çekişiyordu... Gözleri fıldır fıldır, her yerinden kanlar akıyordu... Yanında kimse yoktu. İşi bitikti... "Anneciğim, anneciğim!" diye zırlıyordu, bir yandan geberip kan işerken...

"Kes! dedim ona. Ananın umurundaydı sanki!"... Aynen öyle, yaa, yanından geçerken!... Geçiriverdim lafı!... Ne de hoşuna gitmiştir adinin, dimi? dimi ama, moruk!... Yüzbaşıya ağzının payını verme fırsatı her gün geçmez insanın eline... Geçti mi de kaçırmamalı. Kırk yılda bir!... Sonra da bir an önce siktir olup gitmek için, teçhizatı attım üzerimden, silahları da... Yandaki bir küçük su birikintisine... Düşünsene, ben, yani şu an karşında duran adam, kimseyi öldürmeyi istemiyorum, ben asla böyle bir şey öğrenmedim... Ben zaten kavga işlerini de hiç sevmedim, barış zamanında bile... Çekip giderdim... Öyle olunca da, anlıyor musun?... Sivil yaşamda, düzenli olarak fabrikaya gitmeye çalışırdım... Hatta biraz oymacı bile sayılabilirdim, ama pek de sevmiyordum, kavgalar yüzünden, akşam gazetelerini satmayı yeğlerdim, hem de iyi tanındığım sakin bir semtte, Merkez Bankası civarlarında... Yani Place des Victoires'da anlayacağın... Rue des Petits-Champs... Benim payıma düşen buydu... Asla Rue du Louvres ve öte yandan Palais Royal'i geçmezdim, çaktın manzarayı dimi... Sabahları da esnafın alışveriş işlerine bakardım... Ara sıra öğleden sonraları da bir teslimat, idare ediyordum işte... Bir tür kol emekçisi yani... Ama ben silah milah istemem!... Ya Almanlar seni elde silahla görürlerse, ha? İşin bitik! Oysa, benim şimdi yaptığım gibi öyle avare avare dolaşırsan... El elde baş başta... Seni esir almakta daha az zorlanacaklarını hissederler, anlıyor musun? O zaman karşılarındakinin ne mal olduğunu bilirler... Aslında keşke Almanların karşısına cascavlak çıkabilsek, en iyisi o... At gibi! O zaman hangi ordudan olduğunu bile bilemezler dimi?...

— Bak bu doğru!

Anladım ki yaş az buz bir şey değilmiş, fikirler açısından. İnsanı şıp çözüm bulucu kılıyor.

"Ordalar, dimi?" Birlikte şansımızı tartıyor, değerlendirmeye çalışıyorduk, geleceğimizi, sessizliğe bürünmüş kentin bize sunduğu büyük ışıklı planda iskambil falına bakar gibi tayin etmeye çalışıyorduk.

"Gidiyor muyuz?"

Önce demiryolunun ötesine geçmek gerekiyordu. Nöbetçi varsa hedef tahtası olurduk. Belki de olmazdık. Duruma göre. Tünelin altından mı, üstünden mi geçsek?

"Acele etmeliyiz, diye ekledi şu Robinson... Bu işi gece yapmak gerek, gündüz kimse gözünün yaşına bakmaz, herkes gösteriş peşindedir, yani anlayacağın, gündüz, savaş zamanında bile kimin ne bok yediği belli değildir... Beygirini de alıyor musun?"

Beygiri de aldım. Ne olur ne olmaz, eğer kötü karşılanırsak daha çabuk kaçmak için. Hemzemin geçide geldik, kırmızı beyaz koca kollarını kaldırmıştı. Daha önce bu biçimde bariyer görmemiştim hani. Paris civarlarında böylesi yoktur.

— Sence şehre girmişler midir?

— Kesinlikle! dedi... Sen yürümene bak!...

Artık gerçek yiğitler kadar yiğit olmak zorundaydık, arkamızdan aheste aheste gelmekte olan at yüzünden, sanki tüm gürültüsü patırtısıyla bizi arkadan iter gibiydi, bir tek onun sesi duyuluyordu. Tak! ve tuk! nallarıyla. Tam da yankının ortasına vurup duruyordu, oralı bile olmadan.

Şu Robinson da bizi buradan kurtarmak için geceye mi güveniyordu yani?... Issız sokağın ortasında adım adım ilerliyorduk, numara yapmaya falan da yeltenmeden, üstelik de uygun adım, talimdeymişiz gibi.

Haklıydı Robinson, gündüz acımasızdı, yerden göğe kadar. Yoldaki şu yürüyüşümüzle ikimiz de hâlâ bayağı zararsız görünüyor olmalıydık, hatta bayağı saf, izinden dönermiş gibi. "1. Hafif Süvari Alayı'nın tümünün esir alındığından söz edildiğini duydun mu?... Lille'de?... Söylenene göre kente öylesine dalmışlar, nerden bilsinler tabii, dimi! en önde de Albay... Ana caddelerden birinde ahbap! Kapanıvermiş... Önden... Arkadan... Her yer Alman dolu!... Pencerelerde!... Her yerde... Al sana işte... Fareler gibi kıstırılmışlar! Fareler gibi! Ulan ne şans be!...

"Vay! adiler!...

— Vay anasını yahu! Vay anasını yahu!..." Bu muhteşem ele geçiriş karşısında ağzımız açık kalmıştı, bu kadar net, bu kadar kesin... Ağzımızın suyu akmıştı yani. Dükkânların tüm kepenkleri kapalıydı, küçük evlerin de, o ön taraftaki küçük bahçeleriyle, hepsi pek bir temiz pak. Ne var ki postaneyi geçince bu evlerden birinin, diğerlerinden daha beyaz, tüm pencerelerindeki tüm ışıklarının ışıl ışıl yandığını gördük, zeminden asma kata kadar. Gidip kapıyı çaldık. Atımız hâlâ peşimizdeydi. İrikıyım ve sakallı bir adam kapıyı açtı. "Ben Noirceur'ün belediye başkanıyım", diye derhal açıkladı, bizim ona sormamıza fırsat vermeden "ve Almanları bekliyorum!" Derken kim olduğumuzu anlayabilmek için ay ışığına çıktı belediye başkanı. Bizim Alman olmayıp da bal gibi Fransız olduğumuzu görünce, artık o kadar resmi davranmadı, sadece dostane. Tabii canı da sıkıldı. Bizi pek beklemediği apaçıktı, aldığı önlemleri, verdiği kesin kararları biraz bozar şekilde gelmiştik. O gece Almanlar Noirceur'e girecekti, ona haber verilmişti ve her şeyi valilikle ayarlamıştı, albayları buraya, ambulansları şuraya, vb. Ya şimdi gelecek olsalar? Biz buradayken? Haliyle terslik çıkardı! Kaçınılmaz şekilde ortalık karışırdı... Bunu bize açıkça söylemedi, ama aklından geçenin bu olduğu besbelliydi.

Ardından da bize kamu yararından söz etmeye başladı, geceyarısı, oracıkta, içinde kaybolduğumuz sessizliğin ortasında. Yalnızca kamu yararı... Toplumun malı mülkü... Noirceur'ün ona emanet edilen sanatsal kalıtı, kutsal bir emanet, daha kutsalı olamaz... Özellikle de XV. yüzyıldan kalma kilise... Ya gidip XV. yüzyıldan kalma kiliseyi yakarlarsa? Komşu Condé-sur-Yser'de yaptıkları gibi! Yaa?... Sırf canları sıkıldı diye... Bizi burada bulmanın yaratacağı düş kırıklığıyla... Üzerimize binen sorumluluğun tüm ağırlığını hissettirdi bize... Ah o bizim gibi bilinçsiz genç askerler yok muydu!... İçinde hâlâ düşman askerlerin dolandığı şüpheli kentleri sevmezlermiş Almanlar. Bunu bilmeyen mi kalmıştı canım...

O bizimle bu şekilde alçak sesle konuşurken, karısıyla iki kızı, dolgun ve iştah kabartan sarışınlar, ara ara lafın orasından burasından girip onu hararetle destekliyorlardı... Uzun lafın kısası, istenmiyorduk. Aramızda duygusal ve arkeolojik değerler uçuşuyordu, birden güç kazanmışlardı, Noirceur'de gecenin bu saatinde onlara karşı çıkabilecek kimse de olmadığına göre... Belediye başkanının yakalamaya çalıştığı hayaletlerdi onlar, vatanperver, ahlaki, sözcüklerle desteklenen, ancak hemencecik kayboluyorlardı, bizim korkaklığımıza, bencilliğimize, ama aynı zamanda da gerçekliğin ta kendisine yenik düşerek.

Noirceur belediye başkanı dokunaklı çabalarla tüketiyordu kendini, Görevimizin derhal cehennemin dibine siktir olup gitmek olduğuna bizi ikna etmek için canla başla uğraşıyordu, bizim binbaşı Pinçon kadar kaba olmasa da, kendi çapında en az onun kadar kararlıydı.

Sonuçta, tüm bu güç sahiplerinin karşısına çıkarabileceğimiz tek kesin şey, olsa olsa ikimizin de ölmek ve yanmak konusundaki isteksizliğimiz olurdu. Cılız bir gerekçe, hele bu tür şeylerin savaş sırasında pek sözü edilemeyeceği düşünülürse. Dolayısıyla başka ıssız sokaklara dönmek zorunda kaldık. Sonuçta o gece karşıma çıkanların hepsi bana ne mal olduklarını göstermişlerdi.

— Bendeki de ne şans! diye hayıflandı Robinson, yolda giderken. Görüyorsun işte, şimdi sen şöyle bir Alman olabilmiş olsaydın, nasıl olsa iyi çocuksun, beni mutlaka esir alırdın ve bu işi de böylece halletmiş olurduk... İnsan savaş sırasında kendi kendinden kolay kolay kurtulamıyor!

— Ya sen, dedim ona, sen Alman olsaydın sen de esir almaz mıydın beni? O zaman belki onların askeri madalyasını bile kazanırdın! Eminim Almanca garip bir adı vardır o askeri madalyalarının, dimi?

Hâlâ yolumuzun üstünde bizi esir olarak kabul etmeye hazır kimse olmadığı için, sonunda mecburen gidip küçük bir parktaki banka oturduk ve Robinson Léon'un sabahtan beri cebinde taşıyıp ısıttığı konserve tonbalığını yemeye koyulduk. Artık çok uzaklarda top sesi duyuluyordu, ama gerçekten çok uzaklarda. Keşke hepsi birden, yani tüm o hasımlar, kendi köşelerinde kalıp bizi rahat bırakabilselerdi burda!

Sonra da bir rıhtım boyunca ilerledik; derken yarısı boşaltılmış mavnaların karşısına geçip, suyun içine, fışkırta fışkırta işedik. Atı hâlâ dizginlerinden tutup peşimizden sürüklüyorduk, koskoca bir köpekmiş gibi, ama köprünün yakınında, salcının tek göz evinde, yine bir şiltenin üzerinde bir ceset daha vardı, yapayalnız bir Fransız, atlı avcı birliği binbaşısı, üstelik suratı biraz da şu Robinson'u andırıyordu.

— Ne de çirkin yahu! diye dikkatimi çekti Robinson. Ben ölüleri hiç sevmem...

— İşin ilginç tarafı, diye yanıtladım onu, biraz seni andırıyor. Seninkine benzer uzun bir burnu var, üstelik sen de ondan pek genç sayılmazsın...

— O senin gördüğün şey, biraz da yorgunluktan, ister istemez hepimiz birbirimize biraz benziyoruz, ama eğer beni daha önceden görmüş olsaydın... Her Pazar bisiklete bindiğim dönemlerde!... Yakışıklı heriftim! Eh, bir baldırlarım vardı ki, moruk! Spor yapmaktan, biliyo musun! Kalçaları da geliştirir bu spor...

Çıktık, ona bakmak için yaktığımız kibrit sönmüştü.

— Gördün mü, iş işten geçti, gördün mü!...

Uzun, grili yeşilli bir çizgi uzaktan yamacın doruğunu şimdiden belirginleştiriyordu, kentin sınırında, gecenin ortasında; Gün ağarıyordu. Bir gün fazla! Bir gün eksik! Bundan da, tüm diğerlerinden olduğu gibi, yakayı sıyırmak gerekecekti, günler, hepsi de gitgide daralan çembere benzeyen şeylere dönüşmüşlerdi, üstelik hepsi de kurşun parçaları ve yörüngeleriyle doluydu.

— Yarın akşam da buralara uğrarsın belki ha, ne dersin? diye sordu bana ayrılırken.

— Yarın akşam diye bir şey yok ki, moruk!... Sen kendini general mi sandın?

— Ben artık hiçbir halt düşünmüyorum, deyiverdi sonunda... Hiçbir şey, duydun mu!. Sadece ölmemeyi düşünüyorum... Bu yeterli... Diyorum ki, kazandığın her gün, kâr hanene yazılmış bir gündür!

— Haklısın... Eyvallah, moruk, iyi şanslar!...

— Sana da iyi şanslar! Belki yeniden görüşürüz!

İkimiz de ayrı ayrı savaşa döndük. Sonra neler oldu neler, bugün anlatılması kolay değil, çünkü bugünün insanları artık asla onları anlayamazlar.

Takdir edilmek ve saygı görmek için, yangından mal kaçırırcasına sivillerle iyi dost olmak zorunda kaldım, çünkü savaş ilerledikçe onlar, geride, gitgide daha adileşiyorlardı. Paris'e döndüğümde bu durumu hemen anladım, bunun yanı sıra, karılarının iyice kızıştığını, ihtiyarların çenelerinin düştüğünü, bir de ellerin sağda solda, onun bunun götünde, ceplerinde dolaştığını anladım.

Geridekiler savaşanların mirasına konuyordu, şan şöhret ve buna kahramanca, acı çekmeden katlanmanın yolları çabucak öğrenilmişti.

Kâh hastabakıcı, kâh acılı şehit anası kimliğindeki anneler artık koyu renk uzun başörtülerini takmadan, bir de belediye görevlisi aracılığıyla Bakan'ın onlara tam zamanında ulaştırdığı küçük diplomaları yanlarına almadan hiçbir yere gitmiyorlardı. Sonuçta, her şey bir şekilde düzene giriyordu.

Özenle hazırlanmış cenaze törenleri sırasında da herkes pek üzgündü elbette, gelgelelim insan yine de konulacak mirası, yakın zamanda çıkılacak tatili, alımlı ve söylenene bakılacak olursa ateşli dulu düşünmeden de edemiyordu, hâlâ yaşamını sürdürmeyi de, inadına, uzunca bir süre, hatta belki asla gebermemecesine... Kim bilir?

Cenazeyi izlerken, herkes sizi şapkasıyla göstere göstere selamlar. Hoş bir şeydir bu. Zaman artık terbiyeli davranma, saygıdeğer görünme, yüksek sesle gülmeme zamanıdır, yalnızca için için sevinebilirsiniz. Buna izin var. İçinden olursa her şey serbest.

Savaş zamanında, asmakatta dans edileceğine, mahzenlerde dans ediliyordu. Savaşanlar buna daha rahat katlanıyorlardı, bu işi seviyorlardı. Gelir gelmez istedikleri buydu, kimse de bu tavırları kuşkulu bulmuyordu. Aslına bakılırsa kuşku uyandıran biricik şey kahramanlıktır. Kendi bedeniyle kahramanlık? Oldu olacak yem olarak oltanın ucuna takılan solucandan da kahramanlık yapmasını talep edin, ne de olsa o da bizim gibi pembe, soluk ve gevşek.

Bana gelince, artık halimden şikâyetçi değildim. Hatta kazanmış olduğum askeri madalya, yaralanmam falan filan sayesinde özgürleşmekteydim bile denilebilir. Nekahet dönemindeyken getirmişlerdi bana madalyayı, hem de hastaneye kadar. Hemen o gün, tiyatroya, madalyamı sivillere göstermeye koştum, aralarda. Bayağı etkileyici oldu. Paris'te görülen ilk madalyalardı bunlar. Olay yaratmıştı!

Hatta Opéra-Comique'in fuayesinde Amerika'dan gelen tatlı Lola'yla da bu vesileyle tanıştım, ar damarımın tamamen çatlamasını da ona borçluyum.

Öyle bazı tarihler vardır ki, yaşamasaydım da olur diyeceğiniz aylar arasında öne çıkıverirler. Opéra-Comique'teki şu madalya gününün benim yaşantımdaki yerine gelince, belirleyici olmuştur.

İşte onun yüzünden, Lola'nın yüzünden Amerika Birleşik Devletleri'ni bayağı merak eder oldum, ona bir çırpıda sorduğum ve doğru dürüst yanıt vermediği sorular yüzünden. İnsan kendini yolculuklara böylesine kaptırmayagörsün, ne zaman dönebiliyorsa o zaman, ne halde dönebiliyorsa da o halde döner...

Sözünü ettiğim dönemde herkes Paris'te kendi küçük üniformasına sahip olmak istiyordu. Üniformasız kalan bir tek tarafsızlarla casuslardı, onlar da zaten neredeyse aynı kişilerdi. Lola'nın da vardı kendi resmi üniforması, hem de gerçek, çok sevimli bir üniforma, kızıl haçlarla süslenmişti her tarafı, kol ağızları, dalgalı saçları üzerine hınzırca hep yan yatırarak yerleştirdiği minnacık polis beresi. Otel müdürüne sır verir gibi söylediğine bakılırsa, Fransa'yı kurtarmak için bize yardım etmeye gelmişti, tabii gücünün yettiği kadar, ama tüm yüreğiyle! Birbirimizi anlamakta hiç güçlük çekmedik, ne var ki tam olarak anladık da denemez, çünkü yürek gücüyle yapılan işler bana bayağı sevimsiz gelmeye başlamıştı. Beden marifetiyle yapılanları yeğliyordum, mesele bundan ibaret. Yürek gücünden olabildiğince uzak kalmakta yarar vardı, bunu bana iyi öğretmişlerdi, savaşta, hem de nasıl! Bu dersi unutmaya da hiç niyetim yoktu.

Lola'nın yüreği yumuşacık, zayıf ve coşkuluydu. Vücuduysa pek tatlı, pek muhabbetliydi, haliyle ona olduğu gibi, yani tümüyle sahip olmam gerekmişti. Aslında iyi kızdı Lola, ancak aramıza savaş girmişti, insanlığın yarısını, muhabbet olsun olmasın, öbür yarısını mezbahaya yollamaya yönelten o rezil müthiş hınç. Öyle olunca, bu tür bir saplantı, kaçınılmaz olarak ilişkilerde sorun yaratıyordu. Nekahet dönemini olabildiğince uzatmaya kararlı olan ve çarpışmaların ateşli mezarlığındaki nöbet sırama dönmeye hiç niyeti olmayan bendenizin gözünde, katlimizin saçmalığı, kentte attığım her adımda daha da çarpıcı olarak belirginleşiyordu. Her tarafı inanılmaz boyutta bir hinoğluhinlik sarmıştı.

Ancak bu kapandan kurtulma şansım yok denecek kadar azdı, yırtabilmek için gerekli ilişkilerin hiçbirine sahip değildim. Tanıdıklar listemde yalnızca yoksul insanlar vardı, yani ölümleri kimsenin umurunda olmayan insanlar. Lola'ya gelince, paçayı sıyırmama yardım etmek için ona güvenilemezdi. Öyle bir hemşireydi ki o, bu tatlı çocuktan daha savaşkan bir yaratık –belki Ortolan dışında– düşlemek dahi olanaksızdı. Daha önceden kahramanlıkların çamur bulamacına batmamış olsaydım, onun o sevimli Jeanne d'Arc havası beni belki heyecanlandırır, imana gelmemi sağlardı, ancak, Place Clichy'de askere yazıldığımdan beri, her türlü sözel ya da gerçek kahramanlık bana artık dehşetengiz ölçüde itici geliyordu. İyileşmiştim, tamamen iyileşmiştim.

Amerikan Askeri Birliği'nin hanımlarının rahat etmesi için, Lola'nın da dahil olduğu hemşireler grubu Paritz oteline yerleştirilmişti, üstelik ona, özel olarak da ona, daha büyük kolaylık olsun diye bizzat otelin içinde özel bir birimin idaresinin sorumluluğu verilmişti (bunu sağlayacak ilişkileri vardı), Paris hastaneleri için hazırlanan elmalı lokma tatlıları biriminin. Her sabah binlerce düzinesi dağıtılıyordu bu şekilde. Lola bu tatlı görevi, bir süre sonra bayağı tatsız şekilde sonuçlanacak olan belli bir gayretkeşlikle yerine getiriyordu.

İtiraf etmek gerekir ki, aslında Lola ömründe hiç lokma tatlısı yapmamıştı. Öyle olunca da bir sürü paralı aşçı tuttu, bir iki denemeden sonra da lokmalar teslim edilebilecek hale gelebildi, tam zamanında, şuruplu, tam kızarmış, tatlı, tam ağzınıza layık. Dolayısıyla Lola'nın tek yapacağı şey, çeşitli hastanelere dağıtılmalarından önce tatlarına bakmaktan ibaretti. Lola her sabah saat on olur olmaz uyanır, banyosunu da yaptıktan sonra aşağı, mahzenlerin bitişiğinde en diplerde bulunan mutfağa inerdi. Bunu her sabah yapardı, altını çiziyorum, hem de sırtında, yola çıkmasından kısa bir süre önce San Francisco'lu bir dostunun ona hediye etmiş olduğu sarı siyah Japon kimonosundan başka hiçbir şey olmaksızın.

Sonuçta her şey yolunda gidiyordu ve gerçekten de tam savaşı kazanmak üzereydik ki, günün birinde, öğle yemeği saatinde onun allak bullak olduğunu gördüm, tabağına elini bile sürmek istemiyordu. Beklenmedik bir facia, ani bir hastalık kaygısıyla telaşa düştüm. Kendisini özen dolu sevgime emanet edip içini dökmesi için ona yalvardım.

Düzenli aralıklarla bir ay boyunca lokma tatmış olmanın sonucunda Lola en az bir kilo şişmanlamıştı! Nitekim, kullanılmak zorunda kalan fazladan deliğiyle küçücük kemeri faciaya tanıklık ediyordu. Derken sıra gözyaşlarına geldi. Elimden geldiğince onu teselli etmeye çalışırken, o heyecanla, taksiye atlayıp, muhtelif yerlerdeki nice eczaneyi dolaştık. Rastlantı bu ya, tüm tartılar, acımasızca, söz konusu kilonun gerçekten de alınmış olduğunu doğruluyordu, inkâr edilemez biçimde. Bu durumda, onun tam tersine "avanta" peşinde olan başka bir meslektaşına bu hizmeti devretmesini önerdim. Lola, büyük bir ayıp ve bir tür asker kaçaklığı olarak gördüğü bu uzlaşmanın lafının bile edilmesine tahammül edemedi. Hatta büyük-büyük-amcasının da 1677'de Boston'a ulaşarak daha sonra ebedi bir üne kavuşacak olan "Mayflower" gemisinin* mürettebatından olduğunu bana tam da bu vesileyle açıkladı, dolayısıyla, böyle bir olayın anısına saygı gereği, mütevazı olmakla beraber yine de kutsal sayılabilecek lokma görevinden kaçmayı aklından bile geçirmesi kesinlikle söz konusu olamazdı.

* Mayflower: Kuzey Amerika'daki ilk İngiliz kalıcı yerleşim birimlerini kuran göçmenleri taşıyan gemi.

Gelgelelim, o günden itibaren lokmaları yalnızca ucundan dişler oldu, bu arada dişlerinin tümü de düzgün ve pek sevimliydi. Bu şişmanlama korkusu işin tüm tadını kaçırmıştı. Sararıp soldu. Kısa sürede lokmalardan, benim havan mermisinden korktuğum kadar korkar oldu. Artık çoğu kez, lokmalar yüzünden, sağlık amaçlı upuzun yürüyüşler yapıyorduk, rıhtımda, anacaddelerde, ne var ki Napolitain'e giremez olmuştuk, dondurmalar yüzünden, çünkü onlar da bayanları şişmanlatır.

Oturmak için onun odasından daha konforlu bir yer düşünemiyordum, her tarafı uçuk mavi, yanda da bir banyo. Dostlarının fotoğrafları, her yerde, imzalı, az sayıda kadın, çok sayıda erkek, yakışıklı delikanlılar, esmer ve kıvırcık saçlı, onun tipinde, bana onların göz renginden söz ediyordu, bir de şu içli, afra tafralı ve hepsi de "sonsuza dek" ibareli sunularından. Başlangıçta, edep açısından, biraz tedirgin olmuyor değildim, hani bunca portre arasında, sonra insan alışıyor.

Ne zaman onu öpmeye ara versem, lafı yine o konulara getiriyordu, ya savaş ya da lokmalar, kurtuluşu yoktu. Sohbetlerimizde ayrı bir yeri vardı Fransa'nın. Lola'nın gözünde Fransa, zaman ve mekân açısından sınırları pek belirgin olmamakla beraber, şövalyelik ruhu taşıyan bir tür kişilik olma özelliğini sürdürüyordu, üstelik şu sıralar tehlikeli biçimde yaralıydı, tam bu nedenle de çok heyecanlandırıcıydı. Bana gelince, ne zaman Fransa'dan söz edilse, elimde olmadan kendi tatlı canımı düşünmeden edemiyordum, bu durumda da, haliyle, coşkudan yana çok daha çekinceliydim. Herkesin dehşeti kendine. Ne var ki, seks konusunda verici olduğu için, sözlerini dinlerken ona asla karşı çıkmıyordum. Ancak maneviyat açısından, onu pek de tatmin edemiyordum. Fazlasıyla içli, ışıl ışıl olmamı isterdi, oysa ben, kendi açımdan, neden öyle, yüce ruhlu olmam gerektiğini kavrayamıyordum, aksine, tam zıt bir ruh halini sürdürmem için her biri karşı konulamaz bin türlü sebep görüyordum.

Lola, aslına bakılırsa, mutluluk ve iyimserlikten ötürü sayıklayıp duruyordu, tıpkı yaşamın iyi tarafında duran, ayrıcalıklar, sağlık, güvenlik tarafında duran, önlerinde de daha upuzun bir yaşam süresi olan tüm insanlar gibi.

Manevi değerler konusunda beni taciz ediyordu, hiç ağzından düşürmüyordu. Maneviyat, beden sağlıklı olduğu sürece onun kibri ve zevkidir, ama hastalanır hastalanmaz ya da işler kötüye gittiğinde bu kez de derhal o bedenden kaçıp kurtulma isteğidir. Bu iki tavırdan, o an için çıkarlarınıza en keyifli biçimde hizmet edenini seçersiniz, işte o kadar! İkisi arasında seçim yapabildiğiniz sürece, mesele yok. Ancak ben, artık seçim yapacak durumda değildim, beni nasıl bir geleceğin beklediği belliydi! Sapına kadar gerçeğin içindeydim, o kadar ki, nereye gitsem kendi ölümüm de bir anlamda peşimden geliyordu, adım adım. Bir tecilli cinayet kurbanı olma kaderimin dışında bir şey düşünmekte zorlanıyordum, oysa herkes bu kaderin benim için gayet doğal olduğu kanısındaydı.

İnsanın ne dediğini bilmesi ve bunu bir daha asla unutmaması için, mutlak doğrular dışında herhangi bir şey anlamanıza olanak vermeyen bu bir tür bilinçli, sağlığı yerinde, ertelenmiş can çekişmeyi dağarcığına atmış olması gerek.

Ben şöyle bir sonuca varmıştım: Almanlar isterlerse buraya gelsinler, her şeyi yakıp yıksınlar, katletsinler, yağmalasınlar, oteli, lokmaları, Lola'yı, Tuileries'yi, Bakanları, yardakçılarını, La Coupole'ü, Louvres'u, Büyük Mağazaları, çullansınlar kente, Tanrı'nın gazabına uğratsınlar, gerçekten de bundan daha tiksindirici en ufak bir şey eklenecek hali kalmayacak derecede yozlaşmış olan bu koca kerhaneyi cehennem ateşiyle yaksınlar; benim bu işte gerçekten kaybedecek hiçbir şeyim yoktu, hiç, aksine.

Ev sahibinizin evi yandığında sizin kaybedecek fazla bir şeyiniz yoktur. Nasıl olsa sonunda bir yenisi gelir, hatta belki de aynısı, Alman ya da Fransız, ya da İngiliz, ya da Çinli, kirayı yatırmanızı ister, bir punduna getirip, değil mi... Mark olarak mı, frank olarak mı? Nasıl olsa ödemek gerekecek olduktan sonra...

Sonuç olarak, moral bomboktu. Savaş hakkında ne düşündüğümü söyleseydim ona, yani Lola'ya, benim basbayağı bir canavar olduğumu düşünürdü ve beni mahremiyetinin son nimetlerinden de mahrum bırakırdı. Dolayısıyla, asla ona böyle itiraflarda bulunmaya kalkışmıyordum. Üstelik bazı başka zorluklarla ve rekabetle baş etmem gerekiyordu. Kimi subaylar elimden kapmaya çalışıyorlardı onu, yani Lola'yı. Rekabetlerine karşı koyabilmek zordu, hele onların ellerinde *Légion d'honneur* nişanlarının yarattığı cazibe gibi bir silah varken. İşin kötüsü, Amerikan gazetelerinde şu ünlü *Légion d'honneur*'den çok sık söz edilir olmuştu. Hatta sanırım boynuzlandığım seferlerden iki ya da üçünde, ilişkimizin ciddi bir tehdit altına girmesi işten bile değildi, tabii eğer o hoppa birden bende daha üst düzeyde bir yararlılık keşfetmiş olmasaydı: sabahları onun yerine lokma tatmak.

Bu son dakika uzmanlığı beni kurtardı. Söz konusu olan ben olduğum için, yerine geçmemi kabul etti. Ben de değerli bir savaşçı değil miydim, yani bu önemli göreve layık biri! Artık o andan itibaren sadece sevgili değil, aynı zamanda ortaktık da. Modern çağlar işte böyle başlamıştı.

Onun vücudu benim için hiç tükenmeyen bir sevinçti. Bu Amerikalı vücutta gezinmekten asla bıkmıyordum. İtiraf etmeliyim ki benim de azgın bir domuzdan farkım yoktu. Asla da olmadı.

Hatta kendimi şu pek keyifli ve pekiştirici kanaate bile kaptırdım: zarafeti bu kadar cesur, manevi coşkusu bu kadar çekici bedenler üretmeye yatkın olan bir ülke insana kim bilir daha nice temel keşifler sunuyordur, biyolojik anlamda, elbette.

Lola'yı mıncıklaya mıncıklaya bir karara vardım, er ya da geç Amerika Birleşik Devletleri seferine çıkacaktım, hacca gider gibi, hem de ilk fırsatta. Bu derin, mistik açıdan anatomik macerayı sonuçlandırmadıkça rahata ve huzura kavuşmam gerçekten de mümkün olmadı (oysa acımasızca ters ve sorunlu bir yaşam serüveninden geçecektim).

Böylece, Lola'nın poposu aracılığıyla yeni bir dünyanın mesajını almış oldum. Yanlış anlama olmasın, Lola yalnızca bir bedenden ibaret değildi, elbette, vahşi kedilerinki gibi biraz şehlamtırak gri mavi gözleri yüzünden oldukça gaddar olmakla birlikte ufak ve sevimli bir kafayla da taçlanıyordu o beden.

Ona karşıdan bakmak bile ağzımı sulandırmaya yetiyordu, sek bir beyaz şarap içmiş gibi, feci buruk. Bayağı sert bakışlardı yani, hem de buraların hemen tüm bakışlarında rastladığımız türden, Fragonard'ın fırçasından çıkma o oryantal, ticari, sevimli canlılıktan da yoksundular.

Çoğu kez yandaki *café*'lerden birinde buluşurduk. Sayıları gitgide artan, çoğunlukla da hırpani kılıklı gaziler sokaklarda topallamaya başlamışlardı. Onlar için yardım toplanıyordu, bilmem ne "Günleri", şunlar ya da bunlar yararına ama özellikle de "Günleri" düzenleyenlerin yararına. Yalan söylemek, düzüşmek, ölmek. Başka bir şeye kalkışmak yasaklanmıştı. Hırsla yalan söyleniyordu, düş ötesi, gülünç ve saçmalık ötesi, gazetelerde, afişlerde, havada, karada, denizde. Herkes işin içindeydi. En kuyruklu yalanı kim söyleyecek diye yarışıyorlardı. Kısa süre sonra kentte gerçek diye bir şey kalmadı.

İnsanlar 1914'te var olan azıcık gerçekten bile artık utanır olmuştu. Elinizi attığınız her şey düzmeceydi, şeker, uçaklar, sandaletler, reçeller, fotoğraflar; okunan, yutulan, emilen, hayran olunan, beyan edilen, yalanlanan, savunulan her şey, bunların hepsi kindar hayaletlerden, düzmecelerden ve maskaralıklardan ibaretti. Hainler bile sahteydi. Yalan söyleme ve inanma çılgınlığı uyuz kapar gibi kapılıyordu. Lolacığın Fransızca bilgisi birkaç cümleyle sınırlıydı, ama hepsi de vatanperver nitelikliydi: "Onları haklayacağız!...", "Vatan, Millet!..." Hazin bir durumdu bu.

Ölümümüzle yakından ilgileniyordu, inatla, pervasızca, başkaları adına cesur olma modası gelir gelmez tüm kadınların yaptığı gibi yapıyordu yani.

Bense tam tersine beni savaştan uzaklaştıracak ne kadar şey varsa onlara merak salmaktaydım! Birçok defalar ondan, yani Lola'dan o sevgili Amerikası hakkında bilgi istedim, ancak beni tümüyle muğlak, kasıntı ve açıkça belirsiz yorumlarla atlatıyordu, tek kaygısı bende parlak bir izlenim yaratmaktı.

Ancak artık her türlü izlenime kuşkuyla yaklaşıyordum. Bir seferinde izlenimlerin gazına gelip aldatılmıştım, artık kimsenin lafına kanacak değildim. Kimsenin.

Onun bedenine inanıyordum, ama ruhuna inanmıyordum. Benim gözümde o, yani Lola denen yaratık, albenili bir savaş kaçkınıydı, savaşın ters yüzünde, yaşamın ters yüzünde.

Endişemin içine *Petit Journal** gazetesinin zihniyetiyle dalıveriyordu: Ponpon, Bando Mızıka, Lorraine benim olacak** ve beyaz tören eldivenleri... O sırada ben de onunla gittikçe daha sık oynaşıyordum, çünkü bunun onu zayıflatacağını iddia ediyordum. Ancak o bu iş için daha çok uzun yürüyüşlerimize güveniyordu. Bense, nefret ediyordum onlardan, o uzun yürüyüşlerden. Ama o ısrar ediyordu.

Böylece gayet sporcu bir havada Boulogne Ormanı'na dadanıyorduk, her öğleden sonra, birkaç saat boyunca, ünlü "Göller Turu".

Doğa ürkütücü bir şeydir ve Boulogne Ormanı'nda olduğu gibi ne denli evcilleştirilmiş olursa olsun, gerçek kentlilerde bir tür derin endişe yaratır. O zaman da kolayca içlerini döküverirler. Nemli, tellerle kaplı, yağlı ve soyulmuş olsa da, ağaçlar arasında dolaşan kentlilerin, karşı konulamaz biçimde, anılarını su üstüne çıkarmaları için Boulogne Ormanı'ndan daha iyisi yoktu. Lola da bu hüzünlü, sırdaş kaygıdan muaf değildi. New York'taki yaşantısıyla, oradaki kız arkadaşlarıyla ilgili, neredeyse samimi sayılabilecek bin türlü şey anlattı bana, bu şekilde dolandığımız sırada.

Dolarlar, nişanlanmalar, boşanmalar, elbise ve mücevher alımlarından oluşan ve belli ki yaşamını dolduran o karmaşa ağında neyin az çok gerçek olduğunu tam olarak çözemiyordum.

O gün hipodroma gittik. O civarlarda hâlâ çok sayıda faytona rastlamak mümkündü, bir de eşeğe binmiş çocuklara, tozu dumana katmakta olan daha başka çocuklara, ayrıca izine çıkmış, ağaçlı ara yollarda, iki tren arası, alelacele müsait kadın aramakta olup, toza daha da fazla duman katan, bir an önce yemeğe çıkma ve sevişme derdinde, yerinde duramayan, vıcık vıcık, acımasızca tükenen zamanla yaşama arzusunun kıskacında kalmış askerlerle dolup taşan arabalara da. Hem tutkudan, hem de aynı zamanda sıcaktan terliyorlardı.

Boulogne Ormanı her zamankinden daha bakımsızdı, savsaklanmış, idari açıdan askıya alınmış.

* *Petit Journal :* dönemin milliyetçi, militarist ve Yahudi düşmanı çizgiye sahip, çok satan gazetesi.

** Lorraine ve Alsace bölgeleri, Almanya ve Fransa arasında defalarca el değiştiren, her iki ülkenin de hak iddia etmiş oldukları bölgelerdir.

— Burası savaştan önce bayağı hoş bir mekândı herhalde?... diye değindi Lola. Şık mıydı?... Hadi anlatın bana, Ferdinand!... Buradaki at yarışları?... Bizdeki, New York'takiler gibi miydi?...

Aslına bakılırsa, savaştan önce, ben, hiç gitmemiştim, at yarışlarına; ama onu oyalamak için bu konuda bir çırpıda yüz çeşit renkli ayrıntı icat ettim, sağda solda bana anlatılmış olan öykülerden yola çıkarak. Elbiseler... Şık haspalar... Havalı faytonlar... Çıkış verilmesi... Coşkulu, tantanalı kornalar... Su dolu hendeğin üzerinden atlayış... Cumhurbaşkanı... Bahislerin dalgalı humması, vb.

Yaptığım bu eşsiz betimleme o kadar hoşuna gitmişti ki, bu anlatı bizi yakınlaştırdı. O andan itibaren o, yani Lola, en azından bir konuda, bendeki epey gizli saklı kalmış olmakla birlikte, ortak zevklerimiz olduğunu keşfettiğini sandı: sosyetik merasimler zevki. Hatta aşka gelip beni öpüverdi, hem de kendiliğinden, itiraf etmeliyim ki bu pek sık yaptığı bir şey değildi. Üstelik, modası geçmiş şeylerin mahzunluğu ona pek dokunuyordu. Herkesin geçip giden zamana ağıt yakma yöntemi farklıdır. Lola yılların uçup gittiğini ancak işi bitik modalarla fark ediyordu.

— Ferdinand, diye sordu, sizce bu hipodromda günün birinde at yarışı yapılır mı yine?

— Savaş bitince olur herhalde, Lola...

— Ama emin olamayız, değil mi?...

— Hayır, olamayız...

Longchamp'da bir daha asla at yarışı yapılmaması ihtimali onu tedirgin ediyordu. Dünyanın derdi insanları nereden tuttursa oradan yakalıyordu, ama bir yerden yakalamayı hemen her seferinde beceriyor gibiydi.

— Savaşın daha uzun bir süre devam ettiğini varsayalım, Ferdinand, örneğin yıllarca... O zaman benim için iş işten geçmiş olur... Buraya geri dönmek açısından... Beni anlıyor musunuz Ferdinand?... Oysa bilirsiniz, burası gibi hoş yerleri ne kadar da çok severim... Pek sosyetik... Pek şık... İş işten geçmiş olur... Ebediyen iş işten geçmiş olur... Belki de... O zaman yaşlanmış olurum, Ferdinand... Yarışlar yeniden başladığında... Çoktan yaşlanmış olurum... Göreceksiniz Ferdinand, iş işten geçmiş olacak... İş işten geçmiş olacağını hissediyorum...

Dedi ve kederli haline geri döndü, aldığı kilo söz konusu olduğundaki gibi. Onu yatıştırmak için aklıma gelebilecek her türlü umudu aşıladım... Daha henüz topu topu yirmi üç yaşında olduğunu... Savaşın çabucak geçip gideceğini... Güzel günlerin geri geleceğini... Eskisi gibi, eskisinden de güzel... En azından onun için... Onun kadar hoş bir kız için... Yitik zaman! Onu rahatlıkla telafi edecektir!... Övgüler... Hayranlıklar, ondan kolay kolay esirgenmeyecektir... Beni mutlu etmek için artık üzülmüyormuş gibi davrandı.

— Daha yürüyecek miyiz? diye sordu.

— Zayıflamak için?

— Haa! sahi, bunu unutuyordum...

Longchamp hipodromundan ayrıldık, çevredeki çocuklar gitmişti. Sadece toz duman kalmıştı. İzinli askerler hâlâ Mutluluğu kovalamakla meşguldüler, ama artık uluağaç ormanlarından uzakta, Porte Maillot'nun kahvelerinin taraçalarında kıstırılıyordu herhalde, Mutluluk.

Nehir kıyısı boyunca sonbahardan yükselen pusun yarattığı dans eden halenin gölgelediği Saint-Cloud'ya doğru yürüyorduk. Köprünün yakınında, küpeştelerine kadar yüklü kömürden iyice suya batmış birkaç mavna burunlarından ağaçlara teğet geçiyordu.

Parkın olağanüstü yeşillik demeti parmaklıkların üstünde dal budak salıyordu. Bu ağaçlar, büyük düşlerin tatlı çapına ve gücüne sahiptir. Ne var ki ağaçlardan da sakınıyordum, onların kurduğu pusulardan geçtim geçeli. Her ağacın ardında bir ölü. Ağaçlı anayol iki sıra gül arasından şadırvanlara kadar uzanıyordu. Büfenin yanındaki gazozcu yaşlı hanım gecenin tüm gölgelerini eteklerinin etrafına ağır ağır sarar gibiydi. Daha ötede, yan yollarda, koyu renk bezlerle gerilmiş iri küp ve dikdörtgenler uçuşuyordu, savaşın oracıkta yakalayıp birden sessizliğe gömdüğü bir panayırın barakaları.

— Onlar bi yıldır gitti bile işte! diye belirtiyordu bize gazozcu ihtiyar. Artık burdan günde iki kişi bile geçmez oldu... Ben hâlâ geliyosam, alışkanlıktan... Eskiden ne de çok insan gelirdi buralara!...

Olup bitenin ardından hiçbir şey anlamamıştı ihtiyar kadın,

bir tek bu. Lola bu boş çadırların yanından geçmemizi istedi, garip bir içlenme arzusuna kapılmıştı.

Onlardan yirmi küsur saydık, aynalarla süslü uzun çadırlar, çok daha fazla sayıda küçükler, panayır şekerlemecileri, piyangocular, hatta bir küçük tiyatro, içinde yeller esen; her bir ağacın arasında, her yerde vardı bu barakalardan, bir tanesinin, anayola doğru, perdeleri bile kalmamıştı, eski bir sır gibi açığa çıkmıştı.

Çadırlar daha şimdiden yapraklara ve çamura doğru eğilmeye başlamışlardı. En sondakinin, diğerlerinden daha fazla eğilenin yanında durakladık, direklerinin üstünde rüzgârda sallanıyordu, bir gemi gibi, yelkenleri çılgınca dalgalanan, son ipini de kopartmaya hazır. Sendeliyordu, ortasındaki bez hızlanan rüzgârda sallıyordu onu, göğe doğru sallıyordu, çatının üstünde. Barakanın ön cephesinde allı yeşilli eski adı okunuyordu; bir atış poligonunun barakasıydı bu: *Uluslar Standı*'ydı adı.

Ona bakacak da kimse kalmamıştı. Belki de sahibi artık diğerleriyle birlikte atış yapıyordu, müşterilerle.

Dükkândaki küçük hedeflere amma da çok kurşun isabet etmişti! Hepsi beyaz noktacıklarla delik deşik! Gırgırına bir düğünü temsil ediyordu bu: ilk sırada, çinkodan yapılma, elinde çiçekleriyle gelin, kuzen, asker, müstakbel eş, kocaman suratı kıpkırmızı, bir de ikinci sırada başka davetliler, panayır açıkken kim bilir onları kaç defa öldürmüşlerdir.

— Eminim siz iyi nişan almasını biliyorsunuzdur, Ferdinand? Panayır hâlâ açık olsaydı sizinle bir maç yapardım!... İyi nişan almasını biliyorsunuz siz, öyle değil mi Ferdinand?

— Hayır, iyi nişan almasını bilmem...

Düğün alayının en arkasında, alacalı bulacalı başka bir sıra daha vardı, bayrağıyla birlikte Belediye binası. Panayır çalışırken Belediye binasına da ateş ediliyordu herhalde, vurulunca bir çan sesiyle açılan pencerelere, hatta çinkodan küçük bayrağa bile ateş ediliyordu. Sonra da yanda, yokuşta, geçit töreni yapan askeri birliğe, tıpkı benimki gibi, Clichy meydanında, burdaki küçük pipolarla bayrakçıklar arasında duruyordu, ellerinden geldiğince bunların üstüne ateş etmişlerdi, şimdi de ateş ettikleri bendim, dün, yarın.

— Benim de üstüme ateş ediliyor Lola! diye bağırmaktan alıkoyamadım kendimi.

— Gelin! deyiverdi o zaman... Saçmalıyorsunuz, Ferdinand, üstelik üşüteceğiz.

Saint-Cloud'ya doğru ağaçlı anayoldan indik, Kraliyet yolu, çamura batmamak için, elimi tutuyordu, onun eli ufacıktı, ama ben yukarıda ağaçlı yolun gölgesinde terk ettiğimiz Stand'daki çinko düğünden başka bir şey düşünemiyordum. Hatta onu, yani Lola'yı, öpmeyi bile unutuyordum, elim kolum tutulmuştu. Kendimi garip hissediyordum. Zaten sanırım, aklımı içindeki düşünceleriyle birlikte yatıştırmak asıl o andan itibaren çok zor olmaya başladı.

Saint-Cloud köprüsüne vardığımızda hava tamamen kararmıştı.

"Ferdinand, *Chez Duval*'de yemek yemeğe ne dersiniz? O lokantayı seversiniz, siz... Havamız değişir... Orada hep birilerine rastlamak mümkündür... Yoksa odamda yemeği mi tercih edersiniz?" O akşam, görüldüğü gibi, benimle epey ilgiliydi.

Sonuçta *Duval*'de karar kıldık. Ancak masamıza oturur oturmaz o mekân gözüme çok saçma sapan göründü. Çevremizde oturan sıraya dizilmiş tüm o insanlara bakınca sanki onlar da tıkınırken her yerden üzerlerine kurşun yağmasını bekliyorlarmış izlenimine kapıldım.

— Çekin gidin hepiniz! diye uyardım onları. Defolun gidin! Ateş edecekler! Sizi öldürecekler! Hepimizi öldürecekler!

Beni Lola'nın oteline geri getirdiler, apar topar. Her yerde aynı şeyi görüyordum. Paritz'in koridorlarında dolanan herkes sanki vurulmaya gidiyormuş gibi geliyordu bana, büyük kasanın ardındaki görevliler bile, onlar da, tam bu iş için biçilmiş kaftan gibiydiler, hatta aşağıda Paritz'in önündeki herif de, gökyüzü gibi mavi ve güneş gibi yaldızlı üniformasıyla, hani kapıcı denen şu adam ve de askerler, ortalıkta gezinen subaylar, generaller, tabii onun kadar hoş değildiler ama yine de üniformalıydılar, her yeri kaplayan dev bir atış poligonu, kimse bundan kurtulamayacaktı, ne onlar ne de bunlar. Artık işin şakası yoktu.

"Ateş edecekler! diye bağırıyordum ben, avazım çıktığı kadar, büyük salonun ortasında. Ateş edecekler! Hepiniz defolup gitsenize!..." Sonra pencereden de bağırdım aynı lafları. Kendime engel olamıyordum. Tam bir skandal. "Zavallı asker!" deniyordu. Kapıcı beni bara götürdü, usulca, incitmeden. Bana içki içirdi, ben de epey içtim, derken nihayet jandarmalar beni almaya geldiler, onlar bu işi daha ite kaka yaptılar. Uluslar Standı'nda da jandarmalar vardı. Onları görmüştüm. Lola beni öptü, kelepçelerini takıp beni götürmelerine yardımcı oldu.

İşte o zaman hastalandım, ateşlendim, deliye döndüm, öyle açıkladılar durumu hastanedekiler, korkudanmış. Olabilir. Eğer bu dünyanın içindeyseniz, yapılacak en iyi şey, öyle değil mi, buradan çekip gitmektir? Deli olsanız da olmasanız da, korksanız da korkmasanız da.

Bu bayağı sorun yarattı. Kimisi dedi ki: "Bu çocuk, anarşistin teki, dolayısıyla onu kurşuna dizeceğiz, sırasıdır, hem de hemen, tereddüde yer yok, devir havyar kesme devri değil, savaş bu!..." Ama daha başkaları da vardı, daha sabırlı, onlar sadece frengili ve keçileri tamamen kaçırmış olmamı yeğliyorlardı, dolayısıyla da beni savaşın sonuna kadar ya da en azından aylarca tımarhaneye tıkmaktan yanaydılar, çünkü onlar, yani deli olmayanlar, güya, akli melekelerine tümüyle sahip olanlar, beni tedavi etmek istiyorlardı, ben tedavi olurken de onlardan başka savaşan olmayacaktı. Bu da şunu kanıtlar: sizi aklı başında sanmalarını sağlamanın en iyi yolu bayağı pişkin olmaktır. İyiden iyiye pişkinseniz mesele yok, o zaman artık hemen hemen ne yapsanız yeridir, ne isterseniz, çoğunluk sizden yanadır ve kimin deli olup kimin olmadığına karar veren de çoğunluktur.

Ancak bana konulan tanı epey kuşkulu olma özelliğini sürdürüyordu. Dolayısıyla yetkili makamlar beni bir süre gözetim altında tutma kararı verdiler. Kız arkadaşım Lola'nın beni arada sırada ziyaret etmesine izin verildi, annemin de. Ama o kadar.

Bizler, kuşku uyandıran yaralılar, Issy-les-Moulineaux'da bir lisede ağırlanıyorduk, burası, benim gibi vatansever ülküleri hayli zayıflamış ya da tamamen hasta olan askerleri misafir edip onları duruma göre ya seve seve ya da daha sıkı yöntemlerle itiraf etmek zorunda bırakmak amacıyla çok özel olarak örgütlenmişti. Bize tamamen kötü davranıyor değildiler, hâşa, ancak ne de olsa, kocaman kulaklarla donatılmış, sessiz bir hastane personeli tarafından kendimizi sürekli olarak gözetleniyor hissediyorduk.

Bu gözetime bir süre boyun eğdikten sonra usulca oradan çıkıp ayrılıyordunuz, istikamet ya tımarhane, ya cephe, ya da sıklıkla idam sehpası oluyordu.

Bu kaygı verici yerlerde toplanan arkadaşlar arasından hangisinin, yemekhanede fısıldaşırken dile gelerek, bir hayalete dönüşmekte olduğunu merak edip dururdum.

Parmaklıkların yanında, girişte, kendine ayrılmış küçük evde kapıcı oturuyordu, o kadın* bize horozşekeri, portakal ve aynı zamanda düğmelerimizi dikmek için gerekli malzemeyi satardı. Bu yetmiyormuş gibi bize fazladan bir de zevk satardı. Astsubaylar için zevkin bedeli on franktı. Her isteyen alabilirdi ondan. Ancak bu tür durumlarda kolayca ağızdan kaçırılabilecek sırları ifşa etmekten kaçınmak kaydıyla. Bu içini dökmeler pahalıya mal olabiliyordu. Çünkü ona verilen sırları gidip başhekimin yanında tekrarlıyordu, kelimesi kelimesine, oradan da sizi divanıharbe kadar götürecek olan dosyanıza işleniveriyordu. Daha henüz yirmisine basmamış bir Sipahi onbaşısını, artı, midesi ağrısın diye çivi yutmuş olan bir istihkâmcı yedeği ve ayrıca cephede geçirdiği felç nöbetlerini önceden nasıl hazırladığını ona anlatmış olan bir başka isteriği bu sırdaşlık numaraları sayesinde kurşuna dizdirmiş olduğu hemen hemen kanıtlanmıştı... Banaysa, niyetimi yoklama babında, altı çocuklu bir aile babasının kimliğini vermeyi önerdi bir akşam, o öldüğüne göre, demişti, cephe gerisine atanmada işime yarayabilirmiş. Yani ahlaksız karının tekiydi. Örneğin yatakta, bayağı iyi maldı doğrusu ve insanın yine yapası geliyordu ve de bayağı zevk verirdi. Az kaltak değildi hani. Zaten adam gibi doyuma ulaşmak için de böylesi lazımdı. Bu mutfakta, yani belden aşağısının mutfağında, fettanlık, ne de olsa, iyi bir sosa konan karabiber gibidir, hem onsuz olmaz hem de kıvamı koyulaştırır.

Lisenin binaları ağaçların arasında, çok geniş bir taraçaya açılıyordu, yazın iyice kavrulan. Orada nefis bir Paris manzarasıyla karşılaşırdınız, şanlı bir perspektif olarak. Perşembe günleri ziyaretçilerimiz bizi işte orada beklerlerdi ve onların arasında yerini alan Lola, bana tam saatinde pasta, nasihat ve sigara getirirdi.

Doktorlarımızı her sabah görürdük. Bize sorularını sevecenlikle sorarlardı, gelgelelim aslında tam olarak ne düşündüklerini asla bilemezdik. Hep nazik bir yüz ifadesiyle dolandırırlardı çevremizde ölüm fermanımızı.

* Fransa'da kapıcılar genellikle kadındır.

Orada gözlem altında tutulanlar arasında yer alan birçok hasta, diğerlerinden daha çabuk heyecanlandıklarından, bu bayıcı derece yumuşak ortamın etkisiyle öyle bir çileden çıkıyorlardı ki, geceleri uyuyacaklarına yatakhanede volta atıyorlar, kalleş bir dağ yamacının kenarındaymışçasına umutla umutsuzluk arasında sıkışıp, kendi korkularını yüksek sesle protesto ediyorlardı. Bu şekilde günlerce acı çekiyor, derken günün birinde yaptıkları numarayı gidip başhekime itiraf ediveriyorlardı. Öylelerini bir daha hiç göremiyorduk, asla. Benim de içim rahat değildi. Ancak kişi eğer zayıfsa, ona güç veren biricik şey, en çok çekindiği insanları onlara hâlâ atfetmeye yelteneceği en ufak saygınlıktan arındırmaktır. Onları oldukları gibi görmeyi öğrenmek gerek, olduklarından da beter yani, her açıdan. Bu insanı rahatlatır, özgürleştirir ve düşleyebileceğinizin çok ötesinde bir koruma sağlar. İnsana bir ikinci benlik katar. Artık iki kişisinizdir.

O andan itibaren, artık onların eylemleri, sizi zayıflatıp zaman yitirmenize neden olan üzerinizdeki o pis mistik çekicilikten yoksun kalır, numaraları da sizin içsel gelişiminiz için artık en adi domuzunki kadar bile keyifli ve yararlı değildir.

Yanımda, yatak komşusu, bir onbaşı vardı, o da gönüllü asker. Ağustos ayında Touraine bölgesinin bir lisesinde hocalık yaptığını söylemişti bana, tarih coğrafya dersleri verirmiş. Birkaç aylık savaştan sonra bu hocada müthiş hırsızlık emareleri belirmiş. Alayının konvoyundan konserveler aşırması engellenemez olmuş, levazımın yük arabalarından, Birliğin rezervlerinden ve bulabildiği başka her yerden.

Dolayısıyla divanıharp sürecinin rüzgârı onu bizlerle birlikte buralara atmıştı. Ancak havan toplarının onu şaşkına çevirdiğini, moralini bozduğunu kanıtlamak için ailesinin yoğun çaba sarfetmesi nedeniyle, soruşturmayı yürütenler kararı aydan aya geciktirmekteydi. Benimle pek konuşmazdı. Saatlerce sakalını tarardı, ancak ne zaman benimle konuşsa, hep aynı şeyden söz ederdi, karısından artık asla çocuk yapmamak için keşfettiği yöntemden. Gerçekten deli miydi? Dünyanın tersine döndüğü ve canınıza neden kastedildiğini sormanın delilik sayıldığı bir devirde, insanın deli muamelesi görmesinin çok kolay olduğu apaçık. Tabii yine de tutturabilmek gerek, ancak maksat büyük katliamdan kurtulmak olunca, kimi beyinlerde düş gücü feci şekilde gayrete geliyordu.

Gerçekten de, ilginç ne varsa hep gizli kapaklı yaşanıyor. İnsanların gerçek tarihleri hakkında hiçbir şey bilinmiyor.

Princhard'dı, bu hocanın adı. Şahdamarlarını, ciğerlerini ve optik sinirlerini korumak için kim bilir neler kararlaştırmıştı? Asıl soru da buydu, biz insanların, tam olarak insan kalabilmemiz ve ayağımızın yere basmaya devam edebilmesi için kendi aramızda sormamız gereken soru buydu. Ama daha oralara varabilmekten çok uzaklardaydık, savaşçı ve akıldışı basmakalıp şekillerin bekçiliğindeki bir ülkünün içinde sendeleyen, daha şimdiden kapana kısılmış lağım farelerine dönmüş, çıldırmış gibi kendimizi batan gemiden dışarı atmaya çalışıyorduk, ancak hiçbir bütünsel planımız yoktu, birbirimize hiç güvenimiz yoktu. Savaş sersemi, başka bir tür çılgına dönmüştük: korkudan. Savaşın tersi ve düzü.

Bu ortaklaşa çılgınlık sürecinde yine de bana bir miktar sempati besliyordu, şu Princhard, bir yandan da benden kuşkulanmakla birlikte, elbette.

Bulunduğumuz yerde ve koşullarda, ne dostluğa ne de güvene yer vardı. Herkes sadece paçayı kurtarmasına yarayacağına inandığı şeyleri söylemekle yetiniyordu, çünkü nasıl olsa her şey ya da hemen hemen her şey pusuya yatmış muhbirler tarafından başkalarına aktarılacaktı.

Zaman zaman aramızdan biri kayboluyordu, bunun anlamı dosyasının tamamlandığı, sonunun da divanıharp, cephe ya da Biribi*, en iyi ihtimalle de Clamart Tımarhanesi olacağıydı.

Başka kuşkulu cengâverler de geliyordu yine, hiç durmadan, her askeri sınıftan, çok genç ya da neredeyse yaşlı, ödleri kopmuş ya da hava atan, eşleriyle ebeveynleri ziyaretlerine geliyordu, bebeleri de, gözleri fal taşı gibi açılmış, Perşembe günleri.

Tüm bu insanlar görüşme odasında epey gözyaşı döküyordu, özellikle de akşamüstü. Ziyaret saati sona erdiğinde, kadınlarla bebeler ayak sürüyerek duman altı soluk koridorlardan ge-

* Biribi: Afrika'da, disiplin cezası çektirilen askeri birliklerin bulunduğu yer.

çip gidince, insanlığın savaştaki çaresizliği ağlıyordu orada. Koca bir sızlananlar sürüsü oluşturuyorlardı, bundan ibarettiler, mide bulandırıcı.

Lola açısından bu hapishane benzeri yerde beni ziyarete gelmek de maceradan sayılıyordu. Biz ikimiz ağlamazdık. Bizim gözyaşı alabileceğimiz bir yerimiz yoktu.

— Gerçekten deli olduğunuz doğru mu, Ferdinand? diye sordu bana, bir Perşembe günü.

— Öyleyim! diye itiraf ettim.

— O halde, burada sizi tedavi edecekler, değil mi?

— Korkunun tedavisi yoktur, Lola.

— O kadar çok mu korkuyorsunuz?

— Sandığınızdan da fazla, Lola, düşünün, o kadar korkuyorum ki, eğer olur da kendime ait doğal bir nedenle ölürsem, ileride, cesedimin yakılmasını bile asla istemem! Bıraksınlar beni toprakta, mezarlıkta çürüyeyim, rahat rahat, oracıkta, belki de yeniden yaşama dönmeye hazır biçimde... Belli mi olur! Oysa beni yakıp küle çevirseler, Lola, anlıyor musunuz, o zaman her şey bitmiş olacak, iş işten geçmiş olacak... Bir iskelet, ne de olsa, az çok insana benzer yine de... Küllere kıyasla her zaman için yeniden canlanmaya daha yatkındır... Küle döndün mü iş biter!... Öyle değil mi?... Hal böyleyken, hele savaştan hiç söz etmeyelim...

— Aaa! Siz demek gerçekten de korkağın tekisiniz, Ferdinand! Bir lağım faresi kadar tiksindiricisiniz...

— Öyle, büsbütün korkağım, Lola, savaşı ve içinde ne varsa hepsini reddediyorum... Ben savaş var diye üzülmüyorum... Ben kaderime razı olmuyorum... Ben bu konuda sızlanıp durmuyorum... Onu olduğu gibi reddediyorum, içindeki insanlarla birlikte, onlarla, onunla hiçbir alışverişim olsun istemiyorum. İsterlerse dokuz yüz doksan beş milyon kişi olsunlar ve ben tek başıma kalayım, yine de haksız olan onlar, Lola, haklı olan da benim, çünkü ne istediğini bilen bir tek ben varım: ben artık ölmek istemiyorum.

— Ama savaşı reddetmek olanaksız, Ferdinand! Vatan tehlikedeyken savaşı reddetmek için ya deli ya da korkak olmak gerek...

— O zaman da yaşasın deliler ve korkaklar! Ya da daha doğrusu bir tek deliler ve korkaklar yaşayabilecek! Örneğin Yüz Yıl savaşları sırasında ölen askerlerden bir tanesinin bile adını hatırlıyor musunuz, Lola?... Bu isimlerden bir tanesini bile öğrenmeyi denediniz mi hiç?... Hayır, değil mi?... Asla denemediniz? Onlar sizin gözünüzde şu önümüzdeki herhangi bir eşyanın sıradan bir atom zerreciği kadar adsız, önemsiz, hatta daha bile meçhul, sabahki dışkınızdan bile değersiz... Gördüğünüz gibi, Lola, boşuna ölmüşler! Bir hiç uğruna ölmüş o salaklar! İddia ediyorum! Kanıtı ortada! Tek değerli şey yaşamdır. Bahse girerim ki on bin yıl sonra, bize ne kadar mükemmel görünürse görünsün, bu savaş tamamen unutulmuş olacak... Olsa olsa bir avuç malumatfuruş, bu savaş ve onu süsleyen belli başlı katliamların kesin tarihi konusunda sağda solda kapışırlar, o kadar... İnsanların birkaç yüzyıl, birkaç yıl, hatta birkaç saat mesafeden birbirleri hakkında anımsanmaya değer buldukları biricik şey budur... Ben geleceğe inanmıyorum, Lola...

Lola, benim bu utanılacak halimle ne kadar böbürlendiğimi keşfedince, bana acımaktan tamamen vazgeçti... Aşağılık olduğum hükmüne vardı, iflah olmaz derecede.

Benden derhal ayrılmaya karar verdi. Bu kadarı da olmazdı. O akşam, kaldığımız yurdun kapısına kadar onu geçirdiğimde beni öpmedi.

Anlaşılan, bir idam mahkûmunun kendisini bekleyen kader konusunda pek de hevesli olma yeteneğine sahip olamayışını bir türlü aklı almıyordu. Lokmalarımız ne âlemde diye sorduğumda da, bana yanıt vermedi.

Koğuşa döndüğümde Princhard'ı, pencerenin önünde, çevresini sarmış askerlerin arasında, gaz lambasının ışığında gözlüklerini dener halde buldum. Bize açıkladığına göre deniz kıyısındayken, tatilde aklına takılan bir düşünceymiş bu, mademki artık yaz da gelmişti, bu gözlükleri gündüz, parkta takmaya niyetliydi. Çok kocamandı bu park, ayrıca bir tabur gözünü dört açmış hasta bakıcı tarafından da gayet iyi gözetlenmekteydi. Dolayısıyla ertesi gün Princhard, güzel gözlüklerini denemek için ona taraçaya kadar eşlik etmem için ısrar etti. Koyu renk gözlükleri tarafından korunan Princhard'ın üstünde öğleden sonra güneşi pırıl pırıl parlıyordu; burun delikleri hizasında burnunun neredeyse saydamlaştığını ve kesik kesik nefes aldığını fark ettim.

— Dostum, diye fısıldadı bana, zaman geçiyor ve hiç de lehime işlemiyor... Vicdanımda azaba yer yok, bu tür çekingenliklerden muafım, çok şükür!... Bu dünyada zaten suçtan geçilmiyor... Saymakla bitmeyeceğini herkes anladı... Sorun devirdiğimiz çamlarda... Ve sanırım ben de onlardan bir tanesini devirdim... Hem de telafisi olmaz bir biçimde...

— Konserve çalarak mı?

— Evet, bunun zekice olacağını sanmıştım, anlayın işte! Savaştırılmaktan kurtulmak için, bu şekilde, ayıp da olsa, yine de hâlâ hayatta kalıp, uzun bir dalıştan sonra su üstüne çıkarken olduğu gibi, nefes nefese, barışa geri dönebilmeyi amaçlıyordum... Neredeyse de başarıyordum... Ama savaş da bir türlü bitmek bilmedi ki... Savaş uzadıkça da, Vatan'ın midesini bulandıracak kadar mide bulandırıcı bir kimse olamayacağını düşünmeye başladılar... Vatan, her türlü fedakârlığı kabul etmeye başladı, çuvallar nereden gelirse gelsin... Şehitlerinin seçiminde sonsuz derecede hoşgörülü olmaya başladı Vatan! Artık silah altına alınmayı hak etmeyecek kadar şerefsiz olduğu düşünülen asker kalmadı, özellikle de silah altında silah zoruyla ölmek söz konusu olduğunda... Sonunda beni bile kahraman yapmaya karar verdiler, olacak iş mi!... Katletme çılgınlığı dayanılmaz bir hale gelmiş olsa gerek, öyle ya, bir konserve kutusunun çalınması bile affedilebiliyorsa artık! Affetmek ne kelime? Basbayağı unutulabiliyor! Gerçi, bolluk içinde yüzmelerini bizimle birlikte tüm dünyanın kutsadığı koskoca haydutları her Allah'ın günü hayranlıkla izlemeyi alışkanlık haline getirdik, kaldı ki, biraz yakından incelendiğinde onların varlıklarının kanıtı her gün yinelenen upuzun bir cürüm dizisi olarak ortaya çıkmaktadır, buna karşın bu zatlar her türlü şerefe, şana, güce layık görülüyor, işledikleri suçlar yasalar tarafından da taçlandırılıyor, oysa, tarihte ne kadar gerilere gidilirse gidilsin –ve bildiğiniz gibi bana tarihi bilmem için para veriliyor– her şey bize şunu gösteriyor ki, basit bir hırsızlık yapılmışsa, hele sıradan gıda maddeleri, bir dilim ekmek, jambon ya da peynir çalınmışsa, o suçu işleyen kişi toplumun gözünde mutlak biçimde yüzkarası olarak damgalanıyor, kesinlikle kınanıyor, en ağır cezaları hak ediyor, kendiliğinden onurunu yitiriyor ve alnındaki kara leke ömrü billah silinemiyor, bunun da iki nedeni var, öncelikle bu tür cürümleri işleyen kişi genellikle yoksuldur ve bu zaten başlı başına vahim bir utanç vesikasıdır, sonra da, yapmış olduğu eylem topluma karşı üstü kapalı bir tür suçlama da içermektedir. Fukaranın hırsızlığı haince bir ihkakı hak'ka dönüşüyor, anlıyor musunuz... Öyle olursa da bu işin sonu nereye varır? Dolayısıyla, dikkatinizi çekerim, ufak tefek aşırmaların cezalandırılması dünyanın her yerinde en katı bir biçimde uygulanır, yalnızca bir sosyal savunma yöntemi olarak değil, ama aynı zamanda, özellikle de tüm zavallılara yönelik ciddi bir gözdağı olarak, otursunlar oturdukları yerde, kendi sınıflarında, keyiflerine baksınlar, yüzyıllar boyunca ve sonsuza dek açlıktan ve sefaletten gebermeye güler yüzle razı olsunlar... Ancak şimdiye kadar küçük hırsızların Cumhuriyetimizde sahip oldukları bir ayrıcalık vardı, o da vatansever silahları kuşanmak onurundan mahrum bırakılmak. Oysa yarından itibaren bu durum değişecek, yarından itibaren, bir hırsız olan ben, ordudaki yerime geri döneceğim... Emirler böyleymiş... Yukarıdaki birileri, benim "gaflet anım" diye nitelendirdikleri şeye sünger çekmeye karar vermişler, bunu da, dikkat buyurun, yine "ailemin onuru" olarak adlandırılan şey adına yapmışlar. Ne âlicenaplık! Sorarım size dostum, ailem mi iç içe geçmiş Fransız ve Alman kurşunlarına hedef olup onları birbirinden ayırmak için elek görevi görecek?... Tek başına ben göreceğim o işlevi, öyle mi? Peki ya öldüğümde, ailemin onuru mu hortlatacak beni?... Bakın işte, savaşla ilgili şeyler geçip geride kaldığında ailemin neler yapacağını şimdiden görür gibiyim... Her şey unutulup gider... Keyifli Pazar günleri, geri gelen yazın çimlerinde zil takıp oynar o canım ailem benim, şimdiden görür gibiyim... O sırada ben, aile babası, yerin üç kat dibinde, içim dışım solucan olmuş, 14 Temmuz Milli Bayramı'nda sıçılan bir kilo boktan bile daha iğrenç, düş kırıklığına uğramış tüm çuvalımla muhteşem biçimde çürüyor olacağım... Meçhul çiftçinin ekinlerine gübre olmak, gerçek askeri bekleyen gerçek gelecek budur işte! Ah! Dostum! İnanın bana, bu dünya aslında tamamen insanlarla taşak geçmek için yaratılmış koskocaman bir kandırmacadır! Siz gençsiniz. Bu keskin görüşlü dakikaların sizin için yıllar değerinde olmasını dilerim! Beni iyi dinleyin, sevgili dostum, Toplumumuzun tüm öldürücü ikiyüzlülüklerini ışıldatan bu temel işareti, önemini iyice sindirmeden bir daha asla atlamayın: "Çulsuzun kaderine, yaşam koşullarına şefkatle eğilmek..." Sizlere sesleniyorum, insancıklar, yaşamın salakları, dövülen, haraca bağlanan, ezelden beri terleyenler, sizi uyarıyorum, bu dünyanın kodamanları sizi sevmeye başladıklarında, bilin ki sizi savaş salamına çevireceklerdir... Bu kesin bir işarettir... Asla şaşmaz. Bu iş şefkatle başlar. XIV. Louis, hiç olmazsa, zavallı halkı hiç ama hiç takmıyordu, bari o unutulmasın. XV. Louis'ye gelince, o da öyleydi. Halkı kıçının bezi yapıyordu. O zamanlar da yaşam kolay değildi elbette, yoksullar zaten asla iyi koşullarda yaşamadılar, ama hiç olmazsa günümüzün zorbalarının gösterdiği türden bir inat ve hırsla onları delik deşik etmeye çalışılmıyordu. Alttakiler ancak, iyi dinleyin, kodamanların aşağılamalarında huzur bulabilirler, çünkü onlar halkı sadece çıkar gereği ya da sadistlikleri tuttuğunda düşünürler... Aslında zavallı halka masal anlatmaya ilk başlayanlar, bakın oldu olacak bunu da bir tarafa not edin, filozoflar oldu... Oysa halk eskiden dinden başka bir şey bilmezdi! Halkı eğitmeye başladıklarını ilan ettiler... Ah ah! ne de çok gerçek vardı açığa çıkarılması gereken! hem de ne gerçekler! Yorulmak nedir bilmeyen! Parıl parıl parıldayan! Hepimizin gözlerini kamaştırıyorlardı! Hah, işte bu! demeye başladı zavallı halk, işte bu! Tam da bu! Hepimiz bunun uğruna ölelim! Halkın tek istediği budur zaten, ölmek! Öyledir işte. "Yaşasın Diderot!" diye böğürdüler, sonra da "Yaşa Voltaire!" Filozof dediğin böyle olur! Sonra da yaşasın zaferleri pek de iyi örgütleyen Carnot*! Ve yaşasın herkes! İşte, hiç olmazsa zavallı halkı cehalet ve putperestlik içinde gebermeye mahkûm etmeyen adam gibi adamlar! Onlar ona Özgürlüğün yolunu gösteriyorlar! Onu kurtarıyorlar! Hem de işi uzatmadan! Önce herkes gazete okumasını öğrensin! Selamet oradadır! Haydi, Tanrı aşkına! Acele edin! Okuma yazma bilmeyen kimse kalmasın! Öylesini istemeyiz! İhtiyacımız olan tek şey as-

* Lazare Carnot: "Zaferlerin Örgütleyicisi" lakabıyla anılan askeri mühendis. Fransız Devrimi sırasında Robespierre'i deviren "Thermidor" darbesinin önderlerinden. Daha sonra Napolyon döneminde Savaş Bakanlığı, ardından da İçişleri Bakanlığı yaptı.

ker yurttaşlardır! Oy veren cinsten! Okuyan! Ve savaşan! Ve uygun adım yürüyen! Ve de öpücük yollayan! Zavallı halk işte böyle gaza getirilerek kısa sürede yeterli olgunluğa erişti. Eh, oldu olacak kurtulmuş olmanın coşkusu da bir şeylere yarasın, değil mi? Danton'un çenebazlığı boşuna değildi herhalde. Ne derece sıkı olduğu hâlâ kulaklarımızda çınlayışından belli bir iki nutuk sallayarak zavallı halkı kaşla göz arasında harekete geçiriverdi! İşte ilk kez böyle yola çıktı, kurtulmuşların ilk kendinden geçmiş taburları! Dumouriez* denen adamın Flandres'da delik deşik olmaya götürdüğü ilk oyverici ve bayrakâşığı salaklar! Dumouriez'in kendisine gelince, daha önce emsali hiç görülmemiş bu idealist oyuna çok geç katıldığı için, sonuçta tercihini paradan yana yaptı, safları terk etmeyi yeğledi. O bizim son paralı askerimizdi... Bedava asker, işte asıl yenilik buydu... O kadar yeniydi ki, koca Goethe bile, ne kadar Goethe olursa olsun, Valmy'ye** geldiğinde bunları görünce ağzı açık kaldı. Eşi benzeri görülmemiş bir vatan kurmacasının savunulması adına Prusya kralı tarafından gönüllü olarak kendini delik deşik ettirmeye gelen bu çulsuz ve tutkulu birlikleri görünce, Goethe daha öğrenmesi gereken çok şey olduğu hissine kapıldı. "Bugünden itibaren, diye haykırdı, dehasının alışkanlıklarına uygun muhteşem bir edayla, yeni bir çağ başlıyor!" Hadi canım sen de! Ardından, bu sistem çok iyi işlediği için, seri halinde kahramanlar üretilmeye başladı, üstelik, sistem mükemmelleştirildikçe giderek daha da ucuza mal oluyorlardı. Herkes halinden pek memnundu. Bismark, iki Napolyon, Barrès***, hatta süvari Elsa****. Kısa sürede, Reform hareketi tarafından çoktan havası söndürülmüş pörsümüş bir bulut niteliğine bürünüp uzun süredir ruhbanların kumbarasına indirgenmiş olan semavi dinin yerini bayrakâşığı din aldı. Eskiden fanatik mo-

* Charles François du Perrier: "Dumouriez" lakaplı Fransız generali. Fransız Devriminin ardından ordu komutanı ve "Valmy kahramanı"yken, daha sonra Avusturya saflarına geçerek "vatana ihanet etmesiyle" anılır.

** Valmy: Fransız Devriminin ordusunun, Prusya işgalini durduran 1792'deki ilk zaferi.

*** Maurice Barrès: milliyetçiliğiyle ünlü Fransız yazar ve milletvekili.

**** *La Cavalière Elsa* (Süvari Elsa): Fransız yazar Mac Orlan'ın, Alman Spartasist isyanını konu alan yapıtı. Ancak Céline burada daha çok Paul Demazy'nin bu romandan esinlenerek yazdığı ve Elsa'yı bir tür "komünist Jeanne d'Arc" olarak sahnelediği oyuna gönderme yapıyor.

da, "Yaşasın İsa! Yakalım şu münafıkları!" diye bağırmaktı, ancak yine de azdı sayısı münafıkların ve yalnızca gönüllülerden oluşuyorlardı... Oysa artık vardığımız noktada, "Kurşuna dizelim lifsiz tekesakallarını! Susuz limonları! Masum okurları! Sağcılara karşı milyonlar omuz omuza!" çığlıkları insanların azman güruhlar halinde kendilerini bu işe adamalarına yol açabiliyor. Yakalayın o kimseyi öldürmek istemeyen, kimseyle hesaplaşmak istemeyen insanları, leş kokulu Barışçıları, kazığa oturtun! Eşek cennetine gönderin onları, her biri birbirinden daha kesin on üç değişik biçimde! Onlara adam gibi davranmak neymiş diye öğretmek için önce bağırsaklarını deşip atın bedenlerinden, sonra gözlerini oyun, onları vıcık vıcık pislik yaşamlarının geri kalan yıllarından mahrum bırakın! Topunu, topunu gebertin, kâğıttan şablon çıkarır gibi kesip biçin, kanlarını akıtın, asitte yakın, böylece de Vatan daha çok sevilsin, daha mutlu, daha sevecen olsun! Ve eğer bunların arasından bu yüce şeyleri anlamamakta direnen adiler çıkarsa da, derhal gidip kendilerini ötekilerin yanına gömsünler, ama tam da aynı yere değil aslında, mezarın en ücra köşesine, ülküsüz korkaklar şeklinde aşağılık bir ibare taşıyan bir mezar taşı yazısının altına giriversinler, çünkü bu kepazeler, belediye tarafından ihaleye çıkarılıp doğru dürüst ölüler için mezarlığın anayolunda dikilmiş özel anıtın gölgesinden faydalanma şerefine nail olma hakkını yitirmişlerdir, onlar aynı zamanda, önümüzdeki Pazar günü yine Vali'ye çiş yapmaya gelip, öğle yemeğinden sonra da mezar başında nutuk atacak olan Bakan'ın sesinin en ufak yankısını bile işitme ayrıcalığına sahip olma hakkını yitirmişlerdir...

Derken, bahçenin dibinden çağırdılar Princhard'ı. Başhekim nöbetçi hastabakıcıyla haber yollamış, onu acilen görmek istiyormuş.

— Geliyorum, diye yanıtladı Princhard, az önce üzerimde denediği söylevinin taslağını elime tutuşturacak zamanı bulabildi ancak. Gösteriş meraklılarına özgü bir numaraydı bu.

Onu, yani Princhard'ı, bir daha hiç görmedim. Onda aydınlara özgü tüm kusurlar vardı, koftu. Fazla şey biliyordu bu çocuk ve bu bildikleri kafasını karıştırıyordu. Heyecanlanmak ve karar verebilmek için bir sürü numaraya gereksinim duyuyordu.

Düşünüyorum da, gittiği o gece epey gerilerde kalmış. Yine

de gayet iyi hatırlıyorum. Parkımızı sınırlandıran o kenar mahalle evleri son bir kez daha, çok net bir biçimde seçilebiliyordu, gecenin karanlığı onları eline geçirmeden tüm nesnelerin yaptığı gibi. Ağaçlar gölgede büyüyor ve gecenin yanına ulaşmak için göğe doğru yükseliyordu.

Ondan, yani şu Princhard'dan, haber alabilmek için hiç çaba sarfetmedim, o zamanlar sık sık söylendiği gibi, gerçekten de "kaybolmuş" olup olmadığını öğrenmeye çalışmadım. Ama keşke kaybolmuş olsa.

Hırçın barışımız savaşın içinde bile tohumlarını ekiyordu, daha şimdiden.

Bu isterik yaratığın neye benzeyeceğini tahmin etmek için, Olympia'nın* tavernasında daha şimdiden nasıl kıpır kıpır ettiğini görmek yeterliydi. Aşağıda, yüz aynalı uzun şaşı mahzendans salonunda, *negro-ibrani-sakson* müziğinin eşliğinde, toz toprak ve büyük bir umutsuzluk içinde tepiniyordu. İngilizler ve zenciler, iç içe. Kıpkırmızı sedirlerin üzerinde boylu boyunca Levantenler ve Ruslar, her yerde onlar vardı, tüttüren, böğüren, melankolik ve asker. Artık çok zorlanarak anımsanabilen o üniformalar bugünün tohumlarıydı, hâlâ boy atıyor olmakla birlikte, ancak neden sonra, epey uğraştıktan sonra tamamen gübreye dönüşmüş olacak olan tohumlar.

Her hafta Olympia'da geçen birkaç saat sonunda arzu konusunda iyice ısındıktan sonra, bugün artık yok olan ve eskiden küçük köpeklerin küçük hanımefendileriyle birlikte, tasmalarını takıp ihtiyaçlarını gidermeye gittikleri Folies-Bergère'in arkasındaki Beresinas Çıkmazı'nda, çamaşırcı-eldivenci-kitapçımız bayan Herote'u** grup halinde ziyaret ederdik.

Bizler oraya, tüm dünyanın hınçla tehdit etmekte olduğu mutluluğumuzu el yordamıyla aramaya gidiyorduk. Bu arzumuzdan dolayı utanıyorduk elbette, yine de işe koyulmak gerekiyordu! Aşktan vazgeçmek, yaşamdan vazgeçmekten daha zordu. İnsan şu dünyada tüm vaktini öldürmeye ya da tapınmaya harcıyor, hem de ikisini aynı anda. "Senden nefret ediyorum! Sana tapıyorum!" İnsan kendini savunuyor, kolluyor, yaşamını bir sonraki yüzyılın iki ayaklı canlısına devrediyor, azgınca, ne pahasına olursa olsun, sanki kendi soyunu sürdürmek olağanüs-

* Olympia: Paris'in 1895'te kurulan ünlü konser ve gösteri merkezi.

** Herote: "Erot" olarak telaffuz edildiği için "erotizmi" çağrıştıran bir isim.

tü derecede keyifliymişçesine, sanki bu bizi sonunda ölümsüz kılacakmış gibi. İlle de öpüşme arzusu, kaşınır gibi.

Ruhen daha iyiye gidiyordum, ancak askeri durumum hâlâ belirsizliğini sürdürüyordu. Zaman zaman kente inmeme izin veriliyordu. Dediğim gibi, çamaşırcımızın adı bayan Herote'tu. Alnı basık ve öylesine köşeliydi ki, onun karşısında, başlangıçta, kendinizi pek rahat hissedemiyordunuz, buna karşılık öylesine güler yüzlüydü, dudakları da o kadar etliydi ki, ardından da bu kez insan ondan kaçabilmek için ne yapacağını bilemiyordu. Müthiş bir şehvetin, unutulmaz bir azgınlığın gölgesinde, bir dizi basit, açgözlü, sofuca ticari amaç peşinde koşardı.

Kısa sürede köşeyi dönüverdi, birkaç ay içinde, müttefikler sayesinde, ama her şeyden önce de belden aşağısıyla. Yeri gelmişken belirtelim, yumurtalıklarından kurtarmışlardı onu, geçen yıl salpenjit ameliyatı geçirmişti. İşte bu özgürleştirici iğdiş edilme sayesinde döndü köşeyi. Bazı kadın belsoğuklukları umulmadık bir mutluluğa dönüşürler. Durmadan hamile kalmaktan korkan bir kadın, başarıya giden yolda asla çok ilerleyemeyecek olan bir tür iktidarsızdır.

Yaşlılar da gençler de sanırlar ki, ben de öyle sanıyordum, bazı kitapçı-çamaşırcı dükkânlarının arka odalarında kolayca ve ucuza sevişmek mümkündür. Bu belki yirmi yıl kadar önce hâlâ geçerliydi, ancak o gün bu gün, nice şeyler, özellikle de en keyiflileri artık yapılmaz oldu. Anglosakson Püritenliği aydan aya içimizi biraz daha kurutuyor, daha şimdiden dükkân arka odalarındaki ayaküstü açık saçık eğlenceleri neredeyse tamamen yok etti bile. Her şey evliliğe ve terbiyeye dönüşüyor.

Bayan Herote, ayakta ve ucuza düzüşme konusunda hâlâ elimizden alınmamış olan son fırsatları kullanmasını bildi. Günlerden bir Pazar, aylak bir açık artırma tellalı dükkânının önünden geçiyordu, içeri girdi, giriş o giriş. Biraz bunaktı, az çok öyle olmaya da devam etti. Mutlulukları sessiz sedasız sürdü. Yaşam, vatansever ve son damlasına kadar fedakârlık çağrıları yayımlamakla aklını bozmuş gazetelerin gölgesinde, kesinlikle ölçülü biçimde, her türlü tedbiri alarak da olsa, devam ediyordu, hem de eskisinden de daha kurnazca. İşte madalyonun bir yüzüyle öteki yüzü böyledir, ışık ve gölge gibi.

Bayan Herote'un açık artırma tellalı, iyi haber alan dostları için, sonra da sırdaş olur olmaz bayan Herote'un kendisi için Hollanda'da yatırım yapıyordu. Onun sattığı cinsten kravatlar, sutyenler, gömlek sayılabilecek şeyler, kadın ve erkek müşterileri çekiyor, daha da önemlisi onları sık sık geri gelmeye teşvik ediyordu.

Brizbizlerin o pembemsi gölgesinde, o geveze ve bayıltıcı derecede parfüm kokan oturaklı kişiliğiyle, o en meymenetsiz karaciğer hastasını bile baştan çıkarabilecek özelliklere sahip patroniçenin susmak bilmeyen cümlelerinin arasında ne de çok ulusal ve uluslararası buluşma gerçekleşmişti. Bu tür karışımlar sırasında bayan Herote, atacağı her adımı gayet iyi hesapladığı gibi, daima dört ayak üstüne düşmesini de biliyordu, her şeyden önce parasal açıdan, çünkü duygu satışları üzerinden vergisini topluyordu, ayrıca da kendi çevresinde çok sayıda aşk yaşanıyordu. Gerek çiftleri birleştirmek, gerekse de dedikodu, ima ve ihanet yoluyla onları ayırmak onu neredeyse eşit derecede mutlu ediyordu.

Dur durak bilmeden mutluluklar ve dramlar düşlüyordu. Yaşamı tutkularla besliyordu. Ticarethanesi de bundan epey faydalanıyordu.

Proust, kendisi de yarı hortlak olduğu için, inanılmaz bir inatçılıkla, sosyetik insanların, yani hep kendi Watteau'larını* ve gelmeyen vapurları beklerken, bulamayacakları Kythera adasını iştahsızca arayan, kararsız grup seksçisi, arzu hayaletlerine dönüşmüş, boşluğa ait olan insanların etrafında sarmalanan alışkanlıkların ve davranışların, o sonsuz, sulandırılmış kofluğun içinde kendini kaybetti. Oysa, halk kökenli ve oturaklı biri olan bayan Herote, o kaba, aptal ve belirgin iştahlar aracılığıyla ayaklarını yere sıkı sıkı basıyordu.

İnsanların bu kadar kötü olmalarının nedeni, belki de sadece acı çekmeleridir, ancak artık acı çekmemeye başladıkları andan, biraz daha iyi olmaya başladıkları ana kadar epey zaman ge-

* Eskiden gemilerin sığındığı bir liman olan Yunan adası Kythera (Kithira ya da Çuha), sulardan çıkan aşk tanrıçası Afrodit'e adanmış tapınağıyla ünlüdür. *L'Embarquement pour l'île de Cythère* (Kythera adasına yolculuk), Fransız ressam Antoine Watteau'nun 1717 tarihli en ünlü tablosudur, aşk yolculuğuna çıkmayı bekleyen çiftleri resmeder. Watteau'nun Fransızca telaffuzu *bateau* (gemi) sözcüğünü andırır.

çer. Bayan Herote'un parlak maddi kazançları ve tutku alanındaki başarıları, onun o fethetme merakını daha henüz yumuşatmaya fırsat bulamamıştı.

Çevredeki öbür küçük esnafın çoğundan daha kindar değildi aslında, ancak size bunun aksini kanıtlamak için elinden geleni yapıyordu, öyle olunca da insan onun bu özelliğini unutamıyordu. Dükkânı sadece bir randevu yerinden ibaret değildi, orası aynı zamanda, çok istememe karşın şimdiye kadar hiç ulaşamamış olduğum ve zaten daha ilk ve sonuncu kaçamak dalış denememden sonra hemencecik ve acılı bir şekilde kovuluverdiğim o zenginlik ve lüks dünyasına kaçamak bir giriş kapısı oluşturmaktaydı.

Paris'te varlıklılar hep bir arada yaşarlar, oturdukları semtler, blok halinde, sivri ucu Louvres'a kadar uzanan, yarım ay şeklindeki kenarı ise Pont d'Auteuil ile Porte des Ternes arasındaki ağaçların hizasında duran bir kentsel pasta dilimi oluşturur. İşte. Burası, kentin lezzetli dilimidir. Gerisi sadece azapla tezektir.

Varlıklılar tarafına geçildiğinde, ilk ağızda kentin başka semtleriyle pek büyük bir fark göremezsiniz, ola ki sokaklar biraz daha temizdir, o kadar. Bu insanların, bu nesnelerin içlerine kadar girebilmek için ya şansınıza güveneceksiniz ya da özel ilişkilerinize.

Bayan Herote'un dükkânı aracılığıyla bu korunaklı özel dünyaya bir ucundan girilebiliyordu, oradan don gömlek sağlamak, aynı zamanda bayan Herote'un tam da o niyetle çevresine doluşturduğu iddialı, tiyatrocu, müzisyen, eli ayağı düzgün hatun dostlarından oluşan hoş seçkiyle oynaşmak amacıyla ayrıcalıklı semtlerden inip gelen Arjantinliler sayesinde.

Öte yandan, bu söz konusu hatun dostlardan birine fazlaca bağlanmaya başlamıştım, oysa, öyle derler ya, ona gençliğimden başka sunacak hiçbir şeyim yoktu. O çevrede Musyne'cik* derlerdi ona.

Beresinas pasajında, herkes dükkândan dükkâna, yıllardır Paris'in iki sokağı arasında sıkışıp kalmış gerçek bir küçük taşra kentindeki gibi, birbirini tanırdı, yani millet insanca ve çılgınlık derecesinde birbirini gözetler, birbirine çamur atardı.

* Musyne: Fransızcada *muse* (ilham perisi) sözcüğünü çağrıştırıyor (bayan İlhamperin gibi).

Rızkını çıkarma işine gelince, savaştan önce, esnaf kendi arasındaki konuşmalarda dişiyle tırnağıyla kazıyarak sürdürülen, umutsuzca tutumlu bir yaşamdan söz ederdi. Çeşitli sefalet sınavlarının yanı sıra bu dükkâncıların süreğen üzüntüsü, saat dörtten itibaren karanlık basınca gaz lambası yakmak zorunda oluşlarıydı, tezgâhlarının aydınlatılması derdinden. Gelgelelim, bu sayede, arka tarafta, alengirli pazarlıklara yatkın bir ortam oluşuyordu.

Her şeye rağmen pek çok dükkân savaş yüzünden sallantıdaydı, oysa bayan Herote'unki, genç Arjantinliler, tasarruf sahibi subaylar, bir de açık artırma tellalı dostun önerileri sayesinde, öylesine gelişim içindeydi ki, çevredeki herkes, bunu yorumlarken, tahmin edilebileceği üzere, mide bulandırıcı sözler kullanmaktan kaçınmıyordu.

Aşağı yukarı o dönemde, örneğin, 112 numaradaki ünlü pastacının seferberlik nedeniyle o güzel müşterilerini bir anda yitiriverdiğini kaydetmekte yarar var. Alışılageldik uzun eldivenli çeşnici hatunlar artık gelmez oldular, çünkü o kadar çok ata el konmuştu ki yaya gelmeye zorlanıyorlardı. Bir daha da asla gelmediler. Nota ciltçisi Sambanet'e gelince, o da ezelden beri içinde var olan asker düzme arzusuna karşı koyamaz oldu, birden. Zamansız bastıran bir gecelik böylesine bir cüret, kimi vatanseverlerin gözünde ebediyen kötü duruma düşmesine neden oldu, derhal casuslukla suçlandı. Kepenkleri indirmek zorunda kaldı.

Buna karşılık, o güne kadar uzmanlık alanı, edepli ya da edepsiz kauçuk ürünler olan, ki bunların bir kısmı itiraf edilebilir bir kısmı da itiraf edilemez nitelikte ürünlerdi, 26 numaradaki matmazel Hermance, aslında koşullar nedeniyle gayet iyi dikiş tutturabilirdi, tabii eğer Almanya'dan getirttiği "prezervatifleri" temin etmede inanılmaz zorluklarla karşı karşıya kalmasaydı.

Sonuçta, ince ve demokratik yeni iç çamaşır çağının eşiğinde, kolayca refaha ulaşabilen tek kişi bayan Herote'tu.

Dükkânlar arasında insanlar birbirlerine çok sayıda imzasız mektup yolluyorlardı, hem de ne mektuplar. Bayan Herote'a gelince, o bu tür mektupları, hem de sadece eğlenmek amacıyla, üst düzey kişilere yollamayı yeğliyordu; böylece bu alanda bile mizacının özünü oluşturan güçlü ihtirasını açığa vurmuş oluyordu. Örneğin Başbakan'a, sırf onu boynuzlu olduğuna inandırmak üzere yazıyordu, mareşal Pétain'e ise, onu kudurtmak için, İngilizce yazıyordu, sözlük yardımıyla. İmzasız mektup mu dediniz? Ava giden avlanır! Bayan Herote da her gün o imzalanmamış mektuplardan bir paket dolusuna muhatap oluyordu, hem de bayağı pis kokular saçan cinsinden, inanın bana. Bu durumlarda düşüncelere dalar, yaklaşık on dakika boyunca ağzı açık kalır, sonra da derhal dengesine kavuşurdu yeniden, nasıl olursa olsun, neyle olursa olsun, ama her zaman, hem de sapasağlam bir biçimde, çünkü onun iç yaşantısında tereddüde dahi yer yoktu, hele gerçeklere hiç yoktu.

Müşterilerinin ve himayesine aldığı kızların arasında bulunan küçük sanatçıların pek çoğu ona, elbiseden çok borçla kuşanmış olarak geliyordu. Bayan Herote hepsine de çeşitli öğütler verirdi, onlar da hallerinden pek memnun olurlardı, özellikle de bence en tatlıları olan Musyne. Gerçek bir küçük müzik perisiydi, keman perisi, şaşılacak derecede de yırtık bir peri, bunu bana kanıtlamaktan çekinmedi. Başarılı olma konusundaki amansız arzusunu öteki dünyaya havale etmeyip bu dünyada gerçekleştirmeye kesin kararlıydı, onu tanıdığım sıralarda, bir eğlence programının pek şirin, pek Parisli, pek de kolay unutulmuş olan küçük bir sahnesinde boy gösteriyordu.

Bir tür beklenmedik, manzumeleşmiş peşrevde kemanıyla sahneye çıkıyordu. Çok şeker ve karmaşık bir tür.

Ona beslediğim bu duygu yüzünden zamanım çılgın bir tempoda seyrediyordu, hastaneden tiyatrosunun çıkışına zıplayıp duruyordum. Zaten çoğu kez onu bekleyen tek kişi de ben olmazdım. Karacılar onu kucak kucak kaçırıyorlardı, havacılar da, hem de daha bile kolayca, ama baştan çıkarıcı ponponun esas sahipleri kuşkusuz Arjantinlilerdi. Ellerinde tuttukları dondurulmuş et ticareti, ortalıkta yeni birliklerin cirit atması nedeniyle bir doğa gücü boyutlarına erişmekteydi. Musyne'cik bu bezirgân dönemden epey faydalandı. İyi de etti, artık Arjantinli kalmadı çünkü.

Anlayamıyordum. Her şey ve herkes tarafından boynuzlanıyordum, kadınlar, para, fikirler. Boynuzlu ve hoşnutsuz. Hâlâ Musyne'e rastladığım olur, tesadüfen, neredeyse iki yılda bir, çok yakından tanıdığınız insanların çoğuyla olduğu gibi. Artık şaşmaz olmuş tek bir bakışta, sanki bir içgüdü gibi, bir yüzün, en sevimli zamanında bile, ne tür çirkinlikler yüklenmiş olduğunu kavrayabilmek için gerekli süre budur işte, iki yıl.

İnsan, karşısında bir an sanki tereddüt eder gibi kalakalır, sonra da o yüzü olduğu gibi kabullenir, tüm surata yayılan o iğrenç, giderek artan uyumsuzlukla beraber. İki yılın oyduğu o ağır ve ince işlenmiş karikatüre evet demekten başka çare yoktur. Yani zamanı ve bize ait olan bu portremizi kabullenmek. İşte o zaman artık birbirimizi tamamen tanımış olduğumuzu (elimize tutuşturulduğunda önce almaya tereddüt ettiğimiz yabancı bir kâğıt para gibi), yolumuzu şaşırmamış olduğumuzu, önceden ortaklaşa kararlaştırmaksızın, gerçekten doğru yoldan, yani o kaçınılmaz yoldan, iki yıl daha, çürümenin yolundan gitmiş olduğumuzu söyleyebiliriz. İşte bu kadar.

Musyne benimle bu şekilde, ayaküstü, ne zaman karşılaşsa, onu o koca kafamla o kadar korkutuyorum ki, benden kesinlikle kaçmak, uzak durmak, başını çevirmek ister gibi oluyor, ne olursa olsun... Onun açısından, tüm bir geçmişin kötü kokularını anıştırıyorum, besbelli, ama ne yaparsa yapsın, onun yaşını gereğinden uzun bir süredir bilen bir kişi olarak, artık elimden asla kurtulamaz. Her seferinde benim varlığım karşısında sıkıntılı bir havada, öylesine kalakalıyor, bir canavar görmüş gibi. O ki pek zariftir, bana hödükçe, sersemce sorular yöneltmek zorunda hissediyor kendini, suçüstü yakalanmış bir hizmetçi gibi. Kadınlarda uşak ruhu vardır. Ama belki de bu tiksinmeyi gerçekten hissetmiyor, daha çok düşlüyordur; ben de kendimi bir anlamda böyle teselli ediyorum. Onda belki de sadece iğrenç olduğuma dair bir izlenim yaratıyorum. Bu tür şeylerde kendime göre bir yeteneğim vardır belki. Neden olmasın, neden çirkinlikte de güzellikteki kadar sanatsal bir yön olmasın? Bu da işlenmesi gereken ayrı bir tür, o kadar.

Uzun süre Musyne'ciğin salak olduğunu düşünmüştüm, ancak bu sadece, terslenmiş bir kendini beğenmişe özgü bir kanaatti. Aslında, savaştan önce, hepimiz bugünkünden çok daha cahil ve budalaydık. Genel anlamda yaşama değin pek bir halt bildiğimiz yoktu, şuursuzduk işte... O zamanlar benim tarzımda küçük adamlar için sapla samanı birbirine karıştırmak, bugünküne kıyasla çok daha kolaydı. O pek tatlı Musyne'e âşık olmanın beni her türlü güçle donatacağını düşünürdüm, öncelikle de bende olmayan cesaretle, sırf kız arkadaşım pek güzel ve pek de güzelce müzisyenlik yapıyor diye! Aşk alkole benzer, ne kadar iktidarsız ve sarhoş olursanız, kendinizi o kadar güçlü ve akıllı sanırsınız, aynı zamanda da her istediğinizi yapmaya hakkınız olduğunu düşünürsünüz.

Nice yitik kahramanın akrabası olan bayan Herote, çıkmaz sokağından artık ancak büyük bir yasa bürünmüş olarak çıkar olmuştu; üstelik, tellal dostu epey kıskanç davrandığından kente de nadiren iniyordu. Refaha erdikçe bayağı sosyetik salon havalarına bürünen dükkânın arka bölmesindeki yemek odasında buluşurduk. Gaz lambasının ışığında sohbet etmeye, hoşça vakit geçirmeye gelinirdi oraya. Piyanoda Musyne'cik bize klasik müzik ziyafeti çekerdi, sadece klasiklerden çalardı, o acılı günlerin adabını bozmamak için. Öğleden sonraları boyunca, orada öylece, dirsek dirseğe, ortamızda tellal, hep birlikte gizlerimizi, endişelerimizi ve umutlarımızı düşler dururduk.

Bayan Herote'un hizmetçisi, ki işe yeni alınmıştı, kimin kiminle nihayet evlenmeye karar vereceğini merak eder dururdu. Onun köyünde özgür ilişki diye bir kavram yoktu. Tüm bu Arjantinliler, subaylar, meraklı müşteriler onda neredeyse yabanıl bir endişe yaratıyordu.

Latin Amerikalı müşteriler Musyne'i gitgide artan bir oranda tekellerine alıyorlardı. Böylece de, mutfağın yanında hizmetçilere ayrılan bölmede sevdiğim kadını bekleye bekleye, bu beylerin tüm hizmetçilerini ve mutfaklarını tanımaya başlamıştım. Zaten bu beylerin uşakları beni kızın pezevengi sanıyorlardı. Derken, herkes beni pezevenk yerine koymaya başladı, Musyne de dahil olmak üzere, hatta sanırım bayan Herote'un dükkânının müdavimleri bile. Yapabileceğim bir şey yoktu. Zaten önünde sonunda her insanın başına gelir bu, sizi sınıflandırırlar.

Askeri makamlardan iki aylık bir ek nekahet süresi koparmayı başardım, hatta beni çürüğe çıkarmaktan bile söz edilir olmuştu. Musyne'le birlikte Paris yakınlarındaki Billancourt'a yerleşmeye karar verdik. Aslına bakılırsa, bu kandırmacanın amacı beni ekmekti, çünkü uzaklara yerleşmemizi fırsat bilip, eve gitgide daha seyrek gelmeye başladı. Paris'te kalmak için her seferinde yeni bahaneler buluyordu.

Kentlilerin yüreklerini hoplatmak için gerekçeler bulmalarını sağlayan o çocukça uçak ya da zeplin saldırısı alarmlarının zaman zaman canlılık kattığı Billancourt geceleri ılıktı. Sevgilimi beklerken, yürüyüşe çıkar, hava karardığında, Grenelle köprüsüne kadar giderdim, hani o gölgenin nehirden yükselip, tespih gibi dizilmiş sokak lambalarının ve karanlığın ortasına gerilmiş, aynı zamanda koskoca hurda demirleri Passy rıhtımının üzerindeki dev binaların böğrüne şimşek gibi yönelen metro levhalarının hizasına ulaştığı yere.

Her kentte böyle yerler vardır işte, o kadar sersemce çirkindirler ki, orada hemen her zaman yalnızsınızdır.

Musyne artık o bir nevi yuvamıza ancak haftada bir kez gelir olmuştu. Gittikçe artan bir sıklıkla Arjantinlilerin evlerine, şarkıcı kadınlara eşlik etmeye gidiyordu. Müzik çalmak ve hayatını kazanmak için sinemalara da gidebilirdi tabii, üstelik onu gidip oralardan almak benim için çok daha kolay olurdu, ancak Arjantinliler neşeliydi, iyi de para veriyorlardı, oysa sinemalar kasvetliydi, çok da az para veriyorlardı. İşte tüm yaşam budur, bu tercihler.

Bahtsızlığımı doruk noktasına ulaştırmak için başımıza bir de *Silahlı Kuvvetler Tiyatrosu* çıkardılar. Musyne anında Bakanlıkta yüzlerce askeri ilişki kuruverdi ve sık sık cephedeki askerciklerimizi eğlendirmeye gitmeye başladı, hem de haftalar boyunca. Silahlı Kuvvetlere sonatı ve *addagio*'yu ayrıntılarıyla seslendiriyordu, bacaklarını iyi görmelerini sağlayacak şekilde partere konuşlanmış Genel Kurmay subaylarının önünde. Şeflerin arkasındaki sıralara istiflenmiş askerlerse, onlar sadece melodili yankıların tadına varabiliyorlardı. Daha sonra da ister istemez Silahlı Kuvvetlerin denetimindeki bölgenin otellerinde pek karmaşık geceler geçirmesi gerekiyordu. Bir gün Silahlı Kuvvetler'den pek şen şakrak döndü bana, hem de, aşağısı kurtarmaz, büyük generallerimizden birinin imzaladığı bir kahramanlık beratıyla. Musyne'in kesin başarısının temelinde işte bu tezkere yatar.

Musyne, bu vesileyle derhal kendini Arjantinli cemaatte son derece popüler kılmayı başardı. Bağırlarına bastılar onu. Bayıldılar ona, benim Musyne'ciğime, o pek tatlı savaş kemancısına! Pek taze ve kıvırcık saçlı, hem de üstüne üstlük bir dişi kahraman! Bu Arjantinliler nankör değildiler, onları besleyen ele müteşekkir olmasını biliyorlardı, büyük şeflerimize hiç de yabana atılamayacak tarzda bir hayranlık besliyorlardı ve Musyne onlara tasdikli belgesiyle, sevimli suratıyla, kıvrak ve ünlü parmakçıklarıyla geri döndüğünde, onu sevmek için yarışır oldular, açık artırmada gibi. Kahramanlık türküleri savaşa gitmeyenleri, dahası savaş sayesinde anormal derecede zenginleşmekte olanları hiçbir direnişle karşılaşmaksızın teslim alır. Hep böyledir.

Ah! o serkeş kahramanlık yok mu, insanı kendinden geçirir, inanın bana! Rio'lu armatörler, Fransız ve savaşçı nitelikli yiğitliği bu kadar hoş bir şekilde dişileştirerek önlerine seren o tatlı kıza hem isimlerini hem de hisse senetlerini sunuyorlardı. Musyne de, itiraf etmek gerekir ki, kendine afili bir şapka kadar yakıştırmasını bildiği cilveli bir savaş anıları repertuarı oluşturmayı başarmıştı. Çoğu kez inceliğiyle beni bile şaşırtıyordu ve onu dinlediğimde, palavra sıkma konusunda onun yanında kaba bir taklitçi olmaktan öteye gidemediğimi kendime itiraf etmek zorunda kalıyordum. Uydurduklarını, her şeyin değerli, insanın içine işleyen bir boyut kazandığı ve hep o boyutta kalan bir tür dramatik mesafeye taşıma konusunda ayrı bir yetenek geliştirmişti. Birden farkına varmıştım ki, bizler, savaşçılar, martaval atmaya kalktığımızda kabaca geçici ve sınırlı bir düzlemde kalıyorduk. O ise, güzelim, sonsuzluk boyutunda çalışıyordu. Claude Lorrain'e* kulak kesilmekte yarar var, bir tablonun ön planları her zaman iğrençtir, sanat da, bir yapıtın değerinin daima uzaklarda, anlaşılamazlıkta, suçüstü yakalanmış bir düş olan, insanın biricik aşkı olan yalanın gizlendiği yerde aranmasını emreder. Bizim bu sefil doğamızı dikkate almasını bilen bir

* Claude Gelée (Lorrain): Çoğu kez arka planlara ağırlık veren manzara resimleri ve desenleriyle ünlü XVII. yüzyıl Fransız ressamı.

kadın, kolaylıkla bizim bir tanemiz, vazgeçilmez ve mutlak umudumuz oluverir. Biz, dizinin dibinde, o yalancı varoluş nedenimizi ayakta tutmasını bekleriz ondan, o ise bu arada, bu sihirli işlevi yerine getirme sürecinde bir yandan da rahatlıkla hayatını kazanabilir, gani gani. Musyne de bundan geri kalmıyordu, içgüdüsel olarak.

Musyne'in o Arjantinlileri Ternes civarında kalıyorlardı, özellikle de Boulogne Ormanı sınırlarındaki, şu soğuk kış aylarında daha sokağa girer girmez düşüncelerinizin akışını birden, size rağmen, iyimserleştiren pek hoş bir sıcaklığın yayıldığı, sımsıkı kapalı özel konutlarda.

Titrek umutsuzluğumun etkisiyle, tam bir hödüklük örneği sergileyerek, daha önce de söylediğim gibi, her fırsatta gidip yârimi mutfak köşelerinde beklemeye kalkışıyordum. Bazen sabaha kadar sabretmem gerekiyordu, uykum geliyordu, ancak kıskançlık beni yine de bayağı uyanık tutuyordu, tabii uşakların bana bolca ikram ettikleri beyaz şarap da. Arjantinli efendilere gelince, onları çok nadiren görüyordum, şarkılarını duyuyordum sadece, gümbürdeten İspanyolcalarını da, bir de hiç susmayan piyanoyu, gelgelelim çoğu kez onu çalan Musyne'in elleri değildi. Peki... bu durumda o kaltağın elleri o sırada ne haltlar karıştırıyordu?

Sabah kapının önünde buluştuğumuzda beni yine karşısında görünce suratını buruşturuyordu. O zamanlar hâlâ bir hayvan kadar doğaldım, güzelime yapışmış, bırakmak istemiyordum, işte o kadar, sanki bir kemik gibi.

İnsan gençliğinin büyük bir bölümünü beceriksizlikler yaparak harcıyor. Yavuklumun beni bütünüyle terk edeceği besbelliydi, hem de çok yakında. Birbirinden çok farklı iki değişik türde insanlık olduğunu, zenginlerinki ve fakirlerinki, henüz keşfetmemiştim. Birçoklarında olduğu gibi bana da, kendi kategorimde kalmasını öğrenmek, elimi sürmeden önce ve özellikle de onlara bağlanmadan önce nesnelerin ve insanların fiyatını sormayı öğrenmek için yirmi yıl ve savaş gerekiyormuş demek.

Her neyse, uşak yarenlerimle birlikte mutfak köşelerinde ısınırken, tepemde dans edenlerin Arjantinli ilahlar olduğunu anlamıyordum, aslında Alman, Fransız, Çinli de olabilirlerdi, bunun hiçbir önemi yoktu, ama onlar ilahtı, zengindi, işte anlamam gereken buydu. Onlar üstte Musyn'le, bense altta, hiçbir şeyle. Musyne ciddi bir biçimde kendi geleceğini düşünmekteydi; öyle olunca da, haliyle, bu işi bir ilahla birlikte yapmayı yeğliyordu. Ben de tabii düşünüyordum, kendi geleceğimi yani, ancak bir tür hezeyan içinde, çünkü her an, alttan alta, savaşta öldürülmekten korkuyordum, aynı zamanda barışta açlıktan gebermekten de. Hem tecilli bir ölü, hem de âşıktım. Bu salt bir karabasandan ibaret de değildi. Bizim yanı başımızda, yüz kilometreden daha az bir mesafede, işimi bitirmek için bekleyen yiğit, tepeden tırnağa silah kuşanmış, iyi eğitilmiş milyonlarca adam duruyordu, üstelik Fransızlar da postumu delmek için alesta bekliyorlardı, olur da karşı taraftakiler tarafından kanlar içinde lime lime doğranmayı kabul etmezsem diye.

Bu dünyada yoksullar için eşek cennetini boylamanın belli başlı iki yöntemi vardır, ya barış zamanında, hemcinslerinizin mutlak umursamazlıklarının kurbanı olarak, ya da savaş gelip çattığında, aynı hemcinslerinizin adam öldürme tutkularının kurbanı olarak. Başkaları sizi düşünmeye başlarlarsa, bilin ki akıllarına gelen ilk şey sizi işkenceye yatırmaktır, sadece bu. Onların ilgisini ancak kanlar içindeyken çekebiliriz, o adilerin! Princhard bu açıdan bayağı haklı çıkmıştı. İnsan, mezbahanın eşiğine geldiğinde, geleceği ile ilgili şeyler konusunda pek de fazla bir şey kurgulayamıyor, tek düşündüğünüz şey, kalan birkaç gününüzde sevmeye çalışmaktır, çünkü yakında nasıl olsa baştan aşağı yarıp deşecekleri bedeninizi biraz olsun unutmanın biricik yolu budur.

Musyne benden kaçtığı için, ben de kendimi idealist sanmaya başlamıştım, süslü laflarla giydirilmiş içgüdülerimize verilen ad budur. İznim bitmek üzereydi. Gazeteler bütün olası savaşçıları seferber etmeye çalışıyorlardı ve elbette, her şeyden önce de torpili olmayanları. Savaşı kazanmaktan başka bir şey düşünülmemesi gerektiği resmiyet kazanmıştı.

Musyne de, tıpkı Lola gibi, koştura koştura cepheye dönmemi ve orada kalmamı bayağı arzuluyordu, gitmekte geciktiğimi görünce de, olayları hızlandırmaya karar verdi, oysa bu onun tarzı bir davranış değildi.

İstisnai olarak Billancourt'a birlikte döndüğümüz akşamlardan bir akşam, borazancı itfaiyecilerin önümüzden geçecekleri tuttu ve oturduğumuz binadaki herkes bilmem hangi zeplinin onuruna mahzene doğru koşuşturuverdi.

Pijamalı tüm bir mahallelinin, ellerine mumlarını alıp, neredeyse tümüyle düşsel bir tehlikeden kaçmak için gıdaklaya gıdaklaya yerin derinliklerinde kaybolduğu bu küçük panik anları, kâh ürkmüş tavuğa benzer, kâh kendini beğenmiş ve acınası koyuna dönmüş bu yaratıkların endişe verici kofluğunun ölçüsünü gösteriyordu. Buna benzer ve korkunç pespayelikler, toplumseverlerin en sabırlısını, en inatçısını bile tamamen tiksindirmek için birebirdir.

Musyne, Silahlı Kuvvetler Tiyatrosu'nda kendisinin ne derece kahraman olduğunun keşfedildiğini daha ilk alarm borazanının ötüşünde unutuverdi. Onunla birlikte yeraltına koşuşturmam için ısrar etti, metroya, lağım kanallarına, nereye olursa olsun, yeter ki korunaklı olsun, hem de en uç derinliklere ve en önemlisi de derhal! Şişkolarla sıskalar, kiracılar, uçarılar ya da gösterişliler, topunun birden o kurtarıcı deliklere doğru böylesine doludizgin seğirttiğini görünce, üstüme bir kayıtsızlıktır çöktü. Korkak ya da cesur, bunun pek bir anlamı yoktur. Burada tavşan, orada kahraman, insan aynı insan, burada da orada olduğundan daha fazla düşünmüyor. Para kazanmanın dışındaki her şey belli ki onun çapını fazlasıyla aşıyor. Yaşam ya da ölümle ilgili her şey onun elinin altından kayıveriyor. Kendi ölümünü bile kötü ve çarpık bir biçimde kurgulayabiliyor ancak. Paradan ve tiyatrodan başka bir şeye kafası basmaz onun.

Direnişim karşısında Musyne mızmızlanıyordu. Başka kiracılar da onlara eşlik etmemiz için bizi sıkıştırıyorlardı, sonunda beni ikna etmelerine izin verdim. Seçilecek mahzen konusunda bir dizi farklı öneri ortaya atıldı. Sonunda oyların çoğunu kasabın mahzeni aldı, binadaki tüm diğer mahzenlerden daha derinde olduğu iddia ediliyordu. Eşiğe varır varmaz, buram buram yükselen, acı ve benim gayet iyi bildiğim, daha o anda da kesinlikle tahammül edilemez bulduğum bir kokuyla karşılaştık.

— Oraya mı ineceksin Musyne, çengellere asılı etlerin yanına? diye sordum ona.

— Neden olmasın? diye yanıtladı beni, şaşkınca.

— Bak canım, dedim, benim anılarım var ve ben yukarıya dönmeyi yeğlerim...

— Gidiyor musun yani?

— Gelip beni bulursun, bu iş bitince!

— Ama uzun sürebilir...

— Seni yukarıda beklemeyi yeğlerim, dedim ona. Et sevmem, üstelik bu iş yakında bitecek.

Alarm süresince, sığınakların korumasındaki kiracılar birbirleriyle şen şakrak, kibarca laflıyorlardı. En geride kalmış sabahlıklı kimi hanımlar, kasabın ve kasabın karısının, bir yandan malın iyi korunması için zorunlu olan bu yapay soğuk havadan dolayı özür dileyerek ev sahipliği yaptıkları kokulu tonoza doğru şık ve ölçülü bir şekilde adımlarını sıklaştırıyorlardı.

Musyne diğerleriyle birlikte kayboldu. Onu bekledim, evimizde, yukarıda, bir gece boyunca, bir gün boyunca, bir yıl... Bir daha asla beni görmeye gelmedi.

O tarihten itibaren ben de kendi hesabıma gitgide tatmin edilmesi daha zor bir insan oldum çıktım, iki şeyden başka bir şey düşünemez oldum: kellemi kurtarmak ve Amerika'ya gitmek. Ancak savaştan kaçıp kurtulmak bile başlı başına beni aylar boyunca soluksuz bırakan temel bir uğraştı.

"Top isteriz! adam isteriz! cephane isteriz!" diye talep ediyorlardı vatanseverler, bıkıp usanma belirtisi göstermeden. Güya zavallı Belçika ve masum Alsace'cık Germanik boyunduruktan kurtulmadıkça bize uyku bile harammış. Bize dendiğine bakılırsa, bu saplantı, en iyilerimizin nefes almalarını, yiyip içmelerini, hatta çiftleşmelerini bile engelliyormuş. Gelgelelim bunlar, hayatta kalanların bir yandan da iyi paralar kazanmalarına engel olmuyordu. Yani cephe gerisinde moraller yerindeydi, söylemesi ayıptır.

Apar topar kıtalarımıza geri dönmemiz gerekti. İlk viziteden sonra beni hâlâ ortalamanın fazlasıyla altında buldular, bir başka hastaneye sevk edilmek dışında bir işe yaramazmışım, bu sefer de kemikten ya da sinirden yana dertli olanlar için bir hastane. Bir sabah, altı kişi olarak Depo'dan çıktık, üç topçu ve üç dragon süvarisi, yaralı ve hasta, yitirilmiş yiğitliğin, yok olmuş refekslerin ve kırık kolların tamir edildiği o yeri aramaya koyulduk. Önce, o dönemin tüm yaralıları gibi, kontrolden geçmek üzere Val-de-Grâce hastanesine uğradık, o karnı şiş kaleye, o pek asil, sakalı çıkmışçasına etekleri ağaçlarla kaplı, koridorları da belediye otobüsü gibi feci kokan, bugün artık muhtemelen büsbütün yok olan o kokular: ayak, saman ve gaz lambası harmanı. Val'de pek fazla oyalanamadık, şöyle bir görünür görünmez, saçları kepekli ve aşırı yorgun iki idari subay tarafından azarlandık, hem de okkalı biçimde, divanıharbe yollanmakla tehdit edildik ve başka görevliler tarafından da yeniden sokağa atıldık. Bizi yatıracak yerleri yokmuş, öyle diyorlardı, bizi belli belirsiz bir yerlere havale ederken: kentin çevresindeki bölgelerde bir yerlerde bir kaleymiş.

Bizim gibi beceriksiz kahramanları iyileştirmede uzmanlaşmış görünen o yeni barınağı aramak üzere, o kahve senin bu kale benim, orda bir kadeh beyaz şarap burda bir fincan sütlü kahve, altımız birden yanlış yönlere sapa sapa öylesine düştük yollara.

Altımızdan sadece biri mülke benzer bir şeylere sahipti, o da, itiraf etmek gerekir ki, çinkodan ufacık bir Pernot bisküvi kutusundan ibaretti, o zamanlar ünlü olup da artık adından söz edildiğini duymadığım bir marka. Dostumuz o kutunun içinde sigarayla bir diş fırçası saklıyordu, hatta dişlerine pek alışılmadık şekilde bu kadar özenle baktığı için hepimiz onunla dalga geçiyorduk, dahası, bu şaşılası zariflik yüzünden ona "eşcinsel" bile diyorduk.

Her neyse, nice tereddütten sonra, gecenin ortalarına doğru, bu Bicêtre kalesinin karanlıklara gebe toprak yığınağının önlerine yanaştık, "43 numara"ydı adı. Doğru yerdeydik.

Yaşlılara ve düşkünlere ev sahipliği yapabilmesi için baştan sona elden geçirilmişti. Daha bahçe düzenlemesi bitmemişti.

Oraya vardığımızda, askeri kısımda in cin top oynuyordu, kapıcı kadından başka kimsecikler yoktu. Sıkı yağmur yağıyordu. Sesimizi duyduğunda kapıcı kadın önce bizden ürktü, ancak derhal doğru yeri elleyerek onu güldürmeyi başardık. "Ben de Almanlar geldi sanmıştım! dedi — Onlar uzaktalar! diye yanıtladık onu. — Nerenizden hastasınız? diye ilgilendi bizimle. — Her tarafımızdan; pipimizden gayri!" dedi bir topçu, yanıt niyetine. İşte espri diye buna denirdi ve üstelik hoşuna da gitmişti kapıcı kadının. Daha sonra bu kalede bizlerle birlikte Sosyal Yardım'a kayıtlı yaşlılar da kaldılar. Onlar için, acilen, kilometrelerce camla kaplı yeni binalar inşa edilmişti, çatışmalar sona erinceye dek orada tutuldular, böcekler gibi. Çevredeki tepeciklerde, pıtrak gibi fırlayan daracık parseller, bir dizi eğreti kulübenin bir arada tutmakta zorlandığı çamur öbeklerini kapmak için yarışıyordu. Bunların gölgesinde de, arada sırada, müşkülpesent salyangozların, nedendir asla bilinmez, içleri kalka kalka onurlandırmaya tenezzül ettikleri bir marul ve üç turp yetişiyordu.

Hastanemiz tertemizdi, malum bu tür şeyleri bir an önce, birkaç haftada, işin başındayken, ayrımsamakta yarar vardır, çünkü böyle şeylerin bakımı konusunda bizim oralarda hiç de zevk sahibi değilizdir, aksine bu açıdan bayağı berbat sayılırız. Ne diyordum, yattık işte, öylesine birer somya seçerek, hem de ay ışığında, bu odalar o kadar yeniydi ki, henüz elektrik buralara uğramamıştı.

Uyandığımızda, yeni başhekimimiz kendini tanıtmaya geldi, bizi gördüğüne çok sevinmiş gibiydi, her tarafından samimiyet fışkırıyordu. Kendi açısından mutlu olmak için haklı nedenleri vardı, dört yıldızlı bir terfi kapmıştı. Bu adam üstelik dünyanın en güzel gözlerine sahipti, kadifemsi ve doğaüstü, kaş göz işaretleriyle çevresinde pervane olan ve başhekimlerinden gözlerini ayıramayan gönüllü ve pek hoş dört hemşireyi heyecanlandırmak için onları sık sık kullanmaktan da geri kalmıyordu. Daha ilk temasta, bizi uyardığı üzere, maneviyatımıza el koydu. Aramızdan birinin omzunu, hiç çekinmeden, samimi biçimde kavradı, babacan bir tavırla onu sıkı sıkı sallayarak, yatıştırıcı bir ses tonuyla ve coşkulu bir biçimde bize bir kez daha, hem de bir an önce ufalanmaya gitmenin kurallarını ve en kestirme yolunu gösteriverdi.

Anlaşılan, kökenleri ne olursa olsun, hepsinin aklı sadece buna çalışıyordu. Sanki bu onlara iyi geliyordu. Yeni sapıklık buydu. "Fransa, dostlarım, sizlere güvendi, o bir kadındır, Fransa, kadınların en güzeli! diye başladı şakımaya. Sizin kahramanlığınıza güveniyor Fransa! Saldırıların en alçağının, en dehşetengizinin kurbanı oldu o. Oğullarından intikamının sonuna kadar alınmasını talep etme hakkına sahiptir Fransa! Bölünmez bütünlüğüne yeniden kavuşturulmayı isteme hakkına sahiptir, Fransa, canınızı feda etme pahasına da olsa! Bizler, burada, hepimiz, kendi payımıza düşen görevimizi yerine getireceğiz, dostlarım, siz de kendi görevinizi yapın! Bilim adına ne biliyorsak sizler içindir! O sizindir! Tüm becerilerimiz sizlerin iyileşmesinin hizmetindedir! Siz de bizlere tüm iyi niyetiniz nispetinde yardımcı olun! Biliyorum, elbette, o iyi niyetinizden zaten asla şüphe edilmeyeceğini! Böylece de bir an evvel sevgili silah arkadaşlarınızın yanında siperlerdeki yerlerinizi alabilesiniz! Kutsal yerlerinizi! Kutsal vatan toprağımızın savunulması için. Yaşasın Fransa! İleri!" Askerlerle nasıl konuşulacağını biliyordu.

Hepimiz yataklarımızın ayakucunda, hazır ol vaziyette, dinliyorduk onu. Onun hemen arkasında, güzel hemşireler grubundan bir esmer, birkaç damla gözyaşıyla kendini belli eden duygularına hâkim olmakta zorlanıyordu. Diğer hemşireler, can yoldaşları, derhal çevresini sardılar: "Canım! canım! Merak etmeyin... Geri gelecektir o, inanın bana!..."

Onu teselli etmede en etkili olan, kuzenlerinden biriydi, biraz tombul olan şu sarışın. Onu kolundan tutup destekleyerek bizim yanımızdan geçerken, tombul kız bana güzel kuzeninin kısa süre önce seferberlik emriyle bahriyeye giden bir nişanlı yüzünden böyle fenalıklar geçirdiğini belirtti. Tutkulu hoca, ne yapacağını şaşırmış vaziyette, kısa ve dokunaklı söylevinin dalgalandırdığı parlak ve trajik heyecanı yatıştırmaya çabalıyordu. Mahcup ve üzgün, kalakalmıştı onun karşısında. Seçkin, elbette içli, tümüyle duyarlılık ve sevecenlikle dolu bir yürekte fazlasıyla acıklı bir endişenin canlanışı. "Bilebilseydik, hocam! diye fısıldadı yine tombul kuzen, sizi uyarırdık... Birbirlerine o kadar şefkat dolu bir aşkla bağlılar ki..." Hemşire grubuyla Hocamız, bir yandan da konuşmalarını sürdürüp uğuldayarak koridorlarda kayboldular. Bizimle ilgilenen kalmamıştı.

Muhteşem gözlü adamın vermiş olduğu o söylevi anımsamaya ve anlamaya çalışıyordum, ancak düşündükçe, bu sözler, hüzünlendirmek şöyle dursun, beni ölmekten tümüyle soğutmak için biçilmiş kaftan gibiydiler. Diğer arkadaşların düşüncesi de bu yöndeydi, ancak onlar benden farklı olarak bu sözlerde bir de fazladan bir tür hakaret ya da meydan okuma sezmediler. Onlar çevremizde, hayatta olup biteni anlamaya pek çalışmıyorlardı, yalnızca, dünyanın alışılageldik çılgınlığının son birkaç ayda arttığını, insanın yaşamını istikrarlı bir şeylere dayandırmasının da artık pek mümkün olmadığını sezinleyebiliyorlardı, o da zar zor.

Burada, hastanede, Flandres'daki gecede olduğu gibi, ölüm bizi taciz ediyordu; ancak burada, Devlet İdaresi'nin çabaları sayesinde titrek gövdelerinizin üstüne bir kez salıverildi mi kaçınılmazlığı gerçekten de oradaki kadar kesin olan ölüm, bu işi daha uzaktan yapıyordu.

Burada, doğruya doğru, bize zılgıt çekilmiyordu, hatta bizimle yumuşak bir ses tonuyla konuşuluyordu, bize hep ölüm dışındaki konulardan söz ediliyordu, ancak yine de mahkûmiyet kararımız daima, imzalamamız istenen her kâğıdın bir ucunda, bizi düşünerek alınan her önlemde, gayet açık ve seçik bir biçimde yer alıyordu: Yaka kartları... Künyeler... En ufak izin... Herhangi bir öğüt... Kendimizi sürekli olarak yarının yolcularından oluşan kocaman yedekler listesinde sayılmış, izlenmiş, numaralanmış hissediyorduk. Öyle olunca da ister istemez, çevredeki havayı oluşturan tüm bu sivil ve sıhhi dünya, kıyaslandığında bize göre daha hafif kaçıyordu. Hemşireler, yani o kaltaklar, bizim kaderimizi paylaşmıyorlardı, tam tersine, tek düşündükleri şey uzun, upuzun, daha da uzun yaşamaktı, bir de aşk, besbelli, gezip tozmak ve binlerce, on binlerce kez sevişmek, dönüp dolaşıp yine sevişmek. Bu melek gibi kadınların her biri, apış aralarıyla ilgili küçük tasarılarına sıkıca bağlıydı, kürek mahkûmları gibi, geleceğe havale edilmiş, küçük aşk tasarıları, oysa o sırada, bizler, gebermiş olacaktık, herhangi bir çamurun dibinde ve kim bilir nasıl!

O zaman da, onları daha da çekici kılacak olan özel sevecen, anımsayıcı iç çekme gösterileri yaparlardı; içli bir sessizlikle savaşın trajik anlarını, geri dönenleri anarlardı... "O sevimli Bardamu'yü hatırlıyor musunuz, derlerdi günbatımında beni düşünerek, hani öksürüğüne bir türlü çare bulunamayan çocuk?... Maneviyatı ne de bozuktu, yavrucuğun... Başına neler gelmiştir acaba?"

Yerinde kullanılan kimi şiirsel özlemler, bir kadına, tıpkı ay ışığında uçuşan bazı saç modelleri kadar çok yakışır.

Tüm sözlerinin ve ilgilerinin altında yatan, daha şimdiden şu saklı anlamı şimdiden kavramak gerekiyordu: "Gebereceksin, tatlı askercik... Gebereceksin... Savaş bu... Her koyun kendi bacağından asılır... Her ağacın meyvesi olmaz... Her insanın vadesi bir gün dolar... Senin çaresizliğini paylaşır gibi yapıyoruz... Ancak ölenle ölünmez... Sağlıklı ruhlar ve bedenler için her şey bir tür eğlence gibi olmalıdır, işte o kadar, bizler de, sağlam, güzel, saygın, sağlıklı ve terbiyeli genç kızlarız... Bizler için her şey, biyolojinin kaçınılmaz bir sonucu olarak, neşeli bir gösteri oluyor, neşeye dönüşüyor! Sağlığımız bunu gerektiriyor! Ve biz kendimizi acıların çirkinliklerine asla terk edemeyiz... Bizim uyarıcılara gereksinmemiz var, yalnızca uyarıcılara... Sizler çabucak unutulacaksınız, askercikler... Uslu çocuk olun, bir an önce geberin... Geberin ki savaş bitsin, biz de sizin kibar subaylarınızdan biriyle evlenebilelim... Esmer olsun ama!... Yaşasın babamızın hep sözünü ettiği şu Vatan!... Savaştan döndüğünde aşk kim bilir ne güzeldir!... Madalyalı olacak kocacığımız!... Havalı olacak... Eğer hâlâ o sırada var olmaya devam ediyorsanız, askercik, o güzelim düğünümüzde onun şık çizmelerini cilalayabilirsiniz... O zaman bizim mutluluğumuz sizi de sevindirmez mi, askercik?..."

Onu, yani başhekimi, peşinde hemşireleriyle birlikte, her sabah gördük, sonra bir daha gördük. Bir bilim adamıymış, öğrendiğimize göre. Bize ayrılan odaların çevresinde yandaki düşkünler evinin ihtiyarları dolanıyordu, gereksiz, dağınık sıçrayışlarla. Cılkı çıkmış söylentilerini ve iftiralarını taşıyarak bir odadan ötekine, o çürük dişleriyle dedikodularını öğüre öğüre gidiyorlardı. Burada, yapış yapış bir çitin dibine atılmış gibi, resmi sefaletlerinin içine tıkılan yaşlı emekçiler, yıllarca süren köleliğin ruhlarının etrafına çökerttiği tüm kuş pisliklerini otlamaktaydılar. Ortak mekânların sidikli aylaklığında ekşimiş iktidarsız nefretler. Son ve titrek enerjilerini yalnızca birbirlerine biraz daha zarar verebilmek için harcıyorlardı, böylece ellerinde kalan son zevk kırıntılarıyla ve son nefesleriyle birbirlerini yok ediyorlardı.

Ne müthiş bir zevk! Kuruyup solmuş gövdelerinde kötülükten ibaret olmayan tek bir atom zerreciği bile kalmamıştı.

Biz askerlerin, kalenin sunduğu görece hizmetleri yaşlılarla paylaşacağımız anlaşılır anlaşılmaz, yek vücut olarak bizden nefret etmeye başladılar, ancak bir yandan da, hem de bıkıp usanmadan, yürüyüş yollarında peşimize takılıp tütün artıklarımızı, sıraların altına düşmüş bayat ekmek parçalarını dilenmekten geri durmuyorlardı. Yemek saatlerinde, parşömen kâğıdına dönmüş buruşuk suratları yemekhanemizin camına yapışıyordu. Burunlarının çapaklı kıvrımları arasından, kıskanç kart sıçan bakışları süzülüyordu. Görünüşe göre bu düşkünlerden biri ötekilerden daha acar ve arsızdı, bizi oyalamak için kendi gençliğinin şarkılarını söylerdi bize, Birouette* baba derdik ona. Her istediğimizi yapmaya hazırdı, yeter ki ona tütün verelim, her istediğimizi, kalenin morgunun önünden geçmek hariç, laf aramızda morg da hiç boş kalmıyordu. Şakalardan biri onu güya gezmeye o taraflara sürüklemekti. Tam kapının önüne gelindiğinde, "içeri girmek istemez misin?" diye sorardık ona. Hemen tüyerdi o zaman, homurdanarak, ama o kadar hızlı ve o kadar uzağa giderdi ki, en az iki gün boyunca ortada görünmezdi, Birouette baba. Ölümle yüzleşmişti.

Güzel gözlü başhekimimiz, profesör Bestombes**, bizi yeniden yüreklendirmek için her tarafa parlak elektrikli aletlerden oluşan karmaşık bir tesisat kurdurmuştu, düzenli aralıklarla bunların elektrik akımı boşalmalarına katlanıyorduk, kapı dışarı edilme tehdidi altında kabullenmek zorunda olduğumuz ve canlandırıcı olduklarını iddia ettiği yayıntılardı bunlar. Göründüğü kadarıyla hayli varlıklıydı Bestombes, elektroşokçu bu pahalı düzeneği satın alabilmek için de zaten öyle olmak gerekiyordu. Kurt bir politikacı olan ve hükümetin arsa alımlarında epey bir haltlar çeviren kayınpederi, bu tür müsriflikler yapabilmesini sağlıyordu.

Fırsattan istifade etmek gerek. Her şey yoluna girer. Suç ve ceza. Bu haliyle ondan nefret etmiyorduk. Sinir sistemimizi ola-

* Birouette: Fransızcada *biroutte* sözcüğünü (çük) anımsatıyor (Çükli baba gibi).

** Bestombes: Fransızcada *des tombes* sözcüğünü (tabutlardan ya da mezarlar) anımsatıyor (Dr. Dabutlardan ya da Dr. Nezarlar gibi).

ğanüstü bir dikkatle inceliyordu ve sorularını bize kibar bir samimiyet havasında soruyordu. İnce ayrıntılarına kadar hesaplanmış bu babacanlık, kliniğindeki pek havalı hemşireleri mest ediyordu. Her sabah bu yavrular onun bu üstün sevecenliğinin dışavurumlarıyla zevkten dört köşe olma anını sabırsızlıkla bekliyorlardı, bu onların kaymaklı kadayıfıydı. Bir anlamda hepimiz, onun, yani Bestombes'un, iyiliksever, son derece kibarca insancıl bir bilim adamı rolünü kendine ayırdığı bir tiyatro gösterisinde oyunculuk yapmaktaydık, iş ki ne yaptığımızı bilelim.

Bu yeni hastanede, uzatmalı çavuş Branledore'la* aynı odada kalıyordum; o, yani Branledore, hastanelerin eski müdavimlerindendi. Delik deşik bağırsaklarını aylardır dört değişik birimde gezdirmişti.

Tüm bu yatışlarında, hemşirelerin aktif sempatisini önce kazanmayı, sonra da korumayı öğrenmişti. Branledore sıkça kan kusar, kan işer ya da kan osururdu, aynı zamanda nefes almakta da epey zorlanıyordu, ancak daha nicelerini görmüş olan sıhhi personelin çok özel ilgisine mazhar olması için bunlar yeterli değildi. Bu durumda, iki boğulma seansı arasında, oralardan geçen bir doktor ya da bir hemşire varsa: "Zafer! Zafer! Zafer bizim olacak!" diye bağırırdı Branledore, ya da aynı sözleri, duruma göre, ciğerlerinin kenarından ya da tümünden gelen bir sesle mırıldanırdı. Böylece, uygun bir mizansen etkisi sayesinde, tutkulu ve saldırgan ortama uyarak, en üst düzeyde ahlaki beğeniye kavuşuyordu. İşin püf noktasını bulmuştu o.

Her yer tiyatro sahnesine döndüğüne göre, rol yapmak gerekiyordu ve haklıydı da Branledore; tesadüfen sahnenin üstüne çıkarılmış donuk bir seyirciden daha aptal görünen, daha can sıkıcı bir şey olamaz doğrusu. Mademki oraya çıkıldı, değil mi, o halde havaya girmeli, canlanmalı, rol yapmalı, kararlılık sergilemeli ya da yok olmalı. Özellikle de kadınlar gösteri konusunda istekliydiler, şaşkın amatörlere karşı da acımasızdılar, kaltaklar. Savaş, tartışmasız biçimde, yumurtalıklara vuruyordu, kahraman istiyorlardı, hiç de kahraman olmayanlarsa ya kahraman

* Branledore: Fransızcada *il se branle d'or* (o çok güzel otuz bir çeker) ya da *il se branle et dort* (otuz bir çekip uyur) deyişilerini düşündürüyor (çavuş Güzelotzbirci ya da çavuş Otzbirçekipuyur gibi).

olarak karşılarına çıkmalıydılar ya da kaderlerin en aşağılık olanına razı olmalıydılar.

Bu yeni bölümde sekiz gün geçirince, işin şakası olmadığını anladık ve Branledore sayesinde (sivil yaşamda dantel satıcısıydı), geldiğimizdeki o aynı ürkmüş, gölgesine sığınmaya çalışan, utanç verici mezbaha anılarına tutsak olmuş adamlar gitmiş, yerlerine yaman bir kabadayılar sürüsü gelmişti, hepsi de zafere ulaşmada kararlıydılar, üstelik inanın bana, müthiş laflarla ve sıkı bir havayla donatılmışlardı. Gerçekten de epey okkalı bir konuşma tarzı edinmiştik, hatta sözlerimiz öylesine belden aşağı iniyordu ki, bu hanımefendilerin bazen yüzleri kızarıyordu, ancak asla şikâyet etmiyorlardı, çünkü malum, asker dediğin yiğit olduğu kadar düşüncesiz de olur, üstelik de fırsat yakaladıkça kabadır, hatta ne kadar kabaysa o kadar da yiğittir.

Önceleri, Branledore'u elimizden geldiğince taklit etmemize karşın, küçük vatansever havamız henüz tam olarak yerli yerine oturmamıştı, yeterince inandırıcı değildi. Havayı, doğru havayı yakalayabilmemiz için koca bir hafta, hatta iki hafta yoğun bir şekilde prova yapmamız gerekliydi.

Doktorumuz, tasdikli profesör Bestombes, o engin bilim adamı, manevi niteliklerimizin parlak biçimde düzelmekte olduğunu saptar saptamaz, bizi yüreklendirmek amacıyla kimi ziyaretlere, öncelikle de ebeveynlerimizin bizi ziyaret etmelerine izin vermeyi kararlaştırdı.

Bana anlatılanlara bakılırsa, bazı yetenekli askerler çatışmalara katıldıklarında bir tür sarhoşluk içine girer, hatta yoğun bir haz duyarlarmış. Kendi açımdan, bu türden çok özel bir hazzı düşlemeye kalkmam bile en az sekiz gün boyunca hastalanmama yetiyordu. Birisini öldürmek konusunda kendimi o kadar âciz hissediyordum ki, en iyisi gerçekten de vazgeçip bu işi bitirmemdi. Denemek için yeterli fırsatı bulamadığımdan değil, hatta bu işin tadına varmam için ellerinden geleni yapmışlardı, ama yeteneğim yoktu işte. Belki de daha uzun süreli bir öğrenme sürecine gereksinimim vardı.

Bir gün, profesör Bestombes'a, soyluluğu şüphe götürmez olan mevcut koşulların gerektirdiği kadar, içimden geldiği kadar canı gönülden yürekli olmakta ne kadar zorlandığımı bildirmeye karar verdim. Beni yüzsüz biri, küstah bir geveze olarak değerlendirmesinden korkmuyor değildim... Ama hiç de öyle olmadı. Aksine! Hoca, hissettiğim manevi kargaşayı bu açıksözlülük nöbeti sırasında ona açmamdan pek mutlu olduğunu beyan etti.

"Dostum Bardamu, iyileşiyorsunuz! Bu kadar basit!" Vardığı sonuç buydu. "Bana tamamen kendiliğinizden içinizi dökmüş olmanızı, Bardamu, ruhi durumunuzun kayda değer ve çok yüreklendirici bir biçimde iyiye gitmesi olarak değerlendirmekteyim... Haddizatında Vaudesquin, İmparatorluk askerlerindeki manevi zaaflarının o alçakgönüllü, ama bir o kadar da öngörülü gözlemcisi, daha 1802'de bu tür gözlemleri, artık klasikleşmiş sayabileceğimiz bir bildiride özetlemişti, her ne kadar şimdiki öğrenciler bu metni haksız yere kenara atmış olsalar da, Vaudesquin o metinde, az önce belirttiğim gibi, çok doğru ve ayrıntılı olarak, manevi nekahet dönemindeki hastalarda ortaya çıkan ve tüm diğerlerinden çok daha olumlu bir işaret olan 'itirafçılık' adı verilen krizlerin varlığını not etmişti... Büyük Dupré'miz* ise, neredeyse bir yüzyıl sonra, aynı belirti hakkında artık meşhur olan tasnifini geliştirmeyi başardı, bu tasnifte, aynı kriz, 'anıların toparlanması' adı altında yer almaktadır, aynı yazara göre bu kriz, eğer tedavi doğru yönlendirilirse, kısa bir süre sonra endişeli düşünce oluşumlarının tümden çözülmesinin ve bilinç alanının tamamen kurtulmasının habercisidir, yani sonuçta, psişik iyileşme sürecinde bir yan olgudur. Dupré ayrıca, kendisine özgü olan o pek görsel terminolojisinde, bu krize 'özgürleştirici derin düşünsel ishal' adını vermiştir, söz konusu vakalarda bu krize, çok aktif bir coşku, ilişki etkinliklerinin belirgin olarak yeniden başlaması, bu arada da çok belirgin olarak uykunun düzelmesi, hatta ansızın günlerce uzayabilmesi gibi belirtiler eşlik etmektedir, son olarak da yeni bir aşamaya geçilir: genital fonksiyonlarda çok belirgin bir aşırı faaliyet, o kadar ki, eskiden soğuk olan aynı hastalarda, gerçek 'erotik oburluk' nöbetlerine rastlandığı bile olur. Bunun sonucunda da şu formül türetilmiştir: 'Hasta sadece kurtulmaya değil, kudurmaya bile başlamış-

* Ernest Dupré: (1862-1921) yürütmüş olduğu kronik sanrılı psikoz çalışmalarıyla tanınan, dönemin ünlü Fransız psikiyatrlarından.

tır!' Geçen yüzyılın büyük Fransız psikiyatrlarımızdan bir diğeri olan Philibert Margeton'un korku hastalığının nekahet dönemindeki kişilerde tüm normal faaliyetlerin gerçekten destanlar yaratarak yeniden başlamasını tanımlamak amacıyla bu dillere destan olmuş iyileşmelere taktığı ve, değil mi, olağanüstü betimleyici nitelikteki terim budur işte... Size gelince, Bardamu, sizi dolayısıyla ve şimdiden, gerçek bir nekahet dönemi hastası olarak kabul ediyorum... Peki Bardamu, madem bu doyurucu sonuca varabildik, yarın, Askeri Psikoloji Derneği'nde, tam da insan ruhunun temel nitelikleri konulu bir bildiri sunduğumu öğrenmek ilginizi çeker miydi?... Bu, bayağı nitelikli bir bildiri olacak, sanırım.

— Elbette, hocam, bu konularla hep çok yakından ilgilenmişimdir...

— Madem öyle, biliniz ki, Bardamu, özet olarak şu tezi savunmaktayım: savaş öncesinde insanoğlu psikiyatrlar için kapalı bir kutuydu ve ruhunun derinliklerinde yatan olanaklar tam bir bilmeceydi...

— Benim de naçizane kanaatim o yönde, Hocam...

— Bakın, Bardamu, savaş, sinir sistemlerinin sınırlarını zorlamak açısından bize sunduğu kıyas kabul etmez olanaklar sayesinde, insan ruhunu olağanüstü derecede açığa çıkarıcı bir işlev görüyor! Bu yeni patolojik keşiflere eğilip üzerilerine düşünebilmemiz yüzyıllar sürecek, yüzyıllarca süren tutkulu araştırmalar... Dürüstçe itiraf etmeliyiz... Şimdiye kadar insanın duygusal ve manevi zenginliklerini sadece tahmin etmekle yetiniyorduk! Ancak artık, savaş sayesinde, bu iş tamam!... Kapıyı zorlayıp, acılı olmakla birlikte, bilim açısından kesin ve umulmadık bir biçimde onların mahremiyetine girebiliyoruz! Daha ilk bilgiler açığa çıkar çıkmaz, modern psikoloğun ve ahlakçının görevlerinin ne olduğu konusunda Bestombes olarak benim için artık en ufak kuşku kalmamıştı! Psikolojik kavramlarımızın tümden gözden geçirilmesi gerekiyordu!"

Ben, yani Bardamu, ben de böyle düşünüyordum.

— Sanırım, Hocam, gerçekten de öyle yapılsa iyi olur...

— Yaa! siz de mi bu kanaattesiniz, Bardamu, ağzınıza sağlık! Bakın insanda iyilik ve kötülük dengelenmektedir, bir yanda bencillik, öte yanda özgecilik... Seçkin kişilerde ise, bencillikten çok özgecilik hâkimdir. Doğru mu? Tamam mı?

— Doğrudur, Hocam, tam da böyle...

— Peki o zaman size soruyorum, Bardamu, seçkin kişide, onun özgeciliğini kışkırtabilecek ve bu özgeciliği tartışmasız biçimde ortaya çıkmaya zorlayabilecek en yüce değer ne olabilir?

— Vatanseverlik, Hocam!

— Yaa! gördünüz mü, ağzınıza sağlık! Beni gayet iyi anlıyorsunuz... Bardamu! Vatanseverlik ve onun mütemmim cüzü, şan şöhret, bu kadar basit işte, bu onun kanıtı!

— Doğrudur!

— Yaa! dikkatinizi çekerim, askerciklerimiz ateş hattına ilk kez çıktıklarında tüm safsatalardan ve yan kavramlarından, özellikle de yaşam içgüdüsü safsatasından kendiliklerinden arınmasını bildiler. İçgüdüsel olarak ve doğrudan doğruya gerçek varoluş nedenimizle, Vatanımızla, bütünleşmeye koştular. Bu gerçeğe ulaşabilmekte akıl yalnızca gereksiz olmakla kalmıyor, Bardamu, ayrıca engel de teşkil ediyor! Vatan, tüm temel gerçekler gibi yüreğin gerçeğidir, halk bunu iyi bilir, asla şaşmaz! Tam da kötü bilim adamlarının çuvalladığı noktada...

— Bu çok güzel, Hocam! Fazlasıyla güzel! Antik bir sanat şaheseri bu!

İki elimi birden neredeyse sevgiyle sıktı, Bestombes.

Babacanlaşmış bir ses tonuyla benim faydalanmam için şu sözleri eklemek gereksinimi duydu: "İşte, Bardamu, ben hastalarımı böyle tedavi etme niyetindeyim, beden ve ruh için elektrik, güçlü dozlarda vatansever ahlak, yeniden yapılandırıcı gerçek ahlak şırıngaları!"

— Sizi anlıyorum, Hocam!

Gerçekten de giderek daha iyi anlıyordum.

Ondan ayrılıp, hiç vakit kaybetmeden, yeniden yapılanmış kafadarlarımla birlikte gıcır gıcır küçük kilisedeki duaya yetiştim, büyük kapının arkasında yüksek maneviyatını dışavurmakta olan Branledore'u gördüm, tam da kapıcının küçük kızına coşku dersi vermekteydi. Hemen, daveti üzerine, yanına gittim.

Öğleden sonra, burada olduğumuzdan beri ilk kez analar

babalar Paris'ten çıkıp geldiler, sonra da her hafta gelmeyi âdet edindiler.

Sonunda anama mektup yazmıştım. Beni yeniden görebildiğine çok sevinmişti, anam, elinden alınan yavrusuna sonunda kavuşmuş bir dişi köpek gibi ağlaşıyordu. Herhalde beni öperek bana çok yardımcı olduğunu da düşünüyordu, ama yine de dişi köpek kadar olamıyordu, çünkü o beni elinden almak için söylenen sözcüklere inanıyordu. Oysa dişi köpek hiç olmazsa sadece hissettiklerine inanır. Annemle birlikte hastane yakınlarındaki sokaklarda büyük bir tur attık, bir öğleden sonramızı aylak aylak yürüyerek geçirdik o civarlardaki sokak müsveddelerinde, henüz boyanmamış sokak lambalı sokaklar, su sızdıran cepheler, sarkan yüzlerce küçük kumaş parçasıyla alacalanmış pencereler, yoksulların gömlekleri, bir yandan da öğle vaktinde cızırdayan yanık yağların çıkardığı hafif sesleri dinliyorduk, o kötü yağ fırtınasını. Kenti çevreleyen o koca laçkalığın bakımsızlığında, o şatafatının sahteliğinin dökülmeye başlayıp çürümüşlük olarak sona erdiği noktada, kent, görmesini bilenlere çöp kutusuna dönmüş poposunu gösterir. Dolaşırken uzak durduğunuz fabrikalar vardır, her tür kokuyu yayarlar, hatta kimileri öylesine inanılmazdır ki, çevredeki hava bundan daha pis kokmayı reddeder. Hemen yanı başında, eşit boyda olmayan iki yüksek baca arasına sıkışmış küçücük panayır yeri küflenmektedir, boyası dökülmüş o atlıkarıncalarlar, onlara binmek için, hem de çoğu kez haftalar boyunca can atan o iskelete dönmüş, terkedilmişliklerinin, sefalet ve müziğin hem çektiği, hem ittiği, hem de alıkoyduğu, tüm parmaklarını burunlarına sokmuş sümüklü veletlerin ödeyemeyecekleri kadar pahalıdır.

Her şey, gerçeği bu yerlerden uzak tutma çabaları içinde sürüp gidiyor; oysa o yine bir yolunu bulup tek tek herkes için ağlamak üzere geri geliyor; yani ne yaparsak yapalım, içki de içsek, hem de hâlâ mürekkep kadar koyu kırmızı şarap bile içsek, gökyüzü orada hâlâ aynı gökyüzü, kenar mahallelerin dumanlarının üstüne bir büyük bataklık gibi iyice kapanmış.

Yerde, çamur yorgunluğunuzu çekiştirir, yaşamın yan yolları da oteller ve yine fabrikalar tarafından iyice kapatılmıştır. Bu tarafın duvarları daha şimdiden tabut gibidir. Lola, çekti gitti,

Musyne de, kimsem kalmamıştı. İşte bu nedenle sonunda anama mektup yazmıştım, hiç olmazsa birilerini göreyim diye. Daha yirmi yaşındayken geçmişimden başka bir şeyim kalmamıştı. Annemle birlikte Pazar gününün sokaklarında dolanıp durduk. Bana işiyle ilgili sıradan şeyler anlatıyordu, onun çevresinde, kentte, savaşla ilgili söylenenleri, savaşın üzücü olduğunu, hatta "korkunç" olduğunu, ancak çok cesur olmak kaydıyla hepimizin er geç bunun üstesinden geleceğimizi; onun gözünde öldürülenler basit birer kazaydı, at yarışında olduğu gibi, sıkı tutunsalardı, düşmeyeceklerdi. Annem açısından savaş, fazla da kurcalamak istemediği yeni bir büyük üzüntü kaynağından ibaretti; bu üzüntü onu sanki korkutuyor gibiydi; anlayamadığı ürkütücü şeylerle doluydu. Aslında o, kendisi gibi sıradan insanların her şeyden acı çekmek için yaratıldıklarına inanıyordu, yeryüzündeki işlevlerinin bu olduğunu düşünüyordu, eğer işler son zamanlarda bu kadar kötüye gidiyorsa, bu yine, büyük ölçüde, sıradan insanların işlemiş oldukları birikmiş nice günahtan kaynaklanıyordu... Budalaca şeyler yapmış olsalar gerek, farkına varmadan, elbette, ancak bu yine de onları suçlu olmaktan kurtarmazdı, aslında şükretmeliydiler, çünkü onlara bu şekilde acı çekerek utanç verici davranışlarının kefaretini ödeme fırsatı verilmişti... Annem tam bir "parya"ydı.

Bu trajik ve kaderci iyimserlik onun için bir inanç işlevi görüyor, doğasının özünü oluşturuyordu.

Yağmur altında, ikimiz birlikte parsellenmeyi bekleyen sokaklarda ilerliyorduk; o tarafların kaldırımları gömülüp ayağın altından kayarlar, kışın, kenardaki dişbudaklar, rüzgârda sallanıp, su damlacıklarını dallarında uzun süre tutarlar, narin bir hoşluk. Hastanenin yolu bir dizi yeni inşa edilmiş pansiyonun önünden geçiyordu, kimisinin adları konmuştu, kimisi içinse bu zahmete bile katlanılmamıştı. "Haftalıktı" onlar, o kadar. Savaş, damdan düşer gibi, barındırdıkları taşeronlardan ve işçilerden mahrum bırakmıştı onları. Artık ölmeye yatmaya bile dönmüyordu kiracılar. Ölmek de başlı başına bir iştir, ama artık o işi dışarıda görmeleri gerekiyordu.

Annem beni hastaneye ağlaya ağlaya götürdü, bir kaza olarak ölümümü kabullenmişti, hatta buna razı olmakla kalmayıp, benim de onun gibi kaderime boyun eğip eğmediğimi merak ediyordu. Arts et Métiers'nin* o güzelim metresine inandığı kadar kadere de inanıyordu, o metreden de bana hep saygıyla söz ederdi, çünkü tuhafiyecilik mesleğinde kullandığı metrenin, bu muhteşem resmi ölçünün tıpatıp aynısı olduğunu öğrenmişti gençliğinde.

Bu düşkün kırsal bölgenin parselleri arasında hâlâ, orda burda, birkaç tarla ve ekin vardı, hatta yeni evlerin arasına sıkışmış, bu kalıntılara sıkıca sarılmış bir iki yaşlı köylü de vardı. Akşam dönüş saatinden önce zamanımız kalmışsa, annemle birlikte gidip bu tuhaf köylülerin, bir yandan ölülerin çürümeye atıldığı ama yine de ekmek veren, adına da toprak denen şu gevşek, kesekli nesneyi bir demir parçasıyla kurcalayışlarını izliyorduk. "Bayağı sert olsa gerek şu toprak!" diyordu annem her seferinde onları tedirginlikle izlerken. Sefaletin yalnızca kendisininkine benzeyen biçimini, yani kentli olanını biliyordu, kırdakinin nasıl olabileceğini düşlemeye çabalıyordu. Bildiğim kadarıyla tek merak konusu buydu, annemin, bir Pazar günü oyalanmak için de bu ona yetiyordu. Bunu alıp kente dönüyordu.

Ne Lola'dan, ne de Musyne'den hiç ama hiç haber alamıyordum. Anlaşılan işin iyi tarafında, yani biz kurbanlık koyunlara yönelik, güler yüzlü olduğu kadar acımasız bir yok etme talimatının hüküm sürdüğü tarafta kalmıştı, kaltaklar. İkidir rehinelerin tıkıştırıldığı yerlere yönlendirilmiş oluyordum, böylece. Zaman ve sabır meselesi. Kaderimiz belliydi.

* Arts et Métiers: Paris'teki bilim ve ölçüm müzesi, aynı zamanda meslek okulu. 1961'e kadar Fransa'nın resmi ölçüm şablonu olan platin metre bu müzede saklanırdı.

Branledore, hastane komşum, yani çavuş olanı, daha önce anlatmış olduğum üzere, hemşireler arasında daima çok popülerdi, her tarafı sargı bezi kaplıydı, her yanından da iyimserlik fışkırıyordu. Hastanede herkes ona öykünüyor, davranışlarını örnek almaya çalışıyordu. İnsan içine çıkacak hale geldiğimiz ve ahlaki açıdan artık hiç de tiksinilecek durumda olmadığımız için, bize de sıra geldi ve sosyetede hatırı sayılır kişilerle birlikte Paris idaresinin üst düzey yetkilileri ziyaretimize gelir oldular. Sosyete salonlarında, profesör Bestombes'un nöro-medikal merkezinin yoğun vatansever tutkunun yeşerdiği bir mekâna dönüştüğü, hatta neredeyse merkezi olduğu kulaktan kulağa yayılıyordu. Artık günlerimize katılanlar arasına sadece piskoposlar değil, bir İtalyan düşesi, bir büyük ordu gereçleri taciri, ardından da Opera'nın ta kendisi, hatta ulusal tiyatro Comédie Française'in oyuncuları eklendi. Bizi yerinde izlemeye geliyorlardı, hayranlıkla. Dahası, eşsiz bir şiir okuma yeteneğine sahip ve tiyatrodan ödenek alan bir dilber, başucuma gelip bana pek hamasi mısralar okudu. O sırada, kızıl ve edepsiz saçlarında (cildi de dahil), titreşimler halinde doğrudan apış arama ulaşan şaşırtıcı dalgalar hareketlenmekteydi. Bu yüce kadının beni savaşta yaptıklarım konusunda sorguladığını ayrımsayınca, ona o kadar çok ayrıntı anlattım ki, hem de pek coşkulu, yürek parçalayıcı cinsinden, gözlerini artık benden ayırmaz oldu. Fena halde duygulandı ve anlattığım öykülerin en yoğun bölümlerinin, şair hayranlarından biri tarafından mısralara döktürülmesine destur vermemi rica etti. Derhal rıza gösterdim. Bu projeden haberdar edilen profesör Bestombes, buna hararetle destek verdiğini beyan etti. Dahası bu vesileyle ve daha hemen o gün, güzel tiyatrocu kadının eşliğinde hastanenin dış merdivenlerinin önünde topluca fotoğrafımızı çeken büyük bir "Resimli Milli Gazetenin" muhabirlerine demeç bile verdi. En ufak fırsat bile kaçırmayan profesör Bestombes, "ulusça geçirmekte olduğumuz bu trajik günlerde, diye beyan etti, şairlerin en büyük görevi bize yeniden destan zevkini tattırmaktır! Artık çapsız küçük hesapların zamanı geçmiştir! Kahrolsun yüreği nasır bağlamış edebiyatlar! Muharebelerin güçlü ve asil gümbürtüsünün bağrından bizler için yepyeni bir ruh tomurcuklanmıştır! Büyük vatansever yeniden dirilişin şahlanışı artık bunu gerekli kılmaktadır! Şanımıza vaat edilen ulu doruklar!... Epik şiirin görkemli nefesini talep ediyoruz!... Kendi payıma ben, yönetmekte olduğum bu hastanede, unutulmaz bir biçimde, Şairle kahramanlarımızdan biri arasında o ulvi yaratıcı işbirliklerinden birinin gözlerimizin önünde oluşmasının hayranlık verici olduğunu beyan ediyorum!"

Bu tür koşullarda düş gücü benimkine kıyasla biraz geride kalan, üstelik de fotoğrafta yer almamış olan Branledore, oda arkadaşım, bu yüzden yoğun ve inatçı bir kıskançlık geliştirdi. Kahramanlık şampiyonluğu konusunda benimle vahşi bir yarışa girdi. Yeni öyküler uyduruyor, sürekli kendini aşıyordu, durdurabilene aşkolsun, marifetleri artık hezeyan boyutlarına ulaşmıştı.

Onunkilerden daha çarpıcısını bulmam, bu aşırılıklara yeni bir şeyler eklemem çok zor görünüyordu, gelgelelim hastanede kimse pes etmeye razı değildi, rekabet duygusunun gazıyla, hangimizin "en müthiş savaş öykülerini" kendine de içinde soylu bir yer açarak yazacağı konusunda sıkı bir yarışa kalkmıştık. Olağanüstü şahsiyetlerin kimliğine bürünüp büyük bir kahramanlık destanı yaşar gibiydik, oysa o görüntünün arkasında, tenimizin ve ruhumuzun tüm içeriğiyle gülünç benliklerimiz korkudan tir tir titriyordu. Bizi ciddiye almaya kalksalardı canımıza okurlardı. Savaş olgunlaşmıştı.

Büyük dostumuz Bestombes, hâlâ çok sayıda yabancı şahsiyeti ağırlamaya devam ediyordu, yansız, kuşkucu ve meraklı bilimadamı beyefendiler. Bakanlığın başmüfettişleri de, kılıçlarını kuşanmış, ışıl ışıl, geçiyorlardı odalarımızdan, onların askeri yaşamları uzatılmıştı, yani böylece yeni tazminatlarla yüklenip tazelenmişlerdi. Öyle olunca da müfettişlerimiz övgü ve paye dağıtmada cimri davranmıyorlardı. Her şey yolundaydı. Bestombes ve müthiş gazileri Sağlık Bakanlığı'nın gurur kaynağı oldular.

"Milli Tiyatrodaki" güzel koruyucu meleğim, ta kendisi, bir kez daha ziyaretime geldi, baş başa görüşmek için, aralarından su sızmayan şair dostu da o sırada marifetlerimin manzum olarak aktarılması işini kotarmaktaydı. Bu soluk tenli, endişeli delikanlıyla sonunda, bir koridor köşesinde karşılaştım. Bana çıtlattığına bakılırsa, bu denli zayıf kalp kası lifleriyle yaşıyor olması, hekimlerin de tescil ettikleri üzere, inanılmaz bir mucize olarak kabul edilmeliymiş. O nedenle de, narin kişilerin sağlığına duyarlı olan bu hekimler, onu ordudan uzak tutuyorlarmış. Bu durumu telafi etmek için de, bu ozancık, sağlığını tehlikeye atma pahasına ve tüm yüce manevi gücünü kullanarak bizler için, "Zaferimizin Manevi Tunç Siperleri"ni kazmaya koyulmuş. Pek şık bir pusat yani, unutulmaz dizeler halinde, elbette, tüm benzerleri gibi.

Yiğitliği tartışmasız bunca kişinin arasından kendine kahraman olarak beni seçtiğine göre, şikâyet edecek halim yoktu! Zaten, itiraf etmek gerekirse, umduğumdan fazlasını bulmuştum. Aslına bakılırsa muhteşem bir gösteri oldu. Resital olayı bizzat Comédie-Française'de, şiirsel diye adlandırılan bir öğleden sonra gerçekleşti. Tüm hastane davetliydi. Kızıl saçlımın, titrek mısra okuyucusunun, üç rengi sonunda şehvete kavuşabilmiş Fransız bayrağını uzunlamasına beline sararak görkemli bir edayla sahneye çıkması, bitmek bilmeyen bir alkış tufanının arzusuyla yanıp tutuşan ayaktaki seyircilerin tümünü harekete geçiren bir işaret oldu. Hazırlıklıydım gerçi, yine de gerçekten afalladım, bu muhteşem dostumun, özel olarak onun için uydurduğum maceranın içerdiği tüm dramı daha da dokunaklı biçimde aktarabilmek için kendinden geçtiğini, bu şekilde galeyana geldiğini, hatta inlediğini görünce, şaşkınlığımı sıra komşularımdan gizleyemedim. Anlaşılan, şair dostu düş gücünde bana taş çıkarıyordu, alev alev yanan kafiyeleriyle, hayranlık dolu, başat sessizliğin ortasına hamaset katarak düşen müthiş sıfatlarıyla, benim düş ürünümü korkunç derecede abartmıştı. Parçanın en sıcak anının tırmanışa geçtiği noktada sanatçı, sanki kendini aramızdaki en kahraman kişiye sunmak istercesine, muhteşem kollarını açarak, Branledore'un, benim ve birkaç başka gazinin birlikte bulunduğumuz locaya doğru uzattı. O sırada şair, kendime atfettiğim olağanüstü bir cesaret eylemini sofuca resmetmekteydi. Tam olarak neydi anımsamıyorum, ama öyle entipüften bir şey de değildi hani. Allahtan, kahramanlık söz konusu olduğunda her şey inandırıcılık kazanıyor. İzleyiciler, sanatsal sunağın anlamını sezdiler, işte o an tüm tiyatro salonunu dolduranlar ayaklanıp bize doğru döndüler, sevinç çığlıklarıyla, kendilerinden geçip tepinerek kahramanın ortaya çıkmasını talep ediyorlardı.

Branledore locanın önüne tamamen el koymuştu ve hepimizi silip geçiyordu, çünkü bizleri neredeyse tümüyle sargı bezlerinin arkasına gizleyebiliyordu. Bilerek yapıyordu adi herif. Ancak arkadaşlarımızdan ikisi, arkadaki sandalyelere tırmanıp, yine de omzunun ve kellesinin üstünden kendilerini izleyicilerin hayran bakışlarına sunmayı başardılar. Çılgınca alkışlandılar.

Tam o sırada ben de, "yahu sözü edilen kişi benim! diye bağıracaktım az kalsın. Sadece benim!" Ama Branledore'umun ne mal olduğunu biliyordum, herkesin önünde kesin küfürleşir, belki dövüşmeye bile kalkardık. Sonuçta malı o götürdü. Ağır bastı. Muzaffer bir edayla, tam istediği gibi, coşkulu kutlamaları kabul etmek için tek başına kaldı. Yenilmiştik, bize de, kala kala, kulislere hücum etmek kalmıştı, biz de onu yaptık, şanslıymışız ki orada yeniden kutlandık. Teselli mükâfatı! Ancak, ilham perimiz-sanatçımız locasında yalnız değildi. Şair de dizinin dibindeydi, onun şairi, bizim şairimiz. Tıpkı sanatçımız gibi o da seviyordu genç askerleri, pek tatlı bir şekilde. Bunu bana sanatsal bir biçimde hissettirdiler. İşe bak. Israr ettiler ama ben onların bu nazik uyarılarını hiç dikkate almadım. Şansıma küseyim, çünkü aslında işler bayağı yoluna girebilirdi. Etkili kişilerdi bunlar. Aptalca alınıp, apar topar terk ettim orayı. O zamanlar toydum.

Şimdi durumu şöyle bir özetleyelim: havacılar Lola'yı kapmışlardı, Arjantinliler Musyne'e el koymuşlardı ve sonunda bu uyumlu ters iş meraklısı da havalı oyuncumu elimden alıvermişti. Koridorların son ışıkları söndürülürken, allak bullak olmuş vaziyette tiyatrodan ayrıldım, gecenin ortasında, tek başıma, tramvaysız, hastanemizin yolunu tuttum, yani serkeş kenar mahallelerin ve yapışkan çamurların dibindeki o fare kapanının.

Boğuntuya getirmeye yeltenmeyeceğim, itiraf etmeliyim ki akli dengem hiçbir zaman çok sağlam olmadı. Ne var ki artık durup dururken bile başım dönmeye başlamıştı, her an bir arabanın altında kalabilirdim. Savaşın orta yerinde sendeleyip duruyordum. Hastanede geçirdiğim dönem boyunca biricik cep harçlığım, annemin her hafta ıkına sıkına verdiği birkaç franktan öteye geçmiyordu. Öyle olunca da, fırsat bulur bulmaz, şurda burda, yani bir şeyler umabileceğim her yerde ufak tefek ek kaynaklar aramaya koyuldum. Eski patronlarımdan biri, ilk ağızda, bu açıdan verimli olacakmış gibi geldi bana ve anında karşısında buluverdi beni.

Savaş patlak vermeden kısa bir süre önce, Madelaine semtinin kuyumcusu, Roger Puta* denen adamın yanında bir zamanlar yardımcı personel olarak ter döktüğümü hatırlamam isabet olmuştu doğrusu. Bu aşağılık kuyumcunun yanındaki işim, "ek mesaiden" ibaretti, yani mağazadaki bin türlü gümüşün parlatılması ya da hediyelik eşyaya rağbet edildiği bayramlarda, mallar sürekli ellendiği için, hassas bakımlarının yapılması gibi.

Zorlu ve bitmek bilmeyen bir öğrenim sürdürdüğüm (sürekli çaktığım sınavlar yüzünden) fakülte kapanır kapanmaz, dörtnala bay Puta'nın dükkânına yetişiyor, yemek vaktine kadar iki üç saat boyunca çikolata dökme kaplarını "İspanyol beyazı" marka parlatıcıyla ovuşturmaya çabalıyordum.

Emeğimin karşılığı olarak karnım doyuruluyordu, mutfakta, hem de adamakıllı. Bunun dışında, bir diğer işim de, ders saatlerinden önce, mağazanın bekçi köpeklerini gezdirip işetmekti. Bunların hepsi ayda 40 frank karşılığında. Puta kuyumcusu, Vignon sokağının köşesinde binlerce pırlantasıyla ışıl ışıl ışıldı-

* *Puta* : İspanyolcada "orospu" anlamına gelen bu sözcük, Fransızcada da aynı anlamlı *putain* sözcüğünü çağrıştırıyor.

yordu ve bu pırlantaların her birinin değeri benim onlarca yıllık maaşımı aşıyordu. Zaten hâlâ ışıldar durur o mücevherler. Seferberlik ilan edildiğinde geri hizmetlerde görevlendirilen bu patron Puta, özellikle de, zaman zaman şoförlüğünü yaptığı bir bakanın hizmetinde çalışmaya başladı. Gelgelelim öte yandan, üstelik bu sefer tamamen gayri resmi olarak, bakanlığa mücevher temin ederek yaranmasını da biliyordu bay Puta. Üst düzey bürokratlar imzalanmış ve imzalanması beklenen ihaleler sayesinde piyasalarda pek isabetli yatırımlar yapıyorlardı. Savaş ilerledikçe mücevhere olan rağbet de artıyordu. Hatta bazen bay Puta o kadar çok talep alıyordu ki, karşılamakta zorlandığı bile oluyordu.

Aşırı yorulduğu zamanlarda bay Puta'nın gözlerinde, tasalanmasına neden olan bu bitkinliğin etkisiyle ve sadece bu anlarda ufak bir zekâ pırıltısı beliriyordu. Ancak dinlendiğinde, hatlarının tartışılmaz inceliğine karşın yüzü, insanda ömür boyu tatsız bir anı bırakmaması olanaksız türden salakça dingin bir uyum sergiliyordu.

Eşi bayan Puta, neredeyse yanı başından hiç ayrılmadığı dükkânın kasasıyla bir bütün oluşturuyordu. Bir kuyumcu eşi olmak üzere yetiştirilmişti. Ebeveyn hırsları işte. Sorumluluğuna, tüm sorumluluğuna müdrikti. Mutlu bir evlilik sürdürüyorlardı, kasa da bir yandan dolarken. Çirkin sayılamazdı, bayan Puta, yoo, hatta oldukça güzel bile olabilirdi, niceleri gibi, ancak o kadar sakınımlı, o kadar kuşkucuydu ki, biraz fazlaca taranmış saçlarıyla, biraz fazla kolaya kaçan ve ani gülümsemesiyle, biraz fazla fevri ya da fazla kaçamak hareketleriyle güzel olmanın kenarında kalmakla yetiniyordu, yaşamın kenarında kalırcasına. Bu yaratığın tavırlarında fazla hesapçı olanın ne olduğunu çözmeye ve her şeye karşın ona yanaştığınızda sizi huzursuz eden nedenleri anlamaya çabalamak can sıkıcıydı. Tüccarların onlara yanaşan ve her şeyin farkında olan kişilerde yarattıkları içgüdüsel tiksinti, kimseye bir şey satmayan insanların bu kadar çulsuz olmaktan duydukları sıkıntının ender tesellilerinden biridir.

Dolayısıyla bayan Puta kendini tümüyle ticaret hayatının kıytırık tasalarına adamıştı, tıpkı bayan Herote gibi, ama daha farklı bir biçimde, hem de kendilerini Tanrı'larına adayan rahibeler gibi, ruhen ve bedenen.

Ancak, patroniçemizin, ara sıra, günün koşullarının etkisiyle efkârlandığı da olurdu. Örneğin, savaştakilerin anne-babalarını bile düşündüğü olmuştu. "Aslında yetişkin çocukları olanlar için ne de büyük bir felaket şu savaş!"

— Ağzından çıkanı kulağın duysun! diye derhal sözüne karışırdı, bu tür duygusallıklara karşı hazır ve kararlı bir tavrı çoktan edinmiş olan kocası. Fransa'nın savunulması gerekmiyor mu?

Böylece iyi yürekli, ama her şeyin ötesinde iyi birer vatansever, yani sonuçta metin olmasını bilerek, uykuya dalarlardı savaş boyunca her gece, dükkânlarındaki milyonların üstünde, halis bir Fransız serveti.

Zaman zaman uğradığı kerhanelerde, bay Puta güçbeğenir ve her şeyden önce de savurgan olmadığını belirtme heveslisi bir kimlik sergilerdi. "İngiliz değilim ben, tatlım, diye uyarırdı yanaşır yanaşmaz. İşimi bilirim ben! Ben acelesi olmayan küçük bir Fransız askeriyim!" Açılış bildirgesi buydu. Zevki bu şekilde bilgece tatmasını bildiği için kadınlar ona epey saygı duyarlardı. Hazcı ama kül yutmaz, tam bir erkek. Geniş bir çevresi olmasından yararlanarak, borsadaki yatırımlara pek güvenmeyen mamayla mücevher alışverişleri yapardı. Bay Puta askeri açıdan şaşırtıcı bir gelişme gösteriyordu, geçici olarak çürüğe çıkmaktan nihai tecile kadar. Bir süre sonra, pek isabetli sayısız heyet raporundan sonra artık tamamen kurtuldu. Onun gözünde yaşamının en büyük mutluluklarından biri güzel baldırlar seyretmek, mümkünse de ellemekti. Bu hiç olmazsa onu, kendini tümüyle ticarete adamış olan karısından üstün kılan bir zevkti. Eşit niteliklere sahip olduklarında, sanki erkeğin yapısı, ne kadar dar görüşlü, durgun olursa olsun, kadınınkine kıyasla biraz daha fazla endişeye yatkındır. Yani bu Puta bir nevi sanatçı müsveddesi sayılabilirdi. Tabii birçok erkek, tıpkı onun gibi, sanat niyetine hep güzel baldır takıntısıyla yetinirlerdi. Bayan Puta çocuğunun olmayışından epey hoşnuttu. Kısır olmaktan duyduğu sevinci o kadar sık dile getiriyordu ki, kocası da bu kez gidip mamaya bu konudaki mutluluklarını dile getirdi. "İyi ama yine de birilerinin çocuklarının oraya gitmeleri gerek, diye yanıtlıyordu o da, bu bir görev olduğuna göre!" Doğrudur, savaş bazı görevler içerir.

Puta'nın arabada hizmet ettiği bakanın da çocuğu yoktu, bakanların çocukları olmaz.

1913 dolaylarında benimle birlikte mağazanın ayak işlerine bakan bir yardımcı personel daha vardı: Jean Voireuse'dü bu, akşam küçük tiyatro salonlarında sözüm yabana "figüranlık", öğleden sonra da Puta'da teslimatçılık yapardı. O da çok cüzi yevmiyelerle yetinirdi. Ama metro sayesinde işleri tıkırındaydı. Alışveriş yaparken yürüyerek neredeyse metroyla aynı sürede gideceği yere varırdı. Öyle olunca da metro bileti parasını cebe indirirdi. Tam bir avanta. Hoş, ayakları biraz, hatta epeyce kokmuyor değildi, ama o bunun farkındaydı ve gelip usulca bayan Puta'yla hesap işlerini halletmek üzere çevreye zarar vermeden mağazaya girebilmek için, o an içeride müşteri olmadığına dair benim ona haber iletmemi beklerdi. Para kasaya girer girmez onu derhal yanıma, dükkânın arka kısmına yollarlardı. Ayakları savaş sırasında da onun epey işine yaradılar. Tüm alayın en hızlı irtibat elemanı olarak bilinirdi. Nekahet döneminde Bicêtre kalesinde ziyaretime geldi ve zaten eski patronumuza beraber gidip para tırtıklama kararını da o sırada aldık. Dediğimizi de yaptık. Madelaine bulvarına geldiğimizde rafları yerleştirmeyi neredeyse bitirmişlerdi...

— Bak sen! Hayda! Nerden çıktınız böyle! diye şaşırdı bay Puta bizi gördüğünde. Yine de pek sevindim! Girin! Siz, Voireuse, biraz kilo almışsınız! Yakışmış! Ama siz, Bardamu, bayağı solgunsunuz, evladım! Neyse! gençsiniz! Düzelir! Siz ikiniz, yine de, bayağı şanslı sayılırsınız! kim ne derse desin, müthiş şeyler yaşıyorsunuz, değil mi? o tepelerde? Hem de açık havada! Tarih budur işte dostlarım, ben bilmeyeceğim de kim bilecek! Hem de ne tarih ama!

Bay Puta'ya hiç yanıt vermiyorduk, onu tırtıklamadan önce dilediğini söylemesine izin veriyorduk... Öyle olunca, o da lafı uzatıyordu...

— Ah ah! Bayağı zor iştir, şu siper savaşları, orası öyle!... Doğruya doğru! Gelgelelim buralarda da işler ne zor, bir bilseniz!... Sizler cephede yaralandınız, ha, öyle değil mi? Bense, bittim tükendim! İki yıldır kentte ne de çok gece vardiyası yaptım! İnanamazsınız! Düşünsenize! Tümüyle bitip tükendim!

Yorgunluktan geberdim! Ah ah! gece boyu Paris sokakları! en ufak ışık bile yok, sevgili dostlarım... Ve o koşullarda araba kullan, hem de çoğu kez arkada bakan otururken! Üstelik de son sürat! Aklınız almaz!... Her gece ölüp ölüp diriliyor insan!...

— Öyle ya, diye vurguladı bayan Puta, üstelik bazen bakanın karısına da şoförlük yaptığı oluyor...

— Ha, bir de o var! üstelik bununla da kalmıyor...

— Ne feci! diye katıldık ikimiz birden.

— Ya köpekler? diye sordu Voireuse, kibarlık olsun diye. Onlar ne oldu? Hâlâ Tuileries parkında gezdiriyor musunuz onları?

— Onları vurdurttum! Başıma bela olmuşlardı! Mağazaya pek yakışmıyordu!... Düşünsenize, Alman çoban köpekleri!

— Çok yazık! diye hayıflandı karısı. Ama şimdiki yeni köpeklerimiz pek şekerler, İskoç teriyesi... Hoş, biraz kokuyorlar... Oysa o kurt köpeklerimiz, hatırlıyor musunuz Voireuse?... Hemen hemen hiç kokmazlardı. Mağazada kalmalarında hiç sakınca yoktu, yağmur yağdığında bile...

— Ya öyle! diye ekledi bay Puta. Şu bizim kerata Voireuse'ün ayaklarına benzemezlerdi yani! Ayaklarınız, hâlâ kokuyor mu, Jean? Hey gidi Voireuse hey!

— Eh hâlâ biraz kokuyorlar sanırım, diye yanıtladı Voireuse.

Tam o sırada müşteri geldi.

— Eh, sizi daha fazla tutmayım, dostlarım, dedi bize bay Puta, bir an önce Jean'ı mağazadan uzaklaştırma derdindeydi. Kendinize iyi bakın ha! Nerede kaldığınızı sormuyorum tabii! Elbette! Milli Güvenlik deyince, akan sular durur, al benden bu kadar!

Milli Güvenlik sözcükleri ağzından çıkar çıkmaz, bayağı ciddileşti, Puta, tıpkı para üstü verirken olduğu gibi... Yani bizi kapıya koyuyorlardı. Giderken bayan Puta ikimizin de eline yirmişer frank sıkıştırdı. Mağaza lüks bir yat gibi cilalanmış ve parlaktı, ince halı üzerinde pek kazulet duran ayakkabılarımız yüzünden, çıkarken onu tekrar boydan boya katetmeye çekiniyorduk.

— Ah! baksana şu ikisine, Roger! Pek komikler!... Ne yapacaklarını şaşırmışlar! Sanki ayaklarının altına bir şeyler sıvaşmış gibi! diye ötüyordu bayan Puta.

— Alışırlar, alışırlar! dedi bay Puta, sevecen ve babacan, bu kadar kısa sürede ve ucuza kurtulduğuna şükrederek.

Kendimizi sokakta bulunca, yirmişer frankımızla bir halt etmemizin zor olduğunu düşündük, ama Voireuse'ün aklına yeni bir fikir gelmişti.

— Gel, dedi bana, Meuse nehri bölgesindeyken ölen bir arkadaşın annesine gidelim, ben sekiz günde bir giderim onlara, veletlerinin nasıl öldüğünü anlatmak için... Onlar zengindir... Anası, her seferinde bana yaklaşık yüz frank verir... Dediklerine bakılırsa bunu yapmak onları mutlu ediyormuş... Yani, anlarsın ya...

— İyi de, ben ne halt edeceğim onlarda? Ben ne anlatabilirim ki onun anasına?

— Ne olacak, sen de onu gördüğünü anlatırsın... Sana da yüz frank verir... Bunlar zengin insanlar! Dedim ya! Ayrıca şu öküz Puta'ya da benzemezler... Üçe beşe bakmazlar...

— Olur olmasına ama, anasının ayrıntı sormaya kalkmayacağından emin misin?... Çünkü ben onun oğlunu tanımam ki... Sıkıştırırsa çuvallarım ben...

— Yok yok, önemli değil, ben ne dersem sen de onu dersin... Şöyle dersin: Evet, evet... Dert etme! Acılı bir kadın, o, anlıyor musun, onu mutlu etmek çok kolay, yeter ki ona oğlundan söz edilsin... Tek istediği bu... Ne olursa olsun... Taş atıp da kolun yorulmayacak yani...

Karar vermekte zorlanıyordum, ancak elde edilmesi olağanüstü kolay gibi görünen ve sanki gökten zembille inmiş bu yüz frankı da çok istiyordum.

— Peki, diye karar verebildim sonunda... Ama bir şeyler uydurmam gerekmeyecekse, bak ona göre ha! Söz mü? Sen ne dersen ben de onu derim, o kadar... Hem, nasıl öldü ki bu adam?

— Suratının ortasına bir havan mermisi yedi, moruk, hem de öyle böyle değil, Garance denen yerde... Meuse bölgesinde, bir nehir kıyısında... Adamdan geriye nah şu kadarcık bir parça bile bulunamadı be moruk! Anılara karışmıştı yani anlayacağın... Oysa biliyor musun bayağı da boylu boslu bir adamdı, ha, irikıyımdı yani, güçlü kuvvetli, öyle böyle değil, hem de sporcu, ama tabii, havan mermisine karşı ne yapsın, dimi? Karşı koyulmaz!

— Bak bu doğru!

— Temizleniverdi, diyorum sana... Anası bugün bile buna inanmakta hâlâ zorluk çekiyor! On kez de anlatsam, bin kez de anlatsam... O onun sadece kaybolmuş olmasını istiyor... Ne saçma bir fikir... Kaybolmuş ha!... Ama kabahat onda değil, hiç havan mermisi görmedi ki, o, insanın öylece, bir osuruk gibi havaya karışıp yok olabileceğini ve sonra da her şeyin bitmiş olabileceğini anlayamaz, hele söz konusu olan kendi oğluysa...

— Öyle tabii!

— Kaldı ki, gitmeyeli on beş gün oldu, onların evine... Ama göreceksin bak, ben gelir gelmez hemen beni buyur eder anası, salona, sonra biliyor musun, onların evi çok güzel, tiyatro gibi, her yerde o kadar çok perde, halı, ayna var ki... Onlar için, anlıyor musun, yüz frank dediğin nedir ki... Yani benim için yüz para neyse o, işte öyle bir şey... hatta bugün iki yüz vermeye bile hazırdır... Beni görmeyeli on beş gün oldu... Yaldızlı düğmeleriyle uşakları bir göreceksin, dostum...

Henri-Martin caddesine gelince, sola dönülüyordu, ardından biraz daha ilerledikten sonra da, nihayet, küçük bir özel patikanın ağaçlarının ortasındaki parmaklıkların önüne varılıyordu.

— Gördün mü! diye belirtti Voireuse, tam önüne geldiğimizde, saray gibi bir yer... dememiş miydim... Anlatılanlara bakılırsa, baba, demiryollarının büyük reislerinden biriymiş... Kodamanın teki...

— İstasyon şefi değil yani? diye sordum şaka olsun diye.

— Dalga geçme... Bak işte orda, aşağı iniyor. Bize doğru geliyor...

Ancak bana işaret ettiği yaşlı adam hemen gelmedi, çimin etrafında, bir askerle konuşarak, kambur kambur yürüyordu. Yaklaştık. Askeri tanıdım, keşfe çıktığım gece Noirceur-sur-la-Lys'de karşılaşmış olduğum yedekti. Hatta, tam o sırada, bana söylemiş olduğu adını bile anımsadım: Robinson.

— Şu piyade bozuntusunu tanıyor musun? diye sordu bana Voireuse.

— Evet, tanıyorum.

— Belki onların bir dostudur... Anneden söz ediyor olmalılar; onu görmemize engel olmalarını istemem doğrusu... Çünkü parayı veren asıl o...

Yaşlı adam bize yaklaştı. Sesi titriyordu.

— Sevgili dostum, dedi Voireuse'e hitaben, size acı bir haber vermem gerek, son ziyaretinizden sonra, sevgili eşim sonsuz kederimize daha fazla katlanamayarak vefat etti.... Perşembe günü onu bir ara yalnız bırakmıştık, bunu bizden o istemişti... Ağlıyordu...

Cümlesini bitiremedi. Aniden gerisin geriye dönüp yanımızdan ayrıldı.

— Seni hatırladım yahu, dedim o zaman Robinson'a, yaşlı bey bizden yeterince uzaklaşınca.

— Ben de, ben de seni hatırladım...

— Ne olmuş yaşlı kadına? diye sordum o zaman.

— Ne olacak, önceki gün kendini asmış, işte o kadar! diye yanıtladı. Ne dangalaklık ama, yahu! diye de belirtti... Üstelik savaş boyunca benim manevi annem olacaktı!... Bendeki de eşek şansı ama, dimi! Kısmete bak kısmete! Üstelik bu daha ilk izinli gelişimdi!... Altı aydır tam da bugünü bekliyordum!...

Onun, yani Robinson'un başına gelen bu felakete gülmemezlik edemedik, Voireuse'le ben. Doğrusu, gerçekten de boktan bir sürprizdi bu, ancak hatunun rahmetli olmuş olmasının bizim de iki yüz frankımıza kavuşmamıza katkıda bulunduğu söylenemezdi, oysa tam da duruma uygun yeni bir palavra sıkma hazırlıklarına girişmiştik. Öyle olunca, hiçbirimiz hoşnut kalmadık bu işten.

— İyice heveslenmiştin, dimi, seni aşağılık herif? diye sataşıyorduk Robinson'a, onu gıcık edip kafaya almak için. Peşinen mideye indirdin sanıyordun, değil mi? moruklarla keyifli ziyafeti? Fırsat bu fırsat, manevi ananı da becermeyi umuyordun herhalde?... Al sana işte!...

Oraya kurulmuş, gırgır geçerek çimleri seyredip duramayacağımıza göre, üçümüz birlikte Grenelle'e doğru yola koyulduk. Paramızı saydık, üçümüzünkini toplasan bile dişe dokunur bir rakam çıkmıyordu. Akşam hepimizin hastanesine ya da deposuna dönmesi gerektiği için, elde ancak meyhanede üç kişilik bir akşam yemeğine yetecek kadar para vardı, sonra belki de üç beş kuruş daha artardı, ama kerhanede yukarı kata çıkıp "iş tutmaya" yetecek kadar değil. Ne var ki yine de gittik ambara, ama sadece bir içki içmek için, aşağı katta.

— Seni yeniden gördüğüme sevindim, diye beyan etti bana Robinson, ama şu herifin anası da ne kaltakmış be!... Yani düşündükçe deli oluyorum, sen tut, tam da geldiğim gün kendini as, olur mu lan!... Karıya bak!... Ben kendimi asıyor muyum be?... Kederlenmişmiş!... Laf mı, o zaman benim de her gün kendimi asmam gerekirdi!... Ya sen?

— Zenginler, dedi Voireuse, diğerlerinden daha hassastırlar...

Temiz yürekli bir çocuktu Voireuse. Ardından da ekledi: "Bir altı frankım olsaydı, şurada, para makinesinin yanında duran esmer kızı götürmek isterdim doğrusu..."

— Haydi git öyleyse, dedik o zaman biz de ona, saksofon çalmasını iyi biliyor mu anlatırsın sonra bize...

Ne var ki, ne kadar aranırsak aranalım, bahşiş dahil, hatunu becermesi için yeterli paramız yoktu. Para ancak birer kahve daha içmemize yetiyordu, iki de böğürtlen likörü. Höpürdettikten sonra, yeniden dolaşmaya çıktık!

Vendôme meydanında ayrılabildik ancak. Herkes bir yöne. Ayrıldığımızda birbirimizi görmüyorduk artık, üstelik alçak sesle konuşuyorduk, çünkü feci yankılanıyordu. Işık da yoktu, yasak.

Onu, yani Jean Voireuse'ü, bir daha asla görmedim. Robinson'u ise daha sonra sık sık gördüm. Jean Voireuse, onu zehirli gazlar hakladı, Somme yöresinde. Gitti deniz kenarında öldü, Bretagne bölgesinde, iki yıl sonra, bir denizci sanatoryumunda. Başlarda bana iki kez mektup yazdı sonra bir daha yazmadı. Deniz kenarına daha önce hiç gitmemişti. "Ne kadar güzel olduğunu bilemezsin, diye yazıyordu, arada sırada denize giriyorum, ayaklarıma iyi geliyor, ama korkarım sesim artık iflah olmayacak". Bu onun canını sıkıyordu çünkü onun esas tutkusu, içten içe, günün birinde tiyatronun korosuna dahil olabilmekti.

Koro çok daha iyi para kazandırıyordu ve daha fazla sanattan sayılıyordu, basit figüranlığa kıyasla.

Omzu kalabalıklar sonunda peşimi bıraktılar da postu kurtarabildim, ancak artık mimliydim, hem de ömrümün sonuna kadar. Ne diyeyim. "Çek git!... dediler bana. Artık bir boka yaramazsın!..."

"Afrika'ya! dedim ben de. Ne kadar uzak olursa o kadar iyi!" Bindirildiğim gemi, Corsaires Réunis* Şirketi'nin sıradan gemilerinden biriydi. Pamuklular, subaylar ve memurlardan oluşan yükünü yüklenmiş, Tropikal bölgelere doğru yol alıyordu.

Bu gemi o kadar eski püsküydü ki, fi tarihinde doğum yılının yazılı olduğu bakır levhayı bile sökmüşlerdi; çünkü doğum yılı yolcuları endişelenmeye ve aynı zamanda alay etmeye kışkırtabilecek kadar eskilere gidiyordu.

Dolayısıyla işte bu gemiye bindirilmiştim, sömürgelerde kendime yeni bir gelecek oluşturayım diye. İyiliğimi isteyenler, köşeyi dönmemi arzuluyorlardı. Benim tek isteğimse uzaklara gitmekti, ancak insan zengin değilse mutlaka bir işe yarar görünmelidir, kaldı ki üniversite eğitimimi bir türlü tamamlayamadığım için de, bu zaten böyle devam edemezdi. Amerika'ya gidecek kadar param da yoktu. "Bari Afrika olsun!" dedim ben de ve Tropikal bölgelere kadar uzanmaya razı oldum, orada, bana dediklerine bakılırsa, biraz kanaatkâr olmak ve uslu durmak kısa sürede iyi bir post kapmaya yetiyormuş.

Bu öngörüler kulağa hoş geliyordu. Elimde ciddi bir koz olduğu söylenemezdi, ancak efendiliğime diyecek yoktu, ayrıca belirtmekte bir sakınca yok, alçakgönüllü davranmasını da bilirdim, saygıda kusur etmezdim, üstelik geç kalmaktan hep korkardım ve yaşamda başka birilerinin bir adım önüne çıkmaktan kaçınmaya da hep özen göstermiştim, inceliğim cabası...

* *Corsaires*: korsanlar; *réunis*: birleşik (Birleşik Korsanlar Şirketi gibi).

Çıldırmış bir uluslararası mezbahadan canlı olarak kurtulmayı başarabilmek, hiç olmazsa davranış inceliği ve ağırbaşlılık açısından ciddi bir referans olarak kabul edilmeliydi. Neyse biz şu yolculuğa dönelim. Avrupa sularında kaldığımız sürece, fena gitmeyeceğe benziyordu. Yolcular, kuşkucu ve genizden konuşan küçük gruplar halinde güverteler arasında gölgede, tuvaletlerde, sigara odasında pinekliyorlardı. Tüm bunlar da, sabahtan akşama kadar acılı likör ve bol dedikoduyla demlenmiş olarak. Bunun etkisiyle sırayla osuruyor, uyukluyor ve böğürüyorlardı, görüldüğü kadarıyla da Avrupa'ya ilişkin hiçbir özlem taşımıyorlardı.

Gemimizin adı: *Amiral-Bragueton*'du*. Bu ılık sularda batmamasını sadece boyasına borçluydu ola ki. Soğan zarı gibi tabakalar oluşturarak biriken kat kat boya *Amiral-Bragueton*'da bir tür ikinci tekne oluşmasına neden olmuştu. Afrika'ya doğru yol alıyorduk, gerçek, heybetli; balta girmemiş ormanların, marazi ufunetlerin, bakir kimsesizliklerin, uçsuz bucaksız nehirlerin dönemeçlerine çöreklenmiş dev zenci zorbaların Afrika'sına doğru. Bir paket "Pilet" marka jilet karşılığında onlarla nah bu kadar uzun fildişlerinin, yalabık kuşların, sübyan kölelerin madrabazlığını yapacaktım. Vaat buydu. Yani hayatın ta kendisi! Acentelerle abidelerin, demiryollarının ve kozhelvalarının, ıcığı cıcığı çıkarılmış Afrika'sıyla alakası yoktu bunun. Katiyen! Biz onu tüm azametiyle keşfedecektik, gerçek Afrika'yı! Biz, yani *Amiral-Bragueton*'un tütsülü yolcuları!

Ancak, Portekiz kıyılarına varır varmaz, işler tersine dönmeye başladı. Günün birinde, çaresiz, uyanır uyanmaz olağanüstü ılık, ürkütücü bir hamam ortamının etkisi altına girdik. Bardaklardaki sular, deniz, hava, çarşaflar, kendi terimiz, her şey, ılık, sıcak. Artık ne gece ne gündüz, elinizin, poponuzun altında, boğazınızda, serin bir şey bulmak mümkün değildi, barın viskiye eşlik eden buzları dışında. O andan itibaren, bardan uzaklaşmamaya mahkûm olmuş, efsunlanmış, vantilatörlere yapışmış, küçücük buz parçalarıyla bütünleşmiş, düzensiz aralıklarla iskambillerin ardından tehditler ve özürler savuran

* Bragueton: Fransızcada *braguette* sözcüğünü (pantolon fermuarı... hatta "küçük fermuar" olarak algılanabilir) çağrıştırıyor (Amiral-Fermarcık *gemisi* gibi).

Amiral-Bragueton'un yolcularının üzerine sefil bir umutsuzluk çöktü.

Uzun sürmedi. Umut kırıcı bu sıcaklık durağanlığında, geminin tüm insani içeriği yığınsal bir ayyaşlığın içinde pıhtılaştı. Herkes uyuşuk bir şekilde o güverteden bu güverteye sürünüyordu, tıpkı tatsız tuzsuz bir suyla dolu küvetin içindeki ahtapotlar gibi. İşte o an beyaz adamların kışkırtılmış, zincirlerinden boşanmış, sonunda da iyice arsızlaşmış, kaygılandırıcı doğalarının ortaya saçılışını gördük Mart havası gibi, gerçek doğaları, savaştaki gibi. Ağustos ayında hapishanelerin duvarlarındaki çatlaklara keyifle serpilip yayılan kurbağa ve engereklerinkine benzer içgüdülere uygun tropikal bir hamam. Avrupa'nın soğuğunda, Kuzey'in mahcup puslu havasında, kardeşlerimizin kıpır kıpır gaddarlığını, katliamlar dışında, sadece sezinlemekle yetiniriz, ancak Tropikal bölgelerin iğrenç ateşi onları kızıştırmayagörsün, kokuşmuşlukları derhal her tarafı kaplayıverir. İşte o zaman eteklerdeki taşlar çılgınca dökülüverir, alçaklık galebe çalar ve pislik bizi tümüyle sarar. Bu biyolojik bir itiraftır. Çalışmanın ve soğuğun zorlaması ortadan kalkar kalkmaz, bu mengene bir an için olsun gevşediğinde, beyaz adamların açığa çıkardıkları şey, sular çekildiğinde deniz kıyısının neşesinden artakalanlarla birdir: yani gerçeğin ta kendisi, pis kokulu bataklıklar, yengeçler, leş ve bok.

Böylece, Portekiz kıyıları geride kalınca, alkolün ve aynı zamanda, yolculuğun tamamen beleş olmasının özellikle de askerlere ve görev başındaki memurlara verdiği mahrem hoşnutluk duygusunun da yardımıyla, gemideki herkes, içgüdülerini hınçla ortaya dökmeye başladı. Düşünsenize, dört hafta boyunca bedavaya tıka basa yedirilip içirilip yatırılarak yapılan tasarruflar bile başlı başına insanı çıldırtmak için yeterli değil midir? Dolayısıyla ben, gemide yol parasını ödeyen tek yolcu olarak, bu özelliğim öğrenilir öğrenilmez, bayağı ukala, kesinlikle tahammül edilmez olarak görülmeye başladım.

Marsilya'dan yola çıktığımızda, sömürge ortamı konusunda az buçuk deneyimli olsaydım, yakışıksız bir yol arkadaşı sıfatıyla, diz çöküp, her fırsatta karşılaştığım şu sömürge subayından, en yüksek rütbeli olan, beni bağışlamasını diler, hoşgörüsüne sığınırdım ve hatta belki de, daha da güvenli olsun diye, en kıdemli memurun önünde iyice kendimi aşağılardım. Bu olağandışı yolcular belki ancak o zaman fazla mesele çıkarmadan varlığıma katlanmaya razı olurlardı? Ancak, cehaletim yüzünden, onlarla aynı havayı solumaya şuursuzca cüret edişimin bedelini neredeyse canımla ödeyecektim.

İnsan asla yeterince ürkek olamıyor. Ustaca bir manevra sayesinde, sadece onurumdan artakalanları yitirmekle yetindim. Olaylar işte şöyle gelişti. Kanarya adalarını geçtikten kısa bir süre sonra, kamarotlardan biri bana, fazla havalı, hatta küstah biri olarak görüldüğümü iletti... Benim hem pezevenklik, hem de ibnelik yaptığımdan kuşkulanıldığını... hatta bir nebze de kokainman olmamdan... Ama bu daha bir şey değildi... Sonra gitgide, en ağır suçlardan birini işlemiş olmanın sonuçları karşısında Fransa'dan kaçmak zorunda olduğum Düşüncesi yayılmaya başladı. Üstelik daha neler çekecektim neler. Bu hattaki gemi seferlerinde geçerli olan âdetleri, yani paralı seyahat eden yolcuların, başka bir deyişle askerlere tanınan ücretsiz yolculuk etme hakkından da, bürokrasinin ayrıcalıklarından da faydalanamayan kişilerin gemiye meğer son derece sakınımlı olarak, o da ancak birtakım angaryalar yüklenmeye razı olmaları kaydıyla kabul edildiklerini işte o sırada öğrendim; malum, Fransız sömürgeleri "Resmi Personel Kayıtlarında" yer alan beyzadelerin tekelindedir.

Aslına bakacak olursak adı sanı duyulmamış sıradan bir yurttaşın bu civarlara gelmeye kalkışması için çok az sayıda geçerli neden vardır... Casus, şüpheli, bana yan bakmak için bin türlü neden bulundu, subaylar dik dik, kadınlar manidar manidar gülümseyerek. Derken, yüreklendirilen hizmetçiler bile, arkamdan, kabaca alaycı laflar etmeye başladılar. Giderek gemideki en çekilmez, hatta en büyük, aslına bakılırsa da biricik densizin ben olduğumdan kuşku duyulmaz oldu. Aman ne hoş!

Masa komşularım Gabon postasında görevli dört memurdu, karaciğer hastası, dişleri dökülmüş. Yolculuğun başında candan ve dostça davranırken, daha sonra benimle tek kelime konuşmaz oldular. Başka bir deyişle, ortaklaşa gözetim altına alınmam kararlaştırıldı, zımnen. Artık kamaramdan ciddi önlemler almadan çıkmıyordum. Özel olarak pişirilmişçesine sıcak olan hava, sanki katı bir maddeymişçesine cildimize baskı uyguluyordu. Çırılçıplak, kapıyı sürgülemiş bir durumda, artık yerimden kıpırdamıyordum ve şeytani yolcuların beni mahvetmek için nasıl bir plan icat etmiş olabileceklerini düşlemeye çalışıyordum. Gemide kimseyi tanımıyordum, oysa herkes beni tanır gibiydi. Eşkâlim, şipşak, zihinlerinde kesinleşmiş olmalıydı, gazetelerde yayımlanan ünlü bir katilinki gibi.

İstemeyerek de olsa, tüm yüzyıllar boyunca her yerde adı geçen, herkesin varlığından Tanrı ya da Şeytan'ın varlığı kadar haberdar olduğu, ancak yeryüzüne indiğinde ve yaşamda daima değişken, belirsiz biçimler içinde kalan, asla ele gelmeyen, o insanlığın yüzkarası vazgeçilmez "aşağılık ve tiksindirici pislik" rolünü oynuyordum. Bu "pisliği" nihayet kıstırmak, nitelemek, ele geçirmek için ancak bu daracık gemide oluşabilen olağanüstü koşulların bir araya gelmesi gerekmişti.

Amiral-Bragueton'da genel ve ahlaki bir şenlik havası doğmaktaydı. "Rezil yaratık" bu kez kaderinin buyruğuna boyun eğecekti. O bendim.

Tek başına bu olay bile tüm yolculuğa değerdi. Bu gönüllü düşmanların arasında kapana kısılmış vaziyette, onlara çaktırmadan kim olduklarını elimden geldiğince saptamaya çalışıyordum. Bunu başarabilmek için, özellikle de sabahleyin, kamaramın lombozundan kimsenin ruhu duymadan onları gözetliyordum. Düşmanlarım, kahvaltıdan önce, sabah serinliğinden yararlandıkları sırada, güneş ışığı yansıdıkça şeffaflaşan pijamalarıyla, apış arasından kaşlarına ve rektumdan ayak tabanlarına kadar kıllı; küpeşteye yayılmış, kadeh elde, gelip orada geğiriyorlardı ve daha şimdiden çevreye kusacak gibiydiler, özellikle de, sabahın köründen itibaren sıkı çalışmaya başlayan karaciğerinin etkisiyle kan çanağına dönen gözleri yuvalarından fırlamış olan kaptan. Hiç aksatmadan uyanır uyanmaz, diğer dalgacılara benimle ilgili son havadisleri soruyordu, "birilerinin" hâlâ beni "güverteden aşağı atıp atmadığını" merak ediyordu, "balgam atar gibi!" Aynı anda, sözlerine görüntü eşlik etsin diye köpüren denize tükürüyordu. Gel keyfim gel!

Amiral pek ağır aksak gidiyordu, mırıldanarak, yalpa vurdukça sürükleniyordu denilebilir. Bu bir yolculuk değil, bir tür hastalıktı. Bu sabah şûrasının üyelerinin tümü, köşemden onları izleyebildiğim kadarıyla, bence bayağı hasta gibiydiler, sıtmalı, alkolik, ola ki frengili, on metre mesafeden bile seçilebilen bu çökkün halleri kişisel sorunlarıma bir nebze olsun teselli oluşturuyordu. Ne de olsa, onlar da benden aşağı kalmayacak kadar yeniktiler, bu Yalancı Pehlivanlar!... Hâlâ biraz hava atıyorlardı o kadar! Tek fark buydu! Sivrisinekler, onların kanlarını emme ve damarlarını bir daha asla kaybolmayacak cinsten zehirlerle doldurma işini üstlenmişlerdi... Treponema* şu sıralar atar damarlarını eğelemekteydi bile... Alkol karaciğerlerini yiyip bitiriyordu... Güneş taşaklarını çatlatmaktaydı... Bitler kıllarına, egzama da karın derilerine yapışmıştı... Çıtırdayan ışık er geç retinalarını kavuracaktı!... Kısa bir süre sonra onlardan geriye ne kalacaktı ki zaten? Bir parça beyin... Ne işlerine yarayacaksa? Öyle değil mi ama?... Hele bu gittikleri yerde? İntihar etmeye mi? O gittikleri yerde bir parça beyin sadece o işe yarayabilirdi... Ne dersek diyelim, eğlence olmayan ülkelerde yaşlanmak pek de keyifli bir iş sayılmaz... İnsan, rengi iyice yeşile çalmaya başlayan aynalarda kendi yüzüne bakmak, gittikçe çökkün, gittikçe çirkin bir hale gelişini seyretmek zorunda kalıyor... Yeşillikler içindeyken, çok kısa sürede çürüyüp gidersiniz, hele hava feci şekilde sıcakken.

Kuzeyde hiç olmazsa çuvallar sağlam kalır; Kuzey insanları doğma büyüme soluk tenlidirler. Ölü bir İsveçli ve uykusuz kalmış bir delikanlı, pek bir fark göremezsiniz. Ancak sömürge memurunun içini daha karaya çıktığının ertesi günü kurtçuklar doldurmuştur. Bu son derece çalışkan solucanlar zaten dört gözle onları beklemekteydiler ve bir kez içlerine doluştular mı onları ancak ölümden epey sonra terk ederler. Larva yuvaları!

İlk vaat edilen toprak olan Bragamance bölgesinin önünde demir atıp mola vermemize daha sekiz gün vardı. Bir patlayıcı madde kutusunda kalıyormuşum duygusuna kapılmıştım. Masalarına gitmemek ve güpegündüz güvertelerinin arasından geçmemek için artık neredeyse yemek bile yemiyordum. Ağzımdan tek kelime bile çıkmıyordu. Gezintiye çıktığımı gören yok-

* Treponema pallidum: Frengi hastalığına neden olan bakteri.

tu. Hem gemide kalıp hem de aynı gemide benim kadar az var olmak kolay iş değildir.

Kamarotumun, bir aile babası, bana bildirme nezaketini gösterdiğine göre, parlak sömürge subayları, beni ilk fırsatta tokatlayıp ardından da güverteden aşağı denize atmaya kadeh kaldırarak yemin etmişlerdi. Neden böyle bir şey yapmaya niyetlendiklerini sorduğumda, hiçbir fikri yoktu ve bu sefer de o bana işlerin bu noktaya varması için benim neler yapmış olabileceğimi sordu. Bir anlam veremedik. Kolay kolay vereceğimiz de yoktu. Tipim bozuktu, işte o kadar.

Tatmin edilmesi bu kadar zor insanlarla seyahat etmeye bir daha asla kalkışmayacaktım. Bir de şu var tabii, o kadar boşlukta kalmışlardı ki, otuz gün boyunca kendileriyle baş başa gemiye tıkıldıktan sonra ufacık bir şey bile onları coşturmaya yetiyordu. Zaten günlük yaşamda bile, çok sıradan bir gün içinde dahi en az yüz kişinin şu zavallı yaşamınıza son vermeyi arzuladıklarını anımsamakta yarar var, örneğin, metroda kuyrukta sabırsızca sıra bekleyen ve engel olduğunuz arkanızdaki tüm kişiler, ya da evinizin önünden geçen ve kendi evleri olmayan tüm insanlar, siz çiş yaparken aynı işi yapabilmek için bir an önce işinizi bitirmenizi bekleyenler, bir de tabii çocuklarınız ve daha niceleri. Bunun sonu yok ki. İnsan alışıyor. Gemideyse bu telaş daha belirgin bir şekilde algılanıyor, hal böyleyken bu biraz daha can sıkıcı olabiliyor tabii.

Bu fokurdayan kazanda, bu haşlanmış yaratıklardan sızan kuyruk yağları yoğunlaşır, kısa sürede onları ve kaderlerini yutacak olan korkunç sömürge yalnızlığının önsezileri, onları daha şimdiden can çekişenler gibi inletmeye başlar. Tutunmaya çalışırlar, ısırırlar, yırtınırlar, bu onlara acı çektirir. Gemideki varlığımın önemi gün geçtikçe inanılmaz derecede artıyordu. Yemek masasına ender de olsa her gelişim, her ne kadar bunları kaçamak ve sessiz kılmak için elimden geleni yapmaya çabalasam da, ciddi birer olay boyutu kazanmaktaydı. Benim yemek odasında belirmemle birlikte, yüz yirmi yolcunun tümü birden irkiliyor, fısıldaşmaya başlıyordu...

Art arda devirdikleri aperitiflerin ağırlığıyla kaptanın masasına iyice gömülen sömürge subayları, tahsildar-şube memurları, özellikle de, *Amiral-Bragueton*'un yolcu listesinde müstesna örnekleri yer alan, Kongolu kadın ilkokul öğretmenleri, kötü niyetli varsayımlardan başlayıp karalayıcı çıkarsamalara ulaşarak beni şeytani bir öneme sahip bir yaratık mertebesine yükseltmişlerdi.

Marsilya'da gemiye binildiğinde, adı bile anılmaya değmeyecek bir düşçüydüm, oysa şimdi, bu sabırsız vajinaların ve alkoliklerin burnundan soluyan yoğunlaşması sayesinde, kendimi, tanınmayacak durumda, tedirgin edici bir albeniyle donatılmış olarak buldum.

Yolculuğun başında elimi sıkmaktan gocunmayan geminin kaptanı, kaçakçı ve siğilli bir açıkgöz, artık ne zaman karşılaşsak, beni tanımazlıktan geliyordu, nasıl ki pis bir işe bulaşmış, şimdiden suçlu ilan edilmiş bir kişiden kaçılırsa... Peki ama hangi suç? Eğer insanların nefret kusmaları hiçbir riziko taşımıyorsa, salaklıkları kolay ikna olur, gerekçeler de kendiliğinden ortaya çıkar.

İçinde çırpındığım katıksız husumette ayrımsayabildiğimi sandığım kadarıyla, öğretmen hanımlardan biri fesat harekâtının dişi öğesinde başroldeydi. Kongo'ya dönüyordu, gebermek için, yani ben en azından öyle olmasını umuyordum, kaltak! Parlak kumaşın içinde belirginleşen düzgün gövdelere ve üstüne üstlük daha ilk molaya bile varmadan beni, tam da itici bir salyangozmuşçasına ezmeye ant içmiş olmanın verdiği ışıltıya sahip sömürge subaylarının dizinin dibinden pek ayrılmıyordu. Ortalıkta, yamyassı olmuş halimin biçimli halim kadar tiksindirici olup olmayacağı soruları dolaşıyordu. Eğleniyorlardı yani. Bu hanımefendi imgelem güçlerini kışkırtıyor, *Amiral-Bragueton*'un güvertesinde fırtınalar kopması çağrısında bulunuyordu, içinin rahat etmesi için ille de benim, nihayet, defterimin dürülmesi gerekiyordu, böylece hayali küstahlığım tümüyle giderilmiş olacaktı, yani bir anlamda var olmaya cüret ettiğim için cezalandırılmış olacaktım, hınçla pataklanmış, kan revan içinde, perişan vaziyette, kas marifetlerini ve muhteşem öfkelerini hayranlıkla izlemek için can attığı o yaman adamlardan birinin çizmeleri ve yumruğu altında ezilirken merhamet dilenecektim. Buruşuk yumurtalıklarının, dirilişlerine vesile olacağını öngördükleri sıkı bir katliam sahnesi. Bu bir gorilin tecavüzüne uğramaya eşdeğer sayılabilirdi. Zaman geçiyordu oysa boğa güreşlerini fazla bekletmek tehlikelidir. Canavar da bendim. Tüm gemi bunu arzuluyordu, ambarlarına kadar heyecandan titreyerek.

Deniz bizi bu cıvatalı sirkin içinde kıstırmıştı. Makinistler bile olan bitenden haberdardı. Mola limanına ulaşmamıza topu topu üç gün kaldığına göre de, belirleyici günler yani, birçok boğa güreşçisi adayı kendini ortaya attı. Ve ben kavgadan kaçtıkça bana yönelik tavırlar daha da saldırganlaşıyor, daha ivedileşiyordu. Cellatlar daha şimdiden alıştırma yapıyordu. İki kabin arasında, duvar dibinde kıstırıldım. Kıl payı kurtuldum, ama artık helaya gitmek bile bayağı tehlikeli olmaya başlamıştı. Dolayısıyla önümüzde sadece bu üç günlük deniz yolculuğunun kalmasını fırsat bilip, her türlü doğal gereksinimimden tümüyle vazgeçmeye karar verdim. Lombozlar işimi görmeye yetiyordu. Çevremde her şeyi nefret ve kasvet basmıştı. Doğrusu, gemilerdeki bu kasvetin inanılmaz olduğunu da belirtmek gerekir, açıkçası kozmik nitelikli bile denilebilir. Hem denizi hem gemiyi hem de gökyüzünü kaplar. Bunun sonucunda sağlam insanlar bile bir tuhaf olmaya yüz tutarken, hele bu kuruntucu dangalaklardan ne beklenirdi ki?

Bir kurban! Resmen kurban edilecektim. Midemin kazınmasına dayanamayıp gittiğim bir akşam yemeği sonrasında işler belirginleşti. Gözümü tabağımdan ayırmamış, terimi silmek için cebimden mendilimi çıkarmaya bile cesaret edememiştim. Bugüne dek, benim kadar varlığını hissettirmeden atıştıran biri olmamıştır. Otururken, kalçanızın altında, makine dairesinden yükselen sürekli ve hafif bir titreşim duyumsanıyordu. Masa komşularım hakkımda kararlaştırılanlardan haberdar olsalar gerek, beni şaşırtma pahasına, benimle açıkça ve pek kibarca düellolar ve öldürücü son darbeler hakkında sohbet etmeye koyuldular, bana sorular sordular... Yine tam o sırada Kongolu öğretmen hanım, hani o ağzı pis kokan, salona doğru hareketlendi. Pek törensel kabartmalı dantelli bir giysisi olduğunu ve bir tür gergin telaşla, tüm final bölümlerini es geçtiği kimi parçalar çalmak için, buna çalmak denirse tabii, piyanoya yöneldiğini ayrımsama fırsatım oldu. Ortam iyiden iyiye gerildi ve bulanıklaştı.

Kamarama sığınmak amacıyla fırladım. Tam ulaşıyordum ki, sömürge birliği yüzbaşılarından biri, en irikıyım, en yapılı olanı, açık ve seçik bir biçimde yolumu kesti, şiddete başvurmadan, ama kararlılıkla. "Güverteye çıkalım", diye buyurdu. İki adımda oraya vardık. Bu anın şerefine yola çıktığımızdan beri yapmadığı bir şeyi yaparak, en yaldızlı kasketini takmış, ceketinin önünü tamamen, boyundan pantolon fermuarına kadar iliklemişti. Demek ki adamakıllı dramatik bir tören düzenine geçmiştik. Ecel terleri döküyordum, kalp atışlarım göbek hizasından bile duyulabilirdi.

Bu peşrev, bu anormal titizlik, ağır ve sancılı bir infaz yaşanacağını düşündürüyordu. Bu adam bende sanki aniden yine karşıma çıkarılan bir savaş parçacığı etkisi yaratıyordu, inatçı, kabız, katil.

Onun gerisinde, aynı anda, pür dikkat kesilmiş, iki güverte arasının kapısına set çekecek şekilde dikilen dört düşük rütbeli subay duruyordu, Kader'in muhafızları.

Dolayısıyla kaçacak yer kalmamıştı. Belli ki bu tutuklama en ince ayrıntısına kadar ayarlanmıştı. "Bayım, karşınızda sömürge birliklerinden yüzbaşı Frémizon* var! Yakışıksız davranışlarınız karşısında haklı bir infiale kapılan silah arkadaşlarım ve bu geminin yolcuları adına, sizden hesap vermenizi isteme şerefine nail olmaktayım!... Marsilya'dan yola çıktığımızdan bu yana hakkımızda sarfettiğiniz bazı sözler yenilir yutulur gibi değil!... İşte, bayım, neyse derdiniz, bunu yüksek sesle dile getirmenin zamanı gelmiştir!... Yirmi bir gündür sinsi sinsi anlattıklarınızı alenen ilan etmenin zamanı gelmiştir! Bize gerçekten ne düşündüğünüzü nihayet söyleme zamanı..."

Bu sözleri duyar duymaz rahat bir soluk aldım. Önlenmesi olanaksız bir itlafa kurban gitmekten korkmuştum, ancak, değil mi ki konuşmaktaydı, yani yüzbaşı, bana bir kurtuluş olanağı sunmaktaydılar. Bu fırsata dört elle sarıldım. Onursuzluğun her türlüsü olağanüstü bir umuda dönüşür, işini bilenler için. Bence öyle. İnsan postu deldirmekten kurtulma yöntemi konusunda asla kılı kırk yarmaya kalkışmamalı, ne de maruz kaldığınız me-

* Frémizon: Fransızcada *frémir* (titremek) fiilinin *frémissons* (titreyelim) çekimini çağrıştırıyor (yüzbaşı Tirtirtitreyek gibi).

zalimin nedenlerini anlamaya çalışmakla boşa zaman geçirmeli. Paçayı sıyırmak bilge olana yeter de artar bile.

— Yüzbaşı! diye yanıtladım onu, o koşullarda becerebildiğim en ikna edici ses tonuyla, ne feci bir hata işleyecektiniz! Siz! Ben! Bana bu derece kalleşçe düşünceleri nasıl yakıştırırsınız? Bu kadar da haksızlık olmaz ki! Ölürüm de kabul edemem, yüzbaşı! Nasıl olur? Ben ki daha dün kutsal vatan topraklarımızı savunuyordum! Ben ki yıllar boyunca yaşanan sayısız çarpışmada kanımı sizlerle birlikte seve seve akıttım! Böylesine bir haksızlık bana reva mı, yüzbaşı!

Sonra, tüm gruba hitaben:

— Ya siz, baylar, ne korkunç bir şayianın kurbanı olmuşsunuz öyle? Benim, yani bir anlamda kardeşinizin, kahraman subaylara iğrenç iftiralar atabileceğimi nasıl düşünebilirsiniz! İnsaf! Bu kadarı da olmaz! Hem de vatanımızın bu yiğit evlatları, bu eşsiz yiğitler, hem de mangal gibi bir yürekle, ölümsüz sömürge imparatorluğumuzun kutsal savunmasını üstlenmek için yeniden görev almak üzereyken! diye sürdürdüm konuşmamı. — Irkımızın en görkemli neferlerinin şanlı zaferlere imza attıkları yerde. Mangin'ler! Faidherbe'ler, Gallieni'ler*!... Ah! yüzbaşı, ah! Demek ben! Demek bu?

Lafımın sonunu getirmeyip askıya aldım. Dokunaklı olabilmiş olmayı umuyordum. Çok şükür bir an için olsun bunu başarabilmiştim. Hiç zaman yitirmeden, fırsat bu fırsat, bu geveleme ateşkesini değerlendirip, doğrudan ona yöneldim ve duygu yüklü bir kavrayışla iki eline birden sıkıca yapıştım.

Ellerini ellerimde tutsak edince bir nebze rahatladım. Ellerini bırakmadan, ağız kalabalığına getirip açıklamalarımı sürdürerek ona binlerce defa hak verdim, aramızdaki her şeyi sil baştan ele almak gerektiği ve bunu bu kez sağlam temellere dayandırmamız konusunda ısrarcı oldum! Bu olağandışı yanılgının temelinde yatan biricik neden benim yapısal ve aptalca çekingenliğimdi! Davranışım elbette, bir "kahramanlar ve baştan çıkarıcılar topluluğu oluşturan..." bu kadın-erkek yolcu grubuna yönelik, "üstün kişiliklerin ve yeteneklerin bu ulvi buluşmasına...

* Charles Mangin, Louis Faidherbe, Joseph Gallieni: Fransa'nın Afrika'daki sömürge imparatorluğunun oluşmasında önemli roller üstlenen generaller.

ve elbette birer eşsiz müzisyen olan hanımların da hakkını teslim ederek, geminin bu nadide süslerine!..." karşı anlamsız bir küçümseme olarak yorumlanmaya açıktı. Mazeretlerin ardına sığınmaya kalkışmadan hatalarımı kabullendikten sonra, sonuç olarak, şimdiden ve sonsuza kadar, içinde yer aldığımda gereken tüm nezaketi sergilemek için can attığım o neşeli vatansever ve kardeşlik gruplarına sürüncemeye bırakılmaksızın ve hiçbir kısıtlama getirilmeksizin kabul edilmeyi talep ettim... Ellerimi ellerinden hiç ayırmadan, elbette, onu iyiden iyiye lafa boğdum.

Asker dediğin, öldürmediği sürece çocuktur. Onu kolayca neşelendirebilirsiniz. Düşünmeye alışkın olmadığı için, onunla konuşulduğunda sizi anlamaya çalışmak için bunaltıcı çabalar sarfetmeyi göze almak zorunda kalır. Yüzbaşı Frémizon o an beni öldürüyor değildi, içki de içmiyordu, ne ellerini ne de ayaklarını kullanarak herhangi bir iş yapmakta da değildi, yalnızca düşünmeye çalışıyordu. Bu da onu fersah fersah aşan bir çabaydı. Aslına bakılırsa, onu kafasından kavramıştım.

Bu kendi kendini küçük düşürme sınavı sürerken, beni zaten terk etmeye hazır olan onurumun, adım adım, daha belirgin bir şekilde silindiğini ve uzaklaştığını, benden tamamen, bir anlamda resmen, koptuğunu fark ediyordum. Ne derseniz deyin, bu bayağı keyifli bir andı. O hadiseden itibaren, sonsuz derecede özgürleştim ve hafifledim, manevi açıdan tabii. Aslında belki de yaşamda başını beladan kurtarmak için en sık gereksinim duyduğumuz şey korkudur. Bana gelince, o gün bu gün bir daha asla başka bir silaha sarılmak istemedim, ne de başka bir fazilete.

Kararsız kalmış askerin özel olarak, dökülen kanıma ekmek banmak ve parçalanmış dişlerimle beş taş oynamaya gelmiş olan askerin silah arkadaşları da, artık, zafer niyetine havada uçuşan sözcükleri yakalamakla yetinmek zorundaydılar. Heyecandan titreyerek bir idam seyretmeye koşuşan sivillerinse suratlarından düşen bin parçaydı. Tam olarak neler yumurtladığımın farkında olmadığım için, ne pahasına olursa olsun coşkulu notalar çalmayı sürdürme telaşı dışında, bir yandan yüzbaşının ellerini tutarken, öte yandan da, *Amiral-Bragueton*'un pervanesinin dönebildiğince oflaya puflaya içinde yol aldığı yumuşak siste ideal bir noktaya gözlerimi dikmiştim. Nihayet, buna bir son vermek için riski göze alıp bir kolumu başımın üstünde salladım ve yüzbaşının bir elini bırakarak –sadece tekini– can alıcı final cümlemi haykırdım: "Sayın subaylar, burada hepimiz er kişi değil miyiz, biz aramızda anlaşamayacağız da kim anlaşacak? O zaman Allah aşkına, yaşasın Fransa yahu! Yaşasın Fransa!" Bu çavuş Brandelore'un numarasıydı. Bu sefer de tuttu. Fransa'nın hayatımı kurtardığı biricik vaka buydu, çünkü ondan önce durum tam tersi sayılırdı. Dinleyicilerin bir an tereddüt ettiklerini gözlemledim, ama şurası bir gerçek ki ne kadar niyeti bozuk olursa olsun, bir subay, bir sivili, tam da benim yaptığım gibi bağıra çağıra "Yaşasın Fransa!" diye haykırdığı sırada kolay kolay herkesin gözü önünde tokatlayamaz. İşte beni kurtaran bu tereddüt oldu.

Subay grubu arasında gelişigüzel seçtiğim iki kişinin koluna girdim ve herkesi barda sağlığıma ve barışmamızın şerefine içki sefasına davet ettim. Bu yiğit adamların direnci uzun sürmedi ve ardından iki saat boyunca kafa çektik. Bir tek geminin dişileri bizi sessizce ve giderek düş kırıklığı yansıtan gözlerle izlemekle yetindiler. Barın lombozundan baktığımda, kadın yolcular arasında volta atmakta olan inatçı piyanist öğretmen hanımı ayrımsadım, çakal karı. Kıstırıldığım kapandan ancak kurnazlık sayesinde kurtulduğumun bal gibi farkındaydı kaltaklar ve ilk fırsatta beni yeniden köşeye sıkıştırmaya kesin kararlıydılar. Bu arada bizler, Kanarya adalarından bu yana pamuksu ılık havayı boşu boşuna öğütmeye çalışan etkisiz ama kafa ütüleyici vantilatörün altına kurulmuş, erkek erkeğe ha babam içiyorduk. Yine de lafebeliğini sürdürüp, yeni dostlarımı tavlayacak şekilde yarenlik etmem gerekiyordu, anlamakta güçlük çekmeyecekleri bir düzeyde. Hata yapma korkusundan, vatansever hayranlığımı dillendirmekten usanmıyordum ve bu kahramanlardan, sırayla, sömürgeci yiğitlik öyküleri anlatmalarını, dönüp dönüp bir daha anlatmalarını defalarca talep ediyordum. Kahramanlık öyküleri, belden aşağı öyküler gibidir, dünyanın tüm askerleri bundan her zaman hoşlanmışlardır. Aslına bakılırsa, subay olsun ya da olmasınlar, erkek milletiyle bir tür barış ortamı, yani kırılgan ateşkesler elbette, ama yine de değerli, yaratmak için gerekli olan şey her koşulda budalaca böbürlenmeler içinde debelenmelerine, yayılıp saçılmalarına olanak sunmaktır. Akıllı böbürlenme yoktur. Bu bir içgüdüdür. Üstelik, her şey bir yana, övünmeyi sevmeyen adam da yoktur. İnsanların birbirlerine az çok keyifle katlanabildikleri neredeyse tek rol, hayran paspas rolüdür. Bu askerlerle düş gücümü fazla zorlamama da gerek yoktu. Sürekli hayran olmuş görünmek yeterliydi. Birinden hep savaş öyküsü anlatmasını istemekten kolay ne var? Hele bu adamlarda anlatacak çuvalla öykü varken. Kendimi neredeyse hastane döneminin en güzel günlerine geri dönmüş hissedebilirdim. Anlattıkları her öyküden sonra, Brandelore'dan öğrenmiş olduğum üzere, onları onayladığımı güçlü bir vurguyla teyit ediyordum: "Şanlı bir tarih sayfası diye buna derim işte!" Bu ifadeden daha iyisini ara ki bulasın. O kadar çekinerek biat etmiş olduğum bu takım, yavaş yavaş beni ilginç bulmaya başlıyordu. Bu adamlar bana savaş hakkında, eskiden, hastanedeki arkadaşlarla hayali bir yarışa kapıldığımız sırada işittiğim ve sonradan kendim de anlattığım kadar çok sayıda maval okumaya başladılar. Yalnızca bu seferki palavraların vuku bulduğu mekânlar farklıydı ve Vosges ya da Flandres'da değil, Kongo ormanlarında yeşeriyorlardı.

Sevgili yüzbaşım Frémizon, daha kısa süre önce gemiyi benim kokuşmuş varlığımdan arındırmaya gönüllü olmuşken, benim herkeslerden daha dikkatli dinleme yeteneğimin tadına vardığından beri, bende binlerce sevimli nitelik keşfetmeye başlamıştı. Özgün övgülerimin etkisiyle damarlarındaki kanın akışı sanki yatışır gibi olmuştu, görüşü aydınlanıyor, uzatmalı alkoliklere özgü kan çanağına dönmüş, çizgi halindeki gözleri bile doğal sersemliklerini aşan parıltılar saçıyordu ve ağır ruhi çöküntü anlarında hâlâ onu yoklayan kendi değeri hakkında geliştirdiği kimi derin kuşkular bile, bir süreliğine, akıllı ve yerinde yorumlarımın büyüleyici etkisi sayesinde, tatlı tatlı, silinir gibi oluyordu.

Anlaşılan, ben bir coşku yaratıcısıydım! Keyiften zıp zıp zıplıyorlardı! Tüm bu öldürücü neme karşın yaşamı keyifli hale getirmeyi becermekte benim üzerime yoktu! Zaten gayet hoş bir şekilde dinlemesini bilen biri değil miydim?

Biz bu şekilde zırvalarken, *Amiral-Bragueton*'un seyir temposu iyiden iyiye düşmüştü, güç kaybederek yavaşlıyordu; çevremizde tek bir oynak atom zerreciği kalmamıştı, kıyı boyunca ilerliyor olmalıydık, hem de çok ağır şekilde, adeta çamura batmış gibiydik.

Bordanın üstündeki gökyüzü de çamur gibiydi, sadece arzuyla göz diktiğim alçıdan bir tabakadan ibaretti, kapkara ve erimiş. Asıl tercihim geceye geri dönmekti, terleyip sızlayarak da olsa ve hatta ne halde olursa olsun! Frémizon kendini anlata anlata bitiremiyordu. Karaya çok yaklaşmışız gibime geliyordu, ancak kaçış planım beni basbayağı endişelendiriyordu... Sohbetimiz yavaş yavaş askeri olmaktan çıktı, açıldı saçıldı, derken alenen belden aşağıya kaydı, sonunda, o kadar ipe sapa gelmez bir hal aldı ki, sürdürmek için neresinden tutacağımızı bilemez olduk; konuklarım teker teker vazgeçip sızdılar ve horultulara gömüldüler, burunlarının derinliklerini kazıyan tiksindirici bir uyku. Toz olmanın tam sırasıydı. Doğanın, dünyanın en saldırgan ve en sapık organizmalarına bile ister istemez dayattığı bu gaddarlık bırakışmalarını değerlendirmek gerek.

Artık kıyıya çok yakın bir yerde demir atmış bulunuyorduk. Sahil boyunca sallanan bir iki fenerden başka bir şey seçilemiyordu.

Bağırıp çağrışan zencilerle dolu yüzlerce titrek kayık bir anda gemiye yanaştı. Bu siyahiler birilerine kapılanmak amacıyla güvertelere üşüştüler. Kaşla göz arasında, el altından toparladığım birkaç parça çıkınımı kalkış merdivenlerine taşıdım ve karanlıkta kaldığı için yüz hatlarını ve yürüyüşünü neredeyse hiç seçemediğim bu kayıkçılardan birinin peşine takıldım. Varış istikametimizi merak etmeyi ancak merdivenden aşağı inip çalkantılı suyun hizasına vardığımızda düşünebildim.

— Burası neresi? diye sordum.

— Bambola-Fort-Gono! diye yanıtladı beni o gölge.

Küreklere asıldıkça suyun üstünde serbestçe yol almaya başladık. Daha da hızlı gidelim diye ona yardım ettim.

Kaçarken gemideki tehlikeli yoldaşlarımı bir kez daha uzaktan görme fırsatım oldu. Güvertedeki gemici fenerlerinin ışıltısında, sersemlemeye ve gastrite yenik düşmüş, uykularının arasında homurdanarak mayalanmaya devam ediyorlardı. Karınları doymuş, yayılmış, hepsi birbirine benziyordu artık, subay, memur, mühendis ve kesenekçi, sivilceli, göbekli, yeşermiş, harmanlanmış, neredeyse tıpatıp aynıydılar. Uyurken köpekler kurtlara benzerler.

Kısa süre sonra karaya kavuştum, geceye de, ağaçların altında daha bile koyulaşan bir geceye, onun ardından da sessizliğin tüm suç ortaklıklarına.

Bu Bambola-Bragamance sömürgesinde, en tepede, Vali'nin borusu ötüyordu. Bakışlarını onların hizasına doğru eğmeye tenezzül ettiğinde askerleriyle memurları neredeyse nefes almaya bile cesaret edemiyorlardı.

Eşraftan bu kişilerin çok daha altında yer alan yerleşik tüccarlar göründüğü kadarıyla Avrupa'dakinden bile daha rahat hırsızlık yapabilmekte ve daha büyük bir refah içinde yaşamaktaydılar. Tüm bölgede yağmalarından kurtulabilen tek bir hindistancevizi, tek bir fıstık kalmamıştı. Memurlar, sadece terfileri ve doldurulacak evraklarla onları buraya, ceplerine de hemen hiç mangır koymadan yollayanlardan sıkı bir kazık yediklerini, giderek yaşlandıkça ve daha fazla hastalandıkça daha iyi anlıyorlardı. Öyle olunca da gözlerini tüccarlara dikiyorlardı. Diğer ikisinden bile daha salak olan asker takımı ise, karınlarını sömürge şanı ve şerefiyle doyuruyorlardı, bunu hazmedebilmek için de yanında bol miktarda kinin ve kilometrelerce Talimat yutuyorlardı.

Termometrenin alçalmasını bekleye bekleye, herkes, gayet anlaşılabilir bir şekilde, gitgide daha fazla hırtlık yapıyordu. Askerlerle idare arasındaki özel ve toplu sürtüşmeler de böylece abuk sabuk ve biteviye sürüp gidiyordu, tabii idareyle tüccarlar arasındakiler de öyle, sonra geçici olarak ittifak kuran bu ikisiyle ötekiler arasındakiler de yine aynı şekilde, derken tümünün zencilere karşı ve nihayet zencilerin kendi aralarındaki de. Böylece, sıtmadan, susuzluktan ve güneşten artakalan sınırlı enerjiler de, nefrete dönüşerek tüketiliyordu, üstelik bunlar o kadar keskin, o kadar kalıcıydılar ki, sömürgelilerin çoğu oldukları yerde geberip gidiyordu, kendi kendilerini zehirleyerek, akrepler gibi.

Ne var ki, bu pek azgın anarşi tümüyle dışa kapalı polisiye

bir çerçeve içine hapsediliyordu, sepetlerindeki yengeçler gibi. Boşuna söyleniyordu memurlar, zaten Vali, sömürgesini köleleştirmek için gerekli tüm pespaye kapıkullarını rahatlıkla işe alabiliyordu, istediği kadar zenci de bulabiliyordu, sefaletin binlercesini kıyılara doğru sürdüğü, ticarete yenik düşmüş, bir tas çorba peşinde borç batağına saplanmış zenciler. Bu acemi erlere mevzuat öğretiliyordu, bir de Vali'ye hayran olma yöntemleri. Vali sanki üniformasının üstünde kasasındaki tüm altınları taşır gibiydi, hem de üstüne güneş vurdu mu inanılmaz oluyordu, tüyler cabası.

Her yıl Vichy'ye giderdi Vali ve sadece "Resmi Gazete"yi okurdu. Nice memur Vali'nin günün birinde karılarıyla yatacağı umuduna bel bağlayıp bununla oyalanıyordu, ama Vali kadınları sevmiyordu. O hiçbir şey sevmiyordu. Her yeni sarı humma salgınında, onu gömmek arzusuyla yanıp tutuşanların niceleri ilk leş kokusunda dökülen sinekler gibi zıbarırken, Vali sapasağlam ayakta kalmasını biliyordu.

"On Dört Temmuz" bayramlarından birinde Vali, Konağının muhafız alayını teftiş ettiği sırada, nah bu kadar bir sancağın önünde tek başına, özel koruması sipahilerinin arasında caka satarken, çavuşun tekinin, ateş başına vurmuş olsa gerek, atının önüne fırlayıp ona: "Geri çekil, ey koca boynuzlu!" diye bağırdığı anımsanıyordu. Vali güya, nedeni zaten bir türlü açıklanamayan bu bir nevi suikasttan çok etkilenmişmiş.

Yansıttıkları renkler nedeniyle tropikal bölgenin insanlarını ve nesnelerini adilce değerlendirmek zordur. Renkler ve nesneler fokurdarlar. Tam öğle üzeri sokağın ortasında açılan küçük bir kutu sardalye bile o kadar çeşitli ışıklar saçar ki, göz ona bir kaza önemi atfeder. Dikkat etmek gerek. Orada isterik olan yalnızca insanlar değildir, nesneler de bu işe bulaşır. Yaşam ancak günbatımından sonra katlanılabilir bir hal alır, ne var ki karanlığa da derhal sürüler halinde sivrisinekler el koyarlar. Bir, iki ya da yüz değil, trilyonlarcası. Bu koşullarda paçayı sıyırmak, tam bir hayatta kalma başyapıtına dönüşür. Gündüz karnaval, gece kevgir, usulca da savaş.

Dinlenmeye çekildiğiniz ve buna neredeyse elverişli bir görüntü arz eden kulübe nihayet sessizliğe kavuştuğunda, bu kez de akkarıncalar binaya girişmeye koyulurlar, dur durak bilmeksizin kulübenin temel direklerini kemirmekle meşguldür bu iğrenç yaratıklar. Bu hain dantelanın üstünde bir de kasırga tepindiğinde koca sokaklar toz olup uçuşuverir.

Düştüğüm bu Fort-Gono kentinin görüntüsü şöyleydi: Bragamance'ın eğreti başkenti, denizle orman arasına sıkışmış olmakla birlikte, bankalar, kerhaneler, kahvehaneler, taraçalar ve hatta küçük bir askerlik şubesiyle bile, yani küçük bir metropol olmak için gerekli her şeyle bezenmiş, donatılmıştı, gezinti amaçlı Faidherbe parkını ve Bugeaud* bulvarını da unutmaksızın, sonuçta larva doluşmuş, kuşaklar boyu icra memuru ve acul idareci tarafından arşınlanmış, sarp kayalıkların ortasında yer alan bir parlak binalar bütünü.

Asker takımı, saat beş sularında, aperitiflerin etrafına üşüşmüş homurdanıyorlardı, tam da geldiğim sırada bu içkilere zam gelmişti. Bir tüketici heyeti Vali'ye giderek, *bistrot*'lara** beyaz şarap ve frenküzümü likörü fiyatlarıyla akıllarına estiği gibi oynamalarını yasaklayan bir kararname yayımlamasını rica edecekti. Kimi gedikliye bakılırsa, sömürge yaşamımız buz yüzünden gitgide çekilmez bir hal almaktaymış. Sömürgelerde buz kullanılmaya başlanması, su götürür yeri yok, sömürgecinin erkekliğini yitirmeye başlamasının habercisi olmuştu. O zamana dek alışkanlık gereği buzlu aperitifiyle tümüyle bütünleşmiş olan sömürgeci, artık salt stoacılığı sayesinde iklime hükmedebilir olmaktan vazgeçmek zorunda kalmıştı. Yeri gelmişken belirtelim, Faidherbe'ler, Stanley'ler, Marchand'lar*** yıllarca sızlanmadan içtikleri ılık, tortulu biraları, şarapları, çamurlu suları hep hoşgörüyle karşılamışlardır. İşin püf noktası budur. Sömürgelerinizi işte böyle yitirirsiniz.

Dayanıksız binalarla çevrili bu sokaklarda, kontrast oluşturarak taşkın bir özsuyla serpilip gelişen palmiye ağaçlarının gölgesinde daha bir sürü şey öğrendim. Burasının tümüyle Garenne-Bezons'a benzemesinin önündeki tek engel, bu inanılmaz yeşilliğin çığlığıydı.

* General Faidherbe: Eski Senegal valisi; Marki Bugeaud: Fransız mareşali, eski Cezayir valisi.

** *Bistrot*: Müşterilerine içki ve basit yemekler de sunan kahvehaneler.

*** Henri Stanley: Afrika kıtasını keşfedenler arasında yer alan İngiliz kâşif; Jean-Baptiste Marchant: Afrika'nın fethinde önemli rol oynayan Fransız general.

Akşam olduğunda, sarı humma yüklü gayretkeş küçük sivrisinek bulutları arasında yerlilerin olası müşterilere askıntı olma koşuşturmaları yeniden başlıyordu. Sudanlı bir takviye ekibi de peştamallarının altında kayda değer neleri varsa gezintiye çıkanlara sunuyorlardı. Gayet makul fiyatlara bir ya da iki saat boyunca koca bir aileyi becermek mümkündü. O cinsel organ senin bu cinsel organ benim gezinmeyi çok isterdim doğrusu, ne var ki beni işe alabilecek bir yerler aramaya karar vermem gerektiğini kabullenmek zorunda kaldım.

Küçük Kongo Porduriѐre* Şirketi'nin Müdürü, söylenene bakılırsa, ormandaki acentelerinden birini yönetmek üzere işe alacak deneyimsiz bir memur arıyormuş. Hiç gecikmeden yetkinlikten uzak ama saygıda kusur etmeyen hizmetlerimi sunmaya gittim. Pek de hoş karşılamadı beni Müdür. Bu manyak herif –herkesi adıyla sanıyla anmak gerek– Hükümet Konağı'na yakın bir köşkte kalıyordu, ahşap ve sazlar üzerine inşa edilmiş geniş bir köşk. Suratıma bile bakmadan geçmişimle ilgili bir dizi bayağı kaba soru sordu, sonra da safça yanıtlarım onu biraz sakinleştirmiş olsa gerek, bana yönelik aşağılayıcı yaklaşımı nispeten hoşgörülü bir hal aldı. Ancak henüz oturmamı uygun görecek kadar değil.

— Evrakınıza bakılacak olursa biraz tıptan anlıyormuşsunuz galiba? diye kaydetti.

Gerçekten de o yönde biraz eğitim aldığımı belirterek yanıtladım.

— İyi o zaman, işinize yarayacaktır! dedi. Viski ister misiniz?

İçki içmiyordum. "Sigara içer misiniz?" Yine reddettim. Bu perhizim onu şaşırttı. Hatta yüzünü buruşturdu.

— İçki sigara içmeyen memurlardan hoşlanmam... Yoksa ibne misiniz?... Değil mi? Tüh!... Böyleleri diğerlerine göre daha az hırsızlık yaparlar... Tecrübeyle sabit... Daha vefalılar... Yani, diye sözünü düzeltme yoluna gitti, demek istiyorum ki ibnelerdeki bu niteliği, bu avantajı, genel anlamda tespit etmiş bulunuyorum... Siz bize belki bunun tersinin geçerli olduğunu

* Porduriѐre: Fransızcada *orduriѐre* (pislik) ve *portuaire* (limanla ilgili) sözcüklerinin bileşkesi gibi (Pislikman Şirketi gibi).

kanıtlarsınız!... Sonra da ekledi: Sıcak geldi, değil mi? Alışırsınız! Zaten alışmanız gerekecek! Ya yolculuk?

— Sevimsizdi! diye yanıtladım.

— Eee, dostum, bu da bir şey mi, hele sizi şu öteki dalgacının yerine yollayacağım Bikomimbo'da bir yıl geçirin, ülke hakkındaki izlenimlerinizi esas o zaman anlatırsınız...

Zenci kadın hizmetçisi, masanın yanına çömelmiş, kendi ayaklarını mıncıklıyor ve küçük bir tahta parçasıyla ovarak temizliyordu.

— Yıkıl karşımdan paçoz! diye seslendi efendisi. Git bana *boy*'u* çağır! Bir de buz getir!

Çağrılan *boy* pek sallana sallana geldi. Bunun üzerine, tepesi atan Müdür, yerinden fırladı, *boy*'u sıkı bir çift tokat ve belden aşağısına iki tekmeyle karşıladı, hem de okkalısından.

— Bu insanlar öldürecek beni, olacağı bu! diye öngördü Müdür, iç çekerek. Kirli ve sarkık sarı bezlerle süslü koltuğuna attı kendini.

— Baksanıza, sevgili dostum, dedi birden sevecen bir samimiyetle ve sanki az önceki şiddet eyleminin etkisiyle bir süreliğine rahatlamışçasına, bana kamçımı ve kininimi uzatır mısınız... masanın üstünde... Böyle heyecana kapılmamalıyım... İnsan mizacına aptalca yenik düşmemeli...

Adamın evi, aşağıda bir toz kümesi arasında parıldayan nehir üstündeki limana hâkim bir konumdaydı, gelgelelim toz öylesine yoğun ve tıkızdı ki, limanın derbeder faaliyetlerinin ayrıntılarını ayırt edebilmenizden çok, ancak onun yükselen seslerini duymanıza izin veriyordu. Kıyıda, sıra sıra zenciler kamçı darbeleri altında çabalıyorlardı, ne yapsalar asla boşalmayan gemilerden sintineler dolusu yük indiriyor, bin türlü küfür işitip, kafalarında yüklü koca sepetleriyle, denge tutturup, çelimsiz ve titrek, köprülerden bir aşağı bir yukarı tırmanıyorlardı, dik duran bir karınca türüymüş gibi.

Tüm bunlar lal rengi bir buğunun içinden geçerek, kopuk diziler halinde gidip gidip geliyordu. İş başındaki bu gölgelerin arasında, kimileri sırtlarında fazladan küçük siyah bir nokta taşıyorlardı, bunlar, ek bir yük olarak çocuklarını sırtlayıp, hurma

* *Boy*: Sömürgelerde çocuk yaştaki yerli uşaklara verilen ad.

dolusu çuvalları sürükleyerek taşımaya gelen analardı. Karıncaların bu kadarını yapıp yapamayacaklarını merak ediyordum doğrusu.

— Burada sanki hep Pazar günüymüş gibi geliyor insana, öyle değil mi?... diye şakayla karışık üsteledi Müdür. Şenlikli! Aydınlık! Dişiler hep çırılçıplak. Dikkat ettiniz mi? Hem de bayağı hoş dişiler, dimi? Paris'ten gelince insan bir tuhaf oluyor, değil mi? Bir de bizim halimize bakın! Hep beyaz çadır bezi giysiler içinde! Baksanıza, sanki plajdaymışız gibi! Böyle pek yakışıklı değil miyiz yani? Gören de Kudas törenindeki yeniyetmeler sanır! Burası hep bayramyeri gibidir, inanın! Tam bir On Beş Ağustos!* Ve Sahra çölüne kadar bu hep böyledir! Tabii ya!

Sonra susuyor, iç çekiyor, homurdanıyor, bir iki kez daha "Hassiktir!" diye yineliyor, terini silip sohbeti sürdürüyordu.

— Şirket adına gideceğiniz yer, tam ormanın göbeğindedir, nemlidir... Buradan on günlük mesafede... Önce denizden... Sonra nehirden. Kıpkızıl bir nehir, göreceksiniz... Öte tarafta da İspanyollar var... Bu acentede yerine geçeceğiniz kişi, adi pisliğin tekidir, bunu unutmayın... Aramızda kalsın... Benden söylemesi... Bir türlü bilançolarını yollamadı, bu hayvan herif! Ne yapsak nafile! Ne kadar uyarı yollarsam yollayayım!... İnsan başıboş kaldığında kısa sürede dürüstlükten eser kalmıyor, öyle işte! Görürsünüz!... Sizi de göreceğiz!... Hastayım diye haber yolluyor!... Yok ya! Hastaymış! Ne olmuş, ben de hastayım! Ne demek yani hasta olmak! Hepimiz hastayız! Siz de hastalanacaksınız, hem de bir iki demeden! Bu da mazeret mi yani! Hastalığından bize ne yahu!... Şirket işleri önce gelir! Oraya varır varmaz envanterini çıkarmayı unutmayın sakın!... Acentesinde üç aylık erzak var, aynı zamanda en az bir yıllık mal... Yeter de artar bile!... Yola sakın gece çıkmayın... Gözünüzü dört açın! Onun zencileri, sizi denizden almaya yollayacağı zenciler, sizi belki de suya atmaya kalkarlar. Eminim onları bu yönde terbiye etmiştir! Onlar da en az onun kadar namussuzdur! Bak bunu adım gibi biliyorum! Zencilere hakkınızda iki çift laf etmiştir mutlaka!... Buralarda böyle şeyler âdettendir! Siz de kinin alın

* On beş Ağustos: Hıristiyanlarda Meryem Ana'nın ruhunun göğe çıkışının kutlandığı dini bayram.

yanınıza, kendinizinkini, size ait olanı, yanınıza alın, yola çıkmadan önce... Ondakine bir şeyler katmış bile olabilir!

Müdür bana öğüt vermekten sıkılmış, beni başından savmak için ayaklanmıştı. Tepemizdeki sac çatı, tüm ısıyı üzerimize öyle bir yansıtıyordu ki, en az iki bin ton ağırlığındaymış izlenimini yaratıyordu. İkimiz birden sıcaktan bunalıp yüzümüzü ekşitiyorduk. İnsanı tez elden gebertirdi bu. Son olarak şöyle dedi:

— Yola çıkmanızdan önce bir daha görüşmemize gerek olduğunu sanmıyorum Bardamu! İnsan burada her şeyden sıkılıyor! Neyse, belki yine de yola çıkmanızdan önce hangara gelip sizi bir teftiş ederim!... Oraya vardığınızda size yazılı talimatları yollarız... Ayda bir posta uğrar... Posta buradan yola çıkar ... Haydi bakalım, kolay gelsin!...

Ve kolonyal şapkasıyla ceketinin gölgesi arasında kayboldu. Arkadan, boyun kaslarının kirişleri, eğmeçli iki parmak gibi ensesine dayanmış, gayet belirgin bir biçimde seçilebiliyordu. Bir kez daha bana doğru döndü:

— Öteki soytarıya da derhal buraya dönmesi gerektiğini bildirin mutlaka!... Ona söyleyecek bir çift sözüm olduğunu da ekleyin!... Yolda da oyalanmasın! Ah ulan! Kokuşmuş herif! Sakın ha yolda gebereyim demesin!... Yazık olur! Bayağı yazık olur! Ulan ne rezil bir herif bu!

Maiyetindeki zencilerden biri vaat edilen bu pek sevimli Bikomimbo'ya gidinceye kadar kalacağım yere beni götürmek üzere elindeki koca fenerle bana yol gösteriyordu.

Günbatımından sonra sanki herkesin gezintiye çıktığı ağaçlı yollarda ilerliyorduk. Yineleyen gong vuruşlarıyla çınlayan, hıçkırığa benzer dar aralıklı ve tutarsız şarkılarla beceriksizce kesiliveren gece her yeri kaplamıştı, sıcak ülkelerin hep fazla hızlı çarpan tamtam gibi kaba yürekli o kapkaranlık upuzun gecesi.

Genç mihmandarım çıplak ayaklarına basarak kıvrak bir biçimde ilerliyordu. Korulukta Avrupalılar olmalıydı, sesleri geliyordu o taraftan, aylak aylak dolaşmakta olan, beyaz adam sesleri, ayırt etmesi gayet kolay, saldırgan, düzmece. Yarasalar durmadan uçuşarak, ışığımızın yol boyu çektiği böcek sürülerinin arasına dalıp çıkıyorlardı. Hep birlikte çıkardıkları sağırlaştırıcı gümbürtüye bakılacak olursa ağaçların her bir yaprağının altında en az bir cırcırböceği gizleniyor olmalıydı.

İki yolun kesiştiği noktada, bir tümseğin yarı hizasında bir grup yerli asker yolumuzu kesti, yere konmuş, geniş ve dalgalı bir Fransız bayrağıyla kaplı bir tabutun yanında tartışıyorlardı.

Hastanede ölen ve tam olarak nereye defnetmeleri gerektiğini bilmedikleri bir cesetti bu. Emirler muğlaktı. Bazıları onu aşağıdaki tarlalardan birine gömmek isterken, diğerleri yokuşun ta tepesindeki çitle çevrili bir sahaya götürmede ısrarcıydılar. Bir orta yol bulunmalıydı. Böylece bu meselede *boy*'la bana da söz düştü.

Sonunda, taşıyıcılar, yukarıdaki yerine aşağıdaki mezarda karar kıldılar, yokuş inmenin cazibesi. Yolda bir de üç beyaz delikanlıyla karşılaştık, Avrupa'da Pazar günleri *rugby* maçlarını kaçırmayanların cinsinden, tutkulu seyirciler, saldırgan ve solgunca. Onlar da burada, tıpkı benim gibi, memur sıfatıyla, Pordurière Şirketi'nin malıydılar ve gayet kibarca, o inşaatı tamamlanmamış evin yolunu gösterdiler bana, hani takılıp sökülebilir ve taşınabilir yatağımın, şimdilik, durduğu.

Oraya gittik. Bu baraka bomboştu, birkaç parça mutfak eşyasıyla yatak niyetine bana ayrılan şey dışında. Bu ipince ve titrek nesnenin üzerine uzanır uzanmaz, dört bir taraftan fırlayan yirmi yarasa, bir yelpaze tufanını andıran hışırtılarla, ürkek uyuklamamın tepesinde, bir o yana bir bu yana pırlandılar.

Küçük zenci, mihmandarım, bana mahrem hizmetlerini sunmak amacıyla geri döndü, ancak o akşam pek havamda olmayışım karşısında, hemencecik, birazcık da düş kırıklığına uğrayarak, bana kız kardeşini sunmayı önerdi. Böyle bir gecenin içinde kız kardeşini nasıl bulabilirdi merak etmiştim doğrusu.

Yanı başımızdaki köyün tamtamı, ufacık parçalara ayrılmış sabır küplerini hoplatmaktaydı. Bin kadar gayretkeş sivrisinek zaman yitirmeksizin kalçalarımı ele geçirdiler ve buna karşın korkunç avlarını başlattıklarını varsaydığım zehirli yılanlarla akrepler yüzünden artık ayağımı yere basmaya cesaret edemiyordum. Fareden yana şanslıydı yılanlar, kemirilebilir ne varsa kemirdiklerini duyuyordum farelerin, duvarda, yerde, tepede, titrek titrek, duyuyordum seslerini.

Ay nihayet doğabildi ve içerisi biraz olsun sükûnete kavuştu. Anlaşıldı ki insan sömürgelerde pek de rahat edemiyormuş.

Sonunda yine de ertesi günü getirebildik, yani o kalorifer kazanını. Avrupa'ya dönme konusunda olağanüstü bir arzu tüm benliğimi sarıyordu, ruhen ve bedenen. Siktir olup gitmek için tek eksiğim paraydı. Daha ne olsun. Öte yandan, o pek de hoşça betimlenen Bikomimbo'daki görev yerime gitmeden önce, Fort-Gono'da geçirmem gereken de topu topu bir hafta kalmıştı.

Vali'nin konağından sonra, Fort-Gono'nun en büyük binası hastaneydi. Nereye gitsem karşıma çıkıyordu; uzaktan asit fenik kokusu saçan koğuşlarından birine toslamadan kentte on adım atmam mümkün değildi. Ara sıra, Porduriѐre Şirketi'nin Fransa'daki esirgeme kurumlarından topluca getirttiği anemik küçük meslektaşlarımın çalışmalarını yerinde gözlemlemek için yükleme rıhtımına kadar uzandığım oluyordu. Kargo gemilerini birbiri ardına dur durak bilmeden yükleyip boşaltma konusunda savaşçı bir telaşa kapılmış gibiydiler. "Beklemedeki bir kargo gemisi o kadar pahalıya mal oluyor ki!" diye söylenip duruyorlardı içten bir hüzünle, sanki para kendi ceplerinden çıkıyormuş gibi.

Kendilerinden geçmişçesine zenci hamalların tepesine biniyorlardı. Çok gayretliydiler, orası kesin, gayretli oldukları kadar da alçak, zalim. Lafın kısası pırlanta gibi memurlar, iyi seçilmiş, inanılmaz derecede bilinçsizce coşkulu. Annemin mutlaka sahip olmak isteyeceği türden hayırlı evlatlar, patronlarına tapınan, anasının dizinin dibinden ayrılmayan, herkesin önünde gurur duyulabilecek tarzda, meşruluğundan kuşku duyulmayacak bir oğul.

Tropikal Afrika'ya gelmişlerdi, bu taslakçıklar, patronlara çuvallarını sunmaya, kanlarını, yaşamlarını, gençliklerini, gündeliği yirmi iki franklık (kesintiler hariç) kurbanlar olarak, ama hallerinden memnundular, yine de memnun, on milyonuncu sivrisineğin göz koyduğu kanlarının son alyuvarına kadar.

Sömürge, küçük memurları ya şişirir ya da zayıflatır, ama yakalarını bırakmaz; güneş altında gebermenin yalnızca iki yolu vardır, yağlı yol ve sıska yol. O kadar. Bir tercih yapmak düşünülebilirdi, ama yağ tulumuna dönmek ya da bir deri bir kemik gebermek, bünye meselesiydi.

Kızıl yarın tepesinde, hani o şeytani, dört dönen, zenci kadınıyla on bin kilo güneş taşıyan sac çatısının altındaki Müdür de vadesinin dolmasından kurtulamayacaktı. O, sıskalardandı. Sadece çırpınmakla yetiniyordu. İklime dirençliymiş gibi duruyordu. Görüntü! Aslında, tüm diğerlerinden çok daha fazla aşınıyordu.

İki yılda köşeyi dönmek için dâhiyane bir dolandırıcılık planı hazırladığı iddia ediliyordu... Ancak Şirketi gece gündüz soysa bile o planını uygulayacak zamanı asla bulamayacaktı. Ondan önce yirmi iki müdür denemişti bile kendi tıkır tıkır işleyen planlarıyla köşeyi dönmeyi. Ta oradan, çok daha yukarılardan, Paris'teki Moncey sokağından, Müdür'ü gözetleyen hissedarlar bunların hepsinden haberdardı ve epey eğleniyorlardı. Tüm bunlar bayağı çocukçaydı. Hissedarlar, o herkesten daha baskın haydutlar, onlar da gayet iyi biliyordu Müdürlerinin frengili olduğunu, Tropikal bölgede dört döndüğünü, hem de kulak zarlarını patlatacak kadar çok kininle bizmut ve tüm dişetlerini çürütecek kadar çok arsenik yuttuğunu.

Şirket'in genel muhasebesinde, Müdür'ün günleri sayılıydı, üstelik kesilme sırasını bekleyen bir domuzunkiler gibi sayılıydı.

Küçük meslektaşlarım aralarında fikir alışverişinde bulunmuyorlardı. Yalnızca basmakalıp sözler, sabitleşmiş, dibi tutuncaya kadar ısıtılıp ısıtılıp öne sürülen düşünce kazıntıları türünden. "Takma kafana!" diyorlardı. "Canlarına okuyacağız!" "Acente temsilcisi boynuzlunun teki!..." "Zencileri tütün tabakaları gibi doğramalı!", vb.

Akşam, son angaryalardan sonra, bir yardımcı idari memurla aperitif saatinde buluşuyorduk, bay Tandernot'ydu adı, La Rochelle kökenliydi. Tüccarlarla takılmasının tek nedeni, Tandernot için, kendine aperitif ısmarlatmaktı. Ne yaparsın? İnsan düşmeyegörsün. Hiç parası yoktu. Sömürge düzenindeki yeri mümkün olanın en aşağısıydı. Görevi ormanın ortasından geçen yolların yapımını yönetmekten ibaretti. Tabii bu işi paralı askerlerin sopasının tehdidiyle yerliler yapıyordu. Ancak Beyazların hiçbiri asla Tandernot'nun yarattığı yeni yolları kullanmadığına göre, ayrıca Siyahiler de vergilerden kaçabilmek için mümkün olduğu kadar az göze batma amacıyla o yollar yerine ormandaki patikaları yeğlediklerinden ve zaten aslında Tandernot Yönetimi'nin yolları hiçbir yere çıkmadığı için, o yollar kısa sürede, doğrusunu söylemek gerekirse, bir ay içinde bitki örtüsü altında kayboluveriyorlardı.

"Geçen yıl 122 kilometresini yitirdim!" diye gönül rahatlığıyla belirtiyordu bize, bu olağanüstü öncü, yollarından söz ederken "ister inanın ister inanmayın!..."

Orada geçirdiğim süre boyunca tek bir böbürlenişine tanık oldum, Tandernot'nun, alçakgönüllü bir övüngenlik, o da, Bragamance'da gölgede 44 derece sıcaklıkta nezle olmasını başaran tek Avrupalı oluşuydu... Bu ilginç özellik onun için pek çok şeyin tesellisi oluyordu... "Yine öküz gibi nezle oldum!" diye gururla ilan ediyordu aperitif sırasında. "Benden başka kimse bunu beceremez! — Vay be, bu Tandernot gibisi de yok!" diye haykırırdı o zaman cılız çetemizin üyeleri. Hiç yoktan iyiydi, bu tür bir tatmin. İş böbürlenmeye gelince, herhangi bir şey bile, hiç yoktan iyidir.

Porduriêre Şirketi'nin küçük memur grubunun bir diğer eğlencesi de ateşlenme yarışmaları düzenlemekti. Çok zor bir iş değildi ama günlerce birbirimize meydan okurduk, böylece de epey zaman öldürürdük. Ayla birlikte ateş de yükselince, ki neredeyse her gün olurdu bu, ölçerdik. "Aaa bak, benimki otuz dokuz!... — Haydi canım, dert etme, benimki ne zaman istesem kırka çıkar!"

Bu sonuçlar zaten hep tastamam doğru ve düzenliydi. Reflektörlü lambaların ışığında, dereceler kıyaslanırdı. Galip gelen titreyerek zaferini kutlardı. "O kadar terliyorum ki artık hiç işeyemiyorum!" diye saptardı her seferinde en süzülmüş olanımız, sıska bir meslektaş, Ariège bölgesinden, bir ateşlilik şampiyonu, bana açıkladığına göre, buraya, "yeterince özgür olamadığı" papaz okulundan kaçmak için gelmiş. Ancak zaman ilerliyordu ve bu arkadaşların hiçbiri bana Bikomimbo'da yerini alacağım zatın tam olarak ne türden cins bir herif olduğunu söyleyemiyordu.

"Tuhaf bir adam!" diye uyarıyorlardı beni, o kadar.

— Sömürgeye geldiğinde, diye akıl veriyordu bana yüksek ateşli küçük Ariège'li, becerilerini daha baştan ortaya koymak gerek! Ya hep ya hiçtir! Müdür'ün gözünde ya pırlanta gibisindir ya da pisliğin teki! Ve, dikkatini çekerim, notunu hemencecik verirler!

Kendi açımdan, notumu verdiklerinde, "pislik ötesi" sınıfındakilerle aynı kefeye konmaktan korkuyordum, ya da daha bile beteri.

Dostlarım bu genç köle tüccarları beni, bu öyküde özel olarak anılmaya değer, Pordurière Şirketi'nden bir başka meslektaşın ziyaretine götürdüler. Avrupalılar semtinin göbeğinde bir bayilik işletiyordu, yorgunluktan küflenmiş, çökmüş, vıcık vıcık yağlı, iki yıl boyunca dalgalı sacların altında aralıksız olarak pişmekten feci şekilde kurumuş olan gözleri yüzünden de her tür ışıktan sakınan biriydi. Dediğine göre sabah gözünü açması en az yarım saat sürüyormuş, ardından da o gözlerle etrafı seçebilmesi için bir yarım saat daha gerekiyormuş. Tek bir ışık huzmesi bile onu yaralamaya yetiyordu. Pek uyuz bir koca köstebek.

Boğulmak ve acı çekmek onun adeta kendinden geçerek yaptığı işlerdi, çalmak da öyle. Onu birden sağlıklı ve namuslu yapsanız bayağı afallatırdınız. Acente temsilcisi Müdür'e yönelik nefreti bugün bile, aradan onca zaman geçtikten sonra, bir insanda gözlemleme fırsatını bulduğum en ateşli tutkulardan biriymiş gibi geliyor bana. Acılı haliyle ve her fırsatta, Müdür'e yönelik şaşırtıcı bir hınçla sarsılıyor ve bir yandan tepeden tırnağa kaşınırken bir yandan da öfkeden kuduruyordu.

Durmadan kendi ekseni etrafında kaşınıyordu, çepeçevre de denebilirdi buna, kuyruk sokumundan ense köküne kadar. Üstderisiyle birlikte altderisini de kanlı tırnak izleri bırakarak tırmıklarken, bir yandan da müşterilerine, hemen hepsi zenci, kalabalık, aşağı yukarı üryan, hizmet etmekten de geri durmuyordu.

O zaman, boştaki eliyle, telaşla, esrarengiz dükkânının sağında solunda, çeşitli zulalara dalıp çıkardı. Oralardan da, hiç falso vermeden, ustaca ve anında tavlamasını bilerek, alıcıya gerekli olanları bulup çıkarıveriyordu, leş kokulu dallar halinde tütün, ıslanmış kibritler, kepçeyle sardalye ve melas konserveleri, hileli kutularda aşırı alkollü biralar, ancak azgınca bir kaşınma nöbetine tutulduğunda da bunları aniden elinden atabilirdi, örneğin pantolonunun derinliklerine dalması gerektiğinde. Bu durumda kolunu tümüyle pantolonunun bir ucundan daldırır ve kısa sürede, ne olur ne olmaz diye hep aralık duran, fermuarından çekip çıkarırdı.

Derisini kemiren bu hastalığa, yerli bir ad takmıştı, "Korokoro". "Bu Allah'ın cezası 'Korokoro'!... Müdür olacak o pisliğin hâlâ 'Korokoro' kapmayı başaramadığını düşündükçe çıldırıyorum, diye celallenirdi. Bu büsbütün canımı sıkıyor!... Korokoro'ya yakalanmayacak bu adam!... Hastalık kapamayacak kadar çürümüş!... Bu pezevenk insan bile değil, kendisi bulaşıcı bir hastalık!... Bokun ta kendisi!..."

Bu lafların üzerine herkes makaraları koyuveriyordu ve tabii gaza gelen zenci-müşteriler de. Bu arkadaşımız bizi biraz ürkütmüyor da değildi. Yine de bir dostu vardı, o da Pordurière Şirketi hesabına kamyon şoförlüğü yapan şu ufak, tıknefes, saçına ak düşmüş adamcağız. O bize hep buz getirirdi, tabii araklama, limandaki gemilerden, şurdan burdan.

Ağızlarının suyu akan siyahi müşterilerin ortasında, tezgâhın üzerinde şerefine kadeh kaldırırdık. Müşteriler, biz Beyazlara yanaşacak kadar uyanık olan yerlilerdi, yani bir tür seçkin topluluk. Zencilerin ötekileri, yani o kadar yırtık olmayanlar, mesafeyi korumayı yeğliyorlardı. İçgüdü. Ancak en beceriklileri, en yılışıkları, mağazada komi oluyordu. Zenci komiler, mağazada, diğer Siyahları azgınca azarlamalarıyla kendilerini belli ediyorlardı. "Korokoro'lu" meslektaşımız, ormandan torbalarla, nemli topaklarla getirilen kaçak kauçuk satın alıyordu, brüt.

Ona yarenlik etmekten asla sıkılmayan bizler de oradayken, bir toplayıcı ailesi kapısının eşiğine kadar gelip donakaldı, çekingen çekingen. En önde baba, kırışık yüzlü, beline turuncu bir peştamal sarmış, uzun tahrası elinde.

Girmeye cesaret edemiyordu vahşi adam. Oysa yerli komilerden biri onu içeriye davet etmekteydi: "Gelsene gündüz feneri! Gel lan buraya! Biz yok vahşi adam yemek!" Sonunda bu hitap tarzı onu ikna etti. Hep birlikte, dip tarafında "Korokoro'lu" adamımızın bulunduğu kızgın izbeye daldılar.

Bu siyah adam belli ki daha önce hiç mağaza görmemişti, ola ki ne de bir beyaz adam. Karılarından biri, gözlerini yere dikmiş, peşinden geliyordu, başının üstünde, dengede, brüt kauçuk dolu koca sepeti taşıyordu.

Toplayıcı komiler, içeriğini terazide tartmak amacıyla resen el koydular onun o sepetine. Vahşinin kafası almıyordu, ne terazi işini ne de gerisini. Kadın hâlâ başını kaldırmaya cesaret edemiyordu. Ailenin diğer zencileri, gözlerini fal taşı gibi açmış, onları dışarıda bekliyorlardı. Çoluk çocuk dahil, onlar da içeri alındılar, gösteriyi kaçırmasınlar diye.

Ormandan, kentteki Beyazlara doğru böyle topluca ilk gelişleriydi. Tüm bu kauçuğu toplayabilmek için her biri epey uzun süre önceden işe koyulmuş olmalıydı. Tabii öyle olunca sonuç hepsini ilgilendiriyordu. Kauçuğun ağaç kütüklerine asılan maşrapalara sızması epey uzun sürer. Çoğu kez bir bardağı iki ayda bile tamamen doldurmanız olanaksızdır.

Tartı işlemi tamamlanınca, kaşınma üstadımız, ağzı açık kalmış babayı tezgâhın arka tarafına sürükledi ve kara kalemle hesabını çıkardı, sonra avcunun içine birkaç parça gümüş para sıkıştırdı. Ardından da: "Bas git! dedi öylesine. Hesap tamam!..."

İşi öyle bir ketenpereye getirmişti ki, tüm küçük beyaz dostları kasıklarını tutarak gülüyorlardı. Zenci, süklüm püklüm, cinsel organının etrafına doladığı küçücük turuncu donuyla tezgâhın önünde çakılıp kalmıştı.

— Sen yok bilmek para? O zaman sen var vahşi olmak? — diye seslendi ona, bu tür şıpınişi işlemlere belli ki alışkın olup bu yönde terbiye edilmiş becerikli komilerden biri. — Sen yok konuşmak 'franse', alo? Sen var olmak hâlâ goril, dimi?... Sen var nece konuşmak peki, hıı! Kus Kus? Mabiya*? Sen var olmak keriz! Boşiman! Hepten keriz!

Ancak paraları avcunda sıkıştıran vahşi hâlâ önümüzde di-

* Mabiya: Gerçek adı Mabiha ya da Mavia olan Mozambikli bir kabile; Boşimanlar: Güney Afrika ve Namibiya'da yaşan bir etnik grup.

kiliyordu. Cesaret edebilse tüyecekti, ama cesaret edemiyordu.

— Sen var o zaman ne satın almak paranla? diye tam zamanında lafa karıştı "kaşınma üstadı". Yine de bunun kadar salağını epeydir görmemiştim, diye belirtme nezaketini de gösterdi. Bu bayağı uzak yerlerden geliyor olsa gerek! Ne istiyorsun? Sökül bakalım şu papellerini!

Parayı resen geri aldı ve bozuk paraların yerine, gidip tezgâhtaki bir zuladan ustaca alıp çıkardığı yemyeşil koca bir mendili avcunun içine buruşturuverdi.

Zenci baba bu mendili alıp gitmekte tereddüt ediyordu. Öyle olunca "kaşınma üstadı" daha da iyisini yaptı. Muzaffer ticaretin bütün hilelerini biliyordu anlaşılan. Koca yeşil etamin parçasını küçücük zenci çocuklardan birinin burnunun dibinde sallayarak: "Sence bu güzel değil mi, söyle piç kurusu? Daha önce hiç mendilin böylesini görmüş müydün, söyle canımın içi, söyle küçük leş parçam, söyle tosuncuğum?" Ve yine resen çocuğun boynuna doladı, maksat giyinmiş olsun.

Vahşi aile şimdi de bu kocaman pamuklu yeşil şeyle süslü ufaklığı seyretmekteydi... Madem mendil artık ailenin bir parçası olmuştu elden ne gelirdi ki? Yapacak tek şey, onu kabul etmek, almak ve çekip gitmekti.

Hep birlikte yavaşça geri geri gitmeye başladılar, eşiği geçtiler ve tam da baba, en arkada, bir şey söylemek istercesine, geri dönüyordu ki, komilerin en yırtığı, ayağında ayakkabısı olan, kıçına indirdiği koca bir tekmeyle onu, yani albayı kışkışladı.

Tüm küçük kabile, Faidherbe caddesinin karşı kaldırımında, sessizce, manolya ağacının altına toplanıp, aperitifimizi bitirişimizi seyretti. Sanki başlarına ne geldiğini anlamaya çalışıyor gibiydiler.

"Korokoro'lu" adam ısmarlıyordu. Hatta bizim için gramofonunu bile çalıştırdı. Dükkânında ne ararsan bulunuyordu. Bu bana savaştaki iaşe konvoylarını anımsatıyordu.

Dolayısıyla, dediğim gibi, Küçük Togo'nun Pordurière Şirketi'nin hizmetinde benimle birlikte, hangarlarda ve plantasyonlarda kendini paralayan bol miktarda zenci ve bana benzer küçük beyaz adamlar vardı. Yerlilere gelince, onlar aslında ancak sopa zoruyla çalışıyorlardı, hiç olmazsa bu açıdan onurlarını koruyorlardı, oysa beyazlar, onlar kamu eğitimi marifetiyle adam edildikleri için, gönüllü olarak çalışıyorlardı.

Sopa eninde sonunda onu kullananı yorar, oysa beyazların beynine iyice kazınan güçlü ve zengin olma umudu külfetsizdir, en ufak bir külfeti yoktur. Artık şu Mısır'ın ve Tatar Zorbaların marifetlerini sıralamaktan da vazgeçilsin! Dikey duruşa geçmiş hayvanlara iş başında en müthiş gayretlerini sarfettirmenin yüce sanatında Antik çağların bu amatörleri kendini beğenmiş düzenbazlar olmanın ötesine geçememişlerdir. Bu ilkeller, köleye "Beyefendi" demesini ve arada sırada ona oy verdirmesini bilmiyorlardı, ne de ona gazete almasını, ne de hele tutkularından arındırmak için savaşa yollamasını. Yirmi yüzyıllık bir Hıristiyan, bilmez miyim, önünden bir tabur asker geçtiğini gördüğünde kendine asla hâkim olamaz. Aklına bin türlü şey gelir.

Hal böyle olunca, kendi hesabıma, ben de artık adımımı denk atmaya karar verdim, bir de çenemi sıkı tutmayı öğrenmeye, siktir olup gitme arzumu gizlemeye, son olarak da mümkünse ve her şeye rağmen Pordurière Şirketi hizmetinde köşeyi dönmeye. Kaybedecek bir saniyem dahi kalmamıştı.

Hangarlarımız boyunca, çamurlu kıyının tam hizasına yerleşmiş, sinsi ve daimi, fırsat kollayan timsah sürüleri vardı. Onlar, pek madenimsi, bu sıcakların tadını çıkarıyorlardı, zenciler de öyle, en azından göründüğü kadarıyla.

Öğlen sıcağında, liman boyunca kendini paralayan kitlelerin bu koşuşturmasına, kabına sığmayan ve gaklayıp guklayan zencilerin bu kör dövüşüne baktıkça insanın gözlerine inanası gelmiyordu.

Ormanı boylamadan önce, çuvalların numaralandırılması konusunda gerekli şartlı refleksleri edinmek amacıyla, diğer görevlilerle birlikte Şirket'in merkez hangarında, iki koca tartının arasında, sivilce kaplı, pejmürde kılıklı ve şakıyan zencilerin oluşturduğu sidik kokulu kalabalığın ortasına sıkışarak, adım adım soluksuz kalıp boğulma alıştırmaları yapmam gerekti. Her biri peşinden, düzenli aralıklarla salladığı, kendi küçük toz bulutunu sürüklüyordu. Hamallardan sorumlu görevlilerin tok sesli darbeleri bu muhteşem sırtların üzerine, en ufak bir isyana ya da sızlanmaya neden olmaksızın, inip duruyordu. Hödüklere özgü bir edilgenlik. Katlanılan bir acı, bu hamam gibi sıcak toz yuvasının kavurucu havasına katlanırcasına, o kadar basit.

Müdür, her zamanki gibi saldırgan, numaralandırma ve hileli tartı tekniklerinde gerçekten ilerleyip ilerlemediğimi denetlemek için ara sıra uğruyordu.

Okkalı sopa darbeleriyle yerli dalgalanmanın arasından, tartılara doğru, kendine bir yol açıyordu. "Bardamu, dedi bana, gevezeliğinin tuttuğu bir sabah, bu zenciler var ya, çevremizi saran, onları görüyorsunuz değil mi?... İşte ben Küçük Togo'ya geldiğimde, otuz küsur yıl kadar önce, hâlâ sadece balık tutup avlanarak, kabileler arası katliamlar yaparak yaşayıp gidiyordu, bu dürzüler!...Acemiliğimde, küçük bir acenteciyken, galip geldiklerinde köylerine dönerken, hapır hupur lüpletmek üzere hâlâ kanları akan insan eti yüklü yüzden fazla sepet taşıdıklarını kendi gözlerimle görmüştüm!... Duydunuz mu beni Bardamu!... Hâlâ kanları akıyordu! Düşmanlarınınki!... Ne ziyafet ama!... Bugün, artık zafer kalmadı! Biz varız! Kabile yok artık! Naz yok! Cafcaf yok! Sadece işçi ve yerfıstığı var! Haydi iş başına! Av bitti! Tüfek bitti! Yerfıstığı ve kauçuk!... Vergi için! Bize daha fazla yerfıstığı ve kauçuk getirmek için vergi! Hayat bu Bardamu! Yerfıstığı! Yerfıstığı ve kauçuk!... Sonra, bakın, işte general Tombat* tam da bize doğru geliyor."

* Tombat: Fransızcada *combat* (savaş) ya da *tomba* (düştü) sözcüklerini çağrıştırıyor (General Favaş ya da General Düştüh gibi).

O da gerçekten bize doğru geliyordu, güneşin korkunç yükünün altında çökmüş o ihtiyar.

Aslında artık tam olarak asker sayılmazdı, general, ancak henüz sivil de değildi. "Porduriѐre"in sırdaşı olarak, İdare'yle Ticaret arasında irtibat kurmaya yarıyordu. Vazgeçilmez bir irtibattı, bu iki öğenin daima rekabet ve sürekli husumet içinde olmalarına karşın. Gelgelelim herkese dudak ısırtacak kadar anasının gözüydü general Tombat. Geçenlerde, örneğin, yüksek makamların işin içinden çıkılmaz buldukları pis bir düşman malı satma işini çözmeyi bile becermişti.

Savaşın başlarında, Charleroi'nın ardından, azıcık ayağını kaydırmışlardı general Tombat'ın, tam da onurlu bir açığa alınmaya yetecek kadar. O da bu açığa alınışını derhal "en büyük Fransa'nın" hizmetinde değerlendirivermişti. Ancak üzerinden epey zaman geçmiş olmasına karşın Verdun muharebesi hâlâ kafasını kurcalamaya devam ediyordu. Avcunun içinde "fonotelgrafları" evirip çeviriyordu. "Dayanacak kahraman askerciklerimiz! Dayanıyorlar!"... Hangar o kadar sıcaktı ve tüm bunlar bizden o kadar uzakta, Fransa'da, olup bitiyordu ki, general Tombat'yı savaşın gidişatı hakkında daha fazla yorumda bulunmaktan muaf tutmayı yeğliyorduk. Sonuçta nezaket icabı hep bir ağızdan yineledik ve Müdür de bize katıldı: "En kahraman asker bizim asker!" ve Tombat da bu sözlerin üstüne yanımızdan ayrıldı.

Kısa bir süre sonra Müdür, aceleci gövdeler arasından kendine yeni bir şiddete dayalı yol açtı ve karabiberli toz bulutunun arasında o da kayboldu.

Gözleri kömür karası ve yakıcı, Şirket'i kazıklama ateşiyle yanıp tutuşuyordu bu adam, beni biraz ürkütüyordu. Onun sadece varoluşuna bile alışmakta güçlük çekiyordum. Dünyada bunun kadar azami düzeyde bir açgözlülük gerilimi üretmeyi becerebilecek kıratta bir insan gövdesi olabileceğini sanmazdım. Bizlerle asla yüksek sesle konuşmazdı, sadece örtülü sözcüklerle, sanırdınız ki tek yaşama nedeni, tek düşüncesi, fesat çevirmek, gözetlemek, tutkulu biçimde ihanet etmekten ibaretti. Onun tek başına, tüm diğer memurların toplamından çok daha fazla çaldığı, hile yaptığı, arakladığı iddia ediliyordu. Bunun doğruluğundan hiç kuşku duymuyordum. Oysa diğerleri de bu konularda hiç tembel sayılmazlardı, inanın bana.

Fort-Gono'daki stajım süresince, bu kent müsveddesinde dolaşabilecek boş vakti hâlâ bulabiliyordum ve burada kesinlikle arzulanabilecek nitelikte bir tek yere rast gelebilmiştim: hastane.

Bir yere gelir gelmez, içinizde birtakım özenişlerin ortaya çıktığını görürsünüz. Benim istidadım hasta olmaktı, yalnızca hasta olmak. Herkesin tarzı kendine. Bu hastaperver ve umut verici, müşteki, münzevi, esirgenmiş koğuşların çevresinde dolanıyordum ve onlardan, antiseptik özellikli etkileyiciliklerinden, ancak gönülsüzce uzaklaşabiliyordum. Çekingen küçük kuşlarla ürkek ve rengârenk kertenkelelerin neşe kattığı bu konaklama yeri, çimenlikle çevrelenmişti. "Yeryüzü Cenneti" tarzı.

Zencilere gelince, onlara çabucak alışılıyor, güleç yavaşlıklarına, fazlasıyla uzun hareketlerine, kadınlarının taşkın karınlarına. Zencilik kendi sefaletinin kokusunu salıyordu, bitmek tükenmek bilmeyen böbürlenmelerinin, berbat boyun eğişlerinin; aslında tıpkı bizdeki yoksullar gibi, ne ki çocuk çok daha fazla ve kirli çamaşır çok daha azdı, bir de el altındaki şarap miktarı daha kesat.

Hastaneyi içime çekme, onu bu şekilde, iyice, koklama işlemini tamamladığımda, yerli kalabalığın izinden, bir aşçının sömürgedeki erotik soytarılar eğlensin diye Kale'nin yakınına diktiği o bir tür tapınağın önünde bir süre durdum.

Fort-Gono'nun tuzu kuru beyazları orayı ancak akşam olunca şereflendirirler, bir yandan bol miktarda mazot alırken, tabii gönüllerince esneyip osurmayı da ihmal etmeden, inatla kumar oynarlardı. İki yüz franka güzel patroniçeyle iş tutabiliyordunuz. Bu soytarılar, pantolonları yüzünden, kaşınabilmekte olağanüstü zorlanırlardı, askıları ha bire kayıp gidiyordu.

Gece, kentin yerli bölgesinin kulübelerinden koca bir halk çıkagelir ve Tapınağın önünde birikirdi, Beyazların telleri küflenmiş, falsolu valsleri çalabilmek için akla karayı seçen mekanik piyanonun çevresine doluşup tepinmelerini izlemekten ve dinlemekten asla sıkılmazlardı. Patroniçe, zevkten dört köşe, müzik dinlerken sanki dans etmek istermiş gibi havalara girerdi.

Epey uğraştıktan sonra, onunla bir iki kaçamak görüşme ayarlamayı başardım. Bana, âdet kanamalarının en az üç hafta sürdüğünü itiraf etti. Tropikal iklimin etkisi. Üstelik müşterileri de onun pestilini çıkarıyorlarmış. Öyle çok sık sevişiyor olmalarından değilse de, Tapınak'taki aperitifler epey pahalı olduğundan, müşteriler bir yandan da, sinekten yağ çıkartmak isteyip, giderayak, kalçalarını feci şekilde çimdikliyorlardı. Yorgunluğunun esas kaynağı işte buydu.

Bu tüccar kadın sömürgede neler olup neler bittiğinden tümüyle haberdardı, bir de, onlarda da sonu gelmeyen âdet kanamalarının etkisiyle süzülüp giden, verandaların altında biçimsizce yamulmuş koltukların mahremiyetinde kederlenen az sayıda memur karılarıyla, ateşli hastalıklardan mustarip subaylar arasında kurulan umutsuz aşk hikâyelerinden.

Fort-Gono'nun patikaları, büroları, mağazaları, sakat kalmış arzularla dolup taşıyordu. Korkunç ısıya ve giderek artan, aşılması olanaksız bitkinliğe karşın, Avrupa'da yapılabilen her şeyi yapmak, bu azgınların en büyük saplantısı, tatmini, kaçınılmaz öykünmeleriydi sanki.

Bahçelerin yabanıl, saldırgan, şişkin bitki örtüsü, çitlerin arasında zor zapt ediliyordu, içinde sarımtırak bir Avrupalının adamakıllı çürümekte olduğu, buruşmuş koca bir katı yumurta akı niteliğindeki evlerin her birinin çevresinde azgın marullar oluşturan parlak bir yapraklanmaydı bu. Böylece, Fort-Gono'nun en canlı, en çok tavaf edilen caddesi, Fachoda caddesi boyunca ne kadar memur varsa, o kadar da komple salata vardı.

Her akşam, cinsi sapık *boy*'un hazırlamış olduğu küçük yatak iskeletinin bulunduğu, inşaatı herhalde asla bitirilemeyecek olan konutuma geri dönüyordum. *Boy* bana tuzaklar kuruyordu, kedi gibi kösnüldü, ille de ailemin parçası olmak istiyordu. Gelgelelim, benim aklımı kurcalayan çok daha başka ve çok daha sıkı kaygılar vardı, özellikle de bir süre daha hastaneye sığınma projesi, bu kavurucu cümbüşün içinde ulaşabileceğim biricik ateşkes oydu.

Savaşta da barışta da, fuzuli işlerle aram hoş değildi. Hatta başka yerlerden, patronun aşçılarından birinden gelen, çok içten ve yepyeni müstehcenlikteki değişik öneriler bile, bana pek yavan gelmişti.

Emirlere göre, ne pahasına olursa olsun, ormanda yerine geçmem gereken şu sadakatini yitirmiş memur hakkında bilgi toplamayı denemek için Pordurière'deki küçük dostlarımı son bir kez görmeye gittim. Çene yormaya.

Alacakaranlığa doğru bin türlü dedikodu, söylenti ve iftirayla çalkalanan Fachoda caddesinin bir ucundaki Faidherbe barında da pek dişe dokunur bir şey bulamadım. Yalnızca izlenimler. Rengârenk fenerlerle süslenmiş bu kuytu yerde çöplükler dolusu izlenimler parçalanıyordu. Dev palmiyelerin dantelini sallayan rüzgâr, sivrisinek bulutlarını fincanların içine itekliyordu. Ortalıkta uçuşan sözlerden, Vali de payına düşeni fazlasıyla alıyordu. Onun o iflah olmaz görgüsüzlüğü, pek bulantılı sömürge karaciğerlerinin, yemek öncesi rahatladığı koyu aperitif sohbetlerinin ana konusunu oluşturuyordu.

Fort-Gono'nun tüm arabaları, toplam on küsur adet, o sırada taraçanın önünde piyasaya çıkmışlardı. Sanki asla o civardan öteye gitmiyor gibiydi bu arabalar. Faidherbe meydanının, çılgın bir Akdeniz kasabasını andıran, havalı bir ortamı, ağdalı bir dekoru, abartılı bir bitkisel ve sözel bolluğu vardı. On araba Faidherbe meydanını yalnızca beş dakikalığına terk ediyor, aynı turu bir daha atıyordu, koyu kahverengi bir beze sarılmış, soluk Avrupalı kansızlığından oluşan yüküyle birlikte, o kırılgan ve ufalanan varlıklar, tehdit altındaki meyveli dondurmalar gibi.

Sömürgeliler, haftalarca ve yıllarca bu şekilde birbirlerinin önünden geçiyorlardı, artık ötekinin suratına bakamayacak derecede birbirlerinden nefret etmekten yoruluncaya dek. Askeri ve sivil selam vermelere duyarlı birkaç subay, ailelerini gezintiye çıkarmıştı, eşler özel hijyenik kadın bağlarıyla kundaklanmıştı, çocuklara gelince, o çekilmez Avrupalı iri solucan türü, onlar da sıcakta buharlaşıyorlardı, sürekli ishal halinde.

Kumanda etmek için ayağına postal geçirmek yetmez, emir verecek birliklerin de olması gerek. Fort-Gono'nun ikliminde Avrupalı kadrolar tereyağından da beter eriyorlardı. Koca bir tabur bile orada kahvenin içindeki bir şeker parçasına dönüyordu, ne kadar bakarsan bak, görünmüyordu. Birliğin çoğu hep hastanedeydi, sıtma mahmuru, her bir kılı ve kıvrımı parazitle dolu, küflü çarşafların altında ha bire otuzbir çeken, durmadan birbirini kazıklayan, ikide bir ateşlenerek, titiz biçimde kışkırtılıp üzerine titrenen nöbetler geçiren, sigaralarla sinekler arasında gömülüp kalmış manga manga asker. Yeşil panjurların tatlı gölgesinde, bu zavallı sefiller, utanç verici seçkinler topluluğu, sürüm sürüm sürünüyordu, çabucak gözden düşmüş uzatmalılarla dükkân çırakları iç içe –hastane karmaydı– hepsi de ormandan ve amirlerden kaçma derdinde, kıstırılmış.

Uzun sıtma uyuklamalarının sersemliği süresince, hava o kadar sıcaktır ki sinekler bile dinlenirler. Yatakların her bir kenarından sarkan, soluk ve kıllı kollarda pasaklı kitaplar sallanmaktadır, hep fire verir o kitaplar, asla yeterince tuvalet kâğıdı bulamayan dizanterililer ve aynı zamanda Yüce Tanrı'ya saygısızlık içeren eserleri kendince sansürleyen hiddetli rahibeler yüzünden sayfaların yarısı eksiktir. Alayın kıl bitleri herkesin olduğu gibi onların da, yani rahibelerin de, başına bela oluyordu. Daha iyi kaşınabilmek için, o da hâlâ sıcaktan piştiğinden bir türlü soğuyamamış sabahki ölüyü de gizleyen paravanaların arkasına geçip eteklerini kaldırıyorlardı.

Ne kadar kasvetli olursa olsun, sömürgede hastane, yine de insanın kendini biraz unutturabildiğini hissettiği, dışarıdaki insanlardan, şeflerden korunduğu biricik mekândı. Köleliğe mola, yani işin özü buydu ve de elimin altındaki biricik mutluluk.

Kabul koşulları, hekimlerin alışkanlıkları, saplantıları konusunda bilgi topluyordum. Ormana gidişimi, artık sadece umutsuzluk ve isyanla tasarlayabiliyordum ve daha şimdiden kendime söz vermiştim, ilk fırsatta ulaşabileceğim bilumum hummaya yakalanıp, Fort-Gono'ya hasta olarak dönecektim hem de o kadar kuruyup solmuş, o kadar tiksindirici bir halde olacaktım ki, beni sadece hastaneye kabul etmekle kalmayıp Fransa'ya geri göndermeye de razı olmak zorunda kalacaklardı. Hasta olmak için ne numaralar biliyordum neler, hem de en kıyağından, yenilerini de öğrendim, özel olarak sömürgeler için tasarlanmışlarından.

Binbir güçlükle baş etmeye hazırlıyordum kendimi, çünkü

ne Porduriére Şirketi'nin müdürleri, ne de askeri birliklerin şefleri, sidikli yatakların arasında pişpiriklemekten pişmiş, cılız kurbanlarını köşeye sıkıştırma konusunda kolay kolay pes etmiyorlardı.

Gereken her yerden çürümeye kararlı bir halde bulacaklardı beni. Üstüne üstlük, genelde, hastanede çok az bir süre kalınıyordu, eğer sömürge kariyerinizi orada kesin olarak noktalamak niyetinde değilseniz tabii. Ateşlilerin en sivri zekâlıları, en keratalan, en sağlam karakterle donanmış olanları, bazen metropole giden bir taşıtın kenarına ilişmeyi başarıyorlardı. Tatlı bir mucizeydi bu. Hastaneye yatırılan hastaların çoğu, kurnazlıklarını tükettiklerini, kurallara yenik düştüklerini kabullenir ve son kilolarını da yitirip safralarını boşaltmak üzere ormana dönerdi. Hastane düzenindeyken eğer kinin onları tümüyle larvaların eline teslim ederse, papaz saat on sekiz sularında gözkapaklarını kapatmakla yetinir ve dört Senegalli görevli bu solgun artıkları paketleyip, dalgalı saclarının altında sıcak mı sıcak, asla arkaya arkaya iki kez gidilmeyecek kadar sıcak, tropikalden de beter Fort-Gono kilisesinin yanındaki lüleci çamurlarını çevreleyen çite doğru götürürdü. Ayakta durabilmek için, o kilisede, köpek gibi pofurdamak gerekirdi.

İşte, kendilerinden istenen her şeyi yapmakta anlaşılan bayağı zorlanan insancıklar böyle gelip geçer: gençliğinde kelebek ve sonunda solucan.

Hâlâ şurdan burdan bir iki ayrıntı toplamaya, bir fikir edinebilmek için bilgi almaya çalışıyordum. Müdür'ün bana Bikomimbo konusunda betimledikleri yine olacak şey değil gibi geliyordu bana. Yani orası bir tür deneme acentesiydi, bu bir sızma girişimiydi, kıyıdan uzağa, en az on gün mesafeye, yapayalnız, yerlilerin arasında ve onların ormanlarının ortasında, hani bana hastalık ve hayvanat kaynayan dev bir yabanlık olarak tanımlanan o ormanda.

Ötekiler, tükenmişlikle saldırganlık seçenekleri arasında gidip gelen şu Porduriére'deki küçük arkadaşlar, basbayağı kaderimi kıskanıyor olmasın sakın? Salaklıklarının (zaten başka neleri vardı ki?) derecesi, devirdikleri alkol miktarına, aldıkları mektuplara, gün içinde yitirdikleri umudun derecesine bağlı olarak değişkenlik gösteriyordu. Genel anlamda, yıkıldıkça, daha da çok şişiniyorlardı. Hayalet olmuş olsaydılar (savaştaki Ortolan gibi) her şeyi yapmaya cüret edebilirlerdi.

Aperitif bir üç saatimizi alıyordu. Sürekli Vali'den, tüm sohbetlerin odak noktası, söz ederdik ve de çalınabilecek ya da çalınamayacak nesnelerden, ardından da son olarak cinsellikten: yani sömürge bayrağının üç rengi. Katılan memurlar laflarını hiç sakınmadan askerleri irtikâp ve görevi kötüye kullanma batağına saplanmış olmakla suçluyorlardı, ancak askerler de bu suçlamayı aynen iade ediyorlardı. Tüccarlarsa tüm bu yiyici takımını ikiyüzlü sahtekârlar ve vurguncular olarak görüyorlardı. Vali'ye gelince, en az on yıldır her sabah ortalık açığa alınacağı haberleriyle çalkalanıp duruyordu, ancak bu gözden düşüşü müjdeleyecek o ilginç telgraf bir türlü gelmek bilmiyordu, hem de, her hafta, ezelden beri, Bakan'a hitaben kaleme alınmış ve bu yerel zorbaya yönelik bin türlü çok somut iğrençlik salvosunu içeren en az iki imzasız mektup yollandığı halde.

Soğan zarı gibi derilere sahip olan zencilerse bayağı şanslıydı, çünkü beyaz adam, asitli salgısıyla yumuşak pamuklu gömleği arasına bölmelenmiş vaziyette, kendi kendini zehirlemekteydi. Öyle olunca da, ona yanaşanın vay haline. *Amiral-Bragueton*'dan beri bu konuda şerbetliydim.

Birkaç güne kalmadan kendi Müdürüm hakkında epey şey öğrendim, hem de öyle böyle değil! Bir savaş limanı hapishanesinden bile daha çok adilikle dolu geçmişi hakkında. Ne ararsanız vardı geçmişinde ve hatta, sanırım, muhteşem adli hatalar bile. Kabul etmek gerekir ki tipten de kaybediyordu, kesinlikle, cani suratlıydı, daha doğrusu, kimseyi itham etmeyelim, tedbirsiz bir adamdı, hedefine ulaşma konusunda olağanüstü aceleci, bu da zaten aynı kapıya çıkar.

Öğle uykusu saati geldiğinde, geçerken, Faidherbe bulvarındaki malikânelerinin gölgesinde yığılmış, orda burda birkaç beyaz kadın görmek mümkündü, iklimin erkeklerden çok daha fazla çirozlaştırdığı subay ve sömürgeli eşleri, zarifçe mütereddit ince sesli, olağanüstü hoşgörülü gülümsemeli, eceli gelmiş ama halinden memnun yaratıklar gibi tüm solgunluklarının üstü allanıp pullanmış. Tüm bu nakledilmiş burjuva bayanlar, kendinden başka güvenecek kimsesi olmayan Tapınağın patroniçesi kadar cesur ve basiretli olamıyorlardı. Öte yandan, Pordurière Şirketi çok sayıda benim gibi küçük beyaz memur tüketiyordu, bataklıkların yanındaki orman acentelerinde, bu insan müsveddelerinden onlarcasını yitiriyordu her mevsim. Onlar öncülerdi.

Her sabah, Ordu'yla Ticaret, hastanenin Bürosuna kadar gelip adamları için ağlaşıyorlardı. Her Allah'ın günü yüzbaşılardan biri gelip, üç sıtmalı pişpirikçi çavuşuyla frengili iki onbaşının, tam da bir bölük oluşturmak için eksikliğini hissettiği o kadroların, kendisine derhal teslim edilmesi için İdareci'yi tehdit edip kıyametler koparıyordu. Eğer ona "o kıçını kaldırmaktan âciz dalgacılarının" öldükleri söylenirse, işte ancak o zaman hastane yöneticilerinin yakasını bırakıyor ve çaresiz, gerisingeriye, Tapınak'ta biraz daha kafa çekmeye gidiyordu.

İnsanlar, günler ve nesneler, bu yeşillikte, bu iklimde, sıcakta ve sivrisinekli ortamda, o kadar çabuk yok oluyordu ki, bunu fark edecek zamanı ancak bulabiliyordunuz. Kaçışı yoktu, iğrençti bu, parçalara, tümcelere, uzuvlara, pişmanlıklara, hücrelere ayrışarak, güneşte kayboluyorlardı, ışık ve renk çağlayanında eriyorlardı ve hem tadı hem de zamanı yanlarına katıyorlardı, kaçışı yoktu. Geride sadece göz alan bir endişe kalıyordu.

Nihayet, görev yerimin yakınlarına kadar beni taşıyacak olan küçük şilep, kıyı boyunca ilerleyerek, Fort-Gono açıklarında demirledi. *Papaoutah*'tı* adı. Küçük yamyassı bir teknesi vardı, haliçlere göre imal edilmiş. Odun yakıyordu *Papaoutah*. Gemideki tek beyaz olma sıfatıyla, bana mutfakla hela arasında bir yer bahşedildi. Denizde o kadar ağır ilerliyorduk ki, bunun önce koydan çıkabilmek için alınan bir önlem olduğunu sandım. Ancak hızımız hiç artmadı. Bu *Papaoutah* inanılmaz derecede güçten yoksundu. Böylece, kıvrak buğulu sıcakta, bodur ağaçlı ve boz bir sonsuz şerit oluşturan kıyıdan uzaklaşmadan yol aldık. Ne gezintiydi ama! *Papaoutah* güçlükle yarıyordu suları, sanki tüm terini akıtmış da içinde yüzüyormuşçasına. Dalgacıkları teker teker sarmalıyordu, pansuman yaparcasına. Gemi kılavuzu, uzaktan görebildiğim kadarıyla, melez gibi gelmişti bana; "gibi gelmişti" diyorum, çünkü asla bundan emin olmak için

* Papaoutah: Fransızcada *empapaouter* fiilini (kestaneyi çizdirmek) çağrıştırıyor (Çizi-kestane gemisi gibi).

kaptan köprüsüne kadar çıkabilecek enerjiyi bulamadım kendimde. Saat beş sularına kadar, güneş güvertede kaldığı sürece, dar koridorun gölgesinde biricik yolcular olan zencilerle mahsur kalmayı yeğledim. Güneşin kafanızı gözlerden başlayarak yakmaması için, lağım faresi gibi göz kırpıştırmak gerekiyordu. Saat beşten sonra ufukta bir göz gezdirebilmek mümkündü, hayatın tadı. Şu boz kesit, orada, suyun hizasındaki tıkız toprak parçası, o bir nevi ezilmiş kolun alt kısmı, bana hiç de güven telkin etmiyordu. Bu havayı solumak çok iğrençti, geceleyin bile, daima öylesine ılık, küflü bir deniz havası. Tüm bu yavanlık insanın midesini kaldırıyordu, makine dairesinden yükselen kokular ve üstelik gündüz şu tarafı fazla sarımtırak, öte tarafı fazlasıyla mavi dalgalar da cabası. İnsan kendini *Amiral-Bragueton*'dakinden bile beter hissediyordu, katil askerler faslı hariç, elbette.

Nihayet varış limanıma yaklaştık. Adını anımsattılar bana: "Topo". Bu yağlı bulaşık sularının üzerinde, konserveden oluşan dört öğün yemeği sindire sindire yiyecek kadar bir zaman zarfında, aksıra tıksıra, titreye titreye yanaşabildi sonunda *Papaoutah*.

Diken gibi bambularla kaplı kıyıda, çatısı saman saplı üç kocaman kulübe beliriyordu. Uzaktan bakınca, ilk bakışta oldukça sevimli bir izlenim yaratıyorlardı. Kumlu geniş bir nehir ağzı, benimkiymiş, öyle dediler, oradan yol alıp, kayıkla, ormanımın ortasına ulaşacakmışım. Topo'da, bu deniz kıyısındaki karakolda, sadece birkaç gün kalacaktım, öyle ayarlanmıştı, nihai sömürgeci kararlarımı alıncaya dek.

Rotamızı hafif bir iskeleye doğru çevirdik ve *Papaoutah*, koca gövdesiyle, ona ulaşmadan önce, dibi sıyırdı. Bambudan yapılmıştı, iskele, gayet iyi hatırlıyorum. Onun da kendi özgeçmişi vardı, her ay yeniden inşa ediliyordu, öyle dendi bana, binlercesi birden onu yalayıp yutmaya gelen çevik ve atik yumuşakçalar yüzünden. Hatta, bu müebbet inşaat, Topo karakolunun ve mıntıkasının komutanı teğmen Grappa'yı* perişan eden umut kırıcı uğraşlardan biriydi. *Papaoutah* sadece ayda bir sefere çıkardı, ne var ki yumuşakçaların onun iskelesini lüpletmesi bir ay bile sürmüyordu.

Vardığımızda, teğmen Grappa evrakıma el koydu, namusla-

* Grappa: sert bir İtalyan içkisi.

rını denetledi, bakir bir evrak defterine kaydetti ve bana aperitif ikram etti. İki yılı aşkın bir süredir Topo'ya gelen ilk yolcu olduğumu açıkladı bana. Topo'ya gelip gidilmezdi. Topo'ya gelmek için hiçbir neden yoktu. Teğmen Grappa'nın emrinde hizmet veren bir de çavuş Alcide vardı. Bu inzivada birbirlerinden pek hoşlanmıyorlardı. "Astıma karşı hep dikkatli davranmak zorundayım, diye belirtti bana teğmen Grappa daha ilk temasımızda, fazlasıyla yüz göz olmaya meyilli!"

Bu kıraçlıkta bir vukuat düşlemeye kalksanız bile pek inandırıcı olmayacağı için, ortam elverişli değildi, çavuş Alcide önceden bir sürü "vukuat yok" belgesi hazırlardı ve teğmen Grappa bunları sektirmeden imzalar, *Papaoutah* da düzenli olarak genel Vali'ye taşırdı.

Çevre lagünler arasında ve ormanın dip bucağında küflenmiş, kırıp geçirilmiş, tripanozomun* ve süreğen sefaletin sersemlettiği birkaç kavim çürüyüp duruyordu; bununla birlikte bu kavimler az buçuk bir vergi ödüyordu yine de ve elbette sopa zoruyla. Söz konusu sopayı vekâleten kullanmak üzere de gençlerin arasından birkaç milis devşiriliyordu. Milislerin sayısı on iki kadardı.

Nasıllardı anlatabilirim, onları yakından tanıdım. Teğmen Grappa bu ballı delikanlıları kendine göre donatır ve asker tayınıyla beslerdi. On iki kişiye bir tüfekti ölçü! Ve herkese bir küçük bayrak. Ayakkabı yok. Gelgelelim bu dünyada her şey görece ve mukayeseye tabi olduğu için, yerel devşirmeler Grappa'nın işini gayet iyi idare ettiği kanaatindeydiler. Hatta Grappa her gün yeni gönüllüleri reddetmek zorunda kalıyordu, üstelik bayağı coşkuluydular, ormandan bıkmış usanmış ana baba kuzuları.

Köyün civarlarında av pek kesattı ve haftada en az bir nine yeniyordu, ceylan niyetine. Saat yediden itibaren, her sabah, Alcide'in milisleri talime çıkarlardı. Kulübesinin, bana tahsis etmiş olduğu bir köşesinde yatıp kalktığımdan, bu cümbüşü izlemek için en elverişli yere kurulmuştum. Böylesine istekli askerlere dünyanın hiçbir ordusu asla sahip olamamıştır. Alcide'in çağrısı

* Trypanozoma gambiense: çeçe sineği vasıtasıyla bulaşan ve uyku hastalığına neden olan parazit.

üzerine, bir yandan kumu dörder, sekizer, sonra da on ikişerli sıralar halinde arşınlarken, bu yabaniler kendilerini paralayarak olmayan çuvallar, ayakkabılar, hatta süngüler düşlüyorlardı ve dahası, daha da zor olanı, onları kullanıyormuş gibi yapıyorlardı. Hâlâ şuracıkta ve dipdiri duran doğanın içinden daha yeni çıkıp geldiklerinden, biricik giysileri bir tür kısacık hâki dondan ibaretti. Geride ne varsa hepsini kendileri düşlemek zorundaydılar ve onlar da bunu yapıyordu. Alcide'in kesin bir emri üzerine, bu yaratıcı savaşçılar, sanal çuvallarını yere bırakarak, bir koşu gidip sözde düşmanlara, sözde öldürücü darbeler vuruyorlardı. Düğmelerini çözmüş gibi yaptıktan sonra, görülmez silahlarını çatıyorlar ve yeni bir işaret üzerine de bu kez yaylım ateşi soyutlamalarıyla coşuyorlardı. Onların böyle dolap beygiri gibi döndüklerini, özene bezene debelendiklerini, kopuk kopuk ve tamamen gereksiz ince ayrıntılı hareketlerle kendilerini kaybettiklerini gördükçe, insana hafakanlar basıyordu, kasvet çökecek derecede. Üstelik Topo'da, denizle nehrin aynaları arasında kumun kusursuzca yoğunlaştırdığı, parlatılmış ve katışmış ham sıcaklık ve boğulma hissi, insana güneşten yeni kopup düşmüş bir parçanın üzerine zorla oturtulmakta olduğuna dair kıçının üzerine yemin bile ettirirdi.

Ancak bu amansız koşullar Alcide'i bağırmaktan alıkoymuyordu, aksine. Çığlıkları akıl almaz talimini aşıp çok daha öteye, tropik ormanın sınırındaki ulu sedirlerin doruklarına kadar varıyordu. Hatta daha da ötelerde gökgürültüsünü andırırcasına yankılanıyordu: "Hazır ol!" nidaları.

Bu sırada teğmen Grappa adalet dağıtmaya hazırlanıyordu. Bu konuya tekrar döneceğiz. Lanetli iskelesinin oynak inşaatını da gözetliyordu, ama daima uzaktan ve kulübesinin gölgesine sığınarak. İyimser ve kuşkucu bir şekilde *Papaoutah*'ın her gelişinde birlikleri için tam bir donanımın yollanmasını beklemeye koyuluyordu. İki yıldır boşu boşuna talep ediyordu bu tam donanımını. Korsikalı olduğu için, milislerinin hâlâ çırılçıplak olduklarını gördükçe, Grappa kendini belki de bir başkasının hissedeceğinden daha fazla aşağılanmış hissediyordu.

Kulübemizde, yani Alcide'inkinde, sözümona yasadışı bir alışveriş sürdürülüyordu, entipüften nesneler, pestenkerani şeyler. Zaten Topo'nun tüm kaçakçılık işleri Alcide'den sorulurdu, çünkü azıcık mal istiflemişti, başkası da yoktu, paketlenmiş ya da ham tütün, birkaç litre alkol ve bir iki metrelik pamuklu.

Topo'nun on iki milisi Alcide'e gerçek bir sempati besliyorlardı, gözle görülür biçimde, üstelik de onları ölçüsüzce azarladığı ve epey haksızca kıçlarını tekmelediği halde. Ancak bu çıplak yaşam meraklısı askerler, onda o yakın akrabalığın yadsınamaz alametlerini ayrımsamışlardı, yani o onulmaz, doğuştan fukaralığın. Tütün onları yakınlaştırıyordu, ne kadar zenci olurlarsa olsunlar, eşyanın tabiatı meselesi. Yanımda Avrupa'dan birkaç gazete getirmiştim. Alcide haberlerle ilgilenme arzusuyla onlara göz gezdirdi ancak her ne kadar üç kez dikkatini bu bölük pörçük sütunlara yoğunlaştırmayı denediyse de, okumayı bitiremedi. "Aslına bakılırsa, diye itiraf etti bana bu başarısız girişimden sonra, ben haberleri artık hiç sallamıyorum! Üç yıldır buradayım!" Bu sözler Alcide'in beni keşiş numarası yaparak şaşırtmaya çalıştığı anlamına gelmiyordu elbette, hayır, ancak tüm dünyanın ona karşı su götürmez kayıtsızlığı, kabalığı, onu da karşılığında, tezkere bırakmış çavuş sıfatıyla, tüm dünyaya, Topo hariç, sanki ayrı bir gezegenmiş gibi davranmaya zorluyordu.

Zaten temiz yürekli adamdı, Alcide, yardımsever, cömert, falan filan. Bunu daha sonra anladım, iş işten geçtikten sonra. Ondaki o müthiş tevekkül, yani ordu ya da başka yere ait zavallıları öldürmeyi de onları yaşatmak kadar kolaylaştıran o temel nitelik, belini büküyordu. Garibanlar asla, ya da neredeyse asla sormazlar, katlandıkları şeylerin nedenini niçinini. Birbirlerinden nefret etmekle yetinirler, o kadar.

Kulübemizin çevresinde, acımasız, kızgın kum lagünlerinin ortasına serpilmiş, şu minik garip çiçekler yetişiyordu, taze ve kısa ömürlü, yeşil, pembe ya da lal, Avrupa'da yalnızca kimi porselenlerin üstündeki desenlerde görülebilen, budalaca olmayan ve ilkel bir tür çançiçeği. Upuzun berbat güne, saplarının üstünde içine kapanmış olarak katlanırlar ve akşam olduğunda açarken de ilk ılık meltemle birlikte tatlı tatlı titreşirlerdi.

Günün birinde onlardan küçük bir buket topladığımı gören Alcide, beni uyardı: "İstersen onları toplayabilirsin, ama sakın sulama, şu küçük kaltakları, ölürler... Pek hassastırlar, bizlerin, Rambouillet'de asker çocuğu okullarında yetiştirdiğimiz 'günebakanlara' benzemezler! Onların üstüne işesen de olurdu!... Her şeyi emip yutarlardı!... Zaten, çiçek dediğin, insan gibidir... Ne kadar iriyse o kadar dangalaktır!" Bu elbette teğmen Grappa'ya bir göndermeydi, bedeni azman ve belalı, elleri kısacık, lal, korkunçtu. Asla hiçbir şey anlayamayacak olan eller. Zaten Grappa da bir şey anlamaya çalışmıyordu.

Topo'da iki hafta kaldım ve bu iki hafta boyunca Alcide'in yalnızca varlığını ve aşını, yatak ve kum pirelerini (iki ayrı cins) değil, kininini ve yakındaki kuyunun, amansızca ılık ve ishalli suyunu da paylaştım.

Günün birinde kibarlığı tutan teğmen Grappa, istisnai olarak, beni evinde kahve içmeye davet etti. Kıskançtı Grappa ve yerli kapatmasını asla kimselere göstermezdi. Dolayısıyla beni davet etmek için zenci avradının köye ailesini görmeye gittiği bir günü seçmişti. Bu aynı zamanda mahkemesinde duruşma günüydü. Beni etkilemek istiyordu.

Kulübesinin çevresinde, sabahın köründen itibaren damlayan davalılar kalabalıklaşmıştı, peştamalların renk kattığı ve çığrışan tanıkların alacaladığı başına buyruk bir kitle. Mahkemeye işi düşenlerle sıradan izleyiciler hep birlikte ayakta, aynı çemberin içinde karışmıştı, hepsi de buram buram sarımsak, sandal ağacı, ekşimiş tereyağı, safranlı ter kokuyordu. Tıpkı Alcide'in milisleri gibi, tüm bu insanlar da öncelikle düşsel bir âlemde kendinden geçercesine yırtınmaya meraklı gibiydiler; gergin ellerini başlarının üstünde savlar fışkırtarak sallarken etrafa kastanyet sesini andıran bir dil paralıyorlardı.

Teğmen Grappa, palmiye ağacından, gıcırtılı ve dertli koltuğuna gömülmüş, tüm bu harman yapılmış tutarsızlıkların karşısına geçmiş sırıtıyordu. Gereğini düşünmek için, karakolun tercümanına bel bağlıyordu, tercüman da karşılığında, sırf ona hitaben ve bağıra çağıra, akıl almaz talepler geveliyordu.

Söz konusu olan belki, kızları geçerli bir biçimde satıldığı halde, onu asla kocasına teslim etmeyen kimi ebeveynlerin iade etmeyi reddettikleri kör bir koyunla ilgili olabilirdi, bahane de gelinin erkek kardeşinin tam da bu arada koyuna bakan kişinin kız kardeşini öldürmüş olması olabilirdi. Ve bundan bile karmaşık daha nice vızıldanma.

Bizim hizamızda, bu çıkar ve örf âdet sorunlarını tutkuyla izleyen yüzlerce surat, kısa tok vuruşlu seslerle ya da koca gluglularla, dişlerini sergiliyordu, zencice sözcükler.

Sıcaklık had safhaya varıyordu. İnsanın çatının köşesinden gökyüzüne bir göz atası geliyordu, acaba başımıza bir felaket mi geliyor diye meraklanarak. Ufukta bir sağanak belirtisi bile yoktu.

— Ben şimdi onları uzlaştırmasını bilirim! diye kararlaştırdı sonunda, hava sıcaklığının ve ağız dalaşlarının çözüm bulmaya yönelttiği Grappa. Nerede gelinin babası?... Getirin şunu!

— Burada! diye yanıtladı yirmi kafadar birden, gayet vakur biçimde onu sarmalayan, Roma usulü, sarı bir peştamal takınmış hayli pörsük bir yaşlı zenciyi önlerine katarak. O, yani ihtiyar zenci, yumruğu sıkılı, sağında solunda anlatılan ne varsa, altını çizerek yineliyordu. Buraya hiç de şikâyetçi olmaya gelmiş gibi bir hali yoktu, daha çok, zaten artık epeydir pek de olumlu bir sonuç çıkacağını beklemediği bir dava vesilesiyle biraz oyalanmaya gelmişe benziyordu.

— Haydi! diye emretti Grappa. Yirmi kamçı! Bitsin şu iş! Bu ihtiyar pezevenge yirmi çavun darbesi vurulsun!... Şu kıçı kırık koyun martavallarıyla iki aydır her Perşembe karşıma çıkıp kafa ütülemek neymiş görsün!

İhtiyar dört irikıyım milisin üstüne doğru geldiğini gördü. Önce ondan ne istendiğini anlayamıyordu ve sonra da birden kan çanağına dönmüş gözleri fal taşı gibi açıldı, tıpkı henüz daha önce hiç sopa yemeyen ödü kopmuş yaşlı bir hayvan gibi. Aslına bakılırsa direnmeye çalışmıyordu, ancak adaletin bu sillesini en az acı çekecek biçimde karşılamak için nasıl durması gerektiğini de kestiremiyordu.

Milisler onu peştamalının kumaşından çekiştiriyordu. Aralarından ikisi ille de diz çökmesini istiyor, diğerleriyse aksine yüzükoyun uzanmasını emrediyorlardı. Sonunda, olduğu gibi, öylece, peştamalı sıyrılmış, yere yapıştırılması konusunda anlaştılar ve anında sırtına ve pörsük kalçalarına inen darbelerle eşek sudan gelinceye kadar dayak yedi hem de yapılı bir katırı bile sekiz gün boyunca böğürttürecek cinsten. Kıvrandıkça, fışkıran kanla karışık ince kum taneleri karnının etrafına yıvışıyordu, öyle bir çığlık çığlığa kum tükürüyordu ki, keyif olsun diye işkence edilen, hamile, azman, base cinsi bir dişi köpeği andırıyordu.

İzleyenler olay devam ettiği sürece seslerini çıkarmadılar. Yalnızca cezalandırma işleminin sesleri duyuluyordu. İş bitince, iyice sersemleyen ihtiyar ayağa kalkmaya ve Roma usulü peştamalını beline dolamaya çalıştı. Ağzından, burnundan ve özellikle de tüm sırtından bolca kan geliyordu. Bir sürü dedikodu ve yorumla çalkalanan kalabalık onu da yanına katarak uzaklaştı, matem havasında.

Teğmen Grappa purosunu yeniden yaktı. Benim önümdeyken bu tür şeylere mesafeli davranmaya özen gösteriyordu. Sanmıyorum ki bu tutumu başkalarından daha Neronvari bir adam olmasından kaynaklanıyor olsun, gelgelelim düşünmeye zorlanmaktan hiç hoşlanmıyordu. Bu onun canını sıkıyordu. Adli görevlerini yerine getirirken onun sinirlerini asıl geren şey, ona sorulan sorulardı.

Aynı gün kolay kolay unutulmayacak cinsten iki dayak daha izledik, bunlar da başka şaşırtıcı öykülerin sonucuydu, geri alınmış drahomalar, hazırlanacağı sözü verilmiş zehirler... kuşkulu vaatler... nesebi belirsiz çocuklar...

— Ah! bir bilseler o uyuşmazlıklarını hiç iplemediğimi, gelip bana o dalyaraklıklarını anlatarak kafa ütülemek için ormanlarını terk edip buralara kadar gelmezlerdi!... Ben gidip onları kendi ıvır zıvır dertlerimden haberdar ediyor muyum sanki? diye kestirip atıyordu Grappa. Yine de, diye düzeltti sözlerini, böyle giderse bu pisliklerin benim adaletimden zevk almaya başladıklarına inanacağım!... İki yıldır onları caydırmak için elimden geleni yapıyorum, yine de her Perşembe geri geliyorlar... Üstelik ister inanın ister inanmayın, delikanlı, geri gelenler de neredeyse hep aynı kişiler!... Sapık bunlar, besbelli!...

Ardından sohbet konusu Grappa'nın düzenli olarak tatillerini geçirmeye gittiği ve emekli olunca, altı yıl sonra, yerleşmeyi düşündüğü Toulouse'a kaydı. Bu böyle kararlaştırılmıştı! Tam da tatlı tatlı "calvados" içmekteydik ki bilmem ne kadarlık bir cezaya mahkûm olmuş ve cezasını çekmeye gelmekte gecikmiş bir zenci tarafından bir kez daha rahatsız edildik. Diğerlerinden iki saat sonra kendiliğinden çıkagelip bedenini çavun darbelerine sunmak istiyordu. Ormanı geçerek iki gün ve iki gecelik bir mesafedeki köyünden buraya kadar geldiği için de, eli boş dönmek istemiyordu. Ne var ki gecikmişti ve Grappa da adli zamanlama konusunda katiyen ödün vermezdi. "Bana ne! Geçen sefer gitmeseydi!... Bu bok herifi elli çavun darbesine mahkûm edişim geçen Perşembe'ydi!"

Müşteri yine de itiraz ediyordu çünkü geçerli bir mazereti vardı: apar topar köyüne dönmek zorunda kalmıştı çünkü anasının cenazesine yetişecekti. Tek başına üç ya da dört anası vardı. İtirazlar...

— Bir sonraki duruşma gününde halledilecek!

Ancak söz konusu müşterinin köyüne gidip gelmesi neredeyse önümüzdeki Perşembe'yi bulacaktı. Karşı çıkıyordu. İnat ediyordu. Bu mazoşisti ite kaka ve kıçını adamakıllı tekmeleyerek kampın dışına atmak gerekti. Bu hiç hoşuna gitmedi değil ama yeterli de değildi... Neyse, sonunda soluğu Alcide'in yanında aldı o da bunu fırsat bilip çeşit çeşit ham tütün sattı bu mazoşiste, paket halinde ve enfiyelik toz olarak.

Bu bir dizi olayla epey eğlenmiş olarak Grappa'nın iznini istedim, o da zaten öğlen uykusu için, köyünden dönmüş olan yerli hatununun dinlenmekte olduğu kulübenin öbür ucuna çekilmekteydi. Şaheser bir çift memesi vardı bu zenci avradın, Gabon'lu Sörler iyi yetiştirmişti onu. Bu taze sadece peltek peltek Fransızca konuşmakla kalmıyor, aynı zamanda kinini reçelin içine katarak sunmasını ve "Amerikan"* pirelerini ayak tabanınızın derinliklerinden bile söküp almasını biliyordu. Sömürgelinin yaşamını şenlendirmenin yüzlerce yöntemini biliyordu, onu yormadan ya da yorarak, nasıl isterse.

Alcide beni bekliyordu. Biraz kırılmıştı. Teğmen Grappa'nın bana lütfetmiş olduğu bu davetti herhalde onu içini dökmeye iten. Hem de bir döküldü pir döküldü. Bunu yapmasını ondan rica etmeme gerek kalmadan bana teğmen Grappa'nın, iyice boka bulanmış bir portresini çizdi. Ona kendisiyle hemfikir olduğumu söyledim. Alcide'in zayıf noktası ise, bunu kesin-

* Amerikan piresi: Dişisi cilt altına yerleşerek apseye neden olabilen bir pire türü.

likle yasaklayan tüm askeri talimatnamelere karşın, kaçakçılık yapmasıydı, hem çevre ormanlardaki zencilerle hem de emrindeki milis gücünün on iki yerli askeriyle. Tüm bu insanlara kaçak tütün satıyordu, acımasızca. Milisler tütün istihkaklarına kavuştuklarında, alacak maaşları da kalmamış oluyordu, hepsi tüttürülmüştü. Hatta peşinen tüttürüyorlardı. Bu ufak çaplı uygulama, bölgedeki nakit darlığı dikkate alındığında, Grappa'nın iddiasına göre vergi gelirlerine zarar veriyormuş.

Teğmen Grappa, ihtiyatlı olduğundan, Topo'da kendi yönetimi altında skandal yaratmak istemiyordu, ancak yine de hır çıkarıyordu, belki de kıskandığından. Mevcut en minicik yerli tasarrufun bile anlaşılabilir nedenlerle vergiye ayrılmasını istiyordu. Herkesin tarzı ve küçük beklentileri farklıydı.

Başlangıçta, bu maaştan kesintili avans yöntemi, yalnızca Alcide'in tütünü karşısında çalışan yerli askerlere biraz şaşırtıcı ve hatta epey de itici gelmişti, ancak kıçlarına tekme yiye yiye buna alışmışlardı. Artık gidip maaşlarını almaya bile yeltenmiyorlardı, onu peşinen, rahat rahat, Alcide'in kulübesinin yanı başında, canlı küçük çiçeklerin ortasında, iki düşsel talim arasında tüttürüyorlardı.

Sonuç olarak Topo'da, mekân ne kadar ufacık olursa olsun, yine de iki tür uygarlık düzeninin barınabileceği kadar yer vardı, bunlardan teğmen Grappa'nınki, daha çok Roma usulüydü, boyun eğenlerden kamçı yoluyla kestirmeden vergisini topluyor, Alcide'in iddiasına göre de, bundan utanç verici ve şahsi bir payı da alıkoyuyordu, bir de başlı başına Alcide'in düzeni vardı, daha karmaşıktı ve daha şimdiden uygarlaştırmanın ikinci aşamasının belirtilerini taşıyordu, her yerli askerden bir müşteri doğuyordu, yani bir nevi askeri-ticari alaşımdı bu, çok daha moderndi, daha ikiyüzlüydü, bizimkine denk düşüyordu.

Coğrafya açısından teğmen Grappa, kendisine emanet edilmiş olan geniş toprakları, yalnızca karakolda bulunan ve yaklaşık bilgi içeren birkaç haritadan kestirebiliyordu. Bu topraklar hakkında daha fazlasını bilmeye de pek hevesli değildi. Sonuçta ağaç dediğiniz, orman dediğiniz nedir ki, onları uzaktan görmek de pekâlâ mümkündür.

Bu muazzam bitki çayının yapraklarının ve girintilerinin

arasına gizlenmiş, her tarafa iyice dağılmış birkaç kabile şurda burda pireleriyle sinekleri arasında pinekliyordu, hepsi de hiç şaşmadan çürümüş manyoka tıkınıp kendilerini totemlerle sersemletmişlerdi... Gayet saf, temiz yüreklilikle yamyam, sefaletin aymazlaştırdığı, bin çeşit vebanın kırdığı kavimlerdi bunlar. Yanlarına yanaşmaya değmezdi. Etkisiz ve sancılı bir idari sefere gerekçe oluşturacak bir şey yoktu. Kendi yasaları doğrultusunda adalet dağıttıktan sonra Grappa, yüzünü daha çok denize çeviriyor ve gözlerini günün birinde çıkageldiği, başka bir gün de, her şey yolunda giderse, çekip gideceği ufka dikiyordu...

Bu yerler bana ne kadar keyif verici ve aşina olmuş olursa olsun, birkaç günlük nehir yolculuğu ve orman seferinin ardından varacağım bana vaat edilmiş olan dükkâna gitmek üzere eninde sonunda Topo'dan ayrılmayı düşünmem gerekiyordu artık.

Alcide'le çok iyi anlaşmayı başarmıştık. Birlikte kulübesinin önünde üreyip cirit atan, bir nevi köpekbalığı sayılabilecek testere balıklarını avlamaya çalışıyorduk. Bu oyunda o da benim kadar beceriksizdi. Hiçbir şey yakalayamıyorduk.

Kulübesinin mobilyası, onun katlanır yatağı, benimki ve dolu ya da boş birkaç kasadan ibaretti. Ufak çaplı ticari faaliyetleri sayesinde bence epey para biriktirmiş olmalıydı.

"Nereye koydun onu?..." diye sordum ona birçok kez. "Nereye saklıyorsun şu lanet olasıca mangırlarını?" Amaç onu çıldırtmaktı. "Döndüğünde vidaları gevşetip kim bilir nasıl da dağıtacaksın değil mi?" Takılıyordum ona. Kaçınılmaz "domates konservesine" yumulduğumuz sırada, en az yirmi kez, Bordeaux'ya dönmesinin şerefine çıkılacak müthiş turnede, o kahve senin bu kahve benim derken yaşanacak maceralar uyduruyordum, sırf onu neşelendirmek için. Hiç karşılık vermiyordu bana. Gülmekle yetiniyordu, bu tür şeyler anlatmam onu eğlendiriyormuşçasına.

Topo'da gerçekten de, talimler ve adli oturumlar dışında hiçbir halt olduğu yoktu, öyle olunca da, konu yokluğundan, aynı şakamı oldukça sık yineliyordum.

Son zamanlarda, bir keresinde bay Puta'ya mektup yazma arzusuna kapıldım, para tırtıklamak için. Alcide mektubumu bir sonraki *Papaoutah*'la postalama görevini üstlenecekti. Alcide'in yazı çizi malzemesi küçük bir bisküvi kutusuna sığıyordu tıpkı Branledore'da gördüğümdekinden, tıpatıp aynısı. Tüm tezkere bırakmış çavuşlarda aynı alışkanlık vardı demek. Ancak Alcide kutusunu açmakta olduğumu görünce, beni engellemek için şaşırtıcı bir hareket yaptı. Utanmıştım. Beni neden engellediğini anlamıyordum, öyle olunca da tekrar masanın üzerine bıraktım. "Neyse canım! Aç bari, haydi! dedi bana nihayet. Hadi hadi önemli değil!" Kapağın hemen arkasına küçük bir kızın fotoğrafı yapıştırılmıştı. Yalnızca kafası, pek de yumuşak minnacık bir yüzdü bu, uzun bukleleri vardı, o zamanlar âdetten olduğu üzere. Kâğıdı, kalem ucunu aldım ve kutuyu çabucak kapattım. Patavatsızlığımdan ötürü epey utanmıştım, öte yandan bunun onu neden o kadar allak bullak ettiğini de merak ediyordum.

İlk aklıma gelen bunun onun çocuğu olduğuydu, bana şimdiye kadar sözünü etmekten kaçındığı bir çocuk. Bu benim için yeterli olacaktı, ne var ki arkamda bana bu fotoğrafla ilgili bir şeyler açıklamaya çalıştığını duyuyordum, henüz daha önce hiç duymadığım garip bir ses tonu vardı. Kem küm ediyordu. Ne yapacağımı şaşırmıştım. Bana içini dökmesine yardımcı olmam gerekiyordu elbet. Ancak bu ânı atlatabilmek için nasıl davranmam gerektiğini bir türlü kestiremiyordum. Duyacaklarım katlanılması zor şeyler olacaktı, besbelli. Hiç de heveslisi değildim.

— Bir şey değil! dediğini duydum nihayet. Erkek kardeşimin kızı... İkisi de öldüler...

— Annesiyle babası mı?

— Evet, annesiyle babası...

— Peki şimdi ona kim bakıyor? Annen mi? diye sordum ben de, öylesine, maksat ilgili görüneyim.

— Annem, o da yok artık...

— Peki ya kim?

— Eh işte ben!

Kıkırdıyordu, kıpkırmızı Alcide, sanki hiç yakışmayacak bir şey yapmışçasına. Telaşla lafını toparladı:

— Daha doğrusu şöyle açıklayayım... Onun Bordeaux'da Sörler tarafından eğitilmesini sağlıyorum... Ama öyle fakir fukaraya bakan Sörler değil ha, sakın yanlış anlama!... "Adam gibi"

Sörler... Değil mi ki ben ilgileniyorum, o zaman için rahat edebilir. Hiçbir eksiği gediği olsun istemiyorum! Adı Ginette... Çok cici bir kız... Annesi de öyleydi zaten... Bana mektup yazar, bayağı da ilerleme kaydediyor, ama bilirsin, bu tür yatılı okullar, bayağı pahalıdır... Üstelik artık on yaşında... Aynı zamanda piyano çalmasını da öğrenmesini isterim... Ne dersin piyano işine?... Kız çocukları için iyidir, dimi, piyano?... Sence öyle değil mi?... Ya İngilizce? İngilizce de işe yarar, değil mi?... Sen İngilizce biliyor musun?...

Yeterince cömert olmama suçunu işlediğini itiraf ettikçe, Alcide'i daha yakından incelemeye başladım, o süsleme kaytan bıyıklarıyla, o ayrıksı hava veren kaşlarıyla, yanık teniyle. İncelikli Alcide! Kim bilir o cüzi maaşıyla para biriktirmeyi nasıl becermiştir... o cılız ikramiyesiyle ve o üç kuruşluk kaçak ticaretiyle... bu cehennem gibi Topo'da, aylarca, yıllarca!... Ben ona ne diyeceğimi bilemiyordum, pek yetkin sayılmazdım, ama yürek açısından beni o kadar aşıyordu ki suratım kıpkırmızı oldu... Alcide'in yanında, beceriksiz öküzün tekiydim ben, kaba ve nafileydim ben... Kıvırtmanın âlemi yok. Durum apaçık.

Onunla konuşmaya bile cesaret edemiyordum artık, kendimi birden onunla konuşmaya hiç de layık bulmaz olmuştum. Ben ki daha düne kadar onu, yani Alcide'i pek umursamıyordum, hatta biraz da küçümsüyordum.

— Şansım hiç yaver gitmedi, diye üsteliyordu, bu ifşaatlarıyla beni utandırdığının farkına varmadan. Düşünsene, iki yıl önce çocuk felci geçirdi... Düşünsene... Sahi çocuk felci nedir sen bilir misin?

Bu vesileyle çocuğun sol bacağının güdük kaldığını ve Bordeaux'da, bir uzmanın yanında, elektrik tedavisi gördüğünü açıkladı.

— Bu düzelebilir mi, sence?... diye endişeleniyordu.

Zamanla ve elektrik sayesinde gayet iyi düzeldiğinden, tamamen düzeldiğinden emin olduğumu söyledim. Ufaklığın sakatlığından ve ölen annesinden söz ederken çok temkinliydi. Uzaktan dahi olsa, ona zarar vermekten çekiniyordu.

— Hastalığından bu yana hiç ziyaretine gittin mi?

— Hayır... buradaydım.

— Yakınlarda gidecek misin?

— Sanırım üç yıldan önce gidemem... Anlarsın ya, burada biraz ticaret yapıyorum... Bu da epey faydalı oluyor ona ... Şu sıralar izne ayrılsam, dönüşte yerimi kaptırmış olurum... Hele o öteki gıcık herif varken...

Böylece, Alcide, yalnızca birkaç mektubundan ve şu küçük fotoğrafından tanıdığı küçük yeğeni için, Topo'daki kalış süresinin iki misline uzatılmasını, üç yerine arka arkaya altı yıl kalmayı talep etmişti. "Canımı sıkan şey, diye ekledi, yattığımızda, orada tatilde ona eşlik edecek kimse yok... Kolay değil bu, küçük bir çocuk için..."

Haliyle Alcide soyluluğun doruklarında gezinirken hiç zorlanmıyordu ve hatta kendi evinde gibi rahattı, meleklerle senli benli konuşuyordu, bu çocuk, hem de çaktırmadan. Neredeyse farkına bile varmadan, uzaktan akrabası küçük bir kıza, koşulsuz, pazarlıksız, karşılıksız, yalnızca temiz yüreğiyle, yıllar süren bir işkenceyi, kendi zavallı yaşamının bu cehennem sıcağının tekdüzeliğinde yokoluşunu hediye etmişti. Uzaklardaki bu küçük kıza koca bir dünyayı yeniden yaratacak kadar çok şefkat sunmuştu ve bu belli bile olmuyordu.

Uykuya dalıverdi, mumun gölgesinde. Dayanamayıp yüz hatlarını ışıkta iyice incelemek üzere doğruldum. Uyurken başkalarından farkı yoktu. Çok sıradan gibiydi. Oysa iyileri kötülerden ayırt etmeyi sağlayacak bir şeyler olsaydı hiç de fena olmazdı aslında.

Ormana girmek için iki farklı yol izleyebilirsiniz, isterseniz farelerin saman balyalarında yaptıkları gibi kendinize bir tünel oyarsınız. Bu boğucu olan yöntemdir. Yüreğim kabardı. Ya da ilkel kısa küreklerle kıvrıntılardan koruluklara itilen bir ağaç kovuğunun dibine iyice gömülüp, akıntıya karşı nehirden yukarı doğru uzanmaya katlanırsınız ve de böylece günbatımını iple çekerek gün boyu ışığın tümünü tam da suratınızın ortasına yersiniz, çaresiz. Sonra da bu yaygaracı zencilerden serseme dönüp, varacağınız yere kim bilir ne halde varırsınız.

Kalkışta, her seferinde, uyumu tutturmak için, kayıkçılara epey zaman gerekiyor. İtiş kakış. Önce palanın ucu azıcık suya batırılıyor sonra uyumlu bir iki bağırış çağırış ve ormandan gelen yanıt, yalpalamalar, kayıyor, iki kürek, sonra üç, hâlâ tutturulamıyor, dalgalar, kem küm, geriye doğru bakınca uzakta çarşaf gibi duran, uzaklaşmakta olan denize doğru gidersiniz ve önünüzde de tarla sürer gibi yöneldiğiniz uzun yamyassı enginlik, sonra bir süre daha, uzaktan gördüğüm iskelesinin üstünde, daha şimdiden nehirden yükselen buharların ele geçirdiği Alcide, koca başlığıyla, çan biçiminde, artık sadece bir kafa parçasından ibaret, yüzü küçük bir peynir lokması gibi ve Alcide'in gerisi altta piyade ceketinin içinde uçuşuyor, daha şimdiden yitirilmiş beyaz pantolonlu garip bir anı gibi.

Oradan, şu Topo'dan geriye bana bir tek bu kaldı.

O kavrulmuş mezra, suları bej renginde akan nehrin sinsi orağına karşı acaba daha ne kadar korunabildi? Ya o pireli üç kulübesi hâlâ yerinde duruyor mu? Ve yeni Grappa'larla meçhul Alcide'ler hâlâ taze yerli askerleri o yersiz savaşlara talim ettiriyorlar mı? O iddiasız adalet hâlâ dağıtılıyor mu? Orada içilmeye çalışılan o su hâlâ o kadar kekremsi mi? o kadar ılık mı? Her kafaya dikişte en az sekiz gün boyunca insanı kendi ağzının tadından bile tiksindirecek derecede... Ve hâlâ buzluk yok mu? Ya o kininin yorulmak nedir bilmeyen arılarının sineklere karşı verdiği insanın kulaklarında çınlayan savaşlar? Sülfat? Klorhidrat?... Ama her şeyden önce hâlâ o hamamda eriyip giden ve irin döken zenci kaldı mı? Belki de kalmamıştır...

Belki de bunların hiçbiri artık yoktur, küçük Kongo bir kasırga gecesinde oradan geçerken Topo'yu koca çamurlu diliyle yutuvermiştir ve artık bitmiştir, her şey bitmiştir, bu isim haritalardan bile silinmiştir, yani sonuçta Alcide'i hâlâ anımsayan bir ben kalmışımdır... Yeğeni bile onu unutmuştur... Teğmen Grappa sevgili Toulouse'unu bir daha asla görememiştir... Ezelden beri yağmur mevsiminin dönemecinde kumula göz dikmiş olan orman her şeyi geri almış, dev maun ağaçlarının gölgesinde her şeyi ezip geçmiştir, her şeyi, hatta Alcide'in sulamamı istemediği kumdaki beklenmedik küçük çiçekleri bile... Hiçbir şey kalmamıştır belki de.

Nehir boyu bu on günlük seferde neler çektiğimi kolay kolay unutamayacağım... Oyma kayığın dibinde, çamurlu burgaçları gözetlemekle, belli belirsiz geçitleri ardı ardına seçmekle geçirilen o on gün, sürüklenen koca ağaç dallarının arasında, kıl payı atlatılan. Aylak kürek mahkûmlarına göre bir meşgale.

Her günbatımından sonra, kayalık bir çıkıntıda mola veriyorduk. Bir sabah, nihayet, yalnızca bu sonsuz yaprak katedralinin en tepesinden dalan bir güneş ışığı demetiyle yer yer aydınlanabilen bu yeşil ve nemli karanlığın içine süzülen örtük bir geçitten ormana girmek için bu pis ilkel kayığı terk ettik. Yıkılmış ağaç canavarları grubumuzu nice dolambaçlı yollara sapmaya mecbur ediyordu. O ağaçların kovuklarında koca bir metro bile rahatlıkla manevra yapacak yer bulabilirdi.

Bir an geldi, büyük ışığa yeniden kavuştuk, açıklık bir alanın önüne gelmiştik, ancak daha tırmanmamız gerekti, ek bir çaba. Ulaştığımız tepe, sarı, kırmızı, yeşil doruklarla yumaklanan, su ve hava kadar korkunç derecede bol yamaçlarla vadileri sıkıştıran, dolduran, sonsuz ormanı taçlandırıyordu. Konutunu aradığımız adam, bana işaret edildiğine bakılırsa, biraz daha ötede kalıyordu... başka bir küçük vadide. Bizi orada bekliyordu o adam.

İki koca kaya arasında kendine bir tür baraka dikmişti, Doğu kasırgalarından korunan konumuna dikkatimi çekti, en kötüleri, en keskinleri onlarmış. Bunun bir avantaj olduğunu kabul ediyordum etmesine, ancak kulübenin kendisi, eminim akla gelebilecek en pespaye kategoriye aitti, ev demeye neredeyse bin şahit isterdi, her tarafı dağılıyordu. Konut niyetine az çok bu tür bir şey bekliyordum elbette, ancak yine de karşıma çıkan gerçeklik korktuğumdan bile beterdi.

Arkadaş beni pek kederli bulmuş olacak ki, daldığım düşünceleri dağıtmak için epey sertçe sesleniverdi. "Hadi hadi, burada olmak yine de savaşta olmaktan iyidir! Burada ne de olsa başınızın çaresine bakabilirsiniz! Yemeklerde iş yok, doğruya doğru, içme suyuna gelince, bir çamur bulamacı, gelgelelim canınızın istediği kadar uyuyabilirsiniz... Burada top tüfek yoktur dostum! Kurşun da yoktur! Yani yine de kârlısınız!" Az çok acente temsilcisiyle aynı havada konuşuyordu ama gözleri Alcide'inkiler gibi soluk bakışlıydı, adamın.

Otuzuna yakın olmalıydı ve de sakallıydı... Geldiğimde ona pek dikkatli bakmamıştım, o derece afallamıştım geldiğimde, kaldığı yerin sefaleti karşısında, bana devredeceği ve belki de yıllarca beni barındıracak olan... Ancak daha sonra, onu incelediğimde, açıkça maceracı bir yüzü olduğunu düşündüm, çok belirgin biçimde köşeli bir yüz ve hatta, üstünden kayıp geçeceğine, yaşama fazlasıyla bodoslama dalan isyankâr kellelerden birine sahipti, örneğin o kocaman yuvarlak burnu ve zevzekçe sesler çıkararak kaderin karşısına geçip dalgalanan dubalar gibi dolgun yanaklarıyla. Bu adam zavallının tekiydi.

— Doğru, diye yanıtladım, savaştan beteri yoktur!

Bu kadar içini açmak şimdilik yeterliydi, daha fazlasını söylemek istemiyordum. Ama o devam etti aynı konu üzerinde:

"Üstelik savaşları artık pek de uzun süreli yapıyorlar... diye ekledi. Neyse, dostum, burasının pek de neşeli bir yer olmadığını göreceksiniz, işte bu kadar! Yapçak bir şey yok... Bu bir nevi tatil gibi... Ama tabii burada da tatil olursa! değil mi ya!... Neyse, belki de yapı meselesi, bişi diyemem...

— Ya su? diye sordum. Maşrapamda gördüğüm, kendim alıp doldurduğum su, beni endişelendirmişti, sarımtıraktı, biraz içtim, mide bulandırıcı ve sıcaktı tıpkı Topo'daki gibi. Vazoda üç gün beklemiş bir su kalıntısı.

— Su bu mu? Su azabı yine başlıyordu.

— Evet ve buralarda bundan başkası da yok, bir de yağmur... Ancak yağdığında baraka yağmura fazla dayanmayacaktır. Barakanın ne halde olduğunu görüyorsunuz değil mi?" Görüyordum.

— Yemeğe gelince, diye sürdürdü, konserveden ibarettir, bir yıldır hep bunu zıkkımlanıyorum ben... Ölmedim ya!... Bir anlamda epey kullanışlı, ama yeterince besleyici değil; yerliler, onlar çürük manyoka yiyorlar, onların bileceği iş, hallerinden memnunlar... Üç aydır ne yesem çıkarıyorum... İshal. Belki de aynı zamanda hummadır; bende ikisi de var... Hatta saat beş civarlarında bulanık görmeye başlıyorum... Ateşimin çıktığını ancak böyle anlıyorum, çünkü, sıcaklık açısından bakınca, değil mi, insanın sırf bu yörenin hava sıcaklığı yüzünden bile bundan daha ateşli olması olanaksız!... Yani aslında ateşlendiğiniz konusunda sizi daha çok titreme nöbetleri uyarıyor... Ve bir anlamda canınızın nispeten daha az sıkılması... Ama bu da belki yapı meselesi... biraz kendine gelebilmek için belki biraz alkol alınabilir, ama ben pek sevmem alkolü... Bünyem kaldırmıyor...

"Yapı" dediği şeye çok saygıyla yaklaşıyor gibiydi.

Sonra, hazır başlamışken, bana bazı başka iç açıcı bilgiler verdi: "Gündüz sorun sıcaklıktır, ama gece, katlanılması daha zor olan gürültüdür... İnanılmaz derecede... Buralarda ne kadar hayvan cinsi yaratık varsa hepsi sürekli yarış halindeler, birbirini becermek ya da haklamak için olsa gerek, ben bu işlerden anlamam, ama bana öyle dendi... öyle ya da böyle feci bir gürültü patırtı!... Ve aralarında en velveleci olanlar da sırtlanlar!... Barakanın dibine kadar sokuluyorlar... İşte o zaman seslerini bayağı duyuyorsunuz... yanılmanıza olanak yok... Kinin kullanmak yüzünden kulaklarınızın çınlamasına benzemez bu... İnsan bazen kuşların, iri sineklerin çıkardığı ya da kininin neden olduğu sesleri karıştırıp yanılabilir... Olur böyle şeyler... Oysa sırtlanlar feci gülerler... Sizin etinizin kokusunu almışlardır... O yüzden gülerler!... Bir an evvel gebermenizi ister bu yaratıklar!... Dendiğine göre gözlerinin parladığı bile görülebilirmiş... Leşi çok severler... Ben onların gözünün içine hiç bakmadım... Bir anlamda da buna pişmanım...

— Pek şenlikliymiş burası!" diye yanıtladım.

Ama gecelerin nefasetini kastederek söylememiştim.

— Bir de köy var, diye ekledi... İçindeki zenci sayısı yüzü bulmaz, ama on bin kişiymiş gibi goygoy yaparlar, bu götoşlar!... Yakında hak verip kulaklarımı çınlatırsınız!... Bakın şimdi! tamtam dinlemeye geldiyseniz, doğru sömürgeye geldiniz!... Çünkü burada, kimi zaman dolunay var diye tamtam çalarlar, başka sefer de dolunay yok diye... Bir başka sefer de dolunayı beklerken... Neyse, her seferinde bir sebep bulurlar! Sanki kafa sikme konusunda hayvanlarla sözleşmişler bu leş parçaları! İnanın bana öldürürler adamı! Ben bu kadar yorgun olmasam topunu bir seferde tahtalı köye yollardım... Ama kulağıma pamuk tıkmayı yeğliyorum... Eskiden, ilaç dolabımda hâlâ vazelin varken, onu koyuyordum, pamuğun üstüne, şimdi onun yerine muz yağı kullanıyorum. Muz yağı da iyidir... Bu durumda, madem götleri kalktı isterlerse cehennemin dibine kadar tepinsinler, bu marsık deriliiler! Ben, yağlı pamuğum olduğu sürece iplemem bile! Hiçbir şey duymam! Zenciler, bunu siz de hemen fark edeceksiniz, hepsi geberik ve hepsi çürüktür!... Gündüz hep öylesine çömelmişlerdir, kalkıp bir ağacın dibine işemeye gidecek halleri dahi yok sanırsınız ve sonra hava kararır kararmaz da, al sana! Birden büsbütün sapık oluverirler! büsbütün sinirli! büsbütün isterik! İsteriğe dönüşmüş gece parçacıkları! Zenciler budur işte, benden söylemesi! Neyse, pisliktir bunlar... Yozdur yani!...

— Sizden mal satın almaya sıkça gelirler mi?

— Satın almak mı? Ha ha! şuna bakın hele! Onlar sizi soymadan önce siz onları soymalısınız, ticaret dediğiniz budur, işte o kadar! Geceleyin bana karşı zaten, hiç de çekinmiyorlar, ister istemez, her iki kulağımda da iyice yağlanmış pamuğum olunca, dimi! Ayrıca ne diye çekineceklermiş ki, öyle değil mi?... Kaldı ki, gördüğünüz gibi, barakamın kapısı da yok o zaman da girip istediklerini alıyorlar, ya, hem de nasıl... Burada onların bir eli yağda bir eli balda...

— Peki ama, ya envanter? diye sordum, bu ayrıntılar yüzünden tamamen şaşkına dönmüş olarak. Genel Müdür bana gelir gelmez envanter çıkarmamı tembih etti, hem de en ince ayrıntısına kadar!

— Bana sorarsanız, diye yanıtladı gayet soğukkanlı bir biçimde, Genel Müdür'ün canı cehenneme... En derin saygılarımla belirtmiş olduğum üzere...

— Ama, onu Fort-Gono'da göreceksiniz yine de, dönüş yolunda?

— Bir daha asla görmeyeceğim, ne Fort-Gono'yu, ne de Müdür'ü... Orman yeterince büyüktür küçük dostum...

— Peki ama, o zaman nereye gideceksiniz?

— Eğer bunu size sorarlarsa, bu konuda hiçbir fikrinizin olmadığını söylersiniz! Ancak mademki merak eder bir haliniz var, izin verin de, henüz iş işten geçmeden, size iyi bir öğüt vereyim, hem de adamakıllı bir öğüt! "Pordurière Şirketi'nin" çıkarlarını iplemeyin, nasıl ki onlar sizinkileri iplemiyorsa ve eğer, siz de Şirket'in sizin boğazınıza sarılmakta acele ettiği kadar hızlı koşabiliyorsanız, size peşinen müjdeleyebilirim ki, "Birincilik Ödülü" sizin olacaktır!... Dolayısıyla size biraz nakit bırakıyor olmama şükredin ve fazla üstelemeyin!... Mallara gelince, eğer gerçekten size onların sorumluluğunu üstlenmenizi tembih ettiyse... Müdür'e hiç mal kalmadığını söylersiniz, olur biter! Eğer size inanmayı reddederse de, eh, bunun da fazla önemi yoktur!... Hepimizin esaslı birer hırsız olduğumuz kanaatindeler, nasıl olsa! Dolayısıyla kamuoyu açısından değişen hiçbir şey olmayacaktır ve oldu olacak bari bu sefer ufak bir avantamız olsun hiç olmazsa... Müdür'e gelince, zaten, hiç endişeniz olmasın, üçkâğıt konusunda kimse onun eline su dökemez ve hiç boşuna aksi iddia edilmesin! Benim kesin kanaatim bu! Sizce de öyle değil mi? Buraya gelecek insanın, değil mi ama, gözünü hırs bürümüş olması gerektiğini herkes bilir! O halde?...

Doğru olduğundan çok emin değildim, bütün bu anlattıklarının, ama öyle ya da böyle selefim bende anında çakalın daniskası olduğu izlenimini yarattı.

İçim hiç rahat değildi, hiç. "Yine payıma pis bir iş düştü" diye kendi kendime itiraf ettim, hem de giderek daha güçlü biçimde. Bu haydutla sohbete bir son verdim. Bir köşede, darmadağın, bana bırakmayı lütfettiği malları tesadüfen buldum, bir sürü değersiz pamuklular... Ancak buna karşılık düzinelerce peştamal ve terlik, kutuda karabiber, kandiller, bir şırınga kutusu, özellikle de olmadık sayıda "Bordeaux usulü" *cassoulet** konservesi, son olarak da renkli bir kartpostal: "Clichy Meydanı".

— Direğin yakınında, zencilerden satın aldığım kauçukla fildişini bulabilirsin... Başlangıçta, bayağı uğraşıyordum, sonra, işte, al, üç yüz frank... Hesap tamam.

Hangi hesaptan söz ettiğini bilmiyordum, ama sormaktan vazgeçtim.

— Hâlâ mal takası için gelen giden birkaç kişi olabilir, diye uyardı beni, çünkü biliyor musun burada para pek bir işe yaramıyor, sadece çekip gitmeye yarayabilir para dediğin...

Ve gülmeye başladı. Şimdilik suyuna gitmek istediğim için, onu taklit ettim ve sanki çok hoşnutmuşum gibi ben de onunla birlikte güldüm.

Aylardır içinde pineklediği tüm bu yoksunluğa karşın, çevresine çok karmaşık bir hizmetçiler ağı toplamıştı, özellikle de oğlanlardan oluşuyordu bunlar, ona evin tek kaşığını ya da eşsiz maşrapayı sunmaya, ya da sonu gelmeyen ve klasikleşmiş delici Amerikan pirelerini ayak tabanından, incelikle, çekip çıkarmaya pek hevesliydiler. Karşılığında, o da, gönüllü olarak, her an ellerini kalçalarının arasında gezdiriyordu. Yapmaya zahmet ettiğine tanık olduğum tek iş, şahsen kaşınmasıydı, ama hiç olmazsa bu işi de, Fort-Gono'daki tüccar gibi, olağanüstü bir kıvraklıkla yapıyordu, anlaşılan sadece sömürgelerde rastlanılan bir özellikti bu.

Bana devrettiği mobilya, parçalanmış sabun kasalarıyla yaratıcılık sayesinde, sandalye, yuvarlak masa ve koltuk niyetine neler neler elde etmenin mümkün olduğu konusunda beni aydınlattı. Bu karanlık adam bana ayrıca, ormanlık barakamıza saldırmak için dur durak bilmeden tırmanan, sürekli yenilenen, o okkalı, titrek ve sümüklü, zırhlı tırtılların, ayağın ucunun çevik bir hareketiyle, tek bir ani darbede, sırf eğlence olsun diye, uzaklara nasıl fırlatılacağını da öğretti. Vay onları ezen beceriksizin haline! Cezası, unutulmaz bulamaçlarından yavaş yavaş yükselen

* *Cassoulet:* Fransız mutfağının ünlü bir kuru fasulye yemeği.

ve sekiz gün süren ağır, leş gibi bir kokuydu. Bu hantal iğrençliklerin aslında hayvan niyetine yeryüzünde var olan en eski canlılar olduğunu okumuştu dergilerde. İddiasına göre ikinci jeolojik dönemden kalmaymışlar! "Biz de onlar kadar eskilerden geldiğimizde, dostum, kim bilir biz de ne kadar pis kokuyor oluruz?" Aynen böyle.

Bu Afrika cehenneminde karşınıza müthiş günbatımları çıkıyordu. Kaçışı yoktu bunun. Her seferinde güneşin dehşetengiz katli gibi trajik. Koca bir şike. Ne var ki tek bir insanın kaldıramayacağı kadar büyük bir hayranlıktı bu. Gökyüzü bir saat boyunca bir uçtan öteki uca lal renginden başlayıp çılgınlığa saçılarak gösteriş yapıyordu, sonra da ağaçların arasından yeşil fışkırıyordu ve yerden ilk yıldızlara kadar titrek çizgiler halinde yükseliyordu. Bundan sonra tüm ufku yeniden gri ele geçiriyordu ve sonra da yine kırmızı, ama bu kez yorgun bir kırmızıydı bu ve zaten uzun da sürmüyordu. Böyle bitiyordu. Tüm renkler paçavraya dönmüş olarak, pörsümüş, ormanın üstüne dökülüyordu yüzüncü gösteriden sonra yıpranmış görkemli sahne kıyafetleri gibi. Her gün tam saat altıda olup bitiyordu bunlar.

Ve işte o zaman tüm canavarlarıyla birlikte gece devreye giriyordu, binlerce ve binlerce kurbağa suratlı gümbürtüsüyle.

Orman, tüm derinliklerinden titremeye, tıslamaya, böğürmeye başlamak için bir tek onların bu işaretini bekliyordu. Dev ve ışıksız bir âşıklar istasyonu, tıka basa dolu. Ağaçlar dolusu canlı şölenlerle, koparılıp atılmış ereksiyonlarla, dehşetle yüklü. Barakada birbirimizin sesini duyamaz hale gelmiştik. Arkadaşımın beni anlayabilmesi için artık benim de masanın bir ucundan ötekine bir kukumav kuşu gibi bağırmam gerekiyordu. Tam bana göreydi, sen misin kırsal yaşamdan hoşlanmayan.

— Adınız neydi? Az önce Robinson mu demiştiniz? diye sordum.

Arkadaş ise bana bu civarlardaki yerlilerin akla gelebilecek her türlü hastalıktan bitkinlik derecesinde mustarip olduklarını ve bu çulsuzların herhangi bir ticari faaliyet içine girebilecek durumda olmadıklarını yineleyip durmaktaydı. Biz zencilerden söz ederken, sineklerle böcekler, pek iri, pek kalabalık, fenerin çevresine o kadar yoğun dalgalar halinde üşüştüler ki, ışığı söndürmek gerekti.

Söndürmeden önce bu Robinson'un yüzü bir kez daha göründü gözüme, o böcek ağının ardına gizlenmiş. Hatları belki de bu nedenle belleğimi biraz daha derinlemesine kurcaladı, oysa daha önce belirgin bir şey anımsatmıyorlardı. Karanlıkta benimle konuşmasını sürdürürken, ses tonu önce yılların, sonra ayların ve nihayet günlerin kapısını çalan bir çağrı işlevi görüyordu ve ben de geçmişe dalmış, bu yaratığı daha önce nerede görmüş olabileceğimi bulmaya çalışıyordum. Ama hiçbir şey bulamadım. Bana yanıt verilmiyordu. Mazide kalmış biçimler arasında el yordamıyla ilerlerken kaybolabiliyor insan. İnsanın geçmişinde artık kımıldamayan ne de çok nesne, ne de çok kişi var öyle, ürkütücü. Zamanın mahzenlerinde yitirilmiş canlılar ölülerle birlikte o kadar uyumla uyuyorlar ki daha şimdiden aynı gölge örtüyor gibi onları.

Yaşlandıkça insan kimi uyandıracağını karıştırıyor, canlıları mı, ölüleri mi.

Şu Robinson'un kimliğini bulmaya çalıştığım sırada dehşet derecede abartılı kahkahalar, hem de gecenin içinde epey yakınlarda, beni yerimden sıçrattı. Sonra da kesildi. Beni uyarmıştı, sırtlanlar olsa gerek.

Sonra da yalnızca köyün zencileri ve tamtamları, oyuk tahtaya o saçma sapan vuruşlar, rüzgârın tahta kemiren akkarıncaları.

Asıl aklımı kurcalayan, hem de giderek daha belirgin biçimde, Robinson adının kendisiydi. Karanlığımızın içinden Avrupa'dan söz etmeye başladık, paranız olduğunda orada size sunulabilecek yiyeceklerden ve hele ki içkilerden! soğuk mu soğuk! Benim, burada, belki de yıllar boyunca, tüm bu *cassoulet*'lerle baş başa, yapayalnız kalacağım ertesi günden hiç söz etmiyorduk... Savaş daha mı iyiydi sanki? Çok daha kötüydü elbette. Beterdi!... O bile bunu kabul ediyordu... O da savaşa katılmıştı... Oysa yine de buradan gidiyordu... Her şeye rağmen, ormandan bıkmıştı... Savaş konusunu açmaya çalıştım yeniden. Ama şimdi bundan kaçınıyordu.

Nihayet, ikimiz de bu yaprak ve bölmelerden oluşan

harabenin bir köşesine çekilip yatmaya hazırlandığımızda, meseleyi kafasında iyice tarttığı vakit, burada neredeyse bir yıldır sürdürdüğü, *cassoulet*'li yaşama daha fazla katlanmaktansa, batakçılık suçlamasıyla sivil bir mahkemenin karşısına çıkarılma riskini yeğlediğini lafı fazla dolandırmadan itiraf etti. Kulağıma küpe olmuştu.

— Kulaklarınız için pamuğunuz var mı? diye sordu bana bir de... Eğer yoksa, örtü tüyleri ve muz yağıyla üretebilirsiniz. Bu yolla da çok işe yarar tıkaçlar elde edilebiliyor... Ben bu öküzlerin böğürtülerini duymak istemiyorum!

Oysa bu hengâmede ne ararsanız vardı, ama öküz hariç, ancak o yine de bu uygunsuz ve genelgeçer sözcüğü kullanmakta ısrar ediyordu.

Şu pamuk meselesi sanki onun tüyler ürpertici bir kurnazlığını gizlemeye yarıyormuşçasına beni birden çok tedirgin etti. Kasadan artakalanlarla çekip gitmeden önce beni şuracıkta, "çekyatımın" üzerinde, öldürüvermesi korkusunun içime işlemesine engel olamıyordum... Bu düşünce aklımı başımdan alıyordu... Ama ne yapmalı? Yardım mı çağırmalı? Kimi? Köyün yamyamlarını mı?... Yok olmak? aslında neredeyse yok olmamış mıydım zaten! Gerçi, Paris'te, parası, borcu, mirası olmadığı zaman, insanın varlığıyla yokluğu bir oluyor, o haldeyken de yok sayılmamakta zorlanıyor... Hele burada? Kim, anımı hoş tutmak için, Bikomimbo'ya kadar sırf sinek avlamak için bile olsa, fazlasına gerek yok, gelme zahmetine katlanırdı ki? Elbette kimse.

Yatışma anlarıyla endişe anlarının birbirini izlediği saatler geçti. O horlamıyordu. Ormandan gelen tüm o sesler, o çağrılar, nefes alıp verişini duymama engel oluyordu. Pamuğa gerek yoktu. O kadar kafaya takmıştım ki, şu Robinson ismi sonunda bana tanımış olduğum bir bedeni, bir duruşu, hatta bir sesi anımsatmayı başardı... Ve tam da iyiden iyiye uykuya dalıyordum ki adam tümüyle yatağımın önüne dikiliverdi, anısını yakalayabilmiştim, kendisini değil tabii, ama tam da şu Robinson'u, onu yani, Noirceur-sur-la Lys'deki adamı, orada Flandres'da, birlikte savaştan kaçacak bir delik ararken o gecenin kıyısında eşlik ettiğim daha sonra da bu kez Paris'teki adamı... Her şeyi anımsıyordum. Yıllar bir çırpıda gözümün önünden geçivermişti. Kafadan epey sakat kalmıştım, zorlanıyordum... Şimdi artık bildiğim için, onu tespit edebildiğim için, büsbütün korkmaktan kendimi alıkoyamıyordum. Ya o beni tanımış mıydı? Her ne olursa olsun sırdaşlığıma ve suç ortaklığıma güvenebilirdi.

— Robinson! Robinson! diye seslendim, coşkuyla, sanki ona iyi bir haber verecekmişim gibi. Hey moruk! Hey Robinson!... Yanıt yok.

Kalbim küt küt, doğruldum ve böğrüme inecek pis bir darbeyi karşılamaya hazırlandım... Olmadı. O zaman yeterince cesaret toplayıp, onun yatmış olduğunu gördüğüm kulübenin öteki ucuna kadar uzanmayı göze aldım, el yordamıyla. Gitmişti.

Ara sıra bir kibrit yakarak sabah olmasını bekledim. Bir ışık tufanı şeklinde gün ağardı, ardından da hizmetçi zenciler çıkageldiler, şen şakrak, bana o koca işe yaramazlıklarını sunmak için, ama şu var ki neşeliydiler. Bana daha şimdiden gamsızlığı öğretmeye çalışıyorlardı. İyi tasarlanmış bir dizi el kol hareketiyle, Robinson'un ortadan kayboluşunun beni ne derece endişelendirdiğini anlatabilmek için ne kadar çabalarsam çabalayayım, bu belli ki onların bu sorunu birazcık olsun ciddiye almalarına yetmiyordu. Aslında, kabul etmek gerek ki, insanın gözle görünenlerden başka şeylerle ilgilenmesi ciddi bir deliliğe delalet eder. Neyse, tüm bu olup bitende, benim esas üzüldüğüm şey kasanın yok oluşuydu. Ancak kasayı kapıp giden kişilerin geri döndüğü pek görülmüş şey değildi... Bu koşullarda Robinson'un sırf beni öldürmek amacıyla geri gelmekten kesinlikle vazgeçtiğini varsayıyordum. Hiç yoktan iyiydi.

Manzara sadece bana kalmıştı yani! Düşündüm ki, artık bu yaprak cümbüşünün, bu kırmızı, mermerimsi sarı okyanusun, bu parıltılı yağlı jambonun altını üstüne getirecek bolca zamanım olacaktı, doğayı sevenler bunları herhalde olağanüstü güzel bulurlardı. Bense kesinlikle sevmiyordum. Tropikal şiirselliği beni tiksindiriyordu. Bu bütünselliğe bakışım, hakkındaki düşüncelerim, tonbalığı konservesi yemiş gibi mideme oturuyordu. Kim ne derse desin, burası hep sivrisineklere ve panterlere uygun bir ülke olarak kalacaktır. Herkes yerini bilsin.

Kulübeme dönüp onu adam etmek bana daha cazip geliyordu, kasırgaya önlem olarak, hani o eli kulağında olan. Ancak o konuda da, sağlamlaştırma girişimimden kısa sürede vazgeçmek zorunda kaldım. Bu yapıda sıradan olanlar hâlâ yıkılabilir nitelikteydi ancak bir daha düzelmiyordu, içi dışı haşarat dolu saman saplı çatı lime lime dağılıyordu, anlaşılan bu konutumdan işe yarar bir çişlik bile yapılamazdı.

Ormanda gevşek adımla bir iki tur attıktan sonra dönüp çökmek ve susmak zorunda kaldım, güneş yüzünden. Yine o. Öğle üzeri her şey susuyor, her şey yanmaktan korkuyor, zaten bir kıvılcım yeter, otlar, hayvanlar ve insanlar yeterince ısınmış. Bu işte, öğle vaktinin beyin felcidir.

Tavuğum, biricik tavuğum da bu saatten çekiniyordu, o da benimle birlikte eve dönüyordu, Robinson'un bana miras bıraktığı tek tavuktu o. Benimle birlikte bu şekilde üç hafta yaşadı o tavuk, dolanıyordu, köpek gibi peşimden geliyordu, olur olmaz gıdaklıyordu, her yerde yılan görüyordu. Çok canımın sıkıldığı bir gün, onu yedim. Tadı tuzu yoktu, eti de güneşte solmuştu tıpkı bir flama gibi. Belki de bu kadar hastalanmama o neden oldu. Her neyse, öyle ya da böyle bu yemeğin ertesi günü yerimden kalkamaz hale geldim. Öğleye doğru, beynim sulanmış vaziyette, küçük ecza dolabına doğru süründüm. İçinde sadece tentürdiyot ve Montmartre-Montparnasse metro hattının bir planı kalmıştı. Acentede henüz tek bir müşteri bile görmemiştim, yalnızca durmadan el kol hareketleri yapan ve kola yaprağı çiğneyen, erotik, sıtmalı siyahi aylaklar. Şimdi üşüşüp başıma toplanıyordu zenciler, boktan durumumu tartışır gibiydiler. Hasta olmasına hastaydım, tamamen hasta, bacaklarıma artık gereksinimim kalmadı hissine kapılacak derecede, zaten onlar da dikkate alınmaya değmeyecek ve biraz komik nesneler gibi yatağımın kenarından aşağı öylesine sarkıyorlardı.

Fort-Gono'dan, Müdür'den, bana yalnızca leş gibi hakaret ve saçmalık kokan mektuplar geliyordu ulaklar aracılığıyla, tehdit de içeriyorlardı. Kendini hep mesleğin küçük ya da büyük açıkgözleri sanan ticaret erbabı pratikte çoğu kez çam devirmekte üstüne olmayan kişiler olarak belirirler. Annem, Fransa'dan, sağlığıma dikkat etmemi salık veriyordu, savaş sırasında olduğu gibi. Giyotine giderken bile atkımı unuttum diye azarlamaya kalkabilirdi annem beni. Annem beni dünyanın selim bir yer olduğuna ve beni dünyaya getirmekte haklı olduğuna inandırmak için hiçbir fırsatı kaçırmazdı. Bu varsayılan İnayet, annelik kurumunun savrukluğunun büyük kandırmacısıydı. Zaten benim için patronun ve annemin tüm bu martavallarına yanıt vermemek çok kolaydı ve asla yanıt vermiyordum. Gelgelelim bu tavrın durumun düzelmesine katkıda bulunduğu da söylenemezdi.

Robinson bu dökülen kurumda ne var ne yoksa hemen hemen hepsini çalmıştı ve bunu söylemeye kalksam bana kim inanacaktı? Yazsa mıydım? Ne işe yarardı ki? Kime? Patrona mı? Her akşam, saat beş sularında, ateşten tir tir titreme sırası bana geliyordu, hem de öyle böyle değil, dandik yatağım gerçek bir otuzbircininki gibi tangırdıyordu. Köyden zenciler kulübemi ve hizmetimi teklifsizce ele geçirmişlerdi; onları çağıran ben değildim, ancak kovmaya kalkmak fazlasıyla çaba gerektirecekti. Acenteden geriye kalanları paylaşmak için kapışıyorlardı, tütün fıçılarını epey kurcalıyorlar, son peştamalları deniyorlar, değer biçiyorlar, çıkarıyorlar, kurumumun genel çöküşünü daha da hızlandırıyorlardı. Yerlerde sürünen kauçuğun usaresi orman karpuzlarınınkine karışıyordu, hani şu tadı sidikli armutları andıran yavan papayalar, fasulye niyetine onlardan o kadar çok yemiştim ki, bunu düşünmek bile, aradan on beş yıl geçtiği halde, hâlâ midemi bulandırmaya yetiyor.

Ne derece âciz hale geldiğimi tayin etmeye çalışıyordum ama beceremiyordum. "Herkes hırsızlık yapar!" diye üç kez yinelemişti bana Robinson, kaybolmadan önce. Acente temsilcisinin de kanaati buydu. Ateşim çıktığı sıralarda bu sözler kafama takılıyordu. "Başının çaresine bakmalısın!"... demişti bana bir de. Kalkmaya çalışıyordum. Bunu da beceremiyordum. İçmek zorunda olduğumuz su açısından, haklı çıkmıştı, çamurdu bu, hatta daha beter, vazo dibinden çıkma. Gerçi, zenci oğlancıklar bana cins cins muz getirmiyor değildi, irilerinden, küçüklerinden, kan kırmızısı olanlarından ve de tabii şu "papayalardan", ancak tüm bunlar ve aslında her şey karnımı o kadar çok ağrıtıyordu ki! Dünyalar kadar kusabilirdim.

Kendimi birazcık daha iyi hissetmeye başlar gibi olur olmaz, biraz daha az sersem hisseder hissetmez, bu kez de tümüyle müthiş bir korkuya kapılıyordum, "Pordurière Şirketi"ne hesap vermek zorunda kalma korkusu. Bu bedduacı insanlara ne diyecektim şimdi ben? Bana nasıl inanırlardı ki? Beni kesinlikle tutuklatırlardı! Peki o zaman kim yargılayacaktı beni? Birtakım özel adamlar, kim bilir nereden çıkmış hangi korkunç yasalarla donatılmış, divanıharbe benzer, ancak asıl niyetlerini size asla açıklamayan ve sizi cehennemin üzerindeki sırat köprüsünden, yoksulları zıbarmaya götüren o yoldan, kan revan içinde geçirmekten ayrı bir zevk alırlardı. Yasa, acının büyük "Panayırıdır". Çulsuz hele bir kolunu ona kaptırmayagörsün, yüzyıllar boyu çığlıkları her yeri çınlatmaya devam eder.

Fort-Gono'da beni nelerin beklediğini bilinçli bir biçimde düşlemektense, burada, 40° civarında ateşle, titrek, salyalı, uyuşuk uyuşuk kalmayı yeğliyordum. Ateş yaşamı benden iyice gizlesin diye artık kinin bile almaz olmuştum. Elinin altında ne varsa onunla sarhoş olmaya çalışır insan. Ben bu şekilde günlerce ve haftalarca kısık ateşte demlenirken, kibritlerim tükendi. Yeterince yoktu. Robinson giderken ardından bana "Bordeaux usulü Cassoulet"den başka bir şey bırakmamıştı. Ama işte ondan da, bir bırakmış pir bırakmıştı hani. Kutular dolusunu kustum. Eh, haliyle bu sonuca ulaşabilmek için de, onları hiç olmazsa ısıtabilmek gerekiyordu.

Bu kibrit kıtlığı bana küçük bir oyalanma fırsatı verdi, aşçımın kuru otların içinde çakmak niyetine kullandığı iki taşın arasında ateş yaktığını izleme fırsatı. O fikir de aklıma ilk kez onu izlerken geldi. Üstüne epey de yüksek ateş binince, aklıma gelen o fikir enteresan bir kıvama erişti. Doğuştan beceriksiz olmama karşın, bir haftalık uğraştan sonra ben de, tıpkı bir zenci gibi, iki sivri taş arasında kendi ateşimi yakmayı becerebiliyordum artık. Yani, ilkel koşullarda başımın çaresine bakmayı öğrenmekteydim. Ateş, işin aslıdır, geriye bir tek avlanmak kalıyordu, ama heveslisi değildim. Çakmaktaşı ateşi bana yetiyordu. Gayet özenli bir biçimde alıştırmalar yapıyordum. Başka işim gücüm yoktu, günbegün. "İkinci jeolojik devirden" kalma tırtılları tekmeleme meselesindeki becerim ise epey gerilemişti. İşin püf noktasını hâlâ tam olarak yakalayamamıştım. Çok sayıda tırtıl eziyordum. Umursamıyordum. Kulübeme dostça rahat rahat girmelerine izin veriyordum. Derken arka arkaya iki fırtına koptu, ikincisi üç gün boyunca sürdü ve özellikle de üç gece boyunca. Nihayet bidondan yağmur suyu içebildik, ılıktı elbette, ama olsun... Küçücük depodaki kumaşlar sağanak yağmurların altında erimeye başladılar, engel tanımadan, iç içe geçerek, tiksinç bir mal.

Kulübemi yerde tutabilmek için hamiyetli zenciler bana ormandan sarmaşık tutamları toplayıp getirdiler getirmesine, ama boşuna, bölmelerin yaprakları, en ufak rüzgârda, çatının üstüne doğru çılgınca savruluyorlardı, yaralı kanatlar gibi. Ne yapsak nafile. Tam eğlencelik bir durum yani.

Çoluk çocuk zenciler benim bu perişanlığımla gayet samimi biçimde iç içe yaşamaya karar verdiler. Bundan çok hoşnuttular. Büyük bir şenlik. Evime (tabir caizse) diledikleri gibi girip çıkıyorlardı. Azatlık. İşaretler vasıtasıyla, anlaştığımızın işaretini veriyorduk. Ateşim olmasaydı, belki de dillerini öğrenmeye koyulurdum. Zamanım yetmedi. Çakmaktaşı ateşine gelince, kaydettiğim tüm ilerlemelere karşın, yakabilmek için henüz onların en başarılı yöntemlerini, yani el çabukluğu yöntemini kapamamıştım. Daha hâlâ gözüme epey kıvılcım sıçrıyordu, bu da zencileri bayağı güldürüyordu.

"Çekyatımda" ateşler içinde pineklemediğim, ya da ilkel çakmağımı çakmaya uğraşmadığım zamanlar, yalnızca "Pordurière"in hesaplarını düşünüyordum. İnsanın usulsüz hesapların yarattığı korkudan kendini kurtarmasının bu kadar zor olması ne garip. Bu korkuyu da içime annem salmış olsa gerek, kendine yonttuğu geleneğe bağlılığı sayesinde: "Hırsızlık bir ekmekten, kahpelik bir öpmekten... Çingeneye beylik vermişler önce anasını asmış". Hepimiz bu tür şeylerden kurtuluncaya kadar akla karayı seçtik. Bunları çok küçük yaşlarda öğreniriz ve sonradan da, çaresiz, gelip bizi önemli anlarda dehşete düşürüverirler. Bu ne zaaf! Bundan kurtulmak için tek güvenebileceğimiz şey kaderin buyruğuna boyun eğmektir. Neyse ki, pek güçlüdür, kaderin buyruğu. Bu arada, acente ve ben, batıyorduk. Çamurun içinde kaybolacaktık ardı ardına gelen sağanaklardan sonra, her biri daha yıvışık, daha koyu. Yağmur mevsimi. Daha dün kayaya benzeyen ne varsa, bugün artık gevşek bir balçığa dönüşmüştü. Sarkık dallardan akan ılık su, şelaleler halinde peşinizden geliyor, kulübenin içine ve etraftaki her şeyin üstüne kaderine terk edilmiş eski bir nehrin yatağına yayılır gibi yayılıyordu. Her şey bir bulamaca dönüşüp eriyordu, tapon mal, umut, hesap, hem de ateşler içinde, hem de o bile nem içinde. Bu yağmur o kadar yoğundu ki üzerinize saldırdığında insanın ağzını ılık bir tıkaç gibi sımsıkı kenetliyordu. Ama bu tufan hayvanların birbirlerinin peşine düşmesini engellemiyordu, bülbüller de çakallar kadar gürültü patırtı koparmaya başladılar. Anarşi her yere sızmıştı ve ben, bunak bir Nuh, gemideydim. Artık buna bir son vermenin zamanının geldiğine karar verdim.

Annemin özdeyişleri sadece dürüstlüğü tanımlamaya yaramıyordu, şöyle de diyordu evdeki eski sargı bezlerini yakarken, tam zamanında anımsamıştım: "Ateş her şeyi temizler!" İnsan anasında her aradığını bulur, Kader'in her cilvesine uygun. Yeter ki seçmesini bilsin.

Zamanı gelmişti. Çakmaktaşlarım pek iyi seçilmemişti, yeterince sivri değildi, kıvılcımlar ellerimde kalıyordu. Neyse, yine de, ilk mallar neme karşın tutuştular. Bu sırılsıklam olmuş bir tomar çoraptı. Günbatımından sonraya rastlıyordu. Alevler hızla yükseldi, harlı. Köyün yerlileri ateşin etrafında toplandılar, feci şekilde çeneleri düşmüştü. Robinson'un satın almış olduğu doğal kauçuk ateşin ortasında çıtırdıyordu ve saldığı koku bana kaçınılmaz olarak o ünlü Telefon Şirketi yangınını anımsatıyordu, Grenelle rıhtımında, pek güzel romans söyleyen Charles amcamla beraber izlemeye gitmiştik. Sergi'den önceki yıldı bu, Evrensel olanı, ben daha çok küçüktüm. Anıları ortaya çıkmaya zorlamak için kokularla alevler gibisi yoktur. Kulübem de, işte tam öyle kokuyordu. Sırsıklam olduğu halde, tamamen kül oldu, alenen ve mallar da dahil. Hesap kapanmıştı. Orman kırk yılda bir susmuştu. Tam bir sessizlik. Baykuşların, leoparların, kurbağaların ve papağanların gözleri fal taşı gibi açılmıştı herhalde. Onları afallatmak için böylesi gerekiyordu. Tıpkı savaş sırasındaki bizler gibi. Artık orman gelip kalıntıları yaprak gümbürtüsünün altına alabilecekti. Yalnızca küçük bagajımı kurtarmıştım, katlanır yatak, söz konusu üç yüz frank ve elbette yolluk olarak birkaç "cassoulet" ne yazık ki!

Bir saat süren yangından sonra, kulübeciğimden geriye hiçbir şey kalmamıştı. Yalnızca yağmurun altında birkaç kıvılcım ve dalga dalga yükselen kokunun göbeğinde mızraklarının ucuyla külleri kurcalayan birkaç münasebetsiz zenci, dünyanın tüm bozgunlarından kopup gelen bu koku, tüm felaketlere eşlik eden, tüten barutun kokusu.

Apar topar siktir olup gitmenin zamanı gelmiş de geçiyordu. Gerisin geriye Fort-Gono'ya dönmek? Oraya gidip davranışlarımı ve bu maceranın girdisini çıktısını açıklamaya çalışmak? Tereddüt ediyordum... Uzun sürmedi. Hiçbir şey açıklanamaz. Dünyanın tek bildiği şey uyurken bir o yana bir bu yana dönen biri gibi sizi öldürmektir, dünya uyurken üstünüze abandığında, uyuyan birinin pirelerini ezdiği gibi. Böylesine bir ölüm pek ahmakça olurdu, diye düşündüm, herkes gibi, yani. İnsanlara güvenmek demek kendini azıcık öldürtmekle eşdeğerdir.

Ne halde olduğuma bakmaksızın, önümdeki ormana dalmaya karar verdim, tüm felaketlerin kaynağı şu Robinson'un gittiği istikamete doğru.

Yolda, orman hayvanlarının seslerini daha epeyce ve sıkça duydum, iniltileriyle, titrek bağırışlarıyla ve çağrılarıyla, ancak onları neredeyse hiç göremiyordum, tabii barınağımın yakınlarında az kalsın üzerine basacağım o yavru vahşi domuzu hiç saymıyorum. Bu bağırış, çağırış, haykırış sağanağına bakınca, o hayvanların yüzlercesi, binlercesi, burnunuzun dibinde sanırdınız. Oysa kızılca kıyamet kopardıkları yere yaklaşır yaklaşmaz, çil yavrusu gibi dağılmış oluyorlardı, şu mavi koca beçtavukları dışında, sanki bir düğüne gider gibi tüylerinin içinde ayakları birbirine dolanmış durumdaydı ve öksürerek daldan dala atlarken o kadar beceriksizdiler ki, başlarına bir kaza geldiğini sanırdınız.

Daha aşağıda, ormanın iç kesimlerinin küflerinin üstünde, hantal, geniş, üstelik kanatları "davetiye" gibi nakışlı kelebekler açılmakta zorlanmaktan dolayı titremekteydiler, sonra da, daha da aşağıda biz vardık, sarı çamurun içinde bata çıka bocalayan. Güçlükle ilerleyebiliyorduk ancak, üstelik zenciler beni, uç uca dikilmiş çuvallardan oluşan bir sedyenin üstünde taşımaktaydılar. Aslında taşıyıcılar isteseler derin bir su birikintisinin üzerinden geçerken beni çirkefe sallayabilirlerdi. Acep niye yapmaya kalkışmadılar dersiniz? Bunun nedenini daha sonra öğrenecektim. Ya da âdetlerine uygun olduğuna göre aslında beni yiyebilirlerdi de?

Ara sıra, bu yoldaşlarıma sorular soruyordum, ağzım yapış yapış, her seferinde de bana: "evet, evet" diye yanıt veriyorlardı. Yani hep suyuma gidiyorlardı. Pek şeker insanlar. İshalden biraz başımı kaldırabildiğimde, bu kez de derhal ateşleniveriyordum. Böyle böyle derken amma da hastalanmıştım.

Hatta artık her şeyi bulanık görür olmuştum, ya da daha doğrusu her şeyi yemyeşil görüyordum. Gece olduğunda ne kadar hayvanat varsa hepsi de kampımızı kuşatıyordu, ateş yakıyorduk. Ve ara ara nereden geldiği belli olmayan bir çığlık bizi boğan dev kara çadırı her şeye rağmen boydan boya katediyordu. Boğazlanmış bir hayvan, insanlardan ve ateşten nefret etmesine karşın yine de, yanı başında duran bizlere, şikâyete gelmiş.

Dördüncü günden itibaren, artık gerçekle yüksek ateşten kaynaklanan saçma sapan şeyleri, insan kesitleri, irade kırıntıları ve de sonu gelmeyen umutsuzluklarla birlikte karman çorman kafama giren o şeyleri ayırt etmeye kalkışmaktan bile vazgeçtim.

Ancak bugün geriye dönüp baktığımda, iki nehrin kesiştiği yerdeki bir taş çıkıntısının üzerinde bir sabah karşılaştığımız o sakallı beyaz adamın gerçekten var olmuş olması gerekir diyorum kendi kendime. Hatta çok yakınlardaki bir çağlayandan gelen bir gümbürtü bile duyuluyordu. Alcide tarzında bir adamdı, ama bir İspanyol çavuşu kimliğinde. Bir patikadan diğerine öylece, ite kaka ilerleyerek, sonunda, ezelden beri Castilla Krallığı'nın mülkiyetindeki Rio del Rio sömürgesine varmıştık. Bu İspanyol'un, bu zavallı askerin de, kendine ait bir kulübesi vardı. Tüm yaşadığım sıkıntıları ve benim de o kendi kulübeme neler yaptığımı ona anlattığımda sanırım epey gülmüştü! Onunki, gerçekten de, biraz daha sağlam görünüyordu, ama o kadar da değil. Onun kendine özgü derdiyse, kırmızı karıncalardı. Yıllık göçleri için, kulübesinin tam orta yerinden geçmeye karar vermişlerdi o küçük kaltaklar ve neredeyse iki aydır ha bire geçip duruyorlardı.

Neredeyse her tarafı onlar işgal etmişlerdi; kımıldayacak yer bile yoktu ve üstelik, eğer onları rahatsız ederseniz, feci ısırıyorlardı.

Cassoulet'mden ona vermeme pek bir memnun oldu, çünkü o, üç yıldır, sadece domates yiyordu. Daha ne diyeyim. Bana anlattığına göre, şimdiye kadar, üç bin kutudan fazlasını yemiş tek başına. Onları değişik biçimlerde pişirmekten usandığı için de, artık olabilecek en sade şekliyle kapağın iki ucuna açılan deliklerden yutuveriyormuş, yumurta içer gibi.

Kırmızı karıncalar, konservelerimizin yenilerinin geldiğini öğrenir öğrenmez, *cassoulet*'lerinin çevresinde nöbet tutmaya başladılar. Ortalıkta açılmış bir kutu bırakmaya gelmezdi, herhalde, yoksa kırmızı karınca ırkının tümünü kulübenin içine çağırıverirlerdi. Onlardan daha komünistini arasan da bulamazdın. Üstelik İspanyol'u da yiyip yutarlardı.

Bu ev sahibimden Rio del Rio'nun başkentinin adının San Tapeta* olduğunu öğrendim, uzun yolculuklara göre yapılmış kadırgalarının donatımının ünü tüm kıyıya ve hatta ötesine yayılmış bir kent ve liman.

İzlediğimiz patika tam da oraya gidiyordu, doğru yoldaydık, oraya varmak için üç gün üç gece bu şekilde devam etmemiz yeterliydi. Şu hezeyanlarımı iyileştirmek babında, beni adam edecek iyi bir yerli ilaç bilip bilmediğini sordum o İspanyol'a, olur a. Kafam beni feci şekilde hırpalıyordu. Ancak o bu tür şeylerin adının bile anılmasını istemiyordu. Sömürgeci bir İspanyol için garip derecede Afrika-düşmanıydı, o kadar ki, tuvalete gittiğinde, muz ağacı yapraklarını kullanmayı bile reddediyordu ve elinin altında, o iş için hazır kesilmiş, koca bir tomar *Boletin de Asturias* tutuyordu, özel olarak. O da gazete okumuyordu, yine tıpkı Alcide gibi.

Üç yıldır burada yalnız yaşayan biri olarak, kırmızı karıncalarla, birkaç saplantısı ve eski gazeteleriyle ve de çok belirgin olduğundan sanki ikinci bir kişi varmış izlenimi yaratan o feci İspanyol şivesiyle, onu heyecanlandıracak bir şey bulmak çok zordu. Zencilerini azarladığında sanki fırtına kopuyor sanılırdı, örneğin. Bağırış çağırış açısından Alcide onun yanında hiç kalıyordu. Sonunda tüm *cassoulet*'lerimi ona bağışlamaya karar verdim, o İspanyol'a, yani o derece hoşlanmıştım ondan. O da karşılığında bana Castilla armalı pürtüklü kâğıda pek güzel bir pasaport hazırladı, hem de inceden inceye işlenmesi en az on dakikasını alan çok fiyakalı bir imzayla.

San Tapeta için, yanlış yola sapmamız gerçekten de olanaksızdı, doğru söylemişti, dosdoğru gitmemiz yeterliydi. Nasıl varabildiğimizi anımsamıyorum, ama tek emin olduğum şey, gelir gelmez bir papazın ellerine teslim edildiğimdir, üstelik o da gözüme öylesine bunak görünmüştü ki onu yanımda hissetmek bana bir tür cesaret aşıladı, ona nazaran. Ama fazla uzun sürmedi.

* San Tapeta: Fransızcada *Saint Tapette* sözcüklerini (Aziz Nonoş) çağrıştırıyor (Hz. Nonoşt kenti gibi).

San Tapeta kenti tam denizin önünde bir kaya yamacına yapıştırılmıştı ve görmeliydiniz amma da yeşil olduğunu. Olağanüstü bir manzara, herhalde, koydan bakınca, uzaktan, görkemli bir şeydi, oysa yakından bakınca yalnızca Fort-Gono'daki gibi aşırı yorgun et yığınlarından ibaretti, tıpkı oradakiler gibi irin akıtıp pişmekten başka bir şey yapamayan. Küçük kervanımın zencilerine gelince, bilincimin kısa süreliğine açık olduğu bir fırsatta onları geri yolladım. Ormanın önemli bir bölümünü aşıp gelmişlerdi ve dönüşte kendi hayatlarından endişe ediyorlardı, öyle dediler bana. Benden ayrılırken bu yüzden peşinen ağlaşıyorlardı, ancak bende, onlara acıyacak derman kalmamıştı. Fazla acı çekmiş ve fazla terlemiştim. Durmak bilmiyordu.

Anımsayabildiğim kadarıyla, bu kentte belli ki sayıları hayli kabarık olan çok sayıda gaklayıp guklayıcı yaratık gece gündüz özel olarak papaz evine yerleştirilen döşeğimin çevresinde çırpınır olmuştu, belli ki San Tapeta'da hoşça vakit geçirilebilecek pek fazla bir şey yoktu. Papaz içimi dışımı bitki çaylarıyla dolduruyordu, uzunca ve yaldızlı bir haç karnının üzerinde salınıyordu ve başucuma yaklaştığında cüppesinin derinliklerinden bozuk para şangırtıları yükseliyordu. Ancak halkla sohbet etmek artık söz konusu olamazdı, sayıklamak bile beni dayanılmaz derecede yoruyordu.

Artık ecel vaktinin geldiğine inanıyordum, papazın penceresinden son bir kez daha bu dünyaya ait görülebilecek şeylere bakmaya çalışıyordum. Bugün o bahçeleri çok vahim ve fahiş hatalar yapmadan betimleyebileceğimi iddia edecek değilim. Güneş, bakın o vardı, bundan eminim, hiç değişmiyordu, koca bir kazanın kapısı hep suratınızın ortasına açılıyormuş gibi, sonra, altında, yine güneş ve o akıl almaz ağaçlar, yine nice patikalar, meşe ağacı gibi serpilmiş o bir nevi marullar ve üç dört tanesinin bile bizim oraların sıradan hoş bir kestane ağacının cüssesine erişmeye yeteceği kadar iri karahindibalar. Tüm bunlara, bir ağaçlıktan ötekine umutsuzca cirit atan bir ya da iki tane, İspanyol köpeği kadar battal kurbağa ekleyin, tamam.

İnsanların, ülkelerin ve nesnelerin bittiğini işaret eden şey kokulardır. Tüm maceralar burundan çekip giderler. Gözlerimi yumdum çünkü artık onları açık tutmaya daha fazla dayanamayacaktım. Öyle olunca da, geceler geçtikçe, Afrika'nın yakıcı kokusu canlılığını yitirmeye başladı. Gitgide o ağır ölü toprak, apış arası ve dövülmüş safran harmanının izini bulmakta zorlanır oldum.

Bir zaman kesiti, bir miktar geçmiş ve yeniden bir zaman kesiti, sonra da öyle bir an geldi ki bir dizi sarsıntıyla kanımın çekildiğini hissettim, ardından daha düzgün biçimde sallanmaya başladım, bu kez de beşikteymiş gibi...

Yatıyordum, kesinlikle hâlâ yatıyor olmalıydım, ama olsa olsa oynak bir madde üzerindeydim. Bırakıveriyordum kendimi, sonra da kusuyordum ve yine uyanıyordum ve de yeniden uykuya dalıyordum. Denize açılmıştık. Kendimi o kadar pelte gibi hissediyordum ki o yeni halat ve katran kokusunu belleğime kaydedecek gücü bile zor buluyordum. Ağzına kadar açık bir lombozun tam üstünde tıkıştırıldığım bu seferi kuytuluk serindi. Beni yalnız bırakmışlardı. Yolculuk devam ediyordu elbette... Ama hangisi? Güvertede adımlar duyuyordum, ahşap bir güverte, burnumun üstünde, sesler de geliyordu ve de bordaya çarpıp çalkalanan, tükenen dalgalar.

Nerede olursanız olun, yaşamın başucunuza geri dönmesi pek görülmüş şey değildir, tabii eğer o size atılan sıkı bir kazık biçimini almadıysa. San Tapeta'daki adamların bana attıkları kazık anılmaya değerdi. O halde olmamı fırsat bilip beni bir kadırganın donatımına katmak üzere, olduğum gibi, beyni sulanmış halimle, satmamışlar mıydı? İtiraf etmeliyim ki, hoş bir kadırgaydı, doğrusu, yüksek bordalı, sıkı kürekleri olan, güzel lal rengi yelkenlerle taçlanmış, tamamen yaldızlı bir kasara, subaylara ayrılan yerleri pek bir süslü püslü, pruvasında da, polo kıyafeti giymiş *İnfanta Combitta*'yı* temsil eden muhteşem bir balıkyağından tablo. Bana sonradan açıklandığına göre, bu Haşmetmeap, adıyla, memeleriyle ve de kraliyet ihtişamıyla, bizi götüren bu gemiyi himayesi altına alıyormuş. İnsanın göğsü kabarıyordu doğrusu.

Aslına bakılırsa, diye düşünmeye koyuldum maceram hakkında, San Tapeta'da kalsaydım, hâlâ köpek gibi hastaydım,

* *İnfanta Combitta:* Bu İspanyolca sözcükler Fransızcada *enfant* (çocuk) ve *con* + *bitte* (am + yarak) sözcüklerini çağrıştırıyor (*Veledi Anyarak* gemisi gibi).

çevremde her şey dönüyordu ve zencilerin beni yerleştirdikleri şu papazın evinde kesinlikle ölmüş olurdum... Fort-Gono'ya dönmek? O zaman şu hesap meselesi yüzünden "on beş yıl" yemekten paçayı sıyıramazdım... Burada hiç olmazsa hareket vardı ve bu da bereket sayılmalıydı, umuttu... Şöyle bir düşünecek olsak, şu *İnfanta Combitta*'nın kaptanının tam demir almadan önce beni papazımdan, sefil bir fiyata dahi olsa, satın alışı az mı yürekli bir davranıştı yani? Bu mübadelede parasını tümüyle rizikoya atmıştı kaptan. Her şeyi yitirebilirdi de... Beni diriltip canlandırmada deniz havasının olumlu etkisine güvenerek almıştı o riski. Ödülünü hak ediyordu. Kazançlı çıkacaktı da, çünkü daha şimdiden iyiye gidiyordum ve bundan çok hoşnut olduğunu gördüm. Hezeyanlarım hâlâ sürüyordu ama belirli bir mantık çerçevesinde... Gözümü açtığım andan itibaren kaptan o kuytuluğuma kadar gelerek beni sık sık yokladı hem de tüylü şapkasını kuşanmış olarak. Onu karşımda o halde görüyordum.

Beni bir türlü terk etmeyen yüksek ateşime karşın ot minderimden doğrulmaya çalışışımı izlerken epey eğleniyordu. Kusuyordum. "Haydi, küçük bok çuvalcığı, yakında, siz de diğerleriyle birlikte kürek çekebileceksiniz!" diye öngörüde bulundu bana. Pek kibar bir yaklaşımdı bu ve bana hafiften sopasıyla vururken kahkahalar atıyordu, ama pek dostça hani, ve enseye vuruyordu, kalçaya değil. Benim de eğlenmemi istiyordu, benim de onunla birlikte beni satın alarak yapmış olduğu kârlı işten dolayı sevinmemi istiyordu.

Gemideki yemekler bana gayet makul gelmişti. Sürekli sayıklıyordum. Kısa sürede, kaptanın da öngördüğü gibi, arkadaşlarla birlikte ara sıra kürek çekecek kadar güç topladım. Ancak on küsur arkadaş varken ben yüz tane görüyordum: yanılsama işte.

Bu yolculuk sırasında pek fazla yorulmuyorduk çünkü çoğu zaman yelken açarak gidiyorduk. İki güverte arasındaki yaşam koşullarımız hafta sonu ek vagonlara tıkıştırılan düşük mevkili sıradan yolcularınkinden daha mide bulandırıcı değildi ve gelirken *Amiral-Bragueton*'da katlandıklarımdan daha az tehlikeliydi. Atlas Okyanusu'nun doğusundan batısına bu geçişimizde bolca havalandırıldık hep. Havalar soğudu. Ancak iki güverte arasında bundan hiç de şikâyetçi değildik. Yalnızca biraz fazla uzun sürüyordu. Kendi hesabıma, fazlasıyla deniz ve orman manzarası görmüştüm sonsuza dek yetecek kadar.

Gemi yolculuğumuzun amaçları ve yöntemleri hakkında kaptandan daha fazla ayrıntı almak isterdim doğrusu, ama artık iyice düzeldiğimden beri, benimle pek ilgilenmez olmuştu. Üstelik adam gibi bir sohbet için yine de fazla zırvalıyordum. Onu artık yalnızca uzaktan görebiliyordum, gerçek bir patron gibi.

Gemide, kürek mahkûmları arasında Robinson'u aramaya koyuldum ve birçok kez geceleyin, sessizliği bölerek, yüksek sesle adını seslendim. Kimseden yanıt alamadım birkaç küfür ve tehdit dışında: Zebanilerden.

Öte yandan, kendi maceramın ayrıntılarını ve koşullarını düşündükçe, sanki ona da aynı San Tapeta kazığının atılmış olması bana çok akla yatkın geliyordu. Ne var ki Robinson şu sırada başka bir kadırgada kürek çekiyor olmalıydı. Ormandaki zencilerin tümü bu dümene ve ticarete bulaşmış olmalıydılar. Etme bulma dünyası, sırayla, adil olmadığı söylenemezdi. Ne yaparsın, ekmek parası ve hemen yemeyeceğin nesneleri ve kişileri alıp satmak gerek. Yerlilerin bana yönelik görece sevecenlikleri olabilecek en alçak gerekçede açıklamasını buluyordu.

İnfanta Combitta haftalar boyunca Atlas Okyanusu'nun dalgalarını yararak, o deniz tutması senin bu ateş nöbeti benim, yoluna devam etti ve akşamın birinde çevremizdeki her şey birden sakinleşiverdi. Sayıklamalarım geçmişti. Çapanın çevresinde dokuz doğuruyorduk. Ertesi sabah uyanıp, lombozları açınca anladık, varacağımız yere geldiğimizi. Müthiş bir manzaraydı!

Sürpriz diye buna denirdi işte. Birden keşfedilen şey o kadar şaşırtıcıydı ki, sislerin arasındayken, önce gözlerimize inanamadık, derken o şeylerin tam karşısına vardığımızda mecburen, kürek mahkûmu halimizle dahi, kahkahalar atmaya başladık, bu manzara karşısında, tam önümüzde...

Düşünsenize, onların o kentleri ayakta duruyordu, dimdik ayakta. New York ayakta duran bir kenttir. Daha önce de epey kent görmüştük bizler elbette ve bayağı da güzel kentler ve de limanlar, hem de en fiyakalısından. Ama bizim oralarda, yatar vaziyettedir kentler, değil mi, deniz kenarında ya da nehir kıyısında, manzaranın üzerine uzanıverirler, yolcuyu beklerler, oysa bu Amerikalısı, o öyle ayılıp bayılmıyordu, hayır, kazık gibi duruyordu, orada, hiç de sikici değildi, ürkütücü bir kazık.

Dolayısıyla hıyar gibi dalgamızı geçtik. Kazık yutmuş gibi inşa edilmiş bir kent, haliyle güldürüyor insanı. Ne var ki bizler, manzarayla ancak boyun hizasından itibaren dalga geçebiliyorduk, o sırada gri, pembe ve hızlı ve de ısıran kalın bir sis perdesini aşarak açıklardan gelip hem pantolonlarımıza hem de bu zırhın çatlaklarına, rüzgârın itekledigi bulutların gömüldüğü kentin sokaklarına saldıran soğuk yüzünden. Kadırgamız ince izini dalgakıranın tam hizasında, bir sürü açgözlü ve düdük öttürücü sandalla römorkörün batıp çıktığı lağım suyunu andıran bir akıntının bittiği yerde tutuyordu.

Bir çulsuz için, herhangi bir yerde bile karaya çıkmak pek kolay iş değildir ama bir kürek mahkûmu için durum daha da beterdir, özellikle de Amerikan ahalisinin Avrupa'dan gelen kürek mahkûmlarını hiç ama hiç sevmedikleri dikkate alınırsa. "Bunların topu da anarşisttir" diyorlar. Yani ülkelerinde yalnızca cebi mangırla dolu meraklıları ağırlamak istiyorlar, çünkü Avrupa'nın tüm para birimleri, Dolar çocuğudur.

Ben de belki başkalarının daha önce başardıklarını deneyerek, limanı yüzerek geçip rıhtıma varır varmaz bağırmaya başlayabilirdim: "Yaşasın Dolar! Yaşasın Dolar!" Bu da bir çözüm. Bu şekilde kıyıya çıkmayı başarıp sonradan da köşeyi dönmeyi becerenler varmış. Ama kesin değil, yalnızca söylenti. Düşlerde bundan daha beter neler olur neler. Benim aklımdaysa yükselen ateşime eşlik eden başka bir numara vardı.

Kadırgadayken pire saymasını iyi öğrenmiş biri olarak (yalnızca onları yakalamasını değil, aynı zamanda toplamasını, çıkarmasını, yani bir tür istatistik denilebilir), ki bu pek gösterişli olmamakla birlikte, bal gibi özel bir teknik isteyen hassas bir meslektir, işte bundan yararlanmak istiyordum. Amerikalılar hakkında kim ne derse desin, ama iş tekniğe gelince, konunun uzmanıdırlar. Benim çılgınlık derecesinde pire sayma yöntemimi beğeneceklerdi, bundan daha şimdiden emindim. Bana göre bu iş katiyen çuvallayamazdı.

Tam da gidip göreve talip olacaktım ki birden kadırgamıza, yandaki küçük bir koyda, barınakta, New York'un iki mil doğusundaki sakin bir körfezin dibinde, bu iş için özel ayrılmış bir köyün yanı başında karantinaya girme emrini verdiler.

Ve hep beraber orada haftalar boyunca gözetim altında kaldık, o kadar ki belli alışkanlıklar bile edindik. Sözün gelişi her akşam yemekten sonra su tedarik etme ekibi köye gitmek üzere gemiden ayrılıyordu. Emellerime ulaşmak için benim de haliyle buna dahil olmam gerekiyordu.

Arkadaşlar benim derdimin ne olduğunu gayet iyi biliyorlardı ama macera onları çekmiyordu. "Delidir, diyorlardı, ama tehlikeli değildir." *İnfanta Combitta*'da yemekler çok da kötü değildi, arkadaşları biraz sopalamıyor değildiler tabii, ama aşırıya kaçmadan, yani durum idare edilebilir gibiydi. Orta karar bir işti. Üstelik, nimetlerin âlâsı, kadırgadan asla kovulmaları söz konusu olamazdı ve hatta Kral onlara altmış ikisine geldiklerinde bir tür küçük emeklilik maaşı bile bağlamayı vaat etmişti. Bu tür bir gelecek tasarısı onları mutlu ediyordu, onlara düş kuracak malzeme sağlıyordu ve üstelik, kendilerini özgür hissetmek için, Pazar günleri de oy vermece oyunu oynuyorlardı.

Bize karantinanın dayatıldığı haftalar boyunca, hep beraber

iki güverte arasında kükrüyorlardı, güreşiyorlardı ve aynı zamanda sırayla birbirlerini düzüyorlardı. Kaldı ki onları benimle kaçmaktan alıkoyan esas neden de, benim bu kadar tutkunu olduğum Amerika hakkında, hiçbir şey bilmek ya da öğrenmek istememeleriydi. Herkesin karabasanı kendine, onların günah keçisi de Amerika'ydı. Hatta beni bile ondan tamamen soğutmaya kalktılar. Artık epey zengin olmuş olması gereken Lola'cığım başta olmak üzere, bir de herhalde iş dünyasında kendine iyi bir yer edinmiş olması gereken o Robinson'u da eklersek, bu ülkede tanıdığım birçok insan olduğunu onlara ne kadar anlatmaya çalışırsam çalışayım, Amerika'ya garezlerinden, tiksintilerinden, nefretlerinden asla geri adım atmak istemiyorlardı: "Sen kaçıksın ve hep öyle kalacaksın" diyorlardı bana. Günün birinde onlarla köyün çeşmesine gider gibi yaptım ve sonra da onlarla birlikte kadırgaya dönmeyeceğimi söyledim. Haydi bana eyvallah!

Aslında iyi çocuklardı, bayağı çalışkan falan, üstelik yaptığımı hiç onaylamadıklarını bir kez daha söylemekle birlikte, bana yine de bol bol cesaret dilediler, bir de iyi şanslar, mutlulukları da unutmadan, ama tabii kendilerine özgü biçimde: "Haydi git! dediler bana. Git bakalım! Ama uyarmadık deme: Sen bir çulsuza hiç de yakışmayan zevkler edinmişsin! Ateşin çok yükseldiği için böyle keçileri kaçırıyorsun! Er geç Amerika'yı bırakıp döneceksin ve üstelik bizden daha beter durumda! Bu zevklerin mahvedecek seni! Öğrenmek istiyorsun demek? Oysa zaten senin durumunda biri için fazlasıyla şey biliyorsun!"

Orada dostlarım olduğunu ve beni beklediklerini anlatmaktan dilimde tüy bitmişti. Hık mık ediyordum.

— Dostlar mı? diyorlardı o zaman, öylesine, dostlar ha? ama dostlarının seni ipledikleri falan yok ki! Yahu o dostların seni çoktan unutmuşlardır bile!...

— Ama Amerikalıları görmek istiyorum ben! diye ısrar ediyordum etmesine, ama. Üstelik onların kadınlarının eşi benzeri yok!...

— Yahu bizle gemiye dönsene mankafa! diye yanıtlıyorlardı beni. Oraya gitmeye değmez dedik ya sana! Daha beter hasta olacaksın! Biz sana hemencecik anlatırız Amerikalıların ne bok olduklarını! Ya hepten milyoner ya da hepten leş! Ortası yok! Sen bu halinle kesinlikle milyonerleri görecek değilsin! Ama leş dedin mi, bak ondan bolca yedirirler sana, bundan emin olabilirsin! Bak bu açıdan için rahat etsin! Hem de hemen şimdi, hiç gecikmeden!...

İşte bana böyle davrandı arkadaşlar. Sonunda gıcık kaptım hepsine, bu koftilere, bu götverenlere, bu insan müsveddelerine. "Hepiniz siktir olup gidin! diye yanıt verdim onlara; kıskançlıktan çatlıyorsunuz, sorun bu işte! Eğer Amerikalılar anamı bellerse, o zaman bakarız icabına! Ancak kesin olan bir şey varsa, o da topunuzun takım taklavatı kör testereyle kestirmiş olduğunuzdur, hem de kökünden!"

Laf geçirmek diye buna derlerdi işte! Hoşuma gitmişti!

Hava kararmakta olduğu için kadırgadan düdük çalarak onları çağırdılar. Hep birlikte uyumlu biçimde kürek çekmeye başladılar, biri hariç, ben. Artık seslerini duyamayacağım kadar uzağa gitmelerini bekledim, ses tamamen kesilinceye kadar, sonra yüze kadar saydım ve köye kadar elimden geldiğince hızla koştum. Şirin bir yerdi köy, epey aydınlık, isteyenin istediği yere gidip yerleşmesini bekleyen ahşap evler, küçük bir kilisenin sağına soluna dizilmişlerdi, kilise de sessizdi, ancak ben titriyordum, hem sıtma hem de korkudan. Sağda solda, umursamaz gibi görünen o garnizonun denizcileriyle karşılaşılıyordu, hatta çocuklar da vardı, bir de küçük bir kız, kasları pek hoş gelişmiş: işte Amerika! Sonunda kavuşabilmiştim. Bunca sevimsiz maceradan sonra insanın hoşuna gidiyordu bu işte. Sanki yaşama bir meyve katılmış gibi. Hiçbir işe yaramayan tek köye düşmüştüm. Denizci ailelerinden oluşan küçük bir garnizon, köyün ve tüm birimlerinin bakımını üstlenmişti, günün birinde bizimkine benzer bir gemiyle saldırgan bir vebanın gelip de büyük limanı tehdit etmesi ihtimaline karşı önlem babında.

Öyle bir durumda, kentteki geri kalanların hastalık kapmaması için mümkün olduğu kadar çok yabancıyı işte bu birimlerde zıbartacaklardı. Hatta yakınlarda hazır bekleyen bir mezarlıkları bile vardı, hem de her tarafına çiçek dikilmiş. Bekliyorlardı. Altmış yıldır bekliyorlardı, yalnızca beklemekle yetiniyorlardı.

Boş bir küçük kulübe bulup içine giriverdim ve hemen uyuyakaldım, sabah olur olmaz da daracık sokakları denizciler doldurdu, kısa kollu giymişlerdi, uyumlu ve yapılı, hem de nasıl, barınağımın etrafında, bu kâğıt üstündeki köyün tüm kavşaklarında süpürge sallayıp su kovası taşırıyorlardı. Oldukça kayıtsız bir hava takınmaya çalışsam da, o kadar açtım ki her şeye rağmen mutfak kokularının yükseldiği bir yere yanaştım.

Yakayı orada ele verdim, derken kimliğimi saptamaya kesin kararlı iki manga arasında sıkıştırıldım. Derhal beni suya atmaktan söz edilir oldu. En kestirme yoldan Karantina Müdürü'nün önüne getirildiğimde dizlerimin bağı çözülmüştü ve her ne kadar sürekli olumsuz koşullarla baş etmek zorunda kala kala biraz pişkinlik yeteneğimi geliştirmiş olsam da kendimi hâlâ parlak doğaçlamalara girişmeyi göze alamayacak kadar ateşli hastalığın etkisinde hissediyordum. Aklım başka yerdeydi ve tadım kaçmıştı.

En iyisi düşüp bayılmaktı. Olan da bu oldu. Daha sonra kendime geldiğim bürosunda açık renk elbiseli bazı hanımlar çevremde erkeklerin yerini almışlardı, beni muğlak ve iyi niyetli bir sorgudan geçirdiler ki bu benim için gayet tatminkâr olabilirdi. Ancak bu dünyada hiçbir hoşgörü uzun ömürlü olmuyordu ve daha hemen ertesi gün erkekler bana yine hapisten söz etmeye başladılar. Ben de fırsat bu fırsat onlara pirelerden söz ettim, çaktırmadan, sanki laf olsun diyeymiş gibi... Onları yakalamaktan dem vurdum... Saymaktan... Bunun benim işim olduğunu ve üstelik bu parazitleri gerçek istatistiksel veriler halinde gruplandırmayı bildiğimi söyledim. Tavırlarımın gardiyanlarımın ilgisini çektiği, merak uyandırdığı gözümden kaçmamıştı. Kulak kesilmişlerdi. Ama bana inanmalarını sağlamak ayrı meseleydi.

Nihayet bizzat istasyon şefi çıktı ortaya. Adı "Surgeon general"dı ki eğer o bir balık olsaydı hoş bir isim olurdu doğrusu*. O kaba davrandı, ancak diğerlerinden daha kararlıydı. "Ne diyorsunuz bakayım, evladım?" dedi bana, "pireleri saymasını mı biliyorsunuz? Bak sen!..." Beni bozum etmek için tam da böyle bir maval okumamı bekliyordu. Ama ben derhal taşı gediğine koyup önceden ezberlediğim küçük savunmamı sundum. "Pire sayımının önemine inanıyorum! Bu bir uygarlık öğesidir çünkü

* Surgeon: Fransızcada *esturgeon* (mersinbalığı) sözcüğünün söylenişini çağrıştırıyor.

sayım en değerli istatistiksel malzemelerin temelidir!... İlerici bir ülke pirelerinin sayısını mutlaka bilmek zorundadır, hem de cinsiyetlere göre, yaş gruplarına, yıllara ve mevsimlere göre tasnif edilmiş olarak..."

— Haydi, haydi! Yeterince laf dinledim delikanlı! diye sözümü kesti Surgeon general. O Avrupalı babayiğitlerden daha niceleri sizden önce de bize gelip bu tür martavallar attılar, ama sonuçta hepsi de ötekiler gibi anarşistti, hatta ötekilerden bile beter... Artık Anarşi'ye bile inanmaz olmuşlardı! Tıraşı keselim!... yarın sizi karşıda Ellis Island'daki göçmenler üzerinde deneriz, duş servisinde! Teğmen tabibim Mr. Mischief, yani yardımcım, bana yalan söyleyip söylemediğinizi bildirir. İki aydır Mr. Mischief benden "pire-sayıcı" bir memur atamamı istiyor. Sınanmak için onun yanına gideceksiniz! Dağılın! Ve eğer bizi aldattıysanız denizin dibini boylarsınız! Dağılın! Ve hazır ol!

Daha önce nasıl ki nice yetke önünde dağıldıysam, bu Amerikalı yetke önünde de dağılmasını bildim, ona önce çükümü, sonra da kıçımı sundum, çevik bir dönüş hareketiyle, bu işlemlere askeri bir selam da eşlik ediyordu tabii.

Düşündüm ki bu istatistik yöntemi beni New York'a yaklaştırmak açısından bal gibi işe yarayabilirdi. Hemen ertesi gün, Mischief, söz konusu teğmen tabip, beni kısaca görevim hakkında bilgilendirdi, yağlı ve soluk tenliydi bu adam, bir de olabildiğince miyop, üstelik kocaman koyu renk camlı gözlükleri vardı. Beni herhalde ancak vahşi hayvanların kurbanlarını seçtiği şekilde seçebiliyordu, genel duruştan, çünkü iş ayrıntılara gelince, ondakiler gibi gözlüklerle bunları ayırt edebilmek olanaksızdı.

İş açısından epey iyi anlaştık ve hatta sanırım stajımın sonlarına doğru Mischief bana bayağı sempati beslemeye bile başlamıştı. Birbirini görememek sempati beslemek için zaten yeterli bir nedendir, üstüne üstlük pire yakalamadaki olağanüstü yöntemimle de onu tavlamıştım. Koca istasyonda, onları kutulamakta benim gibisi yoktu, en dikkafalılarını, en keratinleşmişlerini, en sabırsızlarını, onları daha göçmenin üzerindeyken bile cinsiyetlerine göre ayırmayı biliyordum. Ne yalan söyleyeyim, bu olağanüstü bir işti... Mischief artık el çabukluğuma tamamen güvenmeye başlamıştı.

Akşama doğru, başparmağımın ve işaretparmağımın tırnakları pire ezmekten morarmış oluyordu ve üstelik daha görevim de tam bitmiş olmuyordu çünkü geriye daha işin en önemli kısmı kalıyordu, yani gündelik istatistiksel eşkâl tablosunun sütunlarını doldurmak: Polonya pireleri bir yana, Yugoslavya'dan gelenler... İspanya'dan... Kırım kıl bitleri... Peru uyuzları... Bozguna uğramış insanlık üzerinde kaçak ve sokucu olarak seyahat eden ne varsa hepsi tırnaklarımın arasından geçiyordu. Bu, görüldüğü üzere, bir sanat eseriydi, hem devasa hem de çok özenli. Hesaplarımız New York'ta, pire-sayıcı elektrikli aletleri olan özel bir birimde yapılıyordu. Her gün, "Karantina"nın küçük römorkörü, yapılması ya da denetlenmesi gereken hesaplarımızı oraya götürmek için bütün koyu enlemesine katediyordu.

Günler ve günler işte böyle geçti, sağlığım biraz düzeliyordu, ancak bu konforlu ortamda hezeyanlarım ve ateşim geçtikçe, yeniden karşı konulmaz biçimde macera ve yeni tedbirsizlikler yapma hevesine kapılmaya başlıyordum. 37° dereceyken insana her şey sıradan görünüyor.

Oysa olanla da yetinebilirdim, sonsuza kadar rahatım yerinde, istasyonun kantininde adam gibi beslenerek, hele bir de teğmen Mischief'in, bu konuda yine not düşüyorum, on beş yaşının görkemindeki kızının, saat beşten sonra, büromuzun penceresinin önünde, giydiği kısacık eteklerle tenis oynamaya geldiğini de hesaba katarsak. Bacak konusunda bundan daha iyisini pek görmemiştim, henüz erkeksilikten tamamen arınmamışlarsa da yine de daha şimdiden epeyce zariftiler, çiçek açmakta olan bir tensel güzellik. Gerçek bir mutluluğa tahrik, vaat ettikleriyle sevinç çığlıkları attıracak cinsten. Birliğin genç deniz teğmenleri hiç peşinden ayrılmıyorlardı.

Bu hergelelerin benim gibi işe yarar şeylerle uğraştıklarını kanıtlama dertleri yoktu! Benim küçük ilahemin etrafında çevirdikleri dolapların tek bir ayrıntısı bile gözümden kaçmıyordu. Bu yüzden günde birkaç kez betim benzim atıyordu. Sonunda geceleyin belki benim de kendimi bir denizci olarak yutturabileceğimi düşünür olmuştum. Bu umutlarla avunurken yirmi üçüncü haftanın Cumartesi'si olayların akışı hızlandı. İstatistikleri getirip götürmekle görevli olan arkadaşımız, bir Ermeni, aniden Alaska'ya, altın arayıcılarının köpekleri için pire-sayıcı memur olarak atandı.

Terfi dediğin böyle olurdu işte ve nitekim o da çok mutlu oldu. Alaska köpekleri, gerçekten de, değerlidirler. Onlara hep gereksinim vardır. Onlara iyi bakılır. Oysa göçmenler kimsenin umurunda değildir. Sayıları daima gereğinden fazladır.

Hesapları New York'a götürmek için elimizin altında kimse kalmadığından, büroda o göreve beni atamakta fazla nazlanmadılar. Mischief, patronum, yola çıkmadan önce elimi sıkarak beni kutladı, bana kentte çok uslu durmamı ve düzgün davranmamı tembih etti. Bu adamcağızın bana verdiği son öğüt bu oldu ve beni bir daha asla göremedi, tabii eğer beni daha önce de gerçekten görmüş olduğu söylenebilirse. Rıhtıma yanaşır yanaşmaz, birden sağanak yağmur üstümüze boşandı ve sonra incecik ceketimi aşarak istatistiklerime de sıçradı, onlar da adım adım elimde eriyiverdiler. Yine de birkaç tanesini, iyi kötü City'deki bir işadamına benzemek amacıyla, ceketimin cebinden taşan bayağı kalın bir koruyucu tabaka niyetine sakladım, sonra da endişe ve heyecan yüklü olarak kendimi yeni maceralara doğru attım.

Kafamı kaldırıp bu koca duvara bakınca, gerçekten de sayısı fazla kalabalık ve her yerde birbirlerine fazlaca benzedikleri için mide bulandırıcı olan pencereler yüzünden tersten başım döndü.

Üstüm başım incecik, hızla, soğuktan donmuş vaziyette, yoldan gelip geçenlerin beni aralarında pek fark etmeyeceklerini umarak, bu dev cephede saptanabilecek en karanlık aralığa doğru ilerledim. Gereksiz bir utanç. Korkum yersizdi. Seçmiş olduğum sokakta, gerçekten de var olanların en daracığı, en fazla bizim oraların irice bir deresi kadar, üstelik pis mi pis, bayağı nemli, karanlık köşelerle dolu, zaten yeterli sayıda başka insanlar, irili ufaklı, beni bir gölge gibi yanlarına katarak geçip gidiyordu. Benim gibi kente doğru yönelmişlerdi, herhalde işe gidiyorlardı, başları eğik. Dört bir tarafın sefilleri.

Sanki nereye gittiğimi biliyormuşum gibi, bir de yol seçer gibi yaptım ve yönümü değiştirdim, sağ tarafımda başka bir sokağa girdim, daha aydınlık, "Broadway"di adı. Bunu bir levhadan okudum. En üst katların da üstünde, yukarılarda, martılarla birlikte azıcık gün ışığı vardı, bir de gökyüzünden parçacıklar. Bizlerse, aşağının ışıltılarında ilerliyorduk, ormanınkiler kadar hastalıklı, üstelik o kadar gri ki, koca bir kirli pamuk yığını gibi tüm sokağı dolduruyordu.

Bu bitmek bilmeyen sokak hüzünlü bir yara gibiydi, dibinde de biz, bizler, bir uçtan bir uca savrulan, bir acıdan ötekine, asla göremediğiniz sonuna doğru, dünyanın tüm sokaklarının sonuna doğru.

Araba geçmiyordu, yalnızca insanlar ve yine insanlar.

Burası, bana sonradan açıkladılar, paha biçilmez semtmiş, altın semti: Manhattan. Yalnızca yayan girilebiliyordu, kiliseye girer gibi. Bugünün dünyasında Banka'nın kalbinin attığı güzelim yer. Yine de geçerken yerlere tükürenler var. Bu ne cüret.

Taşı toprağı altın bir semt bu, tam bir mucize, hatta kapıların arkasından bu mucizeyi işitmek bile mümkün buruşturulan dolarların çıkardığı seslerde, daima fazlasıyla hafiftir o, yani dolar, gerçek bir Kutsal-Ruh, kandan bile daha değerli.

Onları, yani nakitleri korumakla görevli memurları gidip görecek zamanı buldum, hatta onlarla konuşmak için içeri bile girdim. Mutsuzdular ve maaşları düşüktü.

Müritler Bankalarına girdiklerinde, sanmayasınız ki canlarının çektiği gibi öylesine dalıp paraları alabilsinler. Katiyen. Önce küçük bir kafesten ona bir şeyler mırıldanarak Dolar'la konuşmaları gerek, bir nevi günah çıkarıyorlar yani. Fazla gürültü yok, yumuşacık bir ışık veren lambalar, yüksek kemerler arasında minnacık bir gişe, o kadar. Vaftiz şekerini yutmuyorlar. Onu cebe indiriyorlar. Öyle huşu içinde onları uzun uzadıya seyredemezdim. Ne de olsa dümdüz gölge bölmeleri arasından sokaktaki insanların peşinden gitmem gerekiyordu.

Birden, tıpkı bir ışık havzasına ulaşan bir yarık gibi genişleyiverdi sokağımız. Kendimizi oracıkta yeşilimtırak bir gün birikintisinin karşısında buluverdik, dizi dizi canavarları andıran evlerin arasına sıkışmış. Bu açıklığın tam ortasında, hafif kırsal havalı, hüzünlü çimlerle çevrili bir konak duruyordu.

Orada görünen bu binanın ne olduğunu sordum, kalabalık komşularımdan nicesine, ama çoğu beni duymazlıktan geldi. Yitirilecek zamanları yoktu. Çok yakınımdan geçen, gençten biri, yine de lütfedip beni bilgilendirerek bunun Belediye binası olduğunu belirtti, sömürge döneminden kalma eski bir tarihi eser diye de ekledi, tamamen tarihi nitelikte... orada öylesine terk edilmiş... Bu vahanın çevresi park havasındaydı, bankları da vardı, hatta Belediye'yi seyretmek için de oldukça rahattı, oturarak. Geldiğim sırada görülebilecek pek başka bir şey de yoktu.

Aynı yerde bir saat kadar bekledim ve öğle üzeri aniden, bu alacakaranlığın içinden, bu hareket halindeki, kopuk kopuk, ruhsuz kalabalığın içine, yadsınamaz güzellikte kadınlardan oluşan bir çığ düşüverdi.

O ne keşifti öyle! O ne Amerika! O ne hoşluk! Lola'nın anısı! Onun örneği beni yanıltmamıştı! Bu doğruydu!

Hac seferimin can alıcı noktasına varıyordum. Ve eğer aynı anda midemin kazınmasının durmadan kendini hatırlatmalarına maruz kalmasaydım kendimi o gerçeküstü estetik vahiy anlarından birinde sanabilirdim. Aralıksız keşfettiğim o güzellikler, azıcık güvenim ve konforum da olsaydı beni o sıradan insanlık durumumdan kolayca uzaklaştırabilirdi. Yani uzun lafın kısası, bir de sandviçim olsaydı kendimi tam bir mucizenin ortasında hissedebilirdim. Ama o sandviçin eksikliği de öyle bir hissediliyordu ki!

Yine de o ne alımlı esneklikti öyle! O ne inanılmaz zarafet! O ne ahenk yaratıcı buluşlar! Ürkütücü nüanslar! Tüm tehlikelerin açığa çıkışı! Beden ve yüzün vaat edebileceği her şeyin onca sarışının arasında sergilenişi! Hele o esmerler! Ya o kınalı ilahelere ne demeli! Ve de üstelik geldikçe geliyorlardı! Acaba, diye düşündüm, Antik Yunan çağı mı yeniden başlıyor? Tam zamanında gelmişim!

Benim, yanı başlarında, oracıkta, şu bankın üzerinde, beyni sulanmış, erotiko-mistik bir hayranlıktan, kininden ve itiraf etmek gerekirse açlıktan ağzının suları akar vaziyette varoluşumun farkına bile varmamış gibi davranıyor olmaları, bu Zümrüdüankalara gözümde daha da ilahi bir nitelik kazandırıyordu. İnsanın kendi kabuğundan çıkabilmesi mümkün olsaydı eğer bunu tam o sırada yapardım, bir daha geri dönmemecesine. Beni onun içinde tutan bir şey kalmamıştı.

Bu inanılmaz fıstıklar beni alıp götürebilirlerdi, yüceltebilirlerdi, çakacakları tek bir işaret, söyleyecekleri tek bir söz yeterliydi, anında ve tümüyle Düş dünyasına geçebilirdim, ancak sanırım onların başka işleri güçleri vardı.

Böylece bir, derken iki saat şaşkınlık içinde geçiverdi. Artık hiçbir beklentim kalmamıştı.

Bağırsaklar vardır. Bizim oralarda kırsal kesimde sokak serserilerine yapılan numarayı hiç izlediniz mi? Hani eski bir cüzdanın içini bir tavuğun kokuşmuş bağırsaklarıyla doldurursunuz. Eh işte, insan dediğiniz de tıpkı ona benzer, benden söylemesi, daha iri ve oynak ve de açgözlü, ama içinde de, bir düş.

Biraz da ciddi olmak gerekiyordu, az miktardaki bozuk para birikimimi hemen tüketmemeliydim. Pek fazla bozuk param yoktu. Saymaya bile cesaret edemiyordum. Zaten sayamazdım da, çift görüyordum. Ancak incecik olduklarını hissediyordum, o uçucu kâğıt paraların, kumaşın içinden ellediğimde, cebimde, hemen elimin altında, sallapati istatistiklerimle birlikte.

Oradan geçen erkekler de vardı, özellikle gençler, pembe tahta parçalarını andıran o kafalarıyla, kuru ve tekdüze bakışlar, sıradan olarak bile nitelendirmekte zorlanılacak çeneler, öylesine geniş, öylesine kaba... Neyse, ola ki kadınları çenelerini o haliyle beğeniyorlardır. Sokakta her bir cinsiyet kendi yoluna gider gibiydi. Onlar, yani kadınlar yalnızca mağaza vitrinlerine bakıyorlardı, kendilerini tümüyle, her bir vitrinde azar azar, ancak çok özlü biçimde, belirgin olarak sergilenmiş çantaların, eşarpların, küçük ipekli şeylerin çekiciliğine kaptırmışlardı. Bu kalabalık içinde pek yaşlı insana rastlanmıyordu. Pek fazla çifte de öyle. Kimse benim orada, yapayalnız saatlerce bir bankın üstünde çakılıp kalmış gelip geçeni seyretmemi garipsemiyor gibiydi. Yine de, bir an geldi ki, kaldırımın ortasında hokka gibi duran polis memuru benim garip projelerim olabileceğinden kuşkulanmaya başladı. Besbelli.

Nerede olursak olalım, yetkili makamların dikkatlerini üzerimize çektiğimizde, yapılabilecek en iyi şey toz olmaktır, hem de bir an önce. Açıklama falan yok. Girecek bir delik bulmalı! dedim kendi kendime.

Bankımın sağında tam da bir delik vardı, enli, bizdeki metrolara benzer şekilde kaldırımın kenarında. Bu delik bana uygun geldi, genişçeydi, önünde de pembe mermerden bir merdiveni vardı. Sokaktaki birçok insanın içine girip çıktıklarını görmüştüm. İnsanlar ihtiyaçlarını bu tür yeraltı geçitlerinde gideriyorlardı. Derhal durumu anladım. Olayın olup bittiği oda da mermerdendi. Bir nevi havuzdu, berbat bir havuz, ama havuz dediysek tüm suyu boşaltılmıştı, yalnızca ölgün, süzülmüş bir gün ışığıyla doluydu, oracıkta bitiyordu ışık, kokularının ortasında, düğmelerini çözmüş ve herkesin önünde pis işlerini, barbarca sesler çıkararak ıkınmaktan epey morarmış insanların üzerine düşerek.

Erkek erkeğe, öylesine, teklifsizce, çevredeki herkesin kahkahaları arasında, futbol maçında tezahürat yapar gibi birbirlerini destekleyerek. Önce, gelir gelmez, ceketler fora ediliyordu, bir güç gösterisinde bulunacakmış gibi. Uygun kıyafetler giyiliyordu bir nevi, âdet öyleydi.

Sonra, iyice yakası açık, osurarak ve daha da beteri, akıl hastanesi avlusundaki gibi el kol hareketleri yaparak, kazurat mağarasına yerleşiyorlardı. Yeni gelenler sokağın basamaklarından aşağı inerken binlerce boktan espriye yanıt vermek zorundaydılar; ancak yine de hallerinden pek bir memnun gibiydiler.

Erkekler, yukarıda, kaldırımda ne kadar düzgün davranıyorlarsa, hem de kaskatı, hatta kasvetli, buna karşılık şamatacı bir kalabalıkta bağırsaklarını boşaltma ülküsü de onları bir o kadar rahatlatıyor ve içten içe sevindiriyor gibiydi.

Her tarafına bulaşmış tuvalet kapıları, menteşelerinden sökülmüş, sarkar vaziyette. Ayaküstü sohbet etmek için bir hücreden ötekine geçiliyordu, boş bir oturak bekleyenler koca purolar içiyorlardı, mevcutları işgal edenlerin sırtını sıvazlayarak, onlarsa, iş başında, inatçı, gergin yüzlerini ellerinin arasına sıkıştırmış durumdaydılar. Birçoğu bu yüzden yaralılar ya da doğum yapan kadınlar gibi bayağı ıhlıyorlardı. Kabız olanlar dâhiyane işkencelere tabi tutulmakla tehdit ediliyorlardı.

Bir su fışkırtışı bir yerin boşaldığını işaret ettiğinde, boşalan gözün çevresinde bağırış çağırışlar artıyordu ve buraya kimin sahip olacağı çoğu kez yazı tura ile belirleniyordu. Gazeteler okunur okunmaz, küçük birer yastık gibi kalın olmalarına karşın, derhal bu makat emekçileri sürüsü tarafından eritiliveriyordu. Duman nedeniyle yüzleri seçmek pek mümkün değildi. Çıkardıkları kokular nedeniyle onlara yanaşmaya tereddüt ediyordum.

Bu çelişki bir yabancının aklını karıştırmak için birebirdi. Bu denli mahrem bir açık saçıklık, olağanüstü bir bağırsak samimiyeti ama sokakta bu denli bir kusursuz kısıtlılık! Sudan çıkmış balığa dönmüştüm.

Aynı merdivenleri tırmanarak aynı bank üzerinde dinlenmek üzere gün ışığına döndüm. Ani bir sindirim ve densizlik abartısı. Kakanın güler yüzlü komünizminin keşfi. Aynı maceranın bu pek şaşırtıcı farklı boyutlarını ayrı ayrı kendi hallerine bırakıyordum. Onları çözümleyecek ya da sentezini yapacak gücüm yoktu. Karşı konulmaz biçimde istediğim tek şey uyumaktı. Tatlı ve nadir bir tutku!

Dolayısıyla oraya açılan caddelerden birine dalan sokaktakilerin kuyruğunda yerimi yeniden aldım ve kopuk kopuk gitmeye başladık, her bir vitrini kalabalığı parçalara ayıran mağazalar yüzünden. Orada bir otelin kapısı açılıyor, büyük bir çalkantı yaratıyordu. İnsanlar geniş dolaplı kapıdan dışarıya fışkırıyordu, bense tam zıt yöne içerideki büyük hole doğru yutuluverdim.

İlk ağızda şaşırtıcı... Her şeyi binanın görkeminden, oranlarının büyüklüğünden kestirmek, düşlemek gerekiyordu çünkü her şey öylesine loş ampuller altında olup bitiyordu ki insanın gözleri ancak bir süre sonra alışabiliyordu.

Bu loşlukta birçok genç kadın vardı, mücevher kutularına

gömülür gibi derin koltuklara gömülmüş. Çevrelerindeyse, olağanüstü ipeksi yüksekliklerde ayak ayak üstüne atmış bu bacak sırasının açığından, belli bir mesafeden sessizce volta atan, onlara odaklanmış erkekler, meraklı ve ürkek. Bu afetler sanki adamakıllı ciddi ve adamakıllı pahalı birtakım olayları bekliyorlar gibi gelmişti bana. Elbette, düşündükleri kişi ben değildim. Bu durumda, bu sıra halindeki ellenebilir çekiciliğin önünden ben de geçiverdim, kıyın kıyın.

Tek bir koltuk sırasına dizilmiş bu görkemli eteği sıyrılmışların sayısı en azından yüzü bulduğu için, kendimi öylesine düşlere kaptırmış, mizacıma göre öylesine fazla güçlü bir güzellik porsiyonu yutmuştum ki, kabul bürosuna vardığımda adeta durduğum yerde sallanıyordum.

Kürsünün önünde, saçları briyantinli bir görevli şiddetle bana bir oda önerdi. Otelin en küçük odasında karar kıldım. O sırada yanımda taş çatlasa elli küsur dolarım vardı, fikir desen neredeyse tükenmişti, özgüvense sıfır.

Bu görevlinin bana önereceği odanın gerçekten de tüm Amerika'nın en küçük odası olmasını diliyordum, çünkü adamın oteli, *Laugh Calvin*, afişlerde kıtanın en şatafatlı döşenmişlerinin arasında en işlek otel olarak tanıtılıyordu.

Tepemde ne de çok döşeli mekân vardı, sonsuz sayıda! Yanı başımda ise, şu koltuklarda, ne de çok seri halinde ırza geçme ayartması! Ne uçurumlar! Ne tehlikeler! Yoksulun estetik işkencesinin hiç mi sonu yoktur? Açlığından da mı inatçıdır? Ancak bu iğvaya kendimi kaptıracak zaman yoktu, bürodakiler atik davranıp bir anahtar sıkıştırıvermişlerdi elime, ağır mı ağır. Kımıldamaya bile cesaret edemiyordum.

Uyanık bir bacaksız, çok genç bir tuğgeneral gibi giyinmiş, birden önümde beliriverdi; emredici bir kumandan. Bürodaki yassı saçlı görevli metal zilini üç kez çınlattı ve bizim bacaksız ıslık çalmaya başladı. Yolcu ediliyordum. Kalkış işareti. Yola düştük.

Önce bir koridordan geçtik, haldır haldır, bir metro gibi gözü kara gidiyorduk. Yönlendiren oydu, yani velet. Bir köşe daha, bir dolambaç ve sonra bir tane daha. Oyalanmadan. Güzergâhımızı biraz eğikleştirip, geçiverdik. Asansöre gelmiştik. Bir anlık bir yorgunluk. Geldik mi? Hayır. Bir koridor daha. Daha bile karanlık, tüm bölmelerde abanoz kaplama vardı sanırım. İnceleyecek zamanım yoktu. Ufaklık ıslık çalıyor, entipüften bavulumu da kapmış gidiyordu. Ona hiçbir şey sormaya cesaret edemiyorum. Yürümek gerek yalnızca, farkındayım. Yolumuzun üstünde, orada burada, karanlıkların içinde, kırmızı ve yeşil bir ampul talimat serpiştiriyor. Uzun yaldızlı çizgiler kapıları damgalıyor. 1.800'lü, sonra da 3.000'li numaraları çoktan geride bırakmıştık, gelgelelim hâlâ aynı baş edilmez kaderimizin peşinden ilerlemeye devam ediyorduk. Rütbeli küçük komi, gölgelerin arasında adı konulmamışın izini sürüyordu, kendi içgüdüsünün peşinden gider gibi. Bu inde hiçbir şey onu hazırlıksız yakalayamıyordu. Bir zencinin ya da yine zenci bir oda hizmetçisinin yanından geçerken, ıslığı dertli tınılı bir makamdan ötüyordu. O kadar.

Bir yandan hızlanmaya çabalarken, Karantina'dan kaçarken hâlâ sahip olduğum tüm özgüveni de bu bir örnek koridorlar boyunca yitirmiştim. Tıpkı daha önce kulübemin Afrika rüzgârları altında ılık su tufanında dağılışı gibi ben de dağılıyordum. Kendi hesabıma burada ben de hiç tanımadık bir duyumlar tufanıyla cebelleşiyordum. İki cins insanlık durumu arasındayken öyle bir an gelir ki insan boşlukta debelenmeye başlar.

Ansızın bacaksız, haber vermeden, çark etti. Gelmiştik. Bir kapıya tosladım, bu benim odamdı, bölmeleri abanoz kaplı irice bir kutu. Sadece masanın üstüne düşen azıcık bir ışık ürkek, yeşilimtırak bir lambayı sarmalıyordu. "*Laugh Calvin* otelinin Müdürü dostluğuna güvenilebileceğine dair yolcuyu temin ediyordu ve onun, yani Müdür'ün, New York'ta geçireceği tüm zaman zarfında yolcunun neşesinin yerinde olması konusuyla şahsen alakadar olacağını beyan ediyordu." Hemen fark edilecek şekilde orta yere konmuş olan bu ilanı okumak bile, mümkün olsaydı eğer, ruhi çöküntümün derecesini bir kat daha artıracak nitelikteydi.

Nihayet yalnız kaldığımda, durum daha da kötüleşti. Bütün bu Amerika kalkmış, beni bu odanın içinde bile taciz ediyor, koca koca sorular sorup sevimsiz önsezilerimi tetikliyordu.

Öncelikle, yatağın üzerinde, endişeli endişeli, bu mıntıkanın loşluğuna alışmaya çalışıyordum. Periyodik bir homurtuyla beraber pencere tarafındaki duvarlar sallanıyordu. Üst geçitten giden metro. Karşıda, iki sokak arasında, bir mermi gibi fırlıyor, delişmen kentin içinde o semt senin bu semt benim, sarsak sarsak geziniyordu, titrek ve kıyılmış çuvallarla dolu. Saatte yüz kilometre hızla bir duvardan ötekine fırlarken ilkini terk edip gittiğinde yankısı daha uzun süre arkasından gürlemeye devam eden bir ıskarmoz çağlayanının üstünde gitgide gövdesini titrettirişi görülebiliyordu, tam da orada. Yemek saati bu bitkinlik anına denk düştü ve ardından yatma saati de öyle.

Beni tamamen serseme çeviren şey daha çok bu öfkeli metro olmuştu. Bu küçük avlu kuyusunun öteki tarafında, bölme duvarı önce birer, sonra ikişer, ardından da onar onar aydınlanmaya başladı. Bazılarında neler olduğunu görebiliyordum. Yatmaya niyetlenen karı kocalardı. Dikey saatleri geride bıraktıktan sonra, Amerikalılar da en az bizim oralılar kadar düşkün gibiydiler. Kadınların kalçaları fazla dolgun ve fazla solgundu, en azından görebildiklerim öyleydi. Erkeklerin çoğuysa yatmadan önce tıraş olurken bir yandan da puro içiyorlardı.

Yatakta önce gözlüklerini, sonra da bir bardağa takma dişlerini çıkarıyorlar, hepsini de orta yerde bırakıyorlardı. Aralarında, cinsiyetler arasında, pek konuşur gibi bir halleri yoktu, tıpkı sokakta olduğu gibi. Pek uysal kocaman hayvanlara benziyorlardı, canlarının sıkılmasına iyice alışmış. Beklediğim şeyleri aydınlıkta yapan topu topu iki çift görebildim, o da pek haşince değil. Diğer kadınlara gelince, onlar kocalarının banyodaki işlerini bitirmesini beklerken yatakta şeker yiyorlardı. Sonra da herkes ışıkları söndürdü.

Ne hazin şey şu yatan insanlar, işlerinin yolunda gitmesini hiç de iplemedikleri nasıl da belli, onların, buralarda oluşumuzun nedenini anlamaya çalışmadıkları nasıl da belli. Umurlarında bile değil. Dertleri uyumak, nasıl olursa olsun, dalyarak bunlar, dallama, kösele suratlı, Amerikalıymış değilmiş fark etmez. Vicdanları daima rahat.

Bense o kadar çok tekin olmayan şey görmüştüm ki olup bitenlerden hoşnut olmam olanaksızdı. Hem fazla şey biliyordum hem de yeterince bilmiyordum. Dışarıya çıkman gerek, diyordum kendi kendime, yine dışarıya çıkmalısın. Belki Robinson'la karşılaşırsın. Aptalca bir düşünceydi elbette ancak yeniden sokağa çıkmak için bir bahanem olsun diye sarılmıştım ona, üstelik küçücük yatakta ne kadar sağa sola dönersem döneyim bir türlü gözüme uykunun zerreciği bile girmiyordu. Bu durumda otuzbir çekmekle bile insan ne eğlence, ne de teselli bulabiliyordu. Gerçek umutsuzluk da budur işte.

İşin daha kötüsü bir önceki gün ve zaten fazlasıyla uzun süredir yaptıklarınızın aynısını ertesi gün yapacak gücü nereden bulacağınızı bilememektir, bu ahmakça girişimler için, bu asla bir sonuca ulaşmayan binbir tasarı için, yıkıcı zorunluluktan kurtulma denemeleri için, her seferinde çuvallayan o denemeler için gerekli gücü nereden bulacağınızı, kaldı ki bunların hepsi de yalnızca kaderin karşı konulmaz olduğuna, duvarın dibine düşmek gerektiğine kendinizi bir kez daha ikna etmenize yarayacaktır, her akşam, her seferinde daha eğreti, daha galiz olan bu ertesi günün kâbusunu yaşayarak.

Belki yaş da, o hain de ekleniyordur bunlara ve bizi beterin beteriyle tehdit ediyordur. Yaşamı dans ettirecek kadar müziğimiz kalmamıştır içimizde, işte bu. Tüm gençlik daha şimdiden dünyanın öbür ucunda gerçeğin sessizliğinde ölüvermiştir. Peki dışarıda nereye gidilebilir ki, soruyorum size, içinizde yeterli miktarda çılgınlık kalmamışsa? Gerçek, bitmek bilmeyen bir can çekişmedir. Bu dünyanın gerçeği ölümdür. Seçim yapmak gerek, ya ölmek ya da yalan söylemek. Bense asla kendimi öldüremedim.

Dolayısıyla yapılacak en iyi şey sokağa çıkmaktı, yani şu küçük intihar. Uykuyu fethetmek ve tıkınmak için herkesin küçük çapta kendine özgü yol yordamı vardır. Ertesi günkü kayıntı paramı kazanabilecek yeterli gücü toplayabilmem için eninde sonunda uyumam gerekiyordu. Canlılık kazanabilmeliydim, salt yarın bir iş bulmaya yetecek kadar ve o arada, uyku bilinmezini derhal aşabilecek kadar. Uykuya dalabilmenin kolay olduğu sanılmasın sakın, insan her şeye kuşkuyla bakmaya başlamayagörsün hele, özellikle de size aşılanan bunca korku varken.

Giyindim ve iyi kötü, asansöre kadar ulaşabildim, ama hâlâ biraz beyni sulanmış vaziyetteydim. Bu yetmezmiş gibi bir de holde yeni sıraların önünden geçmem gerekiyordu, bacakları pek çekici, yüzleri narin ve sert bakışlı yeni alımlı gizemler. Bir nevi ilaheler yani, fettan ilaheler. Birbirimizi anlamaya çalışabilirdik. Ama tutuklanmaktan korkuyordum. Bela. Yoksulun hemen tüm arzularının cezası hapistir. Sokak da beni yeniden ele geçirdi. Deminkiyle aynı kalabalık değildi bu. Bu seferki kalabalık kaldırım boyunca kümelenirken biraz daha ataklık sergiliyordu, sanki bu kez daha az çorak bir ülkeye varmış gibi, eğlencenin, gece hayatının ülkesi.

İnsanlar uzakta, gecenin içinde asılı duran ışıklara doğru ilerliyorlardı, hareketli, rengârenk yılanlar. Tüm çevre sokaklardan sökün ediyorlardı. Ne de çok dolar eder, diye düşündüm, böyle bir kalabalık, sırf mendilleri bile, örneğin, ya da ipekçorapları! Hatta sigaraları! İşin kötüsü, insan, tüm bu paranın orta yerinde ne kadar dolaşırsa dolaşsın, eline fazladan tek bir kuruş bile geçmiyordu, gidip yemek yemek için bile! Şöyle bir düşününce, insanların birbirlerine karşı, aynen evler gibi, bu kadar sıkı korunuyor olmaları ne de umut kırıcı.

Ben de ışıklara doğru gidip gezindim, bir sinema, sonra yanda bir tane daha, derken bir tane daha ve tüm sokak boyu böyle. Her birinin önünde koca bir tutam kalabalığı yitiriyorduk. Ben de kendime sinemalardan bir sinema seçtim, fotoğraflarında kombinezon giymiş kadınların yer aldığı, hem de ne kalçalar! Baylar! Lök! Geniş! Belirgin! Üstelik bunu taçlandıran yüzler de şirin mi şirin, kontrast olsun diye kurşunkalemle çizilmiş gibi, narin, kırılgan, rötuş yapılmasına gerek bırakmayan, mükemmel, tek bir savsaklama, tek bir kusur olmaksızın, mükemmel dedim ya, şirin ama aynı zamanda dipdiri ve özlü. Yaşamın serpilmesine olanak sağlayacağı en tehlikeli şeyler, gerçek güzellik tedbirsizlikleri, mümkün olan ilahi ve derin uyumlar hakkındaki o malum farfaralıklar.

Bu sinemanın içi sıcak, hoş ve yumuşaktı. Devasa orglar, tıpkı bir bazilikadaki gibi sevecen, ama ısıtılan bir bazilikadaki gibi, kalçalara benzeyen orglar. Hiç zaman yitirmeden. Tamamen ılık bir bağışlanmanın içine dalınıveriyordu. İnsan kendini biraz salıverse, belki de dünyanın artık nihayet merhametli olmakta karar kıldığını bile düşünebilirdi. Kendi zaten neredeyse oraya varmıştı bile.

İşte o zaman düşler hareket eden ışığın serabında tutuşmak için gecenin içinden yükseliverirler. Ekranda olup bitenler tamamen canlı değildir, içinde yoksullar için, düşler için ve ölüler için koca bir kuytu yer kalır. Bir an önce olabildiğince düş tıkıştırıp depolamalısınız ki, sinemadan çıkınca, sizi dışarıda bekleyen yaşamın içinden geçebilesiniz, nesnelerle insanların bu canavarlığının içinden geçerek birkaç gün daha dayanabilesiniz. Türlü türlü düşlerin arasından ruhumuzu en çok ısıtanları seçeriz. Benim tercihim, itiraf etmeliyim ki, belden aşağı düşlerdi. Gurur meselesi yapmanın âlemi yok, bir mucizenin içinden neyi aklınızda tutabiliyorsanız onu alıp götürebilirsiniz ancak. Unutulmaz bir enseye ve füzelere sahip bir sarışının, içinde yalnızlıktan söz edilen bir şarkıyla ekranın sessizliğini bozmayı uygun göreceği tuttu. Neredeyse ona eşlik edip ağlayası geliyordu insanın.

İşin hoş tarafı budur işte! Ne de canlılık katar bu insana! Bu sayede, bunu daha şimdiden hissediyordum, en az iki günlük tam cesaret depolamıştım çuvalımda. Salonun ışıklarının yanmasını bile beklemedim. Artık tüm uyku kararlılıklarına hazırdım, değil mi ki bu harikulade tinsel taşkınlığın bir parçasını çekebilmiştim içime.

Laugh Calvin'e döndüğümde, zat-ı âlilerine hürmette kusur etmemiş olmama rağmen, kapıcı bana, bizim oradakiler gibi iyi akşamlar demekten imtina etti, gelgelelim kapıcı hazretlerinin aşağılamalarını artık hiç iplemiyordum. Güçlü bir iç yaşam kendi kendine yeterlidir ve yirmi yıllık buzulları bile eritecek güçtedir. Bu böyledir.

Odamda, gözlerimi kapatır kapatmaz sinemadaki sarışın yeniden gelip bana şarkı söylüyordu, üstelik hemencecik yalnızca benim için söylüyordu o zaman tüm melodisini ve efkârını. Bir anlamda ona beni uyutmasında yardımcı oluyordum ve bunu nispeten iyi becerdim... Artık tamamen yalnız değildim... Yalnız başına uyumak olanaksızdır...

Karnınızı doyurma işini ucuza getirebilmek için Amerika'da, içinde sosis olan küçük sıcak bir ekmek alabilirdiniz, çok elverişlidir, küçük sokak aralarında satılır, hiç de pahalı değil. Fakirlerin semtinde yemek yemekten katiyen gocunmuyordum, haşa, ancak zenginlere mahsus o güzelim yaratıkları bir daha görememek var ya, işte o çok ağırıma gidiyordu. Bu durumda zıkkımlanmanın bile anlamı kalmıyordu.

Laugh Calvin'de hiç olmazsa kalın halının üzerinde dolanarak o girişteki fazlasıyla güzel kadınların arasında birilerini arar gibi yapabiliyordum, onların hercai ortamında yavaş yavaş daha cüretkâr davranabiliyordum. Düşünüyorum da, itiraf etmek gerekirse ötekiler, yani *İnfanta Combitta*'dakiler, haklı çıkmışlardı, ayrımsamaktaydım, bir çulsuza uymayacak kadar gayri ciddi zevklerimin olduğu deneyle sabitti. Kadırgadaki arkadaşlar iyi etmişlerdi beni fırçalamakla. Ne var ki, hâlâ cesaretimi toplayamıyordum. Elbette, bol miktarda sinema dozu almaya gidiyordum sık sık, orda burda, ama bu yalnızca bir iki kez dolaşmaya çıkmama yetecek kadar canlanmama yetiyordu ancak. O kadar. Gerçi, Afrika'dayken epey hoyratça bir yalnızlık türü yaşamak zorunda kalmıştım kalmasına, gelgelelim bu Amerikan karınca yuvasında yalıtılmak çok daha bunaltıcı bir hal alıyordu.

Adeta boş bir insan olmaktan hep ürkmüşümdür, yani var olmak için ciddi hiçbir nedenimin olmamasından. Şimdiyse, olgular karşısında artık kişisel hiçliğimden hiç kuşku duymaz olmuştum. Amiyane alışkanlıklara sahip olduğum yerden fazlasıyla farklı olan bu ortamda, sanki anında eriyip gitmiştim. Uzun lafın kısası, neredeyse artık var olmamak üzere olduğumu hissediyordum. Gerçekten de, farkına varmaktaydım ki, alışık olduğum şeylerden bana söz edilmez olduğu andan itibaren, artık hiçbir şey beni karşı konulmaz bir tür sıkıntıya kapılmaktan, yavan, korkunç bir ruhi felaket haline gömülmekten alıkoyamıyordu. Tiksinç bir şey.

Bu maceraya son dolarımı da kaptırmamın öncesinde, hâlâ sıkıntıdan patlıyordum. Üstelik o kadar derin bir sıkıntıydı ki bu, en acil çıkış yollarını bile yakından incelemeyi reddediyordum. Doğamız gereği, o kadar kofuzdur ki, bizi gerçekten ölmekten alıkoyan tek şey eğlencedir. Kendi hesabıma ben de umutsuz bir imanla sinemaya sarılıyordum dört elle.

Otelimin çıldırtıcı karanlıklarından çıkarak bir iki kez daha dadanmayı denedim çevre sokaklara, baş döndürücü evlerden oluşan tatsız bir cümbüş. Bu bina cephesi enginlikleri, bu kaldırım taşıyla, tuğlayla ve sonsuza dek uzanan kiriş aralıklarıyla ve de dükkânlar ve yine dükkânlarla şişirilmiş tekdüzelik, kışkırtıcı ve cerahat akıtan reklamlarla parlayan bu dünyanın koca çıbanı, bıkkınlığımı bir kat daha artırıyordu. Yüz binlerce abuk sabuk yalan.

Nehir tarafında, başka dar sokaklardan geçtim ve daha da başka sokaklardan, boyutları giderek sıradanlaşıyordu, yani örneğin bulunduğum kaldırımdan karşıdaki tek bir binanın tüm camlarını kırmak mümkündü.

İyice sinmiş bir kızartma kokusu egemendi bu mahallelere, mağazaların dışarıda tezgâhları yoktu artık, hırsızlar yüzünden. Her şey bana Villejuif'teki hastanemin civarlarını hatırlatıyordu, kaldırım boyunca yayılmış koca paytak dizli çocuklar ve panayır laternaları bile. Aslında onların yanında kalmak isterdim, ama onlar da, yani yoksullar da beni beslemezlerdi, kaldı ki hepsini de görmüş olurdum, daima ve onların o aşırı sefaletleri de beni ürkütüyordu. Sonuçta, çaresiz, rotayı yeniden zengin mahallelere çevirdim. "Rezil herif! diyordum o sırada kendi kendime. Aslında sende hiç iffet yok!" İnsanın, kendi sızlanmalarına kesin bir son verecek cesareti olmadığı sürece, kendini her gün biraz daha iyi tanımaya katlanması gerek.

Bir tramvay Hudson kıyıları boyunca ilerleyerek kent merkezine doğru gidiyordu, tüm tekerleri ve ürkek gövdesiyle titreyen yaşlı bir taşıt. Seferini tamamlaması en az bir saat sürüyordu. Yolcuları herhangi bir sabırsızlık göstermeksizin vagonun girişine konmuş bir tür bozuk para değirmeni bozuntusuna karmaşık bir yöntemle para ödeme törenine katlanıyorlardı. Bizdekiler gibi, "esir düşmüş Balkanlı milis" üniforması kuşanmış olan kondüktör, onların bu yükümlülüklerini yerine getirişlerini izliyordu.

Nihayet, varıyorduk, haşat vaziyette, bu popülist gezintilerden dönüşte Tantalosçu holümün çift sıralı ve sonu gelmeyen güzelliklerinin önünden defalarca geçiyor, dönüp dönüp bir daha geçiyordum düşlere dalmış ve arzulu.

Öyle bir kıtlık içindeydim ki bunu idrak etmemi sağlayacak şekilde ceplerimi karıştırmaya bile cesaret edemiyordum. Bari Lola da şu sıralar ortalıktan kaybolmaya yeltenmiş olmasa! diye düşünüyordum... Hem, öncelikle, beni kabul edecek miydi bakalım? Siftah niyetine ondan ilk olarak elli dolar mı tırtıklamaya gitsem yüz dolar mı?... Tereddüt ediyordum, tüm cesaretimi toplayabilmem için öncelikle, bir sefer olsun, adamakıllı karnımı doyurup uyumuş olmam gerektiğini hissediyordum. Sonra, eğer bu ilk para tırtıklama görüşmesinde başarılı olursam, yani, yeterince güç toplar toplamaz, derhal Robinson'u aramaya koyulacaktım. Benim gibi biri değildi o, yani Robinson! Kararlı adamdı o, hiç olmazsa! Yiğit biri! Ah, Ah! Kim bilir Amerika hakkında ne haltlar biliyordur o, neler de neler! O benim böylesine eksikliğini çektiğim o huzuru, o güveni elde etmenin bir yolunu biliyordur belki de ...

Eğer, tahmin ettiğim gibi, o da bir kadırgayla gelmişse buralara ve bu kıyıları benden epey önce arşınlamışsa, eminim şu an çoktan başarmıştır o, Amerika'da köşeyi dönmeyi! Bu zirzopların umursamaz koşuşturmaları onu rahatsız etmiyordur eminim! Aslında düşünüyorum da, belki ben de, dışarıdan parlak tabelalarını okuduğum o bürolardan birinde bir iş arayabilirdim... Ne var ki, o evlerden birinden içeri girme düşüncesi bile kolumu kanadımı kırıyordu, çöküyordum süklüm püklüm. Otelim yetiyordu bana. Kocaman ve yürek kabartacak derecede hareketli bir tabut.

Belki alışmış olanlarda hiç de bendeki etkiyi yaratmıyordur o ticari gözenek ve madde yığıntıları? O sonsuza dek uzanan ıskarmoz düzenlemeleri? Onlar için bu havada asılı kalmış tufan belki de güvenliğin ta kendisiydi oysa benim için bu, tuğlalardan, koridorlardan, kilitlerden, gişelerden oluşan iğrenç bir kısıtlama sistemiydi, devasa bir mimari işkence, bağışlanmaz.

Felsefe yapmak denen şey, korkmanın başka bir çeşidinden ibarettir ve insanı olsa olsa alçakça düzmecelere sürükler.

Cebimde yalnızca üç dolar kaldığından, kendine gidilecek bir sinema seçmeye dalmış kalabalığın tepesinden aşağı reklamların fışkırdığı o şaşırtıcı küçük meydanın, Times Square'in, ilanlarının ışığında dolarcıklarımın avcumun içinde kıpırdaşmalarını seyretmeye gittim. Kendime en ucuzundan bir lokanta aramaya koyuldum ve servisin asgariye indirildiği ve de beslenme töreninin tam olarak en dar doğal gereksinimlerin sınırına indirgenerek sadeleştirildiği o ussallaştırılmış halk yemekhanelerinden birine yanaştım.

Girişte, elinize bir tepsi tutuşturuluyor ve kuyruktaki yerinizi almaya gidiyorsunuz. Bekleme. Sıra komşum kadınlar, onlar da benim gibi yemek yeme adayları ama çok hoş adaylar, bana tek bir kırıntı laf dahi atmıyorlardı... Hatları belirgin ve cilveli burunlu bu küçükhanımlardan birine yanaşabilecek durumda olabilmek, diye düşünüyordum, herhalde çok garip bir etki yaratırdı, "Matmazel, denebilirdi ona, ben zenginim, bayağı zengin... dileyin benden ne dilerseniz..."

O zaman her şey anında, ilahi bir şekilde, basitleşiverirdi, muhtemelen, bir saniye önce o kadar karmaşık olan ne varsa... Her şey başkalaşıverirdi ve olağanüstü derecede düşmanca olan bir dünya bir an içinde ayaklarınızın altında yuvarlanıverirdi, sinsi, uysal ve yumuşacık bir top gibi. Bu durumda insan belki aynı zamanda onu bile yitirebilirdi, yani o yorucu alışkanlığı, mutlu servetleri, başarılı yaratıkları düşleme alışkanlığını, artık tüm bunlara parmaklarınızın ucuyla dokunmak mümkün hale gelmiş olacağına göre. Belli imkânlardan yoksun insanların yaşamı, upuzun bir hezeyanın içindeki upuzun bir reddedilmeden ibarettir ve insan yalnızca sahip olabildiği şeyleri çok iyi tanıyabilir, yalnızca onlardan kurtulabilir. Kendi hesabıma, düşlere sarıla sarıla ve onları terk ede ede, vicdanım kevgire dönmüştü, binlerce oyuklar oluşturacak şekilde delik deşik olmuş, mide bulandırıcı şekilde bozulmuştu.

Bu arada, lokantanın bu tazeleriyle en zararsız cinsinden bir sohbete bile kalkışmaya cesaret edemiyordum. Gayet uysal, sessiz, tepsimi tutuyordum. Kanlı domuz sucuğu ve kuru fasulye dolu fayans çukurların önünden geçme sırası bana geldiğinde önüme ne uzatılırsa hepsinden aldım. Bu yemekhane o kadar parlak, o kadar iyi ışıklandırılmıştı ki, insan kendini o mozaiklerin yüzeyine taşınmış hissediyordu, tıpkı sütteki sinek gibi.

Makarnaların, pilavın, hoşafın arkasında garson kızlar duruyordu, hemşireyi andıran. Her birinin uzmanlığı ayrıydı. En sevecen davrananlarının dağıttıklarıyla doldurdum tepsimi. Ancak ne yazık ki, müşterilere gülücük dağıtmıyorlardı. Alacağınızı alır almaz usulca gidip oturmanız ve yerinizi bir başkasına bırakmanız gerekiyordu. Tepsinizi dengede tutarak ufak adımlarla ilerliyordunuz tıpkı bir ameliyathanenin ortasından geçer gibi. *Laugh Calvin*'imden ve altın şeritli abanoz kaplama odacığımdan ne kadar da farklıydı.

Ancak biz müşteriler bu kadar bol miktarda ışık bombardımanına tabi tutuluyorsak, bir an için olsun sosyal konumumuzun alışılageldik gecesinden kurtarılıyorsak eğer, bu bir planın parçası olmalıydı. Yemekhane sahibinin bir bildiği vardı mutlaka. Hiç güvenmiyordum. Gölgede geçen onca günden sonra aniden ışıklandırma çağlayanlarının içinde yüzüyor olunca bir tuhaf oluyor insan. Bu bana ek bir küçük hezeyana benzer bir şeyler katıyordu. Hoş, ben de zaten istim üzerindeydim ya.

Payıma düşen, lekesiz bir lavdan yapılma küçük masanın altında, ayaklarımı gizleyemiyordum; her tarafımdan taşıyorlardı. Şu an için onların başka yerde olmalarını yeğlerdim, yani ayaklarımın, çünkü camekânın öbür tarafında, sokakta, az önce terk etmiş olduğumuz kuyrukta bekleyen insanlar bizi izlemekteydiler. Gelip kendileri oturabilmek için, bizlerin, zıkkımlanmayı bitirmemizi bekliyorlardı. İşte biz de bu amaçla ve onların iştahını açık tutmak için bu kadar iyi aydınlatılmış ve öne çıkarılmıştık, canlı reklam niyetine. Pastamın üzerindeki çileklerin üzerlerine öylesine parlak yansımalar toplanmıştı ki onları yutmayı bir türlü içime sindiremiyordum.

Amerikan ticaretinden kaçmak olanaksızdır.

Tüm bu kısıtlamaların ve kor yığınlarının göz kamaştırması arasında, bizim civarımızda çok cici bir garson kızın dolandığını fark ediyordum yine de ve onun o hoş hareketlerinin zerresini bile kaçırmamaya karar verdim.

Tabaklarımın onun marifetiyle değiştirilmesi sırası bana geldiğinde, dış açısı bizim oraların kadınlarınınkinden çok daha keskin olan, yukarıya doğru bakan gözlerinin beklenmedik biçimini belleğime kaydettim. Gözkapakları da şakak tarafında kirpiklere doğru çok hafif dalgalanıyordu. Yani gaddarlık işaretiydi bu, ama tam kıvamında, öpülebilecek nitelikte bir gaddarlık, aldatıcı bir buruklukta tıpkı Ren bölgesi şarapları gibi, kendisi istese de istemese de hoşa giden.

Yakınıma geldiğinde, ona, yani kadın garsona, kaş göz işaretleri yaptım, tabir caizse, sanki onu tanımışım gibi. En ufak bir yakınlık göstermeden beni bir hayvanı inceler gibi inceledi ama yine de ilgiyle. "İşte bu, dedim kendi kendime, bana bakmak zorunda kalan ilk Amerikalı kadın."

Işıltılı turtamı bitirdikten sonra, yerimi başka birisine bırakmaktan başka çarem kalmamıştı. O zaman, biraz sendeleyerek, dosdoğru, çıkışa götürdüğü besbelli yolu izleyeceğime, cüretlendim ve paramızla birlikte bizleri bekleyen kasadaki adamı bir kenara bırakıp, disiplinli ışık demetleri arasından, tamamen yadırgatıcı biçimde koparak ona, yani sarışına yöneldim.

Helmelenmekte olan şeylerin arkasında görevlerinin başındaki yirmi beş kadın garsonun hepsi birden, aynı anda, yanlış yere gittiğimi, yolumu şaşırdığımı işaret ettiler. Camekânda kuyruktaki biçimler arasında bir dalgalanma olduğunu ayrımsadım ve arkamdan zıkkımlanmaya hazırlananlar bu yüzden oturmaya bile tereddüt ettiler. Düzeni bozmuştum. Herkes yüksek sesle şaşkınlığını belirtiyordu: "Yine bir yabancı olsa gerek!" diyorlardı.

Ancak, bir fikrim vardı kaç paralık olursa olsun, bana hizmet eden o güzelin peşini bırakmak istemiyordum. Değil mi ki bana bakmıştı o fıstık, kaderine razı olsun. Yalnızlık canıma tak etmişti! Yetti artık düş kurmak! Sempati gerek! Temas gerek! "Matmazel, beni pek fazla tanımıyorsunuz, ama ben sizi daha şimdiden seviyorum, evlenelim mi ne dersiniz?..." Ona böyle seslendim, en namuslu şekilde.

Yanıtı bana asla ulaşamadı, çünkü güvenlikten bir dev, o da

bembeyaz giyinmişti, tam da o anda belirdi ve beni dışarıya doğru itekledi, geceye doğru, kararlı biçimde, sadelikle, hakaret etmeden, kaba kuvvete baş vurmadan, haddini bilmeyen bir köpekmişim gibi.

Her şey kitabına kuralına uygun biçimde olup bitiyordu, söylenecek tek söz yoktu.

Laugh Calvin'e doğru yola koyuldum.

Odamda hâlâ aynı gök gürültüleri, kasırgalar gibi yağıp darmadağın ediyordu yankıyı, bunlardan ilki çok uzaklardan bize doğru fırlatıldığı izlenimini veren ve her geçişinde tüm sukemerlerini de yanına katarak kenti onlarla birlikte parçalamaya giden metronun şimşekleriydi, ardından da, o arada sokaktan yükselen, en aşağıdaki mekanik aletlerden gelen tutarsız çağrılar ve yine dalgalanan kalabalığın o gevşek, kararsız, her zaman bıktırıcı, hep yeniden yola koyulan ve yine kararsız kalan, derken yine geri gelen uğultusu. Kentteki insanların muazzam aşuresi.

Yukarıda bulunduğum yerden, ağzınıza geleni söyleyebilirdiniz onlara. Denedim. Hepsi de midemi bulandırıyordu. Bunları gündüz vakti, yüzlerine karşı, söyleyecek cürete sahip değildim, ama bulunduğum yerdeyken korkmama neden yoktu, onlara "İmdat! İmdat!" diye bağırdım sırf onlarda en ufak bir tepki uyandıracak mı diye merak ettiğim için. Umurlarında bile değildi. Önlerine geceyi gündüzü ve yaşamı katmış gidiyordu insanlar. Kendi gürültülerinden hiçbir şey duymuyorlardı. Sallamıyorlardı. Üstelik kent ne kadar büyük ve ne kadar yüksekse o kadar çok pişkinliğe vuruyorlardı. Diyorum size. Denedim. Değmez.

Sırf para meseleleri yüzünden, ama son derece acil ve buyurgan para meseleleri yüzünden aramaya koyulmuştum Lola'yı! Bu sefil zorunluluğu bir kenara koyabilsem, bir daha asla yüzünü görmeden kendi köşesinde yaşlanıp yok olmaya ne de rahat terk edebilirdim kaltak sevgilimi! Aslına bakılırsa, düşündükçe bunun hiç tartışılır yanı kalmıyordu, bana yönelik davranışı, en adi cinsinden umursamazlığın dik âlâsıydı.

Yaşamımıza karışmış olan kişilerin bencillikleri, onları şöyle bir düşündüğümüzde, yaşlandığımız zaman, karşı çıkılmaz biçimde ortaya çıkıverir, olduğu gibi, yani çelikten, platinden hem de zaman aşımına bile dirençli.

Gençken, en su katılmamış kayıtsızlıklar, en sinik öküzlükler için bile, özürler icat etmeyi başarırız, yok tutkulu kapristi ya da kim bilir hangi acemi romantizmiydi diyerek. Ancak daha sonra, sırf iyi kötü 37°'de ayakta kalabilmek için dahi yaşam sizden, kurnazca hesap, zalimlik, kötülük olarak neler talep edebileceğini gayet açık biçimde ortaya koyduğunda, insan farkına varmaya başlıyor, her şeyi yerli yerine oturtuyor, bir geçmişin içerdiği tüm rezillikleri anlayabilmek için sağlam bir zemine gelmiş oluyor. Bunu başarmak için tek yapılacak şey insanın kendisini ve aslında ne tür bir süprüntüye dönüştüğünü titizlikle incelemesidir. Artık gizem de kalmadı, avanaklık da, bugüne kadar yaşamayı başarabilen, bunu yapabildiğine göre nasıl olsa tüm şiirini de tüketmiştir. Sıfıra sıfır elde var sıfır, işte yaşam.

Onu bulabildim sonunda, yani öküz sevgilimi, epeyce de uğraştıktan sonra, bir 77. Sokağın yirmi üçüncü katında. İnsan yardım isteyeceği birinden ne kadar da çok tiksinebiliyor, inanılmaz bir şey. Evine bakılırsa hali vakti yerindeydi ve tam da düşündüğüm tarzdaydı.

Önceden bol dozda sinemayla demlendiğim için ruhen hemen hemen uyanık vaziyetteydim, New York'a ayak bastığımdan beri içinde debelendiğim çöküntüden çıkmıştım ve ilk temas beklediğim kadar sevimsiz olmadı. Hatta beni yeniden gördüğüne ziyadesiyle şaşırmış gibi görünmedi Lola, yalnızca beni tanıdığında biraz canı sıkıldı o kadar.

Girizgâh olarak ortak geçmişimizle ilgili konularda bir tür masum sohbet açmayı denedim ve bunu yaparken de elbette olabildiğince dikkatli ifadeler kullanmaya özen gösterdim, bu vesileyle, fazla üstünde durmaksızın, bir vaka olarak savaşa da değindim. İşte bu noktada büyük bir çam devirmiş oldum. Artık savaşın adının bile anılmasını istemiyordu, asla. Bu ona yaşını anımsatıyordu. Bozulduğu için, taşı gediğine koyup, beni sokakta görmüş olsa tanıyamayacağını araya sıkıştırıverdi, yani yıllar cildimi daha şimdiden o derece kırıştırmış, şişirmiş, karikatüre dönüştürmüş. İşte karşılıklı bu tür kibarlık alışverişlerinde bulunuyorduk. O küçük sürtük böyle nakaratlarla canımı acıtabileceğini sanıyorsa feci aldanıyordu! Bu namert densizliklerine cevap vermeye tenezzül dahi etmedim.

Mobilyaları beklenmedik bir zarafetle bezenmiş değildi, ancak yine de canlıydı, idare ederdi, en azından *Laugh Calvin*'imden sonra bana öyle gelmiş olsa gerek.

Kısa sürede edinilmiş bir servetin yöntemleri, ayrıntıları insanda daima bir sihir, bir keramet izlenimi yaratır. Musyne'in ve bayan Herote'un sınıf atlamalarından bu yana, belden aşağısının yoksulların küçük altın madeni olduğunu biliyordum. Kadınlardaki bu ani deri değiştirmeler beni mest ediyordu ve örneğin cebimdeki son doları da Lola'nın kapıcısına seve seve verirdim, sırf onu konuşturmak için.

Ama onun evinde kapıcı yoktu. Koca şehirde hiç kapıcı yoktu. Kapıcısız bir kentin tarihi de yoktur, tadı tuzu yoktur, tuzu biberi olmayan bir çorba gibi yavandır, biçimsiz bir türlü gibi. Ah! O leziz kazıntılar! Doğrudan doğruya kapıcıya, yaşamın tam ortasına, oluk oluk akarak yatak odasından, mutfaktan, tavan arasından sızan ayıplar, süprüntüler, ne tadına doyum olmaz cehennemdir o! Bizim oraların kimi kapıcılarının görev aşkına telef oldukları bile görülmüştür, onların o özlü, tekleyen, ağzından bal damlayan, ağzı açık kalmış hallerini iyi biliriz, çünkü

Gerçek budalası olmuşlardır o kurbanlar, O onları kasıp kavurmuştur.

Yoksul olmanın faciası karşısında, itiraf etmeliyiz ki, hatta bu bir görev addedilmelidir, her şeyi denemek gerek, elinizin altında ne varsa onunla sarhoş olmasını bilmek gerek, şarap, ama ucuzundan, otuzbir çekmek, sinema, ne olursa. Burun kıvıracak halimiz yok, Amerika'da dedikleri gibi "kişisel" olmanın âlemi yok. Bizim oralı kapıcılarımız, kabul etmeliyiz ki, ak gün kara gün demeden onu almasını, yüreğinin ta dibinde ısıtmasını bilenlere, diledikleri kadar nefret sunarlar her derde deva cinsinden ve yok pahasına, koca bir dünyayı havaya uçuracak kadar. New York'ta insan hunharca yoksun kalıyor işin o adamakıllı müptezel ve ele avuca sığmaz, yadsınamaz, yaşamsal tuzu biberinden, o olmayınca da işin özünün nefesi kesiliyor ve ancak laf olsun diye fesatlık yapar hale geliniyor, sönük iftiralar gevelemekle yetinir olunuyor. Kapıcı olmayınca, ısıran, yara açan, kesip biçen, taciz eden, takıntı yaratan ve evrensel nefrete kesinlikle katkıda bulunan, onu binbir su götürmez ayrıntıyla ateşleyen bir şey de kalmıyor.

Kendi ortamında yakayı ele veren Lola'nın, bende tam da yepyeni bir tiksinti yaratmış olmasından ötürü, bu çaresizlik daha da hassas bir hal alıyordu, tek kelimeyle pespaye ve itici nitelikli başarılarının, gururunun üstüne şöyle bir kusmak istiyordum ama neyle? Anlık bir bulaşıcılık etkisiyle, aynı anda Musyne'in anısı da benim için bir o kadar düşmanca ve tiksinç hale büründü. Bu iki kadına yönelik sağlam bir nefret doğdu içimde, hâlâ da sürüyor, varoluş nedenimin bir parçası oldu artık. Lola'ya yönelik bugün için ve gelecekte her türlü hoşgörüden nihayet ve tam zamanında kurtulabilmemi sağlayabilecek bir dizi bilgiden mahrum kalmıştım. İnsan yaşamını sıfırdan yeniden üretemiyor.

Cesaret affetmekten ibaret değildir, her zaman için gereğinden fazla affederiz! Üstelik bu bir işe de yaramaz, kanıtlanmış bir gerçek bu. Tüm insanlardan sonra, en son sıraya yerleştirilmiştir Besleme! Bunun bir nedeni var. Asla unutmayalım. Bir akşam hiç uyanmamacasına uyutmalıyız, tüm mutlu insanları, uykuları sırasında, benden söylemesi, böylece de onlardan ve mutluluklarından ilelebet kurtulmuş oluruz. Ertesi gün artık onların mutluluklarından söz edilmez olur ve gönlümüzce mutsuz olma özgürlüğüne kavuşmuş oluruz, "Besleme" için de aynı şey geçerli. Neyse ben yine anlattıklarıma döneyim: diyordum ki odanın içinde volta atıyordu Lola, biraz açık giyinmişti ve vücudu her şeye rağmen bayağı arzulanabilir nitelikte görünüyordu gözüme. Lüks bir vücut her zaman için olası bir tecavüzdür, zenginliğin, lüksün tam kalbine doğrudan, mahrem bir zorlamadır, üstelik bir şeylerin yeniden canlanmasından korkmaya da gerek yoktur.

Belki de beni kovmak için tek beklediği şey o hareketi yapmamdı. Gerçi beni ihtiyatlı davranmaya iten şey o dehşet mide kazıntısı oldu. Öncelikle zıkkımlanmak. Üstelik yaşamıyla ilgili zevzeklikleri anlata anlata da bitiremiyordu. Günün birinde anlatacak yalan kalmaması halinde en az iki üç kuşak boyunca dünyaya kepenk indirtmek gerekecekti anlaşılan. İnsanların birbirlerine söyleyecek hiçbir şeyi kalmazdı, neredeyse. Döndü dolaştı o Amerika'sı hakkında ne düşündüğümü sordu. Ona, artık kim olursa olsun ve ne olursa olsun her şeyi korkutucu olarak algılayacak derecede âciz ve endişeli bir hale geldiğimi itiraf ettim, ülkesine gelince, onda bulduğum tüm doğrudan, gizli ve beklenmedik tehditlerin toplamından bile düpedüz daha fazla dehşete düşürüyordu beni, özellikle de bana yönelik kayıtsızlığıyla, bence onu özetleyen şey de buydu.

Rızkımı kazanmam gerekir, diye itiraf ettim ona bir de ve dolayısıyla en kısa sürede tüm bu hassasiyetleri atlatmam gerekiyordu. Yeri gelmişken, bu konuda bayağı da gecikmiştim ve lütfedip beni olası bir işverene tavsiye etmeyi kabul ederse emin olabilirdi ki ona çok müteşekkir kalacaktım... tanıdıkları arasından birine... Ama bir an evvel... Çok mütevazı bir maaş bana yeter de artardı bile... Ve daha nice safsata ve andavallık sayıp döktüm. Bu mütevazı olmakla birlikte yine de patavatsız teklifi pek de hoş karşılamadı. Daha baştan cesaret kırıcı bir tavır takındı. Bana iş verebilecek ya da yardım edebilecek tek bir kişi dahi tanımadığını söyleyerek yanıt verdi. Kaçınılmaz olarak genel anlamda yaşamdan ve özel olarak da onun yaşantısından söz etmeye başladık yeniden.

Tam birbirimize bu şekilde manen ve bedenen yan bakmaktaydık ki kapı çaldı. Ardından da neredeyse kaşla göz arasında paldır küldür dört kadın dalıverdi odaya, süslü püslü, olgun ve dolgun, güçlü kuvvetli ve mücevherli, epey samimi. Onlara üstünkörü tanıştırılmamdan sonra, epeyce (gözle görülür biçimde) mahcup olan Lola onları başka bir yerlere sürüklemeye çalışıyordu, ama hepsi birden, oyunbozanlık edip, hep birlikte dikkatlerini benim üzerimde toplayarak, bana Avrupa hakkında ne biliyorlarsa anlatmaya başladılar. Erotik ve yırtıcı, eski kafalı çılgınlarla dolu köhne bir bahçeydi Avrupa. Chabanais ve Invalides'i* ezbere biliyorlardı.

Kendi hesabıma bu iki yeri de gezmemiştim. Biri fazla pahalıydı, öteki fazla uzak. Yanıt niyetine otomatik ve yorgun bir vatansever dalgaya kapıldım, bu tür durumlarda aklınıza gelen alışılageldik laflardan bile daha bönce. Onlara kentlerinin beni kahrettiği yanıtını yapıştırıverdim. Tutturulamamış bir tür dev panayır bu, dedim onlara, mide bulandırıcı, üstelik yine de inatla ısrarla tutturmaya çalışılıyordu.

Bir yandan yapmacık ve beylik laflarla ahkâm keserken öte yandan da üstüme çullandığını hissettiğim fiziksel ve manevi çöküntünün sıtma dışında başka nedenleri olduğunu daha açık bir şekilde ayrımsamaktan da kendimi alıkoyamıyordum. Söz konusu olan bunun üstüne bir de alışkanlıkların değişmesiydi, bir kez daha yeni bir ortamda yeni yüzler tanımaya, farklı şekillerde konuşmaya ve yalan söylemeye alışmam gerekiyordu. Tembellik neredeyse yaşam kadar güçlüdür. Oynamanız gereken yeni kaba güldürünün sıradanlığı sizi ezer ve sonuçta yeniden başlayabilmek için cesaretten çok alçaklığa gereksinim duyarsınız. Sürgün, yabancılık, budur işte, bir önceki ülkenin alışkanlıkları sizi terk ederken, diğerlerinin, yeni ülkeninkilerin, sizi henüz yeterince sersemletmediği insani zaman örgüsündeki o olağanüstü, şuurlu birkaç saat boyunca yaşamın gerçekten olduğu gibi amansız gözlemlenmesi.

Bu anlarda her şey o sefil telaşınıza eklenerek sizi, âciz bir halde, nesneleri, insanları ve geleceği gerçekte oldukları gibi gö-

* Chabanais: Paris'in o yıllardaki ünlü bir randevuevi; Invalides: Paris'te, Napolyon'un mezarını barındıran ünlü anıt.

rüp ayırt etmeye zorlar, yani aslında birer iskelet olarak, hiçlikten ibaret hiçler olarak, ama onları sanki varlarmış gibi yine de sevmeniz, yürekten bağlı olmanız, kollamanız, canlandırmanız gerekmektedir.

Başka bir ülke, insanın çevresinde biraz garip şekilde koşuşturan başka insanlar, bir iki ufak böbürlenmenin eksilmiş olması, dağılması, alışageldiği nedenlerini, yalanlarını, yankısını artık bulamayan bir gurur, bu kadarı yeter de artar bile, başınız dönmeye başlar, kuşku sizi içine çeker ve sonsuzluk sırf sizin için açılıverir, minnacık gülünç bir sonsuzluk ve birden içine düşüverirsiniz...

Yolculuk dediğiniz şey bu minnacık hiçliğin, dalyaraklara mahsus bu baş dönmesinin arayışıdır...

Benim böyle şamatalı itiraflarda bulunmam ve önlerinde Jean-Jacques'çılık oynamam Lola'nın dört misafirini epey eğlendirmişti. Bana bir sürü ad taktılar ama pelte gibi ve açık saçık konuşmalarının Amerikanca telaffuz çarpıklıkları nedeniyle ne dediklerini pek anlayamadım. Dokunaklı dişi kediler.

Zenci uşak çay servisi için odaya girince sustuk.

Bu misafirlerden biri yine de diğerlerinden daha fazla ayırt etme yetisine sahip olsa gerek, çünkü yüksek ateş nedeniyle titrediğimi ve aynı zamanda bayağı olağandışı bir susuzluk sorunum olduğunu yüksek sesle söyleyiverdi. İkram olarak sunulan yiyecekler titrememe karşın çok hoşuma gitti. Bu sandviçler hayatımı kurtardılar, bunu rahatlıkla söyleyebilirim.

Daha sonra Paris'teki randevu evlerinin kıyaslamalı marifetleri üzerine bir sohbet gelişti ama ben buna katılmaya gerek görmedim. Bu dilberler bir sürü karmaşık likörün de tadına bakmayı ihmal etmediler ve onların etkisiyle iyice kızışıp sırdaşlığa yatkın hale gelince de "evliliklerden" söz ederken kızarıp bozarmaya başladılar. Dikkatlerimi zıkkımlandıklarıma vermiş olmama karşın yine de söz konusu olanın çok özel evlilikler olduğunu usulca bir kenara not etmekten kendimi alıkoyamadım, hatta çok genç kişiler, çocuklar arasındaki izdivaçlar olmalıydı bunlar, hatunlar da bunların üzerinden komisyon alıyorlardı.

Lola bu sözlerin bende merak uyandırdığını ve pür dikkat kesildiğimi ayrımsamıştı. Beni epey sert bakışlarla süzüyordu.

İçki içmez olmuştu. Onun, yani Lola'nın burada tanıdığı erkekler, Amerikalılar, onlar işte benim gibi meraklı turşucu değildiler, asla. Biraz zorlanarak da olsa kendimi onun gözetiminin sınırlarında tutmayı başardım. Oysa bu kadınlara binlerce soru sormak isterdim.

Nihayet, misafirler müsaade isteyebildiler, ağır hareket ediyorlardı, alkolün etkisiyle alevlenmiş ve cinsel açıdan şevke gelmişlerdi. Tuhaf biçimde şık ve sinik bir erotizmle ahkâm keserken keyiften dört köşeydiler. Burada Elizabeth çağından kalma bir şeyler olduğunu sezinliyordum, ben de isterdim gerçi, pek değerli olduklarından emin olduğum ve organımın ucuna yoğunlaşmış o titreşimleri hissedebilmeyi. Ancak, bir yolculuk sırasında belirleyici bir önemi olan bu biyolojik ayini, bu yaşamsal mesajı, doğrusu çok üzülerek ve derinleşmiş bir hüzünle de olsa, yalnızca sezinlemekle yetinebildim. Onulmaz bir melankoli.

Onlar, yani dostları, kapının eşiğinden geçer geçmez, Lola çileden çıkmış bir hal aldı. Bu soluklanma molası sırasında olan bitenler hiç hoşuna gitmemişti. Çıt çıkarmadım.

— Cadı bunlar cadı! diye sövdü birkaç dakika sonra.

— Onları nereden tanıyorsunuz? diye sordum.

— Ezelden beri arkadaşızdır...

Şimdilik daha fazla sır vermek istemiyordu.

Ona karşı epey küstahça davranmış olabilmelerine bakılırsa bu kadınların belli bir ortamda Lola'dan mevkice üstün oldukları hatta üzerinde bayağı büyük, tartışılmaz bir yetkeye sahip oldukları izlenimine kapılmıştım. Ama konunun içyüzünü asla öğrenemeyecektim.

Lola şehre inmekten söz ediyordu, ancak bana yine de orada, onun evinde kalıp onu beklememi teklif etti, eğer hâlâ açsam bir şeyler yemeye de devam edebilirmişim. *Laugh Calvin*'i hesabı ödemeden terk ettiğime ve bir daha oraya geri dönmeye niyetim de olmadığına göre, eh yani, bunu yapmama izin vermesine çok sevindim, malum, bir süre daha sıcak bir ortam, tekrar sokakla boğuşmaya dönmeden önce, hem de ne sokak anam babam!...

Yalnız kalır kalmaz, bir koridordan geçerek hizmetindeki

zencinin ortaya çıktığını görmüş olduğum yere yöneldim. Kilere gelmeden, yarı yolda, karşılaştık ve elini sıktım. Güven duydu ve beni mutfağa götürdü, güzel, düzenlice bir yer, salondan çok daha makul ve pırıl pırıl.

Hiç sektirmeden, gözümün önünde o muhteşem döşemeye tükürüverdi hem de üstelik yalnızca zencilerin becerebildiği tarzda tükürdü, uzağa, dolu dolu, kusursuz. Ben de tükürdüm kibarlık olsun diye, ama becerebildiğim kadarıyla. Bu durumda sırdaş oluverdik. Lola'nın, ondan öğrendiğime göre, nehirde lüks bir yatı, yolda da iki arabası varmış, bir de içinde dünyanın her tarafından gelme likörler barındıran bir mahzeni. Paris'in büyük mağazalarından kataloglar getirtirmiş. İşte bu kadar. Dönüp dolaşıp bu aynı sınırlı bilgileri yinelemeye koyuldu. Onu dinlemekten vazgeçtim.

Onun yanı başında uyuklarken, geçmiş zaman belleğimde canlandı, Lola'nın savaş halindeki Paris'te beni terk ettiği zamanlar. O avlanmaca, köşeye kıstırmaca, pusular, laf ebesi, yalancı, hinoğluhin, Musyne, Arjantinliler, et dolu gemileri. Topo, Clichy meydanının hacamat müfrezeleri, Robinson, dalgalar, deniz, sefalet, Lola'nın o bembeyaz mutfağı, zencisi ve hiçlik ve orada da ha ben ha başkası. Her şey böyle devam edebilirdi. Savaş kimilerini yakmış kimilerinin içini ısıtmıştı, nasıl ki ateş bazen işkence eder bazen de ihya, bu içinde mi önünde mi olduğunuza göre değişir. Kendi yağıyla kavrulmasını bilmek gerek işte o kadar.

Doğruydu da söylediği bayağı değişmiş olmam hakkında. Yaşam, insanı büker ve suratını ezer. Onun da suratını ezmişti ama daha az, çok daha az. Yoksullar feleğin sillesini yemiştir. Sefalet devasadır, dünyanın pisliğini silmek için kullanır suratınızı toz bezi gibi. Yine de birazı kalır.

Ne var ki Lola'da yeni bir şeyler ayrımsamıştım, anlık depresyonlar, melankoliler, iyimser hödüklüğünde boşluklar, insanın, hâlâ koruyabildiği coşkusuna, sevimsiz şiirine kıyasla daha şimdiden ve kendine rağmen fazla ağır kaçan yaşamının kazanımlarını, yıllarını, biraz daha öteye taşıyabilmek için kendini toplamaya gereksinim duyduğu o anlar.

Zencisi birden kıpırdanmaya başladı. Yine coşmuştu. Yeni

bir dost olarak, midemi pastalarla tıka basa doldurmaya, beni purolara boğmaya kararlıydı. Son olarak da, çekmecenin birinden, bin türlü önlem alarak, yuvarlak ve kurşun kaplı bir kütle çıkardı.

— Bomba! diye bildirdi bana kudurmuşçasına. Geri adım attım. "Liberta! Liberta!" diye neşe içinde böğürüyordu.

Hepsini yerine koydu ve yine müthiş biçimde tükürdü. O ne heyecandı öyle! Mest olmuştu. Gülmesi, o duyum ishali, bana da bulaştı. Sıradan bir eylem daha işte, diyordum kendi kendime, pek bir önemi yok. Lola nihayet alışverişini tamamlayıp döndüğünde, bizi birlikte, salonda, dumanlara ve kahkahalara boğulmuş vaziyette buldu. Görmezden geldi.

Zenci kaşla göz arasında toz oldu, bana gelince, Lola beni odasına götürdü. Hüzünlü, solgun, titrek buldum onu. Nereye gitmiş olabilirdi ki? Epey geç olmaya başlamıştı. Yaşam artık çevrelerinde yalnızca ağır çekimle titreşir olduğu için Amerikalıların ne yapacaklarını şaşırdıkları bir saatti bu. İki arabadan biri garajdaydı. Sırların yarı yarıya ortaya döküleceği bir zaman dilimiydi bu. Ama bundan bir an önce faydalanmasını bilmek gerekirdi. Soru sorarak beni buna hazırlıyordu, ne var ki Avrupa'daki yaşamım hakkında kimi soruları soruş biçimi beni bayağı gerdi.

Beni her türlü alçaklığı yapmaya yatkın biri olarak gördüğünü gizlemiyordu bile. Bu varsayım beni incitmiyordu, yalnızca mahcup ediyordu. Ondan para istemeye geldiğimi sezmişti elbette ve tek başına bu olgu bile aramızda çok doğal bir düşmanlık yaratıyordu. Tüm bu duygular cinayet sınırlarında dolaşıyordu. Havadan sudan konuşmaya devam ediyorduk ve aramızdaki her şeyin sonu olacak bir ağız dalaşı peydahlanmasın diye elimden geleni yapıyordum. Çeşitli ayrıntılara ek olarak belden aşağı sapkınlıklarımla da ilgilendi, sağda soldaki sürtmelerim sırasında bir yerlerde arkamda onun evlat edinebileceği bir küçük çocuk bırakıp bırakmadığımı merak etti. Tuhaf bir fikir takılmıştı aklına. Bir çocuğu evlat edinme saplantısı. Gayet düz bir mantıkla, benim gibi bir baltaya sap olamamış birinin dünyanın dört bir köşesinde gelişigüzel gayri meşru döl döş saçmış olması gerektiğini düşünüyordu. Zengin olduğunu itiraf etti bana ve kendini bir küçük çocuğa adayamadığı için kahroluyordu. Çocuk yetiştirme kılavuzlarının tümünü okumuştu ve özellikle de anneliği insana baygınlık geçirtecek derecede yere göğe sığdıramayanlarını, hani o tümüyle özümlediğinizde sizi çiftleşme arzusundan ömrü billah kurtaracak olan kitaplar. Her iffetin kendi tiksinç edebiyatı vardır.

Kendi varlığını tümüyle "küçük bir varlığa" armağan etme arzusunda olduğuna göre, bana da şansıma küsmek kalıyordu. Ona sunabileceğim biricik şey tümüyle mide bulandırıcı bulduğu kocaman varlığımdı. Demek ki, revaçta olabilenler yalnızca iyi sunulmuş sefaletlerdi, düş gücüyle iyi hazırlanmış olanlar. Sohbetimiz uzayıp gidiyordu: "Bakın Ferdinand, diye önerdi bana sonunda, yeterince lafladık, sizi New York'un öte yakasına götürüyorum, himayeme aldığım ufaklığı görmeye, onunla ilgilenmek benim için epey keyifli, ama annesi canımı sıkıyor..." Garip bir saatti. Yolda, arabada, ömür törpüsü zencisinden söz ettik.

"Size bombalarını gösterdi mi?" diye sordu bana. Buna göğüs germek zorunda kaldığımı itiraf ettim.

— Tasalanmayın, Ferdinand, tehlikeli değildir, o manyak. Bombalarının içini eski faturalarımla doldurur... Bir zamanlar, Şikago'da, ünlüymüş... O zamanlar zencilerin kurtuluşunu hedefleyen çok tehlikeli bir gizli örgütün üyesiymiş... Bunlar, bana anlatılanlara bakılırsa, feci insanlarmış... Yetkililer çeteyi dağıtmışlar, ama şu bomba tutkusundan vazgeçemedi benim zencim... Asla içine barut koymaz... İşin ruhu yetiyor ona... Aslında o bir sanatçı sayılır... Devrim yapmaktan asla vazgeçmeyecek. Ama onu bırakmam çünkü mükemmel bir uşak o! Alıcı gözüyle baktığınızda, belki de devrim yapmayan ötekilerden daha bile namusludur...

Lafı yine evlat edinme takıntısına getirdi.

— Bir yerlerde bir kızınızın olmayışı ne kötü, Ferdinand, sizin tarzınızda bir düşçü olmak bir kadına çok yakışırdı oysa bir erkek için hiç de uygun değil...

Boşanan yağmur upuzun yassı çimento şeridinin üstünden kayıp giden arabamızın üzerine geceyi şal gibi örtüyordu. Her şey bana düşman ve soğuktu, eli bile, oysa onu elimin içinde sıkı sıkı tutuyordum. Her bakımdan birbirimizden ayrıydık. Görüntüsü az önce terk ettiğimiz evden epey farklı bir binanın önüne geldik. Birinci kattaki dairelerden birinde, on yaşlarında bir oğlan, annesinin yanında, bizi bekliyordu. Bu odaların mobilyası XV. Louis tarzını taklit ediyordu, ateşe yeni konmuş bir yemeğin kokuları geliyordu. Çocuk Lola'nın kucağına oturdu ve ona şefkat dolu bir öpücük verdi. Anne de bana göre Lola'ya epey sırnaşıyordu ve Lola ufaklıkla dertleşirken, anneyi yan odaya çekmenin bir yolunu buldum.

Geri döndüğümüzde, ufaklık Konservatuar'da derste öğrendiği bir dans hareketini Lola'nın önünde prova ediyordu. "Ona bir iki özel ders daha verdirtmek gerek, diye yorumladı Lola, o zaman onu Globe Tiyatrosu'ndaki* dostum Vera'yla tanıştırabilirim! Bu çocuğun belki de parlak bir geleceği olabilir!" Yüreklendirici bu vaatlerden sonra, anne teşekkürlere ve gözyaşlarına boğuldu. Aynı anda da ona verilen küçük bir tomar yeşil doları sutyeninin içine yerleştiriverdi, bir aşk pusulası gibi.

— Bu ufaklık epey hoşuma giderdi aslında, diye yorumladı Lola, yeniden dışarı çıktığımızda, ama oğluyla birlikte aynı anda anasına da katlanmam gerek ve fazla kurnaz anneleri pek sevmem... Üstelik bu ufaklık da biraz fazla edepsiz... Benim arzuladığım tarzdaki yakınlık bu değil... Ben yalnızca anaç bir duygu hissetmek istiyorum... Beni anlıyor musunuz, Ferdinand?... Zıkkımlanmak söz konusu olduğunda ben her şeyi anlayabilirdim ne isteniyorsa, bu artık bir zekâ meselesi değil, elastikiyet meselesi.

Bir türlü virajı alamıyordu, şu saflık arzusundan. Birkaç sokak öteye vardığımızda, bu gece nerede yatacağımı sordu bana ve benimle birlikte kaldırımda biraz daha yürüyüş yaptı. Hemen şu an birkaç dolar bulamazsam diye yanıt verdim ona, hiçbir yerde yatamayacağım.

— Peki, diye yanıtladı, eve kadar gelin benimle birlikte ve size orada biraz bozuk para veririm sonra da nereye istiyorsanız oraya gidersiniz.

Beni gecenin ortasında ekmek istiyordu, en kestirmeden.

* Globe Tiyatrosu: 1599'dan sonra Londra'da Shakespeare'in oyunlarının sahnelendiği tiyatro; 1644'de yıkıldı.

İşin raconu buydu. Bu şekilde gecenin içine itile itile, insan eninde sonunda bir yerlere varıyordur herhalde, diyordum kendi kendime. Teselliydi bu. "Cesur ol, Ferdinand, diye yineliyordum kendi kendime, kendime destek çıkmak için, her yerden kapı dışarı edile edile, mutlaka hepsini, o pisliklerin topunu birden o kadar korkutan o numarayı bulacaksın ve o da gecenin sonunda olsa gerek. İşte zaten onlar da bu yüzden gecenin sonuna gitmezler!"

Daha sonra arabasına bindiğimizde aramız buz gibiydi. Geçtiğimiz sokaklar, en tepeye kadar taşlardan sonsuza dek, bir tür askıya alınmış tufanı silah niyetine kullanarak sanki sessizlikleriyle bizi tehdit ediyorlardı. Tetikte bir kent, sürprizlere gebe bir canavar, asfalttan ve yağmurdan vıcık vıcık olmuş. Nihayet yavaşladık. Lola önden giderek kapısına doğru yöneldi.

— Yukarı gelin, diye davet etti beni, beni izleyin!

Yine onun salonu. Buna bir son verip benden kurtulmak için ne kadar vereceğini merak ediyordum. Bir dolabın üzerine bırakılmış küçük bir çantanın içinde para arıyordu. Buruşturulan kâğıt paraların çıkardıkları gür hışırtıyı duyuyordum. O ne saniyeler! Koca kentte artık bu sesten başka hiçbir şey yoktu. Ancak hâlâ o kadar mahcuptum ki, nedendir bilinmez, hiç de yeri değilken, ona çoktandır unuttuğum annesinin nasıl olduğunu sordum.

— Annem hasta, dedi tam gözümün içine bakmak için aniden dönerek.

— Şu an nerede?

— Şikago'da.

— Nesi var annenizin?

— Karaciğer kanseri... Onu kentin en iyi uzmanlarına tedavi ettiriyorum... Uyguladıkları tedavi bana çok pahalıya mal oluyor, ama onu kurtaracaklar, bana söz verdiler.

Annesinin Şikago'daki durumuyla ilgili bana bir sürü ayrıntı daha anlattı, bir çırpıda. Birden çok sevecen ve samimi oluvermişti ve benden bir tür manevi destek beklemekten kendini alıkoyamıyordu. Kıstırmıştım onu.

— Ya siz, Ferdinand, siz de onu, yani annemi kurtaracaklarına inanıyorsunuz değil mi?

— Hayır, diye yanıtladım çok belirgin, çok kesin bir biçimde, karaciğer kanserleri asla iyileştirilemezler.

Bu lafın üzerine, gözbebeklerine kadar sarardı. İlk kez bir şeyin etkisiyle sarsıldığını görüyordum kaltağın.

— Ama nasıl olur, Ferdinand, onu iyileştireceklerini vaat ettiler, uzmanlar! Güvence verdiler... Bunu yazdılar bana!... Biliyor musunuz, bunlar çok büyük hekimler...

— Ucunda arpa olduğu sürece, Lola, çok şükür her zaman büyük hekimler bulunur... Onların yerinde olsaydım ben de size aynını yapardım... Ve siz Lola siz de aynını yapardınız...

Bu söylediklerim ona birden o kadar karşı konulmaz geldi ki, o kadar malumun ilamıydı ki, debelenmeye cesaret edemedi.

Bir sefer olsun, belki de hayatında ilk kez yeterince küstahlık sergileyemeyecekti.

— Bakın, Ferdinand, beni çok ama çok üzüyorsunuz farkında mısınız?... Annemi çok severim, biliyorsunuz değil mi onu çok sevdiğimi?...

Dam üstünde saksağan! Allahın cezası! İnsan anasını sevmiş ya da sevmemiş, dünyanın sikindeydi sanki?

Kendi hiçliğinin içinde hıçkırıyordu Lola hanım.

— Ferdinand, siz bir baltaya sap olamamış iğrenç birisiniz, diye öfkeyle toparlandı, üstelik korkunç derecede zalimin tekisiniz!... Bana gelip korkunç şeyler söyleyerek bulabileceğiniz en alçak yöntemle içine düştüğünüz kötü durumun intikamını almaya çalışıyorsunuz... Üstelik eminim bu şekilde konuşmanız anneme de çok zarar veriyordur!...

Bu umutsuzluğunun içinde Coué yöntemiyle kendi kendini telkin ederek her şeyi çözeceğini sanma zaafını sergiliyordu.

Bu galeyanı beni *Amiral-Bragueton*'un subaylarınınki kadar ürkütmüyordu, hani o sırf işsiz güçsüz hanımlar heyecanlansınlar diye beni yok etme iddiasında olanlar.

Bana hakaretler yağdırırken, onu dikkatle süzüyordum, yani Lola'yı ve bana ne kadar fazla söverse, tezat olarak kayıtsızlığımın da bir o kadar arttığını gözlemlemekten bir nevi gurur duyuyordum, hatta gurur ne kelime, sevinç duyuyordum. İnsanın özü çok iyilikseverdir.

"Beni başından savmak için, diye hesaplıyordum, artık bana en az yirmi dolar verir herhalde... Belki de daha bile fazla..."

Saldırıya geçtim: "Lola, ya bana söz verdiğiniz borç parayı verirsiniz ya da burada yatarım ve kanser hakkında ne biliyorsam anlatmamı dinlemek zorunda kalırsınız, komplikasyonlarını, kalıtsallığını, çünkü kalıtsaldır, Lola, kanser denen şey. Sakın unutmayalım!"

Annesinin durumu hakkında ayrıntıları yapıştırdıkça, cilâladıkça, gözümün önünde sararıp solduğunu görüyordum Lola'nın, eli ayağı çekiliyordu, pelteleşiyordu. "Seni gidi kaltak! diyordum içimden, yapış yakasına, Ferdinand! Kırk yılda bir ipin ucu senin elinde!... İpini koparma sakın... Bu kadar sağlamını daha uzun süre bulamazsın!..."

— Alın! işte! dedi iyice zıvanadan çıkmış bir halde, alın şu yüz dolarınızı ve siktir olun gidin ve bir daha da asla geri gelmeyin, duydunuz mu beni, asla!... *Out*! *Out*! *Out*! pis domuz!...

— Bana yine de bir öpücük verin Lola. Olmadı şimdi!... Küs müyüz yani! diye önerdim, onu ne derece tiksindirebileceğimi görmek için. Çekmecenin birinden bir tabanca çıkardı ve şakaya gelir bir hali de yoktu. Merdiven yetti bana, asansörü bile çağırmadım.

Bu sıkı kavga bana yeniden çalışma şevki verdi ve beni epey yüreklendirdi. Hemen ertesi gün Detroit'a giden trene bindim, söylenene bakılırsa orada fazla yorucu olmayan ve iyi para getiren bir dizi ufak tefek işe alınmak kolaymış.

Yoldan gelip geçenler benimle ormandaki çavuşun konuştuğu gibi konuştular. "İşte! dediler bana. Yanılmanız olanaksız, dosdoğru gidin tam karşınızda."

Gerçekten de camlı, bodur büyük binalar gördüm, bir nevi sonu gelmeyen sinek kafesleri, içlerinde kımıldayan insanlar seçilebiliyordu, gelgelelim belli belirsiz kımıldayabiliyorlardı ancak, sanki umutsuzca ve cılızca cebelleşiyorlardı kim bilir hangi karşı konulmaz şeyle. Ford bu muydu yani? Çepeçevre ve tepede gökyüzüne kadar giden bir gümbürtü, çağlayanlarca makineden gelen çokyönlü ve tok bir ses, sert, mekanik aksamın dönmede, kaymada, inlemede inat edişi, hep kırılmaya hazır gibi ama asla kırılmadan.

"Demek burası dedim içimden... Hiç de çekici değil..." Hatta her şeyden beterdi. Daha yakına yanaştım, iş için adam aradıklarının yazıldığı bir taş tahtanın bulunduğu yere kadar.

Tek bekleyen ben değildim. Sabretmekte olanlardan biri bana iki gündür orada olduğunu anlattı, hem de hâlâ aynı yerde. Yugoslavya'dan gelmişti, bu kuzucuk, işe alınmak için. Bir başka çulsuz daha benimle konuştu, güya sırf kendi zevki için çalışmaya gelmiş, manyağın teki, blöfçü.

Bu kalabalığın içinde neredeyse kimse İngilizce konuşmuyordu. Birbirlerini karşılıklı olarak gözetliyorlardı, güvensiz, sıkça dayak yiyen hayvanlar gibi. Oluşturdukları kitleden sidikli apış arası kokuları yükseliyordu tıpkı hastanedeki gibi. Sizinle konuştuklarında ağızlarından uzak durmaya çalışıyordunuz yoksulların içinin daha şimdiden ölüm kokması hasebiyle.

Küçük kalabalığımızın üstüne yağmur yağıyordu. Kuyruklar saçakların altına sıkışıvermişti. Bayağı sıkıştırılabilir nitelikteder iş arayan insan dediğiniz şey. Ford'un hoş tarafı, diye açıkladı bana içini dökme meraklısı ihtiyar Rus, kim olursa olsun ve ne olursa olsun önüne geleni işe almasıydı. "Yalnız, ayağını denk al, diye de ekledi kulağıma küpe olması için, O'nun orda fazla hava atmaya gelmez, çünkü hava atmaya kalkarsan bir çırpıda kıçına tekmeyi yapıştırıverir ve yine bir çırpıda senin yerine el altında hep hazır tuttuğu o mekanik makinelerden birini koyuverir, sonra işe geri dönebilmek için ayıkla pirincin taşını!" Paris ağzını iyi biliyordu bu Rus, ne de olsa yıllarca orada "taksicilik" yapmış, ardından Bezons'da bir kokain meselesinden sonra kapı dışarı edilmiş, son olarak da Biarritz'de aracını pey sürüp bir müşterisiyle barbut oynamış ve kaybetmişti .

Doğruydu, Ford'un önüne geleni işe alması konusunda bana anlattıkları. Yalan söylememişti. Yine de kuşkuyla yaklaşıyordum çünkü çulsuzlar kolaylıkla sayıklarlar. Sefalette öyle bir an gelir çatar ki ruh artık bedene sürekli olarak eşlik edemez hale gelir. O orada gerçekten çok fazla sıkıntı çekmektedir. Sizinle konuşan şey artık neredeyse bir ruhtan ibarettir. Sorumluluk sahibi değildir ki ruhlar.

Dımdızlak hale getiriverdiler bizi girizgâh niyetine, elbette. Muayene, laboratuara benzer bir yerde yapılıyordu. Yavaş yavaş sıradan geçiyorduk. Hastabakıcı daha baştan "sizin haliniz harap, diye saptadı bana bakarken, ama dert değil".

Oysa ben de Afrika'daki ateşli hastalıklar yüzünden işe almayı reddederler diye korkmuştum, olur a, sırf karaciğerimi ya da dalağımı elleyip fark ederlerse! Ama aksine, gelen mallar arasında eciş bücüşlerin ve sakatların olmasından pek memnun gibiydiler.

— Burada yapacağınız iş açısından, ne halde olduğunuzun hiçbir önemi yok! diye yüreğime su serpiverdi denetçi hekim, hemencecik.

— İyi o zaman diye yanıtladım ben de, ama biliyor musunuz, bayım, ben mektepliyim ve hatta bir zamanlar tıp eğitimine bile girişmiştim…

Birden, bana ters bir bakış attı. Bir kez daha çam devirmiş olduğumu hissettim, hem de ucu bana dokunacak şekilde.

— Burada eğitiminiz hiçbir işinize yaramaz, evladım! Buraya düşünmeye gelmediniz, size uygulamanız emredilen hareketleri yapmaya geldiniz… Fabrikamızda düşçülere ihtiyacımız yok. Bizim ihtiyacımız olan şey şempanzelerdir... Benden size bir tavsiye daha. Bize bir daha asla aklınızdan söz etmeyin! Başkaları sizin yerinize düşünecektir dostum! Sonra söylemedi demeyin.

Beni uyarmakta haklıydı. Buranın örf ve âdetleri hakkında kendimi nasıl ayarlamam gerektiğini bilmemde yarar vardı. Budalalıkta sıramı savmıştım, hem de en az on yıllığına. Artık kendi halinde efendi biri olarak görünmek istiyordum. Giyindikten sonra, uzayıp giden sıralara dağıtıldık, kararsız gruplar halinde makinelerin korkunç şangırtısının geldiği tarafa doğru yedek güç olarak itelendik. Koca binada her şey titriyordu ve insanın kendisi de tepeden tırnağa bu titreme tarafından ele geçiriliyordu, yukarıdan aşağı titreşen bu sarsıntılar, camlardan, zeminden ve hurdalardan, her taraftan geliyordu. Bu durumda, beyninizin hem içine hem dışına işleyen ve daha aşağıda da bağırsaklarınızı sallayıp sonsuz, bıkıp usanmaz ve seri halinde küçük darbelerle gözlerinize kadar çıkan o dehşetengiz kudurmuşluk gürültüsünün içinde insanın kendisi de haliyle makineleşiyordu hâlâ titremekte olan çuvalıyla. İlerledikçe sırayla yitiriyorduk yol arkadaşlarımızı. Onlardan ayrılırken şirin şirin gülümsüyorduk sanki bu olup biten pek sevimli bir şeymişçesine. Artık konuşmak ya da birbirinin sesini duymak olanaksız hale gelmişti. Her seferinde üç ya da dört kişi kalıyordu her bir makinenin etrafında.

İnsan yine de direniyor, kendi özünden tiksinir hale gelmek kolay iş değil, biraz oturup düşünelim diye bütün bunları durdurmak ve böylece içinde kalbinin nasıl da kolay attığını duyabilmek istiyor, ancak bu artık mümkün değil. Bitmesi artık söz konusu olamaz. Bu sonsuz çelik kutu tam bir felaket ve bizler de içinde dönüp duruyoruz, makinelerle ve tüm dünyayla birlikte. Hep birlikte! Ve asla aynı anda düşmeyen binlerce küçük tekerlek ve dibek tokmakları birbirini ezen sesler çıkarıyorlar hatta bazıları o kadar şiddetli ki çevrelerinde insana biraz olsun iyi gelen bir tür sessizliği bile harekete geçirdikleri oluyor.

Araç gereç yüklü kıvrım kıvrım küçük vagon aletlerin arasından geçebilme derdine düşmüştü. Yol açılsın! Şu küçük isterik bir sefer daha hareket edebilsin diye derhal fırlasın herkes.

Ve hop! bu tangırdayan çılgın, kayışlarla direksiyonların arasında gidip daha ötede kıpırdanarak, insanlara boyunduruk tayınlarını dağıtmaya gidiyor.

Genizden girip kulakların içini ve kulakzarını yakan o buhardan, o yağ kokusundan ilelebet kurtulmaktansa, makineleri olabildiğince mutlu etme derdine düşen boynu bükük işçiler insanın midesini bulandırıyor, uygun ebatta somunlar takıp duruyorlar, somunlar ve yine somunlar. Utanç değil onların boynunu büken. İnsan gürültüye teslim oluyor, savaşa teslim olur gibi. En tepede, kafada alnın gerisinde hâlâ dalgalanan iki üç düşünceyle insan kendini makinelere bırakıveriyor. Bitti. Nereye bakarsanız bakın, eliniz neye değerse değsin, artık kaskatı. Hâlâ birazcık anımsayabildiğiniz ne varsa o da demir gibi katılaşıyor ve düşüncenin içinde artık hiçbir tadı kalmıyor.

İnsan bir anda bayağı pis bir şekilde yaşlanıveriyor.

Dışarıdaki yaşamı yok etmeli, onu da çeliğe dönüştürüp, işe yarar bir şey haline getirmeli. Eski halini yeterince sevmiyorduk, işte bu yüzden. Dolayısıyla onu da bir nesneye dönüştürmek gerek, sağlam olsun, Kural bu.

Ustabaşının kulağına eğilip bir şeyler söylemeye çalıştım, yanıt niyetine bir domuz gibi homurdandı ve artık ömür boyu yapmam gereken o çok basit işlemi, gayet sabırla, sırf işaretler yoluyla bana gösterdi. Buradaki diğerleri gibi, artık dakikalarım, saatlerim, kalan zamanım, yanımdaki âmâya küçük takozlar uzatmakla geçecekti, o ise onları, yani takozları, çaplarına göre tasnif ediyordu, hep aynı takozları, yıllardır. Ben bu işi daha baştan çok beceriksizce yaptım. Beni kınamadılar, sadece bu ilk işte üç günümü henüz doldurmuştum ki, dikiş tutturamazlığım daha şimdiden tescilli, beni rondela dolu küçük yük arabasının güdülmesi işine kaydırdılar, hani o dilenci vapuru gibi bir makineden ötekine dalgalanan. Şuraya üç tane bırakıyordum, buraya on iki tane, oraya yalnızca beş. Kimse benimle konuşmuyordu. Artık yalnızca afallamayla sayıklama arası bir tür kararsızlıkla var olunabiliyordu. Tek önemli olan şey insanları yöneten binlerce aletin şangırtılı sürekliliğinin sağlanmasıydı.

Saat altıda her şey durduğunda gürültüyü beyninizin içinde taşımaya devam ediyordunuz, ben gece boyu yetecek kadar gü-

gürültü depolamıştım, yağ kokusuyla birlikte, sanki bana sonsuza dek kullanacağım yeni bir burun, yeni bir beyin takmışlardı.

Bu durumda, giderek, her şeyden vazgeçe vazgeçe, sanki bir başkası oldum... Yeni bir Ferdinand. Birkaç haftaya kalmadan. Ancak yine de dışarıdaki insanları yeniden görme arzusu geri geldi. Atölyedekileri değil elbette, onlar, yani iş arkadaşlarım, makine yankıları ve kokularından ibarettiler tıpkı benim gibi, sonsuza dek titreşen çuvallar. Oysa gerçek bir bedene dokunmak istiyordum, pembe bir beden, gerçek hayat dolu, sessiz ve yumuşak.

Bu kentte hiç kimseyi tanımıyordum, hele de kadınları. Epey uğraştıktan sonra, bir "Umumhane"nin kesin olmayan adresini edinebildim, kaçak bir karpuz sergisi, kentin Kuzey bölgesinde. Birkaç akşam üst üste oralarda dolandım durdum, fabrika çıkışında, keşif babında. Bu sokağın diğerlerinden farkı yoktu, olsa olsa benim oturduğum sokaktan daha temiz olabilirdi.

Bu işlerin olup bittiği küçük köşkü tespit etmiştim, bahçeler içinde. İçeri girebilmek için acele etmek gerekiyordu, maksat, kapıda nöbet tutan kaldırım kargası bir şey görmemiş olsun. Amerika'da itilip kakılmadan karşılandığım biricik yer burası oldu, hatta verdiğim beş dolar karşılığında kibarca dahi denebilir. Üstelik de gayet güzel genç kadınlar, dolgun, her taraflarından alımlı bir güç ve sağlık fışkıran, sonuçta neredeyse *Laugh Calvin*'dekiler kadar güzel.

Ayrıca bunları hiç olmazsa adam gibi elleyebiliyordunuz. Bu yerin müdavimi olmaktan alıkoyamadım kendimi. Tüm maaşımı buraya yatırıyordum. Akşam oldu mu, ruhumu yeniden inşa edebilmem için, ille de bu muhteşem güler yüzlü ev sahibelerinin erotik içli dışlılıklarına gereksinim duyuyordum. Sinema artık beni kesmiyordu, fabrikanın maddi melaneti karşısında âciz kalan, zararsız bir panzehir. Biraz daha dayanabilmek için, büyük çapaçul uyarıcılara, yaşamsal zorlayıcılara başvurmak gerekiyordu. Üstelik bu evde benden istenen aidatlar çok cüzi düzeyde kalıyordu, ahbap işi, çünkü Fransa'dan, bu hanımlara, ıvır zıvır birtakım ufak tefek şeyler getirmiştim. Ancak, Cumartesi akşamı, ufak şeylerin esamesi okunmuyordu artık, zamanıydı ve yerimi olduğu gibi kaçamak yapmaya gelmiş "baseball" takımlarına bırakıyordum, olağanüstü canlı, güçlüydüler, sanki nefes alır gibi kolaylıkla mutluluğa ulaşabilen bir halleri vardı.

Takımlar doyuma ulaşırken, imgelem gücü şahlanan bendeniz, mutfakta yalnızca kendim için küçük öyküler yazıyordum. Sporcuların bu mekânın yaratıklarına yönelik coşkusu elbette biraz çaresiz kalan benim tutkumun boyutlarına ulaşamıyordu. Güçleri kuvvetleriyle barışık bu atletler fizik mükemmellik konusunda yeterince doygundular. Güzellik, alkol ya da konfor gibidir, alışırsınız, sonra da artık aldırış dahi etmezsiniz.

Onlar, daha çok eğlenmek için geliyorlardı, kerhaneye. Çoğu kez de sonunda kavga ederlerdi, bayağı. O zaman da polis fırtına gibi dalar ve topunu da küçük kamyonlara doluşturup götürürdü.

Kısa bir süre sonra mekânın güzel kadınlarından birine, Molly, olağanüstü derecede güven duymaya başlamıştım, ürkmüş hayvanlarda bu duygu aşk yerine geçer. Sanki dün gibi anımsıyorum o sevecenliğini, o sarışın ve muhteşem biçimde zarif ve de kaslı upuzun bacaklarını, soylu bacaklar. Gerçek insani soyluluğu veren, kim ne derse desin, bacaklardır, hiç sekmez.

Ruhen ve bedenen içli dışlı olmuştuk ve artık her hafta birkaç saat birlikte kentte dolanıyorduk. Bayağı tuzu kuruydu bu dostumun, çünkü o evde günde yüz dolar kadar götürüyordu, oysa ben, Ford'da, ancak altı dolar kazanıyordum. Yaşamak için icra etmek zorunda olduğu aşk onu fazla yormuyordu. Amerikalılar bu işi kuşlar gibi hafifçe yapıyorlardı.

Akşamüstü, onunla yemek sonrasında buluşmaya giderken, bütün gün işportacı yük arabamı sürüklediğim halde, kendimi zorlayıp neşeli görünmeye çalışıyordum. Kadınların yanında neşeli olmak gerek, en azından işin başında. Ona bir şeyler önerme konusunda bayağı güçlü ama içeriği belirsiz bir arzuyu kafamdan bir türlü atamıyordum, ne var ki gücüm kalmamış oluyordu. Sanayi ürünü beyni sulanmışlığın ne olduğunu gayet iyi anlıyordu, Molly, işçilere alışkındı.

Bir akşam, öylesine, laf olsun diye, bana elli dolar hediye etti. Önce ona şöyle bir baktım. Cesaret edemiyordum. Annemin böyle bir durumda neler söyleyeceği geliyordu aklıma. Sonra düşündüm ki annem, zavallı, bana hiç o kadarını vermemişti. Molly'yi mutlu etmek için, derhal, onun o dolarlarıyla gidip kendime o yılın bahar modasına uygun yepyeni güzel bir pastel bej takım elbise aldım (*four piece suit*). O güne kadar karpuz sergisine o kadar kostaklanarak geldiğimi gören olmamıştı. Patroniçe koca gramofonunu, sırf bana dans etmesini öğretmek için çalıştırdı.

Daha sonra yeni takım elbisemin açılışını yapmak için Molly'yle birlikte sinemaya gittik. Yoldayken bana kıskanıp kıskanmadığımı sordu, çünkü takım elbise bana hüzünlü bir hava vermişti, aynı zamanda da fabrikaya bir daha geri dönmeme arzusunu. Yeni bir takım elbise, insanın kafasını allak bullak ediveriyordu. Yoldan geçenlerin bize bakmadığı anlarda takım elbisemi öpüyordu küçücük tutkulu öpücüklerle. Bense başka şeyler düşünmeye çalışıyordum.

Bu Molly de yani, ne kadındı ama! Nasıl da cömert! Ne ten rengiydi o! Tam bir gençlik baharı! Bir arzu ziyafeti. Ve yeniden endişelenmeye başlıyordum. Pezevenk?... diye sorguluyordum kendimi.

— Artık Ford'a gitmeyin bari! diye bir de caydırmaya çalışıyordu beni Molly. Bir büroda kendinize göre ufak bir iş ayarlayın... Tercüman olarak örneğin, bu sizin tarzınıza uygun... Kitapları pek seversiniz...

Bana böyle çok sevecen öğütler veriyordu, mutlu olmamı istiyordu. İlk kez bir insanoğlu benimle ilgileniyordu, tabir caizse içerden diyeceğim, bencilliğimle ilgileniyordu ve tüm diğerleri gibi durduğu yerden beni yargılamak yerine kendini benim yerime koyuyordu.

Ah ah! keşke Molly'le daha önce, şu yola değil de bu yola sapmak için henüz vakit varken karşılaşsaydım! O kaltak Musyne ve o küçük tezek parçası Lola'ya takılarak coşkumu yitirmeden önce! Ancak kendime yeni bir gençlik kurmak için artık iş işten geçmişti. İnancımı yitirmiştim! İnsan kısa sürede yaşlanıveriyor üstelik de geri dönüşü olmayan biçimde. İnsan bunu, kendi mutsuzluğunu kendine rağmen sevme biçiminden anlıyor. Doğa bizlerden daha güçlüdür işte o kadar. Bizi bir tarza oturtup deniyor ve bir daha da o tarzdan kurtulamıyoruz. Ben bir endişe istikametinde yola çıkmıştım. İnsan tam farkına bile varmadan rolünü ve kaderini usulca ciddiye almaya başlıyor, geriye dönüp baktığımızda da artık bunu değiştirmek için iş işten geçmiş oluyor. Tümüyle endişeli oluvermişsinizdir artık ve bunun ebediyen böyle olması kararlaştırılmıştır.

Beni gayet kibarca yanı başında tutmaya çalışıyordu Molly, beni vazgeçirmeye... "Bakın, yaşam Avrupa'da olduğu gibi burada da akıp gidebiliyor, Ferdinand! Birlikte mutsuz olmayız." Bir yönüyle haklıydı da. "Birikimlerimizle yatırım yaparız... kendimize bir ticarethane satın alırız... Herkes gibi oluruz..." Bunları vicdani tereddütlerimi yatıştırmak için söylüyordu. Projeler. Ona hak veriyordum. Hatta beni yanında tutabilmek için sarfettiği bunca çabadan ötürü utanıyordum bile. Sevmesine seviyordum onu, elbette, ama o marazi takıntımı daha çok seviyordum, o her yerden kaçma arzusunu, bilmem neyin peşinden giderek, salakça bir kibrin etkisiyle olsa gerek, bir nevi üstünlük inancıyla.

Onu kırmaktan kaçınmaya çalışıyordum, o da bunu anlıyor ve kaygımı giderecek şekilde davranıyordu. O kadar sevecendi ki, sonunda ona içimi kemiren o her yerden siktir olup gitme takıntımı açtım. Beni günlerce dinledi, uzun uzadıya dökülmemi ve kendimi tiksindirici şekilde anlatmamı, düşlemler ve kibirler arasında debelenmemi, üstelik bundan dolayı hiç de sabrı tükenmedi, tam aksine. Yalnızca bu gereksiz ve ebleh endişenin üstesinden gelmeme yardımcı olmaya çalışıyordu. Tüm bu saçmalıklarımla lafı nereye getirmek istediğimi pek anlayamıyordu, ama bana hak veriyordu, hayaletlere karşı ya da hayaletlerle birlikte, nasıl istersem. Öyle bir ikna edici yumuşaklık sergiliyordu ki, sonunda iyiliğine iyice aşina olmuştum ve neredeyse üstüme almaya başlamıştım. Ancak öyle olunca da o meşhur kaderime karşı, varoluş nedenim olarak adlandırdığım şeye karşı, mızıkçılık yapmaya başladığım izlenimine kapıldım ve birden artık ona tüm düşündüklerimi anlatmaktan vazgeçtim. Kendi içime döndüm, yapayalnız, eskisinden bile daha mutsuz olduğuma da sevinerek çünkü yalnızlığıma yeni bir tür sıkıntı katmıştım hem de gerçek bir duyguya benzer bir şeyler.

Tüm bunlar çok sıradan şeyler. Ancak Molly meleksi bir sabırla donatılmıştı, üstelik kişilerin doğuştan yetenekleri olduğuna da sıkı sıkı inanırdı. Kız kardeşi, örneğin, Arizona Üniversitesi'nde yuvalarındaki kuşların ve inlerindeki yırtıcıların fotoğraflarını çekme takıntısına yakalanmıştı. Dolayısıyla, bu özel tekniğin garip derslerini almaya devam edebilsin diye, Molly ona, yani fotoğrafçı kız kardeşine, ayda elli dolar yolluyordu, düzenli olarak.

Sonsuz bir yürek gerçekten, içinde de gerçek bir soyluluk barındırıyordu, mangıra dönüşebilen cinsten, benimki ya da birçoklarınınki gibi numaradan da değil. Bana gelince, Molly benim pespaye maceramla mali açıdan da ilgilenmeye dünden razıydı. Beni zaman zaman bayağı şapşalca bir çocuk olarak görse de, inancımın gerçek olduğunu düşünüyordu ve gerçekten de cesaretimin kırılmasını asla hak etmediğimi düşünüyordu. Sadece, bana ayırmayı düşündüğü bütçe ödeneği için ona bir tür küçük bilanço oluşturmaya teşvik ediyordu beni. Benimse bu bağışı kabul etmeye gönlüm razı olmuyordu. Son bir hassasiyet kalıntısı beni gerçekten fazlasıyla tinsel ve fazlasıyla sevecen bu insandan daha fazlasını beklemekten, daha fazla hesap yapmaktan alıkoyuyordu. Böylece de kasıtlı olarak Takdiri ilahiyle aramı bozmuş oldum.

Hatta, o sırada, mahcup biçimde, Ford'a dönme yolunda bazı çabalar bile sarfettim. Gerçi, arkası gelmeyen küçük kahramanlıklardı bunlar. Sadece fabrikanın kapısının önüne kadar gidebildim, ama tam o giriş noktasında donup kaldım ve çalışır vaziyette beni bekleyen tüm bu makinelerle buluşma düşüncesi, bendeki bu emekçi hevesleri geri dönüşsüz biçimde söndürdü.

Ana enerji merkezinin koca penceresinin karşısına dikildim, sarmaşık gibi karmakarışık ve sinsi parlak bin küsur borudan, nereden geldiğini ve ne olduğunu bilmediğim bir şeyleri pompalayıp geri püskürterek kükreyen o biçimsiz devin. Ağzım açık seyre dalarak öylece dikildiğim bir sabah, taksici Rus'umun oradan geçeceği tuttu. "Hey baksana, dedi bana, şutlandın, seni kerhaneci!... Üç haftadır yoksun ortada... Yerine bir makine koydular bile... Oysa seni uyarmıştım..."

"Böylece, dedim o zaman kendi kendime, hiç olmazsa bu iş

bitti... Bi daha gelmenin âlemi yok..." Ve yeniden Kent Merkezi'ne doğru hareketlendim. Dönerken, Konsolosluğa uğradım, hani olur a adı Robinson olan bir Fransız'la ilgili bir şeyler duymuş olabilirler mi diye.

"Bittabi! Kesinlikle! diye yanıtladılar beni konsoloslar. Bizi iki kez görmeye bile geldi ve hâlâ sahte kimlikle dolaşıyordu... Polis de peşinde zaten! Onu tanıyor musunuz?..." Şansımı zorlamadım.

O andan itibaren, her an karşıma çıkmasını bekler oldum o Robinson'un. Eli kulağındaydı bunu hissedebiliyordum. Molly hâlâ şefkatli ve iyi niyetli olmaya devam ediyordu. Hatta temelli olarak gitmek istediğime kanaat getirdiğinden beri eskisinden bile daha sevecen davranıyordu. Oysa bana karşı sevecen davranmanın bir yararı yoktu. Molly'yle izinli olduğu öğleden sonraları sık sık kentin çevresinde geziniyorduk.

Çıplak tepecikler, minnacık göletlerin çevresinde kayın ağacı koruluklar, kurşuni bulutlarla yüklü bir gökyüzünün altında orada burada kasvetli dergiler okuyanlar. Molly'yle karmaşık iç dökmelerden kaçınıyorduk. Üstelik, neyin ne olduğunu da biliyordu. Bir üzüntüsü hakkında fazla söyleyecek bir sözü olamayacak kadar içten biriydi o. İçinde olup bitenler ona yetiyordu, yüreğinde. Öpüşüyorduk. Ama onu iyi öpemiyordum, gerektiği gibi, yani aslında önünde diz çökerek. Aynı anda aklımdan hep başka şeyler de geçiyordu, boşuna zaman ve şefkat harcamamalıydım, bilmem hangi olağanüstü güzel, soylu bir şeyler için saklamak istiyordum sanki her şeyi, daha sonrası için, ama Molly için değil ve bu iş için değil. Onu, yani Molly'yi öperek tutkumu tüketirken, sanki yaşam onun hakkında, karanlığın dibindeki yaşam hakkında öğrenmek istediklerimi alıp götürecekti, benden gizleyecekti ve o zaman da bunlar yetmeyecekti bana ve sonuçta gücüm yetmediği için elde avuçta ne varsa yitirmiş olacaktım, yaşam beni aldatmış olacaktı tüm diğerleri gibi, Yaşam, yani gerçek erkeklerin gerçek metresi.

Yeniden kalabalığa yöneliyorduk ve sonra da onu evinin önünde bırakıyordum, çünkü geceleri, sabahın körüne kadar müşterilerle meşguldü. O müşterilerle uğraşırken, ben her şeye rağmen hüzünlüydüm ve bu hüzün bana onu o kadar iyi anlatıyordu ki, onu gerçekte olduğundan daha fazla yanımda hissediyordum. Vakit geçirmek için bir sinemaya gidiyordum. Sinema çıkışında bir tramvaya biniyordum, orda burda ve gecenin içinde sefere çıkıyordum. Saat ikiye geldiğinde bu saatten önce ya da sonra pek rastlayamayacağınız türde çekingen yolcular biniyordu, her zaman pek solgun ve uyuklayan, uysal paketler halinde, varoşlara kadar.

Onlarla birlikte uzaklara gidiliyordu. Fabrikalardan bile daha uzaklara, belli belirsiz parsellere, birbirinden ayırt edilemeyen evlerin olduğu sokaklara kadar. Küçük şafak yağmurlarıyla yapış yapış olmuş kaldırımların üstünde gün ışıyordu mavimtırak bir renge bürünerek. Tramvay arkadaşlarım gölgeleriyle aynı anda kayboluveriyorlardı. Güne gözlerini yumuyorlardı. Bu gölgelileri konuşturmak bayağı zor işti. Aşırı yorgunluk. Şikâyet etmiyorlardı, hayır, kapanış saatinden sonra, geceleyin kentin tüm bürolarını ve mağazalarını ha bire temizleyenler onlardı. Bizlere kıyasla, gündüz insanlarına, daha az endişeli gibiydiler. Bunun nedeni, belki de, onların insanların ve nesnelerin inebileceği en alt seviyeye varmış olmalarıydı.

Bu gecelerden birinde, yine başka bir tramvaya binmişken ve son durağa gelmişken ve de dikkatli biçimde inerken, birinin bana adımla seslendiğini duyar gibi oldum: "Ferdinand! Hey Ferdinand!" Bu durum haliyle bu karanlıkta sanki bir skandal etkisi yaratıyordu. Hiç hoşuma gitmemişti. Gökyüzü, çatıların üzerinde, saçaklar tarafından biçimlendirilen bayağı soğuk küçük paketler halinde geri geliyordu daha şimdiden. Kesinlikle biri bana sesleniyordu. Arkamı döndüğümde, Léon'u derhal tanıdım. Fısıldayarak yanıma geldi ve dertleştik.

O da diğerleriyle birlikte bir büro temizliğinden dönüyormuş. Bula bula bu dümeni bulmuştu. Bayağı ağırbaşlı bir yürüyüşü vardı, buna biraz da gerçek bir haşmet katıyordu, sanki kentte tehlikeli ve handiyse kutsal bir şeyler başarmış gibi. Zaten tüm gece temizlikçilerinin takındıkları hava da buydu, daha önceden de ayrımsamıştım. Yorgunluk ve yalnızlık anlarında tanrısallık insanın içinden geliyordu. Bulunduğumuz mavimtırak karanlığın ortasında, onun da bakışları bununla doluydu gözlerini her zamanki gözlerinden daha fazla açtığında. O da sayısız lavabo yüzeyi temizlemişti ve nice katlar parlatmıştı, gerçekten de kat kat, sessizlikten oluşan katlar.

Ekledi: "Seni hemen tanıdım Ferdinand! Tramvaya biniş tarzından... İnanır mısın, içeride tek bir kadın bile olmadığını gördüğünde hüzünleniş biçimin yetti seni tanımama. Öyle dimi yani? Senin tarzın bu dimi yani?" Doğru, benim tarzım buydu. Gerçekten de pantolon fermuarı gibi açık saçık bir ruhum vardı. Bu doğru gözlemde beni şaşırtacak bir şey yoktu. Ama beni asıl şaşırtan şey onun da Amerika'da başarılı olamamış olmasıydı. Bu hiç de öngördüğüm şey değildi.

Öyle olunca ben de ona San Tapeta'daki kadırgadan söz ettim. Ama bunun ne demek olduğunu anlamıyordu. "Ateşin var senin!" diye yanıtladı sadece. O bir yük gemisiyle gelmişti. Ford'da kendine iş bulmayı denerdi denemesine ama gerçekten de göstermeye cesaret edilemeyecek derecede sahte olan kimlik belgeleri ona engel olmuştu. "Bunlar olsa olsa cepte durmaya yararlar" diye belirtti. Temizlik ekiplerinde nüfus kütüğü konusunda pek o kadar titiz değiller. Hoş, maaşlar da pek o kadar yüksek değildi, ama pas geçiliyordu. Bu bir tür gece vardiyası Yabancı Lejyonu'ydu*.

— Peki ya sen naapıyorsun? diye sordu bana o sırada. Demek hâlâ kafayı yemiş durumdasın? Hâlâ bıkmadın mı ıvır zıvır zımbırtılardan yahu ? Hâlâ yeni yolculuklar peşinde misin yani?

— Fransa'ya dönmek istiyorum, dedim ona, göreceğim kadarını gördüm, haklısın valla, yetti...

— İyi de edersin, diye yanıtladı beni, çünkü bizler için aş pişti bayram geçti... Farkına bile varmadan yaşlandık, bunun ne olduğunu iyi bilirim... Ben de dönmek isterdim aslında, ama hep şu kimlik belgeleri meselesi... Adam gibisini edininceye kadar biraz daha bekleyeceğim... Yaptığımız iş kötü sayılmaz. Beteri var. Ama İngilizce öğrenemiyorum be... Otuz yıldır bu temizlik işinde olup da aynı dalgada "Exit"ten başka bir halt öğrenemeyenler var, o da ovarak parlattığımız kapıların üstünde yazıyor olması hasebiyle, bir de "Lavatory" var öyle. Anlıyor musun?

* Yabancı Lejyonu: Çoğu "başı dertte" gönüllülerden oluşan ve sıklıkla sömürgelerde görev yapan Fransız askeri birliği.

Anlıyordum. Eğer Molly'den mahrum kalırsam ben de bal gibi gidip işe girmek zorunda kalacaktım, gece işinde.

Bunun böyle sürüp gitmemesi için de bi neden yoktu.

Sonuç olarak, savaşın içinde olduğumuz sürece, barışta işlerin daha iyi gideceğini söylüyorduk ve bu umudu çiğniyorduk sakız gibi, ama sonra, yine her zamanki bildik boktan başka bir halt olduğu yoktu. Önceleri bunu söylemeye cesaret edemiyorduk kimsenin midesini bulandırmamak için. Sonuçta iyi huyluyuzdur. Derken günün birinde yine de herkesin önünde dökülüveriyorduk. Kenefte debelenmekten gına geliyor insana. Ama o zaman da herkes pek terbiyesiz olduğunuzu düşünüyordu. İşte hepsi bu.

Bu seferden sonra iki üç kez daha, randevulaştık Robinson'la. Hiç de iyi görünmüyordu. Detroit'ın hergeleleri için kaçak likör üreten bir Fransız asker kaçağı ona "business"ından küçük bir pay vermeye razı olmuştu. Aklına yatar gibiydi Robinson'un. "Aslında ben de biraz 'ustura' yapmak isterdim o adilerin zıkkımlanması için, diye itiraf etti bana, ama biliyor musun, artık petkam sıkmıyor... Biraz üstüme gelen ilk aynasız karşısında yelkenleri suya indireceğimi hissediyorum... Öyle şeyler geldi ki başıma... Sonra üstelik hep uykum var... Öyle ya, gündüz uykusu, uykudan sayılmaz... Hele o 'büroların' tozu var ya, ciğerlerimizi dolduracak şekilde havalandırdığımız, ondan hiç söz etmesek daha iyi... Düşünsene!... Adamı gebertir bu..."

Bir başka akşam için sözleştik. Yeniden Molly'nin yanına gittim ve ona her şeyi anlattım. Epey çaba sarf ediyordu, onu ne kadar üzdüğümü bana belli etmemek uğruna, ama yine de bunu anlamak işten bile değildi. Onu artık daha sık öpüyordum, ama onunki derin bir kederdi, bizdekilerden daha gerçekti, çünkü bizdeki âdet, olandan fazlasını göstermektir. Amerikalı kadınlarda ise tam tersine. Bunu anlamaya, kabullenmeye cesaret edemiyor insan. Bu biraz onur kırıcı, ama yine de, onunki gerçek bir hüzündü, ne kibir, ne kıskançlık, ne de hırgür, bu yalnızca gerçek yürek acısıydı ve itiraf etmek gerek ki bizim içimizde bu boyut eksiktir, üstelik hüzünlenme zevki açısından da kupkuruyuz. Yüreğinde ve her alanda daha zengin olamadığı, buna karşın yine de insanlığı özünde gerçekte olduğundan daha aşağı gördüğü için utanç duyuyor insan.

Ara sıra, onun, yani Molly'nin, yine de bana ufak bir sitem etmekten kendini alıkoyamadığı da oluyordu, ama hep ölçülü ve çok kibar ifadelerle.

— Çok gayretlisiniz, Ferdinand, diyordu bana, diğerleri kadar kötü olmamak için de çok çabaladığınızı biliyorum, ancak, gerçekten ne istediğinizi tam olarak bilip bilmediğinizden kuşkuluyum... İyi düşünün! Oraya döndüğünüzde de karnınızı doyurmanız gerekecek, Ferdinand... Ve üstelik başka bir yerde artık buradaki gibi gece gündüz düş kurarak dolaşamazsınız... Pek sevdiğiniz üzere... Hazır ben çalışıyorken... Bunu hiç düşündünüz mü Ferdinand?

Bir açıdan bakınca, yerden göğe kadar haklıydı, ama herkesin bir yapısı vardır. Onu kırmaktan çekiniyordum. Üstelik pek de kırılgandı.

— Sizi temin ederim ki sizi çok seviyorum, Molly, üstelik hep de seveceğim... sevebildiğim kadar... kendime özgü biçimde.

Kendime özgü demek, pek fazla değil demekti. Oysa Molly bayağı etli butluydu, bayağı çekici. Ne var ki hayaletlere yönelik şu tatsız eğilimim de vardı. Bu belki de tümüyle benim hatam değildi. Yaşam insanı haddinden çok daha uzun süre hayaletlerle birlikte kalmaya zorluyor.

— Pek müşfiksiniz, Ferdinand, diye yatıştırıyordu beni, benim için fazla gözyaşı dökmeyin... Sizde, bu hep daha fazlasını öğrenme arzusu bir tür hastalığa dönüşmüş... İşte o kadar... Neyse, bu da herhalde sizin kaderiniz... O yoldan, tek başınıza... En uzağa giden kişi tek başına yolculuk edendir... Demek yakında gideceksiniz?

— Evet, Fransa'da öğrenimimi tamamlayacağım ve sonra da geri geleceğim, diye iddia ettim pişkin pişkin.

— Hayır, Ferdinand, bir daha geri gelmeyeceksiniz... Üstelik ben de artık burada olmayacağım...

Kül yutmuyordu.

Ayrılık saati geldi çattı. Bir akşam onun eve dönüş saatinden az önce birlikte istasyona doğru gittik. Gündüz gidip Robinson'la vedalaşmıştım. O da onu terk etmemden pek hoşnut değildi. Ha bire herkesi terk ediyordum. İstasyonun peronunda, Molly'yle birlikte treni beklerken, onu tanımamış gibi yapan adamlar geçti önümüzden, ama bir şeyler fısıldaşıyorlardı.

— Daha şimdiden uzaklardasınız, Ferdinand. Gerçekten, tam olarak ne istiyorsanız onu yapıyorsunuz, değil mi, Ferdinand? Önemli olan bu... Tek kayda değer şey bu...

Tren istasyona girdi. O makineyi gördüğümde atılmakta olduğum maceradan o kadar da emin değildim artık. Molly'yi içimde kalan tüm cesareti toplayarak öptüm. Üzgündüm, gerçek bir üzüntü, kırk yılda bir, herkes adına, benim adıma, onun adına, tüm insanlar adına.

Yaşam boyunca aradığımız şey belki de budur, yalnızca bu, olabildiğince büyük bir üzüntü, ölmeden önce kendimiz olabilmek için.

Bu ayrılıştan bu yana yıllar geçti, nice yıllar... Detroit'a sık sık mektup yazdım, başka yerlere de, aklımda kalan tüm adreslere, bir de onu, yani Molly'yi tanıyan, izleyen birinin çıkabileceği her yere. Asla yanıt alamadım.

Artık umumhane kapanmış. Tek öğrenebildiğim şey bu oldu. O iyi, hayran olunası Molly, eğer hâlâ yazdıklarımı okuyabiliyorsa, bilmediğim bir yerlerde, şunu bilmesini isterim ki ben onun için hiç değişmedim, onu hâlâ seviyorum ve hep seveceğim, kendime özgü biçimde, istediği zaman da buraya gelip ekmeğimi ve kaçamak kaderimi paylaşabilir. Eğer artık güzelliğini yitirmişse de, eh, ne yapalım! İdare ederiz! İçimde ondan kalan o kadar çok güzellik sakladım ki, o kadar canlı, o kadar sıcak, ikimize yetecek kadar var hem de en az yirmi yıllığına, yani iş bitinceye kadar.

Hoş, ondan ayrılmak için bir miktar çılgınlık gerekiyordu hem de pis ve soğuk cinsinden. Her şeye rağmen, ruhumu bugüne kadar korumasını bildim ve Amerika'da geçirdiğim o birkaç ay boyunca Molly bana o kadar iyilik ve düş bahşetti ki, eğer ölüm, hemen yarın, gelip beni alacaksa, eminim, asla diğerleri kadar soğuk, çirkin, hantal olmayacağım.

Öteki Dünya'dan dönmekle iş bitmiyor! Günlerin akışı buralardayken pineklemeye terk ettiğiniz haliyle çıkıveriyor insanın karşısına, yapış yapış, eğreti. Sizi bekliyor.

Haftalarca ve aylarca, yola çıkmış olduğum yer olan Clichy meydanının çevresinde dolandım durdum yine, aynı zamanda da o civarlarda, Batignolles taraflarında, para kazanmak için uyduruk işlerde çalıştım. Anlatılacak gibi değil! Yağmur altında ya da arabaların boğucu sıcaklığında, Haziran'dan itibaren, hani o insanın boğazını ve genzini yakan, neredeyse Ford'daki gibi. Akşam, tiyatroya ya da Orman'a doğru yol alan insanların önümden geçişlerini, dönüp dolaşıp yine geçmelerini seyrediyordum, oyalanmak için.

Boş saatlerimde yine az çok yalnız başıma kitaplara ve gazetelere gömülüyordum, aynı zamanda da görmüş olduğum tüm şeylere. Eğitimim, sınavlar, falan filan, kaldığım yerden yeniden başladıktan sonra, hepsini geçtim, ite kaka, bir yandan da rızkımı çıkarıyordum. Bayağı iyi korunuyor şu Bilim denen şey, benden söylemesi, Fakülte, sıkı sıkı kapalı bir dolaptır. Kavanoz gani gani, reçel cüzi miktarda. Eninde sonunda beş ya da altı yıllık akademik serüvenimi tamamladığımda, unvanımı almıştım, bayağı fiyakalı. Bunun üzerine, banliyöye takılmaya karar verdim, tarzıma uygun, Garenne-Rancy'ye, oracıkta, Paris'ten çıkar çıkmaz, Porte Brancion'dan hemen sonra.

İddiam yoktu benim, ne de ihtirasım, yalnızca biraz nefes almak ve karnımı biraz daha iyi doyurmak istiyordum o kadar. Tabelamı kapıya astıktan sonra beklemeye koyuldum.

Mahalleliler bakmaya geldiler tabelama, işkillenerek. Hatta karakola bile gidip gerçekten hekim olup olmadığımı sormuşlar. Evet, denmiş onlara orada. Diplomasını tescil ettirdi, o gerçek bir hekim. O zaman da, ötekilerine ek olarak yeni bir gerçek hekimin daha mahalleye yerleştiği söylentisi tüm Rancy'ye yayıldı. "Aç kalır! diye hemen kehanette bulundu kapıcım. Buralarda fazlasıyla doktor var!" Tam yerinde bir gözlemdi.

Banliyöde, sabahları yaşam size özellikle tramvaylar vasıtasıyla gelir. Tonlarcası geçerdi, sabahın köründen itibaren, Minotaure bulvarından, içinde de, sallana sallana işe giden sürüyle şapşal.

Hatta gençlerin işe gitmekten hoşnut bir halleri bile vardı. Trafiği hızlandırıyor, basamaklara asılıyorlardı, bu afacanlar, güle oynaya. Görülmeliydi. Ancak mahallenin kahvesinin telefon kabinini yirmi yıldır tanıyorsanız, örneğin, o kadar pis ki her seferinde kenefle karıştırılıyor, işte o zaman ciddi şeylerle dalga geçme arzusunu yitiriyordunuz, özellikle de Rancy'yle. İnsan o zaman anlıyordu nereye düştüğünü. Ne kadar sidikli olurlarsa olsunlar, yamyassı cepheleriyle, evler sizi ele geçiriyorlardı, yürekleriyse ev sahibine aitti. Onu asla gören olmazdı. Ortalıkta görünmeye cesaret edemezdi zaten. Kendi yerine hep emlakçısını yollardı, gıcık herif. Oysa mahallede söylenene bakılırsa, onunla karşılaştığınızda, ev sahibi aslında pek kibar davranıyormuş. Kaz gelen yerden tavuk esirgenmez.

Rancy'de göğün rengi, Detroit'takinin aynısıdır, Levallois'dan bu yana tüm ovayı ıslatan bir duman suyu. Kapkara bataklar aracılığıyla yere yapışmış bina kalıntıları. Şömineler, irili ufaklı, uzaktan deniz kenarında balçıklara saplanmış kocaman kazıklarla aynı etkiyi yaratıyor. İçindeyse, bizler varız.

Dolayısıyla yengeçlerin cesaretine sahip olmak gerek Rancy'de, özellikle de yaşınız ilerlemeye başlamışsa ve buradan bir daha asla çıkamayacağınızdan iyice eminseniz. Tramvayın son durağında, o her şeyi açığa vuran koca lağımın, Sen nehrinin üzerine atılan yapış yapış köprü durur işte. Kıyı boyunca, Pazar günleri ve akşamları insanlar çiş yapmak için tümseklerin üzerine tırmanırlar. Akan suyun önünde olduklarını hissetmek erkekleri düşüncelere dalmaya teşvik eder. Bir sonsuzluk duygusuyla çiş yaparlar, denizciler gibi. Kadınlarsa, asla düşüncelere dalmazlar. Sen nehri olsa da olmasa da. Neyse, sabahları tramvay kalabalığını toplayıp metroda sıkıştırılmaya götürür. Hepsinin o yöne doğru kaçıştıklarını gören, Argenteuil taraflarında başlarına bir felaket geldiğini, memleketlerinde yangın çıktığını sanırdı. Her şafak vakti, yeniden bir nöbete tutulurlar, salkım saçak vagon kapılarına, korkuluklarına yapışırlar. Büyük bir bozgun. Paris'te görmeye gittikleri kişiyse alt tarafı bir patrondur, sizi açlıktan gebermekten kurtaran kişi, feci korkarlar onu yitirmekten, ödlekler. Oysa rızkınıza az mı ter döktürür o? On yıl, yirmi yıl ve çok daha uzun süre çıkmaz üzerinizden o leş kokusu. Bedava değil yani.

Ve daha tramvayda başlarlar sıkı bir ağız dalaşına, maksat ağızları alışsın, pası açılsın. Kadınlar veletlerden bile daha huysuzdur. Biletsiz binen bir kaçak için, tüm hattı durdurmaya kalkışırlar. Tabii kadın yolcular arasında, daha şimdiden sarhoş olanların bulunduğu da bir gerçek, özellikle Saint-Ouen'a doğru pazar yerinde inenler, yarı-burjuva kadınlar. "Havuç kaça?" diye sorarlar daha oraya varmadan bile millet görsün gerekli imkânlara sahip olduklarını diye.

Çöp torbası gibi sıkıştırılmışızdır demir kafesin içinde, tüm Rancy'yi boydan boya katederiz bir yandan da sıkı koku salarız, özellikle de yaz olduğunda. Surların hizasına gelindiğinde tehditler savrulur, son bir ağız dalaşı ve herkes gözden kayboluverir, metro herkesi ve her şeyi yutar: sırılsıklam takım elbiseleri, cüretini yitirmiş entarileri, ipekçorapları, rahim iltihaplarını ve çorap kadar kirli ayakları, kira gibi kazık, kaskatı kolalı yakaları, karnı burnunda hamilelikler gibi sert, aşınmak nedir bilmez rahim ağızlarını, süregelen kürtajları, savaştan kalma kibirleri, işte bunların hepsi katranlı ve fenik asitli merdivenlerden aşağı akmaktaydı, en uçtaki kara deliğe kadar, cepte de tek başına iki küçük ekmek fiyatındaki dönüş bileti.

Patron genel giderleri azaltmaya niyetlendiğinde kendini birden, sessiz sedasız, kapıya koyuluvermiş bulmanın sinsi endişesi, geç kalanların hep ensesindeydi (kupkuru bir pusulayla). Tüyleri diken diken eden "Kriz" anıları, son işsizliğin anıları, o zamanlar okunmak zorunda kalınan tüm *Intransigeant*'lar*, beşer para, beşer para... iş ararken beklemeler... Bu anımsananlar insanı boğmaya yeter de artardı bile, "her mevsimlik" pardösüsüne ne kadar sarınmış olursa olsun.

Kent elinden geldiği kadar bu kirli ayak kalabalıklarını uzun elektrik lağımlarının içine gizliyordu. Yeryüzüne ancak Pazar günü yeniden çıkabileceklerdi. O zaman da, onlar dışarı-

* *Intransigeant*: Dönemin en önemli akşam gazetesi. Önce soldayken, sonra aşırı sağcı popülist bir çizgiye kaydı (*Boulangisme* hareketi).

da olduklarında, en iyisi hiç ortalıkta görünmemeli. Tek bir Pazar günü bile onların nasıl eğlendiklerini seyretmeniz, sizde ömür boyu dalga geçme arzusunu yok etmeye yeter de artar bile. Hâlâ kol gezen savaşlardan, ölü doğan devrimlerden, iflas eden ticarethanelerden, yarısı yanmış, yeterince kavrulmamış köylerden artakalan kokular, burçların yakınında, metronun çevresine yer etmiş, fırsat kollayarak fokurduyor. Bölgenin çaputçuları yıllardır her mevsim aynı nemli küçük yığınları hendeklerin içinde rüzgâra karşı yakarlar. Afyonlu şarap ve yorgunluktan sersemlemiş bu paçavracılar aslında birer barbar bozuntusu. Gidip yandaki Dispanser'de öksürmeyi yeğliyorlar, tramvayları sur diplerine devirip vergi dairesinin üstüne adam gibi işeyeceklerine. Bir daha ne kan dökülür, ne de sorun çıkar. Yeniden savaş vakti geldiğinde, bir sonraki sefer, bunlar belli ki yine lağım faresi derisi, kokain ve dalgalı sacdan üretilmiş maskeler satarak köşeyi dönecekler.

Bense, sur diplerini ve hep oraya dikilen, boş gözlerle etrafına bakınan, kolu koca bir pamuğa sarılı, iş kazası geçirmiş, ne düşünmesi gerektiğini ve ne yapacağını şaşırmış ve de kafayı çekerek vicdanını dolduracak kadar parası olmayan o işçiyi çok rahat görebildiğim küçük bir apartman katı bulmuştum kendime, mesleki icraatlarım için.

Molly düpedüz haklı çıkmıştı, onu anlamaya başlıyordum. Eğitim görmek insanı değiştiriyor, insanın gururunu oluşturuyor. Yaşamın özüne ulaşabilmek için bu yollardan geçmek gerek. Önceleri, tek yaptığımız şey etrafında dolanmak. İnsan her şeyi aşmış olduğunu sanıyor ama sudan şeylere takılıyor. Fazla düş kuruyor. Sözcüklerin üzerinden kayıp geçiyor. Bunlar boş şeyler. Yalnızca niyetler, görüntüler. Kararlı olan insana başka şey gerek. Hekimlik sayesinde, ben bile, ki pek yetenekli sayılmam, insanlara, hayvanlara, her şeye epey yakınlaşmıştım. Artık tek yapacak şey, hepsinin ortasına, bodoslama dalmaktı. Ölüm peşinizden koşarak geliyor, acele etmekte yarar var, üstelik bir yandan aranırken bir yandan da karnınızı doyurmak gerek ve sonra da üstüne üstlük savaşın altından sıyrılabilmek gerek. Yani işimiz çok. Pek de kolay değil.

Bu arada, hastalardan söz açılmışken, "sürü sepet" geldikleri söylenemezdi. Her şeyin bir zamanı var, deniyordu beni yatıştırmak için. Hasta olan, şimdilik, daha çok bendim.

İnsanın müşterisi olmayınca, diye saptadım, Garenne-Rancy'den daha yürekler acısı bi yer pek olmasa gerek. Doğruya doğru. Böyle yerlerde pek düşünmeye gelmez, oysa ben de tam sakin kafayla düşünmeye gelmiştim buraya, hem de dünyanın ta öbür ucundan! Tam da düşecek yeri bulmuşum. Seni kendini beğenmiş seni! Karabasan gibi çökmüştü üstüme... Hiç de gülünecek bir durum değildi bu, bir daha da yakamı hiç bırakmadı. Beyin mi dediniz, ondan daha zorbası yoktur.

Benim oranın biraz aşağılarda, Bézin'in, önünden geçerken her uğradığımda bana seslenen küçük eskicinin dükkânı vardı: "Seçim yapmak gerek, Doktor! Ya at yarışı oynarsın ya da aperitif içersin, ya o ya bu!... İnsan her şeyi aynı anda yapamaz!... Ben, aperitifi tercih ederim! Kumarı sevmem..."

Onun, aperitif dendiğindeki tercihi, *gentiane-cassis**. Genel olarak sevimsiz biri değildi, ama afyonlu şarabı içtikten sonra da, pek sevimli davrandığı söylenemezdi... Bit pazarından mal almaya gittiğinde, şöyle bir üç gün ortalıktan kaybolurdu, "sefere çıkardı", bunun adını böyle koymuştu. Onu gider geri getirirlerdi. O zaman da kehanette bulunurdu:

— Gelecek, geleceğin ne boka benzeyeceğini görüyorum... Hiç sonu gelmeyen bir grup seksine benzeyecek... Ve aralarda sinema olcek... Baksanıza, daha şimdiden durumsal vaziyetler neye dönmüş...

Hatta bu durumlarda daha ötesini bile gördüğü oluyordu: "Artık içki içilmeyeceğini de görebiliyorum... En sonuncusu, gelecekte içecek olan tek kişi, benim... Acele etmem gerek... Huyum kurusun..."

Sokağımdaki herkes öksürüyordu. Vakit öldürmece. Güneşi görebilmek için, en azından Sacré-Cœur'e kadar çıkmak gerekiyordu, duman yüzünden.

Ama oradan bakınca da çok hoş bir manzaraydı doğrusu; ovanın dip kısmında bizlerin ve oturduğumuz evlerin bulunduğunun farkına varıyorduk elbette. Ama ayrıntılı bir şekilde onla-

* *Gentiane-cassis*: Üstüne frenküzümü likörü eklenmiş, kızılkantaron bitkisinden yapılan acı tadı olan bir aperitif.

rı aramaya kalktığımızda, katiyen bulamıyorduk, kendi evimizi bile, o derece çirkindi ve tıpatıp benzer bir çirkinlikteydi her gördüğümüz şey.

Daha da diplerde, bir köprüden ötekine zikzaklar çizen bir balgam gibi akan da yine Sen nehriydi.

Rancy'de otururken, üstünüze bir kasvet çöktüğünün bile farkına varmıyorsunuz. Kılınızı dahi kıpırdatmayı istemez hale geliyorsunuz, işte o kadar. Her vesileyle ve her şeyden tasarruf ede ede, her türlü arzunuzu yitirmiş oluyorsunuz.

Aylarca sağdan soldan borç para aldım. Mahallemdeki insanlar o kadar fakir ve kuşkucuydular ki, beni, yani o çok pahalı olmayan hekimi bile, çağırmaya karar verebilmeleri için ille de havanın kararmasını beklemeleri gerekiyordu. Geceler boyunca az mı dolandım ay ışığından mahrum avlucuklarda ordan on burdan on beş frank koparabilmek için.

Sabah olduğunda, silkelenen halılar sokağı kocaman bir davula dönüştürüyordu.

O sabah, kaldırımın üstünde Bébert'le karşılaştım, alışverişe gitmiş olan teyzesinin kapıcı dairesine bakıyordu. O da süpürgesiyle kaldırımdan bir toz bulutu havalandırıyordu, Bébert.

Oralarda tozlarını süpürmeyen her kim olursa, saat yedi sularında, sokak komşularının gözünde pis bir domuz olarak damgalanır. Silkelenen halılar, temizlik işareti, derli toplu ev. Daha ne olsun. İsterse ağzınız leş gibi koksun, o işi yaptınız mı artık rahatsınız. Bébert tüm havalandırdığı o tozları yutuyordu ve aynı zamanda diğer katlardan ona yollananları da. Kaldırım taşlarının üzerine yine de birkaç güneş lekesi düştüğü oluyordu ama bir kilisenin içindeki gibi, soluk ve yumuşatılmış, mistik.

Bébert beni uzaktan görmüştü. Ben köşedeki hekimdim, otobüsün durduğu yerdeki. Teni fazla soluk, asla olgunlaşmayacak bir elmaydı, Bébert. Kaşınıyordu ve onun kaşındığını görünce, benim de kaşınasım geliyordu. Malum, pire, açıkçası, bende de vardı, geceleyin hastaların üstüne eğilerek pirelenmiştim. Büyük bir keyifle pardösünüze atlayıveriyorlardı çünkü karşılarına çıkan en sıcak ve en nemli yer orasıydı. Fakülte'de işte bunları öğretirlerdi size.

Bébert bana merhaba diyebilmek için halısını kenara koydu. Tüm pencerelerden bizim aramızda konuşmamız seyredilmekteydi.

Eğer ille de bir şeyleri seveceksek, yetişkinlere kıyasla çocukları sevmek daha az risklidir, hiç olmazsa ileride bizler kadar katır kutur olmayacaklarını ümit etmek gibi bir özrümüz vardır. Bilmiyoruzdur.

Solgun yüzünde asla unutamadığım o sonsuz küçük saf sevgi gülümsemesi beceriksizce dans ediyordu. Tüm evrene yetecek bir neşe.

Yirmili yaşlarını geride bıraktıktan sonra, bu kolay sevginin, hayvanlarınkinin, bir katresini hâlâ içinde barındırabilen insan sayısı çok azdır. Meğer dünya hiç de sandığımız gibi değilmiş! İşte bu kadar! Öyle olunca, biz de façamızı değiştiririz! Hem de nasıl! Mademki yanılmışız! Kaşla göz arasında hepten dönüşüveririz o gıcık yaratığa! Yirmi yaşını geride bıraktıktan sonra suratımızda kalan tek şey budur! Bir hata! Suratımız bir hatadan ibarettir.

— Hey! dedi bana Bébert, Doktor bey! Bi tane bulmuşlar dimi Place des Fêtes'te bu gece? Boynu usturayla kesikmiş dimi? Sizmişiz nöbetçi diyolar? Hakkat mi?

— Hayır, nöbetçi olan ben değildim, Bébert, Doktor Frolichon'du*...

— Tüh, çünkü teyzem dedi ki sizin olmuş olmanızı istermiş... Siz ona her şeyi anlatırmışsınız...

— Bir dahaki sefere, Bébert.

— Burada sık sık oluyor, hıı, birilerinin öldürülmesi? diye saptadı Bébert bu kez de.

Onun tozlarının arasından geçtim, ama belediyenin yol süpürme aracı da, vızlayarak, tam o sırada geçiyordu ve kaldırım kenarlarından fırlayıp tüm sokağı daha başka, daha yoğun, karabiberli bulutlarla kaplayan bir hortum oluştu. Göz gözü görmüyordu. Bébert sağa sola zıplıyordu, hapşırarak ve çığlıklar atarak, neşelenmişti. Gözlerinin altı morarmış başı, yapış yapış saçları, bakımsız tarzan bacakları, hepsi birden, çırpınarak, dans ediyordu, süpürgenin ucunda.

Bébert'in teyzesi alışverişini bitirmiş dönüyordu, bir tek at-

* Frolichon: Fransızcada *folichon* sözcüğünü (şen şakrak) çağrıştırıyor (Dr. Şençakrak gibi).

mıştı bile, tabii belirtmeliyiz ki aynı zamanda biraz eter de kokluyordu, bir hekimin hizmetindeyken ve yirmi yaş dişleri ona çok acı çektirdiği bir sırada edinilmiş bir alışkanlıktı bu. Ön tarafta dişlerinin sadece iki tanesi kalmıştı, ama onları fırçalamayı asla ihmal etmezdi. "İnsan benim gibi biriyse, bir hekimin hizmetinde çalışmışsa, o zaman hijyen nedir iyi bilir." Yakınlara, hatta daha bile uzaklara Bezons taraflarına kadar hasta muayene etmeye gidiyordu.

Bébert'in teyzesinin zaman zaman bir şeyler düşünüp düşünmediğini bilebilmek çok ilgimi çekerdi doğrusu. Yok, o hiçbir şey düşünmüyordu. Durmadan konuşuyordu asla düşünmeden. Yalnız kaldığımızda, yani etrafımızda münasebetsiz birileri yokken, o da benden bedava bir muayene kapıyordu. Bu bir anlamda gurur okşayıcı sayılabilirdi.

— Doktor, bunu size söylemek zorundayım, çünkü siz bir hekimsiniz, Bébert, aslında itin teki!... Kendini "elliyor"! Bunu iki ay önce fark ettim ve ona bu pis işleri kimin öğretmiş olabileceğini bayağı merak ediyorum doğrusu... Oysa ben ona iyi bir terbiye vermiştim! Ben yapma dedikçe o yine yapıyor...

— Böyle devam ederse deli olacağını söyleyin ona, diye önerdim, klasik.

Bizi duymakta olan Bébert, hiç de hoşnut değildi.

— Kendimi ellemiyom, bu doğru değil, bunu Gagat'ların* veledi teklif etti bana...

— Gördünüz mü, biliyodum başıma gelecekleri, dedi teyze, Gagat ailesi demek, bilirsiniz, hani şu beşinci kattakiler?... Bunların hepsi namussuz. Dede bir zamanlar aslan terbiyecisi kadınların peşinden koşarmış... Hıı, olacak iş mi şimdi bu, aslan terbiyecisi kadınlar?... Doktor, baksanıza, yeri gelmişken, ona kendini ellemesini engelleyecek bir şurup hazırlayamaz mısınız?...

Bébert veledine kötü huy kazıyıcı bir şurup reçetesi yazmak üzere teyzeyi kapıcı dairesine kadar izledim. Kimseye karşı yüzüm tutmuyordu ve bunun da bal gibi farkındaydım. Kimseden para alamıyordum. Beleş muayene ediyordum, daha çok

* Gagat: Fransızcada *gaga* sözcüğüyle (bunak) aynı şekilde telaffuz ediliyor (Buunak ailesi gibi).

da meraktan. Bu bir hataydı. İnsanlar sonradan onlara ettiğiniz iyiliğin intikamını alıyorlardı daima. Bébert'in teyzesi de diğerleri gibi benim kibirli tokgözlülüğümden epey faydalandı. Hem de bayağı sıkı istismar etti. Kendimi salıvermiştim, yalana dolana kaptırmıştım. Onların peşine takılmıştım. Beni ele geçirmişlerdi, ağlaşıyorlardı hasta müşterilerim, her gün, gitgide artan dozda, beni keyfi biçimde ordan oraya sürüklüyorlardı. Aynı zamanda o çirkinlikten bu çirkinliğe derken bana ruhlarının dükkânında neler gizlediklerini de gösteriyorlardı ve bunu benden başkasına da göstermiyorlardı. Bu çirkinlikler paha biçilmezdi. Ne var ki parmaklarınızın arasından kayıp gidiyorlardı sümüksü yılanlar gibi.

Günün birinde her şeyi anlatacağım, eğer her şeyi anlatabilecek kadar çok yaşarsam.

"Ayağınızı denk alın, iğrenç mahluklar! Bırakın da birkaç yıl daha kibarlık yapayım. Beni daha hemen öldürmeyin. Yalaka ve çaresiz görünmeli, her şeyi anlatacağım. Sizi temin ederim ve o zaman da birden geri çekileceksiniz tıpkı Afrika'da kulübeme sıçmaya gelen sümüklü tırtıllar gibi ve sizi daha da ustaca kepaze ve daha tiksindirici kılacağım, o kadar ki sonunda belki de geberirsiniz, nihayet."

"Tadı tatlı mı? diye soruyordu Bébert şurup konusunda.

— Sakın tatlısından yapmayın, diye tembih ediyordu teyze. Bu küçük leş parçası için... Tatlı olmasını hak etmiyor ve üstelik zaten yeterince çalıyor benden şeker! Nerde ne kadar pişkinlik, nerde ne kadar melanet varsa onda da var! Sonunda gider anasını bile doğrar bu!

— Anam yok ki benim, diye keskin bir ifadeyle lafı çaktı, yaş tahtaya basmayan Bébert.

— Hassiktir! dedi o zaman teyze. Bir de utanmadan cevap veriyor, görürsün sen cevap yetiştirmek neymiş, hele bir kırbacımı alayım da!" Ve derhal kırbacını almaya gitmez mi, ama o, çoktan soluğu sokakta almıştı bile. "Sapık karı!" diye bağırdı ona koridorun ortasında. Teyzenin suratı kıpkırmızı oldu ve tekrar yanıma geldi. Sessizlik. Konuyu değiştirdik.

— Belki de, Doktor, Mineures sokağının 4 numarasının ara katındaki bayanı görmeye gitseniz iyi edersiniz... Bir zamanlar bir noterin yanında çalışmış, ona sizden söz etmişler... Ben de hastalarına pek iyi davranan bir hekim olduğunuzu söyledim ona.

Bana yalan söylemekte olduğunu hemen anlamıştım, teyzenin. Onun esas tercih ettiği hekim, Frolichon'dur. Mümkün olduğunda hep onu tavsiye eder, bana gelince tam tersine her fırsatta arkamdan atıp tutar. Benim insanlıkçılığım onun bana hayvani bir kin beslemesine neden olmuştu. O bir hayvandır, bunu unutmamak gerek. Gelgelelim hayran olduğu o Frolichon'da para peşin, öyle olunca da, bana gelirdi, ayaküstü muayene olmaya. Beni birine tavsiye etmesi için, mutlaka yine tamamen bedava ya da yine ne idüği belirsiz pis bir iş olması gerek. Giderken, yine de Bébert'i düşündüm.

— Hava aldırın ona deyiverdim, bu çocuk yeterince hava almıyor...

— Nereye gidebiliriz ki ikimiz? Kapıcı dairemi bırakıp pek uzaklara gidemem ki...

— Hiç olmazsa Park'a kadar gidin, Pazar günü...

— Ama Park'ta buradakinden bile daha çok insan ve toz var... Herkes alt alta üst üste.

Doğru bir noktaya parmak basmıştı. Ona tavsiye edebileceğim başka bir yer düşünmeye koyuldum.

Çekinerek, mezarlığı önerdim.

Garenne-Rancy mezarlığı, bölgedeki az çok genişçe sayılabilecek biricik ormanlık araziydi.

— Bak bu doğru, hiç aklıma gelmemişti, oraya bal gibi gidebiliriz!

Bébert tam da geri geliyordu.

— Ya sen, Bébert, mezarlıkta gezmeye çıkmaya ne dersin? Ona sormak zorundayım, Doktor, çünkü iş gezmeye çıkmaya gelince tam da keçi inadı tutar, haberiniz olsun!...

Bébert'in bu konuda hiçbir kesin kanaati yoktu. Ama bu fikir teyzenin hoşuna gitmişti ve bu da yeterliydi. Mezarlıklara zaafı vardı teyzenin, tüm Parisliler gibi. Konu bu olunca sanki neredeyse düşünmeye başlayacaktı. Artısını eksisini tartıyordu. Surlar, fazla serseri yatağı... Park'ta, kesinlikle fazlasıyla toz vardı... Oysa mezarlık, doğrusu, hiç de fena değildi... Üstelik Pazar günleri oraya gelenler genellikle eli yüzü düzgün namuslu insanlardı, hem de terbiyeliydiler... Ayrıca, üstelik, işin pratik kısmı, dönüşte Pazar günü hâlâ açık mağazaların bulunduğu Liberté* bulvarından geçerek, alışverişini yapmak da mümkündü.

Ve teyze bundan şu sonucu çıkardı: "Bébert, hadi koş Doktor beyi bayan Henrouille'ların** evine götür, Mineures sokağında... Nerde oturduğunu biliyorsun değil mi, he Bébert, bayan Henrouille'un?"

Bébert her şeyin nerede olduğunu bilirdi yeter ki bu dışarılarda sürtmek için bir fırsat olsun.

* Liberté: Özgürlük.

** Henrouille: Fransızcada *enrouiller* fiilini (paslanmak) çağrıştırıyor ve *en rouille* (paslanan) deyişiyle aynı şekilde telaffuz ediliyor (Phaslanmak ailesi ya da Pağslanan ailesi gibi).

Ventru* sokağıyla Lénine meydanı arasında, kiralık binalar dışında artık pek bir şey kalmamıştı. Müteahhitler kırsal alan olarak geriye kalan ne varsa hemen hepsini ele geçirmişlerdi, *Les Garennes*** deniyordu oraya. Uç kısımda ufacık bir parça kalmıştı topu topu, birkaç boş arsa, son sokak fenerinden sonra.

Direnişçi bir iki müstakil ev, binaların arasına sıkışmış vaziyette, işte öyle küflenip gidiyordu, dört oda, aşağıdaki koridorda da nem içinde tüten koca bir soba; pek fazla yakılmazdı doğrusu ateş, tasarruf olsun diye. Bunlar, kalanlar, rantiye evleridir. Evlerine girer girmez öksürürdünüz duman yüzünden. Oralarda kalanlar zengin rantiyeler değildir, hayır, özellikle de beni yolladıkları Henrouille'lar. Ama olsun, hiç olmazsa bir şeycikleri olan kişilerdi.

İçeri girince, Henrouille'ların evinde, dumana ek olarak, yüznumara kokardı, bir de yahni. Evlerini ödemeyi daha yeni bitirmişlerdi. Koskoca bir elli yıllık birikimlerine denk düşüyordu bu. Evlerine girer girmez ve onları görür görmez ikisininde de bir tuhaflık olduğunu düşünür, ama ne diye merak ederdiniz. Valla Henrouille'larda doğal olmayan şey, elli yıl boyunca karı koca, paralarının tek kuruşunu bile pişmanlık duymadan harcayamamış olmalarıydı. Evlerine hem canlarını hem de ruhlarını adayarak sahip olabilmişlerdi, salyangoz gibi. Ama o, yani salyangoz, hiç olmazsa bunu farkına varmadan yapar.

Henrouille'larsa, onlar sırf bir eve sahip olmak için yaşamın kıyısından geçip gittiklerine inanamıyorlardı ve tıpkı çevrelerine örülen duvardan dışarı çıkarılan insanlar gibi şaşkınlık içindeydiler. İnsanlar, içine atılıp unutuldukları zindanlardan çıkarıldıklarında kim bilir ne garip bir yüz ifadesi takınıyorlardır.

* Ventru: koca göbekli.

** *Garenne*: tavşanlık.

Henrouille'lar, daha evlenmeden bile önce, ev almaya niyetlenmişlerdi. Önce ayrı ayrı sonra da, birlikte. Yarım yüzyıl boyunca akıllarına başka herhangi bir şey getirmeyi reddetmişlerdi ve yaşam onları başka şeyleri düşünmeye zorladığında da, savaşı örneğin, özellikle de oğullarını, bu onları büsbütün hasta etmişti.

Her ikisi de daha o zamandan sahip oldukları onar yıllık tasarruflarıyla, yeni evliler olarak, evlerine yerleştiklerinde, inşaat henüz tamamlanmamıştı. Ev o zamanlar tarlaların ortasındaydı hâlâ. Oraya ulaşabilmek için, kışın, takunya kullanmak gerekiyordu, onları Révolte* yolunun köşesindeki manava bırakırlardı sabah işe giderken, saat altıda, atlı tramvay istasyonuna, Paris istikametinde, oradan üç kilometre uzakta, iki paralık biletle.

Tüm bir yaşam boyunca bu koşullara dayanabilmek demek bünyenizin sapasağlam olması demektir. Portreleri yatağın üzerine asılıydı, üst katta, nikâhta çekilmiş bir resim. Yatak odalarının, mobilyaların taksitleri de ödenmişti, hem de epey uzun süredir. On, yirmi, kırk yıldır ödenen tüm faturalar zaten hep bir arada iğnelenmiştir, komodinin üst çekmecesinde, ayrıca tamamen güncelleştirilmiş hesap defteri de aşağıda asla yemek yenmeyen yemek odasındadır. Eğer isterseniz Henrouille size bütün bunları gösterebilir. Cumartesi günleri, yemek odasında hesapları denkleştiren odur. Kendileriyse, yemeği hep mutfakta yediler.

Bütün bunları yavaş yavaş öğrendim, önce onlardan, sonra daha başkalarından, daha sonra da Bébert'in teyzesinden. Onları biraz daha yakından tanıdığımda, en büyük korkularının ne olduğunu bizzat kendileri anlattılar, ömür boyu çektikleri korkuyu, yani oğullarının, tek çocuk, atıldığı ticaret hayatında, işlerinin ters gitmesi korkusu. Bu pis düşünce, otuz yıl boyunca hemen her gece uykularını kaçırmıştı, az ya da çok. Kalem işine girmişti oğlan! Düşünsenize, son otuz yılda kalemlerde ne aksamalar olmuş, iniş çıkışlı ne krizler yaşanmıştı! Belki bugüne dek kalem sahibi olmaktan beter, istikbali o derecede belirsiz, başka bir meslek görülmemişti.

Kimi işler vardır o kadar ters giderler ki düze çıkma umudu

* Révolte: isyan.

kalmadığı için borç almayı dahi düşünmezsiniz, ama bazıları da vardır ki borç meselesi her zaman az çok gündemdedir. Bu tür bir borcu düşündüklerinde, hâlâ, evin ve gerisinin taksitlerinin artık ödendiği bugün için bile, Henrouille'lar oturdukları yerden fırlıyorlar ve göz göze geliyorlardı, kıpkırmızı yüzlerle. Böyle bir durumda ne mi yaparlardı? Reddederlerdi.

Ezelden beri her türlü borç talebini geri çevirmeyi kararlaştırmışlardı... Prensip meselesi, ona, yani oğullarına bir birikim aktarabilmek için, bir miras ve bir ev, Baba Yadigârı. Onların düşünce tarzı buydu. Elbette ağırbaşlı bir çocuktu, oğulları, ama ticaret hayatında bazen birileri sizi sürükleyiverirdi...

Sorulduğunda, ben, her konuda onlara hak veriyordum.

Benim annem de, ticaretle uğraşıyordu; onun o ticaret işleri bize yalnızca sorun çıkarmıştı, az ekmek, çok bela. Dolayısıyla ben, ben de sevmiyordum, bu iş hayatını. Bu oğlun oluşturduğu tehdidi, rizikolu bir vadeyle karşı karşıya kalması halinde ola ki istemeye niyetlenebileceği bir borcun oluşturabileceği muhtemel tehlikeyi, peşinen anlayabiliyordum. Açıklamaya gerek yoktu. O, yani baba Henrouille ise, Sébastopol bulvarında elli yıl boyunca noter kâtipliği yapmıştı. Dolayısıyla, çarçur edilen nice servetler görmüştü! Hatta bana esaslı birkaç vaka bile anlattı. Başta kendi babası olmak üzere, öyle ki Henrouille'un olgunluk sınavının ardından, öğretmenlik mesleğine atılamayışı ve bir an önce kâtiplik işlerine girişmek zorunda kalışı da, kendi babasının iflas etmesi yüzündendi. Böyle şeyleri unutmak ne mümkün.

Her neyse, evlerinin taksitleri ödendiğine, mülkiyet hakkı falan da tamamen alındığına, tek bir kuruş borçları da kalmadığına göre, kendilerini güvende hissetmek açısından pek bir dertleri kalmamıştı bu ikisinin! Altmış altıncı yaşlarına gelmişlerdi.

Ve işte tam da bu sırada, adama garip bir sıkıntı peyda olmuştu, daha doğrusu, aslında bu bir nevi sıkıntıyı epeydir hissediyormuş, ama eskiden hiç üstünde durmuyormuş, çünkü daha evin ödenmesi gerekiyormuş. Bu mesele iyice hale yola girip, tamamen halledilince ve imzalar da atılınca, işte o zaman başlamıştı o garip sıkıntısını düşünmeye. Sanki bir baş dönmesi, sonra da her iki kulağında birden sis boruları öter olmuştu.

Günlük gazete almaya başlaması da o döneme denk düşüyordu mademki artık alacak imkân vardı! İşte Henrouille'un kulaklarında hissettiği her şeyi gazete yazıyordu ve uzun uzadıya anlatılıyordu. Öyle olunca da gidip o ilandaki ilacı almıştı, ama o sıkıntısını geçirmediği gibi, tam aksi olmuştu; sanki kulakları daha bile fazla ötüyordu. Yoksa aslında buna kafayı taktığı için mi daha fazla geliyordu? Yine de ne olur ne olmaz diye birlikte Dispanser'in doktoruna muayene olmaya gitmişlerdi. O da onlara "tansiyonunuz var" demişti.

Bu kelime etkilemişti onu. Ama aslına bakılacak olursa bu takıntı çok da iyi zamana denk düşmüştü. Evi ve oğlunun vadelerini onca yıldır kendine o kadar dert etmişti ki, kırk yıldır her vadede çuvalını, o koca bedenini tümüyle esareti altına alan o endişe kurgusunun içinde aniden bir yer boşalmış gibiydi, üstelik aynı daimi ürkek tutkuyla. Doktor ona tansiyonundan söz ettiğinden beri, artık kafayı yastığa koyar koymaz tansiyonunun atışlarını dinliyordu, kulağının dibinde. Hatta nabzını kontrol etmek için ayağa bile kalkıyordu ve sonra da, kalbinin her atışında, bedeninin küçük gevşek darbelerle sarsılışını hissedebilmek için, orada, yatağının yanında, gecenin ortasında, uzun süre, hiç kımıldamadan, duruyordu. İçinden, bunun, bütün bu şeylerin, kendi ölümü olduğunu söylüyordu; hep yaşamdan korkmuştu, şimdiyse endişesini bir şeylere bağlıyordu, ölüme, tansiyonuna, nasıl ki kırk yıl boyunca bunu evin taksitlerini ödeyememe riskine bağladıysa.

Hâlâ mutsuzdu, eskisi kadar, ancak mutsuz olmak için bir an önce yeni bir geçerli neden bulmalıydı. Sanıldığı kadar kolay bir şey değildir bu. "Mutsuzum" demekle iş bitmiyor. İnsan ayrıca bunu kendine kanıtlayabilmeli, kendini geri dönüşü olmayacak biçimde ikna edebilmelidir. Onun da istediği buydu aslında: içindeki korkuya sağlam bir gerekçe kazandırabilmek, hem de bayağı geçerli cinsinden. Tansiyonu 22'ymiş, doktora göre. 22 ciddi bir rakamdı. Doktor ona kendi ölümünün yolunu bulmayı öğretmişti.

Meşhur kalemci oğulsa, o pek ortalıkta görünmüyordu. Yılbaşına doğru bir iki kez çıkardı piyasaya. O kadar. Ama zaten artık istediği kadar gelebilirdi kalem taciri beyzade! Anneciğinde ve babacığında ödünç alınabilecek hemen hemen hiçbir şey kalmamıştı. Böyle olunca da artık neredeyse hiç gelmiyordu oğul.

Bayan Henrouille'a gelince, onu tanımam çok daha uzun zaman aldı; onun kendine dert ettiği hiçbir endişesi yoktu, hayal dahi edemediği kendi ölümünün endişesi de dahil olmak üzere. Yalnızca yaşından yana yakınması vardı, ama o da daha çok laf olsun diye, herkes gibi yapmış olmak için, bir de hayatın sürekli "pahalılaştığından" dem vururdu. En büyük uğraşları artık tamamlanmıştı. Ev ödenmişti. Taksitleri daha çabuk ödeyebilmek için, son taksitleri, büyük bir mağazanın hesabına, yeleklere düğme dikmeye başlamıştı. "Yüz para kazanmak için kaç düğme dikmek gerektiğine inanamazsınız!" Üstelik yaptığı işin teslim edilmesi, otobüsle, hep sorun oluyordu ikinci mevkide, hatta bir akşam o yüzden dayak bile yemişti. Yabancı bir kadındı bu, ömür boyu konuşmuş olduğu ilk ve tek yabancıydı, o da onu azarlamak için.

Evin duvarları eskiden çevrede hava akımı varken nispeten kuru kalabiliyordu, ama artık kira getirisi olan yüksek binalarla çevrili olduğundan beri, evlerinde her şeyden nem sızıyordu, perdeler bile küf lekeleriyle kaplanmaktaydı.

Ev alındıktan sonra, bunu izleyen bir ay boyunca bayan Henrouille güler yüzlü davranmıştı, mükemmel, vaftiz sonrası bir rahibe kadar sevinçten uçar vaziyette. Hatta Henrouille'a: "Jules, biliyor musun, bugünden itibaren her gün gazete alacağız, artık alabiliriz..." diyen de oydu. Öylesine. İlk kez onu düşünmüştü, ona, yani kocasına bakmıştı, ardından da kendi etrafına bakınmıştı ve derken onun annesini düşünmüştü, kayınvalide Henrouille'u. Ve daha o an, yeniden ciddileşivermişti, kız, son ödemeyi yapmadan önceki haline dönmüştü. Ve işte her şey bu düşünceyle birlikte yeniden başladı, çünkü kocasının annesiyle, ne karı koca arasında, ne de dışarıdan kimseciklere pek sözü edilmeyen bu ihtiyar kadınla ilgili olarak, yapılabilecek daha başka tasarruflar vardı.

Bahçenin dibinde yaşıyordu o, eski süpürgelerin, eski tavuk kafeslerinin ve çevredeki tüm binaların gölgelerinin biriktiği çitin çevrelediği yerde. Neredeyse içinden hiç çıkmadığı kıytırık bir kulübede kalıyordu. Zaten sırf yemeğini verebilmek bile başlı başına bir hadiseydi. Kimsenin daracık sığınağına girmesini istemiyordu, oğlunun bile. Cinayete kurban gitmekten korkuyormuş, öyle diyordu.

Gelin yeni tasarruflar yapmayı tasarlamaya başladığında, bunu önce kocasına çıtlattı, onu sınamak için, ezcümle, yaşlı kadını düşkünler yurduna tüm bu bunak karılarla ilgilenen Saint-Vincent Sörlerinin yanına yerleştirmelerinin mümkün olup olmadığını yoklama babında. O, yani oğul, ne evet dedi, ne de hayır. O sırada onun ilgisi başka bir noktaya odaklanmıştı, şu hiç susmayan kulağındaki seslere. Bunları, yani bu sesleri düşündükçe, dinledikçe, bu korkunç seslerin onu uyutmayacağına karar vermişti. Ve gerçekten de, uyuyacağına onları dinliyordu, düdükler, davullar, mırmırlar... Yeni bir işkenceydi bu. Gece gündüz durmadan bununla ilgileniyordu. Tüm sesleri içine almıştı.

Ancak yine de, zamanla, bu şekilde aylar sonra, o endişe aşınmıştı ve yalnızca onunla ilgilenmesine yetecek boyutta değildi artık. Bu durumda o da karısıyla birlikte Saint-Ouen pazarına döndü. Söylenene göre, tüm bölgenin en ucuzu oymuş, yani Saint-Ouen pazarı. Sabahtan çıkıyorlardı ve bütün günü orada geçiriyorlardı, hesap işleriyle birlikte fiyatlarla ilgili ve belki de şöyle yerine böyle yapılsa daha ne kadar tasarruf edebilecekleri konusundaki fikir alışverişi için... Gece saat on bire doğru, evlerindeyken, bir cinayete kurban gitme korkusu yeniden peyda oluyordu. Düzenli aralıklarla ortaya çıkan bir korkuydu bu. Ondaki, karısındaki kadar değildi. Onun yeniden umutsuzca sarıldığı şey, özellikle de sokağın iyice sakinleştiği o saatlerde, daha çok kendi kulaklarındaki gürültülerdi. "Bu olduğu sürece ben asla uyuyamam!" diye yüksek sesle söyleniyordu kendini iyice endişeye sevk etmek için. "Çekmeyen bilmez!"

Ama bayan Henrouille kocasının ne demek istediğini asla anlamaya çalışmamıştı, ne de o kulak sıkıntıları kisvesi altında onun asıl içini kemiren sorunun ne olabileceğini tasavvur etmeye. "Beni rahat duyabiliyorsun ama, değil mi?" diye sorardı ona.

— Evet, diye yanıt verirdi Henrouille da.

— Eee iyi ya, demek ki mesele yok!... O halde sen esas bize o kadar pahalıya mal olan ananı ve her geçen gün pahalılaşan hayatı düşünsen daha iyi edersin... Üstelik kaldığı yer tam bir mikrop yuvasına döndü!...

Temizlikçi kadın onlara haftada üç saat geliyordu kaba temizlik için, yıllar boyunca evlerine gelen tek misafir o oldu. Bayan Henrouille'a yatak çarşaflarını değiştirmede de yardımcı oluyordu ve temizlikçinin her gittiği yere laf taşıma merakını iyice pekiştirmek için, on yıldır birlikte şilteyi her çevirişlerinde, bayan Henrouille mümkün olduğu kadar yüksek sesle ona şöyle diyordu: "Biz evde asla para saklamayız!" Bilgi olsun diye ve önlem olarak, öylesine, olası hırsızları ve katilleri caydırmak için.

Yatak odalarına çıkmadan önce, birlikte, tüm çıkış yollarını büyük bir özenle kilitlerlerdi ve o sırada biri ötekinin başında beklerdi. Daha sonra, birlikte kaynananın oraya bir göz atmaya gidilirdi, bahçenin dibine, lambası hâlâ yanıyor mu diye bakmaya. Bu onun hâlâ yaşadığının kanıtı olurdu. Ne de çok gazyağı tüketirdi! Lambasını asla söndürmezdi. O da katillerden korkuyordu, aynı zamanda kendi çocuklarından da korkuyordu. Yirmi yıldır orada yaşıyordu ama, yaz kış, pencerelerini asla açmamış, lambasını da asla söndürmemişti.

Oğlu onun, yani anasının, paralarını saklıyordu, ufak tefek rantlar. Buna büyük bir özen gösterirdi. Yemekleri kapısının önüne konurdu. Parası da saklanırdı. Böylesi çok uygundu. Ama o bu çeşitli düzenlemelerden şikâyetçiydi ve üstelik tek şikâyet konusu da bu değildi, her şeyden şikâyetçiydi. Kapısının arkasından, izbesine yaklaşan herkese bağırıp çağırıyordu. "Yaşlanıyorsanız ben ne yapayım benim suçum ne, nine, diye müzakere etmeye çalışıyordu gelin. Tüm yaşlı kimseler gibi sizin de ağrılarınız var...

— Yaşlı diye size derler! Pis entrikacı! Pis sürtük! Esas sizin o riyakârlığınız gebertecek beni!..."

Yaş olgusunu şiddetle inkâr ediyordu Henrouille ana... Ve kapısının arkasından, dünyanın tüm belalarına, uzlaşmasızca, meydan okuyordu. Dış dünyayla her türlü teması, yazgıları ve boyun eğmeleri pis bir sahtekârlık olarak görüp reddediyordu. Bunların adını bile anmak istemiyordu. "Kandırmaca bunlar! diye avaz avaz bağırıyordu. Üstelik bunları icat eden de sizlersiniz!"

Viranesinin dışında olup biten her şeye karşı kendini feci şekilde savunuyordu, her tür yakınlaşma ve uzlaşma arzularına karşı da. Eğer kapısını açarsa düşman güçlerin evini istila edip, onu ele geçireceklerinden ve bunun da her şeyin sonu olacağından emindi.

— Az kurnaz değil bu zamaneler, diye bağırıyordu. Kafalarının her tarafında ayrı gözleri ve göt deliğine kadar düşmüş çeneleri var üstelik daha başka bir sürü yere kadar ve de sırf yalan söyleyebilmek için... Bunlar böyledir işte...

Paris'te Marché du Temple'da kendi anasıyla eskicilik yaptığı zamanlarda, iyice gençliğinde, konuşmayı öğrendiği şekilde konuşuyordu, dolu dolu... Halk tabakalarının henüz kendi yaşlanmalarını seyre koyulmayı öğrenmedikleri bir dönemin ürünüydü o.

— Bana paramı vermiyceksen ben de çalışmak istiyom o zaman! diye bağırıyordu gelinine. Duyuyon mu beni, edepsiz karı? Çalışmak istiyom!

— Ama, artık çalışamazsınız ki, nine!

— Ya! Demek yapamazmışım! Sıkıysa gel de inime girmeye çalış bakalım! Gösteririm sana yapabilir miymişim yapamaz mıymışım!

Ve bir kez daha küçücük sığınağında kendi haline terk ediliyordu. Ne var ki, ihtiyar kadını ille bana göstermek de istiyorlardı, bu yüzden gelmiştim ve onu bize kapıyı açmaya razı etmek için, sıkı bir dümen çevirmek gerekti. Bir yandan da, doğrusu, benden ne istendiğini pek anlayabilmiş değildim. Kapıcı, yani Bébert'in teyzesiydi onlara pek yumuşak, pek kibar, pek yardımsever bir hekim olduğumu söyleyen... Benden öğrenmek istedikleri şey, sadece ilaçlarla moruklarının uslu durmasını sağlayıp sağlayamayacağımdı... Ama bundan daha çok istedikleri şey, esas istedikleri şey (özellikle de onun, yani gelinin), ihtiyar kadını tımarhaneye kapattırarak başlarından atmamdı... En az bir yarım saat boyunca kapısını çalmamızın ardından, sonunda kapıyı aniden açtı ve onu karşımda buluverdim, gözlerinin kenarlarında pembe sızıntılar vardı. Oysa buruş buruş ve kararmış yanaklarının üstünde bakışları basbayağı cıvıl cıvıldı, daha sonra içinizde saklamak isteyeceğiniz hafif bir zevki size kendinize rağmen sunuşu nedeniyle dikkatinizi çeken ve gerisini unutturan bakışlar, gençliğin ta kendisi.

Gölgenin içindeki bu şen bakış, çevredeki her şeyi, gençten bir neşeyle, asgari düzeyde ama artık elimizin altında benzeri kalmayan bir arılıktaki coşkuyla canlandırıyordu, böğürdüğünde çatlak çıkan sesi herkes gibi konuşmaya tenezzül ettiğinde sözcükleri güleç bir biçimde vurguluyordu ve işte o zaman tümce ve özdeyişleri zıplatıyor, hatta hoplatıyor ve pek komik biçimde dipdiri sıçratıyordu, tıpkı bir zamanlar, sırayla ve ustalıkla bir şeyler anlatma ve şarkı söyleme konusunda beceri sahibi olmamanın marazi, ayıp ve alıklık sayıldığı dönemlerde insanların sesleriyle ve çevredeki nesnelerle gayet iyi yapmasını bildikleri gibi.

Yaş onu titrek bir eski ağaç gibi, şen dallarla kaplamıştı.

Neşeliydi ihtiyar Henrouille, huysuz, leş gibi, ama neşeli. Yirmi yılı aşkın bir süredir içinde yaşadığı bu yoksunluk, ruhunun derinliklerinde iz bırakabilmiş değildi. Tam aksine esas dışarıya karşı kasıyordu kendini, sanki soğuk, tüm korkunçluklar ve ölüm içeriden değil de, yalnızca oradan gelecekti. İçeriye gelince, orada hiçbir şeyden korkmuyor gibiydi, aklından tümüyle emindi sanki, su götürmez ve artık tasdik edilmiş bir şeymişçesine, dünya durdukça.

Bir de, hem de tüm dünyayı dolaşarak hâlâ kendi aklının peşinde bu kadar koşturan benim halime bakın.

"Deli" deniyordu onun hakkında, yani ihtiyar kadın hakkında, kolaydı tabii öyle "deli" deyip işin içinden çıkmak. On iki yıldır bu sığınağından en fazla üç defa çıkmıştı işte o kadar! Belki bir bildiği vardı... Hiçbir şeyi yitirmek istemiyordu... Üstelik o bildiğini bizim gibi yaşamdan esinlenmekten vazgeçmiş kişilere anlatacak değildi ya.

Onu akıl hastanesine yatırma projesine takmıştı kafayı kızı. "Sizce de, o deli değil mi, Doktor bey?"... Ne yapsak oradan bir türlü çıkartamıyoruz!... Oysa ara sıra çıkmak ona da iyi gelir!... Elbette size de iyi gelir nine!... Boşuna inkâr etmeyin! Size iyi gelir!... İnanın bana." Bu tarz bir davetiye karşısındaysa ihtiyar kadın kafasını kaldırıyordu, kapanmış, inatçı, vahşi...

— Kendisine ilgi gösterilsin istemiyor... Oraya buraya siymeyi tercih ediyor... Evi buz gibi ve ateş yakacak yer bile yok... Böyle nasıl kalabilir ki Allah aşkına, olacak iş mi canım... Siz söyleyin Doktor bey, böyle kalamaz artık, değil mi?...

Ben anlamazdan geliyordum. Henrouille ise, sobanın yanında kalmıştı, karısı, anası ve benim aramda ne dolaplar döndüğünü tam olarak bilmemeyi yeğliyordu...

İhtiyar kadın yeniden sinirlendi.

— Bana tüm malımı mülkümü iade edin ben de burdan çekip gideyim!... Başımın çaresine bakacak gelirim var benim!... O zaman bir daha da yüzümü bile görmezsiniz!... Dünya durdukça!...

— Başınızın çaresine bakacak gelir mi? Ama nine, yılda üç bin franklık maaşınızla geçinemezsiniz ki, olacak iş mi canım!... Sizin evden son çıkışınızdan bu yana hayat bayağı pahalılaştı!... Siz söyleyin Doktor bey, sözümüzü dinleyip Sörlerin oraya gitse çok daha iyi olur, değil mi... Onlar, yani Sörler ona iyi bakarlar... Pek cicidir Sörler...

Ama bu Sörlere gitme olasılığı onun tüylerini diken diken ediyordu.

— Sörlere mi?... Sörlere mi?... diye diklendi derhal. Ben bugüne kadar Sörlere adımımı bile atmadım! Oldu olacak papaza da gideydim bari!... Ha? Eğer dediğiniz gibi param yetmeyecek olursa da, eh ne yapalım, ben de gider çalışırım o zaman!...

— Çalışmak mı? Nine! Nerde çalışacaksınız canım? Aaa! Doktor bey. Duydunuz mu dediğini: Çalışmakmış! Bu yaşta! Yakında seksenine basacak! Çılgınlık değil mi şimdi bu, Doktor bey! Kim ne yapsın ki onu? Aman nine, siz delisiniz deli!...

— Deli mi! Kimmiş o! Hangi delikten çıkmış!... Ama siz, sizin hangi delikten çıktığınız belli!... Pis kaka!...

— Duyuyor musunuz Doktor bey, nasıl da saçmalıyor şimdi ve üstelik bana sövüyor! Söylesenize, onu burada nasıl tutalım?

İhtiyar kadın bu kez de yüzünü benim tarafıma, yeni tehdide doğru, yani bana, çevirdi.

“Bu nerden bilecekmiş bakalım deliliğimi meliliğimi? Kafamın içine mi girmiş, ha? Ya sizin kafanızın içine, ha? Girmeden nerden bilecekmiş bakalım?... Madem öyle siktir olup gidin ikiniz de!... Defolun evimden!... İşte böyle başımın etini yiye yiye, verdiniz daha fazla ziyan, altı ay süren kıştan!... Burda dikilip baldıran içine bata çıka çene çalacağınıza gidin oğlumla ilgilenin! Benden daha fazla ihtiyacı var oğlumun doktora ! Daha şimdiden dişi bile kalmadı onun ağzında ne de güzeldi dişleri oysa ben bakarken ona!... Yallah, yallah dedim size, siktir olup gidin ikiniz de!" Ve kapıyı çarpıverdi suratımıza.

Lambasının arkasına geçip bizi hâlâ gözetliyordu, biz avluya çıkıp uzaklaşırken. Avluyu geçmemizin, yeterince uzaklaşmamızın ardından, yeniden kıkır kıkır gülmeye başladı. Kendini iyi savunmuştu.

Bu talihsiz seferden döndüğümüzde, Henrouille hâlâ sobanın yanında duruyordu, sırtı bize dönük. Ne var ki karısı beni sorularıyla sıkıştırmaya devam ediyordu, hep aynı yönde... Ufacık, barut rengi ve çokbilmiş bir yüzü vardı, gelinin. Konuşurken dirsekleri vücuduna neredeyse yapışık duruyordu. Hiçbir mimik yansıtmıyordu. Bu vizitenin boşa gitmemesinde ısrarlıydı, bunun ille de bir işe yaraması gerekiyordu... Hayat durmadan pahalılaşıyordu... Kaynanasının emekli maaşı artık yetmiyordu... Sonuçta, onlar da yaşlanıyorlardı... Artık eskisi gibi ihtiyar kadının bakımsız kalıp ölmesinden korkup duramazlardı... Örneğin yangın çıkarabilirdi... Pirelerinin ve pisliklerin arasında... Ona iyi bakılacak düzgün bir tımarhaneye gitmek varken...

Onlarla aynı fikirdeymişim gibi bir havaya büründüğümü görünce, ikisi birden daha kibar davranmaya başladılar... Tüm mahalleye hakkımda bayağı övücü sözler yayacaklarını vaat ettiler. Tabii onlara yardım etmek istersem... Onlara acırsam... Onları kurtarırsam ihtiyar kadından... İçinde yaşamakta inat ettiği koşullarda aslında onun da çok mutsuz olduğunu düşünürsek hele...

— Ve hatta oturduğu bölmeyi kiraya bile verebiliriz, diye önerdi birden canlanan koca... Pot kırmıştı, bu konuyu benim önümde bu şekilde açarak. Karısı masanın altından ayağına bastı, ezercesine. Nedenini anlayamadı.

Onlar itişip kakışırken ben de sırf istedikleri akıl hastanesine zorla yatırılması için sevk kâğıdını yazmak suretiyle bile koparabileceğim bin franklık banknotun hayalini kurmaya başlamıştım. Bu işi bayağı önemsiyor gibiydiler... Bébert'in teyzesi herhalde bana güvenmelerini sağlamıştı ve koca Rancy'de benim kadar çulsuz başka bir doktor bulamayacaklarını söylemişti... Beni rahatlıkla avuçlarının içine alabileceklerini... Böyle bir işi Frolichon'a önerecek değillerdi ya! O namuslu adamın tekiydi!

Tam da bu düşüncelere dalmışken ihtiyar kadın dolap çevirdiğimiz odaya dalıverdi. Sanki içine doğmuştu. Bu ne sürprizdi öyle! Etek çaputlarını kucaklamıştı ve etekleri sıyrılmış vaziyette, paldır küldür bize bağırıp çağırmaya başladı, özellikle de bana. Sırf bunun için çıkıp gelmişti avlusunun derinliklerinden.

— Namussuz herif! diye doğrudan bana küfrediyordu, çekip gidebilirsin! Siktirip gidebilirsin, sana bunu daha önce de söyledim! Kalmanın hiçbir yararı yok!... Delilerin oraya gitmeyeceğim!... Sörlerin oraya da gitmeyeceğim dedim sana!... Ne yaparsan yap, ne kadar yalan söylersen söyle!... Bana diş geçiremezsin, seni satılmış herif!... Onlar benden önce giderler oraya, adiler, yaşlı kadın soyguncuları!... Sen de, it herif, sen de hapsi boylayacaksın, benden söylemesi, hem de çok geçmeden!

Gerçekten de hiç şansım yoktu. Tam da kırk yılda bir, bir çırpıda bin frank kazanabilecekken! Arkama bile bakmadan basıp gittim.

Sokaktaki küçük sütunlu girişin üstünden sarkıyordu hâlâ, sırf uzaktan bana bağırıp çağırabilmek için, sığındığım karanlığın tam orta yerine: "İt herif!... İt herif!" diye böğürüyordu. Sesi yankılanıyordu. O ne yağmurdu öyle! Bir sokak lambasından ötekine geçerek koşuşturdum, Place des Fêtes'teki memişhaneye kadar. İlk barınak.

Ayakyolundayken, bacak hizasında, Bébert çıkıverdi karşıma. O da oraya sığınmak için girmiş. Henrouille'ların evinden koşarak çıktığımı görmüş. "Onların evinden mi geliyorsunuz? diye sordu bana. Şimdi de bizim evin beşinci katındakilere çıkmanız gerekecek, kızları için..." Bu sefer, bana sözünü ettiği bu müşteriyi tanıyordum, hani o geniş basenli olanı... Upuzun ve kadife gibi güzel uyluklu... Hareketlerinde, cinsel açıdan uyumlu kadınların tamamlayıcı unsuru olan o belli belirsiz vurguya sahipti, sevecen kararlılıkla eksiksiz çekicilik alaşımı. Karın ağrıları çekmeye başladığından beri bana birçok kez muayene olmaya gelmişti. Yirmi beş yaşında, üçüncü kürtajını olmuş, ama sonrasında bu sefer komplikasyon gelişmişti ve ailesi de bunun anemi olduğunu iddia ediyordu.

Görmeliydiniz hem taş gibiydi hem de heykel gibi bir vücudu vardı, üstelik çiftleşmeye olan merakı da pek az dişide bulunan cinstendi. Gösterişten hoşlanmazdı, tavırları ve konuşması ölçülüydü. İsteriklikle alakası yoktu. Ama bayağı yetenekli, besili, dengeliydi, kendi tarzında gerçek bir şampiyon sayılırdı, hepsi bu. Zevk için yaratılmış güzel bir atletti. Bunda ne kötülük olabilir ki. Sadece evli erkeklerle düşüp kalkıyordu. Gelgelelim yalnızca zevk sahibi olanlarıyla, doğanın yarattığı güzellikleri teşhis etmesini bilen, tadına varmasını bilen, ayrıca her kuyruk sallayan yosmanın peşinden koşmayı marifet saymayan erkeklerle. Hayır, mat teni, sevecen gülümseyişi, yürüyüşü ve kalçalarının asilce oynak genişliği, konusunun uzmanı kimi büro şeflerinin haklı ve derinlemesine coşkulu övgülerine mazhar oluyordu.

Ne var ki, büro şefleri, elbette, sırf bu yüzden de boşanacak değillerdi. Bu, tam aksine, evliliklerini mutlu bir biçimde sürdürmelerini sağlayan bir öğeydi. Öyle olunca da her hamile kalışının üçüncü ayında, ki hiç kaçmazdı, gidip ebeyi bulurdu. İnsan ateşli bir mizaca sahipse ve elinin altında da hazır bir boynuzlusu yoksa, bazı günler kâbusa dönüşebiliyor.

Annesi cinayeti çağrıştıran bir ihtiyatlılıkla araladı bana giriş kapısını. Fısıldıyordu anne, ama o kadar güçlü ve o kadar yoğun bir şekilde yapıyordu ki bunu, beddua okumasından bile beterdi.

"Doktor bey, söyleyin bana böyle bir kıza sahip olmayı hak etmek için ne günah işledim ben! Ah bu başımıza gelenler! Bari mahallede elâlemin kulağına gitmesin, Doktor bey!... Size güveniyorum!" Hiç bıkmadan usanmadan vah vah tüh tühlerle endişelerini dile getirip, kadın olsun erkek olsun, konu komşu ne der saplantısıyla kendini oyalayıp tatmin oluyordu. Kaygılı bir ahmaklık nöbetiyle trans haline girmişti. Bu durumlar bayağı uzun sürer.

Koridorun loşluğuna, çorbanın içinde pişen pırasaların kokusuna, duvar kâğıtlarına, salakça süslerine, biri gırtlağına basıyormuş gibi çıkan sesine alışmama fırsat tanımaktaydı. Neyse, bağırış çağırış, kem küm derken, kızın yatağının ucuna ulaşabildik, bitkindi, hastamız, salıvermişti kendini. Onu muayene etmek istedim, ama o kadar çok kan kaybediyordu ki, orası öyle bir bulamaca dönmüştü ki vajinasının içinde hiçbir şey görünmüyordu. Pıhtı doluydu. Bacaklarının arasında kan fokur fokur kaynıyordu, tıpkı savaştaki albayın kesik boynundaki gibi. Koca pamuğu yerine koyup üstünü örtmekle yetindim.

Annenin gözü hiçbir şey görmüyordu, kendi sesinden başka bir şey duymuyordu. "Ay vallahi şuracıkta yığılıp öleceğim, Doktor bey! diye haykırıyordu. Utancımdan öleceğim!" Onu bu fikirden vazgeçirmeye kalkışmadım bile. Ne yapacağımı bilemiyordum. Yandaki küçük yemek odasında, babayı görebiliyorduk, volta atıyordu. O, bu duruma uyacak hangi tavrı takınacağını henüz belirlememişti anlaşılan. Belki de bir duruş seçmeden önce olayların akışının netlik kazanmasını beklemekteydi. Araf'ta kalmış gibiydi bir nevi. İnsanlar bir komediden diğerine sürüklenirler. O arada oyun sahneye konmamıştır, henüz oyunun sınırlarını, kendileri için biçilen uygun rolü algılayamazlar, öyle olunca da orada, olayların karşısında kalakalırlar, boş gezerler, içgüdüleri şemsiye gibi kapanmıştır, tutarsızlıklar içinde sallayıp attırıverirler, kendi özlerine indirgenmişlerdir, yani bir hiçliğe. Bakacak trenden mahrum öküzler.

Ancak o, yani anne, kızla benim aramdaki belirleyici rolü kapmıştı. Tiyatro yıkılsa da, umurunda değildi onun, o halinden memnundu ve kendisinin güzel, iyi ve hoş olduğu kanısındaydı.

Bu boktan cazibeyi dağıtmak için bir tek kendime güvenebilirdim.

Onu acilen ameliyata alabilmeleri için bir an önce hastaneye nakledilmesi yönünde bir öğüt vermeye yeltendim.

Ah! dilimi eşekarısı soksaydı! Bu sayede ona en güzel repliğini sıralama fırsatını yaratmış oldum, tam da beklediği replikti bu.

— Ne ayıp! Hastane ha! Ne ayıp, Doktor bey! Bu bize reva mı! Bir bu eksikti! Başımıza bir de bu mu gelecekti!

Söyleyecek bir şeyim kalmamıştı. Dolayısıyla oturup annenin, daha da yaygaracı bir şekilde, trajik zırvaların batağında debelenişini izlemeye koyuldum. Fazlasıyla küçük düşürülmüş olmak, fazlasıyla utangaçlık insanı tam bir atalete sürükler. Dünya artık taşıyamayacağınız kadar ağırlaşmıştır. Elden ne gelir ki. O öyle yalvarıp yakarır, yeri göğü birbirine katarak, felaket tellallığı yaparken, başımı önüme eğdim ve eğer eğmez de elim ayağım buz kesilerek kızın yatağının altında küçük bir kan birikintisi oluşmakta olduğunu gördüm, incecik bir akıntı duvar boyu sızıyordu kapıya doğru. Kan damlaları, düzenli olarak, somyadan, teker teker düşüyordu. Pıt! Pıt! Bacaklarının arasındaki havlular kıpkırmızı olmuştu. Dayanamayıp çekingen bir ses tonuyla plasentanın bütünüyle atılıp atılmadığını sordum. Kızın soluk ve uçları mavimtırak elleri, yatağın her iki kenarından sarkıyordu, kıvrılmış vaziyette. Soruma, oluk oluk mide bulandırıcı sızlanmalarla yanıt veren yine anne oldu. Ancak tepki vermek, benim gücümü fazlasıyla aşan bir şeydi.

Kendim de kısmetsizliğime o kadar uzun süredir kafayı takmıştım ki, o kadar kötü uyuyordum ki, bu boş vermişlik içindeyken olayların şu değil de bu yönde gelişmesiyle hiç ilgilenemiyordum. Tek düşündüğüm şey, bu böğüren anneyi dinlemek için ayakta durmaktansa, oturmanın çok daha rahat olduğuydu. İnsan kadere iyice boyun eğdiğinde mutlu olmak için ufacık şeyler bile ona yetiyor. Üstelik, tam da "ailenin namusunu nasıl kurtaracağını bilemediği" bir sırada bu kudurmuş kadının sözünü kesebilmek için kim bilir ne büyük bir güç sarfetmem gerekecekti. Ne roldü ama! Üstüne üstlük bir de bağıra çağıra yapıyordu bunu! Her kürtajdan sonra, tecrübelerim bu yöndeydi, aynı şekilde çıkıyordu sahneye, tabii her seferinde daha da iyisini yapacak şekilde deneyim kazanarak! Bunu dilediği kadar sürdürebiliyordu! Bugün, belli ki çok daha da büyük bir etki yaratmaya niyetliydi.

Sanırım o, yani anne, diye düşündüm onu izlerken, o da hoş bir mahlukmuş bir zamanlar, balık etindeymiş eskiden; ancak o, doğanın gerçekten de olağanüstü bir başarıyla yoğunlaştırılmış bir mahremiyetle donattığı kızına kıyasla, daha sözeldi, fazlasıyla enerji tüketiyordu, fazla gösterişe kaçıyordu. Aslında bu konular henüz hak ettikleri olağanüstü ilgiyle incelenmiş değiller. Anne, kızının bu konudaki hayvani üstünlüğünü seziyordu ve onu kıskandığı için, kızının unutulmaz derinliklere kadar kendisini düzdürtme ve kıtalar dolusu doyuma ulaşma yöntemiyle ilgili her şeyi içgüdüsel olarak reddediyor, mahkûm ediyordu.

Öyle ya da böyle, facianın gösteriş kısmı onu kendinden geçiriyordu. İnleyen nağmeleriyle el koyuyordu onun yüzünden koro halinde çarşaflamakta olduğumuz bu sıkışmış daracık dünyamıza. Onu oradan uzaklaştırmayı düşünmek için de artık iş işten geçmişti. Bunu yine de denemeliydim aslında. Bir şeyler yapmalıydım. Bu benim görevimdi, öyle ya. Ama otururken fazlasıyla rahat, ayaktayken de fazlasıyla rahatsızdım.

Onların evi Henrouille'larınkinden biraz daha neşeliydi, bir o kadar çirkin ama daha rahat. Ilık. Orası gibi boğucu değildi, sadece çirkin, kendi halinde.

Yorgunluktan perişan olmuş bakışlarımı odadaki nesneler üzerinde gezdiriyordum. Ezelden beri ailenin mülkiyetinde olan değersiz ufak tefek eşyalar, özellikle de artık mağazalarda bile eşi benzeri bulunmayan o pembe çıngıraklı kadife şömine süsüyle Napoliten dondurmalı bisküvileri çağrıştıran o Napoli usulü porselen heykelcik ve taşrada yaşayan teyzelerden birinde de mutlaka bir kopyası bulunan yanlamasına aynalı dikiş kutusu. Anneyi ne yatağın altında oluşmakta olduğunu gördüğüm kan gölünden ne de hâlâ dakik olarak süzülen kan damlalarından haberdar ettim, nasıl olsa tek yapacağı şey daha da çok bağırmak olacaktı ve bana daha fazla kulak asacağı da yoktu. Asla yakınmaktan ve verip veriştirmekten vazgeçmeyecekti o. Kendini bu işe adamıştı.

Oldu olacak en iyisi susmak ve pencereden dışarısını seyretmek, gecenin gri kadifemsi gölgelerinin daha şimdiden karşı taraftaki caddeyi, ev ev ele geçirişini izlemekti, önce daha küçükleri sonra diğerleri, nihayet daha büyükler ele geçiyordu, ardından da bunların arasında koşuşturan, en sonunda karanlıkta karar kılmadan önce iki kaldırım arasında duraksayan insanlar, gitgide daha silik, belli belirsiz ve bulanık.

Daha ötede, surların bile çok daha ötesinde, gölgenin açıklarında sıra sıra zincirleme lambacıklar çivi gibi boydan boya dizilmişti, kentin üzerine sünger çekmek için, daha başka küçük ışıklar da vardı, yeşil ışıkların arasında, parlayan, yanıp sönen, kırmızı ışıklar, hep gemiler ve gemiler yine, her bir taraftan, Kule'nin arkasında Gece'nin büyük kapılarının açılmasını beklemeye gelmiş, titrek, koca bir filo.

Eğer şu anne kendine azıcık olsun soluklanma süresi tanısaydı, hatta uzunca bir sessizlik, o zaman hiç olmazsa kendimizi kaptırıp her şeyden vazgeçebilirdik, yaşamak zorunda olduğumuzu unutmaya çalışabilirdik. Ama beni köşeye kıstırıyordu.

— Ona bir lavman yapsam nasıl olur Doktor bey? Ne dersiniz? Ne evet dedim, ne de hayır, ama bir kez daha, madem söz hakkı bana geçmişti, derhal hastaneye yatırılmasını tavsiye ettim. Yanıt niyetine daha da tiz, daha kararlı, daha keskin, farklı cıyaklamalar yükseldi. Yapacak bir şey yoktu.

Ağır ağır kapıya yöneldim, usulca.

Artık yatakla aramıza gölge girmişti.

Kızın, çarşafların üstünde duran ellerini neredeyse seçemez olmuştum, çarşaflar kadar soluk olmalarından olsa gerek.

Geri dönüp nabzını yokladım, az öncekinden daha cılız, daha belli belirsizdi. Ancak kesik kesik soluk alabiliyordu. Ben, hâlâ, kanın parkeye damlayışını, gayet belirgin biçimde duyabiliyordum, gitgide yavaşlayan, sesi gitgide zayıflayan bir saatin çalışmasını duyar gibi. Yapacak bir şey yoktu. Önüme düşen anne bana kapıya kadar eşlik etti.

"Aman, Doktor bey, diye tembih etti bana, kendinden geçmişçesine, ne olur bundan kimseye bahsetmeyeceğinize söz verin bana, e mi?" Bana yalvarıyordu. — Bakın ant verdirdim, ona göre, tamam mı?

İstediği her sözü verdim ona. Elimi uzattım. Vere vere yirmi frank verdi. Kapıyı ardımdan kapattı, gıdım gıdım.

Aşağıda, Bébert'in teyzesi zemin ve zamana uygun yüz ifadesini takınmış beni bekliyordu. "Durum kötü demek?" diye meraklandı. Beni oracıkta, aşağıda, en az yarım saattir beklediğini anladım, alışageldik komisyonunu alma derdindeydi: iki frank. Ödemeden kaçmayayım diye. "Peki ya Henrouille'larda, orada her şey yolunda gitti mi?" diye öğrenmek istedi. Onlar için de bir bahşiş koparmayı umuyordu. "Bana ödeme yapmadılar", diye yanıtladım. Doğruydu da. Yüzünde hazır ettiği gülümsemesi, teyzenin, dudak bükmeye dönüştü. Benden kuşkulanıyordu.

"Öyle şey olur mu hiç Doktor, insan yaptığı işin karşılığını almayı nasıl başaramaz! Böyle yaparsanız insanların sizi saymalarını nasıl bekleyebilirsiniz ki?... Ya günü gününe para peşin kırmızı meşin, ya da üstüne bir bardak su için!" Bu da doğruydu. Savuştum. Yola çıkmadan önce ocağa fasulye koymuştum. Hazır hava kararmışken, tam sırasıydı şimdi, gidip sütümü almanın. Gündüz vakti sırıtıyordu insanlar elimde süt şişesiyle bana rastladıklarında. Öyle ya. Demek ki hizmetçim yok.

Derken kış uzadıkça uzadı, aylar ve haftalar sürdü. Her şeyin dibine yerleşen pustan ve yağmurdan bir türlü kurtulamaz olduk.

Hasta eksik olmuyordu, ama aralarında vizitesini ödeyebilecek durumda olan ya da ödemeyi kabul eden pek yoktu. Tıp, nankördür. Zenginler size takdim ettiklerinde, uşak yerine konmuş olursunuz, fakirler aynı şeyi yaptıklarındaysa hırsız muamelesi görürsünüz. "Vizite" mi? O nasıl söz öyle! Zavallı hastalar zıkkımlanacak ve sinemaya gidecek mangıra bile muhtaçken, bu yetmiyormuş gibi bir de ceplerinde kalanlara el koyup "vizite"ye mi dönüştürecektiniz yani? Üstelik tam da fenalık geçirdikleri bir sırada? Olacak iş değildi bu. Üstünde durmuyordunuz o zaman. Yufka yürekli oluveriyordunuz. Ve tabii batıyordunuz.

Ocak ayı kirasını karşılamak için önce büfemi sattım, yer açmak amacıyla, diye açıkladım mahallelilere, yemek odamı kültür fizik salonuna dönüştürmek adına. Kime yutturabildim acep? Şubat ayında vergi borçlarımı temizlemek için bu sefer de bisikletimi ve Molly'nin giderken bana vermiş olduğu gramofonu okuttum. *No More Worries!* şarkısını çalıyordu. Melodisini hâlâ unutmam. Elimdeki avcumdaki buydu. Plaklarıma gelince, Bézin onları uzun süre dükkânında sakladı ama bir süre sonra yine de satmayı başardı.

Daha da zenginmişim izlenimi yaratmak için havalar düzelir düzelmez kendime bir araba alacağımı ve bu yüzden de peşinen biraz nakit para biriktirdiğimi yaydım sağa sola. Aslında adam gibi hekimlik yapabilmek için bende eksik olan şey cüretti. Aileye çeşitli tavsiyelerde bulunduktan ve reçetemi yazdıktan sonra, kapıya geçirildiğimde, sırf ödeme anından birkaç dakikalığına daha sıyırabilmek için, bir sürü ipe sapa gelmez yorum yapmaya başlıyordum. Orospuluk yapmasını bilmiyordum. O kadar sefil, o kadar leş gibiydiler ki, müşterilerimin çoğu, aynı zamanda da öyle bir ters ters bakıyorlardı ki, bana vermeleri gerekecek olan o yirmi frankı nereden bulacaklarını hep merak eder dururdum, bir de acaba buna karşılık beni öldürüp öldürmeyeceklerini. Oysa benim de o yirmi franka az ihtiyacım yoktu. Ne utanç verici durum! Hâlâ yüzüm kızarır, kızarmaya da devam edecek.

"Vizite!..." Buna hâlâ böyle havalı adlar takmaya devam ediyordu meslektaşlar. Mide değil işkembe! Sanki bu sözcük o ödemenin benimsenmesine yetiyordu ve artık açıklanmaya muhtaç olmaktan çıkarıyordu... Ayıp! demeden edemiyordum kendi kendime ve bundan kurtulmanın yolu yoktu. Her şey açıklanabilir elbette, bunu ben de biliyorum. Ne var ki fakir fukaranın yüz parasını almış olan kişi artık ömrü billah beş para etmez iğrenç herifin teki olarak kalmaya mahkûmdur! Zaten o zaman bu zamandır ben de artık herkes kadar iğrenç olduğumdan eminim. Öte yandan sanmayasınız ki o yüz paralarıyla ve on franklarıyla çılgınlıklar yaptım karı kız çağırdım. Hayır! Çünkü nasıl olsa o paranın büyük bir kısmına ev sahibi el koyuyordu, ama olsun, bu bir mazeret değildir. Keşke öyle olabilseydi tabii, ama değil işte. Ev sahibi dediğin, bok üstü boktur. O kadar.

İçimi kemirmekten ve mevsimin dondurucu sağanaklarında ıslanmaktan, bu sefer ben de ince hastalığa yakalanmışa dönmüştüm. Kaçınılmaz olarak. Hemen hemen tüm yaşam zevklerinizden vazgeçmek zorunda kalırsanız olacağı budur. Sağdan soldan yumurta da satın alıyordum, ara sıra, ama aslına bakarsanız ana gıdam bakliyattı. Pişmesi zaman alıyordu. Hasta muayenelerimden sonra kaynarken başında durmak için saatlerimi mutfakta geçiriyordum ve birinci katta oturduğum için, buradan güzel bir arka avlu manzaram vardı. Arka avlular, bitişik nizam evlerin kuytu zindanları gibidir. Az vaktim olmadı benim, o kendi arka avlumu seyretmek için, özellikle de oradan gelen sesleri dinlemek için.

Onları çevreleyen yirmi küsur evin bağırtı çağırtısı, hatta bir daha asla göremeyecekleri baharın ardından, kapıcı dairelerindeki kafeslerinde küflenirken umutsuzca cik cik eden küçük kuşlardan yükselen sesler bile, işte oraya düşer, orada parçalanır ve oradan yankılanırlar, tuvaletlerin dibinden, zaten tuvaletlerin hepsi de bir aradadır, orada, dipteki gölgeli bölümde, kapıları hep ardına kadar açık, hep kırık dökük. Karılı erkekli yüz sarhoş bu tuğlalarda yaşarlar ve kibirli didişmeleriyle, yalan yanlış ve taşkın küfürleriyle avludaki yankıyı beslerler, özellikle de Cumartesi öğle yemeklerinden sonra. Ailelerin yaşamının en civcivli anıdır bu. Açar ağızlarını birbirlerine meydan okurlar, kafalar kıyak. Baba sandalyeyi kullanır, hem de ne ustalıkla, balta gibi, anne de köseğiyi sallar, pala gibi! O zaman da altta kalanın canı çıksın! Olan ufaklığa olur. Silleler, ortalıkta kendini savunamayan ve karşılık veremeyen ne varsa hepsini duvara yapıştırır: çocuklar, köpekler ya da kediler. Üçüncü şarap kadehinden sonra, en kötüsünden, ağzı kara olanından, ilk önce köpeğin canı yanar, şiddetli bir topuk darbesiyle ayağı ezilir. Görsün bakalım insanlarla aynı anda karnı acıkmak neymiş. Karnı deşilmiş gibi viyaklayarak yatağın altında kayboluşunu izlemek çok güldürür onları. Tetik çekilmiştir artık. Çakırkeyif kadınları tahrik etmede hayvanların çektiği acı gibisi yoktur, insan her an elinin altında bir boğa bulunduramaz ki. Böylece tartışma yeniden alevlenir, bir hezeyan gibi karşı konulmaz, misillemeci, burada başı çeken kadındır, bir dizi cırtlak çağrıyla kocasını mücadeleye davet eder. Ardından da girişirler birbirlerine, kırılıp dökülen eşyalar ufalanır. Gürültüsünü patırtısını avlu toplar, yankısı gölgenin etrafında dolanır. Dehşet içindeki çocuklar ciyak ciyak bağırırlar. Anne ve babanın içinde neler olduğunu keşfederler! Bağırdıkça şimşekleri kendi üzerlerine çekerler.

Günler boyunca beklerdim bu aile kavgası seanslarından sonra zaman zaman olup biten o şeylerin yeniden olmasını.

Üçüncü katta, penceremin önünde olup bitiyordu her şey, öteki taraftaki evde.

Hiçbir şey göremiyordum, ama gayet iyi duyabiliyordum.

Her şeyin sınırına gelindiği bir nokta vardır. Bu her zaman ölüm değildir, hatta çoğu kez başka bir şeydir, yeterince beter, özellikle de çocuklar söz konusuysa.

Orada yaşıyordu bu kiracılar, tam da avluda gölgenin solmaya başladığı yerin hizasında. Anne ve baba yalnızken, bu işlerin olduğu günlerde, önce uzun süre kavga ederlerdi ardından da uzun bir sessizlik çökerdi. Hazırlık safhasıydı bu. Ardından ilk hedef küçük kızları olurdu, onu çağırırlardı. O da anlardı. Hemen ağlayıp sızlanmaya başlardı. Başına gelecekleri biliyordu. Ses tonuna bakılırsa, en az bir on yaşında olmalıydı. İkisinin birlikte ona neler yaptıklarını vukuatı defalarca dinledikten sonra ancak anlayabildim.

Önce onu bağlıyorlardı, uzun sürüyordu bağlanması, bir ameliyata hazırlar gibi. Bu onları tahrik ediyordu. "Seni küçük leş parçası" diye küfrediyordu erkek. "Seni gidi küçük kaltak seni!" diyordu anne. "Seni yola getireceğiz kaltak!" diye bağırıyorlardı ikisi birden ve daha neler neler, aynı zamanda ona yönelttikleri daha nice suçlamalar, herhalde kendi uydurdukları şeyler. Onu yatağın dikmelerine bağlıyor olmalıydılar. O sırada, çocuk kapana kısılmış bir fare gibi mızıl mızıl mızıldanıyordu. "Naparsan yap seni küçük kancık, yırtamıycan bu işten. Hiç heveslenme! Yırtamıycan işte!" diye başlıyordu yine anne, sonra da bir sürü hakaret yağdırıyordu sütçü beygirine söver gibi kendinden geçmiş. "Konuşma anne diye yanıtlıyordu ufaklık usulca. Konuşma anne! Döv beni anne! Ama konuşma anne!" Yırtamıyordu ve yiyordu marizi eşek sudan gelinceye kadar. Yanılmadığımdan iyice emin olmak için, olup bitenin gerçekten de bu olduğundan emin olmak için, sonuna kadar dinliyordum. Bunlar devam ettiği sürece fasulyelerimi yiyemezdim. Pencereyi de kapatamazdım. Tavşan boku gibiydim. Elimden bir şey gelmiyordu. Sadece orada dikilip dinliyordum her zamanki gibi, her yerde olduğu gibi. Öte yandan, bu tür şeyleri dinlerken bir yandan da güç topluyordum sanırım, daha öteye gitmeme yarayacak bir güç, tuhaf bir güç ve bir dahaki sefer, işte o zaman, henüz duymamış olduğum ya da daha önce anlamakta güçlük çektiğim daha başka yakınmaları dinlemek amacıyla bir dahaki sefer daha da aşağılara inebilecektim, çünkü sonuna kadar gittiğinizde hâlâ duymamış ya da anlamamış olduğunuz daha başka yakarışlar da bulunuyordu sanki.

Artık onu, yani kızlarını, çığlık dahi atamayacağı derecede pataklamalarından sonra, kız yine de azıcık da olsa bağırıyordu her nefes alışında, kesik kesik.

Derken adamın şöyle dediğini duyuyordum tam da o sırada: "Sen gel bakayım koca kız! Çabuk! Gel şöyle!" Mutluluktan uçuyordu.

Bu şekilde seslendiği kişi anneydi ve ardından da yandaki kapı onların arkasından sertçe kapanıyordu. Bir gün, kadın adama şöyle dedi, duydum onu: "Ah! Julien, seni seviyorum, o kadar seviyorum ki, bokunu bile yerdim senin, hatta bana nah bu kadar kalın boklar sıçsan bile..."

Bu ikisi böyle sevişiyorlarmış, kapıcıları anlattı bana, mutfakta lavaboya yaslanarak yapıyorlarmış bu işi. Başka türlü olmuyormuş.

Onlar hakkında tüm bu şeyleri yavaş yavaş öğrendim, sokakta. Onlarla karşılaştığımda, üçü birlikteyken, dikkat çekecek bir özellikleri yoktu. Gerçek bir aile gibi geziyorlardı. Onu, yani babayı, dükkânının camekânının önünden geçerken de görüyordum, Poincaré bulvarının köşesinde, baş satıcısı olduğu "Hassas ayaklar için ayakkabı" evinde.

Avlumuz, çoğu kez, yalnızca özgünlükten mahrum biçimsizlikler sunuyordu insana, özellikle de yazın, gürleyen tehditler, yankılar, dayak sesleri, heceler, anlaşılamayan küfürler. Güneş asla dibe kadar ulaşamıyordu. Sanki mavi gölgelerle boyanmıştı avlu, hayli kalınca, özellikle de köşelerde. Orada kapıcıların küçük helaları vardı arı kovanlarını andıran. Geceleyin çiş yapmaya gittiklerinde, çöp kutularına çarpıyordu kapıcılar, bu da avluda gök gürültüsünü andıran seslerin yankılanmasına neden oluyordu.

Birkaç parça çamaşır iki pencere arası kurumaya çalışıyordu. Akşam yemeğinden sonra, sıra kaba kuvvet gösterilerinde olmadığında, daha çok at yarışlarıyla ilgili tartışmalar yankılanıyordu. Ama bu sportif polemikler de çoğu kez epey kötü biçimde sille tokat sonuçlanıyordu ve her seferinde pencerelerin en az birinin arkasında, şu ya da bu bahaneyle insanlar eninde sonunda birbirlerinin kafalarını kırıyorlardı.

Yazın aynı zamanda her şey buram buram kokardı. Avluda hava diye bir şey kalmıyordu, yalnızca kokular. Diğer hepsinden baskın çıkıp yarışı önde bitiren, hem de açık ara, karnabahar kokusudur. Bir karnabahar on helaya bedeldir, helalar taşmış olsa dahi. Tartışma götürmez. İkinci katın helaları sık sık taşardı. O zaman da eşeleyici hezaren bastonuyla, 8 numaranın kapıcısı, Cézanne ana çıkagelirdi. Onun kılıç çalarcasına çabalayışını izlerdim. Öyle öyle sohbet etmeye başladık onunla. "Ben sizin yerinizde olsaydım, diye öğüt veriyordu bana, hamile olan kadınları usulca bu yükten kurtarırdım... Bu mahallede önüne gelenle yatan o kadar çok kadın var ki... Gözlerinize inanamazsınız!... Emin olun etekleri zil çala çala başvururlar size... Bana düşen, size söylemesi! Bu iş küçük memurlara varis tedavisi uygulamaktan iyidir... Üstelik para peşin."

Cézanne ana, tüm çalışan insanları bayağı küçümserdi, nereden edindiğini bilmediğim aristokratlara özgü bir biçimde...

— Bu kiracılar da her dakika hallerinden şikâyet ederler, gören de onları hapishane mahkûmları sanır, ille de herkesi huzursuz edecekler!... Bakarsınız helaları tıkanmıştır... Bir başka gün gaz kaçağı vardır... Ya da mektuplarını birileri onlardan gizli açıyordur!... İşleri güçleri hırgür... Hepsi de bokyedibaşı yani!... Hatta biri gitmiş kirasını yatırdığı zarfa tükürmüş... Bakın yediği naneye!...

Çoğu kez vazgeçmek zorunda kalıyordu Cézanne anne, helaların tıkanıklığını açmaktan bile, o kadar zor işti yani. "İçine ne koyuyorlar bilmiyorum, ama bir kurudu mu hapı yuttuk!... Bilirim... Hep iş işten geçtikten sonra haber verirler!... Mahsus yapıyorlar tabii!... Daha önce çalıştığım yerde o kadar katılaşmıştı ki borulardan birini eritmek gerekti!... Kim bilir neler zıkkımlanıyor bunlar... Çift porsiyon belli ki!..."

Kim ne derse desin, yeniden başlamamın esas nedeninin Robinson olduğu fikrinden beni kolay kolay vazgeçirmeniz söz konusu olamaz. Önceleri o sıkıntıların üstünde fazla durmamıştım. Hâlâ o hasta senin bu hasta benim, sağda solda sürtmekteydim, ne var ki eskisinden daha fazla endişeli olmaya başlamıştım, giderek artan dozda, tıpkı New York'taki gibi, ardından da her zamankinden bile kötü uyur olmuştum.

Dolayısıyla onunla, yani Robinson'la yeniden karşılaşmak, beni bayağı sarsmıştı ve sanki nükseden bir tür hastalık etkisi yaratmıştı.

Her tarafına acı bulaşmış suratıyla, sanki bana tatsız bir düşü geri getirmişti, uzun yıllardır bir türlü kurtulamadığım bir düş. Sırf bu yüzden iki lafı bir araya getiremez haldeydim.

Damdan düşercesine çıkıvermişti, tam karşıma. Ne yapsam kurtulamayacaktım. Buralara kadar gelip izimi sürdüğü besbelliydi. Buna karşılık, ben onu yeniden görmek için en ufak bir çaba sarf ediyor değildim, elbette... Nasıl olsa yine gelecekti ve beni bir kez daha kendisinin o pis işlerini düşünmeye zorlayacaktı. Şu an zaten her şey bana onun o pis varlığını düşündürüyordu yeniden. Hatta pencereden seyretmekte olduğum, sokakta öylesine yürüyen, sıradan bir görüntü çizen şu insanlar bile, kapı aralarında sohbet ederek, birbirlerine sürtünerek, aklıma hep onu getiriyorlardı. Ben gayet iyi biliyordum, biliyordum neyin peşinde olduklarını, zararsız görüntülerinin altında o insanların neler sakladıklarını. Öldürmekti tek dertleri, öldürmek ve birbirlerini öldürmek, bir çırpıda değil elbette, ama tıpkı Robinson gibi yavaş yavaş, ellerinin altında ne bulurlarsa onunla, eski üzüntüler, yeni sefaletler, henüz adı konmamış nefretler ya da yekten savaş yoluyla, üstelik her şeyin her zamankinden de çabuk olup bitmesini temenni ediyorlardı.

Onunla karşılaşırım diye evden çıkmaya bile cesaret edemez hale gelmiştim.

Hastalar çağırdıklarında gitmeye karar verebilmem için en az iki üç kez üstelemeleri gerekiyordu. Tabii böyle olunca da çoğu zaman ben geldiğimde çoktan başka birini çağırmış oluyorlardı. Kafamın içi de tıpkı yaşantım kadar darmadağınıktı. Daha önce yalnızca tek bir defa gittiğim bu Saint-Vincent sokağına çağırdılar beni, 12 numaranın üçüncü katında oturanların evine. Hatta arabayla geldiler beni almaya. Dedeyi derhal tanıdım, fısıldayarak konuşuyor, paspasımın üzerinde uzun uzun ayakkabılarını siliyordu. Silik, gri ve kambur biriydi, torunu için gelmişti ve acele etmemi istiyordu.

Adamın kızını da gayet iyi anımsıyordum, o da ayrı bir civelekti, şimdiden solmuş, ancak sağlam ve sessizdi, ebeveynlerinin yanına birkaç kez, kürtaj olmak için dönmüştü. Ama buna kimse laf etmiyordu. Ondan tek beklenen şey, hele daha şimdiden, anneanne ve dedenin yanına yerleştirilmiş, iki yaşında bir oğlu olduğu da göz önünde bulundurulursa, eninde sonunda birisiyle evlenmesiydi.

Yerli yersiz hasta olurdu bu çocuk ve her hastalandığında dede, anneanne, anne hep birlikte gözyaşı dökerlerdi, bol miktarda, özellikle de resmi bir babası olmadığı için. Aile içinde gayri meşru durumlardan en çok bu tür zamanlarda etkilenilir. Anneanne ve dede, bunu kendilerine tamamen itiraf etmeseler de, gayri meşru çocukların diğerlerinden daha hassas olduklarına ve daha sık hastalandıklarına inanırlardı.

Ama ne yapalım ki çocuğun babası, en azından öyle olduğu sanılan adam, geri dönmemek üzere çekip gitmişti işte. Evlilik diye diye adamcağızın o kadar çok kafasını şişirmişlerdi ki, sonunda sıkılmıştı bu işten. Eğer hâlâ aynı hızla kaçmaya devam ediyorsa, kim bilir nerelere varmıştır şimdi. Kimse bu terk edişe anlam verememişti, özellikle de kızın kendisi, çünkü adam, onu düzerken halinden hiç de şikâyetçi görünmüyordu.

Dolayısıyla, şıpsevdi herif gittiğinden beri üçü de ağlayarak çocuğu seyrediyorlardı ve işte o kadar. Kız, kendi tabiriyle kendini bu adama ruhen ve bedenen, "her şeyiyle" vermişti. Olacağı varmış demek ve ona kalsa bu her şeyi açıklamaya yetiyordu.

Ufaklık da zaten onun bedeninden çıkmıştı, hem de tek bir hamlede ve kızın gövdesinin yan tarafları bu yüzden buruşuk kalmıştı. Ruh cümlelerle yetinmesini bilir, oysa beden öyle değildir, o daha müşkülpesenttir, kas da olsun ister. Beden daima elle tutulur bir gerçektir, bu yüzden de hep hüzünlüdür ve tiksindirici bir görüntüsü vardır. Doğrusunu söylemek gerekirse, ben de bugüne kadar bir hamileliğin gençliğin bu kadar büyük bir bölümünü bir seferde alıp götürdüğüne pek sık tanık olmamıştım. Bu annede kala kala bir tek duygular kalmıştı neredeyse ve bir de ruh. Kimse artık onu istemiyordu.

Bu gayri meşru doğumdan önce aile "Filles du Calvaire"* semtinde oturuyordu, hem de epey uzun zamandır. Rancy'deki gönüllü sürgüne zevk için değil, gizlenmek, kendilerini unutturmak, topluca ortalıktan kaybolmak için gelmişlerdi.

Bu hamileliği komşulardan gizlemek olanaksız hale geldiğinde, her türlü söylentiden uzak durmak için Paris'teki semtlerinden ayrılmaya karar vermişlerdi. Namusu kurtarma taşınması.

Rancy'de komşuların gözünde saygın bir yer tutmak şart değildi, kaldı ki Rancy'de onları tanıyan da yoktu, üstelik buranın belediyesi iğrenç, hatta açıkçası anarşist denilebilecek bir politika güdüyordu, it kopuk politikası ve bu yüzden de bütün Fransa'nın diline düşmüştü. Herkesin dışladığı bu tarz bir ortamda, elâlemin ne düşündüğünün lakırdısı mı olurdu hiç?

Aile kendi kendini resen cezalandırmış, eski eş dost ve akrabalarıyla tüm ilişkiyi kesmişti. Facia olmasına faciaydı bu, tam bir aile faciası. Kaybedecek bir şeyimiz kalmadı diyorlardı içlerinden. Düşkündüler artık. İnsan gözden düşmek istediğinde halka iner.

Kimseye karşı en ufak bir suçlama yöneltmiyorlardı. Güdük kalan isyan nöbetlerine tutulduklarında tek yaptıkları şey, Kader'in neden yanılıp şaşıp onlara böylesine pis bir oyun ettiğini anlamaya çalışmaktı.

Kızın, Rancy'de yaşamak zorunda kalmaya ilişkin bulduğu tek, ama çok önemli teselli, artık her önüne gelene "yeni sorumluluklarından" özgürce söz edebiliyor olmasıydı. Sevgilisi, firar

* Filles du Calvaire: Paris'in bir semti (Eza kızları).

etmek suretiyle, kızın kahramanlığa ve ayrıksı olmaya özenen doğasının derinlerinde yatan bir arzuyu uyandırmıştı. Artık kendi sosyal sınıfının ve çevresinin kadınlarının çoğunun kaderine tıpatıp benzer bir geleceğe ömrünün sonuna kadar sahip olamayacağından ve her istediğinde daha ilk aşklarında mahvolan yaşamıyla ilgili masala gönderme yapabileceğinden emin olur olmaz, başına gelen bu büyük felakete çok iyi uyum sağladı, hem de bundan büyük bir haz alarak ve sonuçta feleğin sillesini yemesi dramatik bir şekilde isabet olmuştu. Bekâr annelikten çok memnundu.

Babası ve ben içeri girdiğimizde, tasarruf amaçlı aydınlatma, yemek odalarında yarım renklerin ötesinin seçilmesine olanak tanımıyordu; aile mobilyalarına özgü bayat karabiber kokusuyla ağırlaşmış o loş ortamda, insanların yüz hatları ancak, havada asılı kalan sözcükleri diline pelesenk etmiş et parçaları ve soluk lekeler şeklinde seçilebiliyordu.

Masanın üstünde, orta yerde, kundak bezlerinin içinde, sırtüstü uzanmış olan çocuk, kendini elletmekteydi. Elimi ilk olarak karın duvarına bastırdım, çok dikkatli biçimde, kademeli olarak, göbek deliğinden hayalarına kadar, sonra da göğsünü dinledim, yine büyük bir ciddiyetle.

Kalbi küçük bir kedininkiyle aynı hızda atıyordu, sertçe ve çılgınca. Derken mıncıklayıcı parmaklarımdan ve manevralarımdan sıkılıverdi çocuk ve başladı o yaşlara özgü bir tarzda yaygarayı koparmaya, akıllara durgunluk verecek derecede. Bardağı taşıran damlaydı bu. Robinson'un dönüşünden beri, hem kafamda hem bedenimde, zaten kendimi bir tuhaf hissediyordum, bir de bu masum küçüğün çığlıkları bende berbat bir etki yarattı. Ama o ne çığlık Tanrım! O ne çığlık! Dayanamıyordum.

Aptalca davranışımı belirleyen bir başka düşünce daha oldu sanırım. Zıvanadan çıkmışken, fazlasıyla uzun süredir içimde hissettiğim her türlü hıncı ve tiksinmeyi, yüzlerine karşı dışavurmaktan kendimi alamadım.

— Eee! diye yanıt verdim, o küçük çığırtkana, acele etme, piç kurusu, bağıracak daha çok fırsatın olacak ileride! Çok fırsatın olacak, çok, merak etme, eşek sıpası! Boşuna tepinme! Beynini, gözlerini oyacak, hatta dikkat etmezsen geride ne kaldıysa onu bile mahvedecek kadar çok felaket göreceksin daha, çok!

— Neler diyorsunuz öyle Doktor? diye sıçradı anneanne. Ben sadece yinelemekle yetindim: "Daha çok fırsatın olacak, çok!"

— Ne? Neye fırsatı olacak? diye sordu kadın, tüyleri diken diken...

— Anlayıverin artık! diye yanıtladım. Anlayıverin artık! Her şey size fazlasıyla açıklanıyor zaten! Sorun da bu! Anlamaya çalışsanıza! Uğraşın biraz!

"Neyin fırsatıymış?... Ne dedi?" Üçü birden, başladılar birbirine soru sormaya ve "sorumluluk sahibi" kız da bir tuhaf bakıyordu, derken birden o da başladı feci çığlıklar atmaya, susmamacasına. Sinir krizi geçirmek için sıkı bir fırsat geçirmişti eline. Bu fırsatı kaçırmaya da hiç niyeti yoktu. Bu tam bir savaştı! Tekmele yavrum tekmele! O da yetmezse nefesin kesilsin! korkunç biçimde gözlerin şaşılaşsın! Çatmıştım belaya! Görülmeye değerdi! "Deli bu, anne, deli!" diye kükreyerek yırtınıyordu. Doktor delirdi! Yavrumu al onun elinden, anne!" Çocuğunu kurtarıyordu.

Nedenini asla anlayamayacağım ama, o kadar heyecanlanmıştı ki, birden Bask şivesiyle konuşmaya başladı. "Korkunç şeyler söylüyor! Aney!... Manyak bu herif!..."

Ufaklığı çekip aldılar elimden, yangından mal kaçırır gibi. Az önce o kadar çekingen görünen dede şimdi de maun ağacından iri termometresini duvarda asılı durduğu yerden almaya çalışıyordu, kocaman, topuz gibi bir termometre... Ve kapıya kadar eşlik etti bana, uzaktan, kapıyı da, sert bir tekmeyle, suratıma çarptı.

Tabii, fırsat bu fırsat, vizitemi de ödemediler...

Kendimi yeniden sokakta bulduğumda, başıma gelenlerden hiç de hoşnut değildim. Mahalledeki itibarımın beş paralık olması değildi aslında canımı sıkan, onu zaten çok önceden, benim bir katkıda bulunmama bile gerek kalmadan, inebileceği en düşük düzeye getirmişlerdi, ama hâlâ Robinson yüzündendi sıkıntım, bir açıksözlülük patlamasıyla ondan kurtulabilmeyi, kasıtlı olarak çıkardığım bu rezalet sayesinde kendi kendimle bir anlamda sıkı bir kavga ederek, bu herifi bir daha asla görmeme kararlılığına kavuşabilmeyi ummuştum.

Bir bakıma, şöyle bir hesap yapmıştım kafamda: İnsanın kendine karşı bir seferde çıkarabileceği rezaletin boyutunu deneysel olarak ölçeyim hele! Gelgelelim rezaletin ve heyecanın sonu yoktur, açıksözlülükle işi nereye kadar vardırmak zorunda kalacağınızı kestiremezsiniz... İnsanların sizden daha neler gizlediklerini de... Daha neler gösterebileceklerini de... Tabii yeterince uzun yaşarsanız... Palavralarını yeterince deşebilirseniz... Her şeyi sil baştan ele almak gerekiyordu.

Bir an önce gidip saklanmak istiyordum, ben de, şimdilik. Eve dönmek için önce Gibet* çıkmazından geçtim sonra da Valentines sokağından. Epey uzun bir yoldu. Fikir değiştirmeye yetecek kadar. Işıklara doğru yol aldım. Transitoire** meydanında, kandilci Péridon'a rastladım. Biraz havadan sudan konuştuk. "Sinemaya mı gidiyorsunuz Doktor bey?" diye sordu bana. Fena fikir değildi. Aklım yattı.

Otobüsle gidince metrodan daha çabuk varılabiliyordu. Bu utanç verici aradan sonra Rancy'den kesin ve temelli olarak çekip gidebilirdim aslında, elimden gelseydi.

İnsan bir yerde takılıp kaldıkça, nesneler ve insanlar iyice yozlaşıyorlar, çürüyorlar ve sırf sizin hatırınıza leş gibi kokmaya başlıyorlar.

* Gibet: Darağacı.

** Transitoire: Geçici.

Her şeye rağmen, hemen ertesi gün Rancy'ye dönmekle iyi etmiştim, tam da o sırada hastalanan Bébert yüzünden. Meslektaşım Frolichon tatile çıkmıştı, teyze önce tereddüt etti, sonra da yeğeninin tedavisi için yine de bana başvurdu, sanırım tanıdığı diğer hekimler arasında en ucuzu ben olduğum için.

Paskalya'dan kısa süre sonraydı. Havalar yeni yeni ısınıyordu. İlk Güney rüzgârları Rancy üzerinde esmeye başlamıştı, aynı zamanda fabrikaların tüm kurumunu pencere kenarlarına doğru itekleyen rüzgârlarla birlikte.

Haftalar sürdü Bébert'in hastalığı. Günde iki kez onu görmeye gidiyordum. Mahalleliler, çaktırmadan, beni kapıcı dairesinin önünde ve evlerinin eşiğinde bekliyorlardı, komşular da öyle. Bu onlar için bir tür eğlenceye dönmüştü. Durumun daha iyiye mi yoksa daha kötüye mi gittiğini uzaktan görmeye geliyorlardı. Çok fazla şeyin arasından süzülerek gelen güneş sokağa yalnızca bir sonbahar ışığı bırakır gider, pişmanlık ve bulutlarla birlikte.

Akıl veren çok oldu, Bébert hakkında. Aslına bakılırsa, tüm mahalle onun durumunu yakından izliyordu. Benim yeteneklerim hakkında önce lehte sonra da aleyhte fikir beyan ediliyordu. Kapıcı dairesine girdiğimde, eleştirel ve epey düşmanca bir sessizlik kaplıyordu ortalığı, her şeyden önce de cehalet diz boyuydu. Kapıcı dairesi hep teyzenin çaçaron ahbaplarıyla dolup taşıyordu, yakınları, dolayısıyla da buram buram kocakarı ve tavşan sidiği kokuyordu. Her birinin kendi gözde hekimi vardı, onlar da mutlaka daha usta, daha bilgili olurlardı. Aslında benim tek bir avantajım vardı, ama o da kolay kolay affedilmeyen cinsten bir avantaj, sudan ucuz olmak, bedava bir hekim hem hastaya hem de ailesine zarar verirdi, aile ne kadar yoksul olursa olsun.

Bébert henüz sayıklamaya başlamamıştı, sadece hiç yerinden kıpırdamak istemez olmuştu. Her geçen gün biraz daha zayıflıyordu. Vücudunda kala kala her kalp atışında yukarıdan aşağı titreşen bir parça sararmış ve oynak et kalmıştı. Bébert bir aya kalmadan o kadar zayıflamıştı ki, sanki kalbi derisinin altında her yere birden yayılmıştı. Onu görmeye geldiğimde bana akıllı uslu biçimde gülümsüyordu. Bu şekilde gayet kibarca önce 39 derece ateşi, ardından da 40 dereceyi geçti ve günler, haftalar boyu öyle kalakaldı, düşüncelere dalmış vaziyette.

Bébert'in teyzesi sonunda susmuş ve bizi rahat bırakmıştı. Bildiği her şeyi söylemişti, dolayısıyla, ne yapacağını şaşırmış vaziyette, sırayla kapıcı dairesinin bir o köşesine bir bu köşesine gidip hüngürdeyip duruyordu. Sözcüklerin tükendiği yerde nihayet bir keder çökmüştü üstüne, ama bu kederle nasıl baş edeceğini bilemiyor gibiydi, onu sümkürüp atmayı denedi, ama geri dönüp boğazına takılıyordu o keder, hem de gözyaşlarıyla birlikte ve o zaman da kaldığı yerden devam etmek zorunda kalıyordu. Her tarafına sıvaştırıyordu, öyle olunca her zamankinden de pis olmayı başarıyor, bu sefer de şaşırıyordu: "Tanrım! Tanrım!" diyordu. Hepsi bu kadar. Ağlaya ağlaya kendi sınırlarına dayanmıştı, eli kolu tutmaz olmuştu ve bu yüzden karşımda öylece afallayıp duruyordu.

Derken üzüntüsünden epey bir geri adım atıyor, hemen ardından da yine hıçkırıklara boğulmaya karar veriyordu. Bu gelgitler bu şekilde haftalar sürdü kederinin içinde. Bu hastalığın sonunun kötü olacağı belliydi. Bir tür habis tifoydu bu ve ne denesem boşunaydı, banyolar, serum... sıkı bir rejim... aşılar... Hiçbir şey fayda etmiyordu. Elimden geleni yapıyordum, nafile. Bébert göz göre göre gidiyordu, gülümsemesi yüzünden eksik olmadan, elinden tutmuş götürüyorlardı onu. Ateşinin yükseldiği en tepe noktada sanki dengede duruyordu, bense aşağıda çuvallıyordum. Tabii, daha fazla oyalanmadan beni kovup yerime bir an önce başka bir hekim, daha deneyimli, daha ciddi bir hekim getirtmesi yönünde teyzeye telkinler yağıyordu hemen her yerden, hem de bayağı emir kipinde.

"Sorumluluk sahibi" kız vukuatı çevreye yayılmış ve epey de dedikodusu yapılmıştı. Bu laflar ağızdan ağıza dolaşıyor, tüm mahalleli çeke çeke fıtık oluyordu.

Ancak Bébert'in hastalığının tabiatı konusunda bilgi edinen tüm diğer hekimler yan çizdiği için, sonunda iş yine bana kaldı. Madem o, yani Bébert, benim payıma düşmüştü, o halde devam etmek de bana düşerdi, meslektaşlar tam da böyle düşünüyordu.

Tek çarem bara kadar uzanıp, sağda solda, uzaklarda, az çok tanıdığım, Paris içinden ya da hastanelerden başka bir iki pratisyene daha ara sıra telefon ederek, beni endişelendiren bu tifo vakasına benzer bir vaka karşısında o pek akıllı, o pek saygın beylerin ne yapacaklarını sormaktı. Yanıt niyetine, hepsi de bana çok hoş tavsiyelerde bulunuyorlardı, işe yaramayan hoş tavsiyeler, ancak yine de onların himayemdeki adı sanı duyulmamış bu çocuk için bu şekilde hem de üstelik bedavadan uğraşmaları hoşuma gidiyordu. İnsan sonunda nelerle tatmin olmaya razı oluyor, yaşamın bize teselli niyetine bahşettiği kırıntılarla.

Ben bu şekilde ince eleyip sık dokurken, Bébert'in teyzesi sağda solda önüne gelen sandalye ya da merdivene çöküveriyordu ve o afallamış halinden ancak yemek yemek için çıkıyordu. Öte yandan tek bir öğünü bile asla atlamadı mesela, bu da bir gerçek. Zaten kendini salıvermesine de izin vermezlerdi. Komşuları ona göz kulak oluyordu. İki hüngürdeme arasında ağzına bir şeyler tıkıştırıveriyorlardı. "Ayakta durmana yardımcı olur!" diye iddia ediyorlardı. Hatta bu yüzden kilo almaya bile başladı.

Bébert'in hastalığının en ağır seyrettiği dönemde, kapıcı dairesinde tam bir bereketlilik yaşandı, Brüksel lahanası kokusu açısından. Mevsimiydi ve her yerden ikram olsun diye Brüksel lahanası yağıyordu, hazır pişmiş, buram buram tüten. "Bana epey güç kuvvet veriyor, doğru!... diye içtenlikle teyit ediyordu teyze. Üstelik iyi idrar söktürüyor!"

Daha hava kararmadan, ha bire kahve içmeye başlıyordu, dış kapı zili yüzünden, uykusu daha hafiflesin ve zil daha ilk çalışta hemen duyabilsin diye, böylece kiracılar zili arka arkaya iki üç defa çalarak Bébert'i uyandırmayacaklardı. Akşam evlerinin önünden geçerken bir uğruyordum artık her şeyin bitip bitmediğine bakmak için. "Sizce de hastalığı bisiklet yarışının olduğu gün manavda içecem diye tutturduğu romlu papatya çayından kapmış olabilir mi?" diye yüksek sesle akıl yürütüyordu teyze.

Bu düşünce başından beri kafasını kurcalıyordu. Salak.

"Papatya çayı!" diye güç bela fısıldıyordu Bébert, ateşlerin içinde kaybolmuş bir yankı olarak. Onu caydırmaya değer miydi? Bir kez daha benden beklenen bir iki ufak tefek göstermelik mesleki hareketi yapıyordum ve geceye kaldığım yerden devam ediyordum, hiç de içim rahat etmeden, çünkü annem gibi ben de, başa gelen felaketler konusunda kendimi asla tamamen suçsuz hissedemiyordum.

On yedinci güne doğru gidip Bioduret Joseph Enstitüsü'ne* de bir danışsam iyi olur aslında diye düşündüm, bakalım onlar bu tür bir tifo vakası hakkında ne düşüneceklerdi, aynı zamanda ufak bir öğütleri olabilirdi ve hatta bana belki de bir aşı bile önerebilirlerdi. Böylece, yapılabilecek her şeyi, hatta gariplikleri bile yapmış ve denemiş olurdum ve eğer Bébert ölürse, eh, bakarsınız kimsenin bana söyleyecek bir lafı kalmayabilirdi belki de. Bir sabah saat on bir sularında, oraya, yani Enstitü'ye vardım, Paris'in öbür ucunda, La Vilette'in arka taraflarında. Önce bir bilgin bulmak için beni o laboratuardan bu laboratuara dolaştırdılar. Bu laboratuarlarda henüz kimsecikler yoktu ne bilgin ne de meraklı, yalnızca bir köşeye itilmiş darmadağınık eşyalar, karnı deşilmiş küçük hayvan cesetleri, izmaritler, kırık dökük sokak fenerleri, içinde havasızlıktan boğulmakta olan farelerin bulunduğu kafesler ve kavanozlar, karniler, kenara atılıvermiş imbik hazneleri, dibi çıkmış tabureler, kitaplar ve toz, yine ve daima izmaritler, onların kokusu bir de, ağır basan, kenefinki. Mademki bayağı erken gelmiştim, oldu olacak, ben de şöyle bir tur atayım dedim, bizzat Enstitü'nün mahzenlerinde altınlarla mermerlerin ihtişamı arasında duran büyük bilgin Bioduret Joseph'in tabutunu görmeye gittim. Ne de zevkli bir burjuva-Bizans fantezisiydi bu. Bahşiş gömütlük çıkışında veriliyordu, hatta bekçi birisinin ona kakaladığı Belçika parası yüzünden epey söylenmekteydi. Yarım yüzyıldır birçok gencin bilim alanında kariyer yapmaya yönelmesinin nedeni işte bu Bioduret'ydi. Tabii bunlardan bir baltaya sap olamamış olanların sayısı Konservatuar'dan aynı niteliklerle mezun olanların sayısından aşağı

* Bioduret: Fransızcada *bio-durée*'yi (biyolojik uzun ömür), oradan da pastörizasyonu ve dolayısıyla Louis Pasteur'ü çağrıştırıyor.

kalmıyordu. Zaten belli sayıda başarısız yıl geçirdikten sonra hepimiz birbirimize benzemeye başlarız. Büyük bozgunun toplu mezarlarında, en yüksek not ortalamasını tutturan "Tıp Mezunu", "Roma'da Staj Yapma Ödülüne" layık görülen konservatuar birincisiyle aynı muameleyi görür. Otobüse tam olarak aynı saatte binmemiş olma meselesi. O kadar.

Daha epey uzun süre beklemem gerekti, tutukeviyle mahalle parkının küçük bir bileşimi olan Enstitü'nün bahçelerinde, bahçeler, kötü niyetle süslenmiş o duvar boylarına özenle yerleştirilmiş çiçekler.

Neyse ki, ilk olarak küçük memurlardan birkaç çocuk sonunda gelebildiler, çoğu yandaki pazardan yapmış oldukları alışverişlerle yüklüydü, koca koca fileler dolusu, belli ki hepsi sürünüyordu. Daha sonra da, fısıldayan ve iyi tıraş olmamış küçük gruplar halinde, parmaklıklardan geçip içeri girme sırası bilginlere geldi, mütevazı astlarına kıyasla daha fazla ayak sürüyerek geliyorlardı, enikonu gönülsüz. Duvarların boyalarını perdahlaya perdahlaya koridorlara dağılıverdiler. Saçları ağarmış, şemsiyeli ihtiyar öğrencilerin tatil dönüşü, berbat derecede tiksindirici işlemlerden, kılı kırk yaran rutinden şaşkına dönmüş, kıytırık maaşlar için şu minnacık mikrop mutfaklarında olgunlaşa olgunlaşa birbirine kenetlenmiş, sebze artıklarından, havasız kalmış kobaylardan ve diğer ne idüğü belirsiz çürümüşlüklerden oluşan o bitmek bilmeyen bulamacı kaynatıp duruyorlardı.

Sonuçta kendileri de birer yaşlı kemirgene dönüşmüşlerdi, evcil, azman, pardösülü. Günümüzde şan şöhret ancak zenginlerin yüzüne güler, bilgin olsun ya da olmasınlar. Bilimsel Araştırma'nın avamlarının, bu sıcak, şanlı ve bölmeli çöp kutusundaki kendi yerlerini kaybetme korkuları dışında görecekleri hiçbir teşvik yoktu. Asıl sahip çıktıkları şey de resmi bilgin unvanlarıydı. Zaten kentin eczacılarının, müşterilerinden gelen ve karşılığını pek de pintice ödedikleri idrar ve balgam tahlilleri için onlara hâlâ az çok güveniyor olmalarını bu unvana borçluydular. Bilginin eğreti ve çamura batmış ek geliri.

İşe gelir gelmez, titiz araştırmacı hiç sektirmeden odanın bir köşesinde sabit olarak tutulan ve alışılageldik biçimde sergilenen bir önceki haftanın tavşanının safra renginde, kokuşmuş bağırsaklarına eğilip birkaç dakika boyunca bakacaktır, mezbelelik bir zemzem kuyusu. Kokusu gerçekten dayanılmaz hale gelince de, bir başka tavşan kurban ediliyordu, ama ancak o zaman, çünkü Enstitü'nün başyöneticisi, profesör Jaunisset*, o sıralarda tasarruf önlemlerini fanatik bir biçimde yönlendiriyordu.

Bazı hayvan leşleri bu yüzden, tasarruf adına, uzatmaları oynayarak akla hayale gelmeyecek bozulma aşamalarından geçiyorlardı. Her şey bir alışkanlık meselesidir. Bu konuda antrenmanlı bazı laborantlar artık çürümeye ve onun saçtığı kokulara o kadar aşina olmuşlardı ki faaliyet halindeki bir tabutun içinde bile gayet afiyetle yemek pişirmeleri söz konusu olabilirdi. Dahası büyük bilimsel araştırmanın bu mütevazı yardımcıları bu açıdan, ziyadesiyle mekruh olmakla nam salmış Profesör Jaunisset'yi bile tasarrufta sollamayı başarıyorlardı, hatta boynuz kulağı geçiyordu, örneğin onun etüvlerinin çıkardığı gazlardan yararlanıp kendilerine bol bol kişisel güveçler ve daha nice pişirmesi uzun süren yahniler hazırlıyorlardı, enikonu riskli.

Kobay bağırsaklarının ve mutat tavşanın yan gözle incelenmesini bitirdiklerinde, bilginler artık yavaş yavaş günlük bilimsel yaşamlarının ikinci perdesine varabilmiş oluyorlardı, sigara molası. Tütün dumanı sayesinde çevredeki kokuşmuşluğu ve sıkıntıyı etkisiz hale getirme girişimi. İzmaritleri sıralaya sıralaya, saat beş sularında, bilginler nihayet iş gününün sonunu getirmeyi başarıyorlardı. O zaman kokuşmuş leşler usulca sallantıda duran etüvün içinde ılımaya terk ediliyordu. Octave, yani laborant, tam kıvamında pişmiş fasulyelerini kapıcıya yakalanmadan geçirebilmek için bir gazete kâğıdına sararak saklıyordu. Alavere dalavere. Gargan'a götürdüğü yemek hazırdı işte. Bilgin, yani hocası, deney defterinin bir köşesine bir iki not daha düşüyordu, çekinerek, ne olur ne olmaz diye, yakında sunacağı tavşan boku gibi bir bilimsel tebliğde kullanmak amacıyla, ıvır zıvır ama hocanın Enstitü'deki varlığına ve bunun içerdiği cüzi avantalara sahip olmasına gerekçe teşkil edecek nitelikte bu tebliğ, çok da vakit geçirmeden, kesinlikle yansız ve bilim aşkıyla dolu herhangi bir Akademi'nin karşısına çıkıp er geç katlanılması gereken bir angaryaydı.

* Jaunisset: Fransızcada *jaunisse* (sarılık hastalığı, ama aynı zamanda kıskançlıktan çatlamak) sözcüğünü çağrıştırıyor (Dr. Sarılıkçık ya da Dr. Çatlıyordu gibi).

Gerçek bilgin ortalama olarak şöyle bir yirmi yıl harcadıktan sonra yapar o büyük keşfini, yani birilerinin çılgınlığının diğerlerini mutlu etmediğine ve yeryüzündeki her bir canlının komşusunun saplantılarından rahatsızlık duyduğuna kendini ikna etmekten ibaret olan o keşfi.

Bilimsel çılgınlık tüm diğerlerine kıyasla hem daha soğuktur hem de daha fazla akla dayalıdır ama aynı zamanda aralarında en az tahammül edilebilir olanı da odur. Ne var ki insan belli bir yerde, belli şaklabanlıklar yaparak, kıt kanaat da olsa geçinme konusunda bazı yetenekler edindiyse, ya bu yolda diretmeli ya da bir kobay gibi geberip gitmeye razı olmalıdır. Alışkanlık edinmek cesaret etmekten kolaydır, özellikle de karnını doyurma alışkanlığı söz konusu olduğunda.

Dolayısıyla Enstitü'nün içinde ben de Parapine'imi* arıyordum, Rancy'den özel olarak onu bulmak için gelmemiş miydim? Dolayısıyla araştırmamda diretmeliydim. Öyle ha deyince olmuyordu tabii. Onca koridor ve kapı arasında uzun süre kararsız kalıp, birkaç kez denemek zorunda kaldım.

Bu ihtiyar delikanlı öğlenleri hiç yemek yemez ve akşamları da en fazla haftada iki üç kez yemek yermiş, ama yedi mi de sıkı yermiş, tüm garip alışkanlıklarını aynen koruduğu Rus öğrencilere özgü bir taşkınlıkla.

Şu Parapine, uzmanlardan oluşan kendi dünyasında, son derece yetkin biri olarak kabul görüyordu. İster insanda ister hayvanda olsun, tifo türü hastalıklarla ilgili her konuya aşinaydı. Ünü ta yirmi yıl öncesine dayanıyordu, o zamanlar kimi Alman kaynakları günün birinde durup dururken on sekiz aylık bir kız çocuğunun vajina salgısında canlı Eberthçi vibriyonlar** izole ettiklerini iddia edivermişlerdi. Gerçekler dünyasında bu epey gürültü koparmıştı. Parapine de, keyiften dört köşe, en kısa sürede Ulusal Enstitü adına karşılık verip şu Töton palavracıya haddini bildirivermişti, çünkü o da, yani Parapine de aynı mikrobu üretmişti ama saf haliyle, üstelik de yetmiş iki yaşında bir

* Parapine: Fransızcada *para* (yan) ve *pine* (yarak) sözcüklerinin bileşkesini çağrıştırıyor (Dr. Yanyarak gibi).

** Eberth basili: Tifo hastalığına neden olan salmonella türü bir bakteridir, Alman hekim Karl Eberth tarafından 1881'de tarif edilmiştir.

kötürümün dölünde. Anında üne kavuşması nedeniyle, artık ölünceye dek tek yapması gereken, yıldızı sönmesin diye düzenli olarak çeşitli uzman dergilerde birkaç okunamaz sütun karalamaktı. Şansının yaver gittiği o cüretkâr günden beri de bu işi iyi kıvırıyordu doğrusu.

Artık ciddi bilimsel kamuoyu ona güveniyor ve prim tanıyordu. Böylece de ciddi kamuoyu onu okumaktan muaf olabiliyordu.

Zaten eğer bu kamuoyu durup dururken eleştiri yapmaya kalkışsaydı, o zaman hiçbir ilerleme sağlamak mümkün olmazdı. Her bir sayfa üzerinde bir yıl takılıp kalınırdı.

Küçücük bölmesinin önüne geldiğimde, Serge Parapine nefes dahi almadan laboratuarın dört bir köşesine ağız dolusu tükürmekteydi, bunu yaparken de yüzünü öylesine tiksinerek buruşturuyordu ki, insanın şöyle bir durup düşünesi geliyordu. Ara sıra tıraş olmuyor değildi Parapine, ama her zaman yanaklarının kenarında ona bir hapishane kaçkını görüntüsü verecek kadar kıl barındırıyordu. Tir tir titriyordu hep ya da en azından öyle bir izlenim doğmasına neden oluyordu, oysa üstü çeşit çeşit lekelerle ve özellikle de daha sonra birkaç hafif tırnak darbesiyle çevreye saçacağı kepeklerle kaplı pardösüsünü asla çıkarmazdı, bir yandan da, ha bire yeşil pembe burnunun üstüne sarkan perçemini düzeltirdi.

Fakülte'nin uygulamalı bölümlerinde staj yaptığım sıralarda, Parapine bana mikroskopta birkaç ders vermiş ve çeşitli vesilelerle bana cidden iyi davranmıştı. Artık çok geride kalmış o dönemlerden beri beni tamamen unutmadığını ve Bébert'in durumuyla ilgili birinci sınıf bir tıbbi tedavi önerisi getirebileceğini umuyordum, doğrusu bu bende takıntı halini almıştı.

Kuşkusuz, Bébert'in ölümüne engel olmaya bir yetişkinin ölümüne engel olmaktan çok daha fazla meraklı olduğum ortaya çıkıyordu. Bir yetişkinin çekip gitmesine asla fazla üzülmeyiz, yeryüzünden bir gıcık yaratık daha eksildi diye düşünürüz, oysa bir çocuk için, asla o kadar emin olamazsınız. Bu işin yarını da var.

Sorunlarım konusunda bilgi aldıktan sonra Parapine bana elinden gelen yardımı esirgememeye ve bu hassas tıbbi tedavide bana yol göstermeye hazırdı hazır olmasına, ancak o, yirmi yılda, tifo konusunda o kadar çok şey öğrenmişti ki, hem de her çeşit ve çoğu kez de çelişkili şeyler, bu pek harcıâlem hastalık ve tedavisiyle ilgili konularda, artık çok kesin ya da belirleyici bir fikir üretmek onun için pek can sıkıcı hatta bir anlamda olanaksız hale gelmişti.

— Öncelikle, sevgili meslektaşım, siz, siz güveniyor musunuz şu serumlara? diye bana soru sorarak başladı. Ha? ne dersiniz?... Hele o aşılar?... Yani sonuç olarak sizin izleniminiz nedir?... Bugün artık aşıların adını bile anmak istemeyen gayet parlak beyinler var... Bu aslında, sayın meslektaşım, epey cüretkâr bir tavır... Bence de öyle... Ama yani? Dimi? Yine de? Bu inkârcılıkta sizce de bir doğruluk payı yok mu?... Bu konuda ne düşünüyorsunuz?

Cümleler ağzından koca koca "R" heyelanlarının arasından müthiş sıçramalar halinde dökülüyordu.

Çeşitli hırçın ve umutsuz varsayımlar arasında aslanlar gibi debelendiği sırada, o sıralar hâlâ sağ olan Jaunisset, ünlü başyönetici, o keskin ve kurumlu haliyle tam da penceremizin altından geçiverdi.

Onu görür görmez, Parapine'in beti benzi attı, tabii eğer olduğundan daha soluk tenli olmak mümkünse, gergin bir şekilde konuyu değiştirdi ve şu Jaunisset'yi, ki adam dünya çapında göklere çıkartılıyordu, her gün sadece görüyor olmanın bile onda yarattığı derin tiksintiyi bana bir an önce aktarma telaşına düştü. Bir çırpıda bu ünlü Jaunisset'yi hem sahtekâr, hem de en tehlikeli cinsinden manyak biri olarak tanımlayıverdi bana ve dahası, bir yüzyıl boyunca koca bir hapishaneyi dolduracak kadar korkunç, benzersiz ve gizli cinayetler işlemiş olmakla suçladı onu.

Artık Parapine'i, karnını doyurmak için mecburen katlanmak zorunda olduğu şu araştırmacılık mesleği şaklabanlığı hakkında yüzlerce ve binlerce kindar ayrıntı vermekten alıkoyamıyordum, benzer koşullarda bürolara ya da mağazalara yerleştirilmiş insanlardan kaynaklananlardan gerçekten de çok daha bilimsel ve belirgin bir nefret söz konusuydu burada.

Bunları neredeyse bağıra çağıra anlatıyordu ve bu açıksözlülüğü beni şaşırtıyordu. Laborantı bizleri dinliyordu. O da yemeğini pişirmeyi bitirmişti ve hâlâ etüvlerle deney tüpleri arasında laf olsun diye oyalanıyordu, ancak Parapine'in bu şekilde, deyim yerindeyse günlük bela okumaları, oğlanda öylesine büyük bir alışkanlık yaratmıştı ki, ne kadar ölçüsüz de olsalar, bu sözleri kesinlikle akademik ve sudan sözler olarak değerlendiriyordu. Oğlanın, laboratuarın etüvlerinden birinde, büyük bir ciddiyetle sürdürdüğü kimi kişisel deneyler, ona mucizevi ve tadına doyum olmaz derecede eğitici geliyordu besbelli, Parapine'in anlattıklarının tam tersine. Parapine'in esip gürlemeleri bile ilgisini dağıtmaya yetmiyordu. Gitmeden önce, sevecenlikle, özenle, kutsal bir emanetin üzerine kapatır gibi kapattı etüvün kapağını kişisel mikroplarının üzerine.

— Benim şu oğlanı gördünüz mü, sayın meslektaşım? Gördünüz mü şu benim salak kaşarlanmış oğlanı? dedi Parapine onun hakkında, o kapıdan çıkar çıkmaz. Bakın şimdi, benim çöplerimi süpüre süpüre, neredeyse otuz yıldır, çevresinde sadece bilimden söz edildiğini duyuyor, hem de ziyadesiyle ve itiraf etmeliyim ki içtenlikle... ne var ki, bunları dinlemekten ona gına gelmek şöyle dursun, burada bunlara inanmaya başlayan tek ve biricik kişi de o oldu! Benim bakteri kültürlerimi mıncıklaya mıncıklaya onları olağanüstü güzel bulmaya başladı! Ağzının suyu akıyor adeta... En ufak soytarılığım onu mest etmeye yetiyor! Zaten tüm dinlerde de bu böyle değil midir? Yüce Tanrısı artık papazın aklının kıyısından bile geçmeyeli sittinsene olmuşken, kilisesinin ayak işlerine bakan görevli hâlâ dini bütün değil midir... Hem de imanına kadar? Gel de kusma!...Benim şu salak da gülünçlüğün zirvesine çıkarak işi takım elbisesi ve keçi sakalına kadar büyük Bioduret Joseph'i taklit etmeye kadar vardırmıyor mu! Dikkat etmiş miydiniz?... Laf aramızda, yeri gelmişken, büyük Bioduret'nin de şu benim oğlandan o kadar farklı oluşu da dünya çapındaki ününden ve kaprislerinin yoğunluğundan ibarettir... Şişeleri kusursuzca suda çalkalama takıntısı ve güvelerin yumurtadan çıkışlarını akıl almaz derecede yakından izleyişi nedeniyle, bu devasa deneysel deha, benim gözümde hep korkunç derecede kaba saba herifin biri olarak kalmıştır... Büyük Bioduret'den o olağandışı temizlik takıntılarını çekip alın ve söyleyin bakalım bana geride hayran olunacak ne kalıyor? Sorarım size? Kötü niyetli ve huysuz, düşmanca bir kapıcı imgesi. O kadar. Kaldı ki, Akademi'de geçirdiği o yirmi yıl boyunca ne domuz mizaçlı biri olduğunu yeterince kanıtlamıştır da, neredeyse herkes ondan nefret ederdi ve hemen hemen herkesle kavga etmişti, hem de öyle böyle değil... Becerikli bir megalomandı o... İşte hepsi bu.

Parapine de, yavaş yavaş, gitmeye hazırlanıyordu. Boynuna atkıya benzer bir şeyler dolamasına ve her zamanki kepeklerinin üstüne de bir nevi İspanyol tarzı şal örtmesine yardımcı oldum. Tam o sırada onu çok somut ve acil bir konu için görmeye geldiğimi anımsadı. "Doğru ya, dedi, benim ufak tefek dertlerimle başınızı ağrıtırken, neredeyse hastanızı unutacaktım! Özür dilerim sayın meslektaşım ve hemen konumuza dönelim! Öte yandan, size daha önceden bilmediğiniz ne söyleyebilirim ki! Onca sallantıda duran kuram, onca tartışmalı deney arasında, makul olanı aslına bakarsanız hiçbirini seçmemektir! O halde elinizden ne geliyorsa onu yapın sayın meslektaşım! Mademki bir şeyler yapmanız gerek, elinizden geleni yapın! Zaten bana sorarsanız, aramızda kalması kaydıyla size şunu söyleyebilirim ki, bu tifo hastalığı illallah dedirtti bana! Ne kadar bıkıp usandığımı tahmin bile edemezsiniz! Gençken tifoya el attığımda, bu alanda araştırma yapan bir avuç insandık henüz ve dolayısıyla, bir anlamda, sen ben bizim oğlan sayılırdık, karşılıklı olarak birbirimizi pohpohlayıp göklere çıkarabiliyorduk... Oysa şimdi, ne desem? Laponya'dan bile geliyorlar azizim! Peru'dan! Ve her Allah'ın günü daha niceleri! Her yerden sökün ediyor uzmanlar! Japonya'da seri üretime bile geçmişler! Birkaç yıl içinde, şu koca dünyanın, temcit pilavına dönen bu basmakalıp konuyla ilgili evrensel ve ipe sapa gelmez tebliğlerin uçuştuğu bir çingene düğününe döndüğünü gördüm. Yerimi koruyabilmek ve savunabilmek için, olabildiğince elbette, hep aynı küçük makalemi bir kongreden ötekine, o dergi senin bu benim taşıyıp defalarca yayımlamaya razı olmak zorunda kalıyorum, tabii her mevsim sonunda ustaca ve sudan, incir çekirdeğini doldurmayacak değişiklikler yaparak sadece... Ama, inanın bana sayın meslektaşım, artık tifo, günümüzde, mandolin ve banço kadar ayağa düştü. Ölür müsün öldürür müsün! Herkes ayrı telden çalmak istiyor, kendince. Yo hayır, itiraf etmeliyim ki, artık bu iş için daha fazla canımı sıkacak takatim kalmadı, ömrümün sonunu getirebilmek için özlemini çektiğim şey, kendi halimde sessiz sedasız araştırma yapabileceğim bir yer, öyle ki artık bana ne düşman kazandırsın ne de öğrenci, ama şöyle kıskanılmayacak cinsten vasat bir şöhret getirsin, bununla gayet rahat yetinirim ve üstelik buna çok da ihtiyacım var. Çeşitli zırvalar arasında aklıma gelenlerden biri, Kuzey ülkeleriyle Akdeniz bölgesi arasında merkezi ısıtmanın basur üzerindeki etkisinin kıyaslanması. Ne dersiniz? Hijyen? Rejim? Bayağı moda oldu bu konular! değil mi? Uygun şekilde sürdürülen ve uzatılabildiğince uzatılan bu tarz bir inceleme eminim çoğunluğu bu ısınma ve basur konularına asla kayıtsız kalmayacak ihtiyarlardan oluşan Akademi'nin bana sıcak bakmasını sağlar. Baksanıza, onları yakından ilgilendiren kanser için neler yaptılar!... Ardından Akademi de beni bir şekilde onurlandırıversin, artık hijyen ödülü mü verir ne verir? Orasını bilemem... On bin frank desek şuna? Ha? Bakın işte bu parayla bana bir Venedik seyahati çıkar... Vakti zamanında gençken Venedik'e gitmiş olduğumu biliyor muydunuz, genç dostum... Ya, öyle işte! Her yerde olduğu gibi orada da açlıktan nefesi kokanlar var elbette... Ama aynı zamanda bir daha kolay kolay unutamayacağınız kadar görkemli bir ölüm kokusu da teneffüs ediyorsunuz..."

Sokağa çıkar çıkmaz, alelacele geri dönüp unuttuğu lastik botlarını aldık. Bu yüzden de geç kaldık. Sonra da neresi olduğuna dair bana bir açıklama yapmadığı bir yere yetişmek için koşturduk.

Yer yer sebzelerin ve trafiğin tıkadığı upuzun Vaugirard* sokağından geçerek, kestane ağaçları ve polis memurlarıyla çevrili bir meydanın tam kenarına geldik. Küçük bir kahvehanenin arka salonuna sokulduk, Parapine derhal tül perdenin arkasına gizlenerek pencere kenarına çöreklendi.

* Pasteur Enstitüsü eskiden Vaugirard sokağındaydı.

— Çok geç! diye yerindi. Kızlar gitmiş bile!

— Kimler?

— Lisenin kız talebeleri... Aralarında öyle şekerleri var ki, bir bilseniz... Bacaklarını ezbere biliyorum. İş çıkışındaki tek avuntum bu... Haydi gidelim! Artık başka bir sefere...

Ve gayet iyi dost olarak ayrıldık.

Rancy'ye bir daha asla dönmek zorunda olmamayı yeğlerdim. Oradan daha bu sabah ayrıldığım halde, olağan sıkıntılarımı neredeyse unutmuştum bile; onlar şimdilik oraya, yani Rancy'ye öylesine sinmişlerdi ki, peşimden gelmiyorlardı. Eğer dönmeseydim, belki de, kendi haline bırakılınca, oracıkta ölmüş olacaktı sıkıntılarım, tıpkı Bébert gibi. Bunlar alt tarafı varoş sıkıntılarıydı. Ancak Bonaparte sokağına doğru, efkâr bastı yine. Oysa gelip geçenlere daha çok keyif veren bir sokaktı. Bu kadar iyi niyetlisi ve alımlısı az bulunur. Ne var ki rıhtıma yaklaştıkça, yine de ürkmeye başladım. Döneniyordum. Sen nehrini geçmeye bir türlü karar veremiyordum. Herkes Sezar olamaz! Sıkıntılarım öte tarafta, karşı yakada başlıyordu. Bu durumda kendime akşama kadar nehrin bu sol yakasında bekleme hakkı tanıdım. Kısa günün kârı, birkaç saatlik güneş kazanmış oldum, diyordum kendime.

Balıkçıların bulunduğu tarafta sular çalkalanıyordu, ben de oturup onların neler yaptıklarını seyretmeye koyuldum. Doğrusu, benim de hiç acelem yoktu, tıpkı onlar gibi. Öyle bir noktaya, belki de yaşa gelmiştim ki, insan artık her geçen saatin neler kaybettirdiğinin bilincinde oluyordu. Öte yandan, zamanın yolunda zınk diye durabilmek için gerekli bilgelik gücüne henüz erişebilmiş de değildik, kaldı ki durmasını bilseydik dahi ta gençliğimizden beri bize hep hükmeden ve hayran olduğumuz o ilerleme çılgınlığı olmadan ne yapacağımızı da bilemezdik. Zaten artık onunla, yani gençliğimizle eskisi kadar gurur duyamıyorduk, gelgelelim henüz herkesin önünde itiraf edemiyorduk gençliğin belki de sadece bundan, bir an önce yaşlanma hevesinden ibaret olduğunu.

Tüm gülünç geçmişimizde o kadar gülünç şeyler, aldatmacalar, saflıklar keşfediyorduk ki belki de genç olmayı bir anda durdurabilmeyi isterdik, gençliğin kopmasını beklemeyi, bizi geçerek çekip gitmesini beklemeyi, uzaklaşmasını izlemeyi, tüm o küstahlığına bakabilmeyi, bıraktığı boşluğa dokunabilmeyi, derken yeniden kendi önümüzden son bir kez daha geçerken gözlemeyi ve sonra da kendimiz çekip gitmeyi, onun, yani gençliğimizin gerçekten gittiğinden iyice emin olmayı ve o zaman da huzur içinde, kendi yolumuzdan, tamamen kendimiz olarak, usulca Zaman'ın öte tarafına geçip insanların ve nesnelerin neye benzediklerine gerçekten bakabilmeyi.

Rıhtımdaki balıkçıların bir şey tuttukları yoktu. Hatta ille de balık tutmaya bile pek hevesli değil gibiydiler. Balıklar onları tanıyor olmalıydı. Hep birlikte orada durup "mış gibi" yapıyorlardı. Son bir dem güzel güneş, suyun üzerinde mavi ve altın dalgalı yansımalar sektirerek etrafımızda hâlâ bir parça sıcaklığın kalmasını sağlıyordu. Rüzgâra gelince, karşıdaki koca ağaçların arasından serin serin esiyordu, güler yüzlüydü rüzgâr, binlerce yaprağın arasından, yumuşak bir esinti halinde eğiliyordu. Keyfimiz yerindeydi. Dolu dolu iki saat kaldık öylece, hiçbir şey tutmadan, hiçbir şey yapmadan. Derken, Sen nehri karardı ve köprünün köşesi alacakaranlığın kızılına boyandı. Dünya rıhtımın önünden geçerken bizi unutuvermişti burada, bizleri, kıyıyla suyun arasındakileri.

Kemerlerin altından çıkıverdi gece, şato* boyunca yükseldi, cepheyi, gölgenin önünde alevlenen pencereleri, teker teker ele geçirdi. Sonra onlar da, pencereler de söndüler.

Bir kez daha yola koyulmaktan başka yapacak bir şey kalmamıştı.

Rıhtımlardaki kitapçılar da tezgâhlarını kapıyorlardı. Kadın, "geliyor musun!" diye korkuluğun üstünden, benden tarafa, takımlarını, solucanlarını ve katlanır taburesini toplamakta olan kocasına sesleniyordu. Adam homurdandı ve ardından diğer balıkçılar da homurdandılar, sonra hep beraber yukarı çıkıldı, ben de çıktım, yukarıya, homurdanarak, yürüyen insanlarla birlikte. Adamın karısıyla sohbet ettim, öylesine, kibar bir şeyler söylemiş olmak için, her taraf iyice kararmadan. Ayaküstü bana bir kitap satmak istedi. Bunun tezgâhtaki kutusuna kaldır-

* Louvres müzesi.

mayı unuttuğu bir kitap olduğunu iddia etti. "Bu durumda size daha ucuza veririm, bedava sayılır..." diye üsteliyordu. Eski püskü ufak bir "Montaigne"di en hakikisinden hem de bir franka. Bu kadar cüzi bir para için kadının hatırını kırmak istemedim. Aldım o "Montaigne"ini.

Köprünün altında, su epey ağırlaşmıştı. Daha öteye gitme isteğimi tümüyle yitirmiştim. Bulvarlara geldiğimde, bir sütlü kahve içtim ve kadının bana sattığı şu kitabı açtım. Açınca, tam da Montaigne hazretlerinin karısına yazmış olduğu bir mektubun bulunduğu sayfa çıktı karşıma, tesadüf bu ya mektup kısa süre önce ölmüş olan bir oğulları vesilesiyle yazılmıştı, iyi mi. Bu pasaj hemen ilgimi çekti, herhalde derhal Bébert'le kurduğum bağlantı yüzünden olsa gerek. "*Ah*! diyordu Montaigne hazretleri, eşine üç aşağı beş yukarı şöyle hitap ederek: *Takma kafana, sevgili karıcığım! Artık kendini bir şekilde avutmanın yolunu bulmalısın!... Bir çaresi bulunur!... Hayatta her şeyin bir çaresi vardır... Zaten*, diye ekliyordu, *dün tam da bir dostumun eski kâğıtlarını karıştırırken Plutarkhos'un da bizimkine tıpa tıp uyan koşullarda karısına yolladığı bir mektubunu buldum... Ve bence o mektup o kadar usturuplu yazılmış ki sevgili karıcığım, o mektubu sana yolluyorum!... Bu pek güzel bir mektup! Zaten seni bu mektuptan daha fazla mahrum bırakmak istemiyorum, hele bir oku da bak nasıl geçiriveriyor üzüntünü!... Sevgili eşim! İşte sana yolluyorum o güzel mektubu! Hatta Plutarkhos'unki de neredeyse eline geçmiş sayılabilir, mektup olarak!... Bir bakıma öyle! Kim bilir nasıl da hoşuna gidecek!... Eminim! Bırakınız iyice içinize nüfuz etsin sevgili karıcığım! İyi okuyunuz! Eşe dosta da gösteriniz! Ve bir daha okuyunuz! Artık içim rahat! Eminim sizi hemen canlandırıvereceektir!... Esirgeyici efendiniz. Michel.*" İşte dedim kendi kendime, iyi iş başarmak diye buna denir. Karısı kim bilir ne kadar da gurur duyuyordur sevgili Michel'i gibi kafaya takmayan esirgeyici bir efendisi olduğu için. Neyse, bu onların meselesi. İnsan belki de başkalarının yüreği hakkında yargıda bulunurken her zaman yanılıyordur. Belki gerçekten de acı çekmişlerdi? O zamanların acısı öyleymiş kim bilir?

Ancak Bébert açısından feci bir gün geçirmiştim. Hiç şansım yaver gitmiyordu, Bébert'in ölüsüyle de dirisiyle de. Sanki yeryüzünde ona göre hiçbir şey yoktu, Montaigne'de bile. Belki de herkes için aynı şey geçerlidir ya, biraz ısrar ettiniz mi, her şey yok olur. Ne denirse densin, sabahın köründe Rancy'den ayrılmıştım, şimdi de oraya geri dönmem gerekiyordu ve ellerim bomboştu. Ne ona, ne de teyzesine sunabileceğim hiçbir şey yoktu.

Yola koyulmadan, Blanche meydanında kısa bir tur atmalı önce.

Lepic sokağının epey kalabalık olduğunu görüyorum, her zamankinden bile çok. Ben de çıkıyorum o zaman, ne varmış diye. Bir kasabın köşesine toplanmış millet. Ne olduğunu görebilmek için birbirini ezmek gerekiyordu, çember oluşturup. Bir domuzdu bu, koskocaman, dev gibi. O da sızlanıyordu, çemberin ortasında, rahatsız edilmiş, hem de epey rahatsız edilmiş bir insan gibi. Üstelik millet durmadan ona eziyet ediyordu. Kulaklarını çekiştiriyorlardı, maksat onu bağırtmak. Kıvranıp duruyordu ve ayakları ters dönüyordu domuzun, ipini çekiştirerek kaçayım derken, kimisi de onu ha bire dürtüklüyordu ve canı acıdığı için de hayvan daha çok bağırıyordu. O bağırdıkça da millet daha çok gülüyordu.

Etrafına bırakılmış o kadarcık bir parça samanın neresine saklanacağını kestiremiyordu koca domuz, üstelik homurdanıp içine üfledikçe kalan saman da uçup gidiyordu. İnsanlardan nasıl kaçacağını da bilemiyordu. Anlamıştı bunu. Aynı zamanda elinden geldiğince de işiyordu, ama nafile. Homurdanıp bağırmak da nafile. Hiçbir işe yaramıyordu. Millet gülmekten kırılıyordu. Kasap da, tezgâhının arkasına geçmiş, müşterilerle işaretleşerek şakalaşıyordu ve elindeki koca bıçağı sallıyordu.

O da mutluydu. Domuzu satın almıştı ve reklam olsun diye de bağlamıştı. Kızının düğününde bile bu kadar eğlenemezdi.

Kaçmak için her çaba harcayışının ardından domuzun o iri pembe kıvrımlarına gömülmesini izlemek amacıyla dükkânın önünde gittikçe daha fazla insan birikiyordu. Ama bu bile yetmiyordu. Bu kez de domuzun üstüne zıplayıp gevşek kaba eti ısırması için tahrik edilen hırçın bir küçük köpek çıkardılar. Artık millet o kadar çok eğleniyordu ki sokakta adım atmak bile olanaksız hale gelmişti. Polis memurları gelip kalabalığı dağıttılar.

Bu saatlerde Caulaincourt köprüsünün yukarısına vardığınızda, mezarın üstünü kaplayan büyük bir gölü andıran gecenin ötesinde, Rancy'nin ilk ışıklarını görürsünüz. Rancy karşı kıyıdadır. Oraya varabilmek için mezarın çevresinden dolaşmak gerek. O kadar uzak ki! Surlara varabilmek için mezarın çevresinde o kadar çok adım atmak ve o kadar uzun süre yürümek gerekir ki, sanki koskoca gecenin çevresinden dolaşmak gibi bir şey.

Ardından, meydana varınca, duhuliye resmi gişelerinde, bir de küçük yeşil memurun ot gibi pineklediği küflenmiş büronun önünden geçiliyor. Oradan sonrası çok yakın. Bölgenin köpekleri havlama görev yerlerinin başındalar. Bir sokak lambasının altında, her şeye rağmen çiçek bile var, çiçekçi kadının çiçekleri, o hep orada bekler, günden güne, saatten saate oradan geçen ölüleri. Mezarlık, bir tane daha, onun hemen yanında ve daha sonra da Révolte bulvarı. Tüm sokak lambalarıyla birlikte gecenin ortasını yararak yukarıya çıkan, alabildiğince geniş ve dosdoğru. Yolu takip etmek yeterli, soldan. Orası da işte benim sokağımdı. Karşılaşılabilecek kimsecikler yoktu. Olsun, başka bir yerde ve uzaklarda olmayı ne de çok isterdim. Eve döndüğümü kimsecikler duymasın diye ayağımda terlikler olmasını da isterdim. Ne yapalım yani, Bébert'in durumu hiç de daha iyiye gitmiyorsa, bunda benim ne suçum vardı ki. Elimden geleni yapmıştım. En ufak bir kusurum yoktu. Bu gibi durumlarda elden bir şey gelmiyorsa bu benim suçum değildi ki. Onun evinin önüne kadar gelmiştim, hem de kimselere görünmeden, yani sanırım öyleydi. Daha sonra, kendi evime çıktığımda kepenkleri açmadan aralıklarından Bébert'in evinin önünde hâlâ konuşmakta olan birileri var mı diye baktım. Evlerinden ayrılmakta olan birkaç misafir daha vardı aslında, ama o misafirler de hiç dünkülerin havasında değildiler. Gayet iyi tanıdığım, bu civarlardan bir temizlikçi kadın, çıkışta hıçkırıyordu. "Anlaşılan durum daha da kötüye gidiyor, diyordum kendi kendime. En azından, daha iyiye gitmediği kesin... Belki de çoktan olan olmuştur? diyordum kendi kendime. Daha şimdiden ağlayan biri olduğuna göre!..." Bugün de geçmişti.

Bu işte herhangi bir sorumluluğum olup olmadığını kurcalıyordum. Evim soğuk ve sessizdi. Esas gecenin yanında, özel olarak benim için biçilmiş küçük bir gece gibi.

Ara sıra dışardan ayak sesleri yükseliyordu ve yankısı odamın içine giderek daha yüksek sesle giriyor, vızıldıyor, sonra da sönüyordu... Sessizlik. Şöyle bir bakıyordum yine, dışarıda, karşıda, hâlâ bir şeyler oluyor mu diye. Aslında olup biten, sadece benim kendi içimdeydi, kendime hep aynı soruyu sora sora.

Sonunda bu sorunun üstüne yatıp uyuyakaldım, kendi özel gecemde, bu tabutta, yürümekten ve hiçbir şey bulamamaktan o kadar çok yorulmuştum ki.

Boşuna heveslenmemekte yarar var, insanların aslında birbirlerine söyleyecekleri hiçbir şey yoktur, karşılıklı olarak yalnızca kendi acılarını anlatırlar, bu böyledir. Herkesin derdi kendine, dünyanınki de hepimize. İnsanlar o acılarından kurtulmaya çalışırlar çalışmasına, sevişme sırasında, onu ötekinin sırtına yıkarak, ama beceremezler tabii ve ne yaparlarsa yapsınlar, sonunda tüm acılarıyla baş başa kalırlar ve bir daha denerler, bir kez daha acılarını kakalamaya çalışırlar. "Çok güzelsiniz, Küçükhanım" derler. Ne ki yaşam onları yeniden yakalayıverir, aynı küçük numarayı bir kez daha deneyinceye kadar. "Ne de güzelsiniz, Küçükhanım!..."

Bu arada acılarından kurtulmayı başardıklarını söyleyerek böbürlenirler de, gelgelelim herkes gayet iyi bilir, değil mi, bunun hiç de doğru olmadığını, o acıyı bal gibi bütünüyle kendi içimizde sakladığımızı. Bu numaraları yapa yapa yaşlandıkça giderek daha da çirkin, itici bir hal aldığımız için artık acımızı, iflas ettiğimizi gizlemekten bile âciz kalırız, en sonunda insanın ta derinlerinden suratına kadar ulaşmayı başarabilmesi şöyle bir yirmi, otuz yıl, hatta daha fazla zaman alan o sevimsiz ve çirkin ifade, gitgide yüzümüzde sıvaşmadık yer bırakmaz. İnsan dediğin, işte bu işe yarar, sadece bu işe, ekşi bir surat ifadesi üretmek, biçimlendirmesi tüm ömrünü alan, hatta gerçek ruhunun bütününü eksiksiz yansıtabilmek için oluşturması gereken asıl surat ifadesi o kadar ağır ve karmaşıktır ki, bunu tamamlamaya insanın ömrü bile her zaman yetmeyebilir.

Benimkine, yani benim surat ifademe gelince, ben de tam onun ince ayarını iyice kotarmaya çalışıyordum, şu bir türlü ödeyemediğim faturalarla, ne de miniciklerdi oysa, akıl almaz kiramla, mevsime göre fazla ince pardösümle, bir de Brie peynirine uzanan elimin tereddüt ettiğini, üzümler iyice pahalılaştığında yüzümün kızardığını, kuruş hesabı yaptığımı gördükçe bıyık altından gülerek eğlenen manavın marifetiyle. Bir de tabii hep halinden şikâyet eden hastalar yüzünden. Bébert'in ölümü hadisesi de bana pek yaramamıştı buralarda. Gerçi teyzesi bana kızgın değildi. Bu koşullarda bana kötü davrandığı söylenemezdi teyzenin, yo hayır. Dertler ve tasalar esas Henrouille'lardan, onların evinden, sürüyle yağmaya başladı tepeme birden.

Günün birinde, yaşlı ana Henrouille'un aklına esmiş, öylesine, evini, oğlunu, gelinini bırakıp kendi başına ziyaretime gelmeye karar vermişti. Gayet zekiceydi aslında. Derken, benim gerçekten onun deli olduğuna inanıp inanmadığımı sormak için sık sık gelmeye başladı. Beni bu konuda özel olarak sorguya çekmek için buralara gelmek bu ihtiyar kadın için sanki bir tür eğlence olmuştu. Bekleme salonu işlevini gören odada bekliyordu beni. Üç sandalye, üç ayaklı yuvarlak küçük bir sehpa.

O akşam döndüğümde de, onu bekleme salonunda Bébert'in teyzesini teselli ederken buldum, kendisinin, yani ihtiyar Henrouille'un, bu yaşa gelinceye kadar, yolda, ne akrabalar yitirmiş olduğunu anlatıyordu teyzeye, düzinelerce yeğen, şurda burda amcalar dayılar, orada, geçen yüzyılın ortalarında, epey uzaklarda bir baba, sonra bir sürü halayla teyze bir de kendi öz kızları, bir yerlerde yitirilmiş, hatta kendisinin bile tam olarak nerede, nasıl yok olduklarını anımsayamadığı, pek belli belirsiz, pek uzaklarda kalmış kendi öz kızları, o kadar uzaklarda ki, artık bugün başkalarına onlardan söz edecek olsa onları kafasında canlandırmak için neredeyse düş gücüne başvurması gerekiyordu, o da üstelik bayağı zorlanarak. Kendi öz çocukları artık doğru dürüst anı olmaktan bile çıkmıştı. Yaşlanmış gövdesinin sırtında, yıllanmış, değerini yitirmiş ölülerden oluşan koca bir cemaat, çok uzun süredir sesi çıkmayan gölgeler ve hissedilemez hale gelmiş acılar taşıyordu, ancak yine de, tam geldiğim sırada, Bébert'in teyzesine teselli olsun diye bunları biraz daha kurcalamaya çalışıyordu, ıkına sıkına da olsa.

Derken Robinson da beni görmeye çıkageldi. Herkesi tanıştırdık. Dost meclisi.

Hatta, sonradan hatırladım, Robinson, ihtiyar ana Henrouille'yla, benim bekleme salonumda buluşma alışkanlığını da o geceden sonra edinmişti. Sohbet ediyorlardı. Bébert'in cenazesi ertesi gün kalkıyordu. "Siz de gelecek misiniz?" diye soruyordu teyze, her karşılaştığı kişiye, "gelebilirseniz beni pek mutlu edersiniz..."

"Elbette gideceğim", diye yanıtladı ihtiyar kadın. "Bu tür durumlarda etrafında birilerini görmek insanı mutlu eder." Artık onu barakasında tutabilene aşk olsun. Sürtük olmuştu.

"Ah! aman ne iyi, ne de iyi edersiniz!" diye teşekkür ediyordu teyze. "Ya siz, beyefendi, siz de gelceyniz dimi?" diye soruyordu Robinson'a.

"Darılmayın, Bayan, ama ben cenazelerden korkarım", diye yanıt verdi o da, kaytarabilmek için.

Sonra her biri sırayla aldı sazı eline ve sırf kendini tatmin amaçlı epey bir konuştu, neredeyse hınçla, hatta lafa karışan o pek ihtiyar Henrouille ana bile. Fazlasıyla bağıra çağıra konuşuyorlardı, delilerin oradaki gibi.

Öyle olunca ben de gelip ihtiyar kadını aldım ve hastalarımı kabul ettiğim yandaki odaya götürdüm.

Ona söyleyecek pek bir şeyim yoktu. Daha çok o bana bir şeyler soruyordu. Sevk kâğıdı meselesinde pek ısrar etmeyeceğime dair ona söz verdim. Sonra odaya döndük, Robinson ve teyzeyle birlikte hep beraber tam bir saat Bébert'in talihsiz kaderinden söz ettik. Bébert'ciği kurtarmak için adeta çırpındığım ve olup bitenin yalnızca bir alınyazısı meselesi olduğu konusunda mahallede meğer görüş birliği varmış, yani iyi davranmışım, bu da herkesi neredeyse şaşırtmış. Henrouille anaya çocuğun kaç yaşında, yani yedi yaşında, olduğu söylendiğinde, kendini çok daha iyi hisseder gibi göründü, adeta rahatlamıştı. Bu kadar küçük yaşta bir çocuğun ölümü onun gözünde ancak bir kaza olabilirdi, yani onu kara kara düşünmeye zorlayacak normal bir ölüm değil.

Robinson bize bir kez daha asitlerin midesini ve ciğerlerini kavurduğunu, nefes aldırmadığını, hatta kapkara balgamlar çıkardığını anlattı. Oysa o, yani Henrouille ana, ne balgam çıkarıyordu ne de asitli işlerde çalışıyordu, dolayısıyla Robinson'un bu konuda anlattıklarının onun ilgisini çekmesi pek söz konusu değildi. O yalnızca benim hakkımda bir kanaat edinmek üzere gelmişti. Ben konuşurken, o cin gibi maviş gözleriyle çaktırmadan beni izliyordu, Robinson ise aramızdaki bu örtük gerginliğin zerresini kaçırmıyordu. Bekleme salonum loştu, karşı kaldırımdaki büyük ev de geceye teslim olmadan önce bayağı soluk bir renk alıyordu. Derken, ortalıkta kala kala bizim seslerimiz kaldı, kendi aramızda, bir de seslerin hep neredeyse söyleyecekmiş gibi yapıp asla söylemedikleri şeyler.

Onunla, yani Robinson'la yalnız kaldığımızda, aslında onu bir daha hiç görmek istemediğimi anlatmaya çalıştım, ne var ki buna rağmen ay sonuna doğru yine çıkageldi, derken de neredeyse her akşam gelir oldu. Doğruya doğru, ciğerlerinin durumu gerçekten de pek parlak değildi.

"Bay Robinson yine sizi görmek istiyor... diye haber veriyordu bana, onunla yakından ilgilenen kapıcım. Paçayı sıyıramayacak değil mi, ha?... diye ekliyordu. Geldiğinde hâlâ öksürüyordu..." Oysa bana ondan söz etmesinin canımı sıktığını gayet iyi biliyordu kapıcı kadın.

Gerçekten de öksürüyordu. "Çaresi yok, diye kehanette bulunuyordu kendisi bile, bundan asla kurtulamayacağım..."

— Dur bakalım hele bir yaz gelsin! Biraz sabırlı ol! Göreceksin... Kendiliğinden son bulacak...

Yani işte bu gibi durumlarda başka ne denebilir? Asit işinde çalışmaya devam ettiği sürece ben onu iyileştiremezdim ki... Yine de moralini yükseltmeye çalışıyordum.

— Kendi kendime mi iyileşeceğim yani? diye yanıtlıyordu. Sen de amma attın ha!... Seni duyan da benim nefes aldığım gibi nefes almanın kolay iş olduğunu sanacak... Göğsünde benimki gibi bir halt olsaydı görürdüm seni... Benim göğsümdeki gibi haltla insanın havası sönüyor be... O kadar uzun boylu değil yani...

— Moralin bozuk, kötü bir dönemden geçiyorsun, ama daha iyi olduğunda... Durumun birazcık bile düzelse, göreceksin...

— Birazcık düzelsem mi? Tahtalı köy paklar beni ancak! Daha iyiye gitmek ha, keşke savaştan hiç dönmeseymişim, daha iyiye gitmek dediğin esas öyle olurdu işte! Ama bak sana yaramış savaştan paçayı sıyırmak... Sana göre hava hoş!...

İnsanlar o boktan anılarından, çektikleri sıkıntılardan bir türlü vazgeçmek istemezler ve ne yaparsanız yapın bunun dışına çıkmalarını sağlayamazsınız. Ruhlarını böyle oyalarlar. Bugün yaşadıkları haksızlıklardan intikam almak için geleceği bokla sıvamaya uğraşırlar kendi içlerinin derinliklerinde. Hem adil hem de ödlektirler aslında. Doğaları budur.

Artık ona hiç karşılık vermiyordum. Bu sefer de bana küsüyordu.

— Gördün mü, sen de demek benimle aynı kanaattesin!

Yakamdan düşsün diye, gidip içeriden ona öylesine bir öksürük şurubu getirdim. Meğer komşuları sürekli öksürmesinden ötürü uyuyamamaktan şikâyetçilermiş. Ben şişeyi doldururken, o hâlâ bu iflah olmaz öksürüğü nereden kapmış olabileceğine kafa yoruyordu. Aynı zamanda ona iğne yapmamı da istiyordu: Altın tuzu iğneleri*.

— İnan, iğneler yüzünden ölsem de gam yemem!

Ancak bu tarz maceracı bir tedavi yöntemine girişmeyi reddettim, elbette. Benim esas derdim artık çekip gitmesini sağlamaktı.

Onun buralarda ayakaltında dolaştığını görmek bile içimi kurutmaya yetiyordu. Zaten kendimi kendi yürekler acısı halimin akıntısına kaptırmamak için akla karayı seçiyor, şu kepengi indirip her şeyden artık tamamen vazgeçmemek için zor tutuyordum, hatta günde yirmi kez kendi kendime: "Ne diye uğraşıyorsun ki?" deyip duruyordum... Hal böyleyken yetmezmiş gibi bir de onun şikâyetlenişini dinlemek ha? İşte bu kadarına da katlanamazdım doğrusu!

"Yeterince yürekli değilsin, Robinson! deyiverdim sonunda... Evlenmeyi denemelisin, bu belki de sana yaşama arzusu aşılar..." Eğer gerçekten de bir karısı olsaydı, ben biraz olsun ondan kurtulmuş olurdum. Bu lafın üstüne küsüp gitti. Benim öğütlerimi sevmiyordu, özellikle de bu tür öğütlerimi. Bu evlilik konusunda benimle konuşmaya bile tenezzül etmiyordu. Doğrusunu söylemek gerekirse, benimki de hayli eblehçe bir öğüttü şimdi.

* Eskiden tıpta "altın tedavisi" olarak anılan yöntem, önceleri tüberkülozda, daha sonra da romatizmada kullanıldı. Ciddi yan etkileri vardı.

Nöbetçi olmadığım bir Pazar günü birlikte gezmeye gittik. Magnanime bulvarının köşesinde, taraçada frenküzümü likörü ve *diabolo** içtik. Pek konuşmuyorduk, birbirimize söyleyecek bir şeyimiz kalmamıştı. Zaten, her şey ayan beyan ortada olduğunda, sözcükler neye yarardı ki, kavga etmekten gayri? Pazar günleri çok fazla otobüs geçmezdi. Taraçadan bakınca, koca bulvarı önümüzde, öyle tertemiz, o da enikonu dinlenmeye çekilmiş görebilmek, büyük bir keyifti. Arkamızda *bistrot*'nun gramofonu çalıyordu.

— Duydun mu? deyiverdi Robinson. Pikapları Amerika'dan parçalar çalıyor; ben bu parçaları biliyorum, Molly'nin orada Detroit'te çaldıklarının aynısı bunlar…

Orada geçirdiği iki yıl boyunca, Amerikalıların yaşamına pek de katılabilmiş değildi; ne var ki, onların müziğe benzer şeylerinden etkilenmişti, yani o hantal alışkanlıklarından, her gün aynı şeyi yapıyor olmanın verdiği ezici sıkıntıdan kurtulmaya çalışmak için onların da bizzat, ezgi duyulduğu sürece anlamını, birazcık, yitiren yaşamla sarsakça salındıkları o müzik. Ayı dediğin her yerde aynıdır.

Bütün bunları kafasında kurmaktan likörünü bile bitirmemişti. Her taraftan biraz toz kalkıyordu. Üstü başı batmış çocuklar, karınları şiş şiş, çınarların çevresinde dolanıp duruyorlardı, plak onları da çekmişti. Aslında kimse müziğe dayanamaz. Yüreğimizi kullanacağımız bir alan yoktur nasıl olsa, onu seve seve veririz. Dinlediğimiz tüm müziklerin özünde, aslında bizim için özel olarak bestelenmiş olan, o notasız ezgiyi duyabilmek gerek, Ölüm ezgisini.

Birkaç mağaza, Pazar günleri bile hâlâ açık, sırf inattan: terlikçi kadın evinden çıkıyor ve gevezelik ederek komşu tezgâhlar arasında dolanarak, bacaklarının peşinden kilolarca varislerini de gezdiriyor.

Büfede, sabah gazeteleri daha şimdiden biraz sararmış ve sölpük sölpük sarkıyorlar, durduk yerde acıyıp ekşimekte olan enginar yapraklarını andıran koca bir haber demeti. Bir köpek, üstlerine çıkmış, işiyor, telaşlı, büfeci kadın uyukluyor.

Yolcusuz bir otobüs son sürat deposuna gidiyor. Düşünceler

* *Diabolo*: Şuruplu gazoz (genellikle nane ya da nar şurubu kullanılır).

bile Pazar tatili yapma hakkını elde etmiş; herkes her zamankinden de daha sersem sepelek. Orada öyle durulur, bomboş. Neredeyse yorucu bir iş. Mutluyuzdur. Laflayacak hiçbir şey yoktur, çünkü aslına bakarsanız artık başımıza hiçbir şey geldiği yoktur, fazla yoksuluzdur, belki de artık yaşamı bıktırmış, iğrendirmişizdir? Eğer öyleyse diyecek bir şey yok.

— Yahu, senin aklına gelen bir şey yok mu, hani benim yapabileceğim, beni resmen geberten şu mesleğimden kurtulmamı sağlayacak?

İçine daldığı düşüncelerden çıkıvermişti.

— Bu *business*'ten paçayı sıyırmak istiyorum, çakozladın mı? Katır gibi geberinceye kadar çalışmaktan bıktım usandım yahu... Ben de gidip sağda solda sürtebilmek istiyorum... Ne bileyim ben, mesela bir şoföre ihtiyacı olan bir tanıdığın yok mu?... Senin bir sürü tanıdığın, çevren vardır, öyle değil mi?

Bu aklına takılanlar, Pazar günü fikirleriydi, centilmen fikirleri. Onu caydırmaya yüreğim el vermiyordu, onunki gibi gayretkeş bir katil suratına sahip birine hiç kimsenin asla arabasını teslim etmek istemeyeceğini, şoför kılığına girip başına kasket geçirse bile o fazlasıyla kuşku yaratan havasından kurtulamayacağını ona çıtlatmanın bir yolunu bir türlü bulamıyordum.

— Yani pek yüreklendirir gibi değilsin anlaşılan, diye yorumladı sonunda. Sence hiç kurtuluşum yok demek?... Hatta boşuna denemeye kalkmasam da olur?... Amerika'dayken, fazla ağır kaldığımı söylüyordun... Afrika'da, sıcaklardı beni geberten... Buradaysa, yeterince akıllı değilim... Yani hep bende bir terslik var. Ama anladım ki bütün bunlar aslında "tırışkadan nağmeler"! Ah ah! azıcık tıkırım yerinde olsaydı!... O zaman herkes pek de kibar olduğumu düşünürdü, orda da... burda da... Ve her yerde... Amerika'da bile... Yalan mı yani bu söylediklerim? Ya sen? Sen bile... Tek eksiğimiz, içinde kirasını düzgün ödeyen altı kiracının bulunduğu gelir getiren küçük bir ev...

— Bak işte bu dediğin doğru, diye yanıtladım.

Bu temel sonuca kendi kendine düşünerek varmış olduğuna inanamıyordu. Derken bana ters ters bakmaya başladı, sanki birden benim çok iğrenç bir yönümü keşfetmiş gibi.

— Yahu düşünüyorum da, sen yolunu iyi bulmuşsun. Gebeliklere martaval kakalıyorsun, ama onun dışında, hiçbir şeyi sikine sallamıyorsun... Seni denetleyen falan da yok, hiç... Kafana göre takılıyorsun, canının istediğinde gelip gidiyorsun, gel keyfim gel yani... İyi biriymiş gibi duruyorsun ama özünde adi pisliğin tekisin sen!...

— Haksızlık ediyorsun Robinson!

— Öyle diyorsan, o zaman bana bir şeyler bulsana hadi!

Asitlerle cebelleştiği işini başkalarına devretme projesinde ısrarlıydı...

Kalktık ve dar yan sokaklardan geçerek geri döndük. Rancy'de, akşam olduğunda insan kendini hâlâ bir köydeymiş gibi hissedebiliyordu. Bostanlara açılan kapılar aralıktır. Büyük avlu bomboş. Köpeğin kulübesi de öyle. Akşamlardan bir akşam, tıpkı bu akşam gibi, çok uzun zaman önce, Paris'te kök saldıktan sonra dallanıp budaklanan kent tarafından kovulan köylüler, evlerini terk edip gitmişler. O zamanlardan kala kala bir iki kır kahvesi kalmış, küflenmiş, atsan atılmaz satsan satılmaz, kaldı ki kıpkırmızı afişlerle kaplı küçük duvarların kenarlarından sarkan pörsük türüzotları onları çoktan ele geçirmiş bile. İki oluk arasından sarkan parmaklık öyle paslanmış ki, yıkıldı yıkılacak. Bu, artık kimsenin el sürmediği bir geçmiştir. Şimdiki kiracılar akşam eve döndüklerinde kendi evlerinde bile bir şeyleri düzeltmeye kalkamayacak kadar yorgunlar. Tek yaptıkları kalan ortak mekânlara çift çift doluşup kafa çekmek. Tavan hâlâ o zamanın eski "lamba askılarının" çevresindeki duman izlerini taşır. Tüm mahalle, yeni fabrikanın düzenli mırıltısının temposunda hiç yakınmadan titreşir durur. Yosun tutmuş kiremitler, benzerlerine ancak Versaille'da ve saygıdeğer hapishanelerde rastlayabileceğiniz türden iri, kambur kaldırım taşlarının üzerine yuvarlanarak düşerler.

Kifayetsiz Venüs heykelinden, yalnızca çiş yapıp oynamaya yarayan kum tepeciğine ve bunakların koca toplarla misket oynadıkları alana kadar, çevrede bir kenara atılmış ne varsa hepsinin çimler üzerinde kendini unutturduğu, tepeleri ambarlarla kaplı belediye parkına ulaşıncaya dek Robinson bana eşlik etti.

Yine havadan sudan konuşmaya başladık, laf olsun diye.

"Benim esas sorunum, aslına bakarsan, bünyemin içki kaldıramaması". Aklını bununla bozmuştu. "İçtiğim zaman hakkat dayanılmaz kramplar oluyor. Dayanılmaz da ne kelime!" Ve bir dizi geğirmeyle, öğleden sonraki küçük frenküzümü likörümüzü bile sindiremediğini hemencecik kanıtladı bana... "Bak işte, gördün mü?"

Kapısının önüne geldiğimizde, benden ayrıldı. "Esintiler Şatosu" olarak ilan ediyordu evini. Kayboluverdi. Artık epeyce bir süre ortalıkta görünmez sanmıştım.

İşlerim biraz canlanır gibi oldu, üstelik tam da o gece.

Sadece karakolun binasına bile, iki kez acilen çağırıldım. Pazar akşamları tüm iç çekmelerin, heyecanların, sabırsızlıkların yakası açıktır. İzzetinefis de Pazar tatilindedir, hem de çakırkeyif. Tam bir alkolik özgürlüğün yaşandığı koca bir günün ardından, köleler biraz kıpırdanmaya başlarlar, uslu durmalarını sağlamak gittikçe zorlaşır, pofurdayıp eşinirler ve zincirlerini şakırdatırlar.

Sadece karakolun binasında bile, aynı anda iki dram yaşanmaktaydı. Birinci katta kanserli bir hasta can çekişirken, üçüncü katta ise ebenin bir türlü baş edemediği bir düşük vakası süreğenleşiyordu. Bu muhterem ebe hanım, ha bire bez üstüne bez yıkarken, bir yandan da herkese saçma sapan öğütler yağdırıyordu. Sonra da, iki enjeksiyon arasında kaçıp bu kez de aşağıdaki kanserliye iğne yapıp geliyordu, hem de kâfurlu kalp ampulünün tanesi on franktan, lütfen yani. Onun için kıyak bir gündü bu.

Bu binanın tüm aileleri Pazar gününü, şık giyinme âdetinden vazgeçip sabahlıkla, ceketsiz kravatsız bir kılıkta, olaylarla baş ederek geçirmişlerdi, ayrıca bayağı baharatlı yemekler sayesinde güç toplamayı da ihmal etmemişti bu aileler. Koridor ve merdivenlere kesif bir sarımsak kokusu hatta daha bile garip kokular yayılıyordu. Köpekler altıncı kata kadar koşuşturarak eğleniyorlardı. Kapıcı kadın duruma hâkim olma iddiasındaydı. Her yerde bitiveriyordu. Beyaz şaraptan başka bir şey içmiyordu, çünkü kırmızısı âdet kanamalarını azdırıyormuş.

Kan ter içinde, bir birinci kata, bir üçüncü kata zıplayan zebella gibi azman ebe, ağzı kulaklarında, hınç dolu, iki dramı da sahneye koymaktaydı. Benim ortaya çıkmam onu çileden çıkardı. Oysa sabahtan beri izleyicileri ne de güzel avcunun içine almayı başarmıştı, başrolde.

Bana cephe almasını engellemek, mümkün olduğu kadar az dikkat çekmek, o ana kadar yapılmış olan her şeye kafa sallamak için (oysa hatun aslında neye elini atsa feci şekilde yüzüne gözüne bulaştırmıştı) kendimi ne kadar paralarsam paralayayım, daha gelir gelmez ve ağzımı açar açmaz bana düşman kesilmesine neden olmuştum. Yapacak bir şey yoktu. Gözetim altındaki bir ebe, dolama olmuş bir parmak ne kadar sevecense o kadar sevecendir ancak. Canınızı olabildiğince az yakması için onu nereye sokacağınızı bilemezsiniz. Aileler dairenin içinde mutfaktan merdivenin ilk basamaklarına kadar dolup taşıyor, binadaki diğer akrabalarla harmanlanıyorlardı. Az buz da değildi hani akraba sayısı! "Lamba askılarının" ışığı altında uyuklayan salkımlar halinde kümeleşmişti, şişkosu sıskası. Saat ilerliyordu ve yatma saati Paris'e kıyasla daha erken olan taşradan daha niceleri de geliyordu. İşte bunlar, artık bu işten sıkılmışlardı. İster yukarı dramdan olsunlar, ister aşağı dramdan, bu akrabalara ne anlatsam ters karşılanıyordu.

Birinci katın can çekişmesi fazla uzun sürmedi. Hem iyi oldu hem de yazık oldu. Çünkü tam da son nefesini vermek üzereyken, her zamanki hekimi doktor Omanon çıkagelmesin mi, öylesine, müşterisi öldü mü diye bakmaya, beni hastasının başucunda buldu diye de başlamasın mı o da bana fırça atmaya, neredeyse yani. Bu durumda ben de Omanon'a belediyenin Pazar nöbetçisi olduğumu, burada olmamın da çok doğal olduğunu açıkladım, ardından da gayet vakur bir biçimde üçüncü kata çıktım.

Yukarıdaki kadın alt taraftan hâlâ kanıyordu. Utanmasa az kalsın o da daha fazla beklemeden ölüverecekti. Hemencecik ona iğnesini yapmamla Omanon'unkinin yanına inmem bir oldu. Ancak iş işten geçmişti. Omanon da az önce çekip gitmişti. Üstelik giderken benim yirmi frankımı da cebe indirmeyi ihmal etmemişti eşşoğlueşek. Keleğe gelmiştik. Bu durumda, düşükte edinebildiğim yeri kaptırmam artık katiyen söz konusu olamazdı. Alı al moru mor yukarı çıktım.

Kanlı vulvanın önüne geçip, aileye bir şeyler daha anlattım. Ebe, elbette, benimle aynı kanıda değildi. Hatta gören de ben ne dersem aksini söylemeyi bir geçim kaynağına dönüştürdüğünü sanırdı. Ama ben de buradaydım işte, ne yapalım yani, hanımefendinin hoşuna gidip gitmemesini iplemenin âlemi yoktu! Artık kapris mapris sökmez! Usturuplu davranmasını ve direnmesini becerirsem ucunda en az yüz papel vardı! Azıcık daha sabır ve biraz da bilim, evvel Allah! Masum kellenizin üstünde uçuşan, üstelik kendini pek bir matah sanan beyaz şarapta demlenmiş soruların ve dokundurmaların saldırısına boyun eğmemek kolay iş değil, zor zanaat. Aile, iç çekerek ve geğirerek kanaat bildiriyor. Ebe pusuya yatmış, çarşaflayıp tüymemi, böylece de yüz frankı ona kaptırmamı bekliyor. Avcunu yalasın ebe hanım! Ya benim kiram ne olacak? Kim ödeyecek onu? Bu doğum sabahtan beri yan basmış durumda, onu anladık. Kanıyor, onu da anladık, ama hâlâ bir halt çıktığı yok ve pes etmemesini bilmek gerek!

Öteki kanserli aşağıda hazır ölmüşken, can çekişmesinin meraklı seyircileri de hafiften yukarıya doğru sökün etmeye başladılar. Mademki sabahlanılıyor, o fedakârlık yapıldı bir kez, oldu olacak çevrede seyirlik ne eğlence varsa kaçırmamakta yarar var. Aşağı tarafın ailesi burada da işlerin onların oradaki kadar kötü sonuçlanıp sonuçlanmayacağını görmeye geldi. Aynı binada, aynı gecede iki ölüm birden, ömür boyu unutulmayacak bir heyecan olurdu! Mesele bundan ibaret! Çıngırak seslerinden anlaşıldığı kadarıyla herkesin köpekleri basamaklarda hoplayıp zıplamakla meşgul. Onlar da yukarı çıkıyorlar. Uzaklardan gelmiş sürü sepet insan doluşuyor, fıs fıs. Genç kızlar, bir çırpıda annelerin tabiriyle "hayatın gerçeklerini" öğreniveriyorlar, felaketler karşısında sevecen bir metanet sergiler havadalar. Teselli etmeye yönelik kadınlık içgüdüsü. Bu tutum, sabahtan beri onları gözetlemekte olan kuzeni allak bullak ediyor. Artık peşlerinden ayrılmıyor. Onca yorgunluğunun arasında bu onun için bir tanrısal esin gibi. Herkesin kıçı başı açılmış. Kuzen nasıl olsa o genç kızlardan biriyle evlenecek ama daha iyi bir seçim yapabilmek için, fırsat bu fırsat, önce hepsinin bacaklarını görmek istiyor.

Bu ceninin dışarı atılmasında bir türlü mesafe kaydedilemiyor, rahim ağzı kuru olsa gerek, artık kaymıyor, sadece kanıyor. Altıncı çocuğu olacaktı bu. Kocası nerede? Onu çağırttırıyorum.

Karısını bir hastaneye yönlendirebilmek için önce kocayı bulmak gerekiyordu. Onu hastaneye yollamayı önermesine önermişti bana akrabalardan biri. Bir anneydi bu ve o da artık gidip yatmak istiyordu, çocuklar yüzünden. Ancak hastane lafı edilir edilmez, her kafadan bir ses çıktı. Kimileri hastaneye evet diyordu, kimileriyse edep kuralları adına kesinlikle karşı çıkıyordu. Lafının edilmesine bile tahammül edemiyorlardı. Hatta bu konuda akrabalar arasında kolay kolay unutulmayacak cinsten biraz nahoş laflar bile edildi. Aile tarihine geçtiler bile. Ebe ise herkesi aşağılar bir tavırdaydı. Ama, kendi hesabıma, benim esas bulunmasını istediğim kişi kocaydı, ancak ona danışarak şu ya da bu yönde karar verilebilirdi. Neyse ki, nihayet, bir grubun içinden sıyrılıp ortaya çıkabildi koca, tüm diğerlerinden bile daha kararsız bir halde. Oysa karar vermesi gereken bal gibi de oydu. Hastane olsun mu? Olmasın mı? Ne istiyor? Bilmiyor. Duruma bir bakmak istiyor. Baksın o zaman. Ona karısının, içinden pıhtılar taşan, kan fokurdayan deliğini gösteriyorum, ardından da karısını, tepeden tırnağa, şöyle bir süzüyorum. Üstünden araba geçmiş koca bir köpek gibi inliyor kadın. Sonuç olarak adam ne istediğini bilmiyor. Ona destek olmak için bir yerlerden bir kadeh beyaz şarap tutuşturuyorlar eline. Oturuyor.

Yine de bir türlü aklına bir şey gelmiyor. Öyle böyle değil, gündüzleri bayağı sıkı çalışan bir erkek o. Onu pazar yerinde herkes iyi tanır ve özellikle de on beş yıldır bostancılar için vagonlara çuval yerleştirdiği İstasyon'da, çuval dediysek öyle ufak tefek demedik hani, kocaman gülle gibi ağır cinsinden. Onun gibisi yok. Pantolonu bol, açmıyor onu, ceketi de öyle. Neredeyse üstünden düştü düşecek sanki, ama onun ne ceketini ne de pantolonunu düşünecek hali yok gibi. Göründüğü kadarıyla tek derdi yere düşmemek ve bacaklarını açarak, sanki her an altından kayacakmış gibi duran zemine sıkı sıkı basıp dimdik ayakta durabilmek. Pierre'di adı.

Herkes onu bekliyor. "Sen ne diyorsun bu işe Pierre?" diye soruyorlar çevresindekiler. Pierre de önce kaşınıyor, ardından da sanki onu, bunca acı doğurmaktan bıkmamış o kadını tanımakta güçlük çekiyormuşçasına gidip karısının başucuna oturuyor, derken bir nevi gözyaşı döküveriyor Pierre, sonra da yeniden ayaklanıyor. O zaman da aynı soruyla tekrar karşılaşıyor. Ben, şimdiden, hastaneye sevk kâğıdını hazırlıyorum. "İyi düşün, Pierre!" diye yalvarıyor herkes ona. Denemesine deniyor elbette, ancak bir türlü istenenin gelmediğini de işaret ediyor. Kalkıyor, bardağını alıp mutfağa doğru yalpalıyor. Ne diye onu daha fazla bekleyeyim ki? Çevredeki herkes, kadının kocası olarak tereddüdünün sabaha kadar sürebileceğinin farkında. Bu durumda en iyisi başka kapıya gitmek.

Yüz franktan olmuştum, işte bu kadar! Ama zaten bu ebeyle başım nasıl olsa derde girerdi... Baştan belliydi. Kaldı ki, milletin önünde cerrahi manevralar yapmaya kalkışacak halim de yoktu, hele bu yorgunlukla! "Ne yapalım! dedim kendi kendime. Çekip gidelim! Başka sefere... Kaderimize razı olalım! Doğa denen o kaltağın işine karışmayalım!"

Kapının eşiğine gelmemle hepsinin birden beni aramaya başlaması bir oldu, o da peşimden paldır küldür koşturuyordu. "Hey! diye seslendi bana, Doktor bey, gitmeyin lütfen!"

— Ne yapayım peki? diye yanıt verdim ona.

— Bekleyin! Sizinle geliyorum Doktor bey!... Aman Doktor beyciğim, yalvarırım!...

— Öyle olsun, dedim ona ve kapıya kadar bana eşlik etmesine izin verdim. Böylece kendimizi aşağıda buluverdik. Birinci kattan geçerken gidip vefat eden kanserli hastanın ailesine veda etmeyi ihmal etmedim. Koca da benimle birlikte odaya girdi, birlikte çıktık. Sokağa vardığımızda, bana adım uydurdu. Dışarıda hava serindi. Uzun uzun uluyarak bölgedeki diğer köpeklere laf yetiştirmeye çalışan bir eniğe rastladık. Pek de inatçı ve yaygaracıydı. Daha şimdiden nasıl bağırması gerektiğini biliyordu. Yakında gerçek bir köpek olacaktı.

— Aaa bak bu "Yumurta Sarısı" dedi kadının kocası, onu tanımış olmaktan ve konuyu değiştirmekten çok mutluydu... Ne sefa pezevengidir şu "Yumurta Sarısı", onu Gonesses sokağındaki kuru temizleyicinin kızları biberonla beslediler!... Kuru temizleyicinin kızlarını tanır mısınız?

— Evet, diye yanıtladım.

Bir yandan birlikte yürümeye devam ederken, bir yandan da bana enikleri fazla pahalıya mal olmadan sütle beslemenin binbir yolunu anlatıyordu. Ancak bu sözcüklerin ötesinde belli ki hâlâ karısı konusunda aklına gelmeyen fikrin peşindeydi.

Kapının yakınlarındaki barımtırak bir *bistro* hâlâ açıktı.

— Gelmez'msnz, Doktor bey? Size bişi ısmarlıyım...

Onu kıracak halim yoktu. "Girelim!" deyiverdim. "İki sütlü kahve." Ve bunu fırsat bilip karısı konusunu açtım. Bu konuyu açmış olmam onu ciddileştirdi, ancak karar vermesini sağlamayı bir türlü başaramıyordum. Tezgâhın üstüne koca bir buket çiçek konmuştu caka satarcasına. *Bistro*'nun patronu Martrodin'in doğum günü vesilesiyle. "Çocukların hediyesi!" diye bizzat ilan etti bize. Öyle olunca da, birlikte bir kadeh vermut içtik, şerefine. Tezgâhın üstünde ayrıca bir de Kamuya Açık Yerlerde İçki Tüketimine ilişkin yasa ve çerçevelenmiş bir ilkokul diploması asılıydı. Bunu görünce kadının kocası, patronun bize ille de Loir-et-Cher vilayetinin ilçelerinin adını ezbere saymasını istedi çünkü zamanında o bunu öğrenmişmiş ve hâlâ unutmamışmış. Ardından da diplomanın üzerindeki adın patronun adı değil de başkasının adı olduğunu iddia etti, öyle olunca da küstüler ve kadının kocası dönüp yanıma oturdu. Ne yapması gerektiğini iyice şaşırmıştı bir kez daha. Düşüncelere o kadar dalmıştı ki, benim gittiğimin bile farkına varmadı...

Kadının kocasını bir daha hiç görmedim. Hiç. Bu Pazar günü olup biten beni epey düş kırıklığına uğratmış üstelik de epey yormuştu.

Sokağa çıktığımda, daha yüz metre yol gitmemiştim ki, irili ufaklı bir sürü tahta levha yüklenmiş bana doğru gelmekte olan Robinson'u gördüm. Gece olmasına karşın onu hemen tanıdım. Benimle karşılaştığına canı sıkılmıştı ve kaçmaya çalışıyordu, ancak onu durdurdum.

— Ne o, yatmaya gitmedin mi? deyiverdim.

— Yavaş ol!... diye yanıtladı beni... İnşaattan geliyorum!...

— Ne yapacaksın bütün bu tahtaları? Sen de mi bir şeyler inşa edeceksin?... Örneğin bir tabut? Umarım bunları araklamışsındır?...

— Hayır, bir tavşanlık yapacağım...

— Sen şimdi de tavşan mı yetiştirmeye başladın?

— Hayır, bu Henrouille'lar için...

— Henrouille'lar mı? Onların tavşanları mı var?

— Evet, üç tane, küçük avluya yerleştireceklermiş, biliyorsun, hani o ihtiyar analarının oturduğu yere...

— Sen de gecenin bu saatinde tavşanlık imal edeceksin? Bu iş için garip bir saat...

— Karısının fikri bu...

— Amma da tuhaf bir fikir!... Ne yapacakmış o tavşanları? Satacak mıymış? Silindir şapka için mi yoksa?...

— Valla ne bileyim, gördüğünde bunu kendisine sorarsın, bana göre hava hoş, yeter ki bana o yüz frankımı versin...

Yine de, bu tavşan kafesi meselesi bana bir garip gelmişti, yani böyle, gecenin bir yarısı. Üsteledim.

O da bu sefer konuyu değiştirdi.

— İyi ama nasıl oldu da onların evine gittin? diye sordum yeniden. Sen Henrouille'ları tanımazdın ki?

— Kocakarı götürdü beni evlerine dedim ya, hani senin orada, muayene sırasında karşılaştığımız gün... Az geveze değil, bu kocakarı, bir başladı mı hele... Aklın durur... Susmak bilmiyor... Öyle böyle derken de benimle neredeyse arkadaş oldu, sonra onlar da öyle... Beni ilginç bulan insanlar da var anlayacağın!...

— Bunları bana hiç anlatmamıştın... Ama mademki onlara gidiyorsun, ihtiyar analarını tımarhaneye yatırmayı başarıp başaramayacaklarından da haberdarsındır herhalde?

— Hayır, bana dediklerine göre başaramamışlar...

Belli ki lafın uzayıp gitmesinden epey tedirgin olmuştu, bunu hissedebiliyordum, nasıl yapıp da beni başından savabileceğini kestiremiyordu. Ama o benden kaçtıkça, ben de daha fazla bilgi edinmek için ısrarcı oluyordum...

— Hayat amma da zor, sence de öyle değil mi? İnsan ne numaralar yapmak zorunda kalıyor, dimi? diye eveleyip geveliyordu laf olsun diye. Ancak ben onu sadede gelmeye zorluyordum. Kaytarmasına izin vermemeye kararlıydım...

— Henrouille'ların sanıldığından da fazla paraları olduğu

söyleniyor? Sen ne dersin bu işe, mademki artık evlerine girip çıkar oldun?

— Evet, öyle de olabilir tabii, ama öyle ya da böyle, kocakarıdan kurtulmak istiyorlar!

Sır saklamada asla becerikli olamamıştı Robinson.

— Hayatın pahalılaşması meselesi, biliyor musun, giderek pahalılaşması yüzündenmiş kocakarıdan kurtulmak istemeleri. Bana dediler ki, yani öylesine, sen onun deli olduğunu kabul etmek istemiyormuşsun?... Hakkat mı?

Bu konunun üzerinde fazla durmadan da, hemen bana ne yöne gittiğimi soruverdi.

— Hasta muayenesinden mi geliyorsun, sen?

Yolda izini kaybettiğim kocayla olan maceramı anlattım biraz ona. Bu onu epey güldürdü, ancak aynı zamanda öksürttü de.

Kapanıp öksürmek için karanlıkta öyle bir iki büklüm olmuştu ki onu artık neredeyse göremiyordum, burnumun dibinde olmasına karşın, yalnızca ellerini görebiliyordum azıcık, gecenin içinde, kocaman soluk bir çiçek gibi ağzının önünde usulca bitişen, titreyen. Kendini tutamıyordu. Evinin önüne vardığımızda nihayet "cereyan yüzünden!" diyebildi, öksürük öksürüğe kalmıştı.

— Az cereyanlı değildir benim ev de ha! üstelik evde pire de var! Pire var mı ki sende de hı?...

Bende de vardı. "Olmaz mı! diye yanıt verdim ona, hastalarımdan kapıyorum."

— Sence de hastalar sidik kokmuyor mu? diye sordu bana o zaman.

— Evet, ter de kokarlar...

— Yahu, dedi usulca, epey bir süre düşüncelere daldıktan sonra, ben aslında hastabakıcı olmayı çok isterdim vallah.

— Neden?

— Çünkü, bak şimdi, insanlar sağlıklıyken, açıkçası, ürkütücüdürler... Özellikle savaştan beri... Ben onların aklından ne geçtiğini biliyorum... Onlar bunun her zaman farkında değiller... Ama ben, akıllarından ne geçtiğini gayet iyi biliyorum... Ayakta oldukları sürece tek düşündükleri şey, karşılarındakini öldürmek... Oysa hastalandıklarında, şurası kesin ki artık o kadar ürkütücü olmaktan çıkıyorlar... Gelgelelim, ayakta oldukları sürece, inan bana, onlardan her şey beklenebilir. Yalan mı?

— Doğruya doğru! demek zorunda kaldım.

— Peki ya sen, sen de zaten bu nedenle doktor olmayı seçmedin mi? diye sordu bana bu sefer de.

Düşündükçe farkına vardım ki, pek de haksız sayılmayabilirdi Robinson. Ama hemen bir öksürük nöbetine tutuluverdi.

— Ayakların ıslak, böyle gece kuşu gibi ortalıkta dolaşmaya devam edersen eninde sonunda zatürree olacaksın... Hadi artık evine dön, diye nasihat ettim ona. Git yat...

Böyle arka arkaya öksürmek, onun bayağı canını sıkıyordu.

— İhtiyar Henrouille ana var ya, işte, sıkı bir grip geçirecek olan biri varsa, esas odur! diye uzanıp gülerek öksürdü kulağımın dibine.

— Nasıl yani?

— Gör bak!... dedi bana.

— Yine ne haltlar karıştırıyorlar?

— Sana daha fazlasını s'lüyemem... Görürsün...

— Bak şimdi, hey Robinson, adiliğin âlemi yok, anlat bakayım şunu bana, benim ağzım sıkıdır, bilirsin...

Şimdi de, aniden, bana her şeyi anlatma arzusuna kapılıvermişti, belki bir yandan da, onu göründüğü kadar boyun eğmiş ve yüreksiz sanmamam gerektiğine beni ikna etmeye çalışıyordu.

— Çıkar bakalım baklayı ağzından! diye alçak sesle bir kez daha gaz verdim ona. Benim ne kadar ketum olduğumu bilirsin...

Günah çıkartmak için aradığı bahane buydu işte.

— Bak orası doğru, sen susmasını iyi bilirsin, diye teyit etti. Ve başladı ötmeye, hem de şakıya şakıya, sen misin soran, al sana, istemediğin kadar...

Contumance bulvarında gecenin bu saatinde bizden başka kimsecikler yoktu.

— Hatırlıyor musun, diye girdi söze, hani şu havuç tüccarının hikâyesini?

Bu havuç tüccarı hikâyesini hemen anımsayamadım.

"Biliyorsun işte, aşk olsun! diye ısrar etti... Bunu bana sen anlatmıştın ya!...

— Haa! evet..." Birden şarj etmişti.

"Rue des Brumaires'deki demiryolu işçisi mi?... Hani şu tavşan çalayım derken taşaklarına makine dolusu kurşun yiyen?...

— Evet, biliyorsun işte, Quai d'Argenteuil'deki manavın oradaki hadise...

— Doğru yahu!... Şimdi oldu işte, dedim. Eee?" Çünkü hâlâ bu eski hikâyeyle ihtiyar Henrouille ana arasındaki bağlantıyı kuramıyordum.

Çok geçmeden kafama dank etmesini sağladı.

"Hâlâ anlamadın mı?

— Yoo, dedim..." Ama artık doğru anlamış olmaktan korkuyordum...

— Hele şükür. Jeton amma da geç düştü!...

— Bana bak, anlaşılan sen iyice yoldan çıkmışsın... diyemeden edemedim. Yani şimdi sırf gelinin keyfi olsun diye ihtiyar Henrouille anayı öldürmeye kalkmayacaksınızdır umarım?

— Bana ne! O beni ırgalamaz, ben sadece bana ısmarladıkları tavşanlığı yapmakla yetineceğim... Makineyi ayarlamak onların işi... Tabii keyifleri bilir...

— Bu iş için sana kaç para veriyorlar?

— Tahtalar için yüz frank, ayrıca işin ayarlanış biçimi için iki yüz elli frank, bir de sırf olayın kendisi için bir bin frank daha... Yani anlarsın ya... Daha işin başındayız... Böyle bir hikâyeyi, tabii anlatmasını bilirsen, sıkı bir ranta çevirmek işten bile değil!... Dimi, yavrum, çaktın mı manzarayı?...

Çakmıştım manzarayı gerçekten de ve pek de şaşırmamıştım. Bu yalnızca hüznüme hüzün katıyordu, o kadar. Bu gibi durumlarda insanları caydırmak için ne deseniz boştur. Yaşam sanki onlara karşı pek mi sevecen davranıyor? Onlar şimdi kime ya da neye acısınlar yani? Üstelik ne diye? Ötekileri mi düşünecekler? Bugüne kadar kim başkasının cehennemdeki yerini almak üzere oraya inmiş? Asla. Olsa olsa birinin ötekini zorla oraya indirdiğine tanık olursunuz. O kadar.

Ne tam kindar ne tam iyi niyetli, üstelik eğilimlerinin belirsizliği nedeniyle de hep sıkıcı olan diğer insanlarda gözlemlediklerime kıyasla, Robinson'un benliğini birden sarıveren bu cinayet istidadını, aslına bakılırsa bir tür ilerleme olarak görüyordum. Sonuçta, bu vardığımız noktaya dek Robinson'u gecenin içinde izlemek suretiyle, yine de epey bir şeyler öğrenmiş oluyordum.

Ancak bir risk vardı: Yasa. "Yasa, diye belirttim ona, bayağı tehlikeli bir iştir. Yakayı ele verirsen, hele sen, şu sağlığınla asla paçayı sıyıramazsın... Hapiste çürürsün... Dayanamazsın!...

— İnceldiği yerden kopsun, diye yanıt verdi, sıradan insanlara özgü düzgün dalgalar canıma yetti artık... Yaşın ilerlediği halde, hâlâ gülme sırasının sana gelmesini bekleyedurursun, sıra sana geldiğinde de... Tabii bunun için de çok sabırlı olmak gerek... Çoktan gebermiş ve gömülmüş olursun... Namuslu addedilen meslekler, öyle denir ya hani, aslında hödüklere uygun bir *business*'tir... Zaten sen de bunu en az benim kadar iyi biliyorsun....

— Olabilir... Ama ya gerisi, alabileceğin darbeler, eğer risk olmasaydı herkes bu tür işlere bulaşmaya kalkışırdı... Ayrıca bilirsin, polis de bayağı gaddardır... Yani eğrisi de var doğrusu da..." Durumu tartıyorduk.

"Sana aksini söyleyen mi oldu ki, ama anlıyor musun, böyle eşek gibi çalışmayı sürdürmek, hele içinde bulunduğum koşullarda, öksüre öksüre, bir beygiri bile sırtına almaya razı edemeyeceğin yüklerle... Yani başıma bundan beter hiçbir şey gelemez artık... Benim kanaatim bu... Hiçbir şey..."

Ona aslında haklı olduğunu söylemeye cesaret edemiyordum, olur da yeni dümeni çuvallarsa ileride bana sitem edebilir korkusuyla.

Derken, konuya daha sıcak bakabileyim diye, bana ihtiyar kadın konusunu fazla dert etmememi sağlamaya yönelik bir dizi gerekçe sıraladı, çünkü ne de olsa, öyle ya da böyle, zaten kazık çakacak hali yokmuş dünyaya kadıncağızın, hele o yaşta. Yapacağı iş bir anlamda onun son yolculuğunun ayarlanmasından ibaretmiş, işte bu.

Ne derse desin, pek sevimsiz bir dalavereydi bu, pek. Kadının çocuklarıyla tüm ayrıntılar konusunda anlaşmıştı bile: Mademki ihtiyar kadın yeniden evinden dışarı çıkar olmuştu, o zaman bir akşam ona tavşanlara yem vermesi söylenecekti... Makine de uygun biçimde oraya kurulmuş olacaktı... İhtiyar kadın kapıya dokunur dokunmaz da suratının ortasına patlayıverecekti... Tam da manavın dükkânında olduğu gibi... Zaten mahallede adı deliye çıkmıştı, kimse bu kazayı fazla yadırgamazdı... Soranlara, asla tavşanlığa gitmemesi gerektiğinin ona sıkı sıkı tembih edildiği söylenirdi... Söz dinlememişti... Eh, o yaşta da artık böyle... tam da suratının ortasına patlayacak şekilde ayarlanan bir makine atışından sağ kurtulacak hali de yoktu ya.

Ne diyeyim, suç bende, meğerse ne de hoş bir hikâye anlatmışım Robinson'a.

Ve panayırla birlikte müzik geri döndü hani sesi o taa uzaklardan, henüz ufak bir çocuk olduğumuz dönemden anımsayabildiklerimiz kadar gerilerden gelen, asla susmayan, orda burda, kentin köşe bucağında, kırların ücra köşelerinde, yani haftanın sonuna varıldığında, yoksulların ne hale geldiklerini görebilmek için oturdukları her yerde duyulan müzik. Cennettesiniz! denir onlara. Sonra da onlar için müzik çaldırılır, kâh orada kâh burada, mevsimden mevsime, bir önceki yıl zenginleri coşturmuş ne varsa tıngırdatan, öğüten bir müzik. Bu, atlıkarıncadan dökülen kurgulu mekanik müziktir, trafiğe çıkmayan arabaların, korkutmayan korku tünellerinin, pazıdan yoksun ve hiç ayı boğmamış güreşçinin minderinin, sakalı olmayan sakallı kadının, boynuzlu falcının, la sesinden mahrum laternanın müziğidir, hani o içi boş yumurtaların hedef alındığı poligonun arkasında duran. Bu, haftanın sonunu zor getiren insanları kandırmanın panayırıdır.

Haydi hep beraber içelim şu köpüksüz birayı! Ama ya garson, işte onun ağzı gerçekten leş gibi kokar yapay korunun altında. Ayrıca, paranın üstünü getirirken verdiği bozuklukların içinde pek acayip olanları vardır, hatta haftalarca incelemekten bıkmayacağınız kadar gülünçtürler ve tabii bir başkasına kakalamakta da epey zorlanırsınız, o da ancak sadaka dağıtırken. Bayram dedik ya! Eğlendirici olmak gerek elden geldiği sürece, yani açlıkla kodes arasında, her şeyi oluruna bırakmalı. Mademki oturacak yer bulduk, hemen şikâyete başlamanın âlemi yok. Hiç yoktan iyidir. Oydu işte, onu yine gördüm, "Uluslar Atış Standı", hani bir zamanlar Saint-Cloud parkının patikalarında Lola'nın dikkatini çekmiş olan, nice yıllar geçmişti üstünden. Bayramyerlerinde gerilerden gelen her şey yeniden karşısına çıkabiliyor insanın, neşeli geğirtilerdir bayramlar. O zamandan bu yana kalabalıklar yeniden Saint-Cloud'nun anayoluna geri dönüp dolaşmaya başlamıştır herhalde... Gezmeye çıkanlar. Savaş tümüyle geride kalmıştı artık. Sahi, Atış Standı'nın sahibi hâlâ aynı kişi miydi acaba? Savaştan sağ salim dönebildi mi ki o? Her şey ilgimi çekiyordu. Görünce hedefleri tanıdım, ama artık aynı zamanda tayyarelerin üstüne de ateş ediliyordu. Yenilik. Gelişim. Moda. Düğün alayı hâlâ orada duruyordu, askerler de, hatta bayrağıyla birlikte belediye de. Yani her şey. Üstelik eskisine kıyasla üzerine ateş edilebilecek çok daha fazla şey vardı artık.

Ancak, arabaların çarpıştığı alanda, yeni bir icattı bu, içinde durmadan yaşanan bir tür kazalar ve bunların insanın beyninde yarattığı, içini dışına çıkaran korkunç sarsıntılar sayesinde insanlar çok daha fazla eğleniyorlardı. Ha bire yenileri geliyordu, vahşice arabalarını çarpıştırıp durmadan lök diye düşerek araçlarının titrek sürücü sepetlerinin dibinde dalaklarını parçalama heveslisi dangalaklar ve çığırtkancıklar. Üstelik onları durdurmak da olanaksızdı. Hiç pes etmiyorlardı, hiç bu kadar mutlu olmamış gibiydiler. Bazıları bu yüzden iyice sapıtıyordu. Onları o facialarının başından zorla çekip almak gerekiyordu. Verdiğiniz o yirmi para karşılığında üstüne bir de ölümü ikram edeceğiz dense bile yine de koşa koşa o alete binmeye razıydılar. Saat dört sularında, panayırın orta yerinde, Orphéon* dinletisi vardı. İlle de müzisyenlerin hepsini, sırayla, almak isteyen *bistrot*'lar yüzünden Orphéon'u bir araya getirmek deveye hendek atlatmaya benziyordu. En sonuncusu bir türlü gelmek bilmiyordu. Herkes onu bekliyordu. Birileri onu getirmeye gidiyordu. Bekleyelim, gidip alalım derken, insanların yeniden boğazı kuruyordu ve sonuçta ikisi daha ortalıktan kayboluveriyordu. Öyle olunca da, sil baştan.

Toz topraktan kurtulabilen domuz biçimindeki baharatlı çörekler kutsal kalıntı gibi enikonu kıymete biniyor ve bu ödülü kazananları feci şekilde susatıyordu.

Ailelere gelince, onlar gidip yatmak için önce havai fişek gösterisini bekliyorlardı. Beklemek, bu da bayramın bir parçasıdır. Gözden ırak, durmadan çınlayan binlerce boş şişe titreşiyordu masaların altında. Kıpır kıpır ayaklar, kimisi teşne kimisi diklenen. Parçalar ezbere bilindiğinden kimsenin müziğe kulak astığı

* Orphéon: Fransa'da erkeklerden oluşan koroya verilen ad.

yok, ne de iki franka görülecek şeylerin canlandığı barakaların arkasındaki motorların tıknefes silindirlerine. Yorgunluk sarhoşu olunduğunda bu kez insanın kendi kalbi şakaklarında zonklamaya başlıyor. Güm! Güm! diye vuruyor, kulakların dibine ve sanki kafanın çevresine gerilmiş o bir tür kadifemsi dokuya. İnsan günün birinde çatlamayı işte böyle beceriyor. Amin! Günün birinde, içteki hareket dıştakiyle birleştiğinde ve tüm düşünceleriniz etrafa saçılıp nihayet yıldızlarla eğlenmeye gittiklerinde.

Bayram süresince ağlaşmalar eksik olmuyordu şurda burda kazara sandalyeler arasında ezilen çocuklardan ötürü, bir de arzuları terbiye edilmekte olan, atlıkarıncaya bir daha, bir kez daha binmenin onlara vereceği o kocaman küçük mutluluklara direnmesi gerektiği öğretilenler yüzünden. Panayırı fırsat bilip sağlam bir kişiliğe kavuşmalı. Ağaç yaşken eğilir. Bu yavrucuklar daha henüz her şeyin bir bedeli olduğunu bilmiyorlar. Işıl ışıl tezgâhlarının arkasına kurulmuş o yetişkinlerin, biriktirdikleri, hükmettikleri ve taşkın gülümseyişlerle savundukları hazinelerine sahip olmak için müşterilerini teşvik ederken bunu salt iyiliklerinden yaptıklarını sanıyorlar. Yasayı bilmez çocuklar. Ebeveynleri, suratlarına indirdikleri tokatlarla öğretirler onlara o yasayı ve korurlar onları çeşitli zevklerden.

Gerçek bayram aslında yalnızca ticaretin bayramıdır, o da iyice derinden, gizliden gizliye. Ticaret asıl akşam olunca bayram yapar, tüm o bilinçsizler, müşteriler, o sağmal inekler gittiklerinde, ortalığı yeniden sessizlik kapladığında ve sonuncu köpek Japon bilardosunun üstüne son idrar damlasını nihayet fışkırttığında. Artık hesapları yapma zamanı gelmiştir. Bu an, ticaretin hem gücünü hem de kurbanlarının sayısını parayla ölçtüğü zaman dilimidir.

Bayramın son Pazar akşamı, *bistrot* patronu Martrodin'in hizmetçisi, elini kesmiş, salam doğrarken, bayağı da derindi yarası.

Aynı akşamın sonuna doğru çevremizdeki her şey nihayet epey aydınlandı, sanki olaylar artık kaderin bir ucundan ötekine, kararsızca, sürüklenmekten bıkmış da, gizlendikleri yerden hep birlikte çıkarak benimle konuşmaya başlamışlar gibi. Ancak o tür anların insanlarından ve olaylarından sakınmak gerek. Olayların size bir şeyler söyleyeceğini sanırsınız, derken hiçbir şey söylemezler ve çoğu zaman size ne söylemeye niyetlendiklerini bile anlamanıza fırsat vermeden gece onları tekrar ele geçirir. Her şey bir tarafa, şahsen, benim deneyimim buydu.

Her neyse, öyle ya da böyle aynı akşam Martrodin'in *bistro*'sunda Robinson'u gördüm, tam da patronun hizmetçisine pansuman yapmaya gitmişken. O ortamı gayet iyi anımsıyorum. Yanda Arap müşteriler vardı, toplu halde kanepeye sığınmış, uyukluyorlardı. Çevrelerinde olup bitenlerle katiyen ilgilenmiyor gibiydiler. Robinson'la konuşurken, lafı önceki akşamki, hani onu tahta levhalar taşırken yakaladığım akşamki sohbetimize getirmemek için özen gösteriyordum. Hizmetçi kızın yarası dikiş atması kolay bir yara değildi, dükkânın dibi de yeterince aydınlık olmadığı için iyi göremiyordum. Konuşmamı engelliyordu bu, yani dikkatimi toplamak. İşim bittiğinde, Robinson beni bir köşeye çekti, ille de bana o meselenin çantada keklik olduğunu teyit etmek istedi, hem de pek yakında halloluyormuş. Epey canımı sıkan ve duymamış olmayı yeğleyeceğim türden bir ifşaattı bu.

— Pek yakında ne?

— Biliyorsun işte...

— Yine mi o mesele?...

— Bil bakalım şimdi ne kadar veriyorlar bana?

Bilmeye hiç de hevesli değildim.

— On bin!... Sırf çenemi tutmam için...

— Az para değil!

— Açıkçası artık düzlüğe çıktım, diye ekledi, benim hep eksikliğini hissettiğim şeydi bu on bin frank!... İşin başında olması gereken o on bin frank yani!... Anlıyor musun?... Doğrusu, benim şimdiye kadar hiçbir mesleğim olmadı ama, işte cepte on bin frank olunca!...

Onlara daha şimdiden şantaj yapmaya başlamıştı anlaşılan...

Bu on bin frankla neler yapabileceğinin, ne gibi işlere girişebileceğinin farkına varmamı istiyordu... O, kuytuda, duvara yaslanmış beklerken, bu konuyu düşünmem için bana zaman tanıyordu. Yepyeni bir dünya. On bin frank!

Yine de şu meseleyi düşündükçe, acaba ben de bir ölçüde okkanın altına gider miyim diye işkilleniyordum, eğer onun bu kalkıştığı işe derhal karşı çıkıyor görünmezsem acaba bir tür suç ortağı durumuna mı düşerdim yoksa? Hatta aslında onu ihbar bile etmeliydim. Kendi hesabıma, o insanlık ahlakı gibi meseleleri, hiç ama hiç iplemiyordum, herkes gibi yani. Bana ne? Ama bir de o pis meseleler vardı, bir cinayetin tam orta yerinde Adalet mekanizmasının, sırf vergi mükelleflerini, o adileri eğlendirmek için kurcaladığı o pis vıdı vıdılar... İş oraya varırsa gel de ayıkla pirincin taşını... Neler görmüştüm neler. İlle de bir facia yaşanacaksa, bari gazetelere yansıyan cinsinden değil de, sessizce halledilen cinsinden olmasını yeğlerdim.

Yani sonuçta hem meraktan çatlıyordum hem de diken üstünde duruyordum. Bu noktaya kadar gelebiliyor, ancak her zamanki gibi işin daha ötesini gerçekten kurcalayacak cesareti bulamıyordum. Gecenin ortasında gözlerimi açmak gerekliliğiyle karşı karşıya kaldığımda, onları kapalı tutmak neredeyse daha çok işime geliyordu. Ne var ki Robinson ille de açmamı, algılamamı ister gibiydi.

Lafı değiştirmek için, bir yandan yürürken, kadın konusunu açtım. O pek sevmiyordu onları, yani kadınları.

— Valla, biliyor musun, ben onlar olmadan da gayet iyi idare ediyorum diyordu, o güzel kıçları, kalın kalçaları, yürek gibi ağızları ve hep bir şeylere gebe karınları, kâh velet, kâh hastalık... Kiramızı onların gülücükleriyle ödeyemeyiz! Öyle değil mi? O fakirhanemde, bir karım olsaydı eğer, benim bile, onun kıçını göstermeye kalkmam dahi ev sahibini ayın on beşinde kirayı kuruşu kuruşuna tahsil etmekten alıkoyamazdı!...

Bağımsızlıktı Robinson'un zaafı. Bunu kendi de kabul ediyordu. Ancak patron Martrodin bizim "fiskoslarımızdan" ve kenarda köşede dolap çevirmemizden bıkmıştı bile.

— Robinson, bardaklar ne oldu! Tanrı aşkına! diye emretti. Siz dururken ben mi yıkıycam yani?

Robinson hemen fırladı.

— Gördüğün gibi, diye bilgilendirdi beni, burada bir ek işe başladım.

Bayram da bayramdı yani. Martrodin kasadaki paraları saymakta epey zorlanıyordu, bu da canını sıkıyordu. Araplar çekip gittiler, kapıya yaslanmış hâlâ uyuklamakta olan ikisi dışında.

— Ne bekliyor bunlar hâlâ?

— Hizmetçiyi! diye yanıtladı patron.

— İşler nasıl gidiyor? diye sordum ben de, laf olsun diye.

— Eh işte... Ama zor! Bakın, Doktorcuğum, krizden önce burayı almak için tam altmış papel saydım, hem de peşin. O halde burası bana en azından bir iki yüz papel getirebilmeli... Anlıyorsunuz değil mi?... Tamam, müşterim eksik olmuyor, ama gelenler daha çok Araplar... Ne ki bu adamlar da içki içmiyor... Daha henüz alışmadılar... Ah bir Polonyalılarım olsaydı. Valla Doktorcuğum, Polonyalılar içmek nedir biliyorlar, doğruya doğru... Eskiden olduğum yerde, Ardennes'lerde, bir sürü Polonyalım vardı, hem de mineleme fırınlarından geliyorlardı, insan daha ne ister, dimi?... Mineleme fırınları, buydu işte onları sıcaktan bunaltan!... Bize de bu gerek!... Susamak!... Hele Cumartesi oldu mu da, imanına kadar... Vay be! Ne de çok iş çıkardı! Bütün yevmiyeyi yatırıyorlardı! Haşırt!... Bu marsıklarsa, onların derdi içki değil, daha çok birbirinin g...nü düzmek... güya onların dininde içki içmek günahmış, ama birbirinin g...nü düzmek günah değil...

Martrodin bayağı aşağılıyordu onları, yani marsıkları. "Pislik herifler bunlar yahu! Hatta hizmetçime bile yapıyorlarmış bunu!... kudurmuş bunlar, dimi? Olacak iş mi bu şimdi, dimi? Doktorcuğum? siz söyleyin?"

Patron Martrodin kısa parmaklarıyla gözlerinin altındaki şişkin torbacıkları ovuşturuyordu. "Böbrekler ne âlemde?" diye sordum öyle yaptığını görünce. Böbrek sorunlarının tedavisini üstlenmiştim. "Artık tuzlu yemiyoruz, değil mi?"

— Albümin çıktı yine Doktorcuğum! Tahlili daha evvelisi gün yaptırdım eczanede... Amaan, öleceksek ölelim, diye ekliyordu, albüminden ya da başka şeyden, umurumda değil, ama asıl illallah dedirten şey böyle üç kuruş peşinde... ha babam de babam çalışmak!...

Hizmetçi bulaşığını bitirmişti bitirmesine, ancak pansumanı yemek artıklarıyla öylesine kirlenmişti ki, onu yeniden yapmam gerekti. Bana yüz paralık bir banknot vermek istedi. Onun o yüz parasını almak istemiyordum, ama ille de vermek konusunda ısrarlıydı, Sévérine'di adı. Farkına vardım:

— Saçlarını mı kestirdin Sévérine?

— Ne yapalım! Moda böyle! dedi. Üstelik saçınız uzunsa, buradaki tüm mutfak kokuları üstüne siniyor...

— Kıçın daha da beter kokuyor ama! diye kesti sözünü, tam da hesaplarına dalmışken gevezeliklerimizden rahatsız olan Martrodin. Ama bakıyorum da müşterilerin yine de pek aldırmıyor...

— Evet ama, bu aynı şey değil, diye yanıt geldi, epey bozum olmuş bir Sévérine'den. Vücudun her yerinin kendine has kokusu vardır... Ya siz patron sizin ne koktuğunuzu söylememi ister misiniz... Hem de yalnızca bir tarafınızın değil ama, tümüyle her yerinizin?

İyice tepesi atmıştı Sévérine'in. Martrodin lafın gerisini duymak istemiyordu. Homurdanarak yeniden o pis hesaplarına döndü.

İşe koşturmaktan ayakları şişen Sévérine terliklerini çıkarıp ayakkabılarını giyemiyordu. Ayağında terlikleriyle gitmek zorundaydı.

"Bana kalsa uyurken bile çıkarmam onları! bile dedi sonunda, yüksek sesle.

— Haydi git de şu dipteki ışıkları söndür! diye emretti yine Martrodin. Elektrik faturasının senin cebinden çıkmadığı nasıl da belli!

— Öyle de bir uykum geldi ki!" diye bir kez daha mızmızlandı Sévérine ayağa kalkarken.

Martrodin bir türlü toplama çıkarmalarının içinden çıkamıyordu. Daha rahat sayabilmek için önlüğünü, yeleğini çıkarmıştı. Zorlanıyordu. *Bistro*'nun görünmeyen dip tarafından bardak altlıklarının tıkırtısı duyuluyordu, Robinson'la diğer bulaşıkçının işiydi bu. Martrodin bir katilinkini andıran kunt parmakları arasında ezdiği mavi bir kalemle çocuk gibi iri iri rakamlar çiziyordu. Önümüzde sarsak sursak sandalyeye yapışmış hizmetçininse içi geçmişti. Ara ara, uykusundan uyanır gibi oluyordu.

— Ah! ayaklarım! Ah! ayaklarım! diyordu o zaman ve tekrar dalıyordu uykuya.

Derken Martrodin avaz avaz bağırıp uyandırıverdi onu.

— Hey! Sévérine! Al şu marsıklarını da çekin gidin! Yeter

ulan!... Siktir olun gidin hepiniz, Tanrı aşkına! Kapıyoruz.

Araplara gelince, onların hiç de acelesi yok gibiydi ilerleyen saate karşın. Sévérine sonunda uyandı. "Doğru ya artık gitmem gerek! diye onayladı. Sağolun patron!" Marsıkların ikisini de koluna takıp götürdü. İkisi bir olup denkleştirmişlerdi parasını.

— Bu gece ikisini birden halledeceğim, diye açıkladı çıkarken. Çünkü haftaya Pazar yapamıycam Achère'e ufaklığı görmeye gitçem de ondan yani. Anlarsınız ya, haftaya Cumartesi bakıcının izin günü.

Araplar kalkıp peşine takıldılar. Hiç de öyle küstah bir halleri yoktu. Yorgunluktan olsa gerek Sévérine yine de onlara biraz yan bakıyordu. "Ben, patronla aynı fikirde değilim, bence marsıklar daha iyi! Araplar Polonyalılar kadar kaba davranmıyorlar, ama az sapık da değiller hani... Doğruya doğru, sapıklıkta üstlerine yok... Neyse, canları ne istiyorsa yapsınlar, uyumama engel olacağını sanmam! Haydi! diye çağırdı onları. Gidelim çocuklar!"

Ve üçü birden gittiler işte, kız biraz önden yürüyordu. Bayramın artıklarıyla süslenmiş, buz kesmiş meydanı katedişlerini izledik, dipteki son gaz lambası bir an için bembeyaz olan gruplarını aydınlattı ve ardından gece onları içine çekti. Hiçbir şey kalmamıştı.

Ben de *bistrot*'dan ayrıldım Robinson'la yeniden konuşmaksızın. Patron bana iyilikler diledi. Bir polis memuru bulvarı arşınlıyordu. Geçerken sessizliği bozuyorduk. Bu da şurda burda kemiğini kemiren bir köpek gibi saldırgan hesaplarına gömülmüş tüccarların yüreğini hoplatıyordu. Gezmeye çıkmış bir aile Jean-Jaurès meydanının köşesinde bağıra çağıra sokağı tümüyle işgal etmişti, olduğu yerde duruyordu bu aile, küçük bir sokağın önünde tereddüt ediyordu lodosa yakalanmış bir balıkçı filosu gibi. Baba o kaldırımdan bu kaldırıma yalpalıyordu ve işeye işeye bir hal olmuştu.

Orası artık geceye aitti.

Yine o dönemde, olup bitenlerden dolayı anımsadığım bir akşam daha var. Önce, akşam yemeği saatinden az sonra, sanki birileri çöpleri karıştırıyormuş gibi koca bir şangırtı işittim. Apartmanımın merdiven boşluğunda çöp tenekeleriyle sık sık şamata yapıldığı oluyordu. Sonra bir kadının iniltileri duyuldu, sızıldanmalar. Kapımı araladım ama kımıldamadan.

Bir kaza anında kendiliğimden dışarı çıksam belki sadece komşu muamelesi görecektim, o zaman da tıbbi hizmetimi bedavaya vermiş olacaktım. Eğer benden yardım isteniyorsa adam gibi çağırsınlar ki ben de yirmi frank alayım. Sefalet amansız, inatçı bir biçimde özverinin ensesindedir ve en iyi niyetli girişimler bile acımasızca cezalandırılmaktadır. Dolayısıyla ben de gelip kapımın çalınmasını bekliyordum, ama gelen olmadı. Tasarruf amaçlı olsa gerek.

Ancak, tam beklemekten vazgeçiyordum ki kapımın önünde bir kız çocuğu belirdi, kapı zillerinden isimleri okumaya çalışıyordu... Sonuçta anlaşıldı ki gerçekten de bana gelmiş, bayan Henrouille'un ricası üzerine.

"Hangisi hastalanmış? diye sorguladım onu.

— Evlerinde yaralanan bir bey için çağırıyorlar...

— Bir bey mi?" İlk aklıma gelen Henrouille'un ta kendisiydi. "O mu?... Bay Henrouille?

— Hayır... Onlarda kalan bir dostları için çağırıyorlar...

— Sen tanıyor musun onu?

— Hayır." O dostu daha önce hiç görmemişmiş.

Dışarıda, hava soğuktu, çocuk koşturuyordu, ben de acele ediyordum.

— Nasıl olmuş?

— Ben ne bileyim.

Eskiden uzun kış sislerinin usulca, yavaşçacık çalılara takıldığı bir korunun son çitlerini oluşturan bir başka küçük parkın kenarından geçtik. Birbiri ardına küçük sokaklar. Kısa sürede evlerinin önüne vardık. Çocuk veda edip ayrıldı. Daha fazla yanaşmaya korkuyordu. Gelin Henrouille sundurmalı merdivenlerin tepesinde beni bekliyordu. Gaz lambası rüzgârda titreşiyordu.

— Bu taraftan Doktor bey! Bu taraftan! diye seslendi bana.

Hemen sordum ben de: "Yaralanan kocanız mı?"

— Girsenize! deyiverdi epey hoyratça, düşünmeme bile fırsat vermeden. Ve tam da ihtiyarla burun buruna geldim, daha koridora gelir gelmez çığlık çığlığa üzerime atladı. Makineli tüfek gibiydi.

— Vay! namussuzlar! Vay! haydutlar! Yetişin Doktor! Beni öldürmeye kalktılar!

Demek becerememişler.

— Öldürmek mi? deyiverdim, sanki şaşırmış gibi. Niye öyle bir şey yapsınlar ki?

— Niyesi var mı, çünkü bir türlü ölmek bilmiyordum da ondan! Bu kadar basit! Allah belalarını versin! Kaldı ki elbette ölmeye hiç niyetim yok!

— Anacığım! anacığım! diye sözünü kesiyordu gelin. Aklınızı mı yitirdiniz siz! Doktor beye ne çirkin şeyler anlatıyorsunuz öyle, aşkolsun, anacığım!...

— Ben mi çirkin şeyler anlatıyorum? Vay edepsiz karı vay, sizin ar damarınız iyice çatlamış! Ben mi aklımı yitirmişim? Yok canım, benim aklım hâlâ topunuzu ipe götürmeye yeter de artar bile! Benden söylemesi!

— Peki ama kim yaralandı? Nerede?

— Şimdi görürsünüz onu! diye sözümü kesiverdi ihtiyar. Yukarıda, onun yatağında yatıyor, katil! Hatta yatağını da iyi pisletti, değil mi kaltak? İyi pisletti o pis şilteni hem kendi kanıyla suladı o domuz! Ama benimkiyle değil! Lağım suyu gibidir o kan, kesin! Yıka yıka çıkmaz! O katilin kanının kokusu öyle bir sinecek kiii daha çoook kokutacak ortalığı çoook, nah şuraya yazıyorum! Ah, ah! kimileri de heyecan olsun diye tiyatroya miyatroya gider! Diyorum da inanmıyorsunuz, esas tiyatro dediğin burada yahu! Burada, Doktor! Yukarıda! Hem de sahici tiyatro!

Öyle uyduruk cinsinden değil yani! Sakın yerinizi başkasına kaptırmayın! Hemen çıkıverin yukarıya! Belki de vardığınızda çoktan ölmüş olur o eşkıya bozuntusu! O zaman da görecek bir şeyiniz kalmaz!

Gelin sokaktan geçenlerin duymasından korkuyordu ve ona susmasını emrediyordu. Bence, bu koşullarda bile pek de soğukkanlılığını yitirmişe benzemiyordu gelin, sadece epey canı sıkkındı o kadar, çünkü işler hiç de yolunda gitmemişti, ama yine de fikrinden dönmüyordu. Hatta o, tamamen haklı olduğuna kesinlikle inanmaya devam ediyordu hâlâ.

— Aman Doktor bey, neler de diyor, baksanıza! Söylenecek laf mı şimdi bunlar! Ben ki tam aksine o daha mutlu olsun diye hep saçımı süpürge ettim! Siz şahitsiniz değil mi?... Ben ki onu hep Sörlerin yanına yerleşmeye teşvik ettim...

Yine Sörlerden söz edilmesi ihtiyar için bardağı taşıran damlaydı.

— Cennete! Oraya yollamak istiyordunuz beni hepiniz değil mi kaltak! Vay eşkıya karı vay! Kocanla sen, yukarıdaki caniyi o iş için getirdiniz buraya değil mi! Bal gibi beni öldürmek içindi, Sörlere yollamak için değil tabii! Ama halledemedi işte, yaa evet, bak bunu bilmenizde yarar var iyi kotaramamışsınız bu işi! Haydi gidin Doktor, gidin görün yukarıdaki o dürzü kendini ne hale sokmuş hem de kendi kendine yaptı ne yaptıysa!... Umarım paçayı sıyıramaz ve geberip gider! Haydi, Doktor! İş işten geçmeden gidin de görün şunu!...

Gelin pek de öyle perişan olmuş sayılmazdı aslında ama, ihtiyarın da ondan aşağı kalır tarafı yoktu. Gerçi bu tam teşebbüs sırasında neredeyse postu deldiriyordu, ancak göstermek istediği kadar öfkeli de değildi aslında. Numara yapıyordu. Bu başarısız cinayet onu sanki kamçılamış, yıllardır içine kapandığı o küflenmiş bahçenin dibindeki bir nevi sinsi tabuttan çekip almış gibiydi. Azimli bir canlılığa yeniden kavuşmuştu hem de o yaşta. Fütursuzca zaferinin tadını çıkarıyordu, aynı zamanda da dişli gelinini, bundan böyle daima, taciz etme olanağına kavuşmanın mutluluğunu yaşıyordu. Artık onu gagasından yakalamıştı. Bu beceriksiz suikastla ve her şeyin nasıl olup bittiğiyle ilgili en ufak ayrıntının benden gizli tutulmasına katiyen razı değildi.

— Sonra, biliyor musunuz, diye bana hitap ederek sürdürüyordu konuşmasını, aynı tutkulu tarzda, katille ilk sizin orada tanıştım, sizin orada sayın Doktor bey... Oysa ondan işkillenmemiş de değildim hani!... Hem de nasıl işkillenmiştim!... Bana ilk önce ne teklif etti biliyor musunuz? Sizin icabınıza bakmayı kızım, sizin! Sizin dedim kaltak! Hem de ölü fiyatına halledecekti! İnanın öyle! Zaten herkese aynı şeyi teklif ediyor! Malum!... Gördün mü edepsiz karı, senin o işçinin gerçek mesleğinin ne olduğunu iyi bilirim ben! Önceden soruşturdum ben bu işi yaa! Adı Robinson!... Dimi, adı bu dimi? Sıkıysa aksini söyle bakalım? Buralarda sizinle bir dolaplar çevirdiğini görür görmez kuşkulandım... İyi ki de öyle yapmışım! Kuşkulanmasaydım kim bilir şimdi nerede olurdum?

Ve ihtiyar bana tüm olup biteni defalarca anlattı. Robinson tavşanlığın kapısına tabancayı bağlarken tavşan hareket etmişti. O sırada da o, yani ihtiyar, kulübesinden onu izliyordu, hem de "en ön sıradan!", öyle diyordu kendisi. Adam tam düzeneğini kurarken, saçma dolu tabanca suratında patlamıştı, hem de gözlerine doğru. "Eee insan cinayete kalkıştığında içi o kadar da rahat olacak değil ya. Elbette!" diye yorumluyordu o da, yani ihtiyar.

Her neyse, sonuçta pek fiyakalı bir beceriksizlik ve çuvallama örneği olmuştu bu.

— Bu devirde insanlar bu hale getirildi işte! Yalan mı? Böyle olmaya alıştırılıyorlar! diye ısrar ediyordu ihtiyar. Günümüzde artık karınlarını doyurmak için adam öldürmeleri gerek! Sadece börek çörek çalmak onlara yetmiyor artık... Üstüne bir de nineleri öldürmeleri gerek!... Böylesi de hiç görülmemişti!... Asla!... Başımıza taş yağacak! Üstelik bunların içi dışı fesat! Ama işte hepiniz gırtlağınıza kadar battınız melanete!... Şimdi de kör oldu değil mi şu sizinki! Sonsuza dek başınıza kaldı şimdi!... Dimi?... Durun bakalım kim bilir ondan daha ne fesatlıklar öğreneceksiniz!...

Gelinin ağzını bıçak açmıyordu, ama herhalde işin içinden nasıl çıkabileceğinin planını da yapmıştı. Sıkı bir leş parçasıydı o. Biz düşüncelere dalmışken, ihtiyar da odaların içinde oğlunu aramaya koyuldu.

— Sonracığıma, Doktor, benim bir de oğlum var, yalan mı! Hangi cehenneme gitti bu? Yine ne dolaplar çeviriyor?

Ardı arkası kesilmeyen bir gülme nöbetinin etkisiyle koridor boyunca sallana sallana ilerliyordu.

Bir ihtiyarın gülmesi, hem de bu kadar yüksek sesle, ancak bir tımarhanede olabilecek bir şeydir. İnsan böyle bir şey duyunca sonu nereye varacak diye sormadan edemiyor. Ama o ille de oğlunu bulmak istiyordu. Oğlu ise sokağa kaçmıştı; "Demek öyle! saklansın o zaman ve Allah ona uzun ömür versin! O yukarıdakiyle, ötekiyle birlikte yaşamayı hak etti, yaşasınlar bakalım bir arada, o artık gözü görmeyecek olanla! Beslesin onu! Nasıl da patladı suratında tabancası! Gördüm ben onu! Her şeyi gördüm! İşte böyle, bom! Ve de her bir şeyi gördüm ben! Ve de inanın bana o bir tavşan değildi! Vay be! hay dinine yandığımın yahu! Nerede o benim oğlum olacak adam, Doktor, nerede? Onu görmediniz mi? O da namussuzun dik âlâsıdır zaten ezelden beri ötekinden bile daha fazla içten pazarlıklıydı, ama artık o iğrenç ruhunun derinliklerindeki çirkefi tümüyle ortaya çıkarmayı başardı o karı, şahtı şahbaz oldu! Eee, onunki kadar melun bir ruhun ortaya çıkması da zaman alır, tabii, kolay değil! Ama bir çıktı mı da tam çıkar, iyice kokuşmuş vaziyette! Ne diyeyim, Doktor, tam da öyle işte! Sakın kaçırmayın!" Üstelik eğleniyordu da. Ayrıca bu olup bitenlere ne kadar tepeden bakabildiğini göstererek de beni şaşırtmak, böylece bir seferde hepimizi birden bozum etmek, bir anlamda aşağılamak istiyordu.

Gönlüne göre bir rol yakalamıştı ve bu ona heyecan veriyordu. Mutlu olmanın sonu yok. İnsan belirli bir rol oynayabildiği sürece, asla mutluluğa doymak nedir bilmez. Yirmi yıldır ona sunulan, o pimpirik işi sızlanmaları, işte onları artık istemiyordu ihtiyar Henrouille. Kucağına düşen bu beklenmedik, bu keskin role sıkı sıkı yapışıyordu. Yaşlanmak, artık oynayacak ateşli bir rol bulamamak demek, ölümü beklemek dışında yapacak işin kalmadığı o tatsız tuzsuz salıverilmişliğe teslim olmak demek. Yaşama sevincini yeniden yakalamıştı ihtiyar, birden, hem de ateşli bir intikam rolüyle. Bu sefer ölmeyi hiç, hiç ama hiç istemiyordu artık. Bu sağ kalma arzusuyla, bu iddiayla ışıl ışıl ışıldıyordu. Dramın içinden yeniden ateşi, gerçek ateşi bulup çıkarmayı başarmıştı.

İçini ısıtıyordu, artık bu yeni ateşi bırakmak, bizi bırakmak istemiyordu. Uzun süre boyunca, neredeyse tüm umudunu yitirmişti. O geçkin bahçesinin dibinde kendini ölüme terk etmekten nasıl kurtarabileceğini bilemez hale gelmişken, birden, sağlam, sıcacık bir taze gündem sağanağı nimet gibi yağmıştı başına.

— Ölümümü, kendi ölümümü! diye haykırıyordu şimdi de ihtiyar Henrouille ana, kendi ölümümü görmek istiyorum! Duydun mu beni! Benim gözlerim hâlâ görüyor çok şükür! Duydun mu! benim gözlerim hâlâ görüyor! Ölümümü iyice görmek istiyorum!

Artık ölmek istemiyordu, asla. Apaçık. Artık kendi ölümüne inanmıyordu.

Bu tür şeyleri ayarlamanın zor olduğu, üstelik her zaman da çok pahalıya mal olduğu bilinir. Her şeyden önce de Robinson'u nereye yatırmak gerektiğine bile karar verilemiyordu. Hastaneye? Bu elbette bin türlü dedikoduya, söylentiye neden olabilirdi... Evine geri yollamak mı? Suratının bu haliyle bu da olacak şey değildi. Dolayısıyla, Henrouille'lar ister istemez ona kendi evlerinde bakmak zorunda kaldılar.

Onun, yani yukarıdaki yataklarında yatan Robinson'un durumu da pek parlak sayılmazdı. Tam anlamıyla dehşete kapılmıştı, kapıya konup mahkemelerde süründürülme korkusu. Anlaşılabilir bir şey. Bu gerçekten de kimselere anlatılamayacak türde bir hikâyeydi. Odasının panjurları sıkı sıkı kapatılmıştı kapatılmasına, ne var ki insanlar, komşular, sokağın önünden her zamankinden daha sık geçer oldular, sırf panjurlara bakıp yaralının hatırını sormak için. Onlara sağlık haberleri iletiliyordu, bir sürü palavra sıkılıyordu. Ama nasıl önlenebilirdi ki meraklanmaları? dedikodu yapmaları? Öyle olunca da, bire bin katıyorlardı. Bazı tahminlerde bulunmaları nasıl önlensin? Neyse ki henüz savcılığa herhangi somut bir şikâyet intikal etmiş değildi. Buna da şükür. Yüzü için, ben elimden geleni yaptım. Yaranın hayli girintili çıkıntılı ve kirli olmasına karşın en ufak iltihaplanma olmadı. Gözlerine gelince, kornea tabakasının üstüne kadar varan bir sürü yara izi kalacağını öngörüyordum ve bu izlerin arasından artık ışığı ancak zar zor seçebilecekti, tabii eğer bir gün yeniden seçebilirse, ışığı.

Düzeltilebilecek bir şeyler kalmışsa eğer ona az çok idare edebilecek kadar bir görüş kazandırmanın yolunu bulurduk nasıl olsa. Ama şimdi asıl yapmamız gereken, acil olan sorunları çözmekti, özellikle de ihtiyarın komşularla meraklıların önünde pis pis cıyaklayarak bizi ele vermesini engellemeliydik. Delidir ne yapsa yeridir de dense, bu her şeyi açıklamaya her zaman yetmeyebilirdi.

Polis işimize bir kez burnunu soktu mu, bizi kim bilir nerelere sürüklerdi, polis. Ne var ki ihtiyarın o küçücük avlusunda rezalet çıkartacak şekilde davranmasını engellemek artık o kadar da kolay bir iş değildi. Hepimiz sırayla onu yatıştırmaya çalışıyorduk. Ona karşı güç kullanır duruma düşmemiz söz konusu değildi ama yumuşaklıkla da her zaman sorunu halledemiyorduk. Bundan böyle tamamen bedel ödetme derdine düşmüştü, bize şantaj yapıyordu, düpedüz.

Günde en az iki kez Robinson'u görmeye gidiyordum. O sargılı haliyle, merdivenlerde adımlarımı duyar duymaz inlemeye başlıyordu. Acı çekiyordu çekmesine, doğru, ama bana göstermeye çalıştığı kadar da değil. Şu gözlerinin tam olarak ne hale geldiğini bir görsün hele, diye öngörüyordum, işte asıl o zaman perişan olacak bir nedeni olacak, hem de fazlasıyla... Gelecekle ilgili renk vermemeye çalışıyordum. Gözkapaklarında epey batmalar oluyordu. Önünü o batmalar yüzünden göremediğini sanıyordu.

Henrouille'lar benim direktiflerim doğrultusunda ona gayet özenli bir biçimde bakmaya başlamışlardı. Bu açıdan sorun yoktu.

Artık o teşebbüsten hiç söz etmez olmuştuk. Gelecekten de. Akşam onlardan ayrıldığımda, sırayla hepimiz birbirimizi şöyle iyice bir süzüyorduk ve bunu her seferinde öyle bir ısrarla yapıyorduk ki bana hep sanki her an birbirimizi sonsuza dek yok etmek üzereymişiz gibi geliyordu. Düşündükçe aslında bu tür bir bitiriş hem makul hem de bayağı geçer yol olarak görünüyordu gözüme. Bu evin gecelerini düşlemek bile istemezdim doğrusu. Ancak sabah onlarla yine buluşuyordum ve insanları, nesneleri, bir önceki akşam hep birlikte bıraktığımız yerden alıp yeniden başlıyorduk. Permanganatlı pansumanı bayan Henrouille'la birlikte yineliyorduk ve etkisini denemek için panjurları azıcık aralıyorduk. Hep boşunaydı. Robinson farkına bile varmıyordu panjurları araladığımızın...

Adamakıllı korkutucu ve sessiz gecenin içinde dünya işte böyle döner.

Oğul da beni her sabah bir köylü özdeyişiyle karşılıyordu: "Eee! İşte böyle Doktor bey... yakında cemre düşer" diyordu sütunlu küçük iç avlunun altından göğe bakarak. Sanki havanın herhangi bir önemi varmış gibi. Karısı gidip, iyice kilitlenmiş kapının arkasından kaynanasıyla bir kez daha soluk tüketmeyi deniyordu ama tek başardığı şey onun öfkesini katmerleştirmekti.

Onu bandajlı tuttuğumuz süre içinde, Robinson bana hayata nasıl atıldığını anlattı. Ticaretle başlamıştı. Ebeveynleri onu, daha henüz on bir yaşındayken, getir götür işleri yapmak üzere lüks bir kunduracının yanına yerleştirmişler. Sipariş teslim etmeye gittiği bir gün, bir kadın müşteri onu henüz düşlerine bile sızmamış bir zevki tatmaya davet etmişti. Kendi davranışını o kadar korkunç bulmuştu ki bir daha o patronun yanına gidememişti. Sözünü ettiği devirlerde, bir müşteriyi becermek gerçekten de affedilmez bir davranıştı. Özellikle de bu kadın müşterinin gömleği, halis muslinden, onda olağanüstü bir etki yaratmıştı. Otuz yıl sonra bile, o hışır hışır gömleği hâlâ gayet iyi anımsıyordu. Yastıklarla ve kapıları püsküllü perdelerle kaplı dairesindeki hışırdayıcı kadından, o pespembe ve hoş kokulu tenden, küçük Robinson'un yaşamına sonu gelmeyen, umutsuz kıyaslama öğeleri aktarılmıştı.

Daha sonra neler olmuştu neler. Ne koca kıtalar, ne koca savaşlar görmüştü, ama o "hidayete erişin" yarattığı sarsıntıyı asla atlatamamıştı. Gerçi bütün bunları yeniden düşünmek, o kadın müşteriyle yaşadığı bir dakikalık gençlik kesitini bana anlatmak onu eğlendiriyordu. "Gözler böyle kapalı olunca, insan ister istemez düşünmeye başlıyor, diye not düşüyordu. Her şey gözünün önünden geçiveriyor... Sanki saksımın içinde film oynatılıyormuş gibi..." Ona kafasının içindeki o küçük sinemadan bir süre sonra bıkıp usanacağını söylemeye henüz cesaret edemiyordum. Tüm düşünceler er geç ölüme vardığına göre, öyle bir an gelecektir ki, artık o sinemasında kendisiyle birlikte ölümden başka hiçbir şey göremez olacaktır.

Henrouille'ların müstakil evinin yanında içinde koca bir motor olan küçük bir fabrika harıldıyordu artık. O yüzden sabahtan akşama kadar evlerinde durmadan sallanıyorduk. Daha sonra, az ötede, ortalığı ha bire havanla dövercesine silkeleyen başka fabrikalar, sonu gelmeyen şeyler, geceleyin bile. "Baraka yıkıldığında, biz içinde olmayız herhalde" diye bu konuda şaka yapıyordu Henrouille, yine de biraz endişeliydi. "Bu gidişle yıkılacak galiba!" Gerçekten de tavan daha şimdiden küçük molozlar halinde yere saçılmaya başlamıştı bile. Bir mimar onları yatıştırmaya çalışmamış değildi ama, dış dünyada olup bitenleri dinlemek için bir an durduğunuzda evlerinde kendinizi sanki bir gemide gibi hissediyordunuz, bir endişeden diğerine yol alan bir tür gemide gibi. Yolcular içeri tıkılmıştı ve yaşamın kendisinden bile daha sıkıcı projeler üretmek için epey zaman harcıyor, üstüne bir de para biriktiriyor, ayrıca hem ışıktan hem de geceden çekiniyorlardı.

Henrouille öğle yemeğinden sonra Robinson'a biraz kitap okumak için odaya çıkıyordu, böyle yapmasını ona ben söylemiştim. Günler böyle geçip gidiyordu. Henrouille'a da anlatmıştı, çıraklık döneminde sahip olduğu o harikulade müşterisinin öyküsünü. Sonunda o öykü, evdeki herkes için, genel bir gırgır konusu olmuştu. Sırlarımız, onları bir kez açık havaya ve kamuya taşımaya kalktık mı, işte böyle son bulur. İçimizde, yeryüzünde ve gökte korkunç olan biricik şey daha henüz söylenmedik sözlerdir olsa olsa. Yalnızca her şey artık tümüyle, geri dönülmez biçimde söylendiğinde rahat yüzü görebileceğiz, işte ancak o zaman nihayet sessiz kalabileceğiz ve artık susmaktan korkmayacağız. O zaman tam olacak işte.

Gözkapaklarındaki akıntının devam ettiği birkaç hafta boyunca gözlerinin durumu ve ileride olacaklar hakkında martaval atarak onu idare edebildim. Kimi zaman ardına kadar açık olduğu halde pencerenin kapalı olduğunu, kimi zaman da dışarıda zifiri karanlık olduğunu iddia ediyorduk.

Gelgelelim günün birinde, ben ona arkamı dönmüşken, ne olup bittiğini anlamak için kendi kendine pencerenin önüne kadar gitti ve ona engel olmama fırsat bırakmadan gözünün üstündeki sargıyı kaldırıverdi. Epeyce bir süre tereddüt etti. Pencerenin dikmelerinin önce sağını, sonra da solunu elliyordu, önce inanmak istemedi, sonra da inanmak zorunda kaldı. Başka çaresi yoktu.

"Bardamu! diye ciyak ciyak bağırdı, Bardamu! Açıkmış!

Pencere açıkmış diyorum sana!" Ben ona ne diyeceğimi bilemiyordum, afallamıştım. Kollarını pencerenin tam ortasından dışarıya uzatmıştı, serin havaya doğru. Hiçbir şey görmüyordu elbette, ama havayı hissedebiliyordu. Öyle olunca da kollarını o karanlığının içinden uzatabildiği kadar uzatıyordu, sanki dibine değebilmek istercesine. İnanmak istemiyordu. Yalnızca ona ait bir karanlık. Onu yatağına doğru sürükledim ve ona yine bir dizi teselli sıraladım, ancak bana artık hiç inanmıyordu. Ağlıyordu. O da yolun sonuna gelmişti. Bundan böyle ona ne söylense faydası yoktu. Başınıza gelebilecek felaketlerin en sonuna vardığınızda öyle bir an gelir ki orada artık yapayalnızsınızdır. Dünyanın sonudur bu. Hüzünden bile, size ait olan hüzünden, yanıt gelmiyordur, bu durumda artık gerisin geriye gitmesini bilmek gerek, insanların yanına, kim olursa olsun. Bu gibi durumlarda kimse müşkülpesent değildir, çünkü ağlayabilmek için dahi her şeyin yeniden başladığı noktaya geri dönmek gerek, onlarla birlikte geri gitmek gerek.

"Peki, durumu biraz düzelince onu ne yapacaksınız?" diye sordum geline, bu sahne yaşandıktan sonraki öğle yemeğinde. Tam da benden yemeğe kalmamı rica etmişlerdi, mutfakta. Aslında ne o ne de öteki işin içinden nasıl çıkabileceklerini pek kestiremiyordu. Bir tür nafaka ödemek onları ürkütüyordu, en çok da kadını, çünkü kocasına kıyasla daha fazla haberdardı o özürlüler için mevcut seçeneklerin fiyatlarından. Hatta sosyal yardım kurumlarına gidip bir iki müracaatta dahi bulunmuştu. Ama bunlardan bana söz etmemeye özen gösteriliyordu.

Bir akşam, ikinci ziyaretimden sonra, biraz daha geç gideyim diye Robinson ne yapıp edip yanında kalmamı sağlamaya çalıştı. Tüm anılarını, birlikte yaptığımız şeyler, yolculuklar hakkında aklında ne kaldıysa toparlayıp anlata anlata bitiremiyordu, hatta henüz anımsamaya dahi çalışmamış olduklarımızı bile. Henüz hiç sözünü etmeye fırsat bulamadığımız şeyleri hatırlıyordu. Çekildiği köşesinde, birlikte dolaştığımız dünya sanki tüm sızlanmalarıyla, iyilikleriyle, eski giysileriyle, terk ettiğimiz dostlarla birlikte geri geliyordu, o göremeyen kafasında canlandırdığı tedavülden kalkmış heyecanlardan oluşan bir çıfıt çarşısıydı bu.

"Kendimi öldüreceğim!" diye uyarıyordu beni acısı ona fazla geldiğinde. Sonra, kaldıramayacağı kadar ağır bir yük gibi görünen o tamamen gereksiz acısını biraz daha öteye taşımayı başarıyordu yine de, üstelik bu acı o kadar kocaman ve çokyönlüydü ki, yolda ondan söz edebileceği birilerine de rastlamıyordu. Onu kimseciklere anlatmayı beceremezdi, eğitim düzeyini aşan bir acıydı bu.

Korkaktı da, biliyordum, üstelik doğuştan böyleydi, o da, hep birilerinin onu gerçeklerden korumasını umuyordu, ancak düşünüyordum da, öte yandan, gerçekten korkak diye nitelendirebileceğimiz bir insan modeli var mıydı acaba... Sanki her insan için aslında ölümlerden ölüm beğenmek mümkündü, üstelik hemencecik ve dahası dünden razı. Ancak adam gibi ölme fırsatını bulmak da herkese nasip olmuyordu, yani insanın hoşuna gidecek türden bir ölüm tarzı. O zaman da çaresiz elinden gelen şekilde ölmeye gidiyordu, bir yerlerde... İnsan işte yeryüzünde öyle kalakalıyordu, üstelik hıyarın teki olduğu izlenimini yaratarak, herkesi korkak olduğuna inandırarak, oysa kendisi buna hiç de ikna olmamışken, mesele bu. Korkaklık yalnızca görüntüdedir.

Robinson kendisine sunulan bu olanağı kullanarak ölmeye hazır değildi. Oysa bu ona böyle değil de başka şekilde sunulsaydı belki çok da hoşuna gidebilirdi.

Sonuçta, ölüm biraz da evliliğe benzer.

Bu önerilen ölüm onun hiç de hoşuna gitmemişti, işte bu kadar. Diyecek bir şey yoktu.

Öyle olunca da düşkünlüğünü ve zavallılığını kabullenmesi gerekiyordu. Ancak şimdilik kendini tamamen bahtsızlığını ve zavallılığını tiksindirici bir biçimde ruhunun her tarafına sıvaştırma uğraşına kaptırmıştı, tutkuyla. İleride nasıl olsa bahtsızlığını bir düzene sokacaktı ve işte o zaman yeni bir hayat başlayacaktı. Başka çaresi yok.

"İster inan, ister inanma ama, diye anımsatıyordu bana akşam yemeğinden sonra, öylesine, birtakım anı parçacıklarını yamamaya çalışarak, Detroit'teyken sonlara doğru, her ne kadar yabancı dillere yatkın olduğum pek söylenemese de, çat pat İngilizce sohbet edebilir hale gelebilmiştim... Oysa şimdi neredeyse her şeyi unuttum, bir tek cümle hariç... Topu topu iki sözcük... Şu gözlerim şey olduğundan beri hep aklıma takılır oldular: *Gentlemen first!* Artık İngilizce söyleyebildiklerim neredeyse bundan ibaret, nedense... Tabii akılda kalması kolay, doğru... *Gentlemen first!*" Bu durumda onu eğlendirmeye çalışmak için de, hep beraber İngilizce konuşur olduk. Olur olmaz yerlerde, ama sık sık: *Gentlemen first!* deyip duruyorduk, salak gibi. Bize özgü bir şaka olmuştu bu. Ara sıra bizi biraz gözetlemek için yukarı çıkan Henrouille'a da öğretmiştik bunu.

Anıları canlandırmaya çalışırken bütün bunlardan arda ne kaldığını merak ediyorduk... Birlikte tanıdıklarımızdan... Molly'nin, sevgili Molly'mizin başına kim bilir neler geldiğini merak ediyorduk... Lola'ya gelince, onu unutsam da olurdu elbette, ama oldu olacak hepsinden haber almak isterdim doğrusu, hatta Musynecik'ten bile, neden olmasın... Şu sıralar Paris yakınlarında bir yerlerde oturuyor olsa gerek. Burnumuzun dibinde yani... Ancak yine de Musyne'in izini bulabilmek için, adını, alışkanlıklarını, adreslerini yitirdiğim onca insan arasında, bir tür sefere çıkmam gerekecekti... Bunca yıllık dertten, açlıktan sonra, onların kibarlık gösterileri ve gülümseyişleri bile bayat peynirleri andıran pek sevimsiz yüz buruşturmalara dönmüştür ola ki... Anıların bile bir yaşı, gençliği var... Onları küflenmeye bırakır bırakmaz her tarafından bencillik, böbürlenme ve yalan sızan iğrenç hortlaklara dönüşüverirler... Tıpkı elmalar gibi çürürler... Kısacası, gençliğimizden söz ederken, bir türlü tadını alamıyorduk. İçimize sinmiyordu. Hazır yeri gelmişken, anamı görmeye de epeydir gitmemiştim... Zaten bu ziyaretler sinir sistemimi mahvediyordu... Keder konusunda, anam benden bile beterdi... Hep o küçücük dükkânında, onca yıl sonra bile çevresinde elinden geldiği kadar çok düş kırıklığı biriktirmeye çalışır gibiydi... Onu görmeye gittiğimde hemen bana dert yanmaya başlardı: "Biliyor musun Hortense teyze iki ay önce Coutance'da vefat etti... Keşke bir gidebilseydin!... Clémentin vardı bir de, bilirsin canım işte, Clémentin?... Parke cilacısı, çocukken birlikte oynardınız hani?... Onu da, önceki gün, sokakta bulmuşlar, Aboukir'de, yaa... Üç gündür ağzına lokma koymamışmış..."

Onun gençliğiyse, Robinson'unki yani, o kadar sevimsizdi ki, düşünürken bile neresinden tutacağını bilemiyordu. O kadın müşteri meselesi dışında, aklına gelen ne varsa o derece umutsuzdu ki, insanın adım başı kusası geliyordu, hani içinde yalnızca pis kokulu mide bulandırıcı şeylerin, süpürgelerin, kovaların, hizmetçi kadınların, tokatların bulunduğu bir evin içindeymiş gibi... Bay Henrouille'unsa kendi gençliği hakkında askerlik çağına kadar anlatacak hiçbir şeyi yoktu, o çağlarda ponponlu bir fotoğraf çektirmiş olması dışında, bir de o fotoğrafın bugün hâlâ aynalı dolabın üstünde duruyor olması.

Henrouille yeniden aşağı inince, Robinson bana artık vaat edilen o on bin frankına asla kavuşamayacağı konusundaki endişelerini aktarıyordu... "Evet bu konuda pek heveslenmemende yarar var!" diyordum ona ben de. Bu yeni düş kırıklığına hazırlıksız yakalanmasını istemiyordum.

Küçük kurşun parçacıkları yüzeye çıkıyordu, yaralarının kenarında, patlamadan artakalanlar. Onları birkaç postada çıkarıyordum, her gün bir iki tane. Konjonktivasının hemen üstünü böyle kurcaladığımda bayağı canı yanıyordu.

Ne kadar önlem alırsak alalım, mahalleliler yine de sağda solda ileri geri konuşmaya başlamışlardı. Robinson'un bu gevezeliklerden haberi bile yoktu, çok şükür, yoksa bu onu daha beter hasta edebilirdi. Alenen zan altında kalıp kuşatılmıştık. Kız Henrouille evin içinde terlikleriyle dolaşırken gittikçe daha az ses çıkarıyordu. Ondan bir şey beklediğimiz yoktu ve o da işte kenarda duruyordu.

Kayalıkların tam ortasındayken, en ufak tereddüt artık hepimizi alabora etmeye yeterdi. O zaman her şey çatırdar, parçalanır ve kıyıya vurup darmadağın, un ufak olurdu. Robinson, nine, tabanca, tavşan, gözler, akıl almaz oğul, katil gelin, hepimiz oracıkta, bu kendinden geçmiş meraklıların önünde tüm pisliğimizin ve itici edebimizin orta yerine saçılıverirdik. Bundan gurur duyduğum söylenemezdi. Aslına bakılırsa, bizzat, doğrudan doğruya canice herhangi bir şey yapmış sayılmazdım ben. Hayır. Ama kendimi yine de suçlu hissediyordum. Özellikle de gizliden gizliye tüm bu olup bitenin devam etmesini istediğim için suçluydum. Hatta gecenin derinliklerinde olabildiğince uzaklara doğru hep beraber bir gezintiye çıkmamızda artık en ufak bir sakınca görmüyordum.

Kaldı ki, artık bunu arzulamaya bile gerek yoktu, her şey zaten kendiliğinden gelişiyordu, hem de son hızla!

Zenginlerin karınlarını doyurmak için kendi elleriyle adam öldürmelerine gerek yoktur. Onlar başkalarını çalıştırırlar, öyle derler ya hani. Kötülükleri kendi elleriyle yapmazlar, zenginler. Parasını verirler. Onları hoş tutmak için herkes çevrelerinde pervane olur ve herkes halinden memnundur. Onların kadınları güzelken, fakirlerinkiler çirkindir. Bu, süslü elbiseler hariç, yüzyılların birikiminin sonucudur. Güzel, alımlı, besili, tertemizdir o kadınlar. Var olduğundan beri yaşamın becerebildiği tek şey budur.

Gerisine gelince, düşe kalka ne kadar çabalarsak çabalayalım, er geç, ölüleri de canlıları da diri tutan alkole boğuluruz, bir yere de varamayız. Besbelli. Daha önce nice başka hayvanın ortada bıraktığı yavan iflası yeniden ve durmadan üretmek dışında kendi hayvanlarımızın da başlarına olağanüstü bir şeyler gelmeden gözümüzün önünde doğup, debelenip, geberdiklerini izlediğimiz bunca yüzyıl boyunca bu hep böyle olmuştur. Oysa olup biteni şimdiye kadar anlayabilmiş olmamız gerekirdi. Çağların ötesinden gelen bir sürü gereksiz canlı ardı arkası kesilmeyen dalgalar halinde gelip önümüzde ölüverirler hep, oysa biz yine de, öylesine bakıp, bir şeyler bekler dururuz... Ölmüşüzdür aslında ama bunu bile düşünmekten âcizizdir.

Zenginlerin pek besili, pek sahte, pek dinlenmiş kadınlarıysa, güzelleşiyorlar. İşte bu doğru. Aslında bununla yetinmek gerek belki de. Kim bilir. Bu en azından var olmak için bir neden sayılabilir.

"Şu Amerika'daki kadınlar vardı ya, sence de buradakilerden daha güzel değiller mi?" Seyahat anılarını kafasında kurmaya başladığından beri bana böyle şeyler de soruyordu Robinson. Yeni ilgi alanları geliştiriyordu, kadınlardan bile söz eder olmuştu.

Artık onu o kadar sık ziyaret edemiyordum çünkü o sıralar yakınlardaki küçük bir verem dispanserine konsültasyon yapmak üzere atanmıştım. Adıyla sanıyla söylemek gerekirse, bu iş bana ayda sekiz yüz frank kazandırıyordu. Hastalar daha çok benim bölgemden gelen insanlardı, hani şu bir türlü kendini çamurdan tamamen kurtaramayan, çöpler arasına sıkışmış ve çitlerin önünde, fazlasıyla uyanık toy küçük kızların okuldan kaçıp, o sapık senin bu sapık benim dolaşarak yirmi para, patates kızartması ve bel soğukluğu kaptıkları yollarla çevrili o köyümtırak yer. Avangard sinemanın mekânı, kirli çamaşırların ağaçları zehirlediği, tüm yeşilliklerin Cumartesi akşamları idrarla sulandığı yer. Bu birkaç ay süren uzmanlık uygulaması sırasında, kendi alanımda hiçbir mucize yaratmadım. Oysa çok da işe yarayabilirdi mucizeler. Ne var ki müşterilerim mucizeler yaratmamı hiç istemiyorlardı, tam aksine, onların biricik derdi ezelden beri onları boğan mutlak sefalet konumundan kurtulup, tüberküloza yakalanmış olmaları nedeniyle hükümetin onlara bağladığı cüzi aylığın sağlayacağı görece sefalet konumuna terfi edebilmekti. Az çok pozitif çıkan balgamlarını savaştan beri o reformdan bu reforma taşıyorlardı. Durmadan ateşlenip zayıflıyorlardı, az yemekten, çok kusmaktan, bol kepçe şaraptan ve yine de çalışıyor olmaktan, gerçi, aslında yalnızca üç günde bir.

Kendilerine aylık bağlatma ümidi onları ruhen ve bedenen teslim almıştı. O aylık, günün birinde Tanrı'nın lütfu gibi bahşediliverecekti onlara, yeter ki iyice sıfırı tüketmeden önce biraz sabredebilsinler. Bugün gidip yarın gelerek bir şeyler beklemenin ne demek olduğunu anlayabilmek için, kendisine aylık bağlatmayı uman yoksulların neler bekleyerek nasıl bugün gidip yarın geldiklerini bir kez olsun gözleyebilmiş olmak gerek.

Dışarıda yağmur yağdıkça, kıytırık dispanserimin girişinde, eşiğinde, tüm öğleden sonralarını, haftalarını umut içinde bekleşerek geçiriyorlar ve beklentilerini yüzdelerle, arzularını da bariz biçimde mikroplu balgamlarla besliyorlardı, gerçek balgamlar, "yüzde yüz" veremli balgamlar. O umutlarının arasında iyileşmenin de yeri vardı kuşkusuz, ama yok denecek kadar az, çünkü rantiye olabilme arzusu, azıcık ucundan, ne pahasına olursa olsun rantiye olma arzusu gözlerini öylesine kamaştırıyordu ki, öncelik sıralamasında iyileşmenin yeri aylık bağlanmasından çok sonralara denk düşüyordu. Bu kararlı, mutlak arzunun dışında, içlerinde ancak ikinci sınıf heveslere yer kalıyordu ve kendi ölümleri bile buna kıyasla neredeyse ayrıntı sayılabilecek bir şeye dönüşüyordu, olsa olsa sportif bir risk. Aslına bakılırsa ölüm alt tarafı birkaç saatlik bir iştir, hatta dakikalık, oysa bir rant tıpkı sefalet gibidir, ömür boyu sürer. Zenginler bambaşka bir biçimde kafa yaparlar ve bu çılgınca kendini güvence altına alma takıntılarını bir türlü anlayamazlar. Zengin olmak, başka türden bir sarhoşluktur, unutmaktır. Zaten insan bu yüzden zengin olur, unutabilmek için.

Hastalarıma, onları iyileştirme vaadinde bulunma tarzındaki kötü alışkanlıklarımdan zaman içinde arınmıştım. Bu iş, yani sağlıklarına kavuşma hedefi, pek hoşlarına gidecek gibi değildi. Çünkü sonuçta sağlıklı olmak denilen şey olsa olsa bir ehvenişerdir. Sağlıklılık çalışmaya yarar, peki ya sonra? Oysa Devlet'ten gelecek bir aylık, cüzi de olsa, işte bu, ilahi bir nimettir, görünen köy kılavuz istemez.

Yoksullara verecek paranız yoksa, en iyisi yine susmaktır. Onlara paradan başka bir şeyden söz ettiğinizde, onları kandırmış, yalan söylemiş olursunuz, hemen her seferinde. Zenginleri eğlendirmekse, kolaydır, sırf ayna bile yeterlidir örneğin, kendilerini izlesinler diye, öyle ya, zenginleri izlemekten daha keyifli ne var ki şu dünyada? Onları, yani zenginleri kamçılamak için, pörsümüş bir meme ucu gibi göğüslerini süsleyen Légion d'honneur nişanlarını her on yılda bir üst rütbeye terfi ettirmeniz yeterlidir, böylece onları bir on yıl daha oyalamış olursunuz. İşte bu kadar. Benim müşterilerime gelince, onlar, bencildiler, yoksuldular, çirkin emeklilik projelerinin içine sıkışmış maddiyatçı kişilerdi, kanlı ve pozitif balgamlarıyla. Gerisi umurlarında değildi. Hatta mevsimler bile umurlarında değildi. Mevsimler konusunda hissetmek ve bilmek istedikleri tek şey, onların öksürük ve hastalıkla olan ilişkilerinden ibaretti, kışın, sözgelişi, yaza kıyasla daha kolay nezle olunduğu, buna karşılık kanlı balgamın ilkbaharda daha kolay söktürüldüğü ve havalar ısındığında haftada üç kilo vermenin dahi mümkün olduğu... Kimi zaman, aralarındaki konuşmalarını duyuyordum, sıralarını beklerken, beni başka bir yerde sandıklarında. Hakkımda yılan hikâyesine dönen korkunç şeyler anlatıp, akla hayale sığmayacak yalanlar sıralıyorlardı. Bana bu şekilde bok atmak onları yüreklendiriyordu ola ki, direnebilmek, ayakta durabilmek için, gitgide daha acımasız, dayanıklı ve pek kötü ruhlu olmak için gereksinim duydukları kim bilir hangi gizemli cesareti bulmalarına yardımcı olma babında. Anlaşılan, bu şekilde dil uzatmak, karalamak, aşağılamak, tehdit etmek, iyi geliyordu onlara. Oysa, ben, onlara yaranmak için çırpınmıştım, tüm olanakları zorlayarak, davalarına sahip çıkmış, yardımcı olmaya çalışmıştım, o pis basillerini balgam atarak çıkarabilsinler diye onlara hep bol miktarda iyodür vermiştim, gelgelelim bunların hiçbiri onların o insafsızlığını asla yumuşatamamıştı…

Onlara soru sorduğumda karşıma öylesine dikiliyorlardı, bir uşak gibi sırıtkan, ancak beni sevmiyorlardı, öncelikle onlara iyilik ettiğim için, sonra da zengin olmadığım için ve dolayısıyla, onlara benim bakıyor olmam, bedavaya tedavi oldukları anlamına geldiği ve bu da bir hasta için, aylık bağlanmasını bekleyen bir hasta söz konusu olduğunda dahi, asla gurur okşayıcı olmadığı için. Arkamdan etmeyecekleri laf, atmayacakları çamur yoktu yani. Kaldı ki benim çevredeki hekimlerin çoğu gibi arabam da yoktu, bu da, yani işe yürüyerek gitmem de onların gözünde bir sakatlık sayılıyordu. Sanki tüm nezaketimden, bu kadar vefakâr ve fedakâr olmamdan ötürü benden intikam alır gibiydi hastalarım, yeter ki azıcık kışkırtılmaya görülsünler, ki meslektaşlarım da zaten bunun için hiçbir fırsatı kaçırmıyorlardı. Oyunun kuralı bu. Günler yine de gelip geçiyordu.

Bir akşam, bekleme salonum neredeyse boşalmışken, benimle konuşmak üzere bir rahip girdi içeriye. Bu rahibi tanımıyordum, neredeyse kapıya koyacaktım. Papazları sevmezdim, kendimce haklı nedenlerim de vardı, özellikle San Tapeta limanında bana atılan kazıktan beri. Ancak bu seferkiyle, ne kadar hatırlamaya çalışırsam çalışayım, hani ona adam gibi ayrıntılı gerekçelerle fırça çekme niyetiyle, gerçekten de daha önce hiçbir yerde karşılaşmamıştım. Oysa değil mi ki o da buralarda yaşıyordu, geceleri benim gibi Rancy içinde epey dolaşıyor olmalıydı. Ola ki sokağa çıktığında benden kaçıyordu? Aklıma gelmedi değil. Birileri ona papazlardan pek hoşlanmadığımı söylemiş olmalıydı. Maruzatını aktarmaya koyuluş biçiminin kaypaklığından belli oluyordu bu. Demek, aynı hastaların üzerine hiç üşüşmemiştik daha önce. Kilisenin birinde iş görüyormuş, yirmi yıldır, şuracıkta, burnumuzun dibinde, bunları aktardı bana. Sürüsüne bereket mümini varmış, ama içlerinde para vereni pek yokmuş. Adam goygoycunun teki yani. Bu bizi yakınlaştıran bir husus. Üstüne geçirdiği cüppe bu çorbaya dönmüş varoşlarda sürtmek için bana pek de kullanışlı bir çul gibi gelmedi doğrusu. Bu konuya dikkatini çektim. Hatta bu tür bir kılık kıyafetin abesle iştigale varan kullanışsızlığını iyice vurguladım.

— İnsan alışıyor! diye yanıtladı.

Eleştirimin densizliği onu bana karşı daha bile nazik davranmaktan caydırmadı. Belli ki benden isteyeceği bir şey vardı. Ses tonu asla belirli bir sırdaş tekdüzeliğinin üstüne çıkmıyordu, mesleği gereği olsa gerek, yani en azından ben öyle olduğunu düşünüyordum. O bir yandan benimle ihtiyatlı ve peşrev çekerek konuşurken, ben de bu papazın kalorilerini kazanmak için her Allah'ın günü neler yapmak zorunda olduğunu düşünmeye çalışıyordum, yine bir sürü yapmacıklıklar ve vaatler, tıpkı benimkilere benzer... Sonra da, eğlenmek için, onu kilisesinin mihrabının önünde çırılçıplak vaziyette düşlüyordum... Ziyaretinize gelenleri işte böyle daha ilk bakışta başkalaştırma alışkanlığını edinmekte yarar var, bunu bir kere yaptıktan sonra onları anlamak çok daha kolay oluyor, her şahsiyetin özündeki devasa ve açgözlü bir solucan olma gerçekliği derhal ayırt edilebilir hale geliyor. İyi bir imgelem numarası bu. O kişinin pis prestiji böylece dağılıp uçuveriyor. Çırılçıplak olduğunda, önünüzde kala kala şu ya da bu tarzda gereksiz yere bir şeyler sayıklamak için yırtınan kendini beğenmiş, kibirli, âciz bir heybe kalır aslında. Buna kimse dayanamaz. Bir hamlede sorunu çözersiniz. Geriye yalnızca fikirler kalır ve fikirler de kimseyi asla korkutmaz. Onlar söz konusu olduğunda, hiçbir şey yitirilmiş sayılmaz, her şeyin bir çaresi bulunur. Oysa bazen hiç de kolay değildir giyinip kuşanmış bir insanın prestijine karşı koyabilmek. Enikonu pis kokular, gizemler sinmiştir o giysilere.

Pek berbat dişleri vardı, Papaz'ın, kağşamış, sararmış ve yeşilimtırak bir kefekiyle iyice kaplı, yani sıkı bir dişeti yangısıydı bu. Ona bu yangısından söz edecektim ama o kendini bana bir şeyler anlatmaya fena kaptırmıştı. Bana anlattıkları, tüm hareketlerini kolladığım dilinin baskısıyla boyuna kırık diş köklerinin üzerinden salgılanıp duruyordu. Nice yerinden ufak tefek sıyrılmıştı o dili de kanlı kenarlara sürtüne sürtüne.

Bu tarz kılı kırk yaran mahrem gözlemler yapmaya alışkındım, hatta bundan zevk alıyordum. Örneğin sözcüklerin nasıl biçimlendirilip savrulduklarının üzerinde biraz durulduğunda, cümlelerimiz içinde yer aldıkları o cıvık dekorların kepazeliğine fazla dayanamazlar. Konuşma konusundaki mekanik çabamız dışkılamaktan bile daha karmaşık, daha zahmetlidir. Islık çalmak için çırpınarak kasılan, emip debelenen, her türlü yıvışık sesi, çürük dişlerden oluşan o leş kokulu engeli aşarak itekleyen şu şişkin et tacı, yani ağız, ne büyük bir eziyettir öyle! Oysa bir ülküye dönüştürmemiz istenen de budur. Zor iş. Şunun şurasında ılık ve yeterince çürümemiş işkembelerin çevresindeki çitlerden ibaret olduğumuza göre, duyguyla baş etmekte hep zorlanırız. Âşık olmak bir şey değil, esas mesele işi birlikte sürdürebilmektir. Pisliğe gelince, onun ne herhangi bir şeyi sürdürme derdi vardır, ne de çoğalma. İşte, bu noktada, boka kıyasla çok daha mutsuzuzdur, mevcut durumumuzu sürdürme konusundaki kudurmuşçasına inadımız inanılmaz bir işkencedir.

Gerçek şu ki tapındığımız en kutsal şey kokumuzdur. Tüm sıkıntımızın kökünde iyisiyle kötüsüyle bir sürü yıl boyunca hep Jean, Pierre ya da Gaston olarak kalmak zorunda oluşumuz yatıyor. Şu bizim bedenimiz, yani o kıpır kıpır, sıradan moleküller sayesinde tanınmaz hale gelen nesne, bu rezil sürüp gitme maskaralığına karşı hep isyanları oynamaktadır. Moleküllerimizin, bu yavrucakların tek arzusu, bir an önce, evrene dağılıp ortadan kaybolmaktır! Sonsuzluğun boynuzladığı "bizler" olmakla yetinmek onlara acı veriyor. Biraz cesaretimiz olsa paramparça olurduk, günden güne bunun eşiğinden döneriz. En sevdiğimiz işkencemiz işte oracıkta, kendi tenimizde yatmaktadır, gururumuzla birlikte, atomik nitelikte.

Bu biyolojik kepazelikleri kafamda kurmaktan kaynaklanan yılgınlığın etkisiyle sustuğumu görünce, Papaz beni ele geçirdiğini sandı, üstelik bunu fırsat bilip bana karşı adamakıllı sevecen, hatta bayağı samimi davranmaya başladı. Hakkımda önceden bilgi toplamıştı, elbette. Kelimelerini özenle seçerek lafı bu civarlarda hekim olarak nasıl tanındığım konusuna getirdi, şeytanca seçilmiş bir konu. Daha gelir gelmez farklı bir tavır sergileseymişim, hem de daha Rancy'deki ilk günlerimden itibaren, çok daha iyi tanınabileceğimi ihsas etti. "Asla unutmayalım ki, sevgili Doktorcuğum, hastalar, genelde tutucudurlar... Hem maddiyattan hem de maneviyattan yoksun kalmaktan korkarlar, tabii anlaşılabilir bir şey bu..."

Ona göre, keşke ayağımın tozuyla Kilise'ye yanaşmış olsaymışım. Manevi ve elbette pratik açıdan vardığı sonuç buydu. Fena fikir değildi doğrusu. Sözünü kesmemeye özen gösteriyordum, ama sadede gelmesini de sabırla bekliyordum.

Böyle hüzünlü ve sırdaş bir zaman dilimi için şu an dışarıda hüküm süren havadan daha uygun iklim koşulları hayal dahi edilemezdi. Hava öylesine berbat, hem de o derece soğuk ve inatçıydı ki, insan sanki dışarı çıktığında dünyanın gerisini bir daha göremeyeceği izlenimine kapılıyordu, bıkmış usanmış, erimiş olacaktı dünya.

Hastabakıcım nihayet hastalarla ilgili dosyalarını, tüm dosyalarını, sonuncusuna kadar doldurmuştu artık. Orada kalıp bizi dinlemek için bahanesi kalmamıştı. Öyle olunca da mecburen çekip gitti hışımla boşalan yağmurun içine dalıp, ama bayağı bozum olmuş vaziyette, hem de kapıyı arkasından sertçe çarparak.

Bu görüşme sırasında, rahip efendi kendini tanıttı, Peder Protiste'ti adı. Bana bin dereden su getirerek, ihtiyar kadınla Robinson'u, ikisini birden, ucuz cinsinden bir dini cemaatin yanına yerleştirmek üzere bir süredir gelin Henrouille'la birlikte girişimlerde bulunduğunu beyan etti. Hâlâ bulamamışlar.

Şöyle bir alıcı gözle bakıldığında, defalarca yağmur altında ıslanıp defalarca kurutulmuş, artık iyice yeşile çalan o cüppesiyle, Peder Protiste'i az çok diğerleri gibi bir tür tezgâhtar olarak görmek olasıydı, hatta bir reyon şefi dahi olabilirdi. İmalarının düşük seviyesi bile ayaktakımından geldiğini belli ediyordu. Ağız kokusu da öyle. Ağız kokusu konusunda kolay kolay yanılmazdım. O, fazla çabuk yemek yiyen ve yalnızca beyaz şarap içen biriydi.

Bana anlattığına bakılırsa, girizgâh niyetine, gelin Henrouille, cinayet teşebbüsünden kısa süre sonra gidip onu papaz evinde bulmuş, içine düştükleri nahoş durumdan onları kurtarmasını istemiş. Bunları sanki ıkına sıkına, mazeret sıralamak istercesine anlatıyor gibi geliyordu bana, bu işbirliğinden utanır bir hali vardı. Benim açımdan bu kadar eğilip bükülmesine hiç gerek yoktu oysa. Anlayış sahibiydim. Gecenin ortasında bize katılıyordu. İşte bu kadar. Kendi bilirdi zaten papaz efendi! Ona da pis bir cüret gelmişti, adım adım, paranın yardımıyla. Kendi bilir! Dispanserimin tümüyle sessizliğe gömüldüğünü, gecenin de bölgenin üstüne kapanmaya başladığını görünce, sırlarını benden başka hiç kimse duymasın diye sesini iyice alçalttı. Ancak ne kadar fısıldayarak konuşursa konuşsun, anlattıkları yine de fazlasıyla kabarık görünüyordu gözüme, dayanılmaz geliyordu, çevremizi kaplayan ve sanki hep yankılanan sükûnet nedeniyle olsa gerek. Belki de yalnızca benim içimde yankı buluyordu. Ağzından çıkan kelimelerin aralarında nefes aldığında ona durmadan "sessiz ol!" diye fısıldayasım geliyordu. Hatta korkudan dudaklarım bile biraz titriyordu, cümlelerin sonuna gelindiğindeyse, insan artık düşünemez hale geliyordu.

Rahip efendi o endişemizin ortasında bize katıldığından beri, dördümüzün peşinden karanlıkta yol almak için ne yapması gerektiğini bir türlü kestiremiyordu. Küçük bir gruptuk. Bu maceranın içinde daha şimdiden kaç kişi olduğumuzu öğrenmek istiyordu: Hangi cehenneme gidiyorduk? Ya hep birlikte ya da hiçbir zaman varamayacağımız bu hedefe yönelirken, yeni dostlarının ellerini tutabilmek istiyordu o da. Artık aynı yolun yolcusuyduk. Gecenin içinde yürümeyi öğrenmesi gerekecekti rahip efendinin, tıpkı bizler gibi, diğerleri gibi. Hâlâ tökezliyordu. Düşmemek için ne yapması gerektiğini soruyordu bana. Madem korkacaktı, gelmeseydi o zaman! Sonuna hep birlikte varacaktık ve işte o zaman öğrenecektik bu macerada ne bulmayı ummuş olduğumuzu. Yaşam bundan ibarettir, gecenin içinde son bulan bir ışık parçası.

Kaldı ki, belki de asla öğrenemeyecektik, hiçbir şey bulamayacaktık. Ölüm de budur işte.

Şimdilik önemli olan el yordamıyla da olsa iyice yol almaktı. Zaten, şu an bulunduğumuz noktada artık geri dönebilmemiz söz konusu değildi. Seçenek yoktu. Yasalarıyla birlikte o pis adaletleri her yerdeydi, her koridorun köşesindeydi. Kız Henrouille, ihtiyarın ve oğlunun elini tutuyordu, ben de onlarınkini, Robinson da. Anca beraber kanca beraber. Mesele bu. İşte bütün bunları hemencecik açıklayıverdim rahibe. O da anladı.

Şu an bulunduğumuz noktada, istesek de istemesek de yoldan geçenlere yakalanmak ve açığa çıkarılmak hiç de hayırlı olmaz, dedim aynı zamanda rahibe ve ısrarla bunun üstünde durdum. Birine rastladığımızda, gezmeye çıkmış gibi yapmak gerekecekti, hiçbir şey yokmuş gibi. Talimat buydu. Doğal davranmalı. Dolayısıyla rahip artık her şeyi biliyordu, her şeyi anlıyordu. O da artık elimi tutuyordu sıkı sıkı. Haliyle o da çok korkuyordu. Yolun başı. Tereddüt ediyordu, hatta suçsuz biri gibi eveleyip geveliyordu. Bulunduğumuz noktada artık ne yol vardı ne de ışık, yalnızca birbirimize ilettiğimiz, ama yine de hiçbirimizin pek fazla güvenmediği bir dizi dikkatli olma uyarısı geçmişti onların yerine. Bu gibi durumlarda insanların birbirini yatıştırmak için kullandığı sözcükler havada kalır. Yankının sesi geri gelmez, Toplum dışına çıkmışsınızdır artık. Korku insana evet de demez hayır da. O, yani korku, her şeyi alır, her aklınızdan geçeni, her ağzınızdan çıkanı.

Böyle durumlarda karanlıkta gözlerini fal taşı gibi açmak bile fayda etmez. Gerçi, zaten görüp göreceğiniz de dehşetten ibarettir ya, daha ötesi yok. Gece her şeyi ele geçirmiştir, hatta bakışları bile. İçinizi boşaltmıştır o. Yine de el ele tutuşmak gerek, yoksa düşersiniz. Gündüzün insanları sizi artık anlayamazlar. O korku tümüyle sizi onlardan ayırmıştır ve bunun yükü altında ezilirsiniz, ta ki her şey şu ya da bu biçimde bitinceye dek, işte ancak ondan sonra o genelgeçer adilerin yanına geri dönme hakkınız doğar, yaşamda ya da ölümde.

Papaz da bize şimdilik yardım ediverecekti işte ve öğrenmek için elini çabuk tutacaktı, onun payına düşen de buydu. Kaldı ki, sırf bu iş için gelmemiş miydi zaten, yani öncelikle Henrouille ananın, aynı zamanda da Robinson'un, taşradaki Sörlerin yanına yatırılmaları için kendini paralayacaktı, hem de yemeden içmeden. Bu çözüm yolunu olmayacak şey gibi görmüyordu, ben de öyle nitekim. Ne var ki bir yerin boşalması için aylarca beklemek gerekiyordu ve bizim artık bekleyecek halimiz kalmamıştı. Yeter.

Gelin haklıydı aslında, bu iş bir an evvel halledilmeliydi. Çekip gitsinler! Düşsünler yakamızdan! O zaman da Protiste başka bir çözüm yolunu deşelemeye koyuldu. Hemen itiraf edeyim, bu seferki pek ustalıklı gibiydi. Her şeyden önce, her ikimizin de, yani rahiple benim, bu işten komisyon almasını öngörüyordu. Anlaşmanın yapılmasının eli kulağındaydı ve benim payıma da ufak bir katkı düşüyordu. Robinson'u Güney'e gitmeye ikna etme konusunda, ona bu yönde telkinde bulunacaktım, dostça elbette, ancak yine de ısrarcı bir biçimde.

Rahibin sözünü ettiği çözüm yolunun eğrisini de doğrusunu da bilmediğim için, belki de çekincelerimi belirtmeliydim, dostum için bir iki güvence isteyebilirdim örneğin... Çünkü ne de olsa, şöyle bir alıcı gözle bakıldığında, Peder Protiste'in bize önerdiği çözüm pek de tekin görünmüyordu. Ancak koşullar hepimizi öyle bir sıkıştırmıştı ki önemli olan işin bir an önce halledilmesiydi. Ne istiyorlarsa yapmayı kabul ettim, destek vermeyi ve sır saklamayı. Şu Protiste denen adam bu tür nazik durumlara alışkın gibiydi ve benim de işimi epey kolaylaştıracağa benzerdi.

Nereden başlamalı? Önce Güney'e doğru fazla dikkat çekmeyecek bir yolculuk ayarlamak gerekiyordu. Ama Robinson Güney'e gitmeye razı olacak mıydı bakalım? Hem de, az kalsın öldüreceği ihtiyarla birlikte gitmek söz konusuyken... Artık bana da ısrar etmek düşüyordu... Ne yapalım!... Buna katlanmaktan başka çaresi yoktu, birçok nedenden ötürü, tabii hepsi de haklı nedenler değildi, ama sağlam nedenlerdi.

Robinson'la ihtiyar için garip olmasına garip bir iş bulmuşlardı, Güney'de. Toulouse kentindeydi bu. Güzel bir kenttir Toulouse! Kenti de görecektik zaten! Onları orada ziyaret etmeye gidecektik! Toulouse'a gitmeye söz vermiştim, onlar oraya, evlerine, işlerine falan filan yerleşir yerleşmez.

Düşündükçe, Robinson'un oraya böyle apar topar gitmesi biraz canımı sıkmıyor değildi, öte yandan, çok da hoşuma gidiyordu, çünkü kırk yılda bir bu işten benim de adam gibi bir avantam olacaktı. Bana bin frank vereceklerdi. Bunda da anlaşmıştık. Tek yapacağım iş Robinson'u Güney'e gitme konusunda kışkırtmaktı, gözlerindeki yaralar açısından en uygun iklimin orada olduğunu, sonuçta orada çok daha iyi olacağı ve bu işten paçayı bu kadar ucuza sıyırmasının da büyük bir şans olduğunu söyleyecektim ona. Onu ikna etmenin yöntemi buydu.

Beş dakika boyunca bu ve buna benzer düşünceleri kafamda evirip çevirdikten sonra, ben bile yeterince ikna olmuştum ve kesin bir görüşme yapmaya hazır hale gelmiştim. Bence demir tavında dövülmeli. Kaldı ki, orada buradakinden daha kötü durumda olmayacaktı. Şöyle iyice bir düşününce, şu Protiste'in fikri hiç de fena değil gibi gelmeye başlamıştı, aklı başında. Şu rahipler de yani rezaletlerin en fecisini bile örtbas etmesini iyi beceriyorlar doğrusu.

Sonuçta, diğerlerinden aşağı kalmayan, öylesine bir işti Robinson'la ihtiyara önerilen. Bir tür mumyalar mahzeniydi galiba, eğer doğru anlamışsam. Bir kilisenin altındaki mahzen gezdiriliyordu, bahşiş karşılığı tabii. Turistlere. Bayağı kârlı işmiş hem de, Protiste buna kefildi. Üç aşağı beş yukarı ikna olmuştum ve olur olmaz da biraz kıskanmıştım. Ölüleri çalıştırmak herkese nasip olmuyor.

Dispanseri kapadım ve ikimiz birlikte, rahiple ben, gayet kararlı biçimde su birikintilerinin arasından geçerek, Henrouille'lara doğru yola koyulduk. Yeni olmasına yeni, yepyeni bir durumdu bu. Bin franklık umut! Rahip hakkındaki kanaatim değişmişti. Evlerine geldiğimizde Henrouille çiftini birinci kattaki yatak odasında Robinson'un başucunda bulduk. Ama ne hale gelmiş bir Robinson'du bu!

— Sen misin, diyebildi bana yukarı çıktığımı duyar duymaz, heyecandan ne yapacağını şaşırmış vaziyette. Bir şeyler olacağını hissediyorum!... Yalan mı yani? diye sordu bana nefes nefese.

Ve ben daha ağzımı bile açamadan ağlamaklı olmuştu bile. O beni imdadına çağırırken ötekiler, Henrouille'lar, bana el kol işaretleri yapıyorlardı: "Al başına belayı! dedim kendi kendime. Fazla aceleci bunlar!... Daima fazla aceleci! Yemeyip içmeyip yumurtlayıverdiler galiba, pat diye?... Önlem almadan? Beni beklemeden?..."

Neyse ki, bir anlamda, her şeyi başka sözcüklerle yeniden ifade edebildim. Zaten Robinson'un istediği de bundan fazlası değildi, yeter ki olup bitenler farklı şekilde sunulsun. Bu yeterliydi. Koridorda bekleyen rahip içeri girmeye cesaret edemiyordu. Korkudan dizlerinin bağı çözülmüştü.

— Buyrun! diye davet etti onu kız, sonunda. Buyursanıza! Bir siz eksiktiniz sayın Peder! Zavallı bir aileyi acı bir anında yakaladınız o kadar!... Hekim ve rahip!... Yaşamın en acı anlarında hep böyle olmaz mı zaten?

Laf ebeliği yapıyordu kadın. Başını dertten ve geceden kurtarmaya dair yeni umutlar konuşturuyordu, o adi şıllığı, kendi pis tarzında böyle içli laflarla.

Basireti bağlanan rahip sudan çıkmış balığa dönmüştü, hastadan belli bir mesafede durmuş bir şeyler geveliyordu. Derken, bu heyecanlı sayıklamalarını bulaştırdığı Robinson da yeniden zıvanadan çıktı: "Beni kandırıyorlar! Hepsi bir olmuş beni kandırıyorlar!" diye böğürüyordu.

Boşboğazlık işte, üstelik daha yalnızca işin görünür kısmına yönelik. Telaş. Hep aynı şey. Ama bu beni aşka getirdi, cüretimi artırdı. Kız Henrouille'u bir köşeye çektim ve emrivaki yaptım, çünkü, sonuçta, onları bu durumdan kurtarabilecek biricik kişinin bendeniz cennet kuşu olduğunu gayet rahat görebiliyordum. "Peşinat isterim dedim kıza. Hem de hemen şimdi isterim peşinatımı!" İnsan bir kez güvenini yitirmeyegörsün, artık çekingen davranmanın âlemi yoktu, öyle derler ya hani. Kadın hemen anladı ve avcumun içine bir binlik sıkıştırdı, sonra da emin olmak için bir tane daha. Oldubittiye getirmiştim. Sonra da oldu olacak Robinson beyimizi ikna etmeye giriştim. Güney'e gitmeye razı olmak zorunda kaldı.

İhanet demesi kolay. Ama bunu yapabilmek için fırsatları da değerlendirmesini bilmek gerek. İhanet etmek, bir hapishanede pencere açmaya benzer. Herkes bunu yapmak ister ama gerçekten yapılabildiği nadirdir.

Robinson Rancy'den ayrıldıktan sonra, hayatın canlanacağını sanmıştım, örneğin her zamankinden biraz daha fazla hasta geleceğini, ama kazın ayağı öyle değildi. Önce yörede kriz, işsizlik baş gösterdi, en kötüsü de buydu. Sonra hava da, kış olmasına karşın, yumuşadı, nem oranı düştü, oysa hekimlik açısından bizlerin gereksinim duyduğumuz hava soğuk ve rutubetli olanıdır. Salgın hastalık da gelişmedi, yani sözün kısası aksi bir mevsim yaşandı, pek fena.

Hatta, vizitelerine yürüyerek giden meslektaşlar bile gördüm, anlayın artık, yürüyüşten keyif almış gibi bir havaya bürünüyorlardı, oysa bu iş epey canlarını sıkıyordu çünkü bunu sırf arabalarını kullanmamak için yapıyorlardı, tasarruf babında. Benimse, bir tek yağmurluğum vardı dışarıda giyebileceğim. Acaba o nedenle mi bu derece inatçı bir nezleye yakalanmıştım? Yoksa gerçekten de çok az yemek yemeye mi alıştırmıştım kendimi? Her şey mümkün. Ola ki yeniden sıtma nöbetlerim tutmuştu? Her neyse, gelgelelim, hafif bir soğuk algınlığının ardından, ilkbahara doğru, durmadan öksürmeye başladım, şifayı fena kapmıştım. Tam bir facia. Günün birinde sabah yataktan kalkamaz haldeydim. Bébert'in teyzesi tam da kapının önünden geçiyordu. Onu çağırttım. Yukarı geldi. Onu hemen mahallede hâlâ alamadığım küçük bir vizite ücretini tahsil etmeye yolladım. Tek alacağım oydu, sonuncusu. Yarısını alabildiğim bu meblağ beni on gün idare etti, yorgan döşek.

On gün boyunca yattığı yerde insanın bol bol düşünecek vakti oluyor. Biraz düzelir düzelmez Rancy'den ayrılacaktım, kararımı vermiştim. İki aylık kira borcum da vardı üstelik... Yani, elveda üç beş parça eşyam! Usulca tüyecektim, kimseye bir şey söylemeden elbette, bir daha da asla izime rastlayan olmayacaktı La Garenne-Rancy'de. Ne iz ne de adres bırakmadan kaybolacaktım. Sefalet canavarı, o leş kokulu yaratık, peşinize düşmüşken, tartışmanın ne âlemi var ki? Aklı olan, çenesini kapar, siktir olur gider.

Canımın çektiği yere gidip yerleşebilirdim tabii, doktor diplomamla, orası öyle... Ama başka bir yerde işler ne daha keyifli, ne de daha kötü olacaktı... Başlangıçta, haliyle, biraz daha iyi olurdu elbette, çünkü insanların sizi tanımaları, havaya girip size nasıl zarar verebileceklerini bulmaları ne de olsa biraz zaman ister. Henüz size kötülük etmenin en kolay yolunu bulmaya çalıştıkları sürece, biraz nefes almak mümkündür, ama işte o bağlantı noktasını buldukları an, her gittiğiniz yerde kör tuttuğunu beller. Sonuçta en keyifli dönem, gidilen her yeni yerde henüz bir yabancı olmaya devam ettiğiniz zaman dilimidir. Sonrasında, aynı hırtlık yeniden başlar. İnsan doğası budur. İşin püf noktası, o sevgili dostlarımızın sizin zayıf noktanızı iyice bellemelerini gereğinden fazla beklememektir. Tahtakurularını sığınacakları çatlaklarını bulmadan önce ezmek gerek. Öyle değil mi?

Hastalara, müşterilere gelince, o konuda boş hayallere hiç kapılmıyordum... Başka bir semtte ne buradakilerden daha tokgözlü, ne daha az bağnaz, ne de daha yürekli olacaklardı. Burada neyse orada da o, aynı mey, aynı sinema, aynı spor geyikleri, işkembenin ve belden aşağısının doğal gereksinimlerine aynı coşkulu boyun eğiş oradakileri aynı hantal sürüye dönüştürecekti, çamura batmış, bir palavradan diğerine seğirten, her daim zevzek, üçkâğıtçı, kötü niyetli, iki telaş arası saldırgan.

Ama mademki o, yani hasta, gerçek hayatta, yatağında dilediği yöne dönme hakkına sahip, bizim de o zaman kendimizi bir o yana bir bu yana atma hakkımız olmalı, elimizden gelen de yalnızca bu zaten, kendimizi Kader'imize karşı savunmak için bulduğumuz biricik çare bu. Kimse Acı'sını yarı yolda bir yerlerde ekmeyi boşuna hayal etmemeli. Boş bulunup da evlenmiş olduğunuz çirkin mi çirkin bir eşe benzer, Acı denen o şey. Ömür boyu onu pataklamak uğruna kendini tüketmektense onu azıcık olsun sevmeye gayret etmek daha akıl kârı olabilirdi belki de. Değil mi ki onu cehennemin dibine yollayamayacağınızı daha baştan kabullenmişsiniz?

Her neyse, Rancy'deki asmakatımdan usulca sıvıştım. Son

kez dairelerinin önünden geçtiğimde, kapıcımın ailesi sofra şarabına ve kestanelere yumulmuştu. Beni ne gören oldu ne de tanıyan. Kadın kaşınıyordu, adamsa sobanın üstüne eğilmiş, sıcaktan mayışmıştı, daha şimdiden kafası o kadar kıyak, kan oturan yüzü de o kadar morarmıştı ki, gözleri kapanıyordu.

Bu insanlar açısından artık dipsiz bir kuyuya iner gibi sonsuzluğa doğru kayıyordum. Sizi tanıyan, dolayısıyla gözetleyip zarar verebilecek üç kişinin hayatınızdan eksilmesi, artık ne haltlar karıştırdığınızı bilmemesi insana bayağı iyi geliyor. Ne güzel. Üç dedim, çünkü kızlarını da hesaba katıyorum, pire ve tahtakuruları yüzünden cildinde kan çıbanına varan yaralar açacak derecede durmadan kaşınan çocukları Thérèse. Gerçekten de, onların, yani kapıcılarımın evinde her tarafınız o kadar çok ısırılıp sokuluyordu ki, dairelerine girerken sanki ağır ağır bir fırçanın içinden geçmekteymişsiniz hissine kapılıyordunuz.

Girişteki gaz lambasının çiğ ve tıslayan alevi, kaldırımın kenarından geçenlerin üzerine uzun bir parmak izdüşümü gibi düşüyor ve onları bir anda, kapının karanlık çerçevesinde beliren sarhoş, şaşkın hayaletlere dönüştürüyordu. Onlar da, yani yoldan geçenler, hemen ardından başka pencerelerin, lambaların önünde, orda burda, suratlarına biraz renk katmaya çalışıyor, sonunda da gecenin içinde kaybolup gidiyorlardı, tıpkı benim gibi, kapkara, sönük.

Yoldan geçenleri tanımak zorunda bile değildiniz artık. Oysa, onları o gelişigüzel gezintileri sırasında durdurabilmek isterdim, bir an için olsun, sırf onlara cehennemin dibinde kaybolmaya gittiğimi, artık ne şunun ne de bunun bana zarar veremeyeceğini, hiçbir şeye kalkışamayacakları kadar uzaklara gittiğimi, çekip gittiğimi kesin bir dille ilan edebilmek için, bok yesinler…

Liberté bulvarına geldiğimde, sebze taşıyan arabalar titrek titrek Paris'e doğru yol alıyorlardı. Onları izledim. Yani artık Rancy'den tamamen ayrılmış sayılırdım bile. Bir yandan da içim titriyordu. Öyle olunca da biraz ısınmak niyetiyle, Bébert'in teyzesinin dairesine uğrayacak şekilde yolumu değiştirdim. Koridorun dibinde lambasının ışığı gölgeyi deşeliyordu. "Sonuçta, dedim kendi kendime, teyzeye de bir 'elveda' demem gerek."

Orada, alıştığı şekilde, sandalyesinin üstünde duruyordu, daireden yükselen kokularla tüm bunları ısıtan küçük soba arasında, Bébert öldüğünden beri iyice çökmüş suratı da artık her an ağlamaya hazırdı, duvarda ise, dikiş kutusunun hemen üstünde, Bébert'in önlüklü, bereli, boynunda haç, kocaman bir okul fotoğrafı. Aldığı kahvenin promosyonu olarak hak kazandığı bir "agrandisman"dı bu. Onu uyandırdım.

"Merhaba Doktor bey", diye sıçradı. Daha başka neler dediğini de gayet iyi hatırlıyorum. "Hasta gibi bir haliniz var! diye fark etti hemencecik. Otursanıza... Ben de hiç iyi değilim..."

— Şöyle bir gezmeye çıkmıştım, diye yanıtladım, bozuntuya vermemek için.

— Gezmeye çıkmak için, dedi, epey geç bir saat, özellikle de Clichy meydanına doğru gidiyorsanız... Rüzgârda cadde epey soğuktur bu saatlerde!

Derken kalktı ve sağa sola toslayıp tökezleyerek bize bir *grog** hazırlamaya koyuldu, bir yandan da hiç sektirmeden konuşmaya başladı, daldan dala atlayarak, Henrouille'lardan ve elbette kaçınılmaz olarak Bébert'den.

Ne yaparsanız yapın, Bébert'den söz etmesini engellemek olanaksızdı, oysa bu onun içini kemirip yakıyordu, üstelik o da bunun farkındaydı. Artık sözünü hiç kesmeden dinliyordum onu, uyuşmuş gibiydim. Bana Bébert'in ne de şeker meziyetleri olduğunu anımsatmaya çalışıyordu, üstelik kendini paralayarak sanki bunu iyice sergilemek ister gibiydi, çünkü Bébert'in meziyetlerinin hiçbirini unutmamalıydık, sonra da yine baştan alıyordu ve bana her şeyi iyice aktarıp, biberonla beslenmesinin bütün ayrıntılarını anlattıktan sonra, ötekilerinin yanına mutlaka eklenmesi gereken bir başka meziyetini daha buluyordu Bébert'in ve hikâyeyi sil baştan bir daha sıralamaya koyuluyor, derken bu sırada yine de bir şeyleri unutuyordu, dolayısıyla ister istemez azıcık ağlayıp sızlanması gerekiyordu, çaresizlikten. Yorgunluktan ne diyeceğini şaşırıyordu. Küçük hıçkırıklar içinde sızıp kalıyordu. Pek sevmiş olduğu küçük Bébert'in o küçük anısını uzun süre gölgesinde tutup saklayacak gücü kalmamıştı ar-

* *Grog*: Sıcak rom (ya da şarap), şekerli su ve limon karışımı bir içki; daha çok soğuk algınlığına karşı korunma amacıyla içilir.

tık. Hiçlik hep onun yanı başındaydı, daha şimdiden biraz üstüne varmıştı bile. Azıcık *grog* ve yorgunluk yetiyordu ona, bulutların alıp uzaklara götürdüğü küçük bir uçak gibi horlayarak uyuyakalıveriyordu. Dünyada ona ait hiç kimse kalmamıştı.

O böyle kokuların içinde yığılıp kalmışken ben de gitmekte olduğumu ve Bébert'in teyzesini artık herhalde bir daha hiç görmeyeceğimi düşünüyordum, Bébert ise, o da tamamen gitmişti, hem de uzatmadan, geri dönmemecesine, teyze de peşinden gidecekti, hem de gecikmeden. Her şeyden önce kalbi hastaydı, iyice de yaşlanmıştı. Atardamarlarına kanı elinden gelebildiği kadarıyla zar zor itekliyordu kalbi, toplardamarlardan yukarı çıkmakta ise zorlanıyordu. Öncelikle, ölülerin sanki sıra bekleyen bir kalabalığa benzediği, o yandaki koca mezarlığa gidecekti teyze. Hastalanmadan önce Bébert'i oyun oynamaya götürdüğü yerdi orası, mezarlık. Ondan sonra da her şey artık tamamen bitmiş olacaktı. Birileri gelip dairesini yeniden badana edecekti ve tıpkı bilardo masasının deliğinin kenarında bu işe bir son vermeden önce bir süre nazlanıp olduğu yerde dönerek titreşen toplar gibi birbirimize kavuştuğumuzu söyleyebilecektik.

Toplar da epey şiddetli, gümbürtülü şekilde giderler ve aslına bakarsanız, asla bir yere gittikleri yoktur. Biz de bir yere gitmeyiz, zaten toprak da yalnızca bu işe yarar, hepimizi kavuşturmaya. Artık Bébert'in teyzesi için mesafe kısalmıştı, hamle edebileceği bir yer bile kalmamıştı neredeyse. Hayat devam ettiği sürece kavuşmak olanaksızdır. Sizi oyalayan fazlasıyla renk ve çevrenizde hareket eden fazlasıyla insan vardır. Ortalık sessiz olmadan kavuşamayız, yani iş işten geçtikten sonra, ölüler gibi. Benim de biraz daha hareket etmem, başka yerlere gitmem gerekiyordu. Olacakları biliyor olmam bir işe yaramıyordu, elimden bir şey gelmiyordu... Onunla birlikte burada kalamazdım.

Diplomam cebimde şişlik oluşturuyordu, paramdan ve kimlik belgelerimden daha büyük bir şişlik. Karakolun önünde, geceyarısı vardiyasının gelmesini beklerken, nöbetçi memur da tükürebildiği kadar tükürüyordu. Selamlaştık.

Bulvarın köşesindeki yanar döner zamazingodan sonra, benzin için, bu sefer de cam kafeslerinin içinde yeşillere bürünmüş görevlileriyle birlikte duhuliye resmi gişeleri çıkıyordu karşınıza. Tramvaylar çalışmıyordu. Görevlilerle hayat, hayatın giderek daha zorlaşması, pahalılaşması hakkında laflamanın en uygun zamanıydı. İki kişiydiler orada, biri genç biri yaşlı, ikisinin de saçları kepekli, nah bu kadar kocaman defterlerin üstüne eğilmişler. Camlarından bakınca, surların gölgesinin oluşturduğu devasa rıhtımlar görülüyordu, gecenin içinde iyice yükseklere doğru yol alıp epey uzaklardan gelen gemileri bekliyorlardı, pek asil gemilerdi bunlar, bir daha asla böyle gemiler görülmeyecekti. Kesinlikle. Yolları gözleniyordu.

Görevlilerle epey sohbet ettik, hatta soğumasın diye ufak sobanın üstüne konmuş kahveden bile birer fincan içtik. Geceyarısı, elimde küçük bohçamla tatile mi gidiyorum yoksa diye sordular bana, dalga geçmek için, öylesine. "Evet öyle" diye yanıt verdim onlara. Memur kısmına sıradışı şeyler anlatmaya kalkışmanın âlemi yoktur. Olan biteni anlamama yardımcı olmaları olanaksızdı. Yine de ettikleri lafa biraz alınmış olsam gerek, ilginçlik taslamak isteğine kapıldım, onları şaşırtmak istedim yani ve onlara 1816 seferinden söz ettim, öylesine, ayaküstü, büyük Napolyon'u kovalayan Kazak süvarilerini Bentlere kadar, tam da bulunduğumuz yere getiren sefer.

Bunu pek laubali bir şekilde gündeme getirmiştim, elbette. Kültürel üstünlüğüm ve hercai bilgiçliğim konusunda bu iki çirkefi lafı bile uzatmaya gerek kalmadan ikna ettikten sonra, rahatlamış olarak yukarı doğru çıkan caddeden Clichy meydanına doğru yeniden yola koyuldum.

Dikkat ettiyseniz Rue des Dames'ın* köşesinde bekleyen iki fahişe vardır daima. Karanlık basmasından gün ışıyıncaya kadar geçen şu birkaç bitkin saat boyunca direnirler. Onların sayesinde gölgelerin ötesinde de sürebiliyor yaşam. Bağlantıyı sağlayan onlar, kollarına çantalarını takmış, içi tıka basa reçeteler, her tür kullanıma göre mendiller ve kırlardaki çocuk fotoğraflarıyla dolu. Gölgede onlara yaklaştığınızda dikkat etmek gerek, çünkü bu kadınlar o kadar uzmanlaşmışlardır ki, varlıklarıyla yoklukları birdir, bir sıkımlık canları kalmıştır onların, ancak onlarla ya-

* Rue des Dames: Hanımlar sokağı.

pılabilecek her şeyi özetleyen iki üç cümleye yanıt verebilecek kadar. Düğmeli çizmeler giymiş birer böcek ruhudur onlar.

Onlara hiçbir şey söylememek gerek, hatta yaklaşmamakta bile yarar var. Kötüdürler. Önümde yeterince alan vardı. Rayların ortasından koşmaya başladım. Cadde uzundu.

En dipte mareşal Moncey'in heykeli vardır. 1816'dan beri hep Clichy meydanını savunur durur, anılara ve unutmaya karşı, kim bilir neye karşı, o ucuz sayılabilecek inci tacıyla. Ben de boş caddede koşarak 112 yıllık bir gecikmeyle gelebildim ancak yanına kadar. Ne Rus kalmıştı ortada, ne savaş, ne de Kazaklar, asker de yoktu, koca meydanda ele geçirilebilecek bir tek tacın altındaki kaide kenarı kalmıştı. Bir de küçük bir mangalın ateşi ve çevresine büzüşmüş, leş kokulu dumanların arasında yan gözle bakan üç titrek gariban. İnsan kendini kötü hissediyordu.

Birkaç araba çıkışa doğru kaçıyordu kaçabildikleri kadar.

İnsan, başı sıkıştığında hep Paris'in büyük bulvarlarını diğerlerinden daha az soğuk bir yer olarak anımsar. Yüksek ateş nedeniyle başım artık yalnızca irade gücüyle ilerleyebiliyordu. Teyzenin *grog*'unun etkisi altında, arkadan estiğinde soğuğu o kadar çok hissedilmeyen rüzgârın önünden kaçarak yokuş aşağı indim. Saint-Georges metrosu yakınlarında boneli bir yaşlı hanım hastanede yatan torunu için gözyaşı döküyordu, dediğine göre kız menenjitmiş. O da fırsat bu fırsat dileniyordu. Tam adamını bulmuştu.

Ona sözcükler vermekle yetindim. Küçük Bébert'den söz ettim ben de ona, bir de kentteyken benim tedavi ettiğim bir küçük kızdan, öğrenciliğim sırasında ölmüştü kız, menenjitten, o da. Üç hafta sürmüştü can çekişmesi, üstelik yan yatakta yatan annesi üzüntüsünden bir türlü uyuyamıyordu, öyle olunca da bu üç haftalık can çekişme boyunca hep kendi kendini tatmin etmişti annesi, o kadar ki her şey bittikten sonra bile onu durdurmak mümkün olmamıştı.

Bu da insanın, bir saniye bile, zevk almadan duramayacağını kanıtlar, ayrıca da gerçekten üzülmenin ne kadar zor olduğunu. Varoluş böyle bir şey işte.

Hüzünlü yaşlı kadınla Galeries Lafayette'in önünde ayrıldık. Onun havuç boşaltması gerekiyordu Hal dolaylarında. Zerzevat yolunu izliyordu, tıpkı benim gibi, tam aynısını.

Ancak "Tarapout"* beni hemen çekiverdi. Işıklandırılmış koca bir pasta gibi konmuş duruyor bulvarın üzerine. Üstelik insanlar oraya dört bir köşeden sökün ediyorlar larvalar gibi sıkıştırılmış vaziyette. Çevreyi kaplayan gecenin içinden çıkıyor insanlar, gözlerini daha şimdiden fal taşı gibi açıp görüntülerle doldurmak için. Bir daha ayılmamacasına kendilerinden geçiyorlar. Sabah metroda gördüklerinizin aynısı bunlar. Ama burada, "Tarapout"nun önünde mutlular, New York'taki gibi kasanın önünde karınlarını kaşıyorlar, bedenlerinden biraz bozuk para akıtır akıtmaz da kararlı biçimde ışığın deliklerinden içeri neşe içinde dalıveriyorlar. İnsanların, hareketlerin, nesnelerin üzerine lambalar ve ışıklı süsler dolusu öylesine güçlü bir ışık düşüyor ki, sanki ışık tarafından çırılçıplak soyulmuş gibi oluyordunuz. Bu girişte özel bir şey konuşamazdınız, gecenin tam tersi gibiydi burası.

Ben de iyice afallamış vaziyette, yandaki bir küçük kahveye kapağı atıyorum. Yanımdaki masada bir de ne göreyim, saçının kepekleri falan hepsi tamam, eski hocam Parapine arpasuyuna yumulmuş. Hasret gideriyoruz. Seviniyoruz. Bana dediğine bakılırsa, hayatında bayağı önemli değişiklikler olmuş. Anlatması şöyle bir on dakikasını alıyor. Pek de iç açıcı değil. Profesör Jaunisset ona karşı o kadar kötü davranır olmuş, onu o kadar taciz etmiş ki ayrılmak zorunda kalmış Parapine, istifa edip laboratuarını terk etmiş, tabii bir de lisenin kız öğrencilerinin anneleri ağzını burnunu dağıtmak amacıyla dayanmışlar Enstitü'nün kapısına. Sürüyle dert. Soruşturmalar. Sıkıntılar.

Son anda, başka bir geçim kaynağına ucu ucuna tutunabilmiş, tıbbi bir dergideki alengirli bir ilan sayesinde. Çok bir şey değil elbette ama, yine de çok yorucu olmayan ve gayet rahat becerebileceği türden bir şeyler. Söz konusu olan, profesör Baryton'un küçük yaştaki geri zekâlıların sinema sayesinde gösterdikleri zihni gelişmeler konusundaki son kuramlarının zeki-

* Fransızcada "Tarapout" sözcüğünün telaffuzu (*tarapu*) Paris'in ünlü sinema salonu Paramount'u çağrıştırıyor.

ce uygulanmasıymış. Bilinçaltı konusunda bayağı önemli bir ileri adım. Kentte herkes bunu konuşuyormuş. Pek modern.

Parapine bu özel müşterilere modern "Tarapout"ya kadar eşlik ediyormuş. Onları gidip Baryton'un banliyödeki modern kliniğinden alıyor, gösteriden sonra da geri götürüyormuş, iyice beyinleri sulanmış, gözleri görüntüye doymuş, mutlu mesut ve daha da modern. İşte bu kadar. Ekranın karşısına geçtikleri andan itibaren onlarla ilgilenmeye gerek yokmuş zaten. Eşsiz bir izleyici kitlesi. Herkes memnun, aynı filmi arka arkaya on kez izlemek onları mest ediyormuş. Bellekleri yokmuş. Daima yeni bir şey keşfetmiş gibiymişler. Aileleri dört köşe. Parapine de. Ben de. Kahkahalar atıyorduk, hem mutluluktan, hem de Parapine'in modernlik düzleminde kendini yeniden inşa edişini kutlamak için arka arkaya devirdiğimiz arpasularının etkisiyle. Kararımızı vermiştik, saat sabahın ikisinden önce bir yere kımıldamayacaktık, onun o geri zekâlılarını ancak "Tarapout"daki son seanstan sonra derleyip toparlayacak ve doktor Baryton'un Vigny-sur-Seine'deki müessesesine arabayla palas pandıras geri götürecektik. İyi numara.

Hazır kavuşmuş olmaktan ikimiz de mutluyken, sırf karşılıklı fantezilerimizi aktarma zevki için konuşmaya başladık, öncelikle her birimizin yolculuklarından söz ettik, sonra da laf döndü dolaştı Napolyon'a geldi, öylesine, sohbet sırasında Clichy meydanındaki Moncey'den söz açılmışken. Amaç birlikte hoşça vakit geçirmek olduğu zaman her şeyden zevk alınabiliyor, çünkü o zaman insan kendini gerçekten özgürmüş gibi hissediyor. Yaşantısını unutuyor, yani akçeli işleri.

Daldan dala derken, Napolyon hakkında bile anlatacak gülünç şeyler bulduk. Parapine bayağı iyi biliyordu Napolyon'un öyküsünü. Bana anlattığına göre eskiden çok merak salmışmış, Polonya'da, daha henüz lise öğrencisiyken. İyi bir eğitim almıştı o, yani Parapine, benim gibi değil.

Yeri gelmişken bana şunu anlattı: Rusya hezimetinin ardından geri çekilirken, son bir kerecik olsun Polonyalı gözdesine müthiş bir malak emzirtmek için Napolyon'un Varşova'ya gitmesine engel oluncaya kadar anaları ağlamış generallerinin. Öyleymiş işte, Napolyon, en büyük yenilgilerin ve felaketlerin ortasında bile. Gayri ciddiymiş yani. O bile, Joséphine'ciğinin biricik kartalı! Tabir caizse gözü dünyayı görmeyecek derecede ayranı kabarıkmış. Zaten insan sefa pezevengi olunca elden ne gelir ki, hepimiz de öyle değil miyiz aslında? İşin en acı tarafı da bu işte. Hepimizin aklı fikri orasında! Beşikteyken, kahvedeyken, tahttayken, tuvaletteyken. Her yerde! Her yerde! Babafingo! Napolyon ol ya da olma! Boynuzlu ol ya da olma! Varsa yoksa doyum! Varsın gebersin miğferleri tüylü saplarına kadar berezinayemiş* o dört yüz bin hayalperest! diyordu içinden büyük mağlup, yeter ki Polyon efendi bir kez daha iş tutsun! Ne alçak herif ! Haydi bakalım! Hayat dediğin budur işte! Olacağı buydu! Gayri ciddi! Koca zorba seyircilerinden bile daha önce sıkılıyor oynadığı oyundan. Seyirciler için yeni çılgınlıklar salgılamaktan gına geldiğinde gidip düzüşmeyi yeğliyor zorba. Öyle olunca da suyu ısınıveriyor! Kaşla göz arasında Kader defterini dürüveriyor onun! Coşkulu kitlelerin ona kızmasının nedeni, onları bol keseden katletmiş olması değil! Katiyen! O da iş mi! O mesele için çoktan affedildi bile! Ama artık birdenbire sıkıcı olmuş olması, işte bu affedilemez. Ciddiyet ancak fasulyedense hoş görülebilir. Salgınlar ancak mikroplar kendi toksinlerinden bıktıklarında son bulur. Robespierre'in kellesini uçurdular çünkü hep aynı şeyi yineleyip duruyordu, Napolyon'a gelince, o da kendi yarattığı Légion d'honneur nişanı ifratına iki yıldan fazla dayanamadı. Bu delinin ıstırabı da Avrupa'nın yarısına oturduğu yerden macera yaşama arzusu aşılamak zorunda kalışı olmuştur. Olmayacak duaya amin. Bu yüzden geberdi.

Oysa sinema, düşlerimizin bu yeni küçük emekçisi, işte onu satın almak, bir iki saatliğine elde etmek mümkündü, tıpkı bir fahişe gibi.

Üstelik, günümüzde o kadar çok sıkılıyoruz ki, önlem olsun diye her tarafa fazladan bir sürü artist yerleştirdik. Hatta randevuevlerine bile yerleştirdik artistleri, her tarafa taşan o ürpermeleriyle, bir kattan diğerine sıvaşıp akan o içtenlikleriyle. O kadar ki kapıları bile zangırdatıyorlar. Yarış halindeler, bakalım kim daha fazla titreyecek, hem de daha cüretkâr, daha sevecen bi-

* Berezina: Rusya seferinde Napolyon'un ordularının bozguna uğradıkları geçit.

çimde, kim kendini arkadaşından daha yoğun olarak salıverecek? Artık sadece mezbahaya değil, kenefe de madalya takıyorlar, hatta tefeci dükkânlarına bile, hepsi de sizi eğlendirmek, oyalamak, Kaderinizin dışına çıkarabilmek için.

Kuru kuruya yaşamak mı dediniz, tam bir tımarhane! Hayat, gözetmeni sıkıntı olan bir sınıfa benzer, zaten her dakika tepenizdedir, ne yapıp edip, mutlaka çok ilginç bir şeylerle ilgileniyormuş gibi yapmalısınız, yoksa gelir başınızın etini yer. 24 saatlik basit bir zaman dilimi olmanın ötesine gidemeyen bir gün, tahammül edilemez bir şeydir. Gün denen şey mutlaka upuzun ve neredeyse dayanılmaz bir zevk silsilesi olmalıdır, uzun bir çiftleşme olmalıdır gün, ister seve seve ister seke seke.

Böyle olunca, zorunluluk karşısında şaşkına dönmüşken, her bir saniyenizin içinde bin çeşit başka şeyin ya da yerin arzusu sıkışırken, insanın aklına ne de iğrenç fikirler geliyor.

Robinson, başına o kaza gelmeden önce, aynı zamanda sonsuza da kafayı takmış bir çocuktu, kendi çapında, ama artık onun hesabı görülmüştü. Daha doğrusu, ben öyle sanıyordum.

Hazır kahveye kurulmuşken, rahat rahat, ben de Parapine'e ayrıldığımızdan bu yana başımdan geçenleri anlatmaya koyuldum. Halden anlıyordu o, benim halimden bile ve ben de ona Rancy'den olmadık biçimde ayrılmak suretiyle tıbbi kariyerimi mahvetmiş olduğumu itiraf ettim. Eğri oturup doğru konuşalım. Gayet tatsız bir durumdu bu. Rancy'ye dönmeye gelince, bunu aklımdan çıkarmalıydım, malum koşullardan ötürü. Parapine de bizzat bu kanaatteydi.

Tam böyle pek keyifli bir sohbete dalmışken, yani bir nevi karşılıklı günah çıkardığımız sırada, "Tarapout"nun perde arası oldu ve sinemanın müzisyenleri* topluca *bistrot*'ya doluştular. Öyle olunca da koro halinde kafa çekmeye başladık. Müzisyenler onu, yani Parapine'i gayet iyi tanıyorlardı.

Derken laf lafı açıyor ve iki perde arasındaki figüranlık için tam da bir Paşa** aranmakta olduğunu öğreniyorum onlardan. Sessiz bir rol. Çekip gitmişti, "Paşa"lık yapan kişi, tek ke-

* Dönemin sinemalarında iki film seansı arasında çeşitli müzikli gösteriler de sunulurdu.

** Orijinal metinde de yazar Fransızcaya Türkçeden geçen "Pacha" sözcüğünü kullanmış.

lime etmeden. Prolog kısmında iyi bir rol bu oysa, kazancı da yerinde. Zahmetsiz. Ayrıca, unutmayalım ki, etraf da müthiş bir demet fıkır fıkır İngiliz dansöz kaynayacak, binlerce oynak ve belirgin kas. Tam bana göre ve tam da ihtiyaç duyduğum şey.

Pek kibar davranıp rejisörün teklifini beklemeye koyuluyorum. Yani bir anlamda adaylığımı koymuş oluyorum. Vakit hayli geç olduğu, ayrıca da ta Porte Saint-Martin'e kadar gidip bir başka figüran aramaya zamanları kalmadığı için, pek memnun oldu rejisör kolunu bile kıpırdatmadan beni bulabildiğine. Sağa sola koşuşturma derdinden kurtulmuştu. Ben de. Beni doğru dürüst incelemedi bile. Yani yekten benimseyiveriyor beni. Apar topar götürülüyorum. Yeter ki topallamayayım, benden tek istenen bu, ki o bile…

"Tarapout" sinemasının o güzelim, sıcacık, kapitone alt katlarına dalıyorum. İngiliz kızların gösteri saatini beklerken hercai koşuşturmalar ve küfürlerle dinlendikleri parfümlü localardan oluşan tam bir arı kovanı. Ekmek paramı yeniden garantiye almanın coşkusuyla derhal bu genç ve uçarı iş arkadaşlarımla ilişki kurma telaşına kapıldım. Onlar da zaten beni son derece zarif bir şekilde aralarına kabul buyurdular. Adeta melek bunlar. Ağzı sıkı melekler. Günah çıkarma derdi ve küçümsenme olmayışı da pek hoş doğrusu, İngiltere bu işte.

Büyük para dönüyordu "Tarapout"da. Kulislerde bile her taraf şatafat, bolluk, kalçalar, ışık, sabun, sandviç. Bizim boy gösterdiğimiz gösterinin konusu sanırım Türkistan'la ilgiliydi. Maksat bol koreografik lakırdı, müzikal kalça kıvırtmalar ve gümbürtülü tıngırdatmalar olsun.

Benim rolüm az ama özdü. Önceleri, her tarafım altın ve gümüşle doldurulmuş vaziyette, onca dayanak ve lambanın arasına yerleşmekte biraz güçlük çekmedim değil, ama sonunda alıştım ve bir kez oraya vardıktan sonra, öyle cici bici allanıp pullanmış, artık tek yapacağım şey ışıl ışıl yansıların altında düşlere dalmaktı.

Yirmi Londralı rakkase en az bir on beş dakika boyunca beni güya baştan çıkarmak için taşkın bir curcuna ve melodiler içinde debelenip duruyordu. Oysa bana çok daha azı da yeterdi, üstelik bu gösteriyi günde beş kez yinelemenin bu kadınlar için az şey olmadığını düşünüyordum, hem de, bir seferinden diğerine hiç hız kesmeden, asla, kalçalarını amansız bir biçimde kıvırarak, o biraz can sıkıcı yapısal enerjiyle, Okyanus boyunca sonsuz bir çaba içindeki sefere çıkmış gemilerin, yolundan şaşmayan düzenlerine benzer bir biçimde, bodoslama...

Boşuna debelenmeyin, beklemeniz yeterlidir, nasıl olsa her şey er geç sokakta sıfırı tüketmeyecek mi? Aslında tek anlamlı şey de odur. Başka söze ne hacet. O bizi bekliyor. Eninde sonunda, bir karar verip ineceğiz sokağa, aramızdan yalnızca biri, ikisi, üçü değil, topumuz. Öyle dikilmiş önünde mırın kırın ediyoruz, ama korkunun ecele faydası yok.

Evlerden hayır yok. Üstüne bir kapı kapanmayagörsün, o insan derhal kokmaya başlar, yanına alıp götürdüğü her şey de ayrıca kokar. Olduğu yerde modası geçiverir, manen ve maddeten. Çürür. Eğer onlar, yani insanlar kokuyorsa, oh olsun bize. Zamanında ilgilenseydik! Onları oradan çıkarmalıydık, dışarı atmalıydık, havalandırmalıydık. Pis kokan ne varsa hepsi de odanın içindedir, üstelik sürüp sürüştürürler de, ama yine de pis kokarlar.

Hazır ailelerden söz açılmışken, öylesine tanıdığım bir eczacı var benim, Saint-Ouen caddesinde, camekânında da güzel bir afişi var, pek hoş bir reklam: Kutusu üç franktan ailenin tümüne bağırsak temizleyici! Kelepir! Geğirelim! Hep birlikte, ailecek. Kan çekişiyle nefret ederiz birbirimizden, sıcak bir yuva dediğin budur işte, ama kimse şikâyetini reklam etmez, çünkü ne de olsa gidip otelde yaşamaktan ucuzdur bu.

Otel, yeri gelmişken belirtelim, apartman dairesi gibi tedirgin, kendini beğenmiş değildir, insan orada kendini o kadar suçlu hissetmez. İnsan ırkı asla huzur bulamaz ve sokakta gerçekleşecek olan kıyamet gününe çıkmak açısından, elbette otel daha yakın sayılır. Gelsin bakalım borazanlı melekler, oraya ilk varanlar bizler olacağız, biz, yani otelden inmiş olanlar.

Oteldeyken pek fazla dikkat çekmekten hoşlanmayız. Hayra alamet değildir. Zaten çok yüksek sesle ya da çok sık kavga ettiğimizde, işler hemen sarpa sarar, anında mimleniriz. Odadan odaya o kadar ses gider ki, sonunda lavaboya işemeye bile korkar hale geliriz. Bu durumda kaçınılmaz olarak öğrenmek zorunda kalırız adabımuaşeret kurallarını, tıpkı savaş donanmasındaki subaylar gibi. İsterse her an her şey yerinden oynayabilir, yerden göğe kadar ne varsa, biz hazırlıklıyız, bizim umurumuzda değildir çünkü bizler, otelde, günde en az on defa sırf koridorlarda karşılaşmak suretiyle birbirimizi "affederiz".

Tuvaletlerde, her bir kapı komşusunun kokusunu tanımayı öğrenmek gerek, çok münasiptir. Möblelide yaşarken yanılsamalara kapılmak zordur. Müşteriler pek havalı değildir. Oteldeyken, günden güne dikkat çekmeden usulca seyahat ederler yaşamın içinde, tıpkı biraz çürümüş, üstelik delik deşik olduğu da bilinen bir gemideymiş gibi.

Özellikle de taşralı öğrencileri çekiyordu, benim gidip yerleştiğim otel. Durmuş izmarit ve kahvaltı kokuyordu merdivenlerin daha ilk basamaklarından. Kapısının üstündeki gri ışıklı lamba ve kocaman eski bir takma dişi andırarak balkondan aşağı sarkan bir kısmı eksik yaldızlı harfler sayesinde geceleyin onu çok uzaklardan görüp tanıyabilmek mümkündü. Boktan üçkâğıtlardan başı dönmüş bir barındırma canavarı.

Koridordan geçip odadan odaya komşuculuk oynuyorduk. Uygulamalı yaşamdaki pespaye girişim yıllarımdan sonra, maceralar derler ya hani, yine onlara dönmüştüm, öğrencilere.

Arzuları hiç değişmemişti, sağlam ve kekremsi, geçmiştekilerden, yani onları terk etmiş olduğum dönemlerden ne daha az ne de daha fazla yavandılar. Kişiler değişmişti ama düşünceler hep aynıydı. Hâlâ, her zamanki gibi, kimi gidip az çok tıpta otlanıyordu, kimi de bir parça kimya alıyordu ya da Hukuk hapı, toplu zooloji, iyi kötü hep aynı saatlerde, mahallenin öbür ucunda. Sınıflarının üstünden geçerken savaş onların içinde hiçbir şeyi harekete geçirmemişti, onların düşlerine bulaşmaya kalktığınızda da, sırf sempatiklik olsun diye, sizi doğrudan doğruya kendi kırklı yaşlarına götürüyorlardı. Böylece de kendilerine bir mutluluk yaratmayı hedefleyen sebatkâr tasarruflar için yirmi yıllık, yani iki yüz kırk aylık bir hedef koyuyorlardı önlerine.

Harcıâlem bir görüntüydü onların gözünde mutluluğu, aynı zamanda da başarıyı simgeleyen, hem de gayet kademeli, özenli bir başarıyı. Onlar kendilerini son kertede, fazla kalabalık olmamakla birlikte akıllara durgunluk verecek derecede değerli, eşsiz bir ailenin ilgi merkezi olarak düşlüyorlardı. Oysa neredeyse dönüp de söz konusu ailelerinin suratına bile bakmış değillerdi. Ne gereği var. Aile dediğin her işe yarar, suratına bakılmaktan gayri. Her şey bir tarafa, babanın gücü, mutluluğu, ailesini asla suratına bakmadan öpmektir, bu onun şiiridir.

Yenilik niyetine yapıp edecekleri, yanlarında drahomalı eşleri, arabayla Nice'e gitmekten ibaretti, bir de banka havaleleri için ola ki çek kullanmayı benimsemek. Ruhun utanılası yönleri için de, herhalde bir gün eşlerini de götürmek randevu evine. O kadar. Dünyanın gerisi günlük gazetelerin içine hapsedilmiştir ve polis nezaretindedir.

Pireperver otelde kalmak onları, yani arkadaşlarımı şimdilik biraz utandırıyor, kolayca zıvanadan çıkar hale getiriyordu. Otelde kalan toy burjuva, yani öğrenci, kendini cezalandırılmış olarak algılar, henüz para biriktiremeyeceği de malum olduğuna göre, bu durumda kendinden geçebilmek için daima Bohem hayatı yaşamak ister, dönüp dolaşıp yeniden Bohem hayatını ister, sütlü kahve şeklindeki o umutsuzluğu.

Ay başına doğru kısa süreli ve esaslı bir erotizm krizinden geçiyorduk, koca otel dalgalanıyordu. Önce bir güzel elimizi ayağımızı yıkıyorduk. Bir aşk turnesi tertipleniyordu. Taşradan gelen havalelerdi bizi harekete geçiren. Aslında kendi açımdan, aynı çiftleşmeleri dansçı İngilizlerimle "Tarapout"da da elde edebilirdim, hem de bedava tarafından, ancak şöyle bir düşündükten sonra bu kolaylıktan vazgeçtim, olası dertler ve koridorlarda dansözlerin peşinden hiç ayrılmayan o zavallı kıskanç pezevenk dostları yüzünden.

Otelimizde bir sürü açık saçık dergi okuduğumuz için, Paris'te düzüşmek için gereken her türlü numarayı ve adresi biliyorduk! İtiraf etmeli ki adresler eğlenceli şeylerdir. İnsan kapılıp gidiyor, ben ki Bérésinas pasajları ve nice yolculuklar görmüş geçirmiş biriydim, açık saçık cinsinden epey karmaşalar yaşamıştım, bana bile işin mahremiyet boyutu asla tükenmeyecek bir mesele olarak görünüyordu. Belden aşağısı için her zaman azıcık da olsa bir merak payı kalıyor insanın içinde. Belden aşağısının artık size bir şey öğretemeyeceğini, artık bu konuda kaybedecek zamanınızın kalmadığını düşünürsünüz, sonra sırf iyice emin olabilmek için aklınıza bir şey takılmasın diye dayanamayıp yine başlarsınız son bir defa, derken yine de bu konuda yeni bir şeyler öğrenirsiniz ve bu da sizi yeniden iyimserlik rayına oturtmak için yeterlidir.

Yeniden toparlanılır, eskisinden daha açıkça düşünmeye başlanır, tüm umutlar sönmüşken yeniden umutlanılır, kaçınılmaz olarak da sonunda belden aşağıya dönülür, aynı fiyattan. Başka bir deyişle, bir dölyolunda her zaman her yaşa göre keşfedilecek ayrı bir şey vardır. Velhasıl, şu olup bitenleri bir anlatayım hele, bir öğleden sonra, üç otel müşterisi hep birlikte, ucuz macera peşinde yola koyulduk. Kendi oturduğu Batignoles semtinde arzulanabilecek her tür erotik uyarlama ve uzlaşmayı gerçekleştirmeyi üstlenen Pomone'un* ilişkileri sayesinde bu işi kestirmeden halletmek mümkündü. Pomone'un kayıtlarında her keseye göre gani gani davetiye vardı, gökten zembille inmiş olan bu adam, afra tafradan tamamen uzak, küçücük bir avlunun dibindeki cılız bir evde çalışıyordu ve orası o kadar az ışık alıyordu ki yolunuzu bulabilmek için daha önce adımınızı atmadığınız bir ayakyolundaki kadar titiz ve özenli davranmanız gerekiyordu. Bu muhabbet tellalına, el etek öptürmeyi beklediği sahte bir alacakaranlıkta her zaman kurulduğu yerde ulaşabilmek için, önce sizi tedirgin eden bir dizi kalın perdeyi aşmanız gerekiyordu.

Bu karanlık yüzünden aslında ben Pomone'u asla şöyle bir rahat rahat inceleyemedim, dolayısıyla her ne kadar uzunca sohbet etmişliğimiz varsa da, hatta belirli bir süre işbirliği yapmış olsak bile, ayrıca bana türlü türlü öneriler getirmiş ve başka nice sakıncalı sırlar vermiş olmasına karşın, bugün eğer cehennemde karşılaşsaydık onu asla tanıyamazdım.

Aklımda kalan tek şey onun salonunda görüşme sıralarını beklemekte olan kaçamak meraklıların her zaman gayet efendice davranıyor olmalarıydı, aralarında hiç laubalilik olmazdı, doğruya doğru, hatta mesafeli davrandıkları bile söylenebilirdi, san-

* Pomone: Romalıların meyve tanrıçasının adı Pomona'yı andırıyor; Pomona, heykellerde çoğu zaman meyve ve çiçek taşıyan çıplak bir kadın tarafından temsil edilir.

ki gürültü patırtıyı sevmediği gibi ışıktan da hoşlanmayan bir tür dişçiye gitmişçesine.

Bir tıp talebesi sayesinde tanıştım Pomone'la. Ufak bir ek kazanç elde etme amacıyla takılıyordu oraya o talebe, aleti sayesinde, çünkü, ballı herif, haşmetli bir cinsel organla donatılmıştı. Bu heybetli bombili sayesinde banliyödeki enikonu mahrem malum gecelere neşe katsın diye çağırıyorlardı talebeyi. Ona en büyük ilgiyi de hanımlar, "böylesini de hiç görmemiş" olan "ay inanmıyorum" hanımlar gösteriyorlardı. Geri kalmış küçük kız çocuğu sayıklamaları. Öğrencimiz korkunç bir takma adla yer alıyordu polis kayıtlarında: Balthazar*!

Bekleşen müşteriler arasında sohbet ortamı kolay kolay oluşmuyordu. Acılar ortaya dökülür, zevk ve gereklilik ise utanır.

İstesek de istemesek de günah olarak kabul edilir hem sıkici hem de fakir olmak. Pomone benim durumumu ve tıbbi geçmişimi öğrenir öğrenmez dayanamayıp bana derdini açtı. İliğini kurutan bir kötü alışkanlığı vardı. Bunu müşterileriyle, yani o araştırmacılar ve apış arası takıntılılarıyla sohbet ederken bir yandan da kendi masasının altından sürekli olarak kendisini "elleyerek" edinmişti. "Bu benim mesleğim, anlıyor musunuz! Kendime engel olmam çok zor... Hele bu adiler gelip bana bütün bunları anlatıp dururken!..." Yani müşteriler onu bir bakıma ipin ucunu kaçırmaya teşvik ediyorlardı, hani hep fazlasıyla et tıkınmaya yatkın o aşırı yağlı kasaplar örneğinde olduğu gibi. Üstelik, sanırım onun aşağı mahalle organları daima fazla ısınıyordu, akciğerlerinden kaynaklanan habis bir ateşin etkisiyle. Nitekim birkaç yıla kalmadan veremden öldü. Dünyanın dört bucağında bile eşi benzeri bulunmadığını iddia ettikleri kıçları başları, yani bir hiç uğruna bir alay sorun yaratan, mızmız, her daim hilekâr, ukala kadın müşterilerin bitmek tükenmek bilmeyen gevezelikleri de bambaşka bir açıdan onun iflahını kesiyordu.

Erkeklere o saplantılı hevesleri için mutlaka gönüllü ve

* Fransızcada *Balthasar* Babil'in son kralı Baltazar'a atfen, "ziyafet" anlamında da kullanılır. Ayrıca Céline'in tıp talebeliği yıllarında Paris Tıp Fakültesi'nin adli tıp hocalarından birinin adının Prof. Victor Balthazard olması, yazara özgü "özel" bir hınzırlık da düşündürmüyor değil.

hayran kadınlar sunmak gerekiyordu. Müşterilerin aşk paylaşma talepleri tam bitip tükendi derken yenileri çıkıyordu ortaya, en az bayan Herote'unkiler kadar bol miktarda. Pomone Ajansı'nın tek bir sabah postasıyla bile bu dünyanın tüm savaşlarını sonsuza dek söndürmeye yetecek hacimde tatmin edilmemiş aşk geliyordu. Ne var ki bu duygusal seller asla belden aşağısından yukarı çıkamıyordu. İşin acı tarafı da buydu.

Masası bu ateşli bayağılıkların oluşturduğu mide bulandırıcı dağınıklığın altında kayboluyordu. Bu meseleyi biraz daha deşme merakıyla, bu kocaman yazışma dalaveresinin tasnifiyle bir süre ilgilenmeye karar verdim. Bir tür paylaştırma yöntemi uygulanıyordu, öyle öğretti bana, tıpkı kravatlar ya da hastalıklar için olduğu gibi, önce hezeyanlar bir tarafa konuyordu, sonra mazoşistlerle sapıklar öte tarafa, kamçılayıcılar bu yana, "dadı tarzı" olanlar başka bir sayfaya ve gerisi de bu şekilde sürüp gidiyordu. Eğlencelikler bile kısa sürede angaryaya dönüşebiliyor. Bal gibi de kovulmuştuk işte cennetten! Ona ne şüphe! O nemli avuçlarıyla ve ona hem zevk hem de pişmanlık veren o biteviye kötü alışkanlığıyla Pomone da aynı kanaatteydi. Birkaç aya kalmadan hem onun hakkında hem de o piyasayla ilgili yeterince şey öğrenmiştim. Ziyaretlerimi seyrekleştirdim.

"Tarapout"da hâlâ pek efendi, pek sakin biri, dakik bir figüran olarak görülüyordum, ancak birkaç haftalık yatışmadan sonra bela yine gelip buldu beni, üstelik garip bir yerden çıkageldi ve böylece pis yoluma devam etmek için figüranlığımdan, hem de apar topar, vazgeçmek zorunda kaldım.

Geriye dönüp baktığımda "Tarapout"da geçirdiğim o zamanın aslında bir tür yasak ve sinsi moladan ibaret olduğu anlaşılıyordu. Bu dört ay boyunca, kılık kıyafet hep düzgündü örneğin, orası öyle, kimi zaman prens oluyordum, iki kez de Romalı yüzbaşı, bir başka gün havacı, üstelik param da bol keseden, hem de aksatılmadan ödeniyordu. Bana birkaç yıl yetecek kadar karnımı doyurdum "Tarapout"da. Tam bir rantiye hayatı, rant olmaksızın. İhanet! Facia! Gecenin birinde programımızı altüst ettiler kim bilir hangi gerekçeyle. Yeni programda Londra'nın rıhtımları temsil ediliyordu. İçime bir kurt düştü, anında, İngiliz kızlarımızın bu oyunda şarkı söylemeleri gerekiyordu, öylesine, bozuk sesle ve güya Times nehri kıyısında, geceleyin, bana da polis rolü düşmüştü. Tamamen sessiz bir rol, korkuluğun önünde sağa sola gezinecektim. Birden, tam aklımdan çıkmışken, kızların şarkısı yaşamdan bile daha güçlü hale geldi, hatta kaderin yönünü tümüyle uğursuzluktan yana döndürdü. Öyle olunca onlar bir yandan şarkı söylerken, ben de şu zavallı dünyanın tüm sefaletini ve de özellikle kendiminkini düşünmeden edemedim, üstelik, tıpkı tonbalığı yemişim gibi, midemi bulandırıyordu, kaltaklar, o şarkılarıyla. Oysa en zor kısmını unuttum, hazmettim sanıyordum! Ama işin en kötüsü, neşeli bir şarkıydı onlarınki ve işte bunun üstesinden gelemeyen de oydu. Bu da yetmiyormuş gibi, nedimelerim, bir yandan şarkı söylerken, bir yandan da sallanıyorlardı, neşeleri yerine gelsin diye. Tam da çatmıştık yani, doğru söze ne denir, sanki sefaletin, çaresizliklerin üzerine seriliyor gibiydik... Besbelli! Sis ve yakınmalar arasında bir gezinti! Ağıtlar paçalarından akıyordu, kızlarla birlikte her geçen dakika biraz daha yaşlanıyorduk. Dekordan bile, o kocaman panikten ötürü, bir şeyler sızıyordu. Oysa kızlar istiflerini hiç bozmuyorlardı. Onların o şarkılarının kışkırtması sonucunda uğursuzluğun hepimizin üzerinde yarattığı o olumsuz etkiyi anlamıyorlardı sanki... Tempoyu bozmadan, güle oynaya, bacaklarını sallayarak hayatlarında ne var ne yok her şeyden yakınıyorlardı... Bu kadar derinlerden, bu kadar emin adımlarla geliyorsa eğer, yanılmanız da, direnmeniz de olanaksızdır.

Salondaki tüm şatafata karşın, üzerimizde, dekorda, her yerdeydi sefalet, taşıyordu, tüm dünyanın üzerine fışkırıyordu her şeye rağmen. Sanatçı olmasına sanatçıydı kızlar... İçlerinden buram buram yoksulluk yükseliyordu, ama onu durdurmaya ya da hatta anlamaya bile çalışmıyorlardı. Bir tek gözleri hüzünlüydü. Bir tek gözlerle olmaz ki. Var olmanın ve yaşamanın bozgununun şarkısını söylüyorlardı ve bunun farkında değildiler. Bunu hâlâ aşk sanıyorlardı, sadece aşk, kimse gerisini öğretmemişti ki bu cimcimelere. Güya ufacık bir gönül yarasının şarkısını söylüyorlardı! Adını böyle koymuşlar! İnsan gençken ve bilmezken her şeyi gönül yarası sanıyor...

Where I go... where I look...
It's only for you... ou...
Only for you... ou...

İşte böyle şarkı söylüyorlardı.

Tüm insanlığı belden aşağısına, tek bir kişinin belden aşağısına, kutsal düşe, aşk hırsına sığdırmaya kalkışmak gençlere özgü bir takıntıdır. İleride bir gün, öğreneceklerdi belki kızlar bu işlerin eninde sonunda nerede son bulduğunu, tenleri pembeliğini tümüyle yitirdiğinde, pis ülkelerinin feci sefaleti topunu birden, on altısını da, o kısrağınki gibi iri kalçalarıyla, hoplayan sütlükleriyle yeniden ele geçirdiğinde... Zaten sefalet daha şimdiden boyunlarına, vücutlarına yapışmıştı bile, artık onların bu işten paçayı sıyırmaları mümkün değildi, yavruların. Midelerine, nefeslerine yapışmıştı bile sefalet, cılız, bir de üstelik cırtlak seslerinin tüm tellerinden sıkı sıkı kavramıştı onları.

İçlerindeydi o. Giysilere de, pullu işlemelere de, ışıklara da, gülümseyişlere de aldırmaz o, kendine ait olanları derhal tanır, gizlendikleri her yerde bulurdu; o bir tek sıralarını beklerken şarkı söylemelerine izin verip eğlenmekle yetinirdi, varoluşun tüm ahmaklıklarının. Tüm bunlar sefaleti uyandırıyor, oyalıyor ve de tahrik ediyordu.

Acımız, o büyük olanı, böyledir işte, bir oyalanmadır.

O zaman da canı cehenneme aşk şarkıları söyleyenin! Aşk dediğin sefaletin ta kendisidir ve yalnızca da bundan ibarettir, odur hep gelip ağzımızda yalana dönüşen, dibi tutmaz, bu kadar işte. Girmediği yer yoktur o namussuzun, o sefaletini asla uyandırmamak gerek, şakacıktan bile. Şaka kaldırmaz o. Oysa benim İngiliz kızlar, yine de, dekorun önünde ve akordeon melodileriyle, günde üç defa tazeliyorlardı bunu. Bu durumda işin er geç boka sarması kaçınılmazdı elbet.

Sesimi çıkarmıyordum ama ben başımıza gelecekleri, yaklaşan o faciayı, gayet iyi görebiliyordum.

Önce ufaklıklardan biri hastalandı. Lanet olsun uğursuzluğu dürtükleyen yavrulara! Gebersinler, müstahaktırlar! Yeri gelmişken, akordeonların arkasında sokak köşelerinde de durmamak gerek, insan çoğu kez orada kapar hastalığı, gerçekle tanışma faslı. Dolayısıyla Polonyalı bir kız geldi hasta olanın yerini almaya, nakaratta. Bu arada o da, yani Polonyalı kız da öksürüyordu. Güçlü, solgun, uzun boylu bir kızdı. Hemencecik içli dışlı oluverdik. İki saate kalmadan ruhunun derinliklerine vâkıf olmuştum, bedeni için ise biraz daha beklemem gerekecekti. Bu Polonyalı kızın takıntısı da sinir sistemini olmayacak gönül maceralarıyla sakatlamaktı. Haliyle, gözünü kırpmadan dalıvermişti o İngiliz kızların pis şarkısına, tüm acısıyla macısıyla. Tatlı bir havada başlıyordu şarkıları, zararsız görünüyordu, bütün o dans etmeye yarayan şeyler gibi, sonra birden yüreğiniz burkuluyordu, sanki yaşama arzusunu tümden yitirtecekmişçesine öyle bir hüzün kaplıyordu ki içinizi şarkıyı dinledikçe, doğruydu da üstelik hiçbir şeyin hiçbir yere vardığı yoktu, ne gençlik ne de ötesi, öyle olunca da sözler uçup gittikten ve şarkı bittikten epey sonra, o melodi adamakıllı uzaklaşmışken iyice çöküyordu insan, kendi gerçek döşeğinin üzerine, yalnızca kendine ait olanı, gerçeğin ta kendisi, nihayet iki seksen uzanabileceği o güzelim çukurun içine. O nakaratı iki kez dinlemeye kalmadan ölümün o yumuşacık diyarını özler gibi oluyordunuz, her daim sevecen ve hemencecik unutkan, bir sis tabakası gibi. Dumanlıydı sesleri yani.

Koro halinde söylüyorduk, hep beraber serzenişin türküsünü, bu asla tükenmeyecek sabır dumanının içinde, hâlâ buralarda bekleşenlere, ortalıkta canlı canlı dolananlara, peronda, dünyanın tüm peronlarında yaşamın geçip gitmesini beklerken, bir yandan bir haltlar karıştıranlara, öteki hayaletlere tezgâhlar kuran, portakal satan, üçkâğıt ve kalpazanlık önerenlere, polislere, sapıklara, kederlere, ona buna bir şeyler anlatanlara serzeniş...

Tania'ydı Polonya'dan gelme yeni kız arkadaşımın adı. Şu sıralar hayatı, hemen anlamıştım bunu, Berlin'den beri tanıdığı kırk yaşlarında bir küçük banka memuru yüzünden alevlenmişti. Berlin'ine geri dönmek ve onu ne pahasına olursa olsun her şeye karşın sevmek istiyordu. Oraya gidip onunla yeniden buluşabilmek için yapmayacağı şey yoktu.

Tiyatro simsarlarının, hani şu sözleşme vaat edicilerin peşine düşüyordu, sidikli merdivenlerinin kuytu köşelerine kadar. Bu kötü kalpli adamlar, asla gelmeyen yanıtları beklerken, kalçalarını çimdikliyorlardı. Ne var ki kız uzaklardaki aşkına kafayı o kadar takmıştı ki o ellemelerin neredeyse farkına bile varmıyordu. Bu koşullarda sürüp gitmekte olan haftanın sonunu bile getiremeden okkalı bir facia yaşanıverdi. Haftalardır ve aylardır kız Kader'i iyice tahrik ede ede bir olmuş, patlamaya hazır bir silaha çevirmişti.

Grip onun o muhteşem sevgilisini alıp götürüverdi. Faciayı bir Cumartesi akşamı öğrendik. Haberi alır almaz, afallamış, kendinden geçmiş bir vaziyette Tania, beni sürükleyerek Kuzey İstasyonu'na baskın yapmaya götürdü. Bu daha bir şey değildi, ama gişede, kendini kaptırdığı o hezeyan içinde, Berlin'deki cenazeye yetişebileceğini iddia ediyordu. Onu caydırmak, artık çok geç olduğunu, iş işten geçtiğini anlatmak için iki istasyon şefinin çabaları gerekti.

Onu kendini soktuğu o halde bırakıp gitmek düşünülemezdi. O trajedisini ille de yaşamak, daha çok da kendinden geçerek burnuma sokmak istiyordu ille de. Tam sırasıydı! Sefalet ve uzun mesafelerin engeline takılan aşklar, gemicinin aşklarına benzerler, diyecek bir şey yoktur, aksini kanıtlamak olanaksızdır ve dört dörtlüktür. Kaldı ki, sık görüşme fırsatı bulamayınca, pek fazla kavga da edemez insan, bu da az şey değildir hani. Yaşam yalanla dolup taşan bir çılgınlıktan ibaret olduğuna göre, insan ne kadar uzaktaysa, yalanlarına ne kadar çok şey katabiliyorsa, o kadar mutludur, bu da doğal ve olması gereken bir şeydir. Hazmedilmesi zor olan gerçektir.

Örneğin bugün artık Hazreti İsa hakkında bir sürü şey anlatmak kolay. Peki Hazreti İsa herkesin önünde tuvalete gider miymiş acaba? Bana öyle geliyor ki eğer herkesin önünde kaka yapmış olsaydı o numarası çok uzun sürmezdi. Ortalıkta olabildiğince az görünmek, işin püf noktası bu, özellikle de aşk söz konusu olduğunda.

Berlin'e gitmemizi sağlayacak bir tren kalmadığı konusunda Tania'yla mutabık kaldıktan sonra, bu kez de telgrafa dadandık. Borsa postanesinde, upuzun bir telgraf kaleme aldık, ama iş onu yollamaya gelince yeni bir güçlükle karşılaştık, kime yollamamız gerektiğini hiç bilemiyorduk. Berlin'de tanıdığımız kimse kalmamıştı müteveffa dışında. O andan itibaren artık vefatla ilgili söz yarıştırmak dışında elimizden gelen bir şey kalmamıştı. O sözler iki üç kez daha Borsa'nın çevresinde turlamamızı sağladılar, daha sonraysa o acıyı yatıştırmamız gerektiği için ne de olsa, ağır ağır Montmartre'a doğru tırmanmaya başladık, bir yandan da üzüntüler sayıklayarak.

Lepic sokağından itibaren kentin yüksekliklerinde neşesini bulmaya gelmiş insanlara rastlamaya başlanır. Aceleleri vardır. Sacré-Cœur'e vardıklarında, dibine yığılmış tüm evlerle birlikte aşağıda o koca ağır çanağı oluşturan geceyi seyre koyulurlar.

Küçük meydanda, görünüşünden en hesaplı olduğunu varsayarak gözümüze kestirdiğimiz kahveye girdik. Tania hem teselli hem de teşekkür babında istediğim yerlerinden onu öpmeme izin veriyordu. İçki içmeyi de seviyordu. Çevremizdeki sıralarda hafif sarhoş kimi şamatacılar şimdiden sızmıştı bile. Küçük kilisenin tepesindeki saat çalmaya başladı saat başında ve hızını alamayıp çaldı durdu saatlerce her saat başında. Dünyanın sonuna varmıştık, bu giderek daha belirginleşiyordu. Daha öteye de gidilemezdi, çünkü daha ötede yalnızca ölüler vardı.

Yanda, Place du Tertre'de başlıyordu, ölüler. Bulunduğumuz yer onları tespit edebilmek için gayet uygundu. Galeries Dufayel'in tam üstünden geçiyorlardı, doğudan yani.

Ancak yine de onları nasıl bulacağınızı bilmeniz gerekiyordu, yani içeriden ve gözler neredeyse kapalıyken, çünkü reklam panolarının o koca yakamozları, bulutların arasından bile onları, yani ölüleri görmenizi bayağı zorlaştırıyordu. Onlarla, yani ölülerle birlikte, hemen anladım Bébert'i yanlarına aldıklarını, hatta onunla hafiften selamlaştık bile, Bébert'le yani, bir de, ona yakın bir yerlerde, iyice sararıp solmuş, nihayet düşüğünü yapabilmiş o kızla, Rancy'deki hani, bu sefer artık iç organları tamamen boşalmıştı.

Sağda solda benim bir sürü eski müşterim vardı, artık iyiden iyiye unutmuş olduğum kadın müşteriler de vardı, daha başkaları da, beyaz bir bulutun üstündeki o zenci, yapayalnız, hani yediği o son kırbaç darbesi fazla gelen, orada, onu Topo'dan tanıdım, bir de baba Grappa vardı tabii, balta girmemiş ormanın gedikli teğmeni! Onları ara sıra düşündüğüm olmuştu, teğmeni, işkence görmüş zenciyi, bir de benim İspanyol'umu, rahip olanı, bu gece rahip de gelmişti ölülerle birlikte gökyüzündeki dualar için ve boynundaki altın haçla bir buluttan diğerine uçmakta epey zorlanıyordu. Haçıyla bulutlara tutunuyordu, en pislerine ve en sararmışlarına, ben de gitgide artan sayıda daha nice mevtayı tanımaya başlamıştım, nice nicelerini... Sayıları o kadar çoktu ki, insan henüz hayattalarken onlara yeterince iyi bakmayı akıl edemediği için, yıllar boyu, burnunun dibinde, gerçekten utanıyordu...

Gerçekten de, insanın vakti asla yetmiyor, sırf kendini düşünmeye bile.

Her neyse, bütün bu adiler, melek olmuşlardı ben farkına bile varmadan! Bulutlar dolusu melek vardı artık, her tarafta, hem de kaçığını mı ararsın, münasebetsizini mi... Alayı da kentin üzerinde gezmeye çıkmış! Gözlerim, sırası gelmişken, aralarında Molly'yi de aradı, o tatlı, biricik dostumu, ama o onlarla birlikte gelmemişti... Eminim onun yalnızca kendine ait küçük bir gök parçası vardır, Tanrı'ya yakın yerden, o her zaman o kadar iyi davranmıştı ki, Molly... Onun bu haydutların arasında olmadığını gördüğüme sevinmiştim, çünkü bunlar gerçekten de haydut ölülerdi, serseriler, bu gece kentin üzerinde toplananlar ayaktakımı ve hayalet süprüntüsünden ibarettiler. Özellikle de yandaki mezarlıktan sökün ediyorlardı, ha bire geliyorlardı hem de pek tekin olmayanları. Küçücük bir mezarlıktı oysa, komüncüler* bile geliyordu, kanlar içinde, sanki hâlâ slogan atmak istermişçesine ağızlarını iyice açmış ama artık bağıramayan... Bekleşiyordu komüncüler*, diğerleriyle birlikte, La Pérouse'u** bekliyorlardı, hani o Adalı olan, bu geceki toplantı için hepsine o komuta edecekti... Bir türlü hazırlıklarını tamamlayamıyordu La Pérouse, yuvasına oturmayan tahta bacağı yüzünden... hem sonra ne yapsın yani hep zorlanmamış mıydı tahta bacağını yuvasına oturtmakta, bir de hangi cehenneme gittiği bilinmez o koca dürbünü yüzünden.

Artık dürbününü boynuna asmadan bulutların üzerine çık-

* Montmartre tepeleri 1871 Paris Komünü'nün başından sonuna dek birçok önemli olaya ve çatışmaya sahne olmuştur.

** La Pérouse kontu, Jean François de Galup: Ünlü Fransız gemici, James Cook'un izinden giderek Amerika ve Asya kıtalarının kuzeyini ve bu arada Paskalya adalarını keşfetti; Tonga adaları yakınlarında yerliler tarafından öldürüldüğü sanılıyor.

mak istemiyordu, az buz şey değildi hani, onun şu ünlü maceracı dürbünü, tam bir komedi, insanlarla nesneleri hep daha uzaktan gösterir, giderek tersinden bakıp daha da uzaktan gösterir, yaklaştıkça ve yaklaşılmasına karşın da haliyle hep daha arzulanır kılardı. Moulin dolaylarında gömülmüş Kazaklar tabutlarından çıkmayı bir türlü beceremiyorlardı. Öyle de bir çabalıyorlardı ki, yürekler acısıydı, ama daha önce de kaç kez denemişlerdi... Her seferinde tabutlarının dibine yığılıyorlardı yeniden, 1820'den beri hâlâ sarhoştular.

Neyse ki bastıran ani bir yağmur onları da dışarıya fırlattı, sonunda kentin iyice yükseklerinde ayılmışlardı. Derken, bir buluttan diğerine döne döne dağılarak haylazlıklarıyla geceye renk kattılar... Özellikle de, göründüğü kadarıyla, Opera çekiyordu onları, orta yerinde yakılan afişlerden yükselen koca alevlere sıçrayarak saçılıyor, oradan da göğün öbür ucuna zıplıyordu hortlaklar, hem de o kadar kıpır kıpır ve kalabalıklardı ki insanın gözü kamaşıyordu. Sonunda donanımını tamamlayabilen La Pérouse saat kulesinde saat dördün son çalışı için kendini oraya dengeli biçimde tırmandırmalarını istedi, ona omuz verildi, tam üstüne kurulması sağlandı. Ata biner gibi oturup, nihayet iyice yerleştiği halde, hâlâ el kol hareketleri yapıyor, debeleniyordu. Saat dörtte düğmelerini iliklerken saatin çalışı onu sarstı. La Pérouse'un arkasında, tam bir göğe hücum yaşanıyordu. Tüyler ürpertici bir telaş, dört bir taraftan, döne döne geliyordu hayaletler, tüm destanların tüm heyulaları... Peş peşe, birbirlerine meydan okuyor, kapışıyorlardı yüzyıllar yüzyıllara karşı. Kuzey bölgesi uzun süre o tüyler ürpertici arbedelerinin yükü altında ezildi. Derken bulutlar dağıldı, ortalığı mavimsi bir aydınlık kapladı ve ardından nihayet geceyi yarıp kaçmak için açtıkları koca bir delikten yükselen gün ışıdı.

Artık istersen gel de bul onları, çok zor. Bunun için Zaman'ın dışına çıkabilmek gerek.

Başarabilirseniz eğer onları İngiltere taraflarında bulabilirdiniz, gelgelelim o taraflarda sis de her zaman o kadar pekişmiş, o kadar yoğundur ki sanki karadan göğün tepelerine doğru hem de sonsuza dek arka arkaya yükselen gerçek yelkenleri andırırlar. Alışınca ve biraz dikkat edince onları bulabilmek yine de mümkündür, ancak açıklardan yeni fırtınaları, nemli bulutları yakınlara taşıyan rüzgâr yüzünden bu asla uzun ömürlü olmaz.

Orada duran, Ada'ya göz kulak olan uzun boylu kadın, onların en sonuncusudur. Başı, en yüksek nem bulutlarından bile daha yükseklerdedir. Adada az çok hayatta kalmış bir tek o vardır artık. Her şeyin tepesinde duran kızıl saçları, bulutları bir süre daha sarartır, güneşten artakalan budur işte.

Kendine çay demlemeye çalışıyormuş dediklerine göre.

Sonsuza dek burada olduğuna göre bir şeyler yapmayı deneyecek elbette. Fazlasıyla yoğunlaşan ve insanın içine işleyen sis yüzünden çayının altı daima fokurduyor. Gemilerden birinin teknesini kullanıyor çaydanlık niyetine, gemilerin en güzeli, en büyüğü, Southampton'da bulabildiği en son gemininkini, dalgalar ve yine dalgalar boyunca ısıtıyor çayını… Karıştırıyor… Ucunu kocaman bir kürekle karıştırıyor… Oyalanıyor.

Gözü başka hiçbir şey görmüyor, o artık sonsuza dek ağırbaşlı kalacak, boynu bükük.

Hortlakların dansı onun tam da üzerinden geçmişti ama o yerinden kımıldamadı bile, kıtanın tüm hayaletlerinin gelip burada kaybolmalarına alışık o… Bitti artık.

Küllerin altında közlenen ateşi didikliyor, parmaklarıyla, iki ölü ormanın arasında, bu yetiyor ona.

Harlatmaya çalışıyor, bundan böyle her şey onun, ancak çay bir daha artık asla fokurdamayacak.

Alevlerin hayatı tükendi.

Kimse için hayat kalmadı yeryüzünde bir tek onun için azıcık ve her şey neredeyse bitti…

En sonunda gidip yattığımız odada uyandırdı beni Tania. Saat sabahın onuydu. Onu başımdan atabilmek için kendimi iyi hissetmediğimi ve biraz daha yatakta kalmak istediğimi söyledim.

Hayat kaldığı yerden devam ediyordu. Bana inanmış göründü. O iner inmez, arkasından ben de yola koyuldum. Aslında, yapmam gereken bir şey vardı. Önceki geceki o mahşer bende garip bir pişmanlık duygusu yaratmıştı. Robinson'un anısı yeniden içimi kemirmeye başlamıştı. Her şey ortadaydı, onu bal gibi kendi kaderine terk etmiştim işte, hatta daha kötüsü, onu Peder Protiste'in insafına bırakmıştım. Daha ne olsun. Elbette Toulouse'da her şeyin gayet yolunda gittiği, hatta ihtiyar Henrouille'un ona karşı artık gayet nazik davranmaya bile başladığı anlatılmıştı bana. Ne var ki, bazı durumlarda, değil mi, insan yalnızca duymak istediklerini ve işine gelenleri duyar... İşin aslına bakılırsa bu muğlak laflar hiçbir şeyin kanıtı sayılamazdı.

Merak ve endişe içinde, haber almak amacıyla Rancy'ye doğru yola koyuldum, ama öyle yarım yamalak değil, doğru dürüst haber almak istiyordum. Oraya gitmek için Pomone'un oturduğu Rue des Batignolles'den geçmek gerekiyordu. Yolumun üzeriydi. Evine yaklaşıyordum ki, onu, yani bizzat Pomone'u, kendi sokağının köşesinde karşımda görünce şaşakaldım, kısa boylu bir beyin peşine düşmüş ve belli bir mesafeden onu izliyor gibiydi. Pomone için, ki evinden hiç çıkmazdı, bu ciddi bir olaya benziyordu. Peşine düştüğü herifi de tanıdım, bir müşteriydi, "Cid" diye tanıtıyordu kendini yazışmalarda. Ancak biz de, sağdan soldan topladığımız tüyolar sayesinde "Cid"in postanede çalıştığını biliyorduk.

Yıllardır kendisine iyi aile terbiyesi görmüş bir sevgili bulması için Pomone'un başının etini yer dururdu, bütün hayali buydu. Ancak kendisine tanıtılan genç kızların hiçbirinin aile terbiyesini yeterli bulmuyordu. Hepsi de hatalı davranıyordu, onun iddiasına göre. O zaman da olmuyordu. Şöyle etraflıca bir düşünüldüğünde iki büyük tür sevgili vardır aslında, "açık fikirli" olanlar ve "iyi bir Katolik aile terbiyesi görmüş" olanlar. Her ikisi de çulsuz kızların kendilerini üstün hissetmelerine yarayan yöntemlerdi, aynı zamanda da endişelileri ve tatminsizleri tahrik etmenin iki ayrı yoluydu, "baş örtülü kız" tarzıyla "oğlan kılıklı kız"* tarzı.

"Cid" elinde avcunda ne varsa aydan aya bu araştırmalara yatırmıştı. Pomone'la kaynaklarını da tüketmişti, umudunu da. "Cid"in aynı gece gidip boş bir arsada intihar ettiğini daha sonra öğrenecektim. Aslında Pomone'un evinden çıktığını görür görmez olağan olmayan bir şeyler döndüğünü sezmiştim. Duhuliye resmi gişelerine varıncaya kadar sokaklar boyunca dükkânlarını, hatta renklerini teker teker yitirip bu şekilde derme çatma kıraathanelerle sona eren o semtte epey uzunca bir süre peşlerinden gittim. Acelesi olmayanlar, öncelikle yörenin hüzünlü hali ve aşırı derecede umursamazlığından ötürü şaşkına dönecekleri için, bu sokaklarda kolaylıkla kaybolurlar. Burası öylesine sıkıcıdır ki, biraz paranız olsa derhal bir taksiye binip uzaklaşmaya bakardınız. Karşınıza çıkan insanların bahtı da öylesine karadır ki onlar adına mahcup olurdunuz. Perdelerinden ışık sızmayan pencerelerin arkasında, kimi küçük rantiyelerin gaz musluklarını açıp işi bitirmeyi yeğledikleri neredeyse besbellidir. Elden ne gelir ki? Hassiktir! dersiniz, o da pek bir şey sayılmaz.

Üstelik oturacak tek bir sıra bile yoktur. Renk desen her yer boz ve kurşuni. Yağmur yağdı mı, her yerden birden yağar, hem karşıdan hem yandan, sokak da o zaman ortasına yağmurun bir çizgi çekmiş olduğu koca bir balık sırtı gibi kayganlaşır. Bu semt için başıbozuk dahi denemezdi, daha çok bir hapishaneye benziyordu, neredeyse disiplinli sayılabilecek, kapıya bile gerek duymayan bir hapishane.

Böyle dolanayım derken, Pomone'un ve intihar kurbanının izini Vinaigriers sokağından hemen sonra kaybettim. Bu arada

* "Oğlan kılıklı kız" (*La Garçonne*): Fransız yazar Victor Margueritte'in o dönemde olay yaratan, skandallara konu olan kitabının adıdır.

La Garenne-Rancy'ye o kadar yaklaşmıştım ki gidip surların üzerinden bir göz atmaktan kendimi alıkoyamadım.

Uzaktan bakınca, aksi söylenemez, göze hoş geliyordu La Garenne-Rancy, büyük mezarlığın ağaçları sayesinde. İnsan neredeyse yanılıp orayı tıpatıp Boulogne Ormanı'na benzetebilirdi.

Eğer ille de biriyle ilgili haber almak istiyorsanız, gidip bir bilene sormalısınız. Ne de olsa, dedim o zaman kendi kendime, Henrouille'lara şöyle bir uğramakla fazla bir şey kaybetmiş olmam. Bilse bilse onlar bilirdi, Toulouse'da işlerin nasıl gittiğini. İşte yaptığım tedbirsizlik bu oldu. İnsan hiç kuşkulanmıyor. Daha oraya yaklaştığınızı bile anlamaya fırsat kalmadan dalıvermiş oluyorsunuz gecenin o pis bölgelerine, hem de sapına kadar. Hemen başınız derde giriveriyor. Ufacık bir şey yetiyor bile, hem sonra, ne yapalım yani siz de bazı insanları yeniden görmeye çalışmasaydınız, hele de bunları. Sonra yakayı kaptırıveriyor insan.

Dolana dolana eski alışkanlıklarım beni evlerinin birkaç adım ötesine kadar götürüverdi. O evin hâlâ aynı yerde durduğunu gördüğüme inanamıyordum. Yağmur yağmaya başladı. Sokakta benden başka kimse yoktu, ben de daha öteye gitmeye çekiniyordum. Tam da daha fazla ısrar etmeden gerisin geriye dönmeye niyetlenirken evin kapısı aralandı, o da ancak gelinin içeri girmemi işaret etmesine yetecek kadar. O, elbette, her şeyi görüyordu. Beni karşı kaldırımda allak bullak vaziyette beklerken görmüştü. O an artık oraya yanaşmaya hiç de niyetli değildim, ama o ısrar ediyordu, hatta bana adımla sesleniyordu.

— Doktor bey!... Gelin lütfen çabuk!

Bu şekilde çağırıyordu beni, kendinden emin... Dikkat çekmekten korkuyordum. Öyle olunca bir koşu sundurmalı merdivenlerden yukarı çıkıp kendimi sobalı küçük koridorda buluverdim ve o bildik dekor yine karşıma çıktı. Bu bende garip bir endişe yarattı. Derken, kocasının iki aydır bayağı hasta olduğunu, hatta giderek kötüleştiğini anlattı bana.

Derhal, kuşku, elbette.

— Ya Robinson? diye sordum ben de, tez canlı.

Önce sorumu duymazdan gelmeye çalıştı. Sonra nihayet dili çözüldü. "İkisinin de durumu gayet iyi... Toulouse'daki işleri de yolunda" diye yanıtladı sonunda, ama öylesine, kestirip atarak. Lafı öyle fazla uzatmadan başladı yine hasta kocası hakkında kafa ütülemeye. Daha fazla oyalanmadan gidip kocasıyla ilgilenmemi istiyordu, kaybedilecek bir dakika bile yokmuş. "Meğer ben ne hakikatliymişim de... Kocasını ne iyi tanırmışım da... Falan da feşmekân da... Meğer o da benden başkasına güvenmezmiş de... Bir başka doktora görünmeyi katiyen kabul etmemişmiş de... Benim yeni adresimi bulamamışlarmış da..." Kırım kırım kırıtıyordu yani.

Benim ise, kocasının bu hastalığının pek tekin olmayan nedenleri olabileceğinden kuşkulanmak için epey haklı gerekçem vardı. Hatunun ne mal olduğunu ve ayrıca ailenin bu konudaki alışkanlıklarını ben bilmeyecektim de kim bilecekti? Yine de şeytan dürttü, merakıma dayanamayıp odaya çıktım.

Tam da birkaç ay önce, geçirdiği kazadan sonra Robinson'u tedavi ettiğim yatakta yatıyordu.

Birkaç ay içinde oldukça değişebiliyordu odalar, her şey yerli yerinde kalsa bile. Ne kadar eski püskü olsalar da, nesneler yine de, artık nasıl oluyorsa, eskiyecek gücü buluyorlardı bir yerlerden. Etrafımızdaki her şey daha şimdiden değişmişti. Eşyalar değildi yer değiştiren, elbette, sadece nesnelerin kendileri, derinlemesine. Nesneler sonradan yeniden karşınıza çıktıklarında bambaşka oluyorlardı, eskisine kıyasla, içimize daha büyük bir hüzünle, daha yumuşakça, daha derinden işleyebilmek, içimizde günbegün, inceden inceye, tatlı tatlı, kalleşçe gelişmekte olan ve karşısında her geçen gün bir öncekinden daha az direnmeye kendimizi alıştırmaya çalıştığımız o bir tür ölümün içinde eriyebilmek için sanki bir yerlerden güç kazanıyorlardı. Bir zamanlar sıradan, değerli, bazen de ürkütücü bir halde bıraktığımız yaşamın ve varlıkların ve onlarla birlikte nesnelerin de, her seferinde biraz daha içimizde yumuşadıklarını, büzüştüklerini görürüz. Bizler keyif peşinde ya da karnımızı doyurma amacıyla kentin içinde koşuştururken ölüm korkusu işte tüm bunlara kırışıklıklarıyla damgasını vurmuştur bile.

Bu gidişle kala kala yalnızca zararsız, acınası, çaptan düşmüş insanlar ve nesneler kalacaktı geçmişimizin dört bir tarafında, yalnızca artık sesi soluğu kesilmiş hatalar.

Kadın kocasıyla beni baş başa bıraktı. Kocanın durumu hiç de parlak değildi. Kan dolaşımı yok denecek kadar azalmıştı. Kalpteydi sorunu.

— Öleceğim, deyip duruyordu, pek de veciz bir ifadeyle.

Başıma böyle işler açma konusunda bende de eşek şansı vardır hani. Kalp atışlarını dinliyordum, sırf duruma uygun bir şeyler yapmış olmak için, beklenen birkaç malum işlem. Koşturuyordu kalbi, orası öyle, kaburgalarının arkasında, hapis, koşuyordu hayatın peşinden, ara ara sendeleyerek, ancak ne kadar sıçrarsa sıçrasın, asla yetişemeyecekti hayata. Hayatı kaymıştı artık. Böyle tökezlemeye devam ederse, kısa bir süre sonra, çöplüğü boylayacaktı, yüreği, vıcık vıcık, kıpkırmızı ve ezilmiş olgun bir nar gibi suları akmış. Kocanın o pelteleşmiş kalbi işte böyle görünecekti, birkaç gün sonra, mermerin üstünde, otopsi sırasında, bıçakla yarılmış. Çünkü bu hikâye eminim güzel bir adli otopsiyle son bulacaktı. Bunu öngörebiliyordum, mahallede herkes kim bilir ne zehir zıkkım hikâyeler anlatacaktı bu ölümün ardından, bu da pek normal gibi görünmeyen ölümün, hele ötekinden sonra.

Mahalleli, önceki hikâyeden beri biriktirip de ortalığa dökemediği dedikodularıyla fırsat kolluyordu gelinin defterini dürmek için. Yakında olacağı da buydu. Kocası şimdilik nasıl durması gerektiğini de bilemiyordu, nasıl ölmesi gerektiğini de. Daha şimdiden hayatın biraz dışına çıkmış gibiydi, ama ne yapsa akciğerlerinden bir türlü kurtulamıyordu. Kovuyordu havayı, ama hava geri geliyordu. Kendini salıvermek isterdi aslında, ama yine de yaşamak zorundaydı, sonuna kadar. Pek berbat bir işti bu, bu yüzden şaşı bakar olmuştu.

"Ayaklarımı hissedemiyorum, diye sızlanıyordu... Dizime kadar üşüyorum..." Ayaklarına dokunmak istiyordu, ama artık başaramıyordu.

Uzanıp içeceğini almayı de başaramıyordu. Artık neredeyse sonuna gelmiştik. Karısının ona hazırladığı bitki çayını ona uzatırken, içine kim bilir ne koydu diye merak ettim. Kokusu pek nahoştu bu bitki çayının, ama koku kanıt sayılmaz, kediotunun kendisi de kötü kokardı zaten. Kaldı ki koca bu şekilde nefes alamaz hale gelmişken bitki çayının garip olup olmayışının da pek bir önemi kalmamıştı artık. Ne de çok çabalıyordu oysa, cildinin altında kas namına nesi kalmışsa onun yardımıyla, elinden geldiğince uğraşıyordu, daha çok acı çekip daha çok nefes alabilmek için. Ölüme karşı olduğu kadar hayata karşı da debeleniyordu. Bu gibi durumlarda insan paramparça olabilse daha adil olurdu herhalde. Doğa artık olan biteni iplememeye başladığında da insana sanki bu işin bir sınırı yokmuş gibi geliyordu. Kapının arkasında, karısı, muayene sırasında konuştuklarımızı dinliyordu, ama ben de onun, yani karısının, ne mal olduğunu biliyordum. Usulca, gidip yakasına yapışıverdim. "Kırt! Kırt!" yaptım ona. Hiç bozulmadığı gibi gelip kulağıma eğilerek:

"Takma dişleri, diye fısıldadı, takma dişlerini çıkarmasını sağlamalısınız... Nefes almasını zorlaştırıyordur..." Ben, hiç de karşı değildim elbette, takma dişlerini çıkarmasına.

"Ona bunu siz kendiniz söylesenize!" diye öğütledim. Pek de kolay bir tebligat değildi bu, hele hasta o haldeyken.

"Hayır! hayır! sizin söylemeniz daha iyi olur! diye ısrar etti. Ben söylersem, benim biliyor olmama gücenebilir...

— Hayda! diye şaşırdım, neden?

— Otuz yıldır takma diş kullanıyor ve bundan bana asla söz etmedi...

— Eh bari bırakalım da kalsın o zaman? diye önerdim. Madem onunla nefes almaya alışık...

— Katiyen olmaz! yoksa kendimi asla bağışlayamam!" diye yanıt verdi bana sanki biraz heyecanlı bir sesle...

Bu durumda usulca odaya döndüm. Kocası yanına döndüğümü duydu. Geri gelmeme sevindi. Nefes almakta güçlük çekse de benimle konuşmaya devam ediyor, hatta bana nezaket göstermeye bile çalışıyordu. Hal hatır sordu, yeni müşteriler edinip edinmediğimle ilgilendi... "Evet, evet" diye yanıtlıyordum tüm bu soruları. Ona ayrıntıları anlatmaya kalksam çok uzun sürerdi, gereğinden fazla karışıktı. Sırası da değildi. Karısı, kapının arkasında gizlendiği yerden hâlâ bana takma dişlerini çıkartmasını istemem için işaret ediyordu. Ben de kocanın kulağına eğildim ve alçak sesle onları çıkarmasını tavsiye ettim. Pot kırmıştım! "Onları tuvalete attım!..." dedi bana korkudan fal taşı gibi iyice açılmış gözlerle. Bu, bir nevi süs merakı, gönül avcılığıydı yani. Ardından da iyice hırlamaya başladı.

İnsan elinin altında ne varsa onunla icra ediyordu sanatını. O da, bütün yaşantısı boyunca takma dişleri konusunda girmişti estetik çaba içine.

Günah çıkarma zamanı. Fırsat bu fırsat bana anasına olanlar hakkındaki düşüncelerini anlatmasını isterdim. Ama artık yapamayacaktı. Film kopmuştu. Ağzından bolca köpük geliyordu. Sonuna gelmişti. Artık ondan tek kelime almak mümkün değildi. Ağzını sildim ve aşağıya indim. Aşağıdaki koridorda bekleyen karısı hiç de hoşnut değildi ve beni neredeyse takma dişler yüzünden azarladı, sanki benim suçummuş gibi.

"Altın kaplamaydı! Doktor... Biliyorum! Onları kaç paraya aldığını da biliyorum!... Artık böylesini yapmıyorlar!..." Bayağı mesele yaptı. O kadar canım sıkılmıştı ki, "çıkıp bir daha denemeye varım" diye önerdim ona. Ama onun da benimle gelmesi şartıyla!

Bu kez, ikimizi de neredeyse tanıyamıyordu koca. Sadece birazcık. Onun yanına geldiğimizde daha az hırıldıyordu, sanki karısıyla benim, aramızda, neler konuştuğumuzu duymak istercesine.

Cenazeye gitmedim. Otopsi konusunda da korktuğum başıma gelmedi. Her şey tereyağından kıl çeker gibi halloldu. Ne var ki artık tamamen bozuşmuştuk, dul Henrouille'la ikimiz, şu takma diş meselesi yüzünden.

Gençlerin sevişmek için o kadar acelesi vardır ki hep, eğlence olsun diye onlara yutturulan her şeyi havada kapmaya o kadar heveslidirler ki, duygu ve heyecanlarını pek de ince eleyip sık dokumazlar. İki düdük arasında, büfede önlerine konan her şeyi silip süpüren yolculara benzerler. Hele bir düzüşme sohbetlerine çeşni olacak iki üç ufak nakarat sunun bakın bu gençlere, nasıl da mutlu oluyorlar. Kolayca mutlu olabiliyor gençler, zaten her şeyden önce de diledikleri kadar doyuma ulaşabiliyorlar, doğru!

Tüm gençlik er geç o anlı şanlı plajda bulur kendini, deniz kenarında, kadınların nihayet özgür oldukları izlenimini veren, düşlerimizin yalanlarına gereksinim duymayacak kadar güzel oldukları yer.

Bu durumda, haliyle, kış bastırınca, dönmek, bitti demek, bunu itiraf etmek epey güç oluyor. Elden gelse kalırdı insan, o soğukta, o yaşta, umut tükenmemiştir henüz. Anlaşılır bir şey bu. İğrenç yaratıklarız vesselam. Kimseye gücenmenin âlemi yok. Önce doyum ve mutluluk gelir. Benim de görüşüm bu. Üstelik başkalarından gizlenmeye başladığınızda, bu onlarla birlikte hoşça vakit geçirmekten çekindiğinizin işaretidir. Bu başlı başına bir hastalıktır. Yalnızlıktan bir türlü iyileşmemekte neden öyle inat ettiğimizi bir anlayabilsek. Savaş sırasında hastanede karşılaştığım başka bir tip, bir onbaşı, bana az buçuk söz etmişti bu duygulardan. O oğlanı bir daha göremedim ne yazık ki! "Dünya çoktan ölmüş!" diye açıklamıştı bana... "Bizler yalnızca onun üzerindeki kurtçuklarız, o boktan koca cesedinin üzerindeki kurtlar, ha bire onun bağırsaklarını kemirip duruyoruz, hem de yalnızca zehirli yerlerini... Biz bir boka yaramayız. Doğuştan çürümüş biz... İşte o kadar!"

Ne var ki bir gece alelacele burçların oraya götürülüverdi bu düşünür, bu da onun en azından hâlâ kurşuna dizilmeye yarayabileceğini kanıtlıyordu. Hatta iki zarbo bir olup ancak götürebildiler onu, biri uzun boylu, öteki ufak tefekti. Gayet iyi anımsıyorum. Anarşist diye nitelemişler onu divanıharpte.

Yıllar sonra bunları yeniden düşündükçe, bazen kimilerinin kullanmış oldukları sözcükleri ve bizzat o kişileri yeniden yakalayabilmek mümkün olsa keşke diyesi geliyor insanın, bize tam olarak ne demek istemiş olduklarını sormak için... Ama giden gitmiş!... O zamanlar onları anlayacak kadar eğitimli değilmişiz... Oysa merak ediyor insan, hani olur a, şimdi fikir değiştirmişler midir acep diye... Ama artık iş işten geçmiş... Bitmiş!... Kimse onlar hakkında hiçbir şey bilmiyor artık. Bu durumda gecenin içindeki yolculuğunuzu tek başınıza sürdürmekten başka çare de kalmıyor. Gerçek yol arkadaşlarımızı yitirmişiz. Üstelik, henüz iş işten geçmeden, doğru soruyu, esas soruyu da soramamışız onlara. Onların yanındayken bilememişiz. Yitik insan. Zaten her zaman geç kalmaz mıyız? Bütün bunlar artık beş para etmeyen son pişmanlıklardır.

Neyse ki bari hiç olmazsa Peder Protiste çıkageldi günün birinde, kâr hissemizi paylaşma amacıyla, hani Henrouille ananın o mahzen işinden payımıza düşen. Rahipten yana bir beklentim kalmamıştı oysa. Sanki gökten zembille inmiş gibiydi!... Bin beş yüz frank düşüyordu her birimizin payına! Aynı zamanda, bana Robinson'dan da iyi havadisler getirmişti. Gözleri, denildiğine bakılırsa, çok daha iyiye gidiyormuş. Hatta gözkapaklarının iltihabı bile kurumuş. Üstelik oradakilerin hepsi de beni özlemiş. Ben de onları görmeye geleceğime söz vermiştim gerçi. Protiste bile bizzat ısrar ediyordu.

Yine bana anlattıklarından çıkarsadığım kadarıyla, Robinson anlaşılan yakında mahzenin yanındaki kilisenin, hani Henrouille ananın mumyalarının bağlı olduğu kilisenin mum satıcısının kızıyla evlenecekmiş. Bu evliliğe daha şimdiden oldu bitti gözüyle bakmalıymışız.

Tabii laf lafı açınca Henrouille'un vefatından da söz etmek zorunda kaldık, ama pek de üzerinde durmadık ve sohbet yeniden keyifli bir mecraya dökülerek Robinson'un geleceğine, oradan da daha önce hiç görmediğim ve eskiden Grappa'nın bana bahsetmiş olduğu Toulouse kentine uzandı, bir de ihtiyarla beraber ikisinin orada yürüttüğü o bir nevi ticari faaliyete ve nihayet Robinson'la evlenecek olan o genç kıza. Yani daldan dala atlayarak gevezelik ettik işte... Bin beş yüz frank! Bu beni epey hoşgörülü ve bir bakıma iyimser kılıyordu. Robinson konusunda bana aktardığı tüm projeleri pek bilgece, aklı başında ve isabetli, hem de bu koşullarda gayet makul buluyordum... İşime geliyordu. En azından öyle olduğunu sanıyordum. Derken, rahiple yaş mevzuunda ahkâm kesmeye başladık. O da ben de otuzlu yaşları çoktan devirmiştik. Otuzlu yaşlarımız geçmişin kök söktüren kıyılarında kalmış, fazlaca da özlenmeden uzaklaşıyordu bizden. Kıyıları tanıyabilmek için geriye dönüp bakmaya bile değmezdi. Yaşlanırken pek bir şey yitirmiş sayılmazdık. "Sonuç olarak, diye kapattım konuyu, özel olarak şu değil de bu yılı özlemek için bayağı haysiyetsiz olmak gerek!... Bizler şevkle yaşlanabiliriz, Papaz efendi, hem de harbiden! Dün sanki pek mi eğlenceliydi? Ya bir önceki yıl?... Onu nasıl bulurdunuz?... Neyi özleyecekmişiz?... Soruyorum size? Gençliği mi?... Bizler gençlik nedir hiç göremedik ki!...

"Fakirler gençleşirler, doğrudur, daha çok içten içe, adım adım, iyice sonlarına yaklaşırken de onlara doğuştan aşılanan tüm yalanı, korkuyu ve o iğrenç itaat etme dürtüsünü yitirdikleri ölçüde, başlangıca kıyasla daha az mide bulandırıcı olurlar. Yeryüzünde var olanın gerisi nasıl olsa onlara göre değildir! Onları ilgilendirmez! Onların görevi, biricik görevi, boyun eğmişliklerini söküp atabilmektir, onu kusmaktır. Eğer iyice gebermeden bunu başarabilmişlerse işte o zaman hayatlarını boşa geçirmemiş olmakla övünmeyi hak ettiler demektir."

Kaptırmış gidiyordum yani... Bu bin beş yüz frank çeneme vurmuştu, konuşmamı sürdürdüm: "Gerçek gençlik, biricik gençlik, Papaz efendi, herkesi ayırım gözetmeksizin sevmektir, bir tek budur gerçek olan, bir tek budur genç ve yeni olan. Şimdi söyleyin bakalım, Papaz efendi, siz bu tıynette kaç genç tanıyorsunuz ha?... Ben hiç tanımıyorum!... Her yerde, piyasaya çıkalı az ya da çok zaman geçmiş bedenlerde mayalanmakta olan kapkara, bildik dangalaklıklar görüyorum yalnızca, üstelik bu pespayelikler ne kadar mayalanırsa gençler bir o kadar ciddiye alıyorlar onları, o zaman da bir o kadar rahat iddia ediyorlar müthiş gençler olduklarını! Ama doğru değil, tırışkadan nağmeler bunlar... İçi cerahat dolu olduğu için şişen ve içine acı veren çıbanlarınki ne tür bir gençlikse, onlarınki de öyle."

Benim onunla böyle konuşmam Protiste'in canını sıkıyordu... Daha fazla keyfini kaçırmamak için konuyu değiştirdim... Yani şimdi adam tam da bana bu kadar nazik davranmışken ve hatta ne yalan söyleyeyim, hızır gibi yetişmişken... Tabii insanın kafasını benim bu konuya taktığım kadar taktığı bir konuya yeniden dönmekten kendini alıkoyması da çok zordur haliyle. İnsan yalnız yaşadığı andan itibaren kendi geçmiş yaşantısıyla ilgili konuların yükü altında ezilir. Bu yük onu sersemletir. Bundan kurtulmak için de bunun bir miktarını onu her görmeye gelenin üstüne sıvaştırır, bu da bu sefer onların canını sıkar. Yalnız olmak demek ölüme yönelik alıştırmalar yapmak demektir. "Bir köpekten daha cömertçe ölebilmeyi becermek gerek, dedim yine dayanamayıp, o zaman gebermemiz bin dakika sürer ve bunun her bir dakikası yine de yenilenmiş olacaktır, hem de geçmiş bin yıl içinde sevişerek aldığınız zevki bin kez unutturacak kadar da endişe yüklü... Bu dünyada esas mutluluk zevkle, zevk içinde ölmek olurdu... Gerisi boştur, yalnızca itiraf etmeye bile çekindiğimiz bir korkudur, sanattır."

Bu şekilde zırvaladığımı duyan Protiste, herhalde yeniden hastalandığımı düşünmeye başladı. Haklı olabilirdi ve belki de her konuda ben tamamen haksızdım. Çekildiğim inzivamda, evrensel bencilliğe bir ceza bulmaya çalışırken, aslında düş gücüme otuzbir çektiriyordum, hiçliğin dibinde arıyordum cezayı! Olmayan paralar yüzünden gezip tozma fırsatları seyrekse, hele kendi kabuğundan çıkma ve düzüşme fırsatları daha da seyrekse, insan elde ne varsa onunla oyalanıyor.

Dini inançlarına aykırı felsefelerimle Protiste'e sataşma konusunda tamamen haklı olmayabilirdim, öte yandan onun da tüm kimliğinde ifadesini bulan ve herhalde birçok insanın sinirini bozan pis bir üstünlük taslama hali olduğunu da belirtmekte yarar var. Ona göre, biz tüm insanlar dünyadayken ebediyetin bir tür bekleme salonunda duruyorduk, sırtımızda bir numarayla. Onunki, yani onun numarası ise mükemmeldi elbette ve doğrudan cennetlikti. Gerisini iplemiyordu zaten.

Bu tarz inançlar tahammül edilmez niteliktedir. Buna karşılık bana, aynı akşam, Toulouse yolculuğu için gerekli parayı ödünç vermeyi önerdiğinde, onu taciz etmekten, ona karşı çıkmaktan tamamen vazgeçtim. "Tarapout"da Tania ve onun hortlağıyla yeniden buluşma korkusundan, tartışmayı fazla uzatmadan davetini kabul ettim. Hiç olmazsa bir ya da iki hafta adam gibi yaşarım! diyordum kendi kendime. Sizi ayartmak için başvurmayacağı numara yoktur şeytanın! Öğrenmekle bitmez. Eğer yeterince uzun bir süre yaşasaydık kendimize yeni baştan bir mutluluk başlatabilmek için nereye gideceğimizi şaşırırdık. Her tarafa serpiştirirdik o mutluluk ceninlerini, dünyanın dört bir tarafında leş gibi koksunlar diye ve artık nefes bile alamayacak hale gelirdik. Müzede duranların, yani gerçek ceninlerin, görüntüsü dahi hasta etmeye yetiyor kimilerini, hem de kusacak derecede. Bizim bir o kadar iğrenç olan mutlu olma girişimlerimiz de öylesine fos çıkıyor ki, bu durum insanı hasta ediyor, hem de adamakıllı öldürmeden önce, enikonu süründürerek.

Eğer bunları belleğimizden silmesek bir daha iflah olmazdık. Üstelik o umutlarımıza, dejenere olmuş mutluluklarımıza, taşkınlıklarımıza ve yalanlarımıza heyecan katmak adına vardığımız şu noktaya gelebilme uğruna ne emekler harcadığımızdan ise hiç söz etmesek daha iyi olur... Sen misin isteyen! Ya paralarımız? Ya bir de o sonu gelmeyen nazımız niyazımız, ömrü billah yeme de yanında yat... Peki ya ille de söz verdiğimiz, verdirdiğimiz ve bizim aklımıza gelmelerinden, ağzımızı doldurmalarından önce başkalarının hiç söylemediğini ya da söz vermediğini sandığımız o şeyler, hele de parfümler ve okşamalar ve kaş göz işaretleri, daha da neler neler, sonunda bir kusmuk gibi geri çıkartılıp önümüze atılmasından korktuğumuz ve daha fazla sözünü etmekten utandığımız için hepsini elimizden geldiğince bir köşeye sakladığımız tüm bu şeyler. Bizim eksiğimiz gediğimiz yeterince sebat etmemek değildir, hayır, sorun, sakin bir ölüme giden doğru yolda olmaktır.

Toulouse'a gitmek bir bakıma yine bir budalalıktı. Şimdi düşünüyorum da, aslında bunu sezmiştim. Yani hiçbir özrüm yoktu. Ancak maceradan maceraya sürüklenerek Robinson'un peşinden gide gide, olmayacak işlerden zevk alır olmuştum. Daha New York'tayken bile, uykularım kaçtığında, Robinson'un peşinden daha da ötelere gidip gidemeyeceğim meselesini kurcalıyordum. Gecenin içine gömüldükçe insanın önce ödü kopuyor, ama yine de merakı ağır basıyor, öyle olunca da derin sulardan bir türlü ayrılamıyor. Gelgelelim, eşzamanlı olarak anlaşılması gereken o kadar çok şey var ki. Yaşam da buna yetmeyecek kadar kısa. Kimseye karşı haksızlık etmek istemeyiz. Vicdan muhasebesi yaparız, bütün bu şeyleri bir seferde yargılamaya tereddüt ederiz ve özellikle de bu tereddüt sırasında ölmekten çekiniriz, çünkü o zaman boşuna gelmiş oluruz dünyaya. Beterin beteri.

Acele etmeli, kendi ölümünü ıskalamamalı insan. Hastalığı, saatleri ve yılları harcayıp dağıtan sefaleti, koskoca gündüzleri ve haftaları kurşuni bir renge bulayan uykusuzluğu, belki de daha şimdiden özenle ve kanaya kanaya insanın rektumundan yukarı tırmanmakta olan kanseri.

Asla zamanımız yetmeyecek diye düşünürüz! Unutmayalım ki bir de insanların o cani ruhlu can sıkıntısında, fakirlerin kendilerini kilitledikleri mahzenden dışarı çıkmak için fırsat kollayan savaş var. Acaba yeterince yoksul katledilmiyor mu ki? Belli değil... Bir düşünsek mi? Belki de anlamayanların hepsini boğazlamalı? Boğazlamalı ki yenileri doğsun durmadan, yeni yoksullar, ta ki bu şakayı, şakanın kapsamını gayet iyi kavrayabilecek çapta olanlar gelebilsin... Nasıl ki otlar hep biçilir, adam gibi çim, hani o yumuşacık olanı, çıkıncaya dek.

Toulouse'a vardığımda, istasyonun önünde tereddüt eder buldum kendimi. Büfede bir bira yuvarlayıp her şeye karşın yine sokaklarda sürtmeye koyuldum işte. Ne hoştur şu tanımadığınız kentler! Karşınıza çıkan insanların hepsinin de iyi olduklarını varsaymanın tam yeri ve zamanıdır. Düş kurma zamanı. Bunun bir düş olmasını fırsat bilip parklarda bir süre zaman harcayabilirsiniz. Ne var ki, belli bir yaşı geçtikten sonra, eğer gayet düzgün, geçerli ailevi nedenlere sahip değilseniz dikkat etmeniz gerek, yoksa insan her an parkta küçük kızların peşine düşmüş Parapine'e dönebilir. İyisi mi, parkın parmaklıklarını geçmeden hemen önceki pastaneyi yeğlemekte yarar var, hani o geniş eğik kenarlı aynalarını süsleyen küçük kuşlarıyla bir kerhane dekoru gibi takıp takıştırmış köşedeki şık dükkânı. Şöyle bir düşündükten sonra insan birden kendini orada hiç doymayacakmışçasına pralin tıkınırken buluveriyor. Melek gibi. Mağazada görevli hanımkızlar gönül maceraları konusunda gizli gizli şöyle şakıyorlardı:

— O zaman, ben de ona gelip beni Pazar günü alabileceğini söyledim... Bunu duyan teyzem de babam yüzünden kıyametleri kopardı...

— Ama senin baban yeniden evlenmemiş miydi? diye sözünü kesti kız arkadaşı.

— Ne olmuş yani yeniden evlenmişse?... Kızının kiminle çıktığını bilme hakkına da sahip olmayacak değil ya...

Mağazadaki öteki hanımkız da tam aynı kanaatteydi. Derken tezgâhtar kızlar arasında hummalı bir tartışmadır başladı. Bu hassas ailevi rüçhan hakkı meselelerini bir an önce çözüme kavuşturmayı başarırlar umuduyla, ben kendi köşemde istediğim kadar, onları rahatsız etmemek için, sözlerini hiç kesmeden ve üstelik çoğu kez de çaktırmadan profiterol ve turta tıkıştıradurayım, işin içinden çıkamadılar. Bir sonuca varılamadı. Kurgusal beceriksizlikleri yüzünden en ufak netlikten yoksun olarak nefret etmekle yetiniyor, mantıksızlıktan, kibirden ve cahillikten geberiyordu mağazanın hanımkızları, üstelik birbirlerine binbir hakaret fısıldayarak deliye dönüyorlardı.

Her şeye karşın o pis ıstırapları beni büyülemeye devam ediyordu. Babatatlılarına girişiyordum. Kaç tane yediğimi bile saymamıştım babatatlılarından. Kızlar da. Onlar bir sonuca varmadan gitmek zorunda kalmayacağımı umuyordum... Ne var ki gözlerini bürüyen hırs, onları yanı başımda önce sağır, bir süre sonra da dilsiz hale getirmişti.

Kusacak kinlerini tüketmiş, her biri pasta tezgâhının arkasında, gergin, sırtı yere gelmez, dudak sarkıtmış ve kapanmış bir vaziyette, ilk fırsatta arkadaşları hakkında bilebileceği tüm o hınç dolu ve kırıcı budalaca lafları bu sefer hiç sektirmeden sokuşturma ve daha da zalim biçimde "ona gününü gösterme" düşleri kurup, kendini zorlayarak şimdilik dişini sıkıyordu. Bu fırsat kısa sürede çıkacaktı nasıl olsa, gerekirse yaratılacaktı... Bir hiçi fethetme uğruna laf yetiştirme kazıntıları. Sonunda oturmayı yeğlemiştim, beni seslerin daimi gürültüsüyle ve düşünce kırıntılarıyla daha iyi sersemletebilsinler diye, tıpkı küçük tutkulardan oluşan daimi dalgaların bir türlü düzene giremediği bir kıyıdaki gibi.

İnsan duyar, bekler, umut eder, orada, burada, trende, kahvede, sokakta, salonda, kapıcıda, duyar, bekler kötülüğün savaştaki gibi örgütlenmesini, gelgelelim yalnızca kuru gürültü vardır ortalıkta ve hiç kimsenin hiçbir bok yaptığı yoktur, asla, ne onların, o zavallı genç kızların, ne de başkalarının. Kimse gelip bize yardım etmez. Kocaman bir boşboğazlık yayılır yaşantının üstüne, kurşuni ve tekdüze, feci derecede cesaret kırıcı bir serap gibi. Derken iki hanımefendi çıkageldi ve benimle genç kızlar arasında yayılmış o geçersiz sohbetin ne idüğü belirsiz albenisi de bıçak gibi kesildi. Müşteriler derhal tüm personelin yakın ilgisine mazhar oldular. Etraflarında pervane olundu, en ufak arzuları ve siparişleri emir bilindi. Orda burda, şunu bunu seçtiler, paket yapılması için hazırlananların ucundan azıcık pötifur ve turta tırtıkladılar. Kasaya geldikleri sırada hâlâ nezaket yarıştırıyorlardı, sonra birbirlerine mutlaka "ayaküstü" çıtır çıtır yenmesi gereken küçük milföyler ikram etmeye kalkıştılar.

Hanımlardan biri kibarlıktan kırılarak bunu reddetti ve diğer hanımlara, ki pek ilgiliydiler, hekiminin ona artık her tür tatlıyı yasakladığını gizlice itiraf etti, meğer ne de olağanüstü bir adammış kadının o hekimi, kentin ve daha nice yerin tüm kabızlık vakalarında ne mucizeler yaratmışmış, ayrıca onun, yani o hanımın, on yılı aşkın bir süredir bir türlü kurtulamadığı bir kaka tutukluğu sorununu da bu arada tedavi etmekteymiş, bir tek onun bildiği olağanüstü bir ilaç ve çok özel bir diyet sayesinde. Hanımlar bu kabızlık meselelerinin bu kadar kestirmeden geçiştirilmesine katiyen razı değillerdi. Asıl kabızlığın daniskasını herkesten çok onlar çekiyordu. Kuru gürültüye pabuç bırakacak değildiler. İlle de kanıt istiyorlardı. Sözleri kuşkuyla karşılanan hanım, şunları belirtmekle yetindi: "Artık büyük aptesini yapmaya giderken yolda gaz kaçırıyormuş, hatta neredeyse bu bir havai fişek gösterisine dönüşecek nitelikteymiş... Bu yeni, hepsi de gayet biçimli, sapasağlam gaitaları yüzünden, artık çok daha dikkatli davranmak zorunda kalıyormuş... Bazen bu yepyeni ve olağanüstü gaitalar o kadar sert oluyormuş ki, kaidesinde feci ağrılara neden olabiliyormuş... Çatlaklar oluşuyormuş... O zaman da hacet yerine gitmeden önce vazelin sürmesi gerekiyormuş." Bundan âlâ kanıt olabilir mi?

Böylece, mağazanın tüm gülümseyişlerinin eşliğinde "Küçük Kuşlar" pastanesinin kapılarına kadar geçirilerek, ikna olmuş olarak ayrıldılar bu pek dilli müşteriler.

Karşıdaki park küçük bir vicdani muhasebe konaklaması için gayet uygun göründü gözüme, dostum Robinson'u aramaya koyulmadan önce şöyle bir kafamı toparlamak açısından.

Taşra parklarında, tespihağacı ve papatyalarla dolu ağaçlıkların yanındaki sıralar hafta içinde sabahları neredeyse hep boş dururlar. Kayalıkların yanında, çepeçevre kıstırılmış suların üzerinde, çepeçevre uçucu küllerle sarılmış çinkodan bir kayık, küflenmiş bir iple kıyıya bağlıydı. Bu küçücük sandal Pazar günleri yüzdürülüyormuş, tabelada ilan edilmişti, göl turunun fiyatıyla birlikte: "İki frank".

Kaç yıldır? Kaç öğrenci? Kaç hayalet?

Parkların her bir köşesinde böyle, unutulmuş, heveslerle süslü bir sürü küçük tabut vardır, dileklerle dolu koruluklar ve tüm beklentilerin içine tıkıştırıldığı mendiller. Hepsi de gayri ciddi.

Neyse, yeterince düşlere dalıp gitmiştim! Haydi, dedim kendi kendime, düş bakalım yollara, Robinson'un, Sainte-Eponime kilisesinin ve ihtiyarla birlikte mumyalarına göz kulak oldukları o mahzenin peşine. Öyle ya, asıl bütün bunları görmeye gelmiştim, paçaları sıvamanın zamanı gelmişti...

Kentin eski mahallelerinde, güneşin çatılar arasında sıkışıp kaldığı o kuytu sokaklarda faytonla tırıs gidelim derken yolumuzu uzattık. Her tarafı sanki naldan oluşan bu atın peşinden, müthiş bir tekerlek gümbürtüsü koparıyorduk, kaldırım kenarlarından köprülere uzanırken. Güney'de epeydir kent yakılmadığı nasıl da belli. Bu yörenin kentleri hiç bu kadar eskimemişlerdi. Anlaşılan savaşlar artık oralara uğramıyor.

Öğle üzeri Sainte-Eponime kilisesinin önüne vardık. Mahzen az ötede, Hazreti İsa'lı koca bir çarmıhın altındaydı. Yerini gösterdiler bana, kupkuru küçük bir bahçenin tam ortasında. Bu bodruma bir tür sürgülü delikten geçerek ulaşılabiliyordu. Uzaktan mahzenin bekçisini gördüm, genç bir kız. Daha ayağımın tozuyla ona dostum Robinson'dan ne haber diye sordum. Tam da kapıyı kapatıyordu, kız. Bana yanıt verirken pek kibarca gülümsedi ve haberleri de hemen sıraladı, üstelik haberler de iyiydi doğrusu.

Tam da bu öğle vakti, bulunduğumuz yerden bakınca, çevremizdeki her şey pembeleşiyordu, yosun bağlayıp yeşermiş taşlar bile kilise boyunca göğe doğru yükseliyorlardı, sanki, nihayet, onlar da, havada erimeye hazır hale gelmişçesine.

Yirmi yaşlarında olsa gerekti, Robinson'un kız arkadaşı, bacaklar sımsıkı ve gergin, ayrıca her bakımdan zarif minyon göğüsler, ince bir yüz, hatları gayet düzgün, net, bir tek gözleri bana göre biraz fazla koyu ve fazla meraklıydı belki. Hiç de aklı havada bir tip değil. Robinson'un mektuplarını, benim elime geçenleri yazan oydu. Hedefinden şaşmayan adımlarla mahzene doğru giderken bana yol gösterdi, ayakları ve ayak bileği hatları gayet düzgün biçimde çizilmişti, ayrıca eklem yerleri adam gibi doyuma ulaşmasını bilen kadınlarınki gibiydi, gerektiği anda gerektiği gibi gerilmesini bilen cinsten. Kısa, sert, sıkı kavramasını bilen eller, hırslı emekçi kadın elleri. Kilidi açmak için tok bir bilek hareketi. Sıcaklık, çevremizde dans edercesine kaldırımın üstünde titriyordu. Havadan sudan konuştuk ve hazır kapıyı bir kez daha açmışken, öğle paydosu saati olmasına karşın, bana yine de mahzeni gezdirmeye razı oldu. Vurdumduymazlığıma yavaş yavaş yeniden kavuşuyordum. Kızın fenerinin peşine takılmış, giderek artan serinliğe doğru gömülüyorduk. Öyle iyi geliyordu ki. İki basamak arasında ayağım takılırmış gibi olunca koluna tutundum, bu da şakalaşmamıza vesile oldu, derken, aşağıdaki toprak zemine ulaştığımızda, ufaktan ufağa boynunun etrafını azıcık öptüm. Önce itiraz eder gibi oldu ama çok değil.

Bir süre şefkat gösterdikten sonra, kızın karnının etrafında gerçek bir aşk solucanı gibi kıvrılmaya başladım. Ruhların sohbeti için, arsızca ha bire dudaklarımızı ıslatıp duruyorduk. Bir elimle iyice gerilmiş kalçalarını sıvazlayarak yavaş yavaş yukarılara yöneliyordum, yere konmuş fenerle çok keyifliydi bu iş çünkü aynı anda bacak boyunca hareket eden yansımaları da seyretmek mümkündü. Tavsiye edilebilir bir pozisyondu bu. Ah! Böyle anların tadını çıkarmasını bilmek gerek! İnsanın gözleri şaşı oluyor. Gayet iyi ödüllendiriliyor. O ne dürtü öyle! Ne beklenmedik keyif! Sohbet yeni bir güven ve sadelik havasında kaldığı yerden devam etti. Dost olmuştuk. Önce belden aşağısından! Kestirmeden gidip on yıllık bir zaman kazanmıştık.

"İnsanları böyle sık sık gezdirir misiniz?" diye sordum nefes nefese ve çam devirici. Ama derhal lafı çevirdim: "Anneniz yandaki kilisede mum satıyordu, değil mi?... Peder Protiste bana ondan da söz etmişti.

— Ben yalnızca öğle yemeği sırasında bayan Henrouille'un yerine bakıyorum... diye yanıtladı. Öğleden sonraları, modaevinde çalışıyorum... Tiyatro Sokağı'nda... Yolda gelirken Tiyatro'nun önünden geçmiş miydiniz?"

Robinson konusunda bir kez daha endişelerimi yatıştırdı, çok daha iyiye gidiyordu, hatta göz mütehassısı yakında tek başına sokağa çıkabilecek kadar iyi görebileceğini düşünüyordu. Daha şimdiden denemişti bile. Bunların hepsi hayra alametti. Henrouille ana da mahzenden pek memnun olduğunu ifade ediyordu. Hem para kazanıyor, hem de tasarruf yapıyordu. Tek sıkıntı, kaldıkları evde tahtakurularının kimseyi uyutmamasıydı, özellikle de fırtınalı gecelerde. O zaman da kükürt yakıyorlardı. Meğer Robinson sık sık kulağımı çınlatıyormuş, hem de hakkımda iyi şeyler söyleyerek. Derken laf lafı açtı, evlilik bahsine ve bu işin girdisine çıktısına geldi dayandı.

Bu arada ben dalmış, hâlâ onun adını sormamıştım. Madelon'muş adı. Savaş sırasında doğmuş. Onların bu evlilik projeleri, aslına bakılırsa, bayağı işime geliyordu. Akılda tutması kolay bir isimdi Madelon. Robinson'la evlenirken ne yaptığını biliyor olmalıydı elbet... Çünkü ne kadar düzelirse düzelsin, neresinden bakılsa o yine de bir sakat olarak kalacaktı... Üstelik kız sakat olanın yalnızca gözleri olduğunu sanıyordu... Oysa hasta olan bir de sinirleri vardı, morali de, dolayısıyla gerisi de! Bunları söyleyip onu uyarmamak için kendimi zor tuttum... Oldum olası şu evlilik muhabbetlerini nasıl yönlendirip, işin içinden nasıl sıyrılacağımı asla bilememişimdir.

Konuyu değiştirmek için, birden mahzenle ilgili mevzulara

adamakıllı merak salıverdim, değil mi ki insanlar bu kadar uzaklardan onu, yani mahzeni görmeye geliyordu, benim de bu konuyla ilgilenmemin tam zamanıydı.

Biz de Madelon'la birlikte, onun o küçük feneri sayesinde, duvarın içinden, tek tek ortaya çıkarttık cesetleri. Turistlerin yüreğini ağzına getirtecek kadar da vardı hani! Sanki kurşuna dizilmiş gibi duvara yapışık duruyordu bu eski zaman ölüleri... Üzerlerinde tam olarak ne deri, ne kemik, ne de giysi kaldığı söylenebilirdi bu ölülerin... Yalnızca hepsinden bir parça, biraz ondan biraz bundan... Çok berbat durumda ve delik deşiktiler... Yüzyıllardır bir deri gibi üzerlerini kaplayan zaman hâlâ yakalarını bırakmamıştı... Hâlâ yüzlerinin şurasından burasından parçalar koparmaya devam ediyordu zaman... Tüm deliklerini genişletiyor, hatta kıkırdakların ardından ölümün unutmuş olduğu uzun deri şeritleri bile bulup çıkarıyordu. Karınlarında artık ne var ne yok boşalmıştı, ama sanki artık göbeğin yerine gölgeden oluşan küçük bir yarımay geçmişti.

Madelon bana bir sönmemiş kireç mezarında tam beş yüz yıl beklediklerini anlatmıştı ölülerin bu hale gelebilmek için. Bunlara ceset bile denemezdi. Ceset olacak zamanı çoktan geride bırakmışlardı. Artık yavaş yavaş toz toprağa dönüşmenin eşiğindeydiler.

Bu mahzende, Ebediyet'e intikal etmeyi özlemle bekleyen bu nesnelerden irili ufaklı toplam yirmi altı tane vardı. Ama hâlâ onlara bu izin verilmiyordu. İskeletlerin tepesinde yan yatmış boneleriyle kadınlar, bir kambur, bir dev ve hatta, kupkuru ufacık boynuna sarılı bir nevi önlüğü, hem de dikkatinizi çekerim, dantelli önlüğü ve küçük bir parçası kalmış bebe tulumuyla bir bebek, onun da işi bitik.

İhtiyar Henrouille ana bu yüzlerce yıllık kazıntıların sırtından iyi para kazanıyordu. Bir de onu tanıdığımda şu hayaletlerden pek bir farkı olmadığını düşünüyorum da!... Böylece Madelon'la birlikte ağır ağır hepsini sıradan geçirdik. O bir nevi kafatasları teker teker fenerin çiğ çemberinin içinden geçip sustular. Göz çukurlarının dibinde duran şey tam olarak gece değildi, neredeyse bir bakıştı hâlâ, ama daha yumuşak, görmüş geçirmiş kişilerinkine benzer. Burada esas rahatsız eden şey, insanın burun direğini sızlatan toz kokularıydı.

Henrouille ana turistlerle tek bir ziyareti bile kaçırmıyordu. Çalıştırıyordu ölüleri, sirkteymiş gibi. Turist mevsiminde ona günde yüz frank kazandırıyorlardı.

— Hüzünlü gibi durmuyorlar değil mi? diye sordu bana Madelon. Ezberlenmiş bir soruydu bu.

Ölüm bu yavru için pek bir şey ifade etmiyordu. O savaş sırasında doğmuştu, ölümün hafif olduğu bir dönemde. Ben ise, nasıl ölündüğünü gayet iyi biliyordum. Öğrenmiştim. Feci acı çekiliyordu. Turistlere bu ölülerin hallerinden memnun olduğu anlatılabilirdi elbet. Onlara fikrini soran yoktu nasılsa. Hatta Henrouille ana üzerlerinde yeterince parşömen kaldıysa avcunun içiyle karınlarına vuruyordu ve "bum, bum" diye ses çıkıyordu. Ama bu da her şeyin yolunda olduğunun kanıtı sayılamazdı.

Neyse, Madelon'la esas konumuza döndük. Robinson'un daha iyiye gittiği demek gerçekten de doğruydu. Daha ne isteyebilirdim. Belli ki evlilik meselesine kafayı takmıştı, kızımız! Toulouse'da feci sıkılıyor olmalıydı. Karşısına Robinson kadar çok seyahat etmiş bir çocuğa rastlama fırsatı pek de sık çıkmıyor olsa gerekti. Ne hikâyeler vardı onda! Eğrisiyle doğrusuyla. Zaten uzun uzun Amerika'dan ve Tropik bölgelerden söz etmişti onlara. Tam da olması gerektiği gibi.

Ben de gitmiştim Amerika'ya ve Tropik bölgelere. Ben de ne hikâyeler biliyordum. İsterse anlatabilirdim. Hatta Robinson'la birlikte seyahat ede ede dost olmuştuk. Fener sönüyordu. Geçmişle geleceği bağdaştırmaya çalışırken en az on defa yeniden yakmamız gerekti. Fazlasıyla hassas olan memelerini elletmiyordu.

Ne de olsa Henrouille ana her an yemeğini yemiş dönebileceği için, o küçük merdiveni kullanarak gün ışığına çıkmamız gerekti, bayağı dik ve daracıktı merdiven, pek sağlam durmuyordu. Dikkatimi çekti.

Bu küçücük, pek dar ve pek güvenilmez merdiven yüzünden o, yani Robinson mumyalı mahzene pek fazla inmiyordu. Doğrusunu söylemek gerekirse daha çok eşikte durup turistlere çığırtkanlık yapmakla yetiniyor, bir yandan da, şurdan burdan, gözleriyle biraz ışık bulma alıştırması yapıyordu.

O sırada, derinliklerde, Henrouille ana başının çaresine bakıyordu. Aslına bakılırsa mumyalarla iki kişilik iş çıkarıyordu. Parşömenleşmiş ölüler hakkında ufak bir nutuk atarak turistlerin gezintisine çeşni katıyordu. "Sakın mideniz bulanmasın, Baylar, Bayanlar, çünkü onlar kireçte muhafaza ediliyor, gördüğünüz gibi, hem de beş yüzyılı aşkın bir süredir... Koleksiyonumuzun dünyada eşi benzeri yoktur... Etleri butları yok olmuş elbette... Yalnızca derileri kalmış üzerlerinde, ama o da tabaklanmış... Çıplaklar, ama uygunsuz değiller... Küçük bir çocuğun da annesiyle birlikte gömülmüş olduğunu fark etmişsinizdir... O da, o küçük çocuk da çok iyi muhafaza edilmiş... Ya şu uzun boylusu, hani o gömleği ve bir de hâlâ arkasında duran danteliyle... Bütün dişleri yerli yerinde... Fark etmişsinizdir..." Son olarak bir de hepsinin göğsüne vuruyor, bu da davul etkisi yaratıyordu. "Bakınız, Baylar, Bayanlar, şunun tek bir gözü kalmış... kupkuru... bir de dili... o da meşine dönmüş!" Çekiştiriyordu. "Dil çıkarıyor ama hiç de itici değil... Çıkarken gönlünüzden ne koparsa verebilirsiniz, Baylar, Bayanlar, ama genellikle kişi başına iki frank alırız, çocuklar için de yarı fiyat... Gitmeden önce isterseniz onları elleyebilirsiniz... Bakın, kendiniz görün... Ama fazla da çekiştirmeyin sakın... Hepsi size emanet... Pek narindirler..."

Daha gelir gelmez, Henrouille ana fiyatları artırmayı düşünmüştü, Piskoposluk'la anlaşmaya varmaya bakıyordu bu. Ancak, hâsılatın üçte birini sırf kendine alıkoymak isteyen Saint-Eponime papazı yüzünden bu pek de kolay iş değildi, bir de kendine yeterince pay verilmediğini düşündüğü için durmadan itiraz eden Robinson yüzünden:

— Kazıklandım, sonucuna varıyordu, tufaya getirildim...Bir kez daha... Altın tutsam toprak oluyor!... Bayağı kıyak iş oysa ihtiyarın şu mahzen dalgası!... Malı götürüyor, o kocakarı, inan bana.

— Ölünün körü, sen bu iş ayarlanırken cebinden para katmadın ki! diye itiraz ediyordum onu yatıştırmak ve anlamasını sağlamak için... Üstelik karnın tok sırtın pek!... Sana gayet de iyi bakıyorlar!...

Ama katır inadı vardı Robinson'un, sürekli olarak mazlumları oynamak için yaratılmıştı. Anlamak da istemiyordu, kaderine razı olmak da.

— Aslına bakarsan, bayağı boktan bir işe bulaşmışken hiç de fena sıyırmadın yakanı, inan bana!... Hiç şikâyet etme! Eğer dümenini kırmasaydık tam gaz Cayenne'i* boylardın... Oysa şimdi kimsenin dalgana taş attığı yok!... Üstelik o pek cici Madeloncuk'u da bulmuşsun... O hasta halinde bile seni almaya razı!... O halde daha ne istiyorsun, belanı mı?... Hazır gözlerin bile iyileşmeye yüz tutmuşken?...

— Yani şimdi haybeye bozuk attığımı söyler gibi bir halin var, dimi? diye karşılık veriyordu bana o zaman. Ama ne dersen de yine de bir şeylerden şikâyet etmem gerektiğini hissediyorum... Bu böyle... Elimde başka ne kaldı ki... Bak sana bir şey söyleyeyim mi... Yapmama izin verilen tek şey bu... Ayrıca kimse de beni dinlemek zorunda değil.

Öyle diyordu ama, benimle baş başa kalır kalmaz da hiç nefes almadan şikâyetlenip duruyordu. Bu mahremiyet anlarından huylanır olmuştum. Güneşe çıktığında hâlâ biraz akıntılı o kısık gözleriyle ona şöyle bir baktığımda, Robinson'un aslında hiç de sempatik olmadığını düşünüyordum. Kimi yaratıklar böyledir gerçekten, biliriz, masumdurlar, mahzundurlar, falan filan, ama yine de onlara bir türlü ısınamayız. Hep bir şeyleri eksiktir.

— Hapiste geberip gidebilirdin... diye üsteliyordum, maksat biraz daha düşünsün.

* Cayenne: Fransız Guyanası'nın başkenti, 1945'e kadar kürek mahkûmlarını barındıran hapishaneleriyle ünlüydü.

— İyi ama ben daha önce hapse de girdim... Orası şimdi bulunduğum durumdan daha beter değil ki!... Sen eskilerde kalmışsın...

Bana bunu, yani eskiden hapse girdiğini söylememişti. Tanışmamızdan önceye denk düşüyor olsa gerek, savaş öncesine. İnadı tutmuştu, şöyle bir yargıya varıyordu: "Ben diyorum ki, tek bir çeşit özgürlük vardır, bir tanecik: O da önce insanın gözünün görmesi, sonra da cebinin mangırla dolmasıdır, gerisi fasarya!...

— Peki o zaman nereye varmaya çalışıyorsun?" diye ağzını arıyordum. Niyetini belli etmesi, harekete geçmesi, dilinin altındaki baklayı çıkarması için ensesine binince de, böyle, yan çiziyordu. Tam da işin rengi belli olmaya başlayacakken üstelik... Gündüzleri Madelon atölyesine gitmişken ve Henrouille ana da sobalıklarını müşterilerine göstermekle meşgulken, biz, ağaçların altındaki kahveye gidiyorduk. Ağaçların altındaki kahve, işte tam da sevdiği yerdi, Robinson'un. Büyük olasılıkla da en tepede kuşların kopardıkları gürültü patırtı yüzünden. Ne de çok kuş vardı! Özellikle de saat beş sularında, yaz sıcağında iyice kızışıp, yuvalarına döndüklerinde. O zaman işte bir kasırga gibi dalıyorlardı meydana. Hatta rivayet olunur ki dükkânı bahçenin kenarında yer alan berberin biri, yıllar boyu sabahtan akşama kadar onların hep bir ağızdan vıcırdamalarını dinlemekten kafayı yemiş. Gerçekten de insan ne konuştuğunu duyamıyordu. Ama Robinson'a sorsanız burası yine de pek neşeliydi.

— Hiç olmazsa bana ziyaretçi başına düzenli olarak dört para verseydi, işte bak o zaman olurdu!

Yaklaşık her on beş dakikada bir bu kaygısını dile getirip duruyordu. Bu arada, geçmiş zamanın renklerini yine de anımsar gibiydi, hikâyelerini de, Afrika'daki Pordurière Şirketi, örneğin, hani o her ikimizin de gayet iyi bildiği, daha nice açık saçık hikâyeler, bana daha önce hiç anlatmamış olduğu. Cesaret edememişti belki de. Aslına bakılırsa hayli içine kapanık biriydi o, hatta saman altından su yürütmeyi sevdiği bile söylenebilirdi.

Geçmiş deyince, asıl Molly'ydi benim aklıma takılan, keyfim yerindeyken, eskilerde çalmış bir saatin uzaktan yankısı gibi ve sevecenlikle ilgili bir şey düşündüğüm zaman, aklıma o geliyordu, derhal.

Ne de olsa bencillik biraz olsun üzerimizdeki baskısını azalttığında, son yolculuk saati gelip çattığında, insan sadece, erkekleri ama tek bir erkeği değil, bu siz dahi olsanız, tüm erkekleri gerçekten azıcık da olsa seven kadınların anısını saklıyor yüreğinde.

Akşam kahveden döndüğümüzde, bütün gün hiçbir halt etmemiş oluyorduk, emekli astsubaylar gibi.

Ölü mevsimden sonra turistlerin ardı arkası kesilmiyordu. Mahzende oyalanıyorlardı ve Henrouille ana onları güldürmeyi başarıyordu. Rahip bu şakalaşmalara biraz kıl olmuyor değildi, ancak payını fazlasıyla aldığı için, dut yemiş bülbüle dönmüştü, kaldı ki o ne bilirdi zaten felekten gün çalmasını. Oysa Henrouille ana o cesetlerinin arasındayken görülmeye de duyulmaya da değerdi. Ölümden korkmayan bu kadın, karşılarına geçip gözlerini dikiveriyordu o surata benzer şeylerine, oysa kendi de o kadar buruş kırıştı ki, şimdiden öyle bir pörsümüştü ki, elinde feneriyle burunlarının dibinde onlarla sohbet ettiğinde sanki onlardan biri sanırdınız.

Eve dönüp akşam yemeği için bir araya geldiğimizde, yine hâsılat meselesi tartışılırdı, derken Henrouille ana bana "Çakal Doktorcuğum benim" diye hitap etmeye başlardı bizimle Rancy'de başına gelenler yüzünden. Ama tamamen şaka yollu elbette. Madelon mutfakta bir şeyler yapmaya çabalardı. Kaldığımız bu konut çok az ışık alıyordu, alt tarafı kirişlerle tozlu pervazların köşe kapmaca oynadığı bir kilise müştemilatı, daracık. "Olsun, diye dikkat çekiyordu ihtiyar, tabir caizse gece gündüz karanlık olmasına rağmen, insan yine de yatağının, cebinin, midesinin yolunu bulabiliyor, bu da adam olana yeter de artar!"

Oğlunun ölümünden sonra, üzüntüsü öyle pek de uzun sürmemişti. "Eskiden beri biraz nanemollaydı, diye bana ondan söz ediyordu bir akşam, oysa bakın, işte, ben ki yetmiş altı yaşımdayım, bir gün bile halimden şikâyet etmedim!... O ise mütemadiyen sızlanırdı, huy edinmişti bunu, tıpkı sizin şu Robinson gibi... sözgelişi yani. Mesela, mahzenin şu dar merdiveni epey dik, değil mi?... Kullandınız mı hiç?... Yormasına yoruyor beni elbette, ancak kimi günler bana basamak başına iki frank bile kazandırdığı oluyor... Üşenmedim saydım... Eh yani, ben şimdi, bu fiyata, gerekirse eğer, göğe kadar bile çıkarım yahu!..."

Yemeklerimize hayli baharat katıyordu Madelon haspası, bir de domates. Yeme de yanında yat. Bir de pembe şarap. Robinson bile şaraba dönmüştü, Güney'de yaşamanın raconu. Bana her şeyi çoktan anlatmıştı Robinson, Toulouse'a geldiğinden beri olup bitenlerle ilgili. Artık onu dinlemiyordum. Beni düş kırıklığına uğratıyor, hatta doğrusunu söylemek gerekirse midemi bile bulandırıyordu. "Burjuvanın tekisin sen" diye bir sonuca vardım (çünkü o zamanlar benim açımdan bundan beter küfür yoktu). Netice itibariyle paradan başka bir şey düşündüğün yok... Gözün açıldığında sen diğerlerinden bile beter olacaksın!"

Hakaret yoluyla onu gücendirmek olanaksızdı. Hatta neredeyse bu onu kamçılayıp cüretini artırıyordu sanki. Kendi de söylenenin doğru olduğunu biliyordu zaten. Bu çocuğun, diyordum kendi kendime, artık başı bağlandı, hakkında endişelenecek bir şey kalmadı... Biraz dişli, az buçuk edepsiz bir eş, adamı böyle tanınmaz hale getirebiliyordu işte, mal meydanda... Robinson'u, diyordum yine kendi kendime... uzun süre bir macera adamı olarak algılamıştım, oysa o, boynuzlu olsun olmasın, kör olsun olmasın, alt tarafı dümbüğün tekiymiş... İşte bu.

Bu yetmiyormuş gibi, ihtiyar Henrouille ona para biriktirme hırsını, Madelon da evlenme merakını göz açıp kapayıncaya kadar bulaştırıvermişlerdi. Körün istediği bir göz! Layığını bulmuştu. Üstelik kıza kör kütük âşık olmaya da başlamıştı. Olunurdu da hani. Şimdi eğer bunu hiç kıskanmadığımı söylesem yalan olur, pek doğru sayılmaz. Madelon'la ara sıra yemekten önce kısa süreliğine buluşuyorduk, odasında. Ama bu görüşmeleri ayarlamak pek de kolay olmuyordu. Bundan kimseye söz etmiyorduk. Ketumlukta üstümüze yoktu yani.

Buna bakıp da kızın o biricik Robinson'unu sevmediği sanılmasın tabii. O başka bu başka. Ne var ki, oğlan, nişanlıcılık oyunu oynuyordu, bu durumda, kız da elbette, sadakatleri oynuyordu. İçlerinden böyle geliyordu. Bu tür işlerde esas olan bir anlaşmaya varabilmektir. Kıza dokunmak için önce evlenmeyi bekliyordu, gizlice böyle demişti bana. Böylesini uygun görüyordu. O zaman sonsuza kadar olan bölümü o alacaktı, hemen şimdiyi de ben. Kaldı ki, ihtiyar Henrouille'yu ekip, kızla birlikte küçük bir lokanta açarak oraya yerleşme yönünde geliştirdiği ek projesinden de söz etmişti bana. Her bakımdan ciddiydi yani. "Çok cici bir kız, eminim müşterilerin sevgilisi olacaktır" diye öngörüyordu en keyifli zamanlarında. "Üstelik tadına da baktın, dimi, yemeklerinin? Karavanada kimse sırtını yere getiremez onun!"

Hatta bu iş için küçük bir ilk sermayeyi, Henrouille anadan kaparozlamayı dahi düşünüyordu. Bana göre hava hoştu, ancak bence onu ikna etmekte epey zorlanacaktı. "Sen de her şeyi tozpembe görüyorsun" diye uyarıyordum onu, maksat onu yatıştırıp biraz düşünmesini sağlamak. Bu sefer de ağlamaya başlayıp beni mide bulandırıcı olmakla suçluyordu. Anlaşılan, kimsenin hevesini kırmamak gerek, zaten ben de derhal haksız olduğumu, benim de hep aşırı bezginlikten kaybettiğimi kabul ediyordum. Savaştan önce elinden gelen iş, Robinson'un, bakır üzerine oyma sanatıydı, ama artık elini bile sürmek istemiyordu, dünya yıkılsa. Kendi bilir. "Ciğerlerim bu haldeyken açık havaya ihtiyacım var benim, anlıyor musun, üstelik gözlerim de asla eskisi gibi olamayacak." Haklıydı da bir açıdan. Verecek cevabım yoktu. Kalabalık sokaklardan birlikte geçtiğimizde, insanlar dönüp köre acıyarak bakıyorlardı. Sakatlara ve körlere pek acır insanlar, pek, hatta bu iş için özel olarak yedek şefkat bile bulundururlar. Pek çok defalar gayet iyi hissetmiştim onu, o yedek şefkati. Gani ganidir. Kimse aksini iddia edemez. Gelgelelim, insanların bu kadar berbat olmaya devam etmeleri pek hazindir, onca yedek şefkat varken. Bir türlü açığa çıkaramazlar onu, nedense. İçlerine atarlar, içlerinde tutarlar, hiçbir işlerine yaramaz. Şefkatten geberip giderler, içten içe.

Madelon, yemekten sonra, onunla ilgileniyordu, Léoncuğuyla yani, ona öyle hitap ediyordu. Gazete okuyordu ona. Robinson politikaya bayağı merak sarmıştı artık, şansına da Güney bölgesinin gazetelerinin apselerinden politika fışkırıyordu, hem de en cerahatlisinden.

Çevremizde, akşamları, yüzyıllar anaforculuğuna gömülmekteydi ev. Bu tam da, yemekten sonra, tahtakurularının da aralarında hesaplaşma vaktiydi, bir de aynı zamanda, ileride cüzi bir kâr karşılığı bir eczacıya satmayı planladığım, benim buluşum, yakıcı bir sıvıyı onların, yani tahtakurularının üzerlerinde deneme vaktiydi. Ufak bir dümen işte. Henrouille anayı eğlendiriyordu benim şu dalgam ve deneylerimde bana asistanlık yapıyordu. Birlikte yuvadan yuvaya, çatlaktan çatlağa her köşe bucağa ulaşıyor, benim hazırladığım kezzabı tahtakurusu kümelerinin üzerine püskürtüyorduk. Önce uğulduyor, ardından da Henrouille ananın gayet dikkatli biçimde bana tuttuğu mumun başının altına düşüp kendilerinden geçiyorlardı.

Çalışırken, bir yandan da Rancy'den söz ediyorduk. Daha orayı düşünür düşünmez mideme kramplar giriyordu, bu yüzden ben rahatlıkla ömrümün sonuna kadar Toulouse'da kalabilirdim. Artık hayattan başka bir beklentim kalmamıştı aslında, karnım doysun ve bana boş zaman kalsın. Mutluluk diye buna denir işte. Ancak yine de dönüşü ve işi düşünmek zorunda kaldım. Zaman uçup gidiyor, ayrıca hem rahibin verdiği prim hem de birikimlerim suyunu çekiyordu.

Madelon'a bir iki ders ve öğüt vermeden gitmek istemedim. Aslında birine iyilik etmek istediğinizde ve imkânınız varsa, genelde ona para vermek çok daha makbule geçer elbette. Öte yandan, önceden uyarılmak ve sağda solda düzüşürken tam olarak ne gibi tehlikelerle karşı karşıya kalındığı konusunda bilgi edinmek de işe yarayabilirdi. Böyle düşünüyordum işte, çünkü özellikle de hastalıklar konusunda beni biraz ürkütüyordu Madelon. Yırtık olmasına yırtıktı, ancak mikroplar konusundaki cehaleti akıl almaz boyutlardaydı. Dolayısıyla ben de birtakım cilveleşmelere karşılık vermeden önce nelere çok yakından bakıp dikkat etmesi gerektiği konusunda ona ayrıntılı açıklamalarda bulunmaya giriştim. Mesela kızarıklık var mı... Ucunda damla var mı... Ezcümle bilinmesi gereken ve çok da faydalı birtakım klasik şeyler işte... Beni iyice dinleyip, sonuna kadar konuşturduktan sonra, sırf âdet yerini bulsun diye karşı çıktı. Hatta bir anlamda hır çıkardı dahi denebilir... "O meğer namuslu bir kızmış... Hiç mi utanma yokmuş bende... Onu ne sanmışım öyle... Yani benimle oldu diye ille de başkalarıyla da!... Gururuyla oynamışım!... Erkeklerin hepsi de böyle iğrençmiş işte..."

Yani, bu gibi durumlarda hanımlar ne söylerse o işte. Belliydi böyle olacağı. Perdeleme harekâtı. Benim açımdan önemli olan, öğütlerimi dinleyip can alıcı noktalarını dikkate almasıydı. Gerisinin hiçbir önemi yoktu. Aslında, anlattıklarımı ciddiye aldığında onu üzen, tüm sözünü ettiğim o şeylerin sırf şefkat ve zevk yoluyla kapılabiliyor olmasıydı. Her ne kadar bu doğadan kaynaklansa da, beni de en az doğa kadar iğrenç buluyor ve bunu hakaret sayıyordu. Ben de daha fazla üstelemedim, biraz da ona şu çok kullanışlı kaputlardan söz etmek dışında. Derken, bir miktar da psikologluk taslayalım diye, biraz Robinson'un karakter analizini yapmaya soyunduk. "Tam olarak kıskanç olduğu söylenemez, dedi bana o zaman, ama zor olduğu anlar da var."

"Hadi hadi!..." diye yanıt verdim ve onun, yani Robinson'un o karakterini iyice bir tanımlamaya koyuldum, sanki ben pek tanırmışım gibi onun karakterini, zaten çok geçmeden farkına vardım ki ben Robinson'u pek tanımıyormuşum aslında, mizacının bariz kimi özellikleri dışında. O kadar yani.

Bir insanda başkalarının az çok hoşuna gidebilecek özelliklerin neler olduğunu kafamızda canlandırmakta bu kadar güçlük çekmemiz ne tuhaf... Ona yardımcı olmak, arka çıkmak isteriz aslında ama ne diyeceğimizi bilemeyiz... Acınacak duruma düşeriz, daha ağzımızdan çıkan ilk sözde... Yüzümüze gözümüze bulaştırırız.

Günümüzde "La Bruyère"cilik* taslamak hiç de kolay değil. Daha yanaşır yanaşmaz tabanları yağlayıveriyordu tüm bilinçaltı.

* Jean de La Bruyère: XVII. yüzyılda dönemin kişilik tipolojilerini tanımlayan *Karakterler* adlı yapıtıyla ün yapmış Fransız ahlakçı yazar.

Tam dönüş biletimi almaya gidiyordum ki, pek ısrar ettiler, bir hafta daha kalmam kararlaştırıldı. Maksat bana Toulouse yöresini ve çok methini duyduğum nehrin o serin kıyılarını gezdirmekti, bir de özellikle çevredeki o güzel bağları, görünüşe bakılırsa kentte herkes onları pek seviyor, onlarla çok gurur duyuyordu, sanki herkesin kendi şahsi malıymış gibi. Henrouille ananın mumyalarından başka bir şey görmeden, böyle, gidemezmişim. Olur muymuş hiç! Neyse yani, kibarlık gösterileri işte...

Bu kadar nezaket karşısında süngüm düştü. Kalma konusunda hevesli görünmeye pek cesaret edemiyordum, gitgide tehlikeli olmaya başlayan Madelon'la özel ilişkilerimiz nedeniyle. İhtiyar aramızda bir şeyler olduğunu sezmiş gibiydi. Tatsızlık.

Ancak ihtiyar bu geziye bizimle gelmeyecekti. Her şey bir yana, mahzenini kapamak istemiyordu, bir günlüğüne dahi olsa. O zaman ben de kalmayı kabul ettim ve güzel bir Pazar sabahı kırlara doğru yola koyulduk. Onu, yani Robinson'u ortamıza alıp koluna girmiştik. İstasyonda ikinci mevki bilet aldık. Ne var ki kompartımanda yine de üçüncü mevkideki gibi ağır bir sarmısaklı salam kokusu vardı. Saint-Jean adında bir beldeydi indiğimiz yer. Madelon buraları biliyor gibiydi, hemen de dört bir yandan gelen tanıdıklarına rastladı. Güzel bir yaz günü olacağa benziyordu, besbelli. Gezerken, bir yandan da gördüklerimizi Robinson'a anlatmamız gerekiyordu. "Burası bir bahçe... Şurda bir köprü var, üzerinde de bir balıkçı... Hiçbir şey tutamıyor oltasıyla... Aman bisikletliye dikkat..." Öte yandan patates kızartması kokusu ona hemen yönünü bulduruyordu. Hatta bir de porsiyonu on paradan patates kızartması satan bir birahaneye bizi sürükleyen de o oldu. Robinson bildim bileli patates kızartması severdi, tıpkı benim gibi. Pek Parizyen bir zevktir patates kızartması merakı. Madelon'a gelince, o vermutu yeğliyordu, hem de sek, yanına da bir şey istemeden.

Güney'de nehirlerin keyfi yerinde değildir. Sanki acı çekerler, boyuna kurumaktadırlar. Dağ tepe, güneş, balıkçılar, balıklar, gemiler, küçük çukurlar, çamaşırhaneler, üzümler, salkımsöğüt, her şey peşlerindedir, herkes ister. Hepsi aşırı miktarda su ister onlardan, öyle olunca da nehrin yatağına fazla su kalmaz. Kimi yerlerde gerçek bir ırmaktan ziyade az çok su basmış bir yolu andırırlar. Mademki keyif çatmak için gelmiştik, acele edip biraz da biz bulmalıydık ondan. Patateslerimizi mideye indirir indirmez, öğle yemeğinden önce, bir sandal sefasının keyifli olacağına karar verdik, ben kürek çekecektim tabii, o ikisi de el ele, karşımda, Robinson ile Madelon.

Böylece kendimizi suların akıntısına bıraktık, öyle derler ya hani, şurda burda dibe sürterek, kız çığlık çığlığa, öteki de bayağı tedirgin. Sinekler, yine sinekler. Nehrin dört bir tarafını dört gözle gözetleyerek mahcup mahcup kuyruk sallayan kızböcekleri. Serseme çeviren, tüm yüzeyleri buharlaştıran bir sıcaklık. Üzerinden kayıp geçiliyordu, şuradaki uzun yassı girdaplar, ötedeki kuru dallar... Sadece güneşin fazla kavuramadığı kimi ağaçların kenarında zar zor kıstırılıp, az çok nefes aldıran gölge öbeklerinin peşinde, kıyısından sıyırarak geçilen yangın yerine dönmüş sahiller. Konuşmak daha da çok terletiyordu insanı, bundan fazlası mümkünse tabii. Ancak kimse de eziyet çektiğini söylemeye cesaret edemiyordu.

Nehir gezintisinden ilk sıkılan Robinson oldu, doğal olarak. Ben de bu durumda gidip bir lokantanın önüne yanaşmamızı önerdim. Bu cinliği tek akıl eden biz değildik. Aslında kanalın iki kapak arasının tüm balıkçıları, bizden önce, çoktan kurulmuşlardı *bistrot*'ya, aperitiflerine kıskançça yapışmış, soda sifonlarına sıkı sıkı sarılmış. Robinson, seçmiş olduğum bu *café*'nin pahalı olup olmadığını bana sormayı içine sindiremiyordu ama onu derhal bu sıkıntıdan kurtararak tarifenin asılı olduğunu ve fiyatların gayet makul düzeyde olduklarını belirttim. Doğruydu da. Madeloncuğunun elini de, artık hiç bırakmıyordu.

Şimdi rahatlıkla söyleyebilirim ki bu lokantada yemek yemiş kadar hesap ödediysek de, aslında tıkınma arzumuz teşebbüs aşamasında kalmıştı. Önümüze getirilen yemeklerden hiç söz etmesek de olur. Hâlâ oldukları yerde duruyorlar.

Öğleden sonrası programı için, Robinson'la birlikte balığa çıkmak bize gereğinden fazla iş çıkaracaktı ve zaten oltasının mantarını bile göremeyeceği için onu da boş yere üzmüş olacaktık. Öte yandan, benim de, bu sabah seansından sonra, kürek çekme işinden sıtkım sıyrılmıştı. Bu bana yetmişti. Afrika nehirlerinden kalma alışkanlığımı yitirmiştim. Her alanda olduğu gibi bu konuda da yaşlanmıştım.

Dolayısıyla uğraşlarımızı biraz çeşitlendirmek için, kıyı boyunca basit bir yürüyüşe çıkmanın bile bize bayağı iyi geleceğini iddia ettim, hiç olmazsa şu bir kilometre öteden görülen yüksek otlara kadar, adeta bir duvar oluşturan kavakların yanında.

Böylece tekrar yola koyulduk Robinson'la, kol kola, Madelon ise, birkaç adım önden gidiyordu. Otların arasında yürümek için böylesi daha kolaydı. Nehrin bir kıvrımında akordeon sesi duyduk. Bir mavnadan geliyordu ses, nehrin tam bu noktasına yanaşmış çok güzel bir mavnadan. Müzik Robinson'un ilgisini çekti. Onun durumunda bir insan için doğaldı bu, kaldı ki oldum olası müziğe meraklıydı. Biz de onu neşelendiren bir şeyler keşfetmiş olmanın mutluluğuyla, hemen çimlerin üstüne yanladık, burası yandaki eğimli kıyı kenarı kadar tozlu değildi. Sıradan bir mavna olmadığı her halinden belli oluyordu. Taşımacılık amaçlı değil, konut olarak kullanılmak üzere yapılmış bir mavnaydı, tertemiz, alengirli, çiçeklerle süslenmiş, hatta pek fiyakalı bir köpek kulübesi bile vardı. Robinson'a bir güzel betimledik o mavnayı. Her şeyini merak ediyordu.

— Ben de bunun gibi tertemiz bir teknede yaşamak isterdim, dedi o zaman, ya sen? diye sordu Madelon'a...

— Anlıyorum ne demek istediğini! diye yanıtladı Madelon. Ama çok pahalıya mal olacak bir heves bu Léon! Eminim, içinde birkaç dairesi olan bir binadan bile çok daha pahalıdır o mavna!

Üçümüz birlikte, bu konuya eğilip, böylesi bir mavnanın fiyatının ne olabileceğini düşünmeye başladık ve çeşitli tahminlere boğulduk... Herkes kendi bulduğu rakamda ısrar ediyordu.

Nereden edindiysek, her konuda böyle, yüksek sesle hesap kitap yapma alışkanlığını... Bu sırada akordeonun müziği ve ona eşlik eden bir şarkının sözleri kulaklarımızı okşuyordu... Sonuçta bu mavnanın en az bir yüz bin frank edeceği konusunda mutabık kaldık. Hayal dünyası...

Yum o güzelim gözlerini, çabuk gelir sonu saatlerinin...
O güzelim, o tatlı dünyanın haya-a-allerinin,

İçeride kadın erkek hep birlikte bu şarkıyı söylüyorlardı, biraz falsoluydu elbette, ama biraz da ortam sayesinde yine de kulağa pek hoş geliyordu. Havanın sıcaklığına ve kırlara, ayrıca saatin kaç olduğuna ve nehire gayet iyi uyum sağlıyordu.

Robinson inat ve ısrarla rakamlarla boğuşmaya devam ediyordu. Ona betimlediğimiz türde bir mavnanın, çok daha fazla para edeceğini iddia ediyordu... Çünkü üst kısma daha aydınlık olsun diye vitray yapılmıştı ve her tarafta bakır süslemeler vardı, bayağı lükstü yani...

— Léon, böyle kendini yoracağına, diye yatıştırmaya çalışıyordu onu Madelon, şu sık çimlerin üzerine rahat rahat uzanıp biraz dinlensen daha iyi olur... Ha yüz bin ha beş yüz bin, ne fark eder, nasıl olsa o para ne sende var ne de bende, değil mi?... O halde bu kadar dert etmene hiç gerek yok...

Ancak uzanmış olmasına karşın yine de fiyatı dert etmeye kararlıydı, ille de meseleyi çözmek ve o çok pahalı mavnayı gözünde canlandırmak istiyordu...

— Motoru var mı peki? diye soruyordu... Biz nereden bilebilecek sek.

Madem bu kadar ısrar ediyordu, ben de sırf onu memnun etmek için gidip, arkaya baktım, küçük bir motorun borusunu falan görür müyüm diye.

Yum o güzelim gözlerini, çünkü hayat yalnız bir masaa-a-aldır...
Aşk koca bir yalaa-a-andır...
Yum o güzelim gözleriniiiiii!

İçeridekiler böyle şarkı söylemeye devam ediyorlardı. Bizim de o sırada, nihayet, yorgunluktan içimiz geçti... Uykumuzu getiriyorlardı.

Bir ara küçük köpek kulübesinin epanyöl cinsi köpeği dışarı fırladı ve gemi iskelesinin üstünden bize doğru havlamaya başladı. Sıçrayarak uyandık ve biz de onu, yani epanyölü azarladık! Robinson'dan da korkulur muymuş.

O sırada mavnanın küçük kapısından köpeğin sahibiymiş gibi davranan biri çıktı güverteye. Köpeğine bağırılmasını istemiyormuş, biraz atıştık haliyle! Ancak Robinson'un neredeyse kör olduğunu anlar anlamaz sakinleşiverdi adam, hatta bok gibi kaldı. Bizi azarlamaktan vazgeçtiği gibi, ona kaba adam denmesine bile pek sesini çıkarmadı, ortalık yatışsın diye... Telafi babında bizi nazikçe kahve içmeye davet etti, mavnasında, çünkü dediğine göre doğum günüymüş. Bizlerin, orada, güneşin altında pişmemize gönlü razı olmamış da, falan da feşmekân... Üstelik iyi de denk düşmüş, çünkü sofrada tam da uğursuz rakam olan on üç kişilermiş... Genç bir adamdı bu, patron, tatlı kaçık. Bize anlattığına göre gemileri severmiş... Hemen anlamıştık zaten. Ancak karısı denizden korkuyormuş, bu durumda, neredeyse karaya oturacak kadar kıyıya yanaşıp, halatla sıkı sıkı bağlanmışlar. Evinde, yani mavnada, bizi misafir etmekten epey hoşnut gibiydiler, başta da karısı, melekler gibi güzel akordeon çalan hoş biri. Kaldı ki bizi kahve içmeye davet etmek de pek kibar bir davranıştı hani! Serseri falan olmadığımız ne malumdu! Bayağı güvenmişlerdi bize sonuçta... Bu pek şirin ev sahiplerimize yaraşır biçimde davranmamız gerektiğini derhal anladık... hele diğer misafirlerinin yanında... Robinson'un birçok kusuru vardır kuşkusuz, ancak, genelde, duyarlı bir çocuktur. Sırf o sesleri duyarak, artık uslu durup kaba saba konuşmamamız gerektiğini yüreğinde hissediverdi. Şık giyinmiş sayılmazdık elbet, ancak yine de temiz paktık. O havalı, esmer, şiirsel saçlarıyla ve gemici tayfası tarzı ama onun daha şık bir uyarlaması olan sevimli takım elbisesiyle, iyice bir süzdüm onu, yani mavnanın patronunu, otuz küsur yaşlarında olmalıydı. Güzel karısınınsa kelimenin tam anlamıyla "kadife" gibi yumuşacık bakışları vardı.

Sofradan az önce kalkmışlardı. Ancak yemekten artanlar bile bir orduyu doyurmaya yetebilirdi. O küçük pastanın tadına bakmayı reddetmedik doğrusu, hayır denir mi hiç! Yanına da biraz porto şarabı elbette, eşlik etmek için. Çevremde bu kadar saygıdeğer sesler duymayalı çok olmuştu. Saygıdeğer şahsiyetlerin karşılarındakini sindiren kendilerine özgü bir konuşma tarzları vardır, beni de düpedüz ürkütürler, özellikle de kadınları, oysa yalnızca biçimsiz, kendini beğenmiş cümlelerden ibarettir söyledikleri, gelgelelim eski mobilya parlatır gibi cilalanmış sözlerdir bunlar. Harcıâlem bile olsa yine de korku salar o cümleler. Daha karşılık vereyim derken, üzerlerine basarak kayıp düşmekten korkar insan. Eğlence olsun diye fukara şarkıları söyleyip süflileşmeye gayret ettiklerinde bile, gözünüzü korkutup sizi irkilten o saygıdeğer vurguyu asla terk edemezler, içinde sanki hep ufak bir kırbaç barındıran bir vurgu bu, uşaklara hitap ederken daima lazım olan cinsten. Tahrik edicidir bu, ancak insanı aynı zamanda karılarına uçkur çözmeye de teşvik eder, sırf sokulmuşken diplerine, biraz sürtüp görmek için nasıl kıvırdıklarını o pek havalanmış burunlarını, öyle derler ya hani...

Alçak sesle içerisinin nasıl döşendiğini anlattım Robinson'a, sırf eski tarz mobilya. Biraz annemin dükkânını anımsatıyordu bana, ama elbette çok daha parlatılıp paklanmış halini. Annemin orası hep bayat karabiber kokardı.

Ayrıca bölmelerin üzerinde patronun tabloları asılıydı, her yerde. Ressammış. Karısı açıkladı bunu bana, üstelik çalımından da geçilmiyordu. Karısı, seviyordu erkeğini, besbelli. Sanatçıydı patron, erkek güzeli, güzel saçlar, güzel rantlar, mutlu olmak için ne gerekiyorsa vardı yani; bunun üstüne bir de akordeon eklediniz mi, dostlar, teknede ve sığ sularda kurulan düşler, yerinde sayan, asla bir yerlere varamadığından hiç şikâyetçi olmayan... Evlerinde bunların hepsi vardı işte, istemedikleri kadar şeker bile vardı, üstelik "brizbizlerle" vantilatör rüzgârının arasından özlenen bir serinlik de yayılıyordu, ulvi bir güven duygusuyla birlikte.

Mademki gelmiştik bizler de, kaynaşmalıydık herkesle. Önce soğuk meşrubat ve kremalı çilek, en sevdiğim tatlı. Madelon biraz daha alabilmek için can atıyordu. O bile, artık, görgülüymüş gibi davranmaya başlamıştı. Erkekler onu, yani Madelon'u, pek şeker bulmuşlardı, özellikle de kayınpeder, bayağı kellifelli bir adam, Madelon'un yanı başında olmasından pek mutlu görünüyordu ve ona nasıl yaranabileceğini bilemediği için de adeta yerinde duramıyordu. Burnunun üstüne kadar bulaştırdığı kremalara gömülmüş kızın önüne, masadaki tüm tatlı ve şekerlemeyi toparlayıp yığıyordu, bir tek onun için. Konuşmaların akışından anlaşıldığı üzere dulmuş kayınpeder. Ama tabii yavaş yavaş unutmaya çalışıyormuş artık. Unutmasına unutuyordu besbelli, hem de nasıl. Yumuldu iyice Madelon da likörlere, çakırkeyif oldu kısa sürede. Robinson'un takım elbisesinin üstünden hem yorgunluk akıyordu hem de yıllar boyu birbirini kovalamış olan mevsimler, benimkisi de öyle, ancak bulunduğumuz korumalı yerde bu çok da belli olmuyordu. Gelgelelim, o her bakımdan rahat, Amerikalılar gibi pirüpak, yunmuş arınmış, kalıp kıyafet yerinde, iki dirhem bir çekirdek duran ötekilerin yanında kendimi yine de biraz aşağılanmış hissediyordum.

İyice kafayı bulan Madelon dağıtmaya başlamıştı. Narin profilini tablolara çevirmiş, saçma sapan şeyler anlatıyordu, durumun biraz farkına varan ev sahibesi vaziyeti kurtarmak için yeniden akordeon çalmaya başladı, herkes hep bir ağızdan az önce duyduğumuz şarkıyı, derken bir başka şarkıyı söylemeye koyuldu, biz üçümüz de eşlik ediyorduk, alçak sesle ama enikonu falsolu.

Robinson, kakao üretimi konusunda allamelik taslayan yaşlı bir beyefendiyle koyu bir sohbete dalmanın yolunu bulmuştu. Esaslı bir konu. Bir sömürgeli, bir sömürgeli daha, eder iki sömürgeci. "Ben Afrikada'yken, diye Robinson'un lafa girdiğini duydum, ağzım bir karış açık, Pordurière Şirketi'nin Ziraat Mühendisi olduğum dönemde, diye üsteliyordu, koca bir köy halkını çalıştırıyordum ekinlerde... falan filan..." Beni göremediği için varlığımı unutup atıyordu atabildiği kadar... Bol keseden... Uydurma anılar... Yaşlı beyin karşısına geçmiş göz boyuyordu... Bir sürü yalan! Kendini o yetkin yaşlı beyefendiyle aynı düzeyde gösterebilmek için elinden geleni yapıyordu. Genelde pek konuşkan olmayan, kendi halinde biriyken, bu kez sinirime dokunmaya başlamıştı Robinson ve hatta bu derece zırvalıyor olması beni bayağı üzmüştü.

Ona şeref konuğu muamelesi yapıp koca bir divanın ortasına yerleştirmişlerdi, parfüm kokuları içinde, sağ elinde bir kadeh *fine**, öbür eliyle de geniş daireler çizerek balta girmemiş ormanların ve ekvator kasırgalarının azametini anlatıyordu. Kaptırmış gidiyordu, iyice kaptırmıştı... Alcide de keşke burada olabilseydi, şöyle bir köşeye sığışıp, epey gülerdi bu işe herhalde. Zavallı Alcide!

Doğrusunu söylemek gerekirse, rahat olmasına bayağı rahattık, onların şu mavnalarında. Hele tam o sırada hafif bir nehir meltemi esmeye başlamışken ve lüle lüle perdeler pencerelerin çerçevesinde ortama taze bir neşe katan bayraklar gibi uçuşurken.

Neyse, sıra yeniden dondurmalara geldi, ardından yine şampanya. Patronun doğum günü değil miydi, defalarca hatırlatmamış mıydı? Bir kerecik olsun herkese zevk vermeyi kararlaştırmıştı, hatta sokaktan geçenlere bile. Bir kerecik olsun bize de. Bir saat boyunca, belki de iki, üç, hepimiz onun kanatları altında kaynaşacaktık, hepimiz dost olacaktık, bilinenler de ötekileri de, hatta yabancılar dahi ve hatta biz üçümüz bile, kıyıdan köşeden toplanan, masada on üç kişi kalmamak için, ehvenişer olarak. Neredeyse o sevimli mutluluk şarkımı söylemeye başlayacakken caydım, birden mağrur, kendine gelmiş. Davet edilmiş olmamı her şeye karşın haklı bir gerekçeye oturtmam gerektiğini düşünerek, onlara şahsımda Paris yöresinin en saygıdeğer hekimlerinden birini davet etmiş olduklarını beyan ettim, alı al, moru mor! Kılık kıyafetim bu insanların bunu daha önce akıl etmelerini sağlamaya elverişli değildi elbette! Arkadaşlarımın pespayeliği de! Ancak kim olduğumu öğrenir öğrenmez, derhal çok memnun olduklarını, şeref duyduklarını bildirdiler ve hiç vakit kaybetmeden, her biri bana kendi özel ufak tefek bedensel dertlerinin ipuçlarını vermeye koyuldu; ben de bunu fırsat bilip bir işadamının kızına yanaştım, tesadüf bu ya, kurdeşen yetmiyormuş gibi durup dururken midesinden ekşi sular gelmesinden de yakınan balık etinde ufak tefek bir kuzendi bu.

Rahata ve iyi yemeklere alışkın değilseniz, bunlar kolayca insanın aklını başından alabiliyor. Gerçek zaten sizden uzaklaş-

* *Fine*: Çok sayıda yöresel çeşidi olan bir Fransız alkolü.

mak için can atar. Sizi azat etmesi işten bile değildir. İnsan kendi gerçeğine çok da bağlı değildir aslında. Bu beklenmedik keyif bolluğu karşısında, o bildik megaloman çılgınlık sizi derhal sarmalayıverir. Bir yandan kuzene kurdeşenden söz ederken, ben de zırvalamaya başladım. İnsan gündelik aşağılanmışlıklarından kurtulabilmek için, kendini zenginlerle bir tutmaya çalışarak, Robinson gibi yalanlara başvurur, hani yoksulların para niyetine kullandıkları o yalanlara. O kötü ambalajlanmış etinden budundan, güdük bedeninden utanılır. Kendi gerçeğimi göstermeye razı olamıyordum onlara; o gerçekler onlara layık olabilecek düzeyde değildi, tıpkı götümün kenarı gibi. Ne yapıp edip kendimi onlara beğendirmeliydim.

Bana yöneltikleri sorulara, ben de uydurma yanıtlar vermeye başladım, tıpkı az önce Robinson'un yaşlı beye yaptığı gibi. Havaya girme sırası bendeydi!... O başa çıkamadığım sayıdaki hastalarım!... Sürmenaj!... Sevgili dostum Robinson'un, hani mühendis olan... beni Toulouse'daki o küçük dağ evinde ağırlamayı önerişi...

Hem, ne olmuş yani, misafir dediğin, zaten enikonu yiyip içtikten sonra her şeye kolayca ikna olur. Neyse ki! Önüne ne konsa yer! Doğaçtan palavraların sağladığı uçar kaçar mutluluk alanında Robinson benden bir adım öndeydi, peşine takılmak için ufacık bir çaba yeterli olmuştu.

Robinson'un taktığı camları koyu renkli gözlükler nedeniyle insanlar gözlerinin durumunu pek iyi ayırt edemiyorlardı. Biz de, bol keseden, onun başına gelen bu felaketi savaşa bağladık. O andan itibaren de iyice başköşeye kurulduk, sosyal statümüz terfi ettirildi, hatta vatanseverlik kontenjanından onların, yani ev sahiplerimizin seviyesine bile yükseltildi, oysa önceleri kocanın, yani ressamın, bu fantezisi misafirleri biraz tedirgin etmemiş değildi, gerçi, sosyete ressamı sıfatıyla ara sıra bu tür antikalıklar yapması gerekiyordu elbet... Ama misafirler artık üçümüzü de gerçekten pek kibar ve son derece ilgi çekici bulmaya başlamışlardı.

Madelon, daha yeni nişanlanmış mahcup taze rolünün gereklerine yeterince sadık davranmıyor olabilirdi, herkesin içini gıcıklıyordu, kadınlar dahil, o kadar ki bir ara bu işin bir grup seksine dönebileceğini bile düşünmeye başlamadım değil. Ama hayır. Ağzından salyalar akarak sözcüklerin ötesine geçme uğraşının etkisiyle beli kırılan konuşmada bir süre sonra bet bereket kalmadı. Hiçbir şey olmadı.

Birbirimizi biraz daha ateşli biçimde, daha derinden, daha fazla mutlu etme yönündeki ortak niyetlenişimiz bizi iyice sersemletmişti, cümlelere ve yastıklara sıkı sıkıya yapışıyorduk, bedenlerimiz doymuştu, sırf ruhumuzun çabasıyla, içimizde ve dünyada bildiğimiz en büyüleyici en olağanüstü ne varsa hepsini, dünyanın tüm mutluluğunu bu ana sıkıştırmak için elimizden geleni yapıyorduk, komşumuzun da nihayet bundan faydalanabilmeye başlamasını arzuluyor ve o komşunun da, aradığı o güzelliğin tam da bu olduğunu, onca yıldır tam olarak ve sonsuza dek mutlu olmak için eksikliğini hissettiği şeyin tam da bu özveri olduğunu bize itiraf etmesini bekliyorduk! Yani ona nihayet kendi varoluş nedenini idrak ettirdiğimizi! Ve herkese gidip, varoluş nedenini bulduğunu söylemesi gerektiğini! Bu hazzın şerefine ve onu kutlamak için hep birlikte yine kadeh kaldıracağımızı ve bunun sonsuza dek hep böyle devam etmesi gerektiğini! Bu havayı bir daha asla bozmamamızı! Özellikle de bir daha sakın, asla, o korkunç, mucizesiz dönemlere, henüz tanışmadığımız, bu kadar mükemmelce buluşmadığımız dönemlere geri dönmememiz gerektiğini!... Bundan böyle hep beraber! Nihayet! Daima!...

Gelgelelim patron, ortamın büyüsünü bozmadan edemedi.

İlle de resimlerinden söz etme takıntısı vardı adamın, fazlasıyla kafasını kurcalıyordu bu konu, tabloları, bütün gücüyle ve her ne vesileyle olursa olsun. Böylece de onun o inatçı ahmaklığı yüzünden, sarhoş olmamıza karşın, bayağılık tüm ezici ağırlığıyla aramıza geri döndü. Daha şimdiden yenilgiye uğrayarak, patrona tumturaklı ve okkalı birkaç iltifat sıraladım, sanatçılar için özel olarak hazırlanmış, cümlelere sığdırılmış bir mutluluk demeti. İstediği buymuş. İltifatlarımı alır almaz, bu onda bir cinsi münasebet etkisi yarattı. Kenardaki kabarık sedirlerden birinin üzerine kendini bıraktı ve neredeyse anında uykuya daldı, tatlı tatlı, pek mutlu elbette. O sırada sofradakiler, neredeyse karşı konulamaz olan uykuyla mucizevi bir sindirimin keyfi arasında tereddüt ederek, ağırlaşan gözkapaklarıyla hâlâ birbirlerinin yüz hatlarını inceliyorlardı, büyülenmiş gibi.

Kendi hesabıma bu uyuklama arzusu hakkımı geceye saklamayı yeğledim. Gündüzden artakalan korkular çoğu kez uykuyu uzaklaştırır, bu durumda, küçük bir ahret mutluğu depolama şansı varken, bunu hazır yapabiliyorken, onu fuzuli ön şekerlemelere harcamak için bayağı salak olmak gerek. Her şey gece için! Benim sloganım bu! Uyku durak yok geceyi düşünmek gerek. Kaldı ki, nasıl olsa akşam yemeğine de davet edilmiştik, gidip biraz iştah açmanın tam zamanıydı...

Ortamdaki genel şaşkınlıktan istifade sıvıştık. Üçümüz birden, patroniçenin akordeonunun etrafına şirince saçılmış, uyuklayan misafirlerin üzerine basmadan, hiç dikkat çekmeyecek şekilde çıkmayı başardık. Müziğin yumuşattığı patroniçenin bakışları bir gölge arayarak kırpışıyordu. "Akşama görüşürüz", dedi onun yanından geçtiğimizde ve gülümseyişi bir rüyanın içinde kayboldu.

Çok da uzağa gitmedik, üçümüz, sadece nehrin bir dirsek oluşturduğu ve uzaktan gözüme kestirmiş olduğum şu yere kadar, iki sıra kavak ağacı arasında, upuzun, sipsivri kavaklar. Bu noktada tüm vadi ayaklar altındaydı, hatta iyice ötede, kıpkırmızı gökyüzünün ortasında bir çivi gibi çakılı duran çan kulesinin çevresinde iyice ufalan, kendi çanağındaki şu küçük kent bile.

— Dönüş için saat kaçta trenimiz var? diye hemen telaşlandı Madelon.

— Dert etme! diye yatıştırdı Robinson onu. Bizi arabayla bırakacaklar, halloldu o iş... Patron söyledi... Varmış arabaları...

Madelon daha fazla ısrar etmedi. Zevkten dört köşe, düşlere dalmıştı. Gerçekten mükemmel bir gün.

— Peki ya gözlerin, Léon, şimdi nasıllar? diye sordu yine.

— Çok daha iyi. Emin olmadığımdan dolayı, sana henüz söylemek istemiyordum ama sanırım, özellikle de sol gözümle, masadaki şişeleri bile sayabilmeye başladım artık... Epey içtim, fark ettin mi? Tadı da enfesti doğrusu!...

— Sol taraf, kalbin olduğu taraftır, diye not etti Madelon, neşeli. Çok sevinçliydi, onun gözlerinin böyle iyiye gitmesinden ötürü, anlaşılabilir bir duygu.

— Hadi ben seni öperken sen de beni öp! diye önerdi ona. Bu sevgi gösterileri arasında ben kendimi fuzuli hissetmeye başlamıştım. Ancak uzaklaşmakta da zorlanıyordum, çünkü ne yöne gitmem gerektiğini de kestiremiyordum. Az ötedeki ağacın arkasında ihtiyaç giderecekmiş gibi yaptım, gittim orada, ağacın arkasında kaldım, onların yatışmasını bekleyerek. Pek sevecendi birbirlerine söyledikleri. Onları duyuyordum. En amiyane cinsinden aşk diyalogları, ama insan konuşan kişileri şahsen tanıyorsa yine de bir tuhaf oluyordu. Üstelik onları şimdiye kadar hiç birbirlerine böyle laflar ederken duymamıştım.

— Beni gerçekten seviyorsun değil mi? diye soruyordu kız.

— İki gözüm kör olsun ki seni gözlerim kadar seviyorum! diye yanıt veriyordu o da.

— Bu söylediklerin hiç de göz ardı edilebilecek şeyler değil Léon!... Ama daha henüz beni görmedin ki Léon?... Belki de beni artık yalnızca başkalarının gözleriyle değil de kendi gözlerinle gördüğünde, eskisi kadar sevmeyeceksin?... O andan itibaren, diğer kadınları da görebileceksin ve belki de hepsini birden sevmeye başlarsın?... Arkadaşların gibi?...

Ona bu son söyledikleri, çaktırmadan, beni hedef alıyordu. Apaçık... Beni uzaklaşmış sanıyor ve onu duyamayacağımı düşünüyordu... Fırsat bu fırsat geçiriyordu geçirebileceği kadar... Hiç vakit kaybetmiyordu... Diğeri ise, yani dostum olanı, itiraz eder gibi oldu. "Olur mu hiç!"... dedi. Bunların hepsi varsayımmış! Kuru iftiraymış...

"Ben ha, Madelon, asla! diye savunuyordu kendini. Ben ona benzemem ki! Ona benzeyebileceğimi de nereden çıkardın?... Hele sen bana o kadar iyi davranmışken?... Ben insanlara sadakatle bağlanırım! Ben adi serserinin biri değilim! Ölüm bizi ayırana dek, öyle dedim sana, söz verdim mi tutarım ben! Ölüm bizi ayırana dek! Senin güzel olduğunu biliyorum, elbette, ama hele seni bir görebileyim, çok daha güzel olacaksın... İşte böyle! Mutlu oldun mu şimdi? Artık ağlamıyorsun değil mi? Bundan daha fazla ne söylenebilir ki!

— İşte bu çok şeker, Léon!" diye yanıtlıyordu onu o zaman, hem de ona iyice sokularak. Birbirlerine bağlılık yeminleri ediyorlardı, artık onları durdurmak olanaksızdı, gökyüzü bile bunun için yeterli değildi.

"Benimle birlikteyken hep mutlu olmanı isterim..." diyordu kıza daha sonra, yumuşacık bir sesle. "Elini sıcak sudan soğuk suya komayasın, ama yine de bir elin yağda bir elin balda olasın...

— Ah! Ne de tatlısın Léoncuğum benim. Sen tahmin ettiğimden de daha mükemmelsin... Sevecensin! Sadıksın! ve sen her şeyimsin!...

— Sana tapıyorum da ondan, iki gözüm..."

İyice kızışıyor, elleşip duruyorlardı. Üstelik sanki beni o yoğun mutluluklarından iyice dışlamak istercesine, kaşla göz arasında bana bok atıyorlardı...

Önce kız: "Doktor var ya, arkadaşın hani, o iyi bir insan değil mi?" Sanki midesine oturmuşum gibi ısıtıp ısıtıp önüne koyuyordu. "İyi bir insan o!... Aleyhinde konuşmuş gibi olmayayım, çünkü o senin arkadaşın... Ama o sanki yine de kadınlara karşı hoyrat davranan bir erkeğe benziyor... Şimdi yani onun hakkında hiç kötü söz söylemek istemem çünkü inanıyorum ki seni seviyordur gerçekten... Öte yandan hiç de benim tarzım bir tip değil... Açık açık söylemem gerekirse... Bozulmazsın değil mi?" Yok canım, niye bozulsunmuş ki Léon? "Bak şimdi, bana öyle geliyor ki, Doktor, kadınlara biraz fazla düşkün... Hani biraz köpekler gibi, anlıyor musun?... Sence de öyle değil mi?... Sanki her fırsatta insanın üstüne atlayacakmış gibi! İşini görüp, hemencecik çekip gidiveriyor... Sana da öyle gelmedi mi? onun böyle olduğu yani?"

Kız neyi nasıl istiyorsa, ona da öyle geliyordu, o adiye, hatta kızın söylediklerini pek doğru hem de pek eğlenceli bile buluyordu. Gülmekten kırılıyordu. Lafın arkasını getirmeye teşvik ediyordu onu, gülmekten hıçkırık tutmuştu.

— Bak çok doğru bir şey gözlemlemişsin Madelon, fena adam değildir Ferdinand, ama haklısın, ağırbaşlılıkla arası pek hoş sayılmaz, sadakatle de öyle tabii!... Bak bundan eminim işte!...

— Kim bilir ne de çok metresi olmuştur onun, dimi Léon, sen biliyorsundur?

Bir yandan da tüyo alıyordu, kaltak.

— Saymakla bitmez! diye yanıtlıyordu gayet kendinden emin, ama biliyor musun... O, bir kere... Midesizdir, her önüne gelenle yatar!...

Bu sözlerden bir sonuç çıkarmak gerekiyordu, bu işi de Madelon üstlendi.

"Doktor değil mi işte, hepsi de ırz düşmanıdır bunların, bunu bilmeyen mi var... çoğu zaman tabii... Ama o yok mu o, sanırım o az bulunur cinsten bir sapık!...

— Çok doğru söylüyorsun", diye onayladı benim o sevgili, sadık dostum, hatta üsteledi bile: "O kadar ki, acaba özel birtakım haplar, ilaçlar mı alıyor diye düşündüğüm de az değildir, o derece takmıştı kafayı yani bu işe... Üstelik herifte de bir alet var! Bir görsen ne kadar iri! Bu kadarı da normal değil hani!...

— Aaa, öyle mi! dedi boş bulunan ve şeyimin şekli şemailini hatırlamaya çalışan Madelon. Hastalık falan taşımıyordur umarım, ne dersin?" Birden, bu mahrem bilgileri edinmiş oluşu burnundan gelmişti, bayağı da endişelenmişti.

— Bak, orasını bilemem, diye itiraf etmek zorunda kaldı Robinson, üzülerek, bu konuda kesin bir şey konuşamam... Ama onun o yaşadığı hayatla pek muhtemeldir.

— Haklısın aslında, birtakım haplar, ilaçlar alıyordur kesinlikle... O yüzden herhalde biraz böyle tuhaf davranıyor...

Bunun üzerine, o kuş beyni çalışmaya başladı Madelon'un. Şöyle buyurdu: "İleride ona karşı biraz dikkatli davranmamızda yarar var...

— Ondan korkmuyorsun ama değil mi? diye sordu kıza. Aranızda bir şeyler geçmedi, umarım?... Sana asılmaya falan mı kalktı yoksa?

— Ne münasebet, asla izin vermezdim buna! Ama aklından neler geçtiğini bilemeyiz... Tut ki bir sinir krizi geçirdi... Böyle insanlar sinir krizleri de geçirebilirler, öyle ilaç falan alıyorsa!... Her neyse, doktorluğuna güvenip de ona tedavi olmaya asla gitmem!...

— Ben de gitmem, hele şu konuştuklarımızdan sonra!" diye onayladı Robinson. Derken yine başladı, aşk meşk, okşayışlar, ha babam de babam...

"Canım!... Canım!... diye kollarında sallıyordu kız onu.

— Tatlıcığım!... Tatlıcığım!..." diye karşılık veriyordu o da. Sonra uzun sessizlikler, arada da hırslı öpüşmeler.

— Ben seni öperek omzuna gelinceye kadar bakalım sen kaç kez bana beni sevdiğini söyleyeceksin...

Boynunu öperek başlıyordu bu küçük cilve.

"Amma da sıcak bastı! diye çığlık atıyordu kız nefes nefese... Bayılacağım! Dur da biraz nefes alayım!" Ama o buna izin vermiyordu. Yeniden başlıyordu. Ben de yandaki çimenlikte, neler olacağını izlemeye çalışıyordum. Kızın meme uçlarını dudaklarının arasına alıp oynaşıyordu. Ufak tefek cilveleşmeler işte. Bana da sıcak basmıştı, bir sürü de duygu kabarmıştı, üstelik kendi densizliğime de hayran olmuştum.

— İkimiz birlikte çok mutlu olacağız, dimi, söylesene, Léon? De bana birlikte çok mutlu olacağımızdan iyice emin olduğunu?

Ara vermişlerdi. Sonra ardı arkası kesilmeyen gelecek düşleri, sanki baştan aşağı yepyeni bir dünya yaratabileceklermiş gibi, ama yalnızca iki kişilik bir dünya! Özellikle de ben katiyen yoktum içinde bu dünyanın. Sanki ne yapsalar beni başlarından atmaya doyamıyorlardı bir türlü, mahremiyetlerini adımın bile anılmasından arındırmaya çalışıyorlardı.

— Siz Ferdinand'la epey uzun zamandır tanışıyorsunuz, dimi?

Bu mesele kafasını kurcalıyordu belli ki...

"Yıllardır, evet... Şurdan... Burdan... diye yanıtladı Robinson. Önce yolculuktan yolculuğa tesadüfen yollarımız kesişti... O, seyahat etmeyi seven biri... Ben de öyleyim, bir bakıma, öyle olunca da sanki çok uzun süredir birlikte yol almışız gibi... Anlıyor musun?..." Böylece de yaşantımızı ikinci sınıf sıradanlıklar düzeyine indirgiyordu.

— İşte! arkadaşlık falan artık buraya kadar, tatlım! Hem de şu andan itibaren! diye karşılık verdi kız, bayağı kararlı, kısa ve öz... Bitti artık!... Bitti d'mi tatlı kuşum?... Artık yoluna yalnızca benimle birlikte devam edeceksin... Beni anlıyor musun?... D'mi canım cicim benim?...

— Yani sen şimdi onu kıskanıyor musun? diye sordu, biraz olsun afallamış vaziyette, dalyarak.

— Hayır! Onu kıskanmıyorum, ama seni aşırı derecede seviyorum, Léoncuğum benim, anlıyor musun, yalnızca bana ait olmanı istiyorum... Seni kimselerle paylaşmak istemiyorum... Kaldı ki artık ben seni sevdiğime göre Léoncuğum benim, o artık sana göre, sana uygun bir münasebet olmaktan çıktı... Fazla edepsiz biri o... Anladın mı şimdi? Bana bayıldığını söyle Léon! Beni anladığını da söyle?

— Sana bayılıyorum...

— Güzel.

Aynı akşam, hep beraber Toulouse'a döndük.

Bundan iki gün sonra oldu kaza. Benim nasıl olsa artık gitmem gerekiyordu ve tam da istasyona doğru yola çıkmadan önce bavulumu hazırlarken birinin evin önünde bağrıştığını duydum. Kulak kabarttım... Acele edip bir an önce mahzene gitmem gerekiyormuş... Bana böyle seslenen kişiyi buradan göremiyordum.... Ancak ses tonuna bakılırsa, öyle böyle değil bayağı acelesi olan bir işti bu... Acilen gitmeliymişim oraya, öyle görünüyordu.

"Bir dakika yahu, aaa! Yangın mı var?" diye yanıt verdim ben, maksat iki ayağım bir pabuca girmesin... Saat yedi sularıydı herhalde, akşam yemeği saatinden az önce. Vedalaşma işini, istasyonda yapacaktık, böyle kararlaştırmıştık. Böylesi herkesin işine geliyordu çünkü bugün ihtiyar eve biraz daha geç dönecekti. Tam da bu akşam, mahzene gelecek olan bir hacı kafilesini beklemesi gerekiyordu.

— Çabuk olun Doktor bey! diye ısrar ediyordu hâlâ sokaktaki şahıs... Bayan Henrouille'un başına bir iş geldi!

— Tamam! tamam! dedim... Şimdi geliyorum! Anlaştık!... Hemen iniyorum aşağıya!

Ama derhal biraz aklımı toplayıp: "Siz önden gidin, diye ekledim. Peşinizden geldiğimi söyleyin... Hele şu pantolonumu giyeyim... Hemen yetişirim..."

— Ama durum çok acil! diye hâlâ ısrar ediyordu o kişi... Şuursuz yatıyor diyorum size!... Kafasında bir kemik kırılmış diyorlar!... Mahzeninin merdivenlerinden düşmüş!... Bi çırpıda aşağıya kadar düşmüş!...

"Anlaşıldı!" dedim kendi kendime bu pek hoş hikâyeyi duyunca, daha fazla düşünmeme de gerek kalmadı... Hemen tabanları yağladım, arkama bile bakmadan, doğru istasyona. Çakmıştım manzarayı.

Yetişmeyi başardım yedi on beş trenime, tam zamanında, ama kıl payı.

Vedalaşmadık.

Parapine, beni yeniden karşısında bulduğunda, öncelikle pek de iyi görünmediğime dikkat çekti.

— Sen, epey yorulmuşa benzersin, oralarda, Toulouse'da, diye altını çiziverdi, kuşkucu, her zamanki gibi.

Orada, Toulouse'da, epey heyecan yaşadığımızı inkâr edecek değildim, ne var ki şikâyet edecek halim de yoktu, neme lazım, esas beladan, en kritik zamanında sıvışmak suretiyle, ucuz kurtulmuştum, en azından öyle olduğunu umuyordum.

Dolayısıyla bütün macerayı kuşkularımdan da söz ederek en ince ayrıntısına kadar Parapine'e aktardım. Ancak o bu durumda pek de becerikli davrandığıma ikna olmamıştı doğrusu... Gelgelelim bu konuyu uzun uzadıya tartışacak zamanımız olmadı, çünkü bu gelişmelerin akabinde bana bir iş bulma sorunu artık o kadar acil bir niteliğe bürünmüştü ki öncelikle bu konuya eğilmenin zamanı gelmişti. Dolayısıyla yorum yaparak yitirilecek zamanımız yoktu... Kenarda köşede yalnızca yüz elli frankım kalmıştı ve artık nereye gidip yerleşebileceğimi bile bilemiyordum. "Tarapout"?... Artık kimseyi işe almıyorlardı. Ekonomik kriz. O halde Garenne-Rancy'ye mi dönmeli? Yeniden muayenehane müşterileriyle boğuşmaya? Yine de bir an için düşünmedim değil, her şeye rağmen, ancak o da kerhen, en son çare olarak. Heves kadar kolay kırılan başka ne vardı ki şu dünyada?

Sonunda yine Parapine sağladı bana cennetin kapısını açan doğru anahtarı, tımarhanede, yani tam da, aylardır, kendisinin de çalışmakta olduğu o Tımarhane'de benim için bulduğu iş sayesinde.

İşler az çok yolunda gidiyordu yine. Parapine, bu Müessese'de yalnızca akıl hastalarının sinemaya gitmelerini sağlamakla görevli değildi, bunun dışında kıvılcımlara da o bakıyordu. Belirli saatlerde, haftada iki gün, sımsıkı kapalı ve kapkaranlık bir odada hepsi özel olarak toplanmış olan melankoliklerin tepelerinde gerçek birer manyetik fırtına koparıyordu. Zihinsel bir sportif faaliyet yani, aynı zamanda da Doktor Baryton'un, yani patronunun, o pek güzel buluşunun uygulamasıydı bu. Pintinin tekiydi zaten, bu hemşeri, azıcık bir maaşa beni işe aldı almasına, ama nah bu kadar uzun maddelerle dolu bir kontrat imzalatarak, hepsi de elbette onun lehine. Yani özetle o bir patrondu.

Onun o Tımarhane'sinde aldığımız paraya maaş demeye bin şahit isterdi, doğru, bununla birlikte iaşe hiç de fena değil, ibate de gayet düzgündü. Buna ek olarak bir de hemşirelerle mercimeği fırına verebiliyorduk. Bunu yapmak serbestti, zımnen elbette. Baryton, patron, bu uçarılıklarda hiçbir sakınca görmüyordu, hatta bu erotik imkânların personelin müesseseye bağlılığını artırdığını saptamıştı. Hem akıllı, hem hazımlı.

Kaldı ki, hazır birileri, hem de tam zamanında yetişip bana rızkımı vermişken soru sorup koşul dayatmaya kalkmanın sırası mıydı yani? Şöyle bir düşününce, Parapine'in neden bana öyle birden bu kadar yoğun bir ilgi gösterdiğini kavramakta güçlük çekiyordum. Bana yönelik davranışları beni işkillendiriyordu. Ona, yani Parapine'e, kardeşçe duygular atfetmek ha... Bu onu gereğinden fazla yüceltmek olurdu... Çok daha karmaşık bir neden olsa gerek. Ama olmayacak şey yoktur elbet...

Öğle yemeklerinde, sofraya hep beraber oturulurdu, âdet böyleydi, başköşede Baryton, patronumuz, kıdemli ruh hekimi, sivri top sakal, kısa ve tombul bacaklar, pek sevecen, parasal meseleler haricinde, bu konuda ona her fırsat verildiğinde ya da bahane bulduğunda enikonu mide bulandırıcı olmayı başarabiliyordu.

Bol düdük makarnası ve gırtlak törpüleyen cinsten bir Bordeaux şarabıyla bizi ihya etmekte üstüne yoktu, orası kesin. Koca bir bağ miras kalmış ona, öyle anlattı bize. Şansımıza küselim! Şarabın kalitesine bakılırsa, çok vasat bir hasat, benden söylemesi.

Vigny-sur-Seine'deki bu Tımarhane'sinde hasta hiç eksik olmuyordu. Hava güzel olduğunda delilerimizin gezinebildikleri çepeçevre büyük bir bahçesi olduğu için tanıtma yazılarında adı "Sağlık Yurdu" diye geçiyordu. Bahçede gezinirken, kafalarını omuzlarının üstünde zor dengede tutar gibiydiler, deliler, sanki hep, tökezleyip, içindekileri yere saçmaktan korkarcasına. Bu kafaların içinde belli ki feci önemsedikleri türlü türlü oynak ve biçimsiz şeyler çarpışıp duruyordu.

Ruh hastaları bize ancak, ürkek bir ifadeyle surat ekşiterek ya da kılı kırk yaran forslu idareciler gibi lütfeder ve küstah bir tavır takınarak söz ediyorlardı, bu ruhsal hazinelerinden. Onlara dünyaları verseniz, o kafalarının içinden çivi bile sökemezdiniz. Deli dediğiniz kişi, alt tarafı, bir insanın sıradan düşüncelerinden ibarettir, ama bunların bir kafanın içine sıkı sıkı hapsedilmiş hali. Dünya asla o kafanın içine girip çıkamaz, bu da ona yeter. Su sızdırmayan bir kafa, nehirsiz bir göle döner, iltihaplanır.

Baryton makarna ve sebzelerini Paris'ten alıyordu, toptancıdan. Dolayısıyla da Vigny-sur-Seine'in esnafı bizi sevmezdi. Hatta bize bayağı gıcık oldukları dahi söylenebilirdi. Bu husumet iştahımızı kesmiyordu. Stajımın başlarında, Baryton, sofradaki daldan dala konuşmalarımızdan gerekli sonuçları çıkarıp felsefi yorumlarını yapıyordu. Ancak ömrünü akıl hastalarının arasında geçirmiş, onların çorbalarına kaşık sallamış, onların zırvalarını az çok bir hizaya getirmeye çalışıp, ekmeğini onların o karman çorman hikâyelerinden çıkarmış bir insan olarak, soframızda da bazen onların o saplantılarından söz etmek zorunda kalmak kadar canını sıkan bir şey yoktu. "Normal insanların sohbet konuları arasında bunların yeri olmaması gerek!" diye belirtiyordu, kendini kollayıp, kestirip atarak. Kendi hesabına bu zihinsel hijyene sıkı sıkıya bağlıydı.

Kendisi, sohbet etmekten bayağı hoşlanıyordu, hatta neredeyse tedirginlik derecesinde, neşeli olmasından hoşlanıyordu sohbetin, özellikle de güven verici, ayrıca da gayet aklı başında. Çatlaklar konusunda çok fazla ayrıntıya girilmesinden hazzetmezdi. Onlara karşı geliştirdiği içgüdüsel antipati ona yetiyor da artıyordu. Öte yandan bizim gezi öykülerimize bayılıyordu. Doymak bilmiyordu. Benim gelmemle birlikte, Parapine, onun bu gevezeliğinden kısmen yakayı sıyırmıştı. Yemekler sırasında patronumuzu oyalamak açısından beni yerde ararlarken gökte bulmuşlardı. Tüm seyahatlerimi sıradan geçirdik, ballandıra

ballandıra anlatıldılar, uyarlanarak elbette, gerektiği gibi edebi bir kılığa sokularak, hoş bir kılığa. Baryton yemek yerken, ağzıyla diliyle, çok ses çıkarıyordu. Kızı sofrada otururken onun hep sağında duruyordu. Daha henüz on yaşında olmasına karşın kızı Aimée* daha şimdiden onmaz derecede solmuş gibiydi. Belli belirsiz bir cansızlık, iflah olmaz bir kurşuni ten rengi Aimée'yi gözümüzde silikleştiriyordu, sanki hiç durmadan yüzünün önünden sağlıksız küçük bulutlar geçiyormuş gibi.

Parapine'le Baryton arasında ufak tefek kırgınlıklar oluyordu. Ancak Baryton hiç kindar biri değildi, yeter ki kimse işletmesinin kârlarına burnunu sokmasın. Onun bu hesapları uzun süre boyunca yaşantısının biricik kutsal boyutunu oluşturdu.

Günün birinde Parapine, o zamanlar hâlâ konuşuyordu, sofradayken ona Etik'ten yoksun olduğunu söyleyivermişti dobra dobra. İlk ağızda Baryton bu lafa gücenmişti. Sonra da her şey yoluna girmişti. Bu kadarcık şey için de küsülmez ya. Baryton benim seyahat serüvenlerimi dinlerken yalnızca romanesk bir heyecan yaşamakla kalmıyor, aynı zamanda kendini tasarruf yapmış da sayıyordu. "Siz oraları, o memleketleri o kadar güzel tasvir ediyorsunuz ki, Ferdinand, bir kez sizi dinledikten sonra, insanın artık ta oralara kadar gitmesine gerek kalmıyor!" Bana yöneltmeyi düşünebileceği en güzel iltifat buydu. Onun bu Tımarhane'sine yalnızca gözetimi kolay delileri kabul ediyorduk, asla çok saldırgan ve belirgin olarak katil ruhlu olanları değil. O Tımarhane katiyen öyle çok sıkıcı bir yer değildi. Az sayıda parmaklık, yalnızca bir iki hücre. Hatta o yapı içindeki en endişe verici vaka belki de bizzat küçük Aimée'ydi, onun öz kızı. Hastalardan biri olarak görülmüyordu bu çocukcağız, ancak bu ortam onun ruhuna işlemişti.

Zaman zaman yemek odamıza kadar yükselen çığlıklar da duyulmuyor değildi, ancak bunların hep oldukça süfli nedenleri vardı. Çok da uzun sürmüyordu zaten. Ayrıca, pompa, koruluk ve iri begonya kümeleri arasındaki bitmek tükenmek bilmeyen gezintileri sırasında uzun ve ani taşkınlık dalgalarının akıl hastası gruplarını ara ara çalkaladığı da oluyordu, yok yere. Bütün bunlar fazla sorun ve telaş yaratmadan ılık banyolar ve damacanalar dolusu afyonlu şurupla son buluyordu.

* Aimée: Fransızcada "sevilmiş kadın" demek.

Deliler bazen yemekhanenin sokağa bakan birkaç penceresinin önüne gelip oradan çığlık atarak ortalığı velveleye veriyorlardı, ancak asıl dehşeti daha çok kendi içlerinde saklıyorlardı. Bizim tüm tedavi girişimlerimize karşılık o dehşetleriyle yakından ilgileniyor, ona iyi bakıyorlardı, bizzat. Bu dirence tutkuyla sarılıyorlardı.

Şimdi geriye dönüp de baba Baryton'un yerinde tanımış olduğum tüm o delileri düşününce, temel yaratılışımızın savaş ve hastalıktan başka, yani kâbusun bu iki sonsuzluğunun dışında başka bir gerçek eserinin varlığından kuşku duymaktan kendimi alamıyorum.

Sonuçta varoluşun neden olduğu en büyük yorgunluk belki de insanın yirmi yıl, kırk yıl boyunca, hatta daha bile uzun süre, aklı başında kalmak için harcadığı o olağanüstü çabadır, basitçe, derinden kendi, yani tiksindirici, dehşetengiz, saçma olmamak uğruna. Baştan veri olarak elimize tutuşturulan şu aksak ikinci sınıf insanı, sabahtan akşama kadar hep küçük bir evrensel ideal, birinci sınıf bir insan olarak sunmak zorunda kalmamız ne de büyük kâbus.

Tımarhane'de, her fiyattan hastamız vardı, en varlıklıları Louis XV tarzında döşenmiş, duvarları sıkıca kapitone kumaş kaplı odalarda kalıyordu. Bunlara Baryton her gün yüksek tarifeden viziteye çıkıyordu. Onlar da onu bekliyorlardı. Ara sıra, okkalı bir çift tokat yediği de oluyordu, Baryton'un, hem de eli bayağı ağır cinsinden ve taammüden. Derhal bunları vizite ücretine ekliyordu, özel tedavi kalemine.

Sofrada Parapine'in ağzını bıçak açmıyordu, ama Baryton önünde belagat alanındaki başarılarımın onu en ufak şekilde rencide ettiği de sanılmasın, aksine, öncesine, yani mikroplar dönemine kıyasla daha bile az endişeli gibiydi, sonuç olarak, neredeyse halinden hoşnut sayılabilirdi. Unutmamak gerek ki şu reşit olmayan kızlar meseleleri onu az buz korkutmuş değildi. O gün bu gün cinsellik konusunda biraz aklı karışmıştı. Boş zamanlarında, o da, herhangi bir hasta gibi, Tımarhane'nin çimenlerinde geziniyordu ve ne zaman yanından geçsem, bana gülümsüyordu, ancak bu gülümseyişler öylesine kararsız, öylesine solgundu ki, bunları birer veda olarak algılamak da mümkündü.

Her ikimizi de teknik personeli arasına kabul etmek suretiyle, Baryton iyi bir iş kotarmıştı, çünkü biz ona yalnızca günün her saati özveri sunmakla yetinmiyor, aynı zamanda uzak kaldığı ve tiryakisi olduğu eğlenceyi, macera yankılarını da sunuyorduk. Bu nedenle de her fırsatta hoşnutluğunu bize canı gönülden ifade ediyordu. Bununla birlikte, bazen Parapine hakkında bir ihtiyat kaydı düştüğü de oluyordu.

Parapine'le kendini asla tam olarak rahat hissetmemişti. "Bakınız Ferdinand... Parapine... dedi bir gün bana, dertleşirken, aslında Rus'tur!" Baryton için Rus olmak demek, en az "şeker hastası" ya da "zenci ağzıyla konuşma" kadar betimleyici, morfolojik, affedilmez bir özellikti. Aylardır ruhunu kemiren bu konu hazır açılmışken, Baryton benim yanımda ve özel olarak benim çıkarıma hizmet ederek olağanüstü derecede beynini zorlamaya başladı... Onu hiç böyle görmemiştim. Tam da ikimiz birlikte buraların "tütüncüsüne" sigara almaya gidiyorduk.

— Parapine, sevgili Ferdinand, haddizatında gayet zeki bulduğum bir çocuktur, orası öyle... Mamafih yine de tümüyle keyfi denecek bir zekâsı var bu çocuğun! Sizce de öyle değil mi Ferdinand? ("Ferdinang" diye telaffuz ediyordu). Bu çocuk, öncelikle, uyum sağlamayı reddeden biri... Onda hemen fark edilen bir özellik bu... Mesleğiyle bile tam olarak barışık değil... Hatta bu dünyayla bile barışık değil!... İtiraf edin!... Üstelik bu konuda da haksız! Tamamen haksız!... Değil mi ki acı çekiyor!... İşte size ispatı! Bakın, ben mesela, ne kadar uyum sağladığımı görüyorsunuz Ferdinand!... (bunu derken iman tahtasına vuruyordu.) Farzımuhal tut ki yarın dünya, mesela tersine dönmeye başladı. Peki, ya ben ne yaparım? Uyum sağlarım, Ferdinand! Hem de derhal! Peki bunu nasıl yaparım, biliyor musunuz Ferdinand? Şöyle bir güzelce on iki saat fazladan uyku çekerim, işte bütün mesele bu! İşte bu kadar! Haydi hop! Atla deve değil! Oldu da bitti! Uyum sağlamış oluveririm! Oysa sizin şu Parapine, onun başına benzer bir macera gelse ne yapar biliyor musunuz? Daha en az bir asır boyunca kafasında bin türlü projeyi, küskünlüğü evirir çevirir durur!... Hiç şüphem yok! Benden söylemesi! Yalan mı yani?... Dünya tersine dönüyor diye uykuları kaçar!... Burda kim bilir hangi özel adaletsizliğin izini arar!... Fazla adaletsizlik varmış!... Onun saplantısı da bu zaten, adaletsizlik!... Henüz benimle konuşmaya tenezzül ettiği dönemlerde bana uzun uzun bu adaletsizlikten söz ederdi... Peki siz onun mızmızlanmakla yetineceğini mi sanıyorsunuz? Keşke böyle olsa, buna dünden razıyım!... Ama hayır! O derhal dünyayı havaya uçuracak bir şeyler aramaya koyulur! İntikam almak için Ferdinand! Ve en kötüsü de ne biliyor musunuz, söyleyeyim size, Ferdinand... Ama bakın bu tamamen aramızda kalsın... İşte en kötüsü de aradığı o şeyleri er geç bulacak olmasıdır!... Tam da söylediğim gibi! Ah! Bakın Ferdinand şimdi size izah edeceklerimi iyice aklınızda tutmaya bakın... Bir basit deliler vardır ve bir de başka deliler, medeniyet saplantısını kafaya takmış olanlar... Parapine'in bu ikinci kategoridekilerin arasında değerlendirilmesi gerektiği düşüncesi beni mahvediyor!... Bir gün bana ne dedi biliyor musunuz?

— Bilmiyorum efendim...

— İşte bakın, dedi ki: "Penisle matematik arasında sayın Baryton, hiçbir fark yoktur! Hiç! Sıfır!" Daha durun bakalım!... Benimle yeniden konuşmak için neyi bekliyor biliyor musunuz?

— Hayır sayın Baryton, hayır, en ufak bir fikrim yok...

— Size anlatmadı mı?

— Hayır, henüz değil...

— Ama bana, bana söyledi bunu işte... Matematik çağının gelmesini bekliyormuş! Bu kadar basit! Kesin kararlı! Bana karşı geliştirdiği bu tümüyle saygısız tavrı nasıl buldunuz? Ben ki onun büyüğüyüm? Şefiyim?...

Bu akıl almaz fanteziyi aramızda sindirebilmemiz için biraz olsun gülmem gerekiyordu. Ancak Baryton artık zıvanadan çıkmıştı. Başka bir sürü konuda daha yakınmanın fırsatını bile buldu...

— Ah! Ferdinand! Bakıyorum da bütün bunlar sizin gözünüzde pek kayda değer değil... Masum lakırdılar, ipe sapa gelmez zırvalar ve buna benzer şeyler... Böyle bir sonuca vardığınız anlaşılıyor... Bundan ibaret, değil mi?... Ey pervasız Ferdinand! Bırakın da, tam aksine, sizi bu yanılgılara karşı adamakıllı uyarayım, bunların zararsızlığı sadece görünürdedir! Benden söylemesi, bu konuda tamamen yanlış düşünüyorsunuz!... Tamamen yanlış!... Haddizatında külliyen yanlış düşünüyorsunuz!... Takdir edersiniz ki, meslek hayatım boyunca çılgınlığın ılımlısı azgını, her türlüsü hakkında burada ya da başka yerde duyulabilecek hemen hemen ne varsa duymuşumdur!... Kaçırdığım en ufak bir şey yok!... Buraya kadar mutabıkız, değil mi Ferdinand?... Ayrıca, eminim fark etmişsinizdir, Ferdinand, öyle manasız endişelere kapılabilecek bir insana da benzemiyorum, değil mi?... Ya da mübalağaya yatkın?... Hayır, değil mi? Benim değerlendirme kabiliyetim açısından bir kelimenin ya da birkaç kelimenin, hatta upuzun cümlelerin, koca nutukların ağırlığı nedir ki!... Doğuştan ve yaradılışım gereği basit biri olduğum için, nispeten tutuk sayılabilecek ve kelimelerden kesinlikle ürkmeyen o nadir insanlardan biri olduğum inkâr edilemez herhalde!... Bakın şimdi, Ferdinand, son derece titiz bir inceleme sonrasında, Parapine konusunda, gayet temkinli davranmak zorunda olduğum sonucuna vardım!... Onun hakkında çok ciddi şüphelerim var... Onun o zirzopluğu zararsız ve yaygın olanlarınkinin hiçbirine benzemiyor... Bana öyle geliyor ki onunki en basit yoldan bulaşan cinsten bir saplantı, bu, antikalığın en korkunç ve nadir rastlanan cinslerinden birine denk düşüyor: Sosyal ve egemen cinsi!... Dostunuzun durumu henüz tam olarak delilik sayılamaz... Hayır! Bu belki yalnızca aşırı kanaat sahibi olmaktan ibaret... Ancak bulaşıcı meczupluk nedir bilirim ben... Aşırı kanaat sahibi olmaktan beter hiçbir şey yoktur!... Ben ne dediğimi biliyorum, Ferdinand, bu çeşit aşırı kanaat sahiplerinin nicelerini kendi gözümle gördüm, hem de değişik menşelerden! Sonuç olarak aralarında en kudurmuşları adaletten söz edenleriymiş gibi geliyor bana!... Önceleri, bu adalet meraklıları ilgimi çekmedi değil, itiraf ediyorum... Ama artık sinirime dokunuyorlar, beni iyice çileden çıkarıyor bu manyaklar... Siz de aynı kanaatte değil misiniz?... İnsanlarda bu açıdan garip bir intikal kolaylığı olduğu anlaşılıyor ve bu beni ürkütüyor, hem de tüm insanlarda, duyuyor musunuz beni?... Nazarı dikkatinizi celbederim Ferdinand! Hepsinde! Alkol ve erotizm için olduğu gibi... Aynı meleke... Aynı kader... İnanılmaz derecede yaygın... Gülüyor musunuz Ferdinand? Bakın o zaman siz de beni ürkütürsünüz! Metanetsiz! Hassas! Basiretsiz! Vahim Ferdinand! Ben de sizi ciddi biri sanmıştım!... Unutmayın ki ben ihtiyarladım artık, Ferdinand, ben istesem geleceği hiç iplememe lüksüne sahip olabilirim! Bu hak bana tanınır! Ama ya siz!

İlkesel olarak, her zaman ve her konuda patronumla aynı kanaatteydim. Şu dertli yaşantım sırasında pratik açıdan pek büyük bir ilerleme kaydedebilmiş değildim, ancak hiç olmazsa köle ruhluluğun temel protokol ilkelerini öğrenmiştim. Böylelikle, bu yatkınlıklarım sayesinde Baryton'la sonunda epey ahbap olduk, ben asla sorun yaratmazdım, sofrada az yemek yerdim. Cici bir asistandım yani, hem ucuza mal olan hem de hiçbir iddiası olmayan, tehdit oluşturmayan.

Vigny-sur-Seine iki alavere havuzu arasında, yeşillikten yoksun tepeciklerinin ortasında, banliyösünün içinde kabuk değiştiren bir köy olarak karşımıza çıkar. Yakında Paris onu ele geçirecektir.

Orası her ay bir bahçesini yitirir. Reklamlar, daha girişte onu Rus balesinin alacalı bulacalı renklerine boyar. Odacının kızı kokteyl hazırlamasını biliyor. Orada tarihi nitelik kazanmaya yüz tutan biricik şey tramvaydır, bir devrim olmaksızın ortadan kalkması zor. İnsanlar tedirgin, çocuklar daha şimdiden ebeveynlerinden farklı bir aksanla konuşuyor. Buralılar, düşündükçe, hâlâ Seine-et-Oise vilayetine bağlı olmaktan utanıyor sanki. Mucize yolda. Son bahçe topağı da Laval'in* iktidara gelmesiyle kayboldu ve gündelikçi kadınlar yaz tatilinden bu yana saat başı ücretlerine yirmi kuruş zam yaptılar. Beldeye bir müşterek bahisçinin yerleşeceği söyleniyor. Postanenin müdiresi oğlancılık üzerine romanlar alıp okuyor ve hatta onlardan çok daha gerçekçilerini düşleyebiliyor. Papaz artık her fırsatta hassiktir diyor ve uslu duranlara borsa yatırımları için öğütler veriyor. Sen nehri balıklarını öldürdü, şimdi de kıyılarında çöp ve hurdalardan ibaret korkunç bir avadanlık oluşturan çift sıra dizilmiş boşaltır-çeker-iterlerin arasına sıkışıp Amerikanlaşmakla meşgul. Üç arsa spekülatörü geçenlerde hapse girdiler. Her şey hale yola koyuluyor.

Emlak alanındaki bu yerel dönüşüm Baryton'un gözünden kaçmamıştı. Yirmi yıl önce yandaki vadide daha başka arsalar da almamış olduğuna bin pişman, oysa o zamanlar hâlâ metresi dört paradan alıp gitmeniz için yalvarıyorlardı, bayat turta satar gibi.

* Pierre Laval: Defalarca bakanlık, başbakanlık yapan sosyalist kökenli Fransız politikacı. Hitler'le işbirliğinden yana tavır alanların başında geliyordu, savaş sonrasında kurşuna dizildi. Romanın yazıldığı dönemlerde Bayındırlık bakanlığı ve Başbakanlık yaptı.

Geçmiş ola. Neyse ki onun o Psikoterapi Enstitüsü hâlâ efendice ayakta durmayı başarıyordu. Ama zorlanmıyor da değildi. Doymak nedir bilmeyen ailelerin yeni, daha yeni, yepyeni, giderek daha elektrikli, daha gizemli, daha bilmem ne'li kür sistemleri konusundaki taleplerinin, talimatlarının ardı arası kesilmiyordu... Özellikle de daha yeni mekanizmalar, daha görkemli aletler, hem de derhal, bir çırpıda devreye sokulmalıydılar yoksa rakipler malı götürürdü... Asnières, Passy, Montretout'nun komşu yüksek ağaç ormanlarında pusuya yatmış bekleyen benzer müesseseleri de peşindeydi tüm lüks bunakların.

Baryton da, Parapine'in yardımıyla, günün modasına uymaya çalışıyordu, en hesaplısından tabii, kelepir, ikinci elden, ucuzluktan, ama hiç durmadan, elektrik, pnömatik, hidrolik yeni aletler sayesinde müşkülpesent ve varlıklı müşterilerin kaprislerinin peşinden koşabilmek için daha donanımlı görünebilecekti. Bu gereksiz gösterişlere mahkûm olmak... hatta bizzat delileri tavlamak zorunda kalmak onu kahrediyordu...

— Ben Tımarhane'mi açtığımda, diye dert yandı bana bir gün, açıkyüreklilikle nedamet getirerek, tam da Sergi'den önceydi, Ferdinand, Büyük Sergi*... Bizler, ruh hekimleri, çok sınırlı sayıda tabipten oluşan bir gruptuk ve bugünkü kadar meraklı ve yozlaşmış değildik, inanın bana!... O zamanlar aramızdan kimse çıkıp da, müşteriyle delilik yarıştırmaya teşebbüs etmiyordu... Daha mükemmel tedavi uygulamak bahanesiyle cinnet getirmek moda olmamıştı henüz, bu müstehcen bir moda elbet, tıpkı bize ecnebilerden gelen hemen her şey gibi, bilmem nazarı dikkatinizi celbetti mi...

"Demek ki benim bu mesleğe yeni başladığım dönemlerde, Ferdinand, Fransız tabipleri hâlâ birbirlerine hürmet ediyorlardı. Hastalarıyla aynı anda keçileri kaçırmak zorunda hissetmiyorlardı kendilerini... Maksat onlara ayak uydurmak mıdır nedir?... Ne bileyim ben? Ya da onları mutlu etmek mi! Bu gidişle nereye varacağız?... Soruyorum size?... Tımarhanelerimizdeki düşkünlerin en çatlaklarından daha hinoğluhin, daha marazi, daha sapık davranarak, bize sundukları tüm o hezeyanlara bir tür müptezel azamet katarak gırtlağımıza kadar gömülmek sure-

* Büyük Sergi: 1900 Paris Evrensel sergisi.

tiyle, nereye gidiyoruz böyle?... Aklımızın akıbeti hakkında, Ferdinand, beni teskin edebilecek misiniz?... Hatta ondan sarfınazar ettim, sadece aklıselimin akıbeti hakkında?... Bu gidişle aklıselimden geriye ne kalacak acaba?... Hiç! Bu çok aşikâr. Hiçbir şey! Ben bunu alenen görebiliyorum... Her şey gayet sarih...

"Kaldı ki Ferdinand gerçekten modern bir zekânın gözünde artık her şey birbirine denk sayılmıyor mu? Artık ak yok! Kara da yok! Her şey darmadağın!... Yeni tarz bu! Moda bu! O halde neden bizler de deli olmayalım değil mi?... Derhal! Yarından tezi yok! Yetmiyormuş gibi bir de göğsümüzü kabartalım! Büyük manevi keşmekeşin başladığını ilan edelim! Çılgınlığımızla övünerek reklam yapalım! Kim bizi durdurabilir ki? Soruyorum size Ferdinand? Nihai ve beyhude birtakım beşeri vicdan kırıntıları mı?... Daha hangi fuzuli ar damarı? Ha?... Bakın, Ferdinand, bazı meslektaşlarımızın söylediklerini dinlediğimde bizi nerelere götürüyorlar böyle diye vesvese etmeden duramıyorum, ki dikkatinizi çekerim, bunların aralarında müşteriler ve akademiler nezdinde en hatırlı, en muteber olanları da var!... Dehşetengiz bir şey bu haddizatında! Bu azgınlar beni bunaltıyor, daraltıyor, şeytanileştiriyor ve her şeyden önce de midemi bulandırıyorlar! Sırf şu modern kongrelerinden birinde bize artık aşina olduğumuz o araştırmalarından birinin neticelerini tebliğ edişlerini duyduğum anda dahi betim benzim sararıyor Ferdinand! Sırf onları dinlemek dahi aklımın bana ihanet etmesine yol açıyor... Ahir zaman psikiyatrisinin şu gözdeleri, şeytani, arsız, fettan ve uyanık, işte bunlar o süperbilinçli tahliller yapa yapa bizi uçurumun kenarına sürüklüyorlar... Bal gibi uçurum kenarına! Günün birinde, Ferdinand, eğer siz gençler tepki göstermezseniz, yuvarlanıp öteki tarafa geçeceğiz, bana kulak verin, geçeceğiz! Böyle gerine gerine, kendimizi yücelte yücelte, idrakimizi kurcalaya kurcalaya, aklın öte tarafına geçeceğiz, şeytani tarafına bu sefer, geri dönüşü olmayan tarafına!... Zaten bu süperzekâlar, sabahtan akşama kadar muhakemelerine otuzbir çektire çektire, sanki şimdiden tıkılmış gibiler, lanetliler mahzenine!

"Sabahtan akşama kadar diyorum Ferdinand çünkü biliyor

musunuz bu adiler geceleyin bile harama uçkur çözmeye ara vermiyorlar, rüyalar dolusu!... Daha ne diyeyim!... Haydi deşeyim biraz seni! Haydi gevşeteyim biraz muhakemeni! Haydi zulmedeyim kendiminkine!... Böylece de etraflarında ite atsan yemeyeceği tiksindirici organik artıklarla, her taraflarından sızan ve de akan posası çıkmış delilik emareleri dışında bir şey kalmıyor... Ruhtan artakalanlar her tarafınıza sıvaşmış oluyor, enikonu bataklığa gömülmüş, gülünç, aşağılık, leş kokulu bir hale geliyorsunuz. Her şey yıkılıp gidecek, Ferdinand, her şey yıkılıyor, hem de çok yakında, bakın sonra ihtiyar Baryton söylemedi bana demeyin sakın!... Üstelik siz buna şahit olacaksınız Ferdinand, göreceksiniz o devasa bozgunu! Çünkü siz daha gençsiniz! Göreceksiniz!... Ah! üstelik ne de çok eğleneceksiniz, benden söylemesi! Hepiniz geçeceksiniz komşuya! Hop! Bir damla daha delilik yapayım derken! Bardağı taşıran damla! Ve Vıınnn! Yürü bakalım Deli'nin yanına! Nihayet! Sizin tabirinizle hürriyetimize kavuşmuş olacaksınız işte! Ezelden beri bunun fırsatını kollamıştınız! Cüret etmek diye buna denir işte! Ancak o Deli'nin yanına vardığınızda küçük dostlarım! sizi temin ederim ki oradan bir daha çıkamayacaksınız!

"Bunu sakın unutmayın Ferdinand, her şeyin sonu ölçünün kaçması ile başlar! O büyük bozgunun nasıl başladığını size en iyi ben anlatabilirim... Ölçü konusundaki gayri ciddiyetle başladı bu iş! Ecnebi aşırılıklarla! Ne ölçü kaldı, ne de kuvvet! Malumun ilamı! O zaman herkesi hiçliğe mi havale edelim? Neden olmasın? Herkesi mi? Peki anlaştık! Hem de hiç ağırdan almadan, koşar adım! Tam bir altına hücum! Ruhun dengesinden yavaş yavaş feragat edişine ve kıyamet yolcusu büyük ihtirasların kazanında eriyişine şahit olmuş biriyim ben, Ferdinand! 1900'e doğru başladı bu... Tarih diye buna derler! Bu tarihten itibaren, genel olarak bütün dünyada ve bilhassa psikiyatride çılgınca bir yarış başladı, bakalım kim arkadaşından daha arsız olacak diye, daha aygır, daha ilginç, daha mide bulandırıcı, daha yaratıcı, pek de severler bu lafı!... Tam bir çorba!... Kim kendini canavara en çabuk adayacak yarışına döndü bu, kalpsiz ve sınır tanımayan o mahluka!... Hepimizi yiyip yutacak o mahluk, Ferdinand, kurtuluşu yok bunun ve müstahakız da!... Mahluk mu? Canının istediği gibi çalışan koca bir kafa!... Onun savaşları ve salyaları daha şimdiden üstümüze doğru alev alev geliyor, her taraftan!... Tam tufanın orta yerinde kaldık! İşte bu kadar basit! Ah demek bilinç düzeyinde dururken sıkılıyorlardı! Artık kimse sıkılmayacak! Önce birbirimizin götünü düzmeye başladık, değişiklik olsun diye... Sonra da hemencecik algılamaya başladık o 'izlenimleri', o 'sezgileri'... Kadınlar gibi!...

"Artık bu noktaya vardıktan sonra, hâlâ tek bir kelime dahi olsa mantıkla vakit harcamanın âlemi kaldı mı?... Elbette hayır! Hatta mantık denen şey bir rahatsızlık kaynağı dahi olabilir, çağımızın biçimlendirdiği tarzdaki, o gerçekten ilerici, sonsuz derecede incelik sahibi psikoloji âlimlerinin huzurundayken... Tabii böyle konuşuyorum diye sakın beni kadınları aşağılamakla itham etmeyin Ferdinand! Katiyen! Bilmez misiniz! Ben sadece onların izlenimlerini sevmiyorum o kadar! Taşak sahibi bir yaratığım ben Ferdinand ve elimde bir olgu tuttuğumda bunu bir kenara koymakta zorlanıyorum... Mesela bakın geçen gün, bu konuda başıma ilginç bir şey geldi... Bir yazarla görüşmem rica edildi... Keçileri kaçırmıştı bu yazar... Bir ayı aşkın bir süredir ne diye böğürüyordu bu yazar biliyor musunuz? 'Batan geminin malları bunlar!... Batan geminin malları bunlar!...' Çığlık çığlığa böyle bağırıyordu evin içinde! O adam, olmuş işte... İşlem tamam... Aklın öteki tarafına geçmiş bile o!... Ancak esas sorun tasfiye işlemlerindeydi çünkü bayımız tasfiye etmekte fena zorlanıyordu işte... Uzun süredir devam eden bir darlık onda idrar zehirlenmesine neden oluyordu, mesanesini tıkıyordu... Ha bire sonda takıp, damla damla rahatlatmaya çalışıyordum onu... Aile ille de tutturmuştu bütün mesele onun o dehasından kaynaklanıyor diye... Sevgili yazarlarının esas derdinin daha çok mesaneden kaynaklandığını o aileye ne kadar anlatmaya çalışırsam çalışayım, nafile... Onların gözünde o, dehasının bir an için aşırıya kaçmış olmasından mustaripti o kadar!... Neticede onların dediğine boyun eğmek zorunda kaldım. Aile nedir bilirsiniz, değil mi? Bir aileye, akrabaları olsun olmasın, bir insanın alt tarafı sürüncemede kalmış bir kokuşmuşluktan ibaret olduğunu asla anlatamazsınız... Çünkü sürüncemede kalmış bir kokuşma için ödeme yapmayı reddederler..."

Yirmi yılı aşkın bir süredir Baryton o ailelerin kılı kırk yaran kibirlerini ne kadar tatmin etse rahat edemiyordu. Aileler kök söktürüyordu ona. Onu tanımış olduğum kadarıyla sabır küpü ve gayet dengeli biri olmasına karşın, yüreğinin derinliklerinde ailelere yönelik zehir zıkkım bir nefret tortusu saklıyordu... Onun yanında yaşadığım dönemde zıvanadan çıkmıştı ve gizliden gizliye, inatla, kendini ailelerin boyunduruğundan kesin olarak kurtarmanın, uzak durmanın yolunu arıyordu, öyle ya da böyle... Herkesin kendi mahrem sefaletinden kaçmak için haklı nedenleri vardır ve hepimiz bunu başarmak için koşulların içinden çekip çıkardığımız şu ya da bu kurnazca yola başvururuz. Ne mutlu kerhaneyle yetinebilenlere!

Parapine kendi açısından sessizlik yolunu seçmiş olmaktan mutlu gibiydi. Baryton ise açıkça, ki ben bunu ancak çok sonra anlayabildim, ailelerden, onlara tabi olmaktan, ekmek parası olarak psikiyatrinin dayattığı bin türlü tiksindirici bayağılıktan, yani özet olarak şu an içinde bulunduğu somut durumdan kurtulup kurtulamayacağının hesabını yapmaktaydı. Yepyeni, bambaşka şeyleri o kadar çok istiyordu ki, kendini kaçıp kurtulmaya, firar etmeye iyice hazır hale getirmişti, o eleştirel söylevlerinin nedeni de buydu herhalde... Bencilliği rutin işlerin yükü altında kahroluyordu. Artık hiçbir şeyi yüceltemez hale gelmişti, tek istediği şey çekip gitmekti, bedenini başka yere taşımak. Baryton asla sanatçı ruhlu biri değildi, dolayısıyla bu işe bir son vermek için, tıpkı bir ayı gibi her şeyi devirip yıkması gerekiyordu.

Kendini çok aklı başında zanneden o Baryton pek hazin bir skandal vesilesiyle kurtarabildi kendini. Her şeyin nasıl olup bittiğini ileride, rahat rahat, anlatmaya çalışacağım.

Bana gelince, şimdilik onun yanında asistanlık yapmak bana çok makul gibi geliyordu.

Tedavilerin rutin boyutu fazla sıkıcı sayılmazdı, hoş, ara sıra kasvet basmıyor da değildi, örneğin hastalarla sohbetin dozunu kaçırırsam bir tür baş dönmesi beni alıp uzaklara götürüyordu, sanki hastalar kendileriyle birlikte beni de, çaktırmadan, sıradan iki konuşma arasında, masum görünüşlü sözlerle, alıştığım kıyıların uzağına sürüklemişler gibi, hem de kendi çılgınlıklarının göbeğine kadar. Bir an için bu durumdan nasıl kurtulacağımı düşündüğüm oluyordu, acaba farkına varmadan, bir daha çıkmamacasına, o delilikleriyle birlikte içeri mi tıkıldım yoksa diye.

Onlara karşı hep nazik davranmaktan, huyum kurusun, delilerin tehlikeli kıyılarında dolaşır olmuştum, buna tam sınır çizgisinde de denilebilir. Ayağım kaymıyordu, ama kendimi her an tehlikede hissediyordum, sanki sinsice beni o ne idüğü belirsiz kentlerinin semtlerinin içlerine çekmişlermiş gibi. Bu kuşkulu uğultuları kesemeden eriyip aralık kalmış pencerelerin, sümüksü binaların arasında ilerledikçe, kentin sokakları giderek daha biçimsizleşiyordu. Kapılar ve zemin bataklığa dönmüştü... İnsanın o yıkıntılar arasında aklına yeniden sahip çıkacak gücü bulup bulamayacağını merak ederek daha da derinlere inesi geliyordu, yine de. Akıl, çok kısa sürede bir saplantıya dönüşüyordu, tıpkı nevrasteni vakalarındaki neşe ve uyku saplantısı gibi. İnsan artık yalnızca aklını düşünebiliyordu. Bahisler kapandı. Eğlence bitti.

4 Mayıs tarihine geldiğimizde, her şey işte böyle o kuşku senin bu kuşku benim yuvarlanıp gidiyordu. Sıkı dönüm noktası şu 4 Mayıs. Tesadüfen o gün kendimi o kadar iyi hissediyordum ki sanki bu bir mucizeydi. Kalp atışları 78. Keyifli bir öğle yemeğinden sonra olduğu gibi. Derken birden etrafımda her şey dönmeye başladı! Sıkı sıkı tutundum. İş çığırından çıktı. İnsanların suratı bir tuhaflaşmaya başladı. Sanki limon gibi pütürlü ve eskisinden de daha kötü niyetli bir halleri varmış gibi geliyordu bana. Herhalde fazla yukarılara, kendi sağlığının en tepe noktasına kadar fazla dikkatsizce tırmanmış olmaktan olsa gerek, birden aynanın karşısına düşmüş, yaşlanışımı seyrediyordum, tutkuyla.

Burunla gözler arasına sıkışan o boktan günler geldiğinde, insan artık tiksinmelerini, yorgunluklarını saymamaya başlıyor, sırf o daracık alanda bile bunlardan birkaç insana birkaç yıl boyunca yetecek kadar var. Tek bir insanın kaldıramayacağı kadar çok.

Endazeye vurduğumda, sanırım aslında şu an, "Tarapout"da olabilmiş olmayı yeğlerdim. Hele bir de Parapine'in benimle de konuşmayı kestiği düşünülürse. Ancak "Tarapout"da artık suyum ısınmıştı. Ne de zor iş şu, insanın biricik maddi ve manevi huzur kaynağının patronundan ibaret olması, hele o patron bir ruh hekimiyse ve insan kendi aklından bile şüphe eder hale gelmişse. Direnmek gerek. Bir şey söylemeden. Birlikte yapabileceğimiz tek şey kadınlardan söz etmekti; bu pek selim bir konuydu ve bu sayede onu zaman zaman oyalayabilmeyi hâlâ umut edebilirdim. Hatta bu açıdan deneyimime istinaden beni belli ölçüde inandırıcı buluyor, bana bir tür iğrenç yetkinlik bile atfediyordu.

Aslında olayın bütününde Baryton'un bana biraz tepeden bakması hiç de kötü bir şey değildi. Personelin müptezelliği her zaman için patronların yüreğine su serpmiştir. Köle ne pahasına olursa olsun biraz, hatta iyiden iyiye aşağılanabilir nitelikte olmalıdır. Süreklilik arzeden kimi küçük ahlaki ve fiziksel kusurların varlığı kölelerin kötü kaderini haklı çıkarmaya yarar. Böylece de dünyanın düzeni daha iyi işler çünkü herkes hak ettiği yerde duruyordur.

Hele Baryton gibi çok az maaş verenler açısından, kullandığınız kişi ille de aşağılık, boş, yozlaşmaya yatkın olmalıdır, bu insanı rahatlatır. Bu tür akut pintilik vakalarında işverenler hep biraz kuşkucu ve endişelidirler. Çalıştırdıklarınız hayatı ıskalamış, sefih, sefil, sadıksa, o zaman her şey yerli yerine oturur, haklı çıkar, bir anlamda uyumlu hale gelmiş olur. Eğer az çok polis tarafından aranan biri olsaydım bu kuşkusuz Baryton'un daha bile hoşuna giderdi. Böyle şeyler insanı patronuna sadık kılar.

Ben zaten epeydir her tür izzetinefis kaygısından vazgeçmiştim. Bu duygu gözüme hep benim durumumu enikonu aşan bir lüks olarak görünmüştür, benim imkânlarıma göre fazla masraflı. Ondan kurtulmayı baştan kararlaştırıp kestirip atmış olmaktan dolayı çok mutluydum.

Bundan böyle, kendimi katlanılabilir bir dengede tutmam yeterliydi, beslenme ve fizik açısından. Gerisi gerçekten de artık hiç umurumda değildi. Ancak kimi geceleri atlatmakta zorlandığım da oluyordu, özellikle de Toulouse'da olup bitenlerin anısı beni saatlerce uyanık tuttuğunda.

İşte o zaman, kendime engel olamıyor, Henrouille ananın o mumya çukuruna yuvarlanmasının olası her türlü dramatik sonucunu düşlemeye başlıyordum, korku bağırsaklarımdan yükselerek, kalbimi sıkıca kavrıyor ve atışlarını avcunun içine hapsediyordu, hem de beni fırlatıp karyolamdan ayağa kaldırarak, gölgeyi tüketip sabahı edinceye dek, odamda bir o yana bir bu yana volta attıracak derecede. Bu krizler sırasında, yeniden uykuya dalabilmemi sağlayacak kadar kaygısız olmayı bir daha asla beceremeyeceğim endişesine kapılıyordum. Mutsuz olduklarını söyleyen insanlara öyle hemencecik inanmayın. Hele önce bir sorun bakalım hâlâ uyuyabiliyorlar mı?... Yanıt evetse, her şey yolunda demektir. Bu da yeterlidir.

Ben artık bir daha asla deliksiz bir uyku uyuyamayacaktım. İnsanların arasındayken tümüyle uykuya dalabilmek için gerekli olan o güven duygusu alışkanlığını, hani o gerçekten olağanüstü boyutlarda duymak zorunda olduğunuz o güven alışkanlığını yitirmiştim sanki. Eski kayıtsızlığıma biraz olsun yeniden kavuşabilmem ve kendi endişemi bertaraf ederek, o bön ve ulvi huzuru yeniden bulabilmem için en azından somut bir felakete, bir hastalığa, bir ateşlenmeye gereksinim duyuyordum. Yıllar boyunca aklımda kalan biricik katlanılabilir dönem ağır ateşle seyreden birkaç günlük bir gripti.

Baryton bana katiyen sağlığımla ilgili soru sormazdı. Genelde kendi sağlığıyla da kesinlikle ilgilenmemeye çalışırdı. "Bilimle hayatı telife kalkışmanın neticesi daima felakettir, Ferdinand! İnanın bana, kendinizi tedavi etmekten daima imtina ediniz... Vücuda sorduğumuz her sual bir gedik açar... Bir endişe, bir fikri sabit başlangıcına dönüşür..." Onun en sevdiği ve basite indirgenmiş biyolojik ilkeleri bunlardı. Uyanık davranmaya çalışıyordu yani. "Malum olan bana yeter de artar bile!" diyordu sık sık. Maksat bana hava atmak.

Benimle asla para meselelerini konuşmuyor olması, bu konuyu daha yoğun, daha mahrem biçimde düşünmesine engel değildi tabii, aksine.

Robinson'un Henrouille ailesiyle yaşadığı sorunlar, o henüz yeterince anlaşılamamış halleriyle, vicdanımın bir köşesine yerleşmişti, sık sık da bunların kimi bölümlerini, aşamalarını ona, yani Baryton'a anlatmaya çalışıyordum. Ama hiç ilgisini çekmiyordu. Benim Afrika hikâyelerini yeğliyordu, özellikle de sağda solda hep karşıma çıkmış olan meslektaşlardan, onların hayli sıradışı, garip ya da kuşkulu tıbbi uygulamalarından söz ettiğim bölümleri.

Tımarhane'de ara sıra, kızı Aimée yüzünden bir heyecan yaşadığımız da oluyordu. Akşam yemeği saatinde, birden ortadan kayboluyor, ne odasında, ne de bahçede bulunabiliyordu. Kendi açımdan, onu hep bir akşam vakti, bir koruluğun bir köşesinde lime lime doğranmış olarak bulacağımızı düşünüyordum. Ortalıkta dolaşan onca delimiz varken, başına her an her şey gelebilirdi. Zaten şimdiye kadar nice tecavüzden hep kıl payı kurtulmuştu. O zaman da iş ardı arkası kesilmeyen çığlıklara, soğuk duşlara, açıklamalara kadar gidiyordu. Fazla gözden ırak kimi ağaçlık yollardan geçmemesi ona ne kadar tembih edilirse edilsin, inat ve ısrarla, dönüp dolaşıp yine o kuytu yerlere gidiyordu şu çocuk. Babası her seferinde ona unutulmayacak dayaklar atıyordu elbette. Ama hiç faydası olmuyordu. Sanırım kız bu olup bitenlerin bütününden hoşlanıyordu.

Koridorlarda delilerle karşılaştığımızda, onların yanından geçerken, bizler, yani personel, hep tetikte olmak zorundaydık. Akıl hastaları her zaman için cinayete sıradan insanlardan daha yatkındır. Bu nedenle, bizler de, onların yanından geçerken, sırtımızı duvara yaslamayı alışkanlık haline getirmiştik, her an belden aşağıya yiyebileceğimiz bir tekmeyi, daha ilk hamlede karşılamaya hazır vaziyette. Onlar da fırsat kollar, sonra da geçip giderler. Delilik bir tarafa, birbirimizi gayet iyi anlamıştık.

Baryton hiçbirimizin satranç oynamayı bilmemesinden yakınırdı. Sonunda sırf onu mutlu etmek için bu oyunu öğrenmem gerekti.

Gündüzleri, Baryton, insanı canından bezdirici, incir çekirdeğini doldurmayan faaliyetlerle dikkat çekiyordu, çevresinde hayatı çekilmez kılan cinsten. Her sabah yepyeni bir fikirle uyanıyordu, pespaye bir pratiklik düzeyinde. Tuvaletlerdeki rulo kâğıdın yerine katlanabilir yaprak halinde kâğıtlar koymak, bizi epey düşünmek zorunda bıraktı, çelişkili kararlar alarak harcadığımız o bir hafta boyunca. Sonuçta mağazalarda dolaşıp bakınmak için ucuzluğun başlamasını beklemek gerektiğinde karar kılındı. Daha sonra bu kez başka bir eften püften kaygı geldi gündeme, flanel iç yelekler meselesi... Onları gömleğin içine mi giymek gerekiyordu... Üstüne mi?... Peki ya sodyum sülfatı uygulama yöntemi?... Parapine bu entelektüel-altı tartışmalardan inatçı bir suskunluk sayesinde sıyrılmayı başarıyordu.

Sıkıntının dürtmesiyle tüm seyahatlerimin içerdiklerinden çok daha fazla sayıda macera anlatıvermiştim Baryton'a, tükenmiştim! Bunun üzerine, boş kalan konuşmalara sırf o incir çekirdeğini doldurmayan önerileri ve çekinceleriyle tümüyle el koyma sırası nihayet ona geldi. Nefes alamıyorduk. Beni takatimi tüketerek alt etmişti. Üstelik kendimi savunmam için benim, Parapine'inki gibi bir silahım, yani mutlak bir kayıtsızlığım yoktu. Aksine ona ille de yanıt vermeliydim sanki, kendime engel olamıyordum. Kakaoyla sütlü kahvenin mukayeseli yararları hakkında, sonsuza dek, didişmekten kendimi alamıyordum... Salaklıklarıyla serseme çeviriyordu beni.

Gerekli gereksiz her konuda yeniden başlıyorduk tartışmaya, varis çorapları, elektrik akımında en uygun farad, dirsek bölgesi selülitinin tedavisi... Tümüyle onun talimatları ve eğilimleri doğrultusunda eveleyip gevelemeye başlamıştım, gerçek bir teknisyen gibi, gereksiz ve gerekli her konuda. Bu son derecede bunakça gezintide hep yanı başımdaydı, Baryton, bana yol gösteriyordu, sonsuza dek yetecek miktarda sohbete doymuştum artık. Patronun Bordeaux'larını tükrükle masa örtüsünün üstüne sıçrata sıçrata makarnalarımızı düdüklerken birbirimize horozlanışımızı izleyen Parapine bıyık altından epey gülüyordu bu işe.

Ama huzur içinde yatsın bay Baryton'un anısı, adi herif! Sonunda onu da ortadan kaldırmayı başardım. Ama bunun için epey bir deha sergilemem gerekti!

Bana özel olarak emanet edilen kadın hastalar içinde en çenesi düşük olanları beni resmen haşat ediyorlardı. Yok duşlarıymış... Yok sondalarıymış... Yok o küçük arsızlıklarıymış, acımasızlıklarıymış ve o büyük yarıklarıymış hep temiz tutulması gereken... Genç hastalardan biri yüzünden sık sık patrondan azar işitiyordum. Çiçekleri koparak bahçeyi tahrip ediyordu, onun saplantısı buydu, ben de bu işten hiç hazzetmiyordum, patronun o azarlarından...

"Nişanlı kız" adını takmıştık ona, Arjantinliydi, fiziği hiç de fena değildi, ancak manevi açıdan, tek bir derdi vardı, o da babasıyla evlenmek. Böyle olunca da öbeklerdeki çiçeklerin hepsi gece gündüz her yerde taktığı o beyaz duvağına bir bir ilişiveriyordu. Bu vaka, dini açıdan yobaz olan ailesini feci şekilde utandırıyordu. Kızlarını ve onunla birlikte o düşüncesini herkesten gizliyorlardı. Baryton'a göre kız, tabir caizse kafasının içinde patlayan, fazla gergin, fazla sert, mutlak bir ahlaka dayalı o aile eğitiminin tutarsızlıklarının kurbanı olmuştu.

Hava kararırken, uzun süren bir yoklama yaptıktan sonra, tüm o küçük cemaatimizi içeri sokuyorduk ve bu kez odaları dolaşıyorduk, özellikle de kimi kudurmuşlar uyumadan önce kendilerinden geçercesine kendileriyle oynaşmasınlar diye. Cumartesi akşamları onları yatıştırıp enikonu kollamak çok önemliydi, çünkü Pazar günü aileler geldiğinde, hastalarını ölümüne otuzbir çekmiş vaziyette bulmaları müesseseye zarar verebilirdi.

Bütün bunlar bana Bébert'i ve o müthiş şurup hadisesini anımsatıyordu. Vigny'de bu şuruptan gani gani dağıtıyordum. Formülünü atmamıştım. Sonunda gerçekten etkili olduğuna ben bile inanır olmuştum.

Tımarhane'nin kapıcısı, kocasıyla birlikte bir şekerci dükkânı işletiyordu, tam bir çam yarmasıydı koca, ondan ara sıra yardım isterdik, zor durumlarda.

Olaylar ve aylar işte böyle akıp gidiyordu, tatlı tatlı yani ve eğer Baryton son dakikada o sivri fikirlerinden bir yenisini geliştirmeseydi halimizden şikâyet dahi etmeyecektik.

Anlaşılan, epeydir beni daha iyi ve hatta daha çok, ama aynı fiyata kullanmanın bir yolu var mıdır acep diye düşünüyordu. Sonunda da bulmuştu.

Bir gün öğle yemeğinden sonra yumurtlayıverdi o fikrini. Önce bize koca bir salata kâsesi dolusu en sevdiğim tatlıdan getirtti, çilekli krema. Bunda bir bit yeniği olduğunu düşündüm hemen. Gerçekten de, daha son çileği mideme yeni indirmiştim ki emrivaki yaparak girişti lafa.

— Ferdinand, dedi, birdenbire, düşündüm de acaba sevgili

kızım Aimée'ye bir süre İngilizce dersi vermeyi lütfeder miydiniz?... Ne dersiniz?... Sizin mükemmel bir aksanınız olduğunu biliyorum... Haddizatında İngilizcede, mühim olan da aksandır, değil mi!... Kaldı ki, size iltifat ediyorum sanmayasınız ama siz zaten, Ferdinand, hatırşinas kişiliğin ta kendisisiniz ...

— Şeref duyarım, memnuniyetle, sayın Baryton, diye boş bulunup yanıt verdim ben de...

Hemen oracıkta da kararlaştırıldı, Aimée'ye ilk İngilizce dersini, hemen ertesi sabah verecektim. Derken, haftalarca, dersler birbirini kovaladı...

İşte hepimizin tamamen bulanık, belirsiz bir döneme girmemiz bu İngilizce dersleriyle başladı, bu süreçte olayların akışı artık hiç de sıradan yaşamınkine uymayan bir tempoyla hızlanıverdi.

Baryton kızına verdiğim dersleri, tüm dersleri, mutlaka izlemek istiyordu. Gösterdiğim tüm o tedirgin ve yakın alakaya karşın zavallı Aimée'cik İngilizceye bir türlü ısınamıyordu, hatta hiç bağlantı kuramıyordu dense yeridir. Aslında zavallı Aimée tüm bu yeni sözcüklerin ne anlama geldiklerini öğrenmeye hiç de hevesli değildi. Hatta anlamlarını gerçekten aklında tutsun diye ona bu şekilde, sapıkça ısrar etmemiz için bize ne kötülük etmiş olabileceğini dahi düşünüyordu. Ağlamıyordu, ama ağladı ağlayacak gibiydi. Şimdiye kadar zaten zar zor öğrendiği yarım yamalak Fransızcasıyla paşa paşa onu kendi haline bırakmamızı yeğlerdi Aimée, Fransızcanın mevcut güçlükleri, kolaylıkları, tüm ömrünü doldurmaya yetip de artacaktı nasıl olsa.

Ama babası, o katiyen pes etmeye razı değildi. "Modern bir genç kız olmalısın Aimée'ciğim!" diye, bıkmadan usanmadan, teşvik ediyordu onu, teselli babında... "Baban olarak ben, ecnebi müşterilerle işini gereğince görmeye yetecek düzeyde İngilizce bilmediği için çok çekmiş bir kişiyim... Haydi! Ağlama yavrucuğum!... Sen o pek sabırlı, pek nazik bay Bardamu'yü dinlemene bak, söz veriyorum, sen de dilinle *the*'ları onun sana gösterdiği gibi yapmasını becerirsen, sana nikel kaplı fev-ka-lade bir bisiklet alacağım..."

Ancak *the*'ları da yapmaya niyeti yoktu Aimée'nin *enough*'ları da, katiyen... O, yani patron yapıyordu onun yerine *the*'ları ve *rough*'ları ve daha nice ilerleme kaydetmeleri, tipik Bordeaux yöresi aksanına ve İngilizcede bayağı sorun yaratan o mantıklı olma saplantısına karşın. Bir ay, iki ay bu böyle gitti. Babasında İngilizce öğrenme tutkusu geliştikçe, Aimée'nin ünlü harflerle boğuşma fırsatı giderek seyrekleşiyordu. Baryton tüm zamanımı alıyordu. Hatta bana resmen el koymuştu, yakamı bırakmıyordu, tüm İngilizcemi emip alıyordu benden. Oda komşusu olduğumuz için, daha sabahın köründe, bir yandan giyinirken bir yandan da mahremiyetini daha şimdiden İngilizceye dönüştürdüğünü duyabiliyordum. "*The coffee is black... My shirt is white... The garden is green... How are you today Bardamu?*" diye böğürüyordu iki odayı ayıran bölmeden. Kısa sürede dilin en dolambaçlı ifade biçimlerine merak salmaya başladı.

Bu sapkınlığıyla daha başımıza epey iş açacaktı... Büyük edebiyat eserleriyle temas kurduğu andan itibaren, artık durmamız olanaksız hale geldi... Sekiz ayda bu kadar anormal bir ilerlemeden sonra, kendini Anglosakson düzlemde neredeyse tümüyle yeniden inşa etmeyi başarmıştı. Böylelikle aynı zamanda kendisinden tamamen soğumamı da sağladı, iki defa üst üste.

Yavaş yavaş küçük Aimée'yi tamamen devredışı bırakmaya, yani giderek daha rahat bırakmaya başlamıştık. O da hiç üstelemeden, huzur içinde, kendi düş âlemine döndü. İngilizce öğrenmeyecekti işte, bu kadar! Her şey Baryton için!

Kış geri döndü. Noel zamanı geldi çattı. Seyahat acenteleri İngiltere için gidiş-dönüş biletlerinin ucuzladığından dem vuruyordu... Parapine'e sinemaya eşlik ettiğim sırada, onunla birlikte Paris'in büyük bulvarlarından geçerken, dikkatimi çekmişti bu ilanlar... Hatta fiyat sormak için girmiştim bile o acentelerden birine.

Daha sonra da sofradayken, laf arasında, Baryton'a bundan kısaca söz etmiştim. Başta, verdiğim bu bilgiye pek itibar etmedi. Konuyu geçiştirdi. Hatta artık tamamen gündemden düştüğünü sanmıştım ki bir akşam konuyu kendisi açıp fırsat bulduğumda ona bu konudaki broşürlerden getirmemi rica etti.

İngiliz edebiyatı seanslarımız arasında, sık sık Japon bilardosu ve bir de "mantar"* oynardık, kapıcı dairesinin tam üzerinde yer alan tecrit odalarından birinde, hani o sağlam parmaklıklı olanı.

Maharet oyunlarında Baryton'un üstüne yoktu. Parapine her seferinde aperitifine oynamak üzere ona meydan okur, her seferinde de kaybederdi. Hesapta yokken fiilen oyun salonu işlevini gören bu küçük odadan geceler boyu hiç çıkmadığımız oluyordu, özellikle de kışın, yağmur yağdığında, maksat patronun kocaman salonlarını eskitmeyelim. Bazen huysuz hastalardan birinin de bu aynı küçük oyun salonunda gözetim altına alındığı da olmuyor değildi, ama nadiren.

Parapine'le patron halının üzerinde ya da "mantar sahası" parkede maharet yarıştırdıkları sırada, ben de, deyim yerindeyse, hücresindeki bir mahpusla aynı şeyleri hissetmece oynayarak oyalanıyordum. Tatmadığım bir bu his kalmıştı. Biraz iradenizi kullanırsanız varoş sokaklarından geçen ender kişilere bile dostça duygular besleyebilirsiniz. Gün sona erdiğinde memurları Paris'ten uysal paketler halinde getirirken tramvayların yarattıkları küçük hareketlilik sizde hüzün yaratır. Bakkalın köşesindeki ilk dönemeçte bitmiştir bile, bu telaşları. Gidip usulca kendilerini geceye katacaklardır. Onları sayacak zamanı zor bulmuşsunuzdur. Ancak Baryton dilediğim gibi düş kurmama bile kolay kolay fırsat vermiyordu. Tam da mantar oyununun ortasında hâlâ kabından taşarak tuhaf sorular soruyordu.

— *How do you say* "impossible" *english*'çede, Ferdinand?...

Yani ilerleme kaydetmekten asla bıkmıyordu. Tüm salaklığını mükemmele ulaşmanın hizmetine sunmuştu. Kestirmece ve tavizin lafına dahi tahammülü yoktu. Neyse ki patlak veren bir kriz beni ondan kurtardı. İşin özü şu.

İngiltere Tarihi okumalarımızda ilerledikçe, gitgide kendine güvenini, ardından da iyimserliğinin en güçlü yönlerini yitirmeye başladığını gördüm. Elisabeth dönemi şairlerine giriştiğimiz sırada ruhunda ve benliğinde tinsel anlamda önemli değişiklikler oluşmaya başladı. Başta kendimi buna ikna etmem pek kolay olmadı ama sonunda, ben de, herkes gibi, Baryton'u olduğu gibi, yani doğrusunu söylemek gerekirse o pek perişan haliy-

* Mantar (*bouchon*): Üzerine bozuk para konan bir mantarı devirmeye çalışarak oynanan bir oyun.

le kabullenmek zorunda kaldım. Eskiden o kadar keskin ve hedefe odaklanmış olan dikkati artık iyice dağılmış, akıl almaz ve sonu gelmez safsatalara doğru uçuşuyordu. Derken, adım adım, kendi müessesesinde, şuracıkta, önümüzde, saatlerce düşüncelere dalma sırası ona gelmişti bu sefer de, daha şimdiden iyice uzaklara gitmişçesine... Ondan uzun süredir ve artık tamamen sıtkım sıyrılmış olmasına karşın yine de onun, yani Baryton'un, bu derece dağıttığını görmek bende biraz vicdan azabı yaratmıyor da değildi. Bu çözülmeden biraz kendimi sorumlu hissediyordum... Onun o manevi kafa karışıklığı bana tanıdık geliyordu... O kadar ki gün geldi, biraz ara vermenin belgesel kaynaklarımızı yenilemek için bize hem vesile hem de uygun bir fırsat olacağını bahane ederek edebiyat alıştırmalarımızı bir süre askıya almayı dahi önerdim ona... Bu cılız tuzağa düşmedi, önerimi şimdilik hoş karşılamış görünmekle birlikte hiç duraksamadan ve çok kesin bir dille geri çevirdi... Manevi İngiltere'nin keşfini hiç ara vermeden benimle birlikte sürdürmeye kesin kararlıydı... Başladığı yerden devam ederek... Verecek yanıtım yoktu... Boyun eğdim. Hatta bu işi tamamlamaya ömrünün vefa etmeyebileceğinden bile korkar hale gelmişti... Sonuç olarak, beterin beterinin yolda olduğunu hissetmiş olmama karşın, bu akademik ve perişan seferi onunla birlikte sürdürmem gerekti, olduğu kadarıyla artık.

Aslında Baryton kendi olmaktan tamamen çıkmıştı. Kişiler ve nesneler, çevremizde, tuhaflaşıp ağırlaşarak, daha şimdiden önemlerini yitiriyor, hatta o bildik renkleri bile adamakıllı esrarengiz düşsel bir yumuşaklık kazanıyordu...

Baryton tümüyle kendi eseri olan, üstelik otuz yılı aşkın bir süredir de kelimenin tam anlamıyla tutkuyla bağlı olduğu müessesesinin idari ayrıntılarına artık ancak rastlantısal ve gitgide cılızlaşan bir ilgi gösterir olmuştu. İdari hizmetlerin ayarlanmasını tümüyle Parapine'e havale etmişti. Herkesin önündeyken şimdilik hâlâ mahcup biçimde gizlemeye çalıştığı inançlarındaki sürekli büyüyen kafa karışıklığı, bir süre sonra artık hepimizin gözünde apaçık hale gelmişti, çürütülemez, fiziksel bir gerçek.

O dönemlerde, kendisini ara sıra müessesedeki inşaatlarda

kullandığımız için tanıdığımız Vigny'deki polis memuru, Gustave Mandamour, yani şimdiye kadar karşılaşmak durumunda olduğum aynı cins nice benzeri arasında intikal kabiliyeti en kıt olan o şahıs, bana bir gün, acaba patron bir yerlerden çok kötü haberler mi aldı diye sordu, öylesine... Onu elimden geldiğince yatıştırdım ama çok da üstelemeden.

Tüm bu dedikodular artık Baryton'u ilgilendirmiyordu. Tek istediği şey kati surette rahatsız edilmemekti... Araştırmalarımızın en başında, Macaulay'in büyük *İngiltere Tarihi*'ni güya fazla üstünkörü geçmiş olduğumuzu düşünüyordu, on altı ciltlik temel bir yapıt. Talimatları üzere, bu önemli okumayı baştan aldık, hem de son derece endişe verici manevi koşullarda. Bölüm bölüm.

Baryton gittikçe daha sinsi bir biçimde meditasyona paçayı kaptırmış gibi geliyordu bana. Okuduğumuz tüm o pasajlar içindeki şu en umarsız olanına geldiğimizde, yani Taht'a talip olan Monmouth, Kent yöresinin belirsiz kıyılarına ayak bastığında... Macerasının boşlukta sallanmaya başladığını hissettiğinde... Taht'a Talip Monmouth artık tam olarak neye talip olduğunu bilemez hale geldiğinde... Ne yapmak istediğini. Ne yapmak için geldiğini... Artık çekip gitmek istediğini düşünmeye başladığı, ama nereye, üstelik nasıl gideceğini de bilemediği anda... Yenilgi önünde belirdiğinde... Sabahın köründe... Deniz son gemilerini de alıp götürdüğünde... Monmouth ilk kez düşünmeye başladığında... İşte tam o anda Baryton da, kendi açısından, o minicik açısından, kendi kararlarının ötesine gitmeyi başaramıyordu bir türlü... Bu pasajı okuyor, dönüp bir daha okuyordu ve bu sefer de kendi kendine bir kez daha mırıldanıyordu... Omuzları düşüyor, kitabı kapatıyor, gelip yanı başımıza uzanıyordu.

Uzun uzun, kısık gözlerle, metnin tümünü, yeniden gözden geçiriyordu, ezbere, hem de Bordeaux'da mevcut olanlar içinden seçmesine izin verdiğim en iyi İngiliz aksanıyla. Metni bize bir daha okuyordu, ezbere...

Monmouth'un serüveninde, o çocuksu ve trajik doğamızın tüm gülünç sefaleti bir anlamda Sonsuzluğun önünde çırılçıplak soyunduğu anda, işte o zaman Baryton'un da başı dönmeye başlıyordu, zaten sıradan kaderimize yalnızca pamuk ipliğiyle bağlı olduğu için de artık tırabzana tutunmaktan vazgeçiyordu... O andan itibaren, bunu açıkça söylememde bir sakınca yok sanırım, bizlerden biri olmaktan çıkmıştı... Dayanamıyordu...

Aynı akşamın sonuna doğru, beni makam odasına çağırdı... Haliyle, iş bu noktaya vardıktan sonra bana artık kesin birtakım kararlar tebliğ etmesini bekliyordum tabii, örneğin derhal kovulduğumu... Ama hiç de öyle olmadı işte! Varabilmiş olduğu karar tam tersine tümüyle lehime olan bir karardı! Oysa şans bana genelde o kadar nadiren gülerdi ki, birkaç damla gözyaşı dökmekten kendimi alıkoyamadım... Baryton heyecanımın bu dışavurumunu bir üzüntü ifadesi olarak algılamayı lütfetti ve beni teselli etme sırası bu sefer ona geçti...

— Bu müesseseden ayrılmayı göze alabilmem için cesaretten çok daha ötesine ve fazlasına ihtiyaç duymuş olduğumu size teyit etsem, Ferdinand, umarım sözlerimin samimiyetinden şüphe etmeye teşebbüs etmezsiniz?... Ne derece köklü, yerleşik âdetlerim olduğunu biliyorsunuz benim, ben ki, tüm mesleki kariyeri bunca müzmin seyirli ya da acil illetin gayet sebatkâr, gayet titiz, gayet teferruatlı tahkikinden ibaret olan, daha şimdiden adeta ihtiyar sayılabilecek bir adamım?... Nasıl oldu da, inanılır şey mi bu, topu topu birkaç ay içinde, her şeyden böyle sarfınazar edebildim, döndüm?... Oysa işte, manen ve maddeten ulaştım bile bu alakasızlık haletiruhiyesine, bu asalete... Ferdinand! *Hurrah*! İngilizcede dendiği gibi! Geçmişim artık benim için hiçbir şey ifade etmiyor! Yeniden doğacağım Ferdinand! Bu kadar basit! Gidiyorum! Ah o gözyaşlarınız, hayırhah dost, beni burada o bunca tatsız tuzsuz sene boyunca alıkoymuş olan her şeye karşı hissettiğim o kati ve nihai usancın derecesini hafifletemeyecektir!... Yetti artık! Yetti Ferdinand! Gidiyorum diyorum size! Kaçıyorum! Firar ediyorum! Elbette yüreğim parçalanıyor! Biliyorum! Kan kusuyorum! Bunu görebiliyorum! Ama işte Ferdinand yine de, dünya yıkılsa! Ferdinand, hiç! Bana geri adım attıramazsınız! Duyuyor musunuz beni?... Gözümün tekini bile düşürmüş olsam, burada, şu çamurun içinde bir yerlerde, onu yerden almak için bile geri dönmem! Yani! Daha ne diyeyim! Şimdi hâlâ samimiyetimden şüphe ediyor musunuz?

Artık hiçbir şeyden şüphe etmiyordum. Gerçekten de yapmayacağı şey yoktu Baryton'un. Zaten sanırım şu an geldiği noktada ona karşı çıkmaya kalkmam akli dengesi açısından ölümcül sonuçlar doğurabilirdi. Biraz nefes almasına izin verdim ve ardından onu yine de azıcık olsun yumuşatmayı denedim, onu bize doğru geri getirmek için son bir girişimde bulunmaya cüret ettim... Bağlamı hafif kaydırılmış bir savlama sayesinde... usturuplu biçimde yan yoldan...

— Vazgeçin lütfen, Ferdinand, yalvarırım, beni kararımdan rücu ettirme umudunu bırakın bir kenara! Geri dönüşü yok artık bu kararın diyorum size! Rica etsem de bana artık bu bahsi hiç açmasanız, beni ziyadesiyle bahtiyar etmiş olursunuz... Son kez, Ferdinand, rica ediyorum sizden? Benim yaşımda, bu tür temayüllerin belirmesi artık iyice istisnai oluyor, değil mi... Orası öyle... Ancak bu bir kez ortaya çıktığında da artık çaresi yoktur...

Ağzından çıkan sözler bunlardı, neredeyse son sözleri. Aktarıyorum.

— Belki de, çok sevgili muhterem Baryton, diye yine de sözünü kesmeye cüret ettim, belki de çıkmaya hazırlandığınız bu bir tür beklenmedik tatil, sonuçta, bir nebze fazlasıyla ağırbaşlı olduğunu itiraf etmek zorunda olduğumuz mesleki kariyerinizin akışı içinde, biraz romanesk bir serüven, memnuniyet verici bir oyalanma, hoş bir soluklanma mahiyetini taşıyacaktır? Belki de başka bir yaşamın tadına baktıktan sonra... Burada sürdürdüğümüz yaşamdan biraz daha az kasvetli, sıradan bir düzenliliğe daha az dayalı bir yaşamdan sonra, belki de seyahatinizden memnun, o hesapta olmayan şeylerden bıkkın, aramıza dönüverirsiniz, olur biter... O zaman da gayet doğal olarak yeniden yerinizi alıp başımıza geçersiniz... Yeni edindiğiniz kazanımların verdiği gururla... Bir anlamda yenilenmiş olarak ve ola ki artık bundan böyle zahmetli rutinimizin günlük monotonluğuna karşı tümüyle kabullenmiş ve hoşgörülü bir noktaya varmış olarak... Bir anlamda yaşlanmış olarak! Elbette eğer böyle konuşmama izin verirseniz sayın Baryton?

— Ne mültefit bir adam şu bizim Ferdinand!... Hâlâ beni o hassas, hatta bunca bezginliğe ve geçilmiş onca imtihana rağmen arzulu olmaya devam ettiğini keşfettiğim erkeklik gururumdan yakalamasını biliyor... Ama hayır, Ferdinand! Sergilemekte olduğunuz tüm o yaratıcılık dehası dahi irademizin derinlerinde dehşetengiz derecede birbirine düşmanlık besleyen, acı veren o farklı tercihleri bir anda masummuş gibi göstermeye yetmeyecektir. Zaten, Ferdinand, artık tereddüt etme, geri adım atma vakti geride kaldı!... İtiraf ediyorum, Ferdinand, hatta haykırıyorum: Tükendim! Afalladım! Yenildim! Kırk yıllık feraset dolu bayağılık başardı bunu!... Bu olağanüstü derecede fazla bile!... Neyi denemek istiyorum? Merak ediyor musunuz?... Bakın bunu size söyleyebilirim işte, siz ki, benim en son dostumsunuz, siz ki, bozguna uğramış bir ihtiyarın acılarını hayranlık uyandırıcı bir âlicenaplıkla paylaşmaya tenezzül ettiniz... Ruhumu başımdan atıp kurtulmayı denemek istiyorum, Ferdinand, tıpkı insanın uyuz köpeğini başından atmak isteyişi gibi, o leş gibi kokan köpeği, artık sizi tiksindiren o eski dostu, iyice uzaklara, ölmesi yaklaşmışken... Nihayet yalnız kalmak... Kafa dinlemek... kendi olmak...

— Ama sevgili muhterem Baryton, uzlaşmaz taleplerini bir anda keşfetmeme izin verdiğiniz bu şiddetli umutsuzluğu daha önce, konuşmalarınızın herhangi bir anında, nasıl olur da hiç sezmemişim, afallamış durumdayım! Tam tersine gündelik gözlemleriniz bana hâlâ bugün dahi son derece anlamlı gibi görünüyor... Her zaman canlı, verimli olma özelliğini taşıyan o girişimleriniz... Kusursuz düzeyde yerinde, metodik tıbbi müdahaleleriniz... Gündelik eylemlerinizin akışında bu yılgınlığın, bozgunun en küçük belirtisini aramaya kalkışmak bile beyhude bir çaba olurdu... Gerçekten de, bunu düşündürecek hiçbir gözlemim yok...

Ancak Baryton, onu tanıdığımdan beri ilk defa, iltifatlarımı dinlemekten hiç zevk almıyordu. Hatta sohbeti bu dalkavukça tarzda sürdürmekten bile sevecen bir biçimde caydırdı beni.

— Hayır, çok sevgili Ferdinand, sizi temin ederim... Dostluğunuzun bu son tezahürleri burada geçirdiğim bu son anlara muhakkak ki ayrı bir nefaset katmaktadır, hem de beklenmedik bir şekilde, ancak tüm bu yakın alakanız, bu mekânın her tarafından sızan ve bir kâbus gibi üzerime çullanan bir geçmişin hatırasını tahammül edilebilir kılmayı dahi başaramayacaktır... Ne pahasına olursa olsun ve her ne koşullarda olursa olsun, beni duyuyorsunuz, değil mi, uzaklaşmak istiyorum...

— Peki ya bu müessese, sayın Baryton, bundan sonra o ne olacak? Bunu düşündünüz mü?

— Evet, elbette, düşündüm Ferdinand... Benim olmadığım sürece müdüriyetini siz üstlenirsiniz olur biter!... Müşterilerimizle hep mükemmel ilişkiler içinde olmadınız mı? Dolayısıyla sizin müdürlüğünüz gayet kolay kabullenilecektir... Her şey yolunda gidecektir, göreceksiniz, Ferdinand... Parapine'e gelince, o da, mademki sohbeti kaldıramıyor, alet edevatla uğraşır, makinelerle, laboratuarla... Bakın o işlerden iyi anlar işte!... Her şey böylece gayet akıllı uslu biçimde düzenlenmiş olur... Zaten herhangi birinin vazgeçilmez olabileceği inancını da terk ettim... Gördüğünüz gibi bu açıdan da, sevgili dostum, çok değiştim...

Aslına bakılırsa, tanınmaz haldeydi.

— Peki ama sayın Baryton, sizin bu gidişinizin çevredeki rakiplerimiz tarafından tamamen kötü niyetli biçimde yorumlanmasından çekinmiyor musunuz?... Passy örneğin. Ya da Montretout?... Gargan-Livry? Çevremizde ne varsa... Pusuya yatmış bizi gözetleyen... Sinsilik yapmaktan bıkmayan şu meslektaşlar... Sizin bu asil ve gönüllü sürgüne gidişinize ne anlamlar yükleyecekler acaba?... Nasıl tanımlayacaklar bunu? Kaçamak? Ya da kim bilir daha neler? Çılgınlık? Bozgun? İflas? Kim bilir?...

Bu olasılık belli ki onun da etraflıca, kara kara düşünmesine yol açmıştı. Bunu düşündükçe, oracıkta, benim karşımda hâlâ beti benzi atıyor, eli ayağı dolaşıyordu...

Aimée'yi, kızı yani, o masum tazemiz, bütün bu olup bitenin sonunda, epey hoyrat bir kader bekliyordu. Onun bakımını teyzelerinden birine emanet etmeyi kararlaştırmıştı, aslında hiç tanımadığı biri, taşrada. Tüm mahrem ayrıntılar bu şekilde temize havale edildikten sonra, Parapine'le bana da, onun malını mülkünü idare etmek için elimizden geleni yapmak kalıyordu. Kaptanı tarafından terk edilmiş batan geminin mallarıydı bunlar!

Bu kadar çok sırrı benimle paylaşmasından sonra, patrona

serüven diyarına giderken işe hangi yönden atılarak başlamaya niyetlendiğini sormamın abes kaçmayacağını düşündüm...

— İngiltere'den! Ferdinand, diye yanıt verdi bana, sektirmeden.

Bu kadar kısa sürede başımıza gelen bunca şeyi hazmetmekte haliyle zorlanacağımızı düşünmüştüm, oysa yine de kısa sürede bu kaderimize ayak uydurmamız gerekti, palas pandıras.

Hemen ertesi gün, bavul yapmasına yardımcı olduk, Parapine'le birlikte. İçerdiği tüm o küçük sayfaları ve vizeleriyle pasaport denen şeyi epey yadırgamıştı. Daha önce hiç pasaportu olmamış. Oldu olacak bari birkaç tane de yedeğini edinmek isterdi. Onu bunun olanaksız olduğuna ikna etmemiz gerekti.

Son olarak da yolculukta yanına alması gereken gömleklerin yakasının kolalı mı yumuşak mı olması gerektiği ve her bir cinsten kaçar tane alınması gerektiği konusuna takıldı. Bu sorun, bir türlü tatmin edici biçimde çözülemediği için, bizi tren saatine kadar oyaladı. Üçümüz birlikte Paris'e giden son tramvaya atladık. Baryton yanına yalnızca hafif bir bavul almıştı, gittiği her yerde, her koşulda seyyar ve hafif olmaya kararlıydı.

Peronda uluslararası trenlerin basamaklarının asalet kokan yüksekliğinden etkilendi. Bu görkemli kademeleri tırmanmaya tereddüt ediyordu. Vagonun önüne gelince sanki bir anıtın önündeymişçesine saygı duruşunda bulundu. Biz de ona biraz eşlik ettik. İkinci mevki bilet almıştı ve bu vesileyle bize giderayak mukayeseli, pratik ve güler yüzlü son bir düşüncesini aktardı: "Birinci mevki de bundan daha iyi değil" dedi.

Ona ellerimizi uzatmıştık. Vakit tamamdı. Düdük çalmasıyla tren, tam saatinde, bir hurda gümbürtüsü ve müthiş bir sallantıyla hareket etti. Bu nedenle vedalaşmamız korkunç derecede itilip kakıldı. "Elveda, evlatlarım!" diyecek vakti ancak buldu ve eli bizimkilerden koparılarak uzaklaşıverdi...

Sallanıyordu o el, gürültünün içine fırlamış, daha şimdiden gecenin üstünde, rayların arasında, gittikçe daha da uzaklaşıyordu, bembeyaz...

Bir yandan, onu özlediğimiz söylenemez, ancak onun bu gidişi yine de müessesede hatırı sayılır bir boşluk yaratıyordu. Öncelikle onun o gidiş biçimi bizi kara kara düşündürüyordu, bir bakıma hiç de niyetimiz yokken. Doğal değildi bu gidiş biçimi. Böyle bir numaranın ardından bu sefer de bizim başımıza neler gelebileceğini merak ediyorduk.

Ancak bu soruları uzun uzadıya kurcalayacak, hatta sıkılacak zamanımız dahi olmadı. Baryton'u istasyona götüreli daha birkaç gün olmuştu ki, büroya bir ziyaretçim çıkageldi, özel olarak beni görmek için. Peder Protiste.

Bomba gibi haberlerim vardı ona anlatacak! Öyle böyle değil! Hele Baryton'un Şimali bölgelerde sürtmek için hepimizi o biçim yüzüstü bırakışı!... Protiste'in aklı almıyordu bu öğrendiklerine, sonunda olup biteni nihayet kavradığında ise bu değişimden tek ayrımsayabildiği şey benim böylesi bir durumdan nasıl fayda sağlayabileceğimdi. "Müdürünüzün size olan bu güveni bana terfilerin en gönül okşayıcısı gibi geliyor, sevgili Doktorcuğum!" diye başımın etini yemeye başladı.

Onu ne kadar yatıştırmaya çalışırsam çalışayım, havaya girmişti bir kere, bu tekerlemeyi diline pelesenk ederek bana en parlak gelecekleri müjdeliyordu, kendi tabiriyle muhteşem bir tıbbi kariyer. Artık onu susturmam mümkün değildi.

Ciddi konulara sıranın gelmesi kolay olmadıysa da, dönüp dolaşıp vardık sonunda Toulouse kentine, o da zaten tam da oradan geliyordu, ayağının tozuyla. Bu sefer bildiklerini anlatma sırası ondaydı elbette, ben de dinledim. Hatta ihtiyarın başına gelen kazayı bana aktardığında, şaşırmışları, afallamışları bile oynadım.

— Ne? Ne? diye sözünü kesiyordum ben. İhtiyar öldü mü?... Yahu ne zaman oldu bu?

Lafı ağzında geveleyerek de olsa, sonunda çıkarmak zorunda kaldı dilinin altındaki baklayı.

İhtiyarı o küçük merdiveninden aşağı fırlatanın Robinson olduğunu kesin olarak söylememekle birlikte, bunu tahmin etmeme de engel olmamıştı doğrusu... Güya daha bastığı yeri bilemeden ayağı yerden kesilivermiş kadıncağızın! Birbirimizin dilinden anlıyorduk... İyi becermişti, temiz iş... İkinci denemesinde, ihtiyarı bu kez ıskalamamıştı.

Neyse ki mahallede, Toulouse'da, hâlâ tamamen kör olduğunu sanıyorlardı onun, yani Robinson'un. Dolayısıyla kaza dışı bir ihtimali kimse aklına bile getirmemişti, elim bir kaza tabii, öte yandan, şöyle bir etraflıca düşününce de, koşullar, ihtiyar bayanın yaşı, bir de olayın akşamüstü olmuş olması, yorgunluk hali falan, hani çok da şaşırtıcı olmayan bir kazaydı doğrusu... Ben şimdilik daha fazlasını öğrenmek istemiyordum. Yeterince sır paylaşılmıştı benimle.

Ne var ki Peder'e konuyu değiştirtmekte zorlandım. Belli ki bu hikâye epey kafasını kurcalıyordu. Israrla dönüp dolaşıp yine sözü o işe getiriyordu, lafı ağzımdan kaçırırım beklentisiyle olsa gerek, sanki ille beni de bulaştırmak istiyordu bu işe... Ağır ol!... Papaz her gün pilav yemez!... Bu durumda vazgeçmek zorunda kaldı, bana Robinson'dan söz etmekle yetindi, sağlığından falan... Gözlerinden... Bu açıdan, durum çok daha iyiydi... Ama onun esas derdi moraliydi, hani o hiç düzelmeyen. Gerçekten de, morali bomboktu! Hem de o iki kadının ondan asla esirgemedikleri tüm o yakın ilgiye, sevgiye rağmen... Ama o buna hep şikâyet ederek karşılık veriyordu, kaderinden, yaşamından.

Bana gelince, papazın bu anlattıklarını hiç yadırgamamıştım. Ne mal olduğunu bilmez miydim ben Robinson'un. Pek sevimsiz, pek nankör eğilimleri vardı onun. Ancak Robinson'dan çok, asıl ben Peder'den çekiniyordum... O konuşurken ser verip sır vermiyordum. Bu açıdan hevesi kursağında kaldı.

— Sizin o sevgili dostunuz, Doktorcuğum, maddi açıdan artık rahat ve ferah bir düzeye kavuşmasına ve yakında onu mutlu bir izdivacın bekliyor olmasına rağmen, itiraf etmeliyim ki bizi fazlasıyla hayal kırıklığına uğratıyor... Vakti zamanında sizin de onda tanık olduğunuz o kötü alışkanlıklar, o uğursuz gezme tozma merakı mı depreşti yoksa?... Onun bu eğilimi hakkında ne düşünüyorsunuz, sevgili Doktorcuğum?

Yani sonuçta, Robinson'un aklı fikri her şeyi yüzüstü bırakıp gitmekteymiş, eğer doğru anladıysam, nişanlısıyla nişanlısının anası da her şeyden önce bu duruma epey içerlemişler, ayrıca da kolayca tahmin edilebileceği gibi çok da üzülüyorlarmış. İşte bana bunları anlatmaya gelmişti Peder Protiste. Bütün bunlar haliyle epey düşündürücüydü ve ben de, kendi hesabıma, çenemi tutmaya ve bu ailenin bu küçük meselelerine kati surette bulaşmamaya kesin kararlıydım... Çuvallayan bu görüşmemizden sonra, Peder'le tramvayda ayrıldık, epey soğukça desem yeridir. Tımarhane'ye döndüğümde içim rahat değildi.

Baryton'dan İngiltere üzerinden ilk haberleri almamız bu ziyaretten kısa süre sonrasına denk düştü. Birkaç kartpostal. Hepimize "sıhhat, afiyet ve iyi şanslar diliyordu". Daha sonra da, ordan burdan, harcıâlem bir iki satır bir şeyler karaladığı oldu. İçine bir şey yazmadığı bir kartpostaldan Norveç'e geçtiğini öğrendik, derken birkaç hafta sonra gelen bir telgraf bizi biraz rahatlattı: Kopenhag'a "sağ salim!" varmış.

Tahmin ettiğimiz gibi, patronun yokluğu bizzat Vigny'de ve çevrede bayağı kötü niyetli yorumlara neden oldu. Enstitü'nün geleceği açısından bu yokluğun nedenleri hakkında gerek hastalarımıza, gerekse civardaki meslektaşlarımıza bundan böyle açıklamalarımızı asgari düzeyde tutmamız daha hayırlı olacaktı.

Yine aylar geçti, çok temkinli davranma ayları, sönük, ketum. Sonunda, aramızda, Baryton'un anısını bile anmaktan vazgeçer olduk. Zaten onun anısı sanki hepimizi biraz mahcup ediyordu.

Derken yaz geldi. Sürekli olarak bahçede hastaları gözetleyip duramazdık elbette. Her şeye rağmen az da olsa özgür olduğumuzu kendimize kanıtlayabilmek için Sen nehri kıyısına uzandığımız oluyordu, maksat dışarı çıkmış olalım.

Karşı kıyıdaki toprak yığınından sonra, büyük Gennevilliers ovası başlıyordu, tozların ve puslu havanın arasından bacaların usulca yükseldiği grili beyazlı pek hoş bir enginlik. Mavnaların yedekte çekildiği yerin tam kenarındaki gemicilerin *bistrot*'su kanalın girişine bakıyordu. Sarı bir akıntı çarpıyordu alavere havuzuna.

Bizler aşağıdan saatlerce bunu seyrediyorduk, bir de, yan taraftaki bir nevi uzun bataklığı, hani şu kokuları araba yoluna kadar sinsice yükselen. İnsan alışıyor. Kabara taşa iyice yaşlanıp yorgun düşen bu çamurun rengi de atmıştı. Gökyüzü, kimi yaz akşamları, pembeleşip, duygu yüklendiğinde, neredeyse yumuşacık olduğu da oluyordu bazen, o çamurun. İşte oraya, köprünün üstüne geliyor, geçidin önüne yanaşıp, nehre ulaşmak için gecenin bitmesini bekleyen mavnalardan akordeon dinliyorduk. Özellikle de Belçika'dan gelip aşağı inenler müzik saçıyorlardı, yeşil ve sarı, her tarafından ipler sarkmış, iççamaşırların kurumakta olduğu, rüzgârın dalga dalga içlerine dalıp ahududu rengi iç gömlekleri hoplatıp zıplattığı bir renk cümbüşüydü bu.

Gemicilerin o küçük salaş kahvesine sık sık geliyordum, şimdilik hâlâ yalnız, tam da öğle yemeğini izleyen ve patronun kedisinin, dört duvar arasında, yalnızca kendine ait son moda badana mavisi küçücük bir gökyüzünün içine hapsedilmişçesine, uslu uslu yattığı o bir saatlik ölü zaman diliminde.

Orada, ben de, öğleden sonranın başlarında, uyuklayıp iyice unutulduğumu sanarak, bekliyordum, zamanın geçmesini.

Uzaktan birisinin geldiğini gördüm, yoldan yukarıya tırmanıyordu. Fazla tereddüt etmeme gerek kalmadı. Daha köprüye adımını atar atmaz tanımıştım onu. Benim biricik Robinson'umun ta kendisiydi bu. Su götürür yeri yok! "Buraya beni aramaya geliyor! dedim hemen kendi kendime... Adresimi ona papaz vermiş olsa gerek!... Onu bir an önce başımdan savmalıyım!"

Tam da kendime yeniden dört dörtlük küçük bir bencillik oluşturmakta olduğum bir sırada gelip de beni rahatsız edişi çok iğrenç göründü hemen gözüme. Boşuna dememişler boş ite menzil olmaz diye. *Bistrot*'nun yanına kadar varmıştı bile. Dışarı çıktım. Beni gördüğüne şaşırmış gibiydi. "Nerden çıktın sen şimdi yine?" diye sordum ona, böyle, hiç de nazik olmayan bir şekilde. "Garenne'den..." diye yanıt verdi. "İyi, peki! Karnın aç mı?" diye sorguladım onu. Öyle pek karnı toka benzemiyordu ama, gelir gelmez de açlıktan ölüyormuş gibi görünmek istemiyordu. "Demek yine yollara düştün?" diye ekledim. Çünkü artık itiraf edebilirim ki, onu yeniden gördüğüme hiç ama hiç memnun değildim. Hiç hoşuma gitmemişti bu iş.

Parapine de kanal tarafından beni karşılamaya geliyordu. İyi denk düşmüştü. Tımarhane'de bu kadar sık nöbet tutmaktan yoruluyordu Parapine. Doğrusunu söylemek gerekirse ben de işten az kaytarmıyor değildim. Ancak her şey bir tarafa, duruma ilişkin olarak, her ikimiz de Baryton'un artık ne zaman geri döneceğini öğrenmek için neler vermezdik neler. Şu avare dolaşmaktan bir an önce vazgeçip işinin gücünün başına dönmesini ve şu zamazingosuyla artık kendisinin ilgilenmesini umut ediyorduk. Bizim için fazla ağır bir yüktü bu. İkimizin de gözü yükseklerde değildi, ne onun ne de benim ve istikbal meselelerini hiç iplemiyorduk. Hata ediyorduk elbette.

Bir konuda daha Parapine'in hakkını yememekte yarar var, o da Tımarhane'nin ticari işletmesi ve müşterilerle ne şekilde ilişki kurduğum konusunda bana asla soru sormamasıydı, ancak ben yine de onu bilgilendiriyordum, bir bakıma ona rağmen diyebilirim, öyle olunca da kendi kendime konuşuyor gibi oluyordum. Robinson meselesinde, onu da haberdar etmek önemliydi.

— Sana Robinson'dan söz etmiştim değil mi? diye sordum ona girizgâh niyetine. Biliyorsun hani, savaştaki arkadaşım?... Çaktın mı?

Yüzlerce defa dinlemişti benden elbette o savaş hikâyelerini, ayrıca Afrika hikâyelerini de, üstelik her seferinde de farklı biçimlerde. Benim tarzım buydu.

"Eh işte, diye sürdürdüm konuşmamı, Robinson da hiçbir fedakârlıktan sakınmayarak ta Toulouse'lardan gelivermiş, sırf bizi görmeye... Akşam yemeğini birlikte müessesede yeriz." Aslında müessese adına bu şekilde taahhüt altına girmekten biraz sıkılmıyor değildim. Bir bakıma biraz densizlik etmiş oluyordum. Böyle bir durumda bu şekilde davranabilmek için aslında bağlayıcı, belirleyici bir yetkeye sahip olmuş olmam gerekirdi, oysa bundan tamamen yoksundum. Üstelik Robinson da işimi hiç kolaylaştırmıyordu. Bizim oralara dönerken, yolda, şimdiden meraklı ve endişeli bir tavır sergiliyordu, özellikle de yanı başımızda, uzun ve solgun yüzüyle onu tedirgin eden Parapine hakkında. Önce onu, yani Parapine'i de, delilerden biri sanmıştı. Vigny'de nerede kaldığımızı öğrendiğinden beri her yerde deli görmeye başlamıştı zaten. Onu yatıştırdım.

— Ya sen, diye sordum ona, döndüğünden beri herhangi bir iş miş buldun mu?

— Arayacağım... diye yanıtlamakla yetindi.

— Peki ya gözlerin, iyice iyileştiler mi bari? Artık adam gibi görmeni sağlıyorlar mı?

— Evet, artık neredeyse eskisi kadar görebiliyorum...

— Eh, artık halinden memnunsundur o zaman? deyiverdim.

Hayır. Memnun değildi. İşi gücü yoktu da memnun mu olacaktı? Madelon konusunu hemen açmamaya özen gösterdim. Aramızda henüz fazlasıyla hassas bir konuydu bu. Aperitif faslını iyice uzattık, bu vesileyle de onu Tımarhane'yle ilgili ve birçok başka ayrıntı konusunda kapsamlı biçimde bilgilendirdim. Şu boşboğazlık etme huyumdan asla vazgeçemedim gitti. Yani sonuç itibariyle Baryton'dan pek bir farkım yok. Yemek samimi bir havada sonlandı. Sonra da, Robinson Léon'u o haliyle öyle sokağa atacak değildim elbette. Derhal ona küçük bir açılır kapanır yatak çıkarılıp yemek odasına geçici olarak yerleştirilmesini kararlaştırdım. Parapine hâlâ fikir beyan etmiyordu. "Al bakalım Léon! dedim ben de, işte sana yer buluncaya kadar kalacak yer... — Sağol" diye yanıtladı sadece, o günden itibaren de, her sabah tramvayla Paris'e, güya bir şirket temsilciliği işi aramak için gider oldu.

Fabrikadan gına gelmişti, öyle diyordu bana, "temsilcilik yapmak" istiyordu artık. Sırf bir temsilcilik işi kapmak için epeyce uğraş vermiş olabilirdi tabii, hakkını yemeyelim, gelgelelim öyle ya da böyle, sonuç o ki bulamamıştı işte.

Bir akşam Paris'ten her zamankinden erken döndü. Ben hâlâ bahçede büyük havuzun etrafını kolaçan etmekteydim. İki çift laf etmek için gelip beni orada buldu.

— Baksana! diye girdi söze.

— Baktım, diye yanıtladım.

— Sen bana burada ufak bir iş ayarlasan olmaz mı?... Başka yerde hiçbir halt bulamıyorum...

— İyi aradın mı ki?

— Evet, aramaz oluyor muyum...

— Müessesede mi bir iş istiyorsun? İyi de ne iş yapacaksın? Paris'te küçük bir iş bulamadın mı? Parapine'le birlikte tanıdıklarımıza sorup bir araştırmamızı ister misin?

İşle ilgili benim devreye girmeyi önermem onu mahcup ediyormuş.

— Yani asla ve kat'a iş bulunamıyor diye bir şey yok, diye sürdürdü o zaman da. Bulunur belki... Ayak işleri... Olur tabii... Ama şimdi derdimi anlayacaksın... Kafadan çatlakmış gibi görünmem gerek mutlaka... Ne yapıp edip kafadan çatlakmış gibi görünmem gerek, hem de acilen...

— Peki! dedim ona o zaman, daha fazlasını bilmeme hiç gerek yok!...

— Yo, yo, Ferdinand, aksine, sana mutlaka çok daha fazlasını anlatmam gerek, üstelik öyle de bir ısrar ediyordu ki, beni iyi anlamalısın... Kaldı ki ben seni iyi tanırım, senin bir şeyi anlaman da uzun sürer, karar vermen de...

— Anlat bakalım o zaman, dedim ona, kaderime razı, anlat hadi...

— Deli olduğum sanılmazsa, işler boka saracak, emin olabilirsin... Kıyamet kopacak... Karı beni hapse bile attırabilecek tıynette... Çakozladın mı şimdi?...

— Madelon'dan mı söz ediyorsun?

— Evet, elbette ondan söz ediyorum!

— Aman ne hoş!

— Ya, ne demezsin...

— Temelli mi bozuştunuz yani?

— Mal meydanda...

— Eğer bana ayrıntı anlatmaya niyetliysen, bu tarafa gel! diye sözünü kestim ben de o zaman ve onu kenara çektim. Böylesi çok daha temkinli olur, deliler yüzünden... Deli meli demeye gelmez, onlar da bir şeyler anlayabilirler ve bakarsın çok daha kepazesini de sonra sağda solda anlatabilirler...

Tecrit odalarından birine çıktık ve oraya vardıktan sonra

tüm dümeni benim için canlandırması uzun sürmedi, kaldı ki onun yeteneklerini zaten ezelden beri iyi biliyordum, üstelik Peder Protiste de gerisini tahmin etmemi sağlamıştı...

İkinci denemesinde bu kez işi temize havale etmişti. Kimse bir kez daha yan bastığını iddia edemezdi doğrusu! Katiyen! Asla. Söyleyecek laf yoktu.

— Anlıyor musun, kocakarı, beni gitgide daha çok gıcık etmeye başlamıştı... Özellikle de gözlerim biraz daha iyiye gitmeye başladığından, yani sokakta tek başına idare edecek duruma geldiğimden itibaren... O andan sonra bir sürü şeyi yeniden gördüm... Ve tabii onu da yeniden gördüm, yani kocakarıyı... Ne yalan söyleyeyim, gözüm ondan başkasını görmez olmuştu!... Her dakika gözümün önündeydi!... Sanki ömür törpüsü!... Bence mahsus duruyordu orada!... Sırf hayatımı zehir etmek için... Var mı bunun başka bir izah tarzı!... Üstelik hep beraber kaldığımız o evde, sen biliyorsun dimi o evi, insan nasıl birbirine girmesin şimdi?... Ufacıktı orası, sen gördün dimi!... Alt alta üst üste! Gel de aksini söyle!...

— Mahzenin basamakları da pek sağlam durmuyordu, dimi?

O merdivenin ne derece tehlikeli olduğunu orayı ilk kez Madelon'la birlikte dolaşırken ben de fark etmiştim, basamaklar daha o zamandan durduk yerde sallanıyordu.

— Doğruya doğru, o açıdan hazıra kondum, diye kabullendi, gayet açıksözlülükle.

— Peki ya oradaki insanlar? diye bir kez daha sorguladım onu. Komşular, papazlar, gazeteciler... Kimse laf sokuşturmadı mı, bu iş olduğunda?...

— Hayır, yapmadılar besbelli... Sonra, öyle bir şey yapabilecek biri olduğuma kimse inanmıyordu ki... Ödleğin teki olduğumu düşünüyorlardı... Alt tarafı bir kör... Anlıyor musun?...

— Neyse, bu açıdan kendini şanslı addedebilirsin, yoksa öbür türlü?... Ya Madelon? bu dümende onun payına düşen neydi? O da bulaştı mı bu işe?

— Tam öyle sayılmaz... Ama biraz da öyle, ister istemez, çünkü mahzen, anlıyor musun, kocakarı göçtükten sonra tamamen ikimize kalacaktı... O şekilde ayarlanmıştı... İkimiz birlikte o işe girecektik...

— O zaman niye aşkınız sürmedi daha sonrasında?

— Valla, orası biraz karışık işte...

— Senden bıkmış mıydı kız?

— Yok canım, tam aksine, hatta evlilik meselesine iyiden iyiye hevesliydi... Anası da istiyordu bunu hem de eskisinden bile fazla, üstelik o işin sıcağı sıcağına hallolmasını istiyordu, malum Henrouille ananın mumyaları da artık bize kaldığına göre, hazır üçümüz birlikte rahat yaşayacak imkânlara da kavuşmuşken...

— Peki aranızda ne olup ne bitti ki?

— Valla, ben, sadece yakamdan düşsünler istiyordum! Bu kadar basit... Anası da kızı da...

— Bak, Léon!... diye lafı ağzına tıkayıverdim bu sözleri duyunca. Beni iyi dinle... Sen de halt etmişsin, olacak iş değil yani... Kendini bir an için Madelon'la anasının yerine koy... Sen onların yerinde olsan bunu normal karşılar mıydın? Düşün bir hele? Oraya geldiğinde kıçında doğru dürüst donun bile yoktu, işin gücün de yoktu, hiç, sabahtan akşama kadar homurdanmaktan başka bir şey yapmıyordun, yok ihtiyar bütün paraya el koyuyormuş da, falan feşmekân... Sonra ihtiyar adres değiştirdi, daha doğrusu sen adresini değiştirttin... Ve buna rağmen yine başlıyorsun suratını ekşitmeye ve afra tafraya... Yahu şu iki kadının yerine koy kendini biraz, insaf!... Tahammül edilir gibi değilsin yani!... Ben onların yerinde olsam sana çoktan siktir çekmiştim!... Seni yüz kez hapse yollamalarını bile hak etmişsin! Benden sana söylemesi!

İşte ben böyle söyleniyordum Robinson'a.

"Olabilir diye yanıtladı beni hiç sektirmeden, ama sen istediğin kadar hekim ol ve de mürekkep yalamış ol, ya da neyse işte, benim tabiatımı hiç anlamıyorsun...

— Kapa çeneni be Léon! deyiverdim ona sonunda, kısa kesmek için. Kapa çeneni, vah zavallım, tabiatını sevsinler senin! Hastalardan biri gibi konuşuyorsun!... Keşke Baryton cehennemin öbür ucuna gitmiş olmasaydı, yoksa o seni bir tedaviye alırdı ki görürdün! Zaten başına gelebilecek en iyi şey de bu olurdu senin! Seni bir an önce tımarhaneye kapamak gerek! Duydun mu beni! Kapamalı seni! Bak o zaman Baryton nasıl ilgilenirdi senin o tabiatınla!

— Benim başıma gelenler senin de başına gelseydi, sen de benimle aynı zorlukları yaşasaydın, diye başkaldırdı dediklerimi duyunca, sen de iyice kafayı üşütürdün herhalde! Kesin! Hatta benden bile beter olurdun! Seni gidi ödlek, ben seni bilmez miyim!..." Derken başladı beni bol miktarda kalaylamaya sanki bu konuda hak sahibiymiş gibi.

O beni fırçalarken ben de gözümü dikmiş ona bakıyordum. Hastalardan böyle kötü muamele görmeye alışıktım nasıl olsa. Artık bana dokunmuyordu.

Toulouse'dan bu yana epey zayıflamıştı ve onda daha önce hiç görmediğim bir şey gelip suratına oturmuştu, yüz hatlarının üstüne yerleşen bir portre gibi, sanki şimdiden unutulmuşluk vardı içinde, etrafı sessizlikle kaplı.

Toulouse hikâyelerinde, elbette o kadar vahim olmamakla birlikte, yine de hazmetmekte güçlük çektiği bir başka şey daha vardı ve bunu düşündükçe midesine kramplar giriyordu. O da bir sürü dolandırıcıya haybeye rüşvet vermek zorunda kalmış olmasıydı. Mahzeni üstlendiklerinde sağa sola, papaza, kilisedeki sandalyeci kadına, belediyeye, piskopos naibine ve daha bir sürü kişiye komisyon vermek zorunda kalmış olmayı, üstelik de bunların sonuçta bir anlamda boşa gitmiş olmasını bir türlü hazmedemiyordu. Sözünü ederken bile allak bullak oluyordu. Soygun olarak nitelendiriyordu tüm bu davranışları.

— Eee, sonunda evlendiniz mi bari? diye sordum konu kapansın diye.

— Yok canım, dedim ya sana! Ben artık istemiyordum ki!

— Madelon'cuk da hoş kız ama şimdi? Aksini iddia edecek değilsin herhalde?

— Mesele o değil ki...

— Mesele o olmaz olur mu? Mademki artık özgür olduğunuzu söylüyorsun... İlle de Toulouse'dan ayrılmak istiyorduysanız, mahzeni bir süreliğine kızın anasına emanet edebilirdiniz... Daha sonra isterseniz geri dönerdiniz...

— Fiziksel açıdan bakınca, diye konuya döndü, haklısın, gerçekten sevimli kız, kabul ediyorum, sonuçta bana verdiğin tüyo iyiydi, üstelik düşün ki sanki özel olarak öyle ayarlanmış gibi ilk kez yeniden görmeye başladığımda, bir bakıma ilk onu gördüm, aynadan... Düşünebiliyor musun?... Işıkta!... Kocakarı düşeli iki ay olmuştu herhalde... Bir anda hem de sanki tam ona, yani Madelon'a bakarken yeniden görmeye başlayıverdim, yüzüne bakmaya çalışırken... Bir ışık çaktı sanki... Beni anlıyor musun?

— Hoşuna gitmedi mi peki?

— Gitti gitmesine de... Mesele ondan ibaret değil ki...

— Yine de çekip gittin ama...

— Doğru, ama mademki anlamak istiyorsun dur da sana açıklayayım, önce o beni bir garip bulmaya başladı... Eskisi kadar hevesli değilmişim... Kibar davranmıyormuşum... Bir sürü naz niyaz...

— Belki de vicdan azabı çekmeye başlamıştın?

— Vicdan azabı mı?

— Ne bileyim ben...

— Valla adını ne koyarsan koy, ama havamda değildim... İşte bu kadar... Ama vicdan azabı olduğunu sanmıyorum...

— Hasta mıydın yani?

— Daha çok öyle olsa gerek, hastalık... Zaten baksana en az bir saattir sana hasta olduğumu söyletmeye çalışıyorum... Kabul et ki anlaman bayağı zaman alıyor...

— Tamam! Anlaşıldı! diye yanıt verdim ona. Mademki böylesinin daha emniyetli olacağını söylüyorsun, biz de senin hasta olduğunu söyleriz olur biter...

— İyi edersin, diye üsteledi, çünkü hatun ne yapar hiç bilemem... Çok geçmeden ötmeye bile kalkışabilir...

Sanki bana bir bakıma öğüt verir gibi bir hali vardı, oysa ben bana öğüt vermesini falan istemiyordum. Yeniden ortalık karışacağı için de bu yaklaşım hiç hoşuma gitmemişti.

— Gerçekten ötmeye kalkar mı sence? diye bir daha sordum ona iyice emin olmak için... Ama kız bir anlamda senin suç ortağın sayılmaz mı?... Şakımaya kalkmadan biraz düşünmesi gerekmez mi?

"Düşünmek mi?... diye lafı ağzıma tıkadı hemen. Onu hiç tanımadığın nasıl da belli oluyor..." Sözlerim onu eğlendirmişe benziyordu. "Bir saniye bile tereddüt etmez o!... Aynen böyle! Onu benim kadar yakından tanısaydın, sen de bundan hiç kuşku duymazdın! Diyorum ya sana, o âşık bir kadın!... Sen hiç âşık kadın görmedin mi? Âşık olduğunda, deliriyor, bu kadar basit! Zırdeli! Üstelik bana âşık ve benim için deli oluyor!... Düşünebiliyor musun? Anlıyor musun şimdi? Öyle olunca da delice olan ne varsa onu tahrik ediyor! Bu kadar basit! Bu onu hiç durdurmaz! Aksine!..."

Şimdi kalkıp bunu ona söyleyemezdim tabii, ama Madelon'un birkaç ay içinde bu denli kendinden geçmiş olması beni oldukça şaşırtmıştı, çünkü ne de olsa, ben de şahsen iyi kötü tanımıştım onu, yani Madelon'u... Ben de onun hakkında bir fikir sahibiydim, ama bunu söyleyemezdim...

Toulouse'da yolunu nasıl bulduğuna bakılırsa ve o mavnaya bindiğimiz gün kavak ağacının arkasına gizlenmişken söylediklerini duyduğum kadarıyla, kafa yapısının bu kadar kısa sürede bu derece değişebileceğine inanmak güçtü... Trajedi meraklısından çok işini bilen, iyice yırtık, küçük numarasını ve hikâyelerini yutturabildiği kadar yutturup kendine yer açmaya meraklı bir kadın gibi görünmüştü gözüme. Ancak şu an bulunduğumuz noktada, şimdilik söyleyebileceğim bir şey kalmamıştı. Her şeyi kendi haline bırakmam gerekiyordu. "İyi! Peki! Tamam! diye özetledim. Ya anası? Sırra kadem basmaya niyetlendiğini anladığında, anası da herhalde ortalığı biraz birbirine katmış olsa gerek?..."

— Hem de nasıl! Sabahtan akşama kadar domuzun teki olduğumu söyleyip duruyordu ve dikkatini çekerim, bunu üstelik tam da aksine bana yakınlık gösterilmesine gereksinim duyduğum bir sırada yapıyordu!... Ne tantana ama!... Sonuç olarak anasıyla da bu iş daha fazla yürüyemezdi, baktım olacak gibi değil, mahzeni o ikisine devretmeyi önerdim Madelon'a, ben de kendi hesabıma, şöyle bir tur atmaya çıkacaktım, biraz tek başıma seyahat edip, yeniden birazcık gezip tozacaktım...

« "Beni de alacan yanına, diye itiraz etti o zaman... Nişanlın değil miyim?... Beni de yanına alacan Léon, ya da hiç gitmeyeceksin!... Kaldı ki, diye üsteliyordu, daha henüz yeterince iyileşmedin...

— Hayır, iyileştim ve yalnız gitçem işte! diye karşılık veriyordum ben de... İşin içinden çıkamıyorduk bir türlü.

« "Bir kadının yeri kocasının yanıdır! diyordu anası. Evleniverin olsun bitsin!" Sırf beni kışkırtmak için kızına arka çıkıyordu.

« Böyle şeyler duymak, bana acı veriyordu. Beni bilirsin! Sanki savaşa gittiğimde bir karım olmasına ihtiyaç duymuşum gibi! Hele ordan kurtulmak için! Ya Afrika'da karım marım mı vardı ki benim? Ya Amerika'da, var mıydı bir karım?... Yani onların bu konuda saatlerce tartıştığını duydukça mideme ağrılar saplanıyordu! Kramp giriyordu! Kadınlar ne işe yarar bilmez miyim ben! Sen de bilirsin dimi! Hiçbir boka yaramazlar! Ben az seyahat etmedim! O zırvalarıyla beni iyice çileden çıkardıkları bir gün, artık dayanamayıp anasının karşısına geçerek hakkında neler düşündüğümü bir bir sayıp döktüm! "Gerzek moruğun tekisiniz siz, dedim ona... Siz Henrouille anadan bile çok daha hıyarsınız!... Eğer insanları benim tanıdığım kadar tanımış olsaydınız, benim kadar dünyayı dolaşmış olsaydınız el âleme böyle uluorta öğüt vermeye kalkışmazdınız ve üstelik o boktan kilisenizin köşe bucağından erimiş mum parçaları toplayarak da hayatı asla öğrenemezsiniz! Biraz çıkın gezin tozun da faydasını görün! Çıkın da şöyle biraz sağınıza solunuza bakın bunak süprüntü! Hava almış olursunuz! En azından dualarınız dışında da bir şeylere zaman ayırmış olursunuz ve hiç olmazsa teke gibi kokmazsınız!..."

« İşte öyle geçirdim lafı, ben, anasına! Diyorum ya sana, epeydir ona ağzının payını vermek için can atıyordum diye, üstelik o da kaşınıyordu yani... Ama her şey bir tarafa bu öncelikle bana bayağı iyi geldi... Sanki içine sıkıştığım bu durumdan beni kurtardı... Ne var ki kartaloz da sanki bu fırsatı kolluyor, benim bayramlık ağzımı açmamı bekliyormuş o da bana bildiği tüm küfürleri sıralamak için! O da öyle bir kustu zehrini, hem de haddinden fazlasını. "Hırsız! Miskin! diye canıma okuyordu... Bir mesleğiniz bile yok sizin!... Neredeyse bir yıldır size ben bakıyorum kızımla birlikte!... İşe yaramaz serseri!... Pezevenk!..." Gözünde canlandırabiliyor musun? Tam bir aile facİası... Derken önce şöyle bir iyice düşündü, sonra da alçak sesle söyleyiverdi, ama biliyor musun öyle bir söyledi ki, tam üstüne basa basa, canı yürekten: "Katil!... Katil!" diye seslendi bana. Bende de heves diye bir şey kalmadı haliyle.

« Kız ise bunları izlerken anasını oracıkta haklamamdan korkuyor gibiydi. Aramıza attı kendini. Kendi eliyle anasının ağzını kapadı. İyi de etti. Demek başından beri ağız birliği etmiş kartalozlar! diyordum kendi kendime. Apaçık. Neyse, görmezden geldim... Şiddetin sırası değildi... Kaldı ki hemfikir olmalarını hiç iplemiyordum aslına bakarsan... İyice eteklerindeki taşları döktükten sonra beni artık rahat bırakacaklarını sanırsın değil mi?... Nerede o günler! Hadi canım sen de! Ne mal olduklarını bilmezmişiz gibi... Kız yine aşka geldi. Hem yüreği hem de götü kalkmıştı... İyice coştu...

« — Seni seviyorum Léon, görmüyor musun seni sevdiğimi, Léon...

« Başka bir şey bilmiyordu, o "seni seviyorum"unun dışında. Sanki her derde devaymış gibi.

« — Onu hâlâ mı seviyorsun? diye giriyordu devreye bunu duyan anası. İşe yaramaz serserinin teki olduğunu görmüyor musun onun? Ciğeri beş para etmez? Sayemizde gözlerine kavuştu ya, şimdi kim bilir seni ne kadar çok mutsuz edecektir o, kızım! Bak bunu nah şuraya yazıyorum! Bizzat, annen olarak!...

« Sahnenin sonunda herkes ağlamaya başlamıştı, ben bile çünkü bu iki kaltakla aramı iyiden iyiye bozmak istemiyordum, her şeye rağmen köprüleri tamamen atmak istemiyordum.

« Aradan sıyrılmayı başarmıştım, ama birbirimize o kadar çok laf etmiştik ki artık bu yüzleşmeyi daha fazla kaldıramazdık. Yine de haftalarca sudan nedenlerle didişerek, günler ve özellikle de geceler boyu birbirimizi gözetleyerek uzadı gitti.

« Ayrılmaya bir türlü cesaret edemiyorduk, ama artık tadımız tuzumuz da kalmamıştı. Bizi bir arada tutan daha çok endişelerimizdi.

« "Bi başkasını mı seviyorsun yoksa? diye soruyordu Madelon bana, durup durup.

« — Nereden çıktı bu şimdi! diye yatıştırmaya çalışıyordum ben de onu. Yok canım!" Ama bana inanmadığı besbelliydi.

Onun gözünde, insan hayatta ille de birini sevmeliydi ve onunla yetinmeliydi.

« "Söylesene bana, diye yanıt veriyordum ona, ne yapayım ben başka bir kadını?" Ama aşk onun saplantısıydı. Onu sakinleştirmek için daha ne demem gerektiğini bilemiyordum. Daha önce aklımdan dahi geçmemiş şeyleri kurcalıyordu. Kafasının içinde böyle şeyler sakladığını hiç düşünmezdim.

« "Kalbimi çaldın sen benim, Léon! diye suçluyordu beni, hem de ciddi ciddi. Demek gitmek istiyorsun! diye tehdit ediyordu. Git o zaman! Ama seni uyarıyorum Léon ben de o zaman kahrımdan ölürüm!..." Ben mi onun kahrından ölümüne neden olacaktım yani? Ne anlamı vardı şimdi bunların ha? Söylesene? "Olur mu canım, neden ölesin!" diye yatıştırıyordum onu. Her şeyden önce ben senin hiçbir şeyini çalmadım bir kere! Sana çocuk bile yaptırmadım yahu! Düşün bir hele! Sana hastalık da bulaştırmadım? Öyle değil mi? Eee? Tek istediğim şey çekip gitmek, o kadar! Farz et ki tatile çıkıyorum... Bunda anlamayacak ne var... Biraz makul olmaya çalış..." Ama kendi bakış açımı ona ne kadar çok açıklarsam o kadar az beğeniyordu benim o bakış açımı. Yani birbirimizi artık hiç anlayamıyorduk. Gerçekten de düşündüğümü olduğu gibi söylemiş olabileceğim, bunun gerçeğin ta kendisi olduğu, yalın ve içten olduğu düşüncesi onu deli ediyordu.

« Üstelik beni çekip gitmeye teşvik edenin de sen olduğunu düşünüyordu... Beni kendi duygularımdan utandırarak tutamayacağını anlayınca da başka bir yöntemle tutmaya kalkıştı.

« — Sakın sanmayasın ki Léon, sana şu mahzen işlerinden dolayı bağlandım!... Para benim pek de umurumda değil aslında... Benim esas istediğim şey, Léon, seninle beraber olmak... Mutlu olmak... O kadar... Bu da gayet doğal... Beni terk etmeni istemiyorum... Bizim birbirimizi sevmiş olduğumuz kadar sevdikten sonra ayrılmak dayanılmaz bir şey... Bari söz ver bana, çok uzun süreliğine gitmeyeceğine söz ver Léon?...

« Kızın bu krizi bu şekilde haftalarca sürdü. Âşık olmasına sırılsıklam âşıktı ve insanı iyice bayıyordu yani... Her akşam o aşk çılgınlığına başlıyordu yine. Sonunda, mahzeni annesine emanet etmemize razı oldu, ama ikimiz birlikte Paris'e gidip iş aramamız koşuluyla... Hiç ayrılmamacasına!... İşe bakar mısın!... Her şeyi anlayışla karşılamaya hazırdı, benim yalnız başıma kendi yolumdan gitmem ve onun da kendi yoluna gitmesi hariç... Bu konuda yapacak bir şey yoktu... Bu durumda o bu konuda ne kadar ısrarlı olursa beni de bir o kadar sinir ediyordu, haliyle!

« Onu makul olmaya zorlamaya çalışmanın bir anlamı yoktu. Bunun boşa zaman harcamak olduğunu, bir bağnazlıkla karşı karşıya olduğumu deneye deneye anlamıştım artık, üstelik bu onun daha bile fazla kudurmasına neden oluyordu. O zaman benim de onun o aşkından, öyle diyordu ya hani, kurtulmak için değişik numaralar icat etmem gerekti... Ona zaman zaman aklımı kaçırdığımı anlatıp onu korkutma fikri de böyle doğdu işte... Delilik nöbetlerine tutulduğumu falan... Hiç beklenmedik anlarda... Bana ters ters baktı, bir tuhaf... Bunun yine bir palavra olup olmadığından emin değildi... Ancak yine de ona daha evvel anlatmış olduğum maceralar yüzünden, bir de beni etkilemiş olan savaş yüzünden, sonra özellikle de Henrouille anayla olan o son numara ve ona karşı davranışlarımdaki garip ve ani değişim nedeniyle şöyle bir durup düşünme ihtiyacını hissetti...

« Bir haftadan fazla sürdü düşünmesi ve bu süre zarfında beni bayağı rahat bıraktı... Bu nöbetlerim konusunda anasına da bir şeyler çıtlatmış olsa gerekti... Öyle ya da böyle beni tutma konusunda o kadar ısrarlı değillerdi artık... "Tamam oldu işte diyordum kendi kendime, kurtulduk! Artık özgürüm..." Daha şimdiden kendimi rahat rahat, Paris taraflarına tüyerken düşleyebiliyordum, ortalığı kırıp dökmeden!... Ama dur! İşimi sağlama alayım derken bu sefer de ölçüyü kaçırdım... İnce ayara kalkıştım... Söylediğimin doğru olduğunu onlara kesinkes kanıtlayabilmek için en baba numarayı bulduğumu sandım... Gerçekten de eşref saatim geldiğinde tam bir kafadan çatlak olduğuma inansınlar diye... "Dokun bak! dedim ona bir akşam, yani Madelon'a. Bak dokun, kafamın arkasındaki şişi hissediyor musun! Üstündeki yara izini de hissediyorsun dimi, şişliğin de bayağı iri olduğunu..."

« İyice elleyince, o kafamın arkasındaki şişi, bu onu öyle bir duygulandırdı ki anlatamam... Bu onu hiç iğrendirmediği gibi, aksine çok daha fazla tahrik etmez mi şimdi, al başına!... "Flandres bölgesinde oramdan yaralanmıştım. Kafa tasımı delip tam oradan ameliyat ettiler beni..." diye ısrar ediyordum ben de.

« — Ah! Léon! diye hopladı birden şişliği hissedince, senden çok özür dilerim, Léoncuğum benim!... Şimdiye kadar sana inanmıyordum, ama artık tüm kalbimle senden özür diliyorum! Şimdi anlıyorum işte! Sana karşı çok kötü davranmışım! Öyle! öyle! Léon, korkunç bir davranış sergilemişim!... Bir daha asla sana kötü davranmayacağım! Söz veriyorum! Kendimi affettirmek istiyorum Léon! Derhal! Benim kendimi affettirmeme engel olma sakın, ne olur?... Sana o mutluluğunu yeniden vereceğim! Sana iyi bakacağım, gör bak! Yarından tezi yok! Artık sana karşı daima çok sabırlı davranacağım! O kadar sevecen olacağım ki! Göreceksin Léon! Seni öylesine iyi anlayacağım ki artık benden vazgeçemeyeceksin! Sana tüm kalbimi yeniden veriyorum, ben tümüyle seninim!... Her şeyimle! Tüm hayatım senin olsun Léon! Ama en azından beni affettiğini söyle bana ne olur, affettin dimi Léon?...

« Hiç öyle bir şey söylememiştim ki, ben, hiç. Her şeyi o söylemişti, öyle olunca da, kendi kendine hem sorup hem cevap vermesi kolaydı tabii... Onu durdurmak için ne yapmalıydım ki?

« Yara izimi ve şişimi ellemek onu sanki bir anda aşk sarhoşu yapmıştı! Kafamı yeniden ellerinin arasına almak istiyordu, bir daha bırakmamak ve beni Sonsuz'a dek mutlu kılmak istiyordu, ben istesem de istemesem de! O sahneden itibaren artık anasının bana saldırmasına hiç izin vermedi. Ağzını bile açtırtmıyordu, Madelon, anasına. Tanınmaz hale gelmişti, beni canı pahasına savunmaya kararlıydı!

« Bunun bir son bulması gerekiyordu! Dost kalarak ayrılmamızı tercih ederdim elbette... Ama artık bunu denemenin bile âlemi yoktu... Aşktan yerinde duramıyordu ve bayağı da inatçıydı. Bir sabah, ikisi birlikte alışverişe çıktıklarında, ana kız, ben de senin yaptığını yaptım, kendime küçük bir bohça hazırladım ve usulca sıvıştım... Bundan sonra artık yeterince sabırlı davranmadığımı söyleyemezsin herhalde?... Ama diyorum ya işte, o noktadan sonra ne yapsam faydası yoktu... Artık her şeyi biliyorsun... Bu haspanın yapmayacağı şey yok dediğimde, her an burada bile gelip beni bulabileceğini ve üstüme düşebileceğini söylediğimde, artık bana dönüp de rüya gördüğümü söylemezsin umarım! Ben ne dediğimi biliyorum! Ben onun ne mal olduğunu da biliyorum! Ayrıca bana kalırsa beni şimdiden delilerle bir bakıma içeri tıkılmış halde bulursa daha rahat ederiz... Öyle olunca artık hiçbir şeye kafası basmayanları oynamak benim için çok daha kolay olur... Ona, işte böylesi gerek... Anlamazdan gelmek... »

İki üç ay önce olsaydı Robinson'un bana bütün bu anlattıkları hâlâ ilgimi çekebilirdi, ama sanki bir anda yaşlanmış gibiydim.

Aslında, giderek Baryton'a benzemeye başlamıştım, hiç iplemiyordum. Toulouse macerasıyla ilgili Robinson'un bütün bu anlattıkları benim için canlı, elle tutulur bir tehlike oluşturmuyordu, onun o meseleleriyle ne kadar ilgilenmeye çalışırsam çalışayım, onun o meseleleri çoktan rafa kalkmış gibi duruyordu. Ne dersek diyelim, ne iddia edersek edelim, dünya gerçekten çekip gitmeden çok öncesinde terk ediyor bizleri.

Daha önce en çok meraklısı olduğumuz şeylerden, günün birinde artık gitgide daha az söz eder oluveririz, ille de konuşmak gerektiğinde de zorlanırız. Hep kendi sesimizi duymaktan gına gelmiştir... Kısa keseriz... Vazgeçeriz... Otuz yıldır konuşup duruyoruzdur zaten... Haklı çıkmayı bile umursamamaya başlarız. Zevkler arasında kendimize ayırdığımız o küçük yeri bile koruma arzusunu yitiririz... Kendimizden iğreniriz... Azıcık karnını doyurmak, birazcık ısınmak ve hiçbir yere varmayan yolda giderken mümkün olduğu kadar çok uyuyabilmek artık yetiyor da artıyordur bile. Yeniden bir şeylere ilgi duymak için başkalarının önünde takınacak yeni surat ifadeleri bulmak gerek... Ancak artık repertuarımızı değiştirecek gücümüz kalmamıştır. Eveleyip geveleriz. Onların, yani dostların arasında kalabilmek için bin türlü numara ve bahane ararız, ancak ölüm de artık buradadır, leş kokulu, yanı başımızda, artık daima orada kalacaktır, bir el pişpirik kadar bile gizemi kalmamış olacaktır. Gözümüzde bir anlam ifade etmeye devam eden tek şey olarak ufak tefek üzüntülerimiz kalmıştır, sözgelimi o küçük şarkısı bir Şubat akşamı ebediyen susan Bois-Colombes'daki ihtiyar amcamızı henüz sağken ziyaret etmeye bir türlü zaman ayıramamış olmanın üzüntüsü. Yaşamdan geriye sakladığımız bir bu kalmıştır. Yani bu ufacık korkunç pişmanlık, gerisini ise, az çok yolda kusmuşuzdur, epey çabalayarak ve zorlanarak da olsa. Artık kimsenin geçmediği bir sokağın köşesindeki eski püskü bir anı fenerine dönüşmüşüzdür.

Madem canımız sıkılacak, bunu oldu olacak, mümkün olan en az yorucu yöntemle, yani yine de gayet düzenli alışkanlıklarla yapmakta yarar vardır. Müessesede her şeyin saat onda yatakta olması konusunda çok titizdim. Işıkları ben söndürüyordum. İşler kendiliğinden düzene giriyordu.

Zaten öyle pek de düş gücü harcamamıza gerek kalmadı. Baryton'un geliştirdiği "Geri zekâlılar sinemaya" sistemi bizi yeterince oyalıyordu. Müessese artık pek fazla tasarruf edemiyordu. İsraf, diyorduk kendi kendimize, patron için ciddi bir endişe kaynağı olduğuna göre, belki de onu geri gelmeye teşvik eder.

Robinson'un yazın bahçede hastalarımızı dans ettirebilmesi için bir akordeon satın almıştık. Vigny'de hastaları sabah akşam oyalamak kolay değildi. Onları her dakika kiliseye de yollayamazdık ki, orada canları fazla sıkılıyordu.

Toulouse'dan bir daha asla haber alamadık, Peder Protiste bir daha asla beni görmeye gelmedi. Tımarhane'deki yaşantımız tekdüze, kaçamak bir biçimde hizaya giriyordu. Manevi olarak, içimiz rahat değildi. Fazla sayıda hayalet vardı, ortalıkta.

Yine aylar geçti. Robinson yeniden sağlıklı bir görünüme kavuşuyordu. Paskalya'da, delilerimiz biraz ortalığı birbirine kattılar, açık renkli şık giysili kadınlar bahçelerimizin önünden geçiyorlardı, bir o yana bir bu yana. Erken bahar. Bol miktarda bromür*.

"Tarapout"da benim figüranlık yaptığım dönemden bu yana personel birkaç kez yenilenmişti. Küçük İngiliz kızlar iyice uzaklara kaçmıştı, bana söylenen oydu, Avustralya'ya. Onları bir daha asla göremeyecektik...

* Potasyum bromür güçlü bir müsekkindir.

Tania'yla yaşadıklarımdan sonra kulislere girmemi yasaklamışlardı. Israr etmedim.

Sağa sola her tarafa ve özellikle de Kuzey ülkelerinin konsolosluklarına mektuplar yazmaya koyulduk, Baryton'un olası geçişleri hakkında ipucu toplayabilmek amacıyla. Onlardan dişe dokunur hiçbir yanıt alamadık.

Parapine benim yanımda teknik hizmetlerini sessizce ve telaşlanmadan sunmaya devam ediyordu. Yirmi dört ayda, toplam yirmi cümleden fazlası çıkmamıştı ağzından. Günlük gelişmelerin gerektirdiği ufak tefek idari ve maddi düzenlemeleri hemen hemen tek başıma kararlaştırmak zorunda kalıyordum. Ara sıra çuvalladığım oluyordu. Parapine bunları asla yüzüme vurmuyordu. Karşılıklı kayıtsızlık sayesinde anlaşıyorduk. Kaldı ki yeterli sayıda bir hasta akışı kurumumuzun maddi gereksinimlerini karşılamaya yetiyordu. Kira ve erzak ödendikten sonra, yaşamamıza rahatlıkla yetecek para kalıyordu, Aimée'nin teyzesine nafaka da düzenli olarak ödendikten sonra, elbette.

Robinson'u artık geldiği döneme kıyasla çok daha az endişeli buluyordum. Yüzüne gözüne renk gelmişti ve üç kilo almıştı. Sonuç olarak, göründüğü kadarıyla, ailelerde küçük deliler var olmaya devam ettiği sürece, insanlar ellerinin altında olmamızdan pek hoşnut kalacaklardı, başkente bayağı yakın bir yerde bulunmamız da çok pratikti doğrusu. Bahçemiz bile tek başına ziyarete değerdi. Paris'ten özel olarak güzel yaz günlerinde gül koruluklarımızı ve sepetlerimizi hayran hayran gezmeye gelenler vardı.

Madelon'u ilk kez görür gibi olmam, Haziran ayının Pazar günlerinden birine rastlamıştı, bir grup ziyaretçinin ortasında, tam parmaklıkların önünde, bir an için kımıldamadan duruyor gibi gelmişti bana.

Önceleri onu ürkütmemek için bu görüntüden Robinson'a söz etmek istemedim, sonra yine de, iyice bir düşünüp taşınıp, birkaç gün sonra, ona alışkanlık haline getirdiği, civarlarda öylesine yaptığı o gezintilerden artık vazgeçip, en azından bir süreliğine, fazla uzaklaşmamasını tembih ettim. Bu öğüt onu tedirgin etti. Ancak önünü arkasını öğrenmek için ısrar etmedi. Temmuz sonuna doğru, Baryton'dan bir iki kartpostal aldık, bu kez de Finlandiya'dan. Bu bizi mutlu etti etmesine, ama bize dönüşünden hiç söz etmiyordu Baryton, yalnızca bize bir kez daha "İyi şanslar" ve bin türlü dostça şey dilemekle yetiniyordu.

İki ayımız daha bizlerden uzaklaşıp gidiverdi, bunları başkaları da izledi... Yazın kalkan tozlar yeniden yolların üstüne indi. Ruh hastalarımızdan biri, Azizler Yortusu* civarlarında, Enstitümüzün önünde küçük bir olay yarattı. Daha önceleri pek sakin ve ağırbaşlı olan bu hastamıza, Azizler Yortusu'nda ölüler etrafında kopan bu kıyamet fazla gelmişti. Zamanında davranarak, penceresine çıkıp, artık bir daha asla ölmek istemediğini haykırmasını engelleyemedik... Gezmeye çıkanlar onu çok eğlendirici bula bula bir hal olmuşlardı... Bu itiş kakış sırasında bir kez daha, ama bu sefer ilkinden çok daha net bir şekilde, tam aynı yerde, parmaklıkların önünde, bir grubun ilk sırasında Madelon'u tanıdığım hissine kapıldım, çok sevimsiz bir histi bu.

Ertesi gece, endişeyle uyandım, gördüklerimi unutmaya çalışıyordum, ama tüm bu unutma çabalarım boşa gitti. Uykuya dalmaya çalışmaktan vazgeçmek daha hayırlı olacaktı.

Çok uzun zaman geçmişti, Rancy'ye dönmeyeli. Madem kâbus şu ya da bu şekilde peşime düşecek, oldu olacak oralara kadar bir uzansam daha mı iyi olur acaba, diye düşünmeye koyuldum, tüm felaketler, er ya da geç, oradan geliyordu nasıl olsa... Geride az mı kâbus bırakmıştım ben... Onlarla yüzleşmeye gitmek, bir bakıma tedbirli davranmak olarak da değerlendirilebilirdi... Vigny'den gelirken, en kestirme yol, Rancy için, rıhtımdan Gennevilliers köprüsüne kadar ilerlemekti, hani o Sen nehri üzerine uzanmış, yamyassı olan. Nehrin yavaş yavaş dağılan sisleri suyun hizasında yırtılır, acele etmeye başlar, geçerler, ileriye doğru fırlarlar, sendelerler ve gidip korkuluğun ötesinde asitli gaz lambalarının çevresine düşerler. Soldaki büyük traktör fabrikası kocaman bir gece parçasının arkasına saklanır. İçin için onu yakan ve asla bitmeyen ruhsuz bir yangın pencerelerini açık tutar. Fabrikayı geçince, rıhtımda yalnız kalırsınız... Ancak kaybolmak olanaksızdır... Aşağı yukarı gelmiş olduğunuzu yorulmuş olmanızdan anlarsınız.

* Azizler Yortusu (Toussaint): 1 Kasım'da kutlanır ve Hıristiyan aileler bu vesileyle mezarlığa gidip ölmüşlerini anarlar.

O zaman da Bournaires sokağından yine sola döndükten sonra kısa sürede oraya varırsınız. Hemzemin geçidin sürekli yanan fenerinin kırmızı yeşil ışıkları sayesinde yolunuzu bulmakta zorlanmazsınız.

Ben, zifiri karanlıkta bile, hiç şaşmadan gözlerim kapalı bulurdum Henrouille'ların evini. Sık sık gitmişliğim vardı oraya, bir zamanlar...

Ancak o akşam, tam kapılarının önüne vardığımda, ilerleyeceğime düşünmeye koyuldum...

O koca müstakil evde artık yapayalnız oturuyordu kız, diye düşünüyordum... Hepsi de ölmüştü, hepsi... İhtiyar kaynanasının Toulouse'da nasıl can verdiğini öğrenmiş olsa gerekti ya da en azından tahmin etmiştir... Neler hissetmişti acaba?

Kaldırımın sokak lambası cam sundurmaya beyaz bir görüntü kazandırıyordu, sanki basamakların üstü kar kaplıymış gibi. Orada, sokağın köşesinde, kalakaldım öylece, seyretmekle yetindim, uzunca bir süre. Gidip kapıyı çalabilirdim elbette. Açmazlık etmezdi de. Ne de olsa, küs değildik. Beklemeye koyulduğum yerde dondurucu bir soğuk vardı...

Sokağın sonunda yine bir su birikintisi vardı, benim zamanımdaki gibi. Tamirat yapılacağı vaat edilmiş, çalışmalar bir türlü başlamamıştı... Artık buradan kimse geçmiyordu ki.

Ondan korkuyor değildim, Henrouille'ların gelininden yani. Hayır. Ama birden, şu an, onu yeniden görme isteğimi yitirmiştim. Onu yeniden görmeye kalkışmakla hata etmiştim. Orada, evinin önündeyken, artık ondan öğrenebileceğim bir şey kalmadığını fark etmiştim... Hatta şimdi benimle konuşması sıkıcı bile olurdu, işte bu kadar. Artık birbirimiz için ifade ettiğimiz şey bundan ibaret olmuştu.

Artık gecenin içinde ondan çok daha öteye varmıştım, hatta ölmüş olan ihtiyar Henrouille'dan bile daha ilerideydim... Artık hep beraber değildik... Yollarımız temelli olarak ayrılmıştı... Yalnızca ölüm değildi bizi ayıran, yaşam da ayırıyordu... Olayların akışının sonucuydu bu... Her koyun kendi bacağından asılır! diyordum kendi kendime... Ve ben de kendi yoluma devam ettim, Vigny'ye doğru.

Bundan sonrası için gelin Henrouille beni izleyecek kadar

eğitim görmüş değildi... Karakter sahibiydi, bak o doğru... Ama eğitimli değildi! Zurnanın zırt dediği yer de buydu işte. Eğitim görmemişti! Eğitim çok temel bir unsurdur! Dolayısıyla artık ne beni anlayabilirdi, ne de çevremizde olup biteni, istediği kadar nobran ve inatçı olsun... Bu yetmez... Diğerlerinden daha öteye gidebilmek için biraz da yürek ve bilgi gerek... Sen nehrine doğru dönebilmek için Sanzillons sokağına daldım sonra da Vassou çıkmazına. Hallolmuştu, o iç sıkıntım! Neredeyse halimden memnundum! Gelin Henrouille cephesinde ısrar etmenin bir anlamı olmadığının farkına varabildiğim için kendimle gurur duyuyordum, nobran karıyı nihayet yolda ekebilmiştim!... Ne parçaydı ama! Kendi çapımızda yakınlık kurmuştuk... Bir zamanlar birbirimizin dilinden iyi anlamıştık gelin Henrouille'la... Epey uzunca bir süre... Ama artık, benim için yeterince aşağılarda değildi, daha fazla inemezdi... Bana yetişemezdi... Bunun için yeterli eğitime ve güce sahip değildi. İnsan yaşamda yükselmez, alçalır. O artık daha fazlasını yapamayacaktı. Benim bulunduğum seviyeye kadar inemeyecekti... Benim çevremde onun dayanamayacağı kadar yoğun bir gece vardı.

Bébert'in teyzesinin kapıcılık yapmış olduğu binanın önünden geçerken de, içeri girmek geçti içimden, sırf artık o kapıcı dairesinde kimlerin oturduğunu görmek için, hani o bir zamanlar Bébert'i tedavi etmiş olduğum ve onun da oradan göçüp gitmiş olduğu yer. Yatağın üstündeki o okul önlüklü fotoğrafı belki de hâlâ yerinde duruyordur... Ama insanları uyandırmak için saat çok geçti. Kendimi tanıtmadan geçip gittim...

Az ötede, La Liberté mahallesinde, eskici Bézin'in dükkânında hâlâ ışık olduğunu gördüm... Beklemiyordum doğrusu... Ancak yalnızca tezgâhın ortasında tek bir ufacık gaz lambası yanıyordu. O, yani Bézin, kahveden kahveye dolaşan ve Bit Pazarı'ndan Porte Maillot'ya kadar herkesin tanıdığı bir şahsiyet olarak yörenin tüm girdisini çıktısını, havadislerini bilirdi.

Uyanıksa eğer bana bir sürü şey anlatabilirdi. Kapısını ittim. Zili çaldı, ama kimseden ses seda çıkmadı. Dükkânın dip tarafında yattığını biliyordum, daha doğrusu yemek odasında yatıp kalkıyordu... Gerçekten de oradaydı, karanlıkta, kafası masanın üstünde, kollarının arasında, eğri bir şekilde oturmuştu onu bekleyen soğuk bir kap yemeğin yanında, mercimek yemeği. Yemek yemeye başlamış, ama girer girmez uykuya yenik düşmüştü anlaşılan. Bayağı horluyordu. İçki de içmişti besbelli. Hangi gün olduğunu gayet iyi anımsıyorum, bir Perşembe günüydü, Porte des Lilas'da semt pazarının kurulduğu gün... Yerde ayaklarının dibinde bir "bohça" dolusu kelepir mal duruyordu hâlâ.

Bézin'i severdim, iyi çocuktu bence, diğerlerinden daha tiksindirici değil yani. Söyleyecek bir şey yok. Pek uyumluydu, gıcık değildi. Şimdi sırf meraktan, soracağım ufak tefek sorular için onu uyandıracak halim yoktu doğrusu... Bu durumda, gaz lambasını söndürdükten sonra çekip gittim.

O bir nevi ticarethanesinde, başının çaresine bakmakta zorlanıyordu, elbette. Öte yandan, o hiç olmazsa uykuya dalmakta güçlük çekmiyordu.

Vigny taraflarına dönerken ne de olsa biraz hüzünlüydüm, tüm bu insanların, bu evlerin, bu pis ve ruhsuz nesnelerin artık eskisi gibi, doğrudan yüreğime hitap ederek, bana bir şey ifade etmediklerini düşünüyordum, ayrıca benim de, ne kadar zıpır görünmeye çalışırsam çalışayım, yeterli gücüm kalmamış olabilirdi, bunu hissediyordum, yani daha da öteye gidecek kadar, böyle, tek başıma.

Vigny'de, yemekler için, Baryton döneminin âdetlerini bozmamıştık, yani yine hep birlikte sofrada buluşuyorduk, ama artık kapıcı dairesinin üstündeki bilardo salonunu yeğliyorduk. Burası, hâlâ İngiliz sohbetlerinin tatsız anılarını canlı tutma özelliğine sahip gerçek yemek odasından çok daha samimiydi. Üstelik, yemek odasında bir de gözümüze batan o süslü mobilyalar duruyordu, opalin camekânlı gerçek "1900"ler.

Bilardo odasından bakınca, sokakta olup biten her şeyi görmek mümkündü. İşe yarar bir özellik. Pazar günleri bu odadan hiç çıkmadığımız oluyordu. Konuk olarak kimi zaman civardan hekimler ağırlıyorduk, ordan burdan, ama soframızın müdavimi daha çok Gustave'dı, trafik polisi. O, açıkça söylemek gerekirse, hiç aksatmıyordu. Onunla, beldenin girişindeki dört yol ağzında, Pazar günleri, trafiği düzenleme görevini yerine getirişini izlerken, öylesine, pencereden tanışmıştık. Arabalarla başa çıkmakta zorlanıyordu. Önceleri bir iki merhabalaşmıştık, derken Pazar'dan Pazar'a bayağı ahbap olmuştuk. Şehre indiğimde, sırasıyla, iki oğlunu da tedavi etmişliğim vardı, kızamık ve kabakulak yüzünden. Bize yürekten bağlıydı, Gustave Mandamour'du adı, Cantal yöresinden. Onunla sohbet etmek biraz eziyetliydi, çünkü kelimeleri telaffuz etmekte zorlanıyordu. Aradığı kelimeleri bulmasına buluyordu, ama onlar daha çok ağzının içinde kalıyor, bir türlü dışarıya çıkamıyordu, uğultu gibi.

Bir akşam Robinson onu bilardo oynamaya davet etti, öylesine, sanırım daha çok şaka yolluydu. Ancak doğası gereği, bir işe başladı mı arkasını getirirdi, öyle olunca da o gün bugün düzenli olarak gelmeyi âdet edinmişti Gustave, her akşam, aynı saatte, sekizde. Bizimle olmaktan mutluydu Gustave, kahvedekinden çok daha fazla, kendi söylüyordu bunu, müdavimler arasında sıkça çığırından çıkan siyasi tartışmalar yüzünden. Bizlerse, asla siyaset tartışmazdık. Gustave'ın konumunda biri için siyaset hassas bir konuydu. Kahvede bu yüzden başı derde girmişti. Esasen siyasi konulara girmemesi gerekiyordu, özellikle de içkiyi biraz fazla kaçırdığında, ki o da hiç olmuyor değildi. Hatta kafayı çekme âdeti yüzünden mimlenmişti, onun zaafı da buydu. Oysa bizimle beraberken her bakımdan güvende sayılırdı. Bunu kendi de kabul ediyordu. Biz içki içmezdik. Müessesedeyken dilediği gibi davranabiliyordu, bunun bir zararı yoktu. Güven içinde geliyordu.

Şöyle bir nereden nereye geldiğimizi düşündüğümüzde, Parapine'le ben, hele Baryton'un müessesesinde payımıza düşen konuma bakınca, halimize bayağı şükrediyorduk ve bunda haklıydık da doğrusu, çünkü sonuç olarak bir bakıma mucizevi bir şekilde başımıza devlet kuşu konmuştu ve gerek saygınlık açısından gerek maddi refah açısından isteyebileceğimiz her şeye sahiptik.

Ancak ben, başından beri bu mucizenin sürüp gitmeyeceğini tahmin ediyordum. Geçmişte de her türlü terslik hep beni bulurdu ve bu özellik daha şimdiden Kader'in geğirmeleri gibi derinlerden yukarıya tırmanmaya başlamıştı. Vigny'ye ilk geldiğimiz sıralarda bile son derece tehdit edici ve kuşkulu bulduğum üç tane imzasız mektup almıştım. Ondan sonra da her biri bir o kadar zehir kusan daha niceleri. Şurası açık ki Vigny'de bize sık sık imzasız mektuplar gelirdi ve bunları genelde pek de ciddiye almazdık. Bunlar çoğu kez taburcu olduktan sonra kötülük görme sanrıları depreşen eski hastalarımızdan geliyordu.

Ancak bu son mektuplar, üslupları, beni çok daha fazla endişelendiriyordu, diğerlerinden çok farklıydılar, suçlamaları gitgide daha belirginleşiyordu, üstelik daima bir tek Robinson'la beni hedef alıyorlardı. Açıkça söylemek gerekirse aramızda o biçim ilişki kurmakla suçlanıyorduk. Çok aşağılık bir varsayımdı bu. Önceleri ona bundan söz etme düşüncesi bile canımı sıkıyordu, ama baktım ki olacak gibi değil, ha bire benzer tarzda yeni mektuplar geliyor, konuyu ona da açmak zorunda kaldım. Birlikte, bu mektupların bize kim tarafından yollanmış olabileceğini araştırmaya koyulduk. Ortak tanıdıklarımız arasında bu işi yapabilecek kişileri şöyle bir gözden geçirdik. Bulamıyorduk.

Zaten böyle bir suçlamanın iler tutar tarafı da yoktu. Ters ilişkiler hiç de benim tarzım değildi, Robinson'a gelince, o zaten cinsellikle ilgili şeyleri hiç takmıyordu, ne o yönden ne bu yönden. Onun bir derdi varsa eğer bu kesinlikle belden aşağısıyla ilgili değildi. Dolayısıyla bu tarz pislikler olsa olsa kıskanç bir kadının düş gücünün ürünü olabilirdi ancak.

Özet olarak ta Vigny'lere kadar bu derece tiksindirici icatlarla peşimize düşebilecek tıynette Madelon'dan başka hiç kimseyi tanımıyorduk. O dalgalarını yazıp yazmaması umurumda değildi, ancak tek korktuğum şey, hiç yanıt vermeyişimize bozulup zıvanadan çıkarak, er geç, şahsen, buralara kadar gelip kapıya dayanması, müessesede olay çıkarmasıydı. Beterin beterine hazırlıklı olmak gerekiyordu.

Böylece birkaç hafta boyunca her kapı çalındığında yüreğimiz ağzımıza geldi. Gelenin Madelon olmasından korkuyordum ya da daha kötüsü, Savcılık.

Memur Mandamour kâğıt oynamaya ne vakit her zamankinden erken gelse, bel kayışındaki heybeden bir celp çıkacak mı diye meraklanıyordum, ancak o dönem Mandamour hâlâ olabildiğince kibar ve yatıştırıcıydı. Daha sonraları başladı o da ciddi ciddi değişmeye. O zamanlar hemen her gün her türlü oyundan yenik kalkıyor ve bunu olgunlukla karşılıyordu. Gerçi daha sonra huyu değiştiyse de, bunun esas sorumlusu da bizdik.

Bir akşam, iskambil oyununda neden hep kaybettiğini sordum ona, maksat bir fikir edinmek, aslında bunu ona, yani Mandamour'a sormak için geçerli bir nedenim de yoktu, sırf merak işte, ille de her şeyin nedenini, niçinini öğrenme takıntısı. Üstelik para karşılığında da oynamıyorduk! Onun şanssızlığını tartışalım derken, yanına iyice sokuldum ve onu yakından inceleyince, ileri derecede presbit olduğunu fark ettim. Aslında, hele o bulunduğumuz odadaki ışıklandırmayla, elindeki iskambillerdeki sinekle karoyu bile zor ayırt edebiliyordu. Bu böyle devam edemezdi.

Ona güzel bir çift gözlük hediye ederek bu sakatlığını bir düzene soktum. Başlangıçta gözlüklerini denemekten çok mutluydu, ama bu uzun sürmedi. Kâğıt oyununda giderek daha başarılı olduğu için, gözlükleri sayesinde, eskisi kadar sık kaybetmiyordu artık ve hatta bundan böyle hiç kaybetmemeyi kafaya taktı. Tabii bu mümkün değildi, o da hile yapmaya başladı. Hile yapmasına rağmen kaybettiğinde de bize saatlerce küsüyordu. Özetle, çekilmez olmuştu.

Kahrolmuştum, artık olur olmaz şeylere alınır olmuştu, Gustave, üstelik o da bizi gücendirmeye çalışıyordu, canımızı sıkmak, aynı zamanda kaygılandırmak istiyordu. Kaybedince, intikam alıyordu, kendi çapında... Oysa, tekrar etmekte fayda var, para için oynamıyorduk, yalnızca eğlence olsun diye, şan için... Ama o yine de kuduruyordu...

Derken, şansının yaver gitmediği bir akşam, tam kapıdan çıkarken bize şöyle seslendi: "Baylar, benden size söylemesi, ayağınızı denk alın!... Ben sizin yerinizde olsam, kimlerle düşüp kalktığıma dikkat ederdim!... Özellikle de bir esmer hatun var ki, güneşli müessesenin önünden geçip duruyor!... Bana kalırsa fazla sık geçiyor buradan!... Bir bildiği vardır herhalde!... Birinizden birine bir garezi varsa hiç şaşmam!..."

Giderayak bize işte böyle, haince, geçiriverdi, Mandamour. Ortalığı birbirine katmayı başarmıştı doğrusu!... Yine de anında kendimi toparladım. "Peki. Sağol Gustave! diye karşılık verdim hiç istifimi bozmadan... O sözünü ettiğiniz esmer kızın kim olabileceğini çıkaramadım?... Bildiğim kadarıyla, eski hastalarımız arasında, hizmetlerimizden şikâyetçi olabilecek hiçbir kadın yok... Ola ki yine yolunu şaşırmış bir zavallıdır... Buluruz onu... Neyse, haklısınız aslında, her zaman bilmekte yarar vardır... Bizi uyardığınız için bir kez daha teşekkür ederiz Gustave... İyi akşamlar!"

Robinson afallamış, sanki sandalyesine mıhlanmış gibi duruyordu. Memur gittikten sonra, bize iletmiş olduğu bu bilgiyi ele aldık, her yönüyle. Her şeye rağmen, bir başka kadın da olabilirdi, Madelon dışında... Öylesi çok vardı, gelip de Tımarhane'nin pencereleri altında dolaşan... Ama yine de bunun o olması yönünde ciddi karineler de vardı elbette ve bu kuşku haliyle ödümüzü koparmaya yetiyordu. Peki eğer bu oysa niyeti ne olabilirdi acep? Ayrıca, bu kadın Paris'te aylardır neyle geçiniyordu? Eğer eninde sonunda bizzat kapıya dayanacaksa, bir oturup düşünmek, önlem almak gerekirdi, derhal.

— Dinle beni Robinson, diyerek bir sonuca vardım ben de, karar ver, tam sırası, sonradan caymak da yok, ona göre... ne yapmak istiyorsun? Kızla beraber Toulouse'a dönmek istiyor musun?

"Hayır! dedim ya sana. Hayır, hayır, hayır!" Yanıtı buydu. Kesin.

— Pekâlâ! dedim o zaman ben de. Ama madem öyle, mademki onunla dönmek istemiyorsun, o halde, bence en iyisi, senin en azından bir süreliğine ekmek parası kazanmak için yurtdışına gitmendir. Böylece hiç olmazsa ondan kurtulmuş olursun... Ta oralara kadar peşine düşecek değil ya?... Daha gençsin... Yeniden sapasağlam oldun... Dinlendin... Cebine biraz da para koyarız ve haydi yallah!... Benim düşüncem bu! Üstelik burasının sana göre olmadığının da farkındasındır... Bu hep böyle gidecek değil ya?...

Eğer sözümü dinleseydi, o anda çekip gitseydi, bu çok işime gelir, beni çok mutlu ederdi. Ama yutmadı.

"Bana bak, sen benimle dalga mı geçiyorsun Ferdinand! diye yanıt verdi... Bu yaşta böyle laflar duymak hiç de hoş değil... Şu halime baksana yahu!..." Artık bir yere kımıldamak istemiyordu. Yollara düşmekten bıkmıştı anlaşılan.

— Şuradan şuraya dahi gitmek istemiyorum... deyip duruyordu... Ne dersen de... Ne yaparsan yap... Artık kılımı kıpırdatmam...

Benim dostluğuma böyle karşılık veriyordu işte. Oysa ben ısrar ediyordum.

— Peki, tut ki Madelon gidip seni ihbar etti, Henrouille ana meselesi için, mesela dedik?... Sen değil miydin, böyle bir şeyi yapabilecek tıynette olduğunu söyleyen...

— Başa gelen çekilir! diye yanıtladı. Elinden geleni ardına koymasın...

Böyle laflar etmesine hiç alışık değildim, çünkü eskiden, hiç de onun tarzına uygun bir şey değildi, Kadercilik...

— Bari git de kendine bu yakınlarda, bir fabrikada iş bul, böylece hiç olmazsa her dakika bizimle birlikte olmak zorunda kalmazsın... Seni almaya gelen olursa da, sana önceden haber verecek vaktimiz olur...

Parapine de benimle tamamen hemfikirdi, hatta bu vesileyle bizimle biraz konuştu bile. Belli ki bu aramızda olup bitenleri bayağı acil ve önemli buluyordu. Böylece onu, yani Robinson'u bir yerlere yerleştirmek, gizlemek için çareler aramaya koyulduk. Bu civardaki tanıdıklarımız arasında, çok kritik anlarda ona vermiş olduğumuz son derece hassas hizmetlerden ötürü kendini bize borçlu hisseden bir kaportacı vardı. Robinson'u elle boyamada kullanmak üzere bir deneme süresi için işe almayı kabul etti. İnce bir işti, çok zor değil, parası da iyi.

— Léon, dedik ona, işe başlayacağı sabah, bu yeni işinde cacıklık gibi davranma, abuk sabuk fikirlerinle sivrilik yapıp kendini mimletme... İşe saatinde git... Başkalarından önce işten ayrılma... Herkese merhaba de... Uslu dur yani. Adam gibi bir atölyedesin ve tavsiye üzerine işe alındın.

Ama yine de onu patronun özel tuvaletine girerken gören yandaki atölyeden bir ispiyoncu tarafından mimlenmişti hemencecik, kendi suçu olmadığı halde. Bu yeterli oldu. Rapor. Bozgunculuk. Kapı dışarı.

Böylece, birkaç güne kalmadan, yine bizim yanımıza gelmek zorunda kaldı Robinson, işsiz. Kader!

Sonra da neredeyse hemen o gün öksürmeye başladı. Göğsünü dinledik ve bütün sağ akciğerini kaplayan bir sürü hırıltı duyduk. Yataktan çıkmaması gerekiyordu.

Olay bir Cumartesi günü tam akşam yemeğinden önce vuku buldu, birisi giriş salonunda bizzat beni görmek istiyormuş.

Bir kadın, diye haber verdiler.

Bu oydu, armut şeklinde havalı küçük bir şapkası ve eldivenleri vardı. Gayet iyi hatırlıyorum. Girizgâha hiç gerek yoktu, tam da üstüne gelmişti. Açtım ağzımı yumdum gözümü.

— Madelon, diye hemen durdurdum onu, eğer esas görmek istediğiniz kişi Léon'sa, sizi hemen uyarıyorum, boşu boşuna ısrar etmeyin, geldiğiniz gibi gidebilirsiniz... O hasta, hem ciğerlerinden hem de aklından... Üstelik durumu epey de vahim... Onu göremezsiniz... Zaten size söyleyecek bir şeyi de yok...

— Bana da mı söyleyecek bir şeyi yok yani? diye ısrar ediyordu.

— Hayır, size bile... Hatta özellikle de size, diye ekledim.

Üsteleyecek sanıyordum. Hayır, tam önümde, orda, gözlerini üzerime dikmiş, dudaklarını büzmüş, başı hafifçe eğik, kafasını sağa sola sallayarak, beni anılarının neresinde bırakmış olduğunu çıkarmaya çalışıyordu. Artık orada değildim. Ben de anılarda yer değiştirmiştim. Karşımda bir erkek olsaydı eğer, irikıyım, bu beni ürkütebilirdi, ama ondan korkacak halim yoktu. Benim kadar güçlü kuvvetli değildi, öyle derler ya hani. Ezelden beri böyle öfke saçan bir suratı tokatlamayı istemişimdir, bu durumlarda bu öfkeli suratlar ne hale gelir diye merak etmişimdir hep. Birinin kafasında dönüp dolanan tüm o tutkuları bir anda allak bullak etmenin en iyi yolu buydu, ya da bol sıfırlı bir çek. Dalgalı bir denizde yelken açmışken yapılan hoş bir manevra kadar güzeldir bu. Karşınızdaki kişi olduğu gibi yeni bir rüzgârla eğiliverir. Bu sahneyi mutlaka görmek istiyordum.

En az yirmi yıldır içimi kemiriyordu, bu arzu. Sokakta, kahvede, az çok saldırgan, meymenetsiz, zevzek kişilerin kavga ettikleri her yerde. Ama dayak korkusundan ve özellikle de dayağa eşlik eden utanç yüzünden buna asla cesaret edemezdim. Ama bu sefer, elime geçen, önüme çıkıvermiş bu fırsat dayanılmaz ölçüde kışkırtıcıydı.

— Defolup gidiyor musun, gitmiyor musun? dedim, sırf onu biraz daha tahrik etmek, tam kıvamına getirmek için.

Onunla böyle konuşabileceğim hiç aklına gelmemişti. Sırıtmaya başladı, olabildiğince sinir bozucu bir şekilde, sanki beni pek gülünç bulup adam yerine koymazmışçasına... "Pat! Küt!" Yaradana sığınıp bir eşeği sersemletecek kadar okkalı bir çift tokat patlattım suratına.

Karşıdaki büyük pembe divanın üstüne kapaklandı, yüzü duvara dönük, başı kollarının arasında. Kesik kesik soluyor ve fazla sopa yemiş bir köpek yavrusu gibi inliyordu. Sonra, sanki şöyle bir düşündü ve birden ayağa fırladı, hafifçe, esnek bir hareketle, ardından da başını bile çevirmeden kapıdan süzülüp gözden kayboldu. Hiçbir şey görememiştim. Hadi bakalım işin gücün yoksa sil baştan.

Gelgelelim biz ne yaparsak yapalım, o hepimizi suya götürüp susuz getirebilecek çaptaydı. Nasıl mı? İşte, gidip o sevgili Robinson'unu görmeyi de başarmıştı sonunda, hem de gönlünce... Onları birlikte ilk yakalayan Parapine oldu. Doğu İstasyonu'nun karşısındaki bir kahvenin taraçasına kurulmuşlardı.

Ben zaten buluştuklarını epeydir tahmin ediyordum aslında, ancak onların o ilişkileriyle artık hiç ilgilenmiyor görünmeyi yeğlemiştim. Üstüme vazife değildi yani. Tımarhane'deki görevlerini layıkıyla yerine getiriyordu, hem de gayet başarılı bir şekilde, felçliler koğuşunda, bayağı ağır bir işti üstelik, onları iyice temizlemek, kurulamak, çamaşırlarını değiştirmek, onlarla çene çalıp salyalarıyla uğraşmak. Ondan daha fazlasını istemeye de hakkımız yoktu.

Eğer onu Paris'e alışverişe yolladığım hafta sonlarını değerlendirip biricik Madeloncuğuyla görüşmek istiyorsa bu onun bileceği işti. Gelgelelim, o tokat hadisesinden sonra biz onu, yani Madelon'u, bir daha hiç görmemiştik Vigny-sur-Seine'de. Ama sanırım o günden sonra kız Robinson'a hakkımda epey boktan şeyler anlatmış olmalıydı!

Artık Toulouse'dan bile hiç söz etmiyordum Robinson'a, sanki o olup bitenler hiç yaşanmamış gibi.

Bir altı ay böyle geçti işte, ite kaka, sonra personelde doğan bir boşluk nedeniyle, masaj işlerinden iyi anlayan bir hemşire bulmamız gerektiği ortaya çıktı, bizimki haber dahi vermeden kocaya kaçmıştı.

Bu işe bir sürü güzel kız talip oldu ve ilanımız yayınlanır yayınlanmaz Vigny'ye sökün eden her milletten bunca sağlam yapılı haspa arasından seçim yapmakta bayağı zorlandık. En sonunda Sophie adında bir Slovak kızda karar kıldık, itiraf etmek gerekirse, teninin, rahat ve sevecen duruşunun, her tarafından sağlık fışkırıyor olmasının cazibesine dayanamamıştık.

Bu Sophie çok az Fransızca biliyordu, ancak ben de kendi hesabıma, hiç gecikmeden ona dil dersleri vermeye talip oldum, asgari nezaket gereği. Üstelik onunla bu taptaze temas, bana eğitim konusunda yepyeni bir şevk verdi. Oysa Baryton beni bu işten soğutmak için elinden geleni yapmıştı. Ders almasını bilmemek diye buna denir işte! Ama o ne körpelikti öyle! Ne coşku! Ne müthiş kaslar! Ne güzel bahane! Lastik gibi! Dipdiri! İnanılmaz sürprizlerle dolu! Aşırı derece Batılı tarzdaki sohbetleri genellikle berbat eden o sahte ya da gerçek utangaçlıkların zerresi dahi lekelemiyordu bu güzelliği. Kendi hesabıma ve doğruyu söylemek gerekirse, gözümü ondan ayıramıyordum. Tek tek bütün kasları, anatomik gruplar halinde, elden geçiriyordum... Kas tepeciklerini izleyerek, karış karış... Bu yoğunlaşmış, ama aynı zamanda da ince, demetler halinde, ellediğinizde sırasıyla hem kaypak hem de her şeye elverişli zindeliğin peşinden gitmekten kendimi alamıyordum... Diri, rahat, mucizevi, kadife gibi bir cildin altında...

O inkâr edilemez, fizyolojik, kıyaslamalı, büyük ahengin, yaşayan zevklerin çağı henüz gelmedi... Beden henüz bir tanrıçadır, benim utanılası ellerim tarafından mıncıklanan... Namuslu bir adamın elleri bunlar, o meçhul papazınkiler... Önce Ahret'ten ve Kelam'dan izin almak gerek... Ne leş kokulu bir merasim merakı bu!... Görgülü erkek dediğin, işini görmeye ancak kalın bir simgeler tabakasının pisliğine bulanmış ve sapına kadar artistik dışkılarla köpüklenip korunmuş bir vaziyette gider... Ardından ne gelirse gelsin! İyi iş! Aslında bayağı tasarruf sayılmalı sadece anımsamalarla tahrik olmak... Anımsamalara sahip olabilirsiniz, satın alıp ömrü billah elde tutabilirsiniz anımsamaları, hem de en güzellerini, en muhteşemlerini... Yaşamın kendisi biraz daha karmaşıktır elbette, insan çeşitlerininki özellikle. Korkunç bir macera. Bundan daha umutsuzu zor bulunur. Bu kusursuz biçim merakının yanında, kokain alışkanlığı bile istasyon şefi avuntusu düzeyinde kalır.

Ama iyisi mi biz Sophie'mize dönelim! O nazlı, ürkek ve şüpheli müessesemizde onun varlığı bile tek başına bir pervasızlık örneği gibi duruyordu.

Bir süre birlikte yaşadıktan sonra, onun hemşirelerimiz arasında yer almasından hâlâ hoşnuttuk elbette, ancak yine de günün birinde o sonsuz önlemlerimizin dengesini altüst etmesinden ya da sadece bir sabah uyandığında bir anda bizim sefil gerçekliğimizin bilincine varmasından korkmadan da edemiyorduk...

Kokuşmuş koyuvermişliğimizin ne boyutlara ulaştığından henüz haberdar değildi Sophie! Bizler bir tutunamayanlar güruhuyduk! Onu hayranlıkla izliyorduk, yanı başımızdaki o hayat dolu duruşu, yerinden kalkıp, yalın bir biçimde soframıza gelişi, gidişi bile yetiyordu bize... Bizi büyülüyordu...

Üstelik bu son derece basit hareketleri her yapışında, hem apışıp kalıyor, hem de sevinçten dört köşe oluyorduk. Sırf onun bu derece güzel ve bizden kat kat daha gamsız oluşunu hayranlıkla izlemek bile bize şiirsellikte yeni aşamalar kaydettiriyor gibiydi. Onun yaşamı bizimkinden bambaşka kaynaklardan besleniyordu... Daima sürüngendi, bizimkiler, yıvış yıvış.

Saçından ayak bileklerine kadar ona can katan bu aynı anda neşeli, keskin ve yumuşak güç bize bir yandan da huzursuzluk veriyor, tedirgin ediyordu, çok hoş biçimde elbette, ama tedirgin ediyordu, işin doğrusu bu.

İçgüdülerimizin keyfi yerine geldiğinde, derhal bu dünyanın gerçekleri hakkındaki hırçın bilincimiz devreye girip bizi bu keyiften uzak tutmaya çalışıyordu, bilgi hep orada bir köşede duruyordu, o özünde korkak, varoluşun mahzenine gizlenmiş, hem alışkanlık hem de tecrübe gereği daima en kötü ihtimallere boyun eğmiş haliyle.

Sophie, Amerikalı kadınlarda sıkça rastlanan, neredeyse alışılagelmiş o kanatlı, esnek ve keskin hareketlere sahipti, gelecek vaat eden büyük varlıkların hareketleri, gözü yükseklerde, kuş gibi, yaşam tarafından sırtlanarak yepyeni türde maceralara taşınan... Rotasını Sonsuzluğa çevirmiş neşe dolu sevecen üç direkli bir yelkenli...

Bu cazibe meselelerinde genelde çok da lirik takılmayan Parapine bile onun odadan her çıkışında kendi kendine gülümsüyordu ağzı kulaklarında. Sırf onu seyretmek bile insanın ruhuna iyi geliyordu. Özellikle de hayli arzulu duran benimkine, doğrusunu söylemek gerekirse.

Onu, yani Sophie'yi fenersiz yakalayabilmek, fiyakasını bozmak, benim üzerimde edindiği o bir nevi iktidar ve prestiji elinden almak, onu biraz aşağı çekmek, yani sonuçta, onu kendi soysuz ölçülerimize uygun şekilde insanileştirmek amacıyla, o uyurken odasına dalıyordum.

İşte o zaman bambaşka bir manzara sergiliyordu Sophie, çok daha tanıdık gelen, ancak yine de şaşırtıcı, bir yönüyle de rahatlatıcı. Havası sönmüş, üstü başı neredeyse tamamen açılmış, yatağın üzerinde çaprazlama yatmış, kalçalar sere serpe, teni gevşek ve terli, yorgunlukla yüzleşir vaziyette...

Bedeninin derinliklerinde uykuyla didişiyordu Sophie, bu yüzden de horluyordu. Onu erişilebilir olarak gördüğüm biricik an buydu. Artık büyü yok! Dalga geçme de yok! İş ciddi! Varoluşun sanki ötesine geçmiş ha babam de babam uğraşıyordu, oradan hâlâ yaşam kırıntıları koparabilmek amacıyla... İşte o anlarda hayli açgözlü oluyordu, hatta bu konuda bir türlü durmasını bilemediği için ayyaş dahi denilebilir. Kıçında pirelerin uçuştuğu o seanslardan sonraki hali de görülmeye değerdi, hâlâ yüzü şiş, pembe cildinin altında organları mahmurluklarını bir türlü atamamış. İşte o an herkes gibi komik ve gülünç oluyordu. Hâlâ mutlu mutlu sallanıyordu dakikalarca, derken gün ışığı olduğu gibi üstüne düşüyordu ve fazla iri bir bulutun geçişinden sonra olduğu gibi, yeniden canlanıp havalanıyordu, heybetli, özgürlüğüne kavuşmuş...

İşte bütün bunlar düzülebilir nitelikteydi. Maddenin yaşama dönüştüğü o ana dokunabilmek ne de keyiflidir. İşte o zaman insanların önünde açılan o sonsuz enginliğin seviyesine çıkıveriyorsunuz. O hızla: Oh! Ve yine oh! diyorsunuz. Üstüne çıkıp elinizden geldiği kadar doyuma ulaşıyorsunuz, sonrası da kocaman bir çöl gibi...

Bizlerin, yani patrondan çok dostları olan bizlerin arasında, onunla en içli dışlı olanı, sanırım bendim. Örneğin beni düzenli olarak, orası kesin, zırdeliler koğuşunun hastabakıcısıyla aldatıyordu, eski bir itfaiyeciydi adam, Sophie bunu benim iyiliğim için yaptığını söylüyordu, beni fazla yormamak adına, yürütmek zorunda olduğum ve onun doğasının aşırılıklarıyla pek de uyuşmayan düşünsel etkinliklerimi baltalamasın diye. Yani tamamen benim iyiliğimi düşünerek. Beni hijyenik şekilde boynuzluyordu. Ne diyeyim.

Sonuçta bütün bunlar beni olsa olsa mutlu edebilirlerdi ancak, eğer Madelon hikâyesi vicdanımı sızlatmaya devam etmeseydi. Günün birinde Sophie'ye her şeyi anlattım bakalım ne diyecek diye. Bu sıkıntılarımı ona anlatmak beni bir ölçüde rahatlatmıştı. Gerçekten de, bıkmıştım artık, onların o mutsuz aşklarından kaynaklanan tüm o sonu gelmeyen kavgalardan ve husumetten, Sophie de bu konuda benimle tamamen hemfikirdi.

O şöyle düşünüyordu, Robinson'la benim bir zamanlar olduğumuz kadar yakın dost olunca, ne yapıp edip hep beraber, paşa paşa barışmalıymış, hem de en kısa sürede, işte bu kadar basit. Bu onun gönlünden kopan bir öğüttü. Orta Avrupa'da çok vardı böyle gönlü bol olanlardan. Ancak Sophie buralıların huylarından ve tepkilerinden pek haberdar değildi. Ne kadar iyi niyetli olursa olsun, beni tümüyle yanlış yönlendiriyordu. Onun yanıldığının farkına varmıştım varmasına, ama iş işten geçtikten sonra.

"Madelon'la yeniden görüşmelisin, diye tavsiye etti bana, bana anlattıklarına bakılırsa, özünde iyi bir kız olsa gerek... Ama işte sen, onu kışkırttın ve ona karşı son derece kabaca ve iğrenç davrandın!... Ona bir özür borçlusun, hatta olanları unutması için ona bir hediye dahi almalısın..." Onun ülkesinde bu işler böyle hallediliyormuş. Yani sonuç olarak bana önerdikleri çok nazikçe girişimlerdi kuşkusuz, ama pek de pratik değil.

Onun o tavsiyelerine uydum, çünkü her şey bir tarafa, tüm bu merasimlerin, diplomatik manevraların ve çalımların ardından, ufukta bir dörtlü grup olanağını görüyordum ve doğrusu böyle bir şey son derece şenlikli olurdu, hatta hayatımıza renk katardı. Biraz utanıp sıkılarak da olsa, belirtmeliyim ki, olayların akışının ve yaşın etkisiyle, dostluğum giderek sinsice erotik bir niteliğe bürünüyordu. İhanet. Bu gibi durumlarda Sophie istemeden de olsa ihanet etmeme yardımcı oluyordu. Bu derece meraklı olduğuna göre kesinlikle tehlikeden de hoşlanıyor olmalıydı Sophie. Çok iyi huylu biriydi o, katiyen öyle yüzüne baksan kızarır tiplerden değildi ve yaşamın önüne serdiği fırsatları asla küçümsemez, ilkesel olarak da onlara kuşkuyla yaklaşmazdı. Tam bana göre. Hatta daha bile öteye gidiyordu. Belden aşağı eğlencelere değişik unsurlar eklenmesinin gerekliliğini de kavrayabiliyordu. Maceraya yatkınlık, kabul etmek gerekir ki, kadınlarda, olağanüstü az rastlanır bir özellikti. Mal meydanda, çok iyi bir tercih yapmıştık.

Onun, yani Madelon'un fiziği hakkında ona bir iki ayrıntı verebilmemi isterdi, doğal olarak. Mahrem bir ortamdayken, bir Fransız kadının yanında beceriksiz görünmekten korkuyordu, özellikle de yurtdışında, Fransız kadınlara bu alanda ustalık atfediliyor olması nedeniyle. Buna ek olarak bir de Robinson'a katlanma meselesine gelince, bunu sırf benim hatırım için yapmaya razıydı. Robinson onu hiç heyecanlandırmıyormuş, öyle diyordu, ama sonuç olarak, anlaşmıştık. Önemli olan da buydu. Pekâlâ.

Robinson'a genel barışma projelerimi çıtlatmak için biraz bekledim, iyi bir fırsat denk düşsün diye. Bir sabah, Muhasebe'de tıbbi müşahede notlarını büyük kayıt defterine çekmekte olduğu sırada, böyle bir denemede bulunmak için uygun zamanın gelmiş olduğuna karar verdim ve onu yaptığı işten alıkoyarak, şiddet dolu yakın geçmişimizi unutmak adına doğrudan doğruya Madelon nezdinde bir girişimde bulunmam konusunda ne düşündüğünü sordum... Aynı zamanda da bu vesileyle Madelon'a yeni kız arkadaşım Sophie'yi tanıştırmanın uygun olup olmayacağını? Son olarak, artık dostça yüzleşip tüm sorunları tatlıya bağlamanın zamanının onun açısından da gelip gelmediğini sordum.

Önce, biraz tereddüt etti, gözümden kaçmadı bu, sonra da bunda bir sakınca görmediğini söyledi, ama pek de hevesli gibi bir hali yoktu... Aslında, bana öyle geliyor ki Madelon, bir bahane bulup kendisiyle yeniden görüşmeye kalkışacağımı tahmin ettiğini ona önceden haber vermişti. Kızın Vigny'ye geldiği günkü tokat hadisesine gelince, bu konuda hiç renk vermedim.

Oracıkta azar işitmeyi ve herkesin önünde beni ayılıkla suçlaması tehlikesini göze almam söz konusu değildi, çünkü ne kadar dost olursak olalım, hem de çok uzun süredir, bu müessesede ne de olsa o benim emirlerim altındaydı. Önce disiplin gelir.

Bu girişime benzer şeyi Ocak ayında yapmak iyi fikirdi doğrusu. Bir Pazar günü, hep beraber Paris'te buluşmayı kararlaştırdık, çünkü her şeyden önce böylesi daha elverişliydi, sonra da birlikte sinemaya gidecektik, hatta belki de önce Batignolles'deki panayıra bir ara uğrayarak işe oradan başlayabilirdik, eğer tabii hava çok soğuk değilse. Çünkü Robinson onu Batignolles panayırına götüreceğine dair söz vermişmiş. Kız, yani Madelon meğerse panayırlara bayılırmış, Robinson söyledi bunu bana. İyi denk düşmüştü! İlk kez yeniden buluşmamızın bir panayır vesilesiyle olması çok daha iyiydi.

Panayır demiştik, şenlik olsun istemiştik, oldu da, hem de nasıl! Kafamıza kafamıza! Bam ve Bum! Ve bir daha Bum! Dön baba dön! Al götür beni! Salla beni! Hep beraber kendimizi hengâmenin ortasında bulduk, her yer ışıl ışıl, her yer gümbür gümbür ve daha ne gerekiyorsa! Haydi bakalım, döktürün becerilerinizi, sınayın cesaretinizi, çınlatın kahkahalarınızı! Zıırt! Herkes kuşandığı pardösüsünün içinde hava atmaya çalışıp, yırtık görünmek istiyordu, genelde başka yerlerde, çok daha pahalı başka yerlerde, İngilizcede dendiği gibi *expensifs* yerlerde eğlenmeye alışık olduğunu insanlara göstermek istercesine biraz da mesafeli duruyordu.

Hem eğlence konusunda fazla cömert davranıp ertesi gün, hatta belki de bütün bir hafta boyunca buna pişman olmanın yıldırıcı korkusuna, hem o da az aşağılayıcı olmayan dondurucu karayele karşın, neşe saçan, şamatacı havalar takınmaya özen gösteriyorduk.

Atlıkarıncadan bangır bangır müzik sesi yükseliyordu döne döne. O Faust valsini kusmayı bir türlü beceremiyordu şu atlıkarınca, ama elinden geleni de yapıyordu. Ampullerden oluşan o binlerce ışıklı turtasıyla fır dönen yuvarlak çatısının çevresinde bir inip bir çıkıyordu vals. Pek de pratik sayılmazdı. Orgun çıkardığı müzik, karnındaki borulardan sakattı. Koz helvası ister misiniz? Yoksa atış standını mı yeğlersiniz? Siz seçin!

Aramızda, atışta, en ustamız, şapkası alnının üstüne kıvrılmış Madelon. "Bak! diyor Robinson'a. Gördün mü benim elim titremiyor işte! Oysa az içmedik!" Konuşmalar tam olarak ne tür bir havada seyrediyordu anlayın işte. Lokantadan yeni çıkmıştık. "Bir tane daha!" Madelon şampanya şişesini kazanmayı başardı! "Dan ve dun! Tam on ikiden!" Bunun üzerine, çarpışan arabalarda bana yetişemeyeceğine dair Madelon'la ciddi ciddi bahse tutuşuyorum. “Hodri meydan!” diye yanıtlıyor beni, tam istim üstünde. “Herkes arabasına binsin!” ve hop! Kabul ettiğine pek seviniyorum. Ona yakınlaşmanın bir yolu bu. Sophie hiç kıskanmıyor. Bir bildiği var elbet.

Sonuçta Robinson arkada Madelon’la birlikte bir sürücü sepetine biniyor, ben de önde Sophie’yle başka birine, derken pat-küt bayağı sıkı çarpmaya başlıyorlar bize! Al işte sana bindirdim! Al işte sana yapıştırdım! Ancak onun, yani Madelon’un bu şekilde itilip kakılmaktan hoşlanmadığı hemen belli oluyor. Aslında o da, yani Léon da pek hoşlanmıyor bu işten. Bizimle birlikteyken pek rahat davranamadığı ortada. Geçerken, korkuluklara tutunduğumuzda genç bahriyeliler bize sarkıntılık etmeye başlıyorlar, kadın erkek ayırt etmeden, alenen asılıyorlar bize. Soğuktan tir tir titriyoruz. Kendimizi savunuyoruz. Gülüyoruz. Her taraftan yeni tacizciler akın ediyor, hem de müzik eşliğinde ve coşkuyla ve tempo tutarak! Bu bir nevi tekerlekli fıçılarda insan öyle bir çalkalanıyor ki her çarpışmada gözleri yuvalarından fırlayacakmış gibi oluyor. Ne keyif ne keyif! Kahkaha eşliğinde şiddet! Zevklerin sabıka kaydı! Panayırı terk etmeden önce Madelon’la aramı düzeltmek istiyordum aslında. Elimden geleni de yapıyorum, ama o artık benim hamlelerime hiç karşılık vermiyor. Hayır, katiyen vermiyor. Hatta bana soğuk davrandığı bile söylenebilir. Beni belli bir mesafede tutuyor. Ne yapacağımı kestiremiyorum. Çattık yine, onun o iniş çıkışlı mizacına. Daha iyi bir şeyler umuyordum oysa. Zaten fiziksel açıdan da değişmiş, her bakımdan.

Sophie’yle kıyaslayınca altta kaldığını görebiliyorum, sönük kalıyor. Kibar davranmak ona daha çok yakışırken, şimdi sanki bir tür üstünlük taslıyor. Sinirime dokunuyor. Acaba eski haline döner mi diye onu bir kez daha, hem de seve seve tokatlayabilirdim aslında, ya da neyse daha fazla bildiği şey, hani onu benden üstün kılacak, bari onu söylesin diye. Ama yok, gülücükler! Neşemizi bulmaya geldik, zırlamaya değil! Eğlenmek gerek!

Sophie’ye anlattığına göre, daha sonra, yolda yürürken, teyzelerinden birinin yanında bir iş bulmuş. Rue du Rocher’de, korseci bir teyze. Doğru söylüyor olsa gerek.

Değil barışmayı sağlamak, iyice çuvallamış bir görüşmeydi

bu, artık o andan itibaren bunu görmemek için kör olmalıydı insan. Benim o dümenlerim açısından da, çarşaflamıştık. Hatta bu tam bir fiyaskoydu.

Yeniden görüşmeye çalışmakla hata etmiştik besbelli. Sophie'ye gelince, o durumu daha tam olarak algılayamamıştı. Yeniden görüşmek suretiyle aslında işleri daha da içinden çıkılmaz hale getirdiğimizi kavrayamıyordu... Aslında Robinson bana bunu söylemeliydi, beni uyarmalıydı, Madelon'un bu derece bağnaz olduğunu bildirmeliydi... Yazık! Peki o zaman! Çiyuv! Çiyuv! Daima ve yine de! Haydi hep birlikte dönmedolaba, "Caterpillar"a binelim! öyle ad takmışlardı ya ona hani. Bunları öneren de benim, parayı ödeyen de, maksat bir kez daha Madelon'a yanaşabileyim. Ancak o sürekli kaçıyor, beni atlatıyor, kalabalıktan yararlanıp bir başka banka atlayıveriyor, önde, Robinson'la birlikte, yine tufaya gelmiştim. O dalgalanmaların ve karanlığın çalkantılarının etkisiyle serseme dönüyoruz. Yapacak bir şey yok, sonucuna varıyorum, kendi kendime, alçak sesle. Sophie de nihayet benimle aynı fikirde. Bu hikâyede bir kez daha o müstehcen düş gücümün kurbanı olduğumun farkına varıyor. "Gördün mü! Bozuk atıyor! En iyisi artık onları rahat bırakmak... Biz de, dönmeden önce Chabanais'ye gidip bir tur atabiliriz belki..." Bu öneri Sophie'nin çok hoşuna gitti, çünkü daha henüz Prag'dayken bile Chabanais'den söz edildiğini defalarca duymuş, dolayısıyla şimdi de kendi kanaatini oluşturmak amacıyla Chabanais'yi kendi gözleriyle görüp denemek için can atıyordu doğrusu. Ancak yanımıza aldığımız paraya bir göz atınca Chabanais'nin bize fazla pahalıya mal olacağını hesapladık. Bu durumda yeniden panayırla ilgilenmekten başka çaremiz kalmadı.

"Caterpillar"dayken Robinson'la Madelon herhalde kavga etmişlerdi. Her ikisi de bu dönmedolaptan gayet asık suratla indiler. Gerçekten de, bu akşam kızın suratından düşen bin parçaydı. Ortalığı yatıştırıp işleri yoluna koymak amacıyla, bayağı oyalayıcı bir eğlenceye gitmeyi önerdim onlara, şişe ağzını oltayla yakalamaca oyunu. Madelon mahkeme duvarı gibi bir suratla kabul etti bunu. Ne var ki hep o kazanıyordu yine de. Halkasını tam şişenin üstüne getiriyor ve şişenin tıpasındaki çengele geçiriveriyordu! Dikkat! Tak! İşte şişeyi kaptı bile. Standın sahibi gözlerine inanamıyordu. Ödülünü verdi ona, bir şişe şampanya, "Grand Duc de Malvoison". Anlayın yani ne derece becerikliydi, ancak yine de tatmin olmamıştı. "Bu şişeyi içmeyeceğini..." tebliğ etti bize derhal... "İyisinden değilmiş..." Bu durumda şişeyi açıp içmek Robinson'a düştü. Hop! Hem de fondipleyerek! Garip bir davranıştı bu, çünkü genelde Robinson ağzına hemen hemen hiç içki koymazdı.

Bundan sonra çinkolu nikâh töreninin önünden geçtik. Dan! Dan! Hep beraber onu sert kurşunlarımızın hedefi yaparak defterini dürüyoruz. Benim bu konulardaki beceriksizliğim de inanılır gibi değil... Robinson'u kutluyorum. O da beni her oyunda yenebilenlerden. Ancak ustalığı bile onu gülümsetmeyi başaramıyor. Görünüşe bakılırsa her ikisini de tam bir angaryaya sürüklemişiz gibi bir halleri var. Ne yapsak neşelenip canlanmıyorlar. Ben: "Yahu bayramyeri burası, haydi!" diye böğürüyordum, ilk kez ne yapacağımı şaşırmıştım.

Gel gör ki onları teşvik etmeye çalışmam, kulaklarına eğilerek böyle lafları yineleyip duruyor olmam umurlarında bile değildi. Beni duymuyorlardı bile. "Yahu bir de genç olacaksınız! dedim onlara. Bu nasıl gençlik böyle? Gençler böyle mi eğlenir? Siz daha şimdiden böyle olursanız, sizden on yaş büyük olan ben ne yapayım? Civcivlerim benim!" O zaman da onlar, yani Madelon'la Robinson, sanki karşılarında gaz bombası yemiş, beyni uyuşmuş ve sulanmış biri varmış, cevap vermeye de değmezmiş gibi bakıyorlardı bana... Artık nasıl olsa benimle konuşmaya çalışmanın bile bir faydası yokmuş, söyleyeceklerini anlayabileceğim bile kuşkuluymuş gibi... Tek kelime bile anlayamayacakmışım gibi... Haklı olmasınlar sakın? dedim o zaman kendi kendime ve gayet endişeli gözlerle etrafıma bakındım, diğer insanlara.

Ancak onlar, yani diğer insanlar, eğlenmek için ne gerekiyorsa onu yapıyorlardı, onlar buraya bizim gibi kendi küçük dertleriyle kafa şaaptırtmaya gelmemişlerdi. Katiyen! Doya doya tadını çıkarıyordu insanlar bayramın! Şurda bir franka!... Burda elli kuruşa!... Işık isteriz!... Martaval dinlemeye geldik, müzik de olsun, şeker de... Vızıldayıp uçuşan sinekler gibiydiler, hatta bir de kollarının arasına minicik larvalarını bile almışlardı, beti benzi atmış, solgun bebeler, o kadar soluk tenliydiler ki taşkın ışığın içinde kayboluyorlardı. Sadece burunlarının çevresinde biraz pembelik kalmıştı bebelerin, öpücüklerin ve nezlenin iz bıraktığı yerde.

Onca standın arasında, geçerken, derhal tanıdım "Uluslar Atışı"nı, bir anı, diğerlerinden aklımda bir şey kalmamış. "On beş yıl olmuş bile" dedim, yalnızca kendi kendime. "On beş yıl geçip gitmiş bile... Bir ömür! Yolda ne de çok tanıdık yitirdik! Orada, Saint-Cloud'da içine gömüldüğü çamurdan 'Uluslar Atışı' da asla kurtulamaz sanmıştım, ben..." Ama gayet sıkı bir tamir görmüştü, artık neredeyse baştan aşağı yenilenmişti yani, müziği falan da vardı. Dört dörtlük. Hedef tahtaları kurşun yağmuruna tutuluyordu. Bir Atış standı daima iş yapar. Yumurta biçimindeki hedef de panayıra geri gelmişti, benim gibi, orta yerde, sallanıyordu, neyin ucunda olduğu belirsiz. Atışı iki frank. Geçtik, bunu deneyemeyecek kadar çok üşüyorduk, yürümekte yarar vardı. Ama sakın ha cebimizde bozuk para kalmadığı için geçtik sanılmasın, ceplerimiz hâlâ şıngırdayacak kadar bozuk para doluydu, cebin o küçük müziği.

O an havamız değişsin diye elimden geleni yapmaya hazırdım, ama kimse bana yardımcı olmuyordu. Parapine de bizimle birlikte olsaydı, herhalde durum beter olurdu, yani o derece suratsızdır o, birileriyle birlikteyken. Neyse ki, Tımarhane'de nöbete kalmıştı. Kendi açımdan, geldiğime bin pişman olmuştum. Tam o sırada Madelon, nasılsa, birden gülmeye başladı, ama hiç de komik değildi bu gülüş. Yanındaki Robinson da ona ayak uydurmak adına gevrek gevrek gülmeye başladı. Bunun üzerine Sophie de bize fıkralar anlatmaya kalkıştı. Bir bu eksikti.

Bir fotoğrafçı dükkânının önünden geçerken, aval aval, sanatçı hemen üstümüze atladı. Makinesinin önüne dizilmeye hiç de hevesli değildik oysa, belki Sophie hariç. Ama kapısının önünde kararsız kalınca kendimizi yine de poz verirken buluverdik. Emirlerine riayet ediyorduk, sersem sepelek, oracıkta, herhalde kendisinin yaptığı karton bir güvertenin üstünde, güya bir geminin, "Güzel Fransa"nın önünde. Sahte can simitlerinin üstünde öyle yazıyordu. Uzunca bir süre öylece, gözlerimizi tam karşıya dikip geleceğe meydan okuyarak durduk. Başka müşteriler de güverteden inmemizi sabırsızlıkla bekliyorlardı ve onları bekletmemizin acısını daha şimdiden çıkarmak için bizi çirkin buluyorlardı, üstelik bunu bize söylüyorlardı da, hem de yüksek sesle.

Kımıldayamadığımızdan yararlanıyorlardı. Ancak, kimseden lafını esirgemeyen Madelon, hem de tam o Güney aksanıyla onlara sıkı bir kalay çekti. Ortalık çınladı. Sıkı geçirmişti.

Magnezyum. Herkes yüzünü buruşturuyor. Herkese bir fotoğraf. Eskisinden bile daha çirkiniz. Çadırın içine yağmur damlaları düşüyor. Ayaklarımız, bayağı dondurucu bir yorgunluğun etkisiyle, alttan yenik düşmüşler. Rüzgâr bizi tam da poz verirken keşfediyor, her taraf delik deşik, o kadar ki pardösünün bile varlığıyla yokluğu bir oluyor.

Yeniden barakalar arasında dolanmamız gerekecek. Vigny'ye dönmeyi teklif etmeye cesaret edemiyorum. Daha vakit çok erken. Atlıkarıncanın duygulu orgu zaten tir tir titriyor olmamızı fırsat bilip bizi biraz daha titretmeye soyunuyor, bu kez de sinir uçlarına üfleyerek. Bütün dünyanın iflas etmiş olmasıyla dalga geçiyor o şimdi, müzik aleti yani. Gümüş kaplamalı kamışlı flütlerinden işte o bozgunu çığırıyor, oradan üflenen hava, Buttes Chaumont'dan aşağı inen sidikli sokaklardan geçerek yandaki gecede son nefesini verecek.

Bretagne'lı genç hizmetçi kızlar geçen yıla kıyasla çok daha fazla öksürüyorlar doğrusu, ama o zamanlar Paris'e daha yeni gelmişlerdi. Kızların yeşil mavi ebruli kalçaları, tahta atların koşumlarını süslüyor, olduğu kadarıyla. Onlara atlıkarınca turları ısmarlayan Auvergne'li delikanlılara gelince, o ihtiyatlı postane memurlarının kızlarla kaput takmadan fındık kırmadıkları herkesin malumu. Şeylerini bir ikinci kez kırmaya hiç niyetleri yok. Hizmetçi kızlarsa atlıkarıncanın o pespaye melodik gümbürtüsünün ortasında kıvranıp duruyorlar aşkı beklerken. Mideleri biraz bulanmıyor değil, ancak yine de altı derece soğukta hava atmaya devam ediyorlar, çünkü bu an işte o belirleyici an, gençliklerini nihai sevgilinin üzerinde deneme ânı, o belki de burada bir yerlerde, bu donmuş güruhun içindeki dalyarakların arasına sokulmuş bekliyordur, çoktan tavlanmış. Aşk henüz cüret edemiyor... Oysa her şey tıpkı sinemadaki gibi gelişir, mutluluk da eşlik eder. Hele bir gececik olsun size tapsın, bir daha asla yanınızdan ayrılmayacaktır şu mal mülk sahibinin oğlu... Olmamış şey değil ki bu, bu da yeter de artar bile. Üstelik o çok iyi biri, üstelik çok yakışıklı, üstelik zengin.

Metronun dibinde duran yandaki büfenin kadın tezgâhtarına gelince, o, geleceği meleceği hiç iplemeden, artık iyice yer etmiş konjonktivitini kaşıyor ve onu tırnaklarıyla ağır ağır iltihaplandırıyor. Bu da bayağı bir zevk, kendi çapında, hem de bedava. Altı yıldır böyle gidiyor bu göz ve gitgide daha çok kaşınıyor, tatlı tatlı.

Gezmeye çıkmış öbek öbek insan, dondurucu havanın etkisiyle, eşya piyangosunun çevresinde enikonu dip dibe sokuluyorlar, kaynaşmak istercesine. Beceremiyorlar. Kıç mangalı. Sonra birden fırlayıp ısınabilmek için bu kez de karşı taraftaki insanların, orada sergilenen iki kafalı dananın önünde oluşturdukları kuyruk yumağının içine dalıyorlar.

Ayakyolu kulübesinin gölgesinde, işsizliğin pençesindeki toy bir delikanlı heyecandan yüzleri kızarmış taşralı bir çifte sunacağı hizmetin pazarlığını ediyor. Ahlak zabıtası kaldırım kargası hemen çakozladı dönen dolabı ama hiç iplemiyor, onun şu anki sobası Miseux kahvesinin çıkışı. Bir haftadır gözetliyor Miseux kahvesini. Olsa olsa sigara satılan bölümde ya da yandaki müstehcen kitapçının deposunda yapılıyordur bu iş. Öyle ya da böyle, bu konuda haber uçurulalı epey oldu. Söylenenlere göre, o ikisinden biri, isteyene ortada çiçekçi gibi dolaşan sübyan kızlar tedarik ediyormuş. Yine ihbar mektupları tabii. Köşedeki "kestaneci" de "ispiyonluyor", kendi hesabına. Sıkıysa yapmasın zaten. Malum, kaldırımdaki her şey polisten sorulur.

Şu tarafta havada kudurmuşçasına, yaylım ateşi gibi patırdayan makineli tüfek gibi şey, aslında sadece "Ölüm Tekeri"ndeki herifin motosikletinin sesi. "Gidip de geri gelenlerden" biri olduğu söyleniyor ama orası kesin değil. Öyle ya da böyle, iki kez kaza yapıp çadırı parçalamış, biri burda, diğeri de iki yıl önce Toulouse'da. Madem öyle motoruyla geberecekse tam gebersin de olsun bitsin! Kırsın iyice şu kafasını, hatta omurgasını da, kırsın da biz de kurtulalım! Onun o çıkardığı sesleri duymak insanda kötü duygular uyandırıyor! Tramvay da öyle aslında, üstelik, son bir ay içinde, o durmadan çınlayan çanı engel olamadı iki ihtiyarı ezip geçmesine, Bicêtre semtinde, hem de barakaların dibinde. Buna karşılık otobüs, o işte efendidir. Pigalle meydanına usulca yanaşır, gayet dikkatli, daha çok sendeleyerek, yellene yellene, nefes nefese, içinde topu topu dört kişiyle, dışarıya binbir tedbirle, ağır ağır çıkan ve dünyadan habersiz.

O tezgâh senin bu grup benim, o atlıkarınca senin bu eşya piyangosu benim diyerek gezine gezine, panayırın sonuna varmıştık, ailelerin çiş yapmaya gittikleri o koca kapkara deliğe... O halde gerisin geriye! Geldiğimiz yerden dönerken, susayalım diye kestane yedik. Ağzımız yandı, ama susamadık. Bir tane de kurt çıktı kestanelerden, pek sevimli. O da gitti Madelon'a denk düştü, mahsus yaparmışçasına. Hatta tam da o andan itibaren aramız iyice bozulmaya başladı, o ana kadar iyi kötü idare ediyorduk, ama o kestane meselesi Madelon'u çileden çıkardı.

Kurtçuğu tükürmek için kaldırımın kenarına gittiğinde, Léon arkasından bir şeyler söyledi sanki onu engellemek istermişçesine, ne dediyse, ne diye dediyse, anlaşılan bu tarz bir tükürme Léon'a birden pek sevimsiz gelmişti. Kıza bir de salak gibi, kestanenin içinde çekirdek mi bulduğunu sormaz mı?... Bu da katiyen sorulmaması gereken bir soruydu... Bu yetmiyormuş gibi bu sefer de Sophie bir punduna getirip araya girdi, meğerse neden kavga ettiklerini anlayamıyormuş da... Merak etmiş de.

Bu tabii daha da fazla canlarını sıktı, yani Sophie'nin sözlerini kesmesi, hele bir yabancı, düşünsenize. Tam o sırada aramızdan geçen şamatacı bir grup yüzünden ayrı düştük. Aslında bunlar dilencilik yapan çocuklardı, ama bunu kaş göz oynatarak, tekerlemeler söyleyerek ve birbirinden korkunç çığlıklar atarak yapıyorlardı. Yanlarına dönebildiğimizde, Robinson'la kız hâlâ kavga ediyorlardı.

"Artık eve dönmenin zamanı geldi, diye düşündüm... Eğer burada birkaç dakika daha kalmalarına göz yumarsak, tam da bayramyerinin göbeğinde rezalet çıkaracaklar... Bugünlük bu kadar yeter!" İtiraf etmek gerekirse, her şey ters gitmişti. "Gitsek mi artık, ne dersin?" diye önerdim Robinson'a. Şaşırmış gibi baktı bana. Oysa bence en sağlıklı ve en uygun karar bu olurdu. "Panayırdan daha henüz bıkmadınız mı ki?" diye de ekledim. Bunu önce Madelon'a sormamda yarar olduğunu işaret etti bana. Neden olmasın tabii, ben de isterdim Madelon'un fikrini almayı, ama bu pek de iyi bir fikir gibi gelmemişti bana.

— Canım, onu da, yani Madelon'u da götürürüz! demek zorunda kaldım.

— Onu götürmek mi? Nereye götürmek istiyorsun yani? dedi.

— Nereye olacak yahu, Vigny'ye elbette! diye yanıtladım.

Baltayı taşa vurmuştum!... Yine. Ama artık tükürdüğümü yalayamazdım, ağzımdan çıkmıştı bir kere.

"Vigny'de onun için üst katta boş bir odamız var ya! diye ekledim. Daha neler yani, oda kıtlığı mı var sanki orda!... Hatta akşam yemeği niyetine bir şeyler de atıştırabiliriz, hep birlikte, yatmadan önce... Üstelik orada eminim çok daha fazla eğleniriz, burda iki saattir resmen bokumuz dondu! Hemen hallederiz..." Bu önerilerim karşısında Madelon'un gıkı çıkmıyordu. Hatta ben konuşurken suratıma dahi bakmıyordu ancak kulak kesildiği besbelliydi. Neyse, olan olmuştu, söz ağızdan çıkar!

Biraz kenarda durduğum bir sırada, çaktırmadan yanıma sokulup, onu Vigny'ye davet ederken yoksa yine bir kumpas mı kurduğumu sordu bana. Hiç cevap vermedim. Bu derece kıskanç bir kadınla makul bir şekilde tartışamazsınız, her şeyin bokunu çıkarır. Üstelik tam olarak kimi ya da neyi kıskandığını da bilmiyordum ki. Kıskançlıktan kaynaklanan bu duyguların gerçek niteliklerini belirleyebilmek çok zordur. Her şeyi kıskanıyordu sanırım, herkes gibi.

Sophie de ne halt edeceğini bilemiyordu, ancak inatla şirin görünmeye çalışmaktan da bir türlü vazgeçemiyordu. Hatta Madelon'un koluna bile girmişti, ama o, yani Madelon burnundan soluyordu ve bu halinden de hoşnuttu, yani bu tür sevecen davranışlarla avunacak durumda değildi. Clichy meydanındaki tramvaya ulaşabilmek için kalabalığın arasından güçlükle sıyrıldık. Tam tramvaya yetişmek üzereyken, sen tut, bulutun teki, oracıkta yırtıl. Gök delindi, hem de çağlayanlar oluşturarak. Seller götürüyordu ortalığı.

Göz açıp kapayıncaya kadar çevredeki tüm arabalar kapanın

elinde kaldı. "Beni yine herkesin önünde rezil etmeyeceksin dimi?... Bak karışmam sonra Léon?" diye tam yanı başımızda tekrar alçak sesle sorduğunu duyuyordum Madelon'un. Fayda etmiyordu. "Daha şimdiden beni görmekten bıktın bile, dimi?... Söylesene hadi bıktığını? diye üsteliyordu. Hadi söyle? O kadar da sık görmüyorsun beni oysa!... Ama öbür ikisiyle baş başa kalmayı tercih ediyorsun dimi?... Bahse girerim, üçünüz birlikte yatıyorsunuzdur, ben yokken?... Söyle hadi onlarla beraber olmayı bana tercih ettiğini!... Hadi sıkıysa söyle de, duyayım..." Bundan sonra da birden gözleri dalıyor, susuyordu, burnunu havaya kaldırıp dudaklarını büzüştürerek yüzünü buruşturuyordu. Bizse kaldırımda bekliyorduk. "Arkadaşlarının bana nasıl davrandıklarını görmüyor musun?... Bak karışmam sonra Léon?" deyip duruyordu.

Léon'a gelince, şimdi yiğidi öldür hakkını yeme: hiç karşılık vermiyor, onu kışkırtmıyor, sadece karşıya bakıyordu, evlerin cephelerine, bulvara, arabalara.

Oysa sırası geldiğinde bayağı sert tepkileri olan biriydi, Léon. Onun bu tarz tehditlere pabuç bırakmadığını gören Madelon, bu kez başka bir yöntemle üstüne varmayı deneyerek, şimdi de sevgi gösterilerine başvuruyordu, bir yandan da bekleşirken. "Ben seni çok seviyorum, Léoncuğum benim, duydun beni dimi, seni çok sevdiğimi?... Senin için nelere katlandığımın farkında mısın bari?... Bugün boşuna, hiç gelmesem de olurdu galiba?... Beni azıcık da olsa sevmiyor musun ki Léon? Beni hiç sevmiyor olamazsın... Bu kadar mı yüreğin katı senin, söylesene Léon, bu kadar da katı yürekli olamazsın ama dimi?... Öyleyse neden aşağılıyorsun benim aşkımı?... Ne güzel hayaller kurmuştuk oysa seninle... Bana karşı ne kadar da zalimsin ama öyle!... Sen benim tertemiz düşlerimi ayaklar altına aldın Léon! Kirlettin onları!... Bak bu doğru işte, ideallerimi yok ettin sen benim... Aşka olan inancımı yitirmemi mi istiyorsun sen söylesene?... Peki şimdi de, gidip bir daha da gelmememi mi istiyorsun yani? Gerçekten istediğin bu mu?..." Bütün bunları soruyordu işte kahvenin tentesinden aşağı yağmur indirirken.

Yağmur damlaları süzülüp insanların arasına düşüyordu. Gerçekten de Madelon, Robinson'un bana söylediği kadar varmış. Gerçek kişiliği hakkında bana ne söylediyse bir bir çıkıyordu. Bu kadar çabuk böylesine duygusal yoğunluklara ulaşabileceklerini tahmin etmemiştim, ama görünen o ki bu böyleydi.

Arabaların ve bütün o trafik yoğunluğunun etrafımızda epey gürültü patırtı çıkarmasını fırsat bilip Robinson'un kulağına eğilerek ne yapacağımız konusunda onunla bir iki kelime laf edebildim sonunda, çünkü her şey berbat olduğuna göre, artık buradan bir an önce vınlayıp buna bir son vermemizde yarar vardı, yani usulca sıvışsak iyi olacaktı, işler iyice sarpa sarmadan ve ilişkilerimiz öldürücü bir darbe almadan. Yoksa olacağı da buydu. "Benim bir bahane bulmamı ister misin? diye fısıldadım ona. Böylece herkes kendi yoluna gider? — Sakın öyle bir şey yapma! diye yanıt verdi bana. Sakın ha! Kıyameti koparır sonra ve onu durduramayız!" Ben de ısrar etmedim.

Eh, belki de zevk aldığı şey buydu Robinson'un: sokak ortasında azar işitmek, bir de tabii kızı benden daha iyi tanıyordu. Tam da yağmur diniyordu ki bir taksi bulduk. Hemen daldık ve karşı karşıya*, sıkış tepiş yerleştik. Önceleri kimsenin ağzını bıçak açmıyordu. Kimsenin içinden ötekiyle konuşmak geçmiyordu, ayrıca kendi hesabıma ben de bu akşam yeterince çam devirmiştim. Yeniden işe koyulmadan önce biraz soluklanmamda yarar vardı.

Léon'la ikimiz ön peykeleri aldık, hanımlar da taksinin arka koltuklarına kuruldular. Panayır akşamları, Argenteuil yolunda trafik çok sıkışıktır, özellikle de Paris çıkışına kadar. Sonra da, Vigny'ye varmak en aşağı bir saat sürüyordu arabalar yüzünden. Bir saat boyunca öyle, karşı karşıya, birbirinin suratına bakarak, hiç konuşmadan durmak pek de kolay iş değil, özellikle de hava kararmışsa ve herkes ötekiler yüzünden biraz endişeliyse.

Ne var ki, eğer öyle kalsaydık, dargın, ama herkes kendi köşesinde, hiçbir şey olmayacaktı. Bugün bile geriye dönüp baktığımda kanaatim değişmiyor.

Yani sonuçta yine benim yüzümden konuşmaya başladık, başlar başlamaz da kavga yeniden alevlendi, hem de kıyasıya. Sözcüklerden asla yeterince sakınmayız, öyle zararsız gibi durur

* Eski Paris taksilerinde müşteriler arkada yüz yüze oturabiliyordu.

sözcükler, tehlikeli bir halleri falan yoktur elbette, hava cıva, ağızdan çıkan birtakım sesler, etliye sütlüye karışmayan, kulaktan girip beynin o kocaman gevşek gri dokusunun müthiş sıkıntısı tarafından kolayca emilebilen. Onlardan sakınmayız, sözcüklerden, felaketler de öyle gelir zaten.

Öyle sözcükler vardır ki, diğerlerinin arasına gizlenmiş, taşa benzerler. Onlara öyle özel bir aşinalığınız da yoktur, oysa bir anda sahip olduğunuz hayatı, hem de tümünü birden, allak bullak ederler, hem zayıf yönlerini, hem de güçlü yönlerini... İşte o zaman da paniğe kapılırsınız... Çığ düşmüştür tepenize... Duyguların üzerinde sallanırsınız, öylesine, idam sehpasında gibi... Bir kasırgadır bu, gelip geçmiştir, dayanamayacağınız kadar güçlü, o kadar şiddetlidir ki bu, sırf duygulardan yola çıkarak böyle bir şeyin olabileceğine asla inanmazdınız... Yani sonuç olarak, sözcüklerden asla yeterince sakınmayız, benim vardığım sonuç bu. Ama önce olup biteni anlatayım hele... : Yoldaki tamirat nedeniyle taksi önüne kattığı tramvayın peşinden ancak ağır ağır ilerleyebiliyordu... "Mırr... ve mırr..." diye ses çıkarıyordu. Her yüz metrede bir su oluğu... Ne var ki o öndeki tramvay kesmiyordu beni. Her daim boşboğaz ve çocuksu, sabırsızlanıyordum. Bu cenaze arabası hızı ve her taraftaki kararsızlık beni uyuz ediyordu. Bir an önce bir yerlere bir şey yetiştirme telaşındaymışım gibi sessizliği bozuverdim, altında ne yatıyor diye merak ettiğim için. Taksinin dibinde, sol köşedeki Madelon'u gözetliyordum, daha doğrusu gözetlemeye çalışıyordum, çünkü karanlıkta göz gözü görmüyordu. Dışarıya bakıyordu, manzaraya, daha doğrusu geceye. Hâlâ aynı katı yüz ifadesini koruduğunu anlayınca canım sıkıldı. Ben de, öte yandan, yangına körükle gidiyordum yani. Sırf yüzünü bana doğru çevirsin diye ona seslendim:

— Hey Madelon baksanıza! diye sordum ona. Yoksa bize aktarmaya cesaret edemediğiniz bir eğlence planınız falan mı vardı? Eve dönmeden önce bir yerlere uğramamızı ister misiniz? Çekinmeden hemen söyleyin?...

"Eğlenmek! demek eğlenmek! diye yanıtladı beni, sanki hakarete uğramış gibi. Sizlerin aklı fikri orada! Eğlencede!..." Derken, arka arkaya defalarca iç çekti, bayağı derin, bu kadar dokunaklısını az işitmiştim.

— Bunun için elimden geleni yapıyorum! diye yanıt verdim. Bugün Pazar!

"Ya sen, Léon?" diye ona soruyor bu sefer de. "Sen peki, sen de elinden geleni yapıyor musun, ha?" Dobra dobra.

"Hadi ordan!" diye yanıtladı Robinson.

Sokak lambasının önünden geçerken ikisine de bakıyordum. Öfke saçıyorlardı. Tam o sırada Madelon onu öpmek istermişçesine eğildi. O gece ortalıkta ne kadar çam varsa hepsini devireceğimiz bir yerlerde yazılıydı anlaşılan.

Taksi, her tarafta önümüze peş peşe dizilmiş kamyonlar yüzünden yine enikonu yavaşlamıştı. Öpülmek de Robinson'u illet ediyordu işte ve kızı itti, doğrusunu söylemek gerekirse bayağı da kaba bir şekilde. Yani bunun kibar bir davranış olduğunu söyleyemeyeceğim elbette, hele bizim gözümüzün önünde.

Clichy caddesinin sonuna vardığımızda, kent çıkışında, çoktan gece olmuştu bile, dükkânların ışıkları yanıyordu. Demiryolu köprüsünün altında, ki üstelik orası her zaman o kadar da yankı yaptığı halde, kızın ona yine soru sorduğunu duydum: "Beni öpmek istemiyor musun, Léon?" Üstüne üstüne gidiyordu. Onunsa hâlâ gıkı çıkmıyordu. Derken Madelon birden dönüp doğrudan beni hedef aldı. Hiçe sayılmayı kaldıramamıştı.

"Yine ne yaptınız öyle Léon'a da bana bu kadar kötü davranıyor? Sıkıysa söyleyin hemen?... Ne hikâyeler anlattınız ona yine?..." Beni işte böyle kışkırtıyordu.

— Ben hiçbir şey yapmadım! diye yanıt verdim. Ona ne anlatacağım ki!... Ben sizin kavgalarınıza karışmıyorum!...

Bir şey değil, doğru söylüyordum, Léon'a onun hakkında hiçbir şey de anlatmamıştım gerçekten. Dilediğini yapmakta özgürdü, kızla birlikte olmaya devam etmek ya da ondan ayrılmak onun bileceği işti. Bu beni ilgilendirmiyordu, ne var ki artık kızı bu konuda ikna etmeye çalışmanın anlamı yoktu, makul olma sınırlarının tamamen dışına çıkmıştı, dolayısıyla yeniden taksinin içinde birbirimizin suratına bakarak susmaya başladık, ancak hava o kadar çok kavga yüklüydü ki bunun böyle sürmesi de mümkün değildi. Daha önce onda hiç duymadığım tiz bir perdeden konuşmuştu benimle, ses tonu da kesin kararlı bir kişininki gibi tekdüzeydi. Taksinin köşesinde sanki kendini geriye çekip iyice büzülmüştü, artık hareketlerini neredeyse göremiyordum, bu da beni çok rahatsız ediyordu.

Sophie'yse o sırada elimi tutuyordu. Zavallı kız, bu durumda, hangi deliğe saklanacağını bilemiyordu.

Saint-Ouen'ı yeni geçmiştik ki, Madelon başladı yine Léon'a serzenişte bulunma seansına, hem de çılgınlığa varan bir boyutta, sevgisi ve sadakati hakkında bozuk plak gibi durmadan sorular soruyordu ona, üstelik bu sefer yüksek sesle. Sophie'yle ikimiz bayağı zor durumda kalmıştık. Ama kızın öyle bir gözü dönmüştü ki bizim de söylediklerini duyuyor olmamız hiç umurunda değildi, aksine. Tabii öte yandan benim onu bizimle birlikte bu kutuya hapsetmiş olmam da çok akıllıca sayılmazdı doğrusu, seslerin yankılanıyor olması, kendi doğasının da kışkırtmasıyla ona hayatının rolünü oynama fırsatını vermişti. Yani yine benim o pek sivri akıllı girişimlerimden birine dönüşmüştü şu taksiye binme fikri.

Ona gelince, yani Léon'a, artık tepki vermiyordu. Her şeyden önce, birlikte geçirdiğimiz bu akşam onu yormuştu, üstelik onda ezelden beri bir "uykusunu alamamış olma" hali egemendi, onun hastalığı da buydu.

— Lütfen Madelon, biraz sakinleşin canım! diye arada Madelon'a laf sıkıştırma fırsatını bulabildim yine de, eve vardığımızda hesaplaşırsınız... Orada bunun için yeterince zamanınız olur...

— Varmak! varmak ha! diye inanılmaz bir ses tonuyla karşılık verdi o zaman. Varmak mı? Asla varamayacağız diyorum ben de size!... Hem sonra bıktım artık sizin o pis tavırlarınızdan! diye sürdürdü, ben namuslu bir kızım!... Ben topunuzdan daha değerliyim!... Sizi gidi domuz sürüsü sizi... Siz benimle dalga geçe durun öyle... Sizler beni anlayabilecek seviyede insanlar değilsiniz!... Siz, hepiniz, sizler beni anlayamayacak kadar kokuşmuş tiplersiniz!... Saf ve temiz, güzel olan şeyleri, işte bunları anlamaktan âciz hale gelmişsiniz siz!

Yani bizi onurumuzdan yakalayıp saldırıyordu ve bu böyle sürüp gidiyordu, ben de her ne kadar peykemin üstünde kımıldamadan, hem de elimden geldiğince düzgün biçimde, dimdik oturuyor olsam da, ayrıca onu daha fazla kışkırtmamak için iç çekmekten bile imtina edip gıkım çıkmıyorsa da, Madelon, taksinin her vites değiştirmesinde yine kendinden geçiyordu. Böyle anlarda ufacık bir şey bile yetebiliyordu kızılca kıyamet kopmasına ve o da sanki sırf bizi mutsuz etmekle doyuma ulaşıyormuşçasına, hiç vakit kaybetmeden kendi doğasının onu götürebileceği en uç noktaya kadar koştura koştura gitmekten kendini alamıyordu.

— Bu işten bu kadar kolay sıyrılabileceğinizi de sanmayasınız sakın! diye bizi tehdit etmeye devam ediyordu. Civcivi de öyle kolayca başınızdan atabileceğinizi sanıyorsanız yanılıyorsunuz! Yok ya! Yok öyle yağma! Benden söylemesi! Hayır, işler sizin planladığınız gibi gitmeyecek! Sizi gidi bok herifler!... Siz benim hayatımı mahvettiniz be! Ben şimdi size ne yapacağımı bilirim, sizi aşağılık yaratıklar sizi!...

Derken Robinson'a doğru eğilip onu pardösüsünden yakaladı ve iki eliyle birden sallamaya başladı. O ise, Robinson yani, ondan kurtulmak için en ufak bir teşebbüste bulunmuyordu. Bu durumda müdahale etmek bana düşmezdi. İşin komik tarafı kızın böyle kendinden geçmeye devam ediyor olması Robinson'u eğlendirmişe bile benziyordu. Gevrek gevrek gülüyordu, doğal değildi bu, kız onu azarlarken o da bir kukla gibi oturduğu yerde sallanıyordu, başı önde, boynu gevşek.

Her şeye karşın bu kabalıklara bir son vermek için tam da ufak bir ikaz hareketi yapmaya yelteniyordum ki, Madelon sertçe karşı koydu ve bu sefer de benim ipliğimi pazara çıkardı... Epeydir onda yer etmiş bir kuyruk acısıydı bu... Ağzımın payını alma sırası bana gelmişti! hem de herkesin önünde. "Siz hele, uslu durun bakayım, ırz düşmanı! diye lafını geçirdi bana. Léon'la aramızda olup bitenler sizi ilgilendirmez! O şiddet merakınızı kendinize saklayınız, Bayım, yeter artık! Duydunuz mu? Ha? Yeter artık! Eğer bir kez daha bana el kaldırmaya kalkarsanız, Madelon gösterir o zaman size, dünyanın kaç bucak olduğunu!... Görürsünüz o zaman dostlarınıza boynuz taktırıp sonra da karılarını dövmek nasıl oluyormuş!... Amma da malın gözüymüş yahu bu rezil herif! Hiç mi utanma sıkılma yok sizde?" Léon, bu gerçekleri duyunca, sanki biraz kendine gelir gibi oldu. Gülmesi kesilmişti. Hatta bir an için acaba birbirimizin gırtlağına sarılıp, kapışır mıyız diye düşündüm bile, ama her şeyden önce burada taksinin içinde dört kişi sıkışmış haldeyken, kavga edecek yer de yoktu. Bu beni rahatlatıyordu. Taksinin içi fazla dardı.

Üstelik artık Sen nehri kıyısının bulvarlarının parke taşlarında bayağı hızlı gitmeye de başlamıştık ve araba öyle bir hoplatıyordu ki, hareket etmek dahi zordu...

"Gel Léon! diye emretti Madelon tam da o sırada! Gel diyorum sana, son defa söylüyorum! Duymuyor musun, gel! Bırak artık şunları! Duymuyor musun ne dediğimi?" Tam bir komedi.

— Durdursana canım şu taksiyi, Léon! Durdur yoksa ben durduracağım onu!

Ancak o, yani Léon, hâlâ oturduğu yere yapışmış duruyordu. Put kesilmişti.

— Demek gelmek istemiyorsun, öyle mi? diye başladı kız yine, gelmek istemiyor musun?

Bundan böyle kuyruğumu kısıp çenemi kapayarak oturmam konusunda beni yeterli açıklıkla uyarmıştı. Ben dersimi almıştım. "Gelmiyor musun?" deyip duruyordu. Taksi kaptırmış, son sürat gidiyordu, önümüzde yol açılmıştı artık ve içerisi daha bile çok tangırdıyordu. Paket gibiydik, bir o yana devriliyorduk, bir bu yana.

"Anlaşıldı", sonucuna vardı, baktı ki ötekinin ağzını bıçak açmıyor. "Demek öyle! Tamam o zaman! Sen bilirsin, sen istedin bunu! Yarın! Duydun mu, yarından tezi yok Komiser beye giderim ben de ve her şeyi anlatırım Komiser beye, ben bilirim ona anlatmasını, Henrouille ananın o merdiveninden nasıl düştüğünü! Bu sefer duydun beni artık, dimi, söylesene Léon?... Oldu mu şimdi?... Artık duymazdan gelmiycen dimi?... Ya hemen şimdi benimle gelirsin ya da yarın gider ben de onu görürüm!... Eee, gelcen mi şimdi, gelmiycen mi? Konuşsana be adam!..." Şakaya gelecek tarafı olmayan bir tehditti bu.

En sonunda Robinson birazcık yanıt vermeye razı oldu tam o arada.

— İyi ama sen de işin içindesin, yahu! diye çıkıştı. Senin laf söylemeye hakkın yok...

Onun yanıt niyetine bunu söylediğini duyunca, hiç ama hiç

sakinleşmedi Madelon, aksine. "N'olmuş yani ben de işin içindeysem! diye karşılık verdi. Umurumda bile değil! Yani ikimiz de mi gircez hapse demek istiyosun?... Ben de senin suç ortağın mıyım yani?... Bu mu demek istediğin?... İyi ya o zaman benim de canıma minnet!..."

Birden gevrek gevrek gülmeye başladı, bir isterik gibi, sanki ömründe bundan daha keyifli hiçbir şey duymamış gibi...

— Benim de canıma minnet dedim ya sana! Benim çok işime gelir hapse girmek diyorum sana!... Hapishane korkusuyla kıvırtacağımı sanmayasın boşuna!... İstediğiniz kadar girmeye hazırım ben hapse! Ama o zaman sen de gircen dimi seni namussuz?... Hiç olmazsa o zaman benimle böyle dalga geçmeye devam edemeyeceksin ama dimi! Ben seninim, peki! ama sen de benimsin! Benimle kalmalıydın sen de işte o evde! Sadece tek bir aşk bilirim ben, Bayım! Orospunun teki değilim, ben!

Bunu derken de hem bana hem de Sophie'ye aynı anda meydan okuyordu. Sadakat açısından öyle diyormuş, saygı açısından.

Her şeye rağmen hâlâ yola devam ediyorduk ve Robinson da taksiyi durdurmaya hâlâ niyetli değildi.

— Demek gelmiyorsun öyle mi? Kodese girmeyi tercih ediyorsun yani? Öyle olsun!... Seni ihbar etmem umurunda değil demek?... Seni seviyor olmam da öyle mi?... Onu da hiç iplemiyorsun dimi?... Benim istikbalim de umurunda değil?... Hiçbir şey umurunda değil zaten senin değil mi? Desene hadi?

— Evet, bir bakıma öyle, diye yanıtladı... Haklısın. Ama umurumda olmayan, özel olarak sen ya da başkası değil... Bunu bir hakaret olarak algılama sakın!... Aslında sen iyi kızsın... Ama artık kimsenin beni sevmesini istemiyorum... Midemi bulandırıyor bu benim!...

Ona böyle bir şey denmesini hiç beklemiyordu, tam gözünün içine bakarak, bodoslama, bu onu öylesine afallatmıştı ki başlattığı kavgayı neresinden yakalayıp sürdürebileceğini kestirmekte zorlanıyordu. Sudan çıkmış balığa dönmüştü, ama yine de devam etmenin bir yolunu buldu. "Demek öyle! Demek mideni bulandırıyor!... Nasıl yani mideni bulandırmak ne demekmiş bu şimdi?... Açıklasana pis nankör!...

— Hayır! sen değil, her şey midemi bulandırıyor! diye yanıtladı. Canım istemiyor... Bundan dolayı bana gücenmemelisin...

— Ne dedin sen öyle, ne dedin? Bir daha söyle bakayım?... Ben ve her şey mi?" Anlamaya çalışıyordu. "Ben ve her şey? Açıklasana bunu? Ne demek bu şimdi?... Ben ve her şey?... Bırak Çince konuşmayı!... Anlayacağımız lisanda söyle, onlar da duysun, niye durup dururken mideni bulandırıyormuşum şimdi de? Senin de sevişirken sikin kalkmıyor mu yani başkaları gibi, söylesene koca domuz? Sikin kalkmıyor mu yani ha?... Sıkıysa söyle burda?... Herkesin önünde söyle sikinin kalkmadığını..."

Bütün öfkesine rağmen o bulduğu laflarla kendini savunuş biçimi insanı ister istemez güldürüyordu. Ama öyle uzun uzadıya gülemedim, çünkü yeniden taarruza geçti. "Ya o, şurda duran herif, diye çıkıştı, o da beni her fırsatta yakalayıp bir köşeye sıkıştırdığında beli gelmiyor mu yani! O namussuz! O fırsat düşkünü sapık, sıkıysa aksini söylesin?... Söylesenize hadi hepinizin derdinin değiş tokuş etmek olduğunu!... İtiraf edin!... Değişikliğe ihtiyacınız olduğunu!... Grup seksi!... Yanına bir de bakire isteseydiniz oldu olacak? Cinsi sapıklar sizi! Domuz sürüsü!... Ne diye bahane ararsınız ki?... Sizler aslında birer yılgınsınız işte bu kadar! Kendi sapıklıklarınızla yüzleşecek cesaretiniz bile kalmamış sizin! Kendi sapıklıklarınızdan korkuyorsunuz siz!"

Öyle deyince de karşılık verme işini Robinson üstlendi. Sonunda onun da sabrı taşmıştı ve artık o da Madelon kadar yüksek sesle bağırıyordu.

— Var tabii! diye yanıtladı. Cesaretim var tabii! Hem de eminim en az seninki kadar vardır!... Ama madem ille de her şeyi kurcalamak istiyorsun... Kesinlikle her şeyi... O zaman, bil ki, artık her şey midemi bulandırıyor benim ve tiksindiriyor beni. Sadece sen değil!... Her şey!... Özellikle de aşk!... Seninki de en az başkalarınınki kadar... Senin şu yaratmaya çalıştığın, duygularla dolu şey var ya, onun benim gözümde neye benzediğini söylememi ister miydin? O şey tam da helanın içinde sevişmeye benziyor! Beni annadın mı şimdi?... Madem öğrenmek istiyorsun söyleyeyim, sana yapışıp seninle kalmam için gidip bir yerlerden bulduğun tüm o duygular lakırdılar var ya, onları ben hakaret olarak algılıyorum hakaret... Üstelik sen bunun farkında bile değilsin ve farkında olmadığın içindir ki esas namussuz sensin... Ayrıca mide bulandırıcı biri olduğun da aklının kıyısından bile geçmiyor senin değil mi!... Başkalarının sıçtığı palavraları ağzına sakız etmek seni tatmin etmeye yetiyor!... Bunda bir sakınca görmüyorsun... Bu sana yeterli geliyor çünkü başkaları sana aşktan daha iyi bir şey olmadığını anlatıp durdular, bu numarayı hem herkesin hem de her seferinde yutacağını söylediler... Ama işte ben çıkıp diyorum ki: bok yesin öyle orta malı aşk!... Duydun mu? Sökmez bana kızım... sökmez o tiksindirici aşklar!... Yanlış adama çattın!... Yanlış zamanlama seçtin, geç kaldın! Artık yemezler, işte bu kadar!... İşte bu yüzden bu kadar esip gürlüyorsun!... Sen dünyada bütün bu olup bitenin göbeğinde ille de sevişmeye çok mu heveslisin yani?... Bütün bu gördüklerimizin?... Yoksa hiçbir şey görmüyor musun?... Ama bence esas mesele umursamıyor olman!... Romantik kadın ayakları atıyorsun ama aslında ender bulunan cinsten bir canavarsın sen... Kokuşmuş et mi istiyorsun? Aşk sosuna bulanmış?... Miden kaldırıyor mu?... Benimki kaldırmıyor!... Eğer burnuna hiç koku gelmiyorsa ne mutlu sana! Demek ki senin burnun tıkalı! İnsanın midesinin bulanmaması için sizler gibi hödük olması gerek... Seninle beni ayıranın ne olduğunu mu merak ediyorsun?... Söyleyeyim, seninle beni ayıran, koskoca bir hayat var be... Daha ne olsun istiyorsun?

— Ama benim oram buram temizdir, diye diklendi Madelon... İnsan hem fakir hem de temiz olabilir yani, olmaz mı canım! Ne zaman gördün ki benim oramın buramın temiz olmadığını? Bana hakaret ederken bunu mu söylemek istiyorsun yani?... Kıçım temizdir benim, Bayım!... Seninki için aynı şeyi söyleyemeyeceğim ama!... Ayakların için de!

"Yahu ben öyle bir şey demedim ki Madelon! Ağzımdan hiç öyle bir laf çıkmadı ki!... Oranın buranın temiz olmadığı falan?... Görüyorsun ki anlamaktan âcizsin!" Onu yatıştırmak için bula bula bunu bulmuştu söyleyecek.

— Şimdi de bir şey demediğini mi söylemek istiyorsun? Bi şey demedin yani? Şuna bakın hele şimdi de çıkmış bana bir yandan insanın ağzına dahi almaya utanacağı hakaretler yağdırıyor bir yandan da bu yetmiyormuş gibi bir de hâlâ bir şey demediğini iddia ediyor! Yahu daha fazla yalan söylemesini engellemek için gebertmek gerek bunu be! Böyle bir domuzu kodese tıksan kaç yazar, yetmez ki! Kokuşmuş adi bir pezevenk bu!... O da yetmez!... İdam sehpası paklar ancak onu!

Artık sakinleşmek istemiyordu. Taksinin içinde kavgalarından bir şey anlamak mümkün değildi artık. Arabanın tangırtıları arasında ancak savurdukları küfürler duyulabiliyordu, bir de tekerleklerin yağmurla tepişmesi, rüzgârın fırtınaya dönüşüp kapıyı dövmesi... Aramızda tehditten geçilmiyordu. "İğrenç bir şey bu..." diye yineledi Madelon birkaç kez. Artık başka bir şey konuşamaz haldeydi. "İğrenç bir şey bu!" Sonra da son kozunu oynamaya karar verdi: "Geliyor musun? dedi ona. Geliyor musun Léon? Bir?... Geliyo musun? İki?..." Bekledi. "Üç?... Gelmiyor musun?... — Hayır! diye karşılık verdi o da, yerinden bile kımıldamadan. Elinden geleni ardına koyma!" diye de ekledi. Cevap diye buna derler işte.

Herhalde dipteki koltukta kendini biraz geriye çekmiş olsa gerekti. Tabancayı da muhtemelen iki eliyle birden tutuyordu çünkü ateş aldığında alev sanki tam karnından çıkıyormuş gibi oldu sonra da neredeyse aynı anda iki el daha, iki defa üst üste... Ardından, insanın gözünü yakan bir duman kapladı taksinin içini.

Yine de yola devam ediyorduk. Benim üstüme düştü Robinson, yan yatarak, sarsıla sarsıla, bir şeyler mırıldanarak. "Hop! ve Hop!" Durmadan inliyordu "Hop! ve Hop!" Şoför mutlaka duymuş olmalıydı.

Önce biraz yavaşladı, ne olduğunu anlamak için. Sonra da bir sokak lambasının altında tamamen durdurdu arabayı.

Şoför kapıyı açar açmaz, Madelon onu sertçe itti, kendini dışarı attı. Dimdik şarampolden aşağı yuvarlandı. Çamurlu tarlanın gecesinin içinde tüydü gitti. Arkasından ne kadar seslensem de, çoktan gözden kaybolmuştu.

Yaralıyla ne yapmamız gerektiğine karar veremiyordum. Onu Paris'e geri götürmek bir açıdan daha pratik olabilirdi... Öte yandan artık neredeyse Müessese'mize de gelmiştik... Beldedekiler dalgayı çakabilirlerdi... Bu durumda onu arkaya Sophie'yle beraber pardösülerin arasına yerleştirip, tam da Madelon'un ateş etmek için büzüştüğü köşeye sıkıştırdık. "Yavaş ol" diye tembih ettim şoföre. Ancak yine de çok hızlı gidiyordu, acelesi vardı. Sarsıntılar Robinson'u daha da fazla inletiyordu.

Müessese'nin önüne geldiğimizde, şoför bize adını bile söylemek istemiyordu, polisle başının derde girmesinden korkuyormuş, tanıklık etme meseleleri...

Ayrıca koltuklara mutlaka kan bulaşmış olduğunu da iddia ediyordu. Hiç beklemeden çekip gitmek istiyordu. Ama ben plaka numarasını almıştım.

Karnından yemişti o iki kurşunu Robinson, belki de üçünü birden, daha henüz tam olarak kaç tane olduğunu kestiremiyordum.

Dosdoğru tam karşısına nişan alıp ateş etmişti Madelon, bu kadarını görebilmiştim. Kanamıyordu, yaralar. Onu tutmamıza rağmen Sophie'yle ikimizin arasında yine de fazla sarsılıyordu, kafası sallanıyordu. Konuşuyordu, ama ne dediğini anlamak zordu. Daha şimdiden sayıklamaya başlamıştı. "Hop! ve Hop!" diye mırıldanmaya devam ediyordu. Müessese'ye varıncaya kadar ölebilirdi.

Sokağa daha yeni parke taşı döşemişlerdi. Parmaklıkların önüne gelir gelmez, kapıcıya gidip Parapine'i odasından çağırmasını söyledim, derhal. Hemen indi aşağı ve bir hastabakıcıyla birlikte onun yardımı sayesinde Léon'u yatağına kadar çıkarabildik. Onu soyup muayene ettik ve karın duvarını elledik. Karın duvarı parmaklarımızın ucuna, elle muayenede, daha şimdiden bayağı gergin geliyordu, hatta bazı yerlerde matlaşmıştı bile. Alt alta iki delik buldum, bir üçüncüsü yoktu, kurşunlardan biri ıskalamış olsa gerek.

Ben Léon'un yerinde olsaydım, kendim için bir iç kanamayı yeğlerdim, bu, karnınızı dolduruverir, kısa sürede iş biter. Peritonu doldurursunuz ve konu kapanır. Oysa peritonite çevirdiğinde, iltihaplanma olacak demektir, ki iş uzar.

Yani hâlâ işi bitirmek için ne yol izleyeceğini merak etmek mümkündü. Karnı şişiyordu, bize bakıyordu Léon, daha şimdiden bakışları sabitleşmişti, inliyordu, ama çok değil. Bu bir tür sakinleşme sayılabilirdi. Onun bayağı hasta hallerini daha önce de görmüştüm, hem de birçok değişik yerde, ancak bu sefer her şeyin alışılmışın dışında olduğu bir durumdu bu, iç çekmeler, gözler, her şey. Sanki onu artık tutamıyorduk, her dakika bizden biraz daha uzaklaşıyordu. Öyle iri damlalarla terliyordu ki sanki bütün yüzüyle ağlıyor sanırdınız. İnsanın bu gibi durumlarda, bu derece çaresiz ve bu derece katı bir hale gelmiş olması hiç de iç açıcı değil. Birisinin ölmesine yardımcı olmak için gerek duyabileceğiniz şeylerden hemen hiçbirine sahip değilsinizdir. İçinizde kala kala bir tek gündelik hayat için işe yarayabilecek şeyler kalmıştır, rahata ermenin hayatı, yalnızca kendinin hayatı, pislik. Güveni yolda kaybetmişsinizdir bile. Pis bir hap gibi bedeninizin derinliklerinde bir yerlere özenle yerleşmiş olan son merhamet kırıntılarını da kovup, eziyet etmişsinizdir. Merhamet duygusunu boka bulayıp ite kaka bağırsaklarınızın dibine kaydırmışsınızdır. Onun yeri orasıdır demişsinizdir.

Ben de, Léon'un önünde dikilmiş duruyordum, acısını paylaşmak için, ama daha önce hiç bu derece kahrolmamıştım. Yapamıyordum... Beni bulamıyordu... Bu yüzden de kıvranıyordu... Bir başka Ferdinand'ı arıyordu ola ki, çok daha büyük bir Ferdinand'ı, elbette, ölmek için, daha doğrusu ölmesine yardımcı olsun diye, daha yumuşak biçimde. Anlayabilmek için epey çaba harcıyordu, olur a, acaba dünya en ufak bir ilerleme kaydetti mi diye. Envanter çıkarmaya çalışıyordu, vicdanında, zavallı adam... O yaşamını tamamlarken insanlar acaba azıcık da olsa değişmişler miydi, olumlu yönde tabii, acaba istemeden de olsa onlara karşı haksızlık yaptığı olmuş muydu... Gelgelelim, onun yanı başında ben, bir ben, yalnızca ben vardım, gerçeğin ta kendisi bir Ferdinand, kendi basit yaşamının sınırlarını aşmış daha büyük bir insan olabilmek için gerekli olan şeyden, başkalarının yaşamına sevgi duymaktan yoksundum ben. İşte bu, bende yoktu, ya da o kadar az vardı ki bunu göstermeye bile değmezdi. Ölüm kadar kocaman değildim, ben. Çok daha küçüktüm. O büyük insanlık düşüncesi yoktu bende. Hatta sanırım gebermekte olan bir köpek için üzülmem bile, Robinson için üzülmemden daha kolay olurdu, çünkü köpekler üçkâğıtçı değildir, oysa onda, yani Léon'da her şeye rağmen az da olsa üçkâğıtçılık vardı. Ben de üçkâğıtçıydım, hepimiz üçkâğıtçıydık... Geride ne kaldıysa hepsini yolda yitirmiştik ve hatta, hiç olmazsa ölüm döşeğindeki insanların yanında hâlâ işe yarayabilecek olan o surat ifadelerini bile yitirmiştim, onları bile, korkarım yolda her şeyi yitirmiştim, gebermek için gereksinim duyulabilecek şeylerden hiçbirini bulamıyordum, kala kala alavere dalavere kalmıştı. Duygum sanki yalnızca tatillerde gidilen bir ev gibiydi. Doğru dürüst dayalı döşeli dahi değil. Kaldı ki can çekişenlerin istekleri bitmez. Can çekişmek yetmiyor. Geberirken bir yandan da tadını çıkarmak isterler, yaşamın en alt kademesinde, damarlar üre dolmuşken bile, son hıçkırıklarla hâlâ ille de doyuma ulaşmak gerek.

Ölüm döşeğindekiler artık yeterince doyuma ulaşamadıkları için hâlâ mızmızlanıp dururlar... Talep ederler... Protesto ederler. Bu, ölümün içine bile hayat katmaya çalışan bir felaketzedecilik oyunudur.

Parapine ona morfin iğnesini yapınca biraz canlandı. Hatta başına gelenler hakkında bize bir şeyler bile anlattı. "Böyle bitmesi daha iyi oldu..." dedi, ardından da: "Sandığım kadar acıtmıyor..." Parapine ona tam olarak neresinin acıdığını sorduğunda, artık bir ölçüde gitmiş olduğu anlaşılıyordu, ama aynı zamanda bize hâlâ bir şeyler söylemek istiyordu ille de ... Gücü de tükeniyordu, ardından imkânları da. Ağlıyordu, boğuluyordu ve hemen arkasından da gülüyordu. Sıradan bir hasta gibi değildi, insan onun önünde ne yapacağını şaşırıyordu.

Sanki şimdi de bizlere yaşamamızda yardımcı olmaya çalışıyor gibiydi artık. Sanki kalmaya hak kazanmak için bizlere verecek birtakım zevkler bulmaya çalışıyor gibi. Elimizden tutuyordu. Bir eliyle Parapine'i öteki eliyle beni. Onu öptüm. Bu durumlarda hataya düşmeden yapabileceğiniz bir tek bu kalmıştır. Bekledik. Bir daha konuşmadı. Bir süre sonra, belki bir saat, ama daha fazla değil, kanama başladı nihayet, ama öyle böyle değil, dolu dolu, içeriden, toptan. Onu aldı götürdü.

Kalbi giderek daha hızlı atmaya başladı, sonra da adamakıllı hızlı. Kalbi kanının peşine düşmüş koşuyordu, tükenmiş, orada, daha şimdiden iyice azalmış, damarların en son noktasında, parmak uçlarında titreye titreye. Solgunluk boynuna doğru yükseldi ve tüm yüzünü kapladı. Nefessiz kalarak tükendi. İki koluyla ikimizin birden üstüne kapanarak bir seferde gitti, sanki iyice gerinip üstümüze atlamış gibi.

Sonra da oraya, önümüze, geri döndü, neredeyse hemencecik, katılmış, daha şimdiden ölülere özgü o ağırlığa kavuşmuştu.

Biz de kalktık, ellerinden sıyırdık kendimizi. Havada asılı kaldı elleri, kaskatı, lambanın altında sapsarı ve masmavi, dikilmiş.

Odada artık bir yabancı gibi duruyordu Robinson, sanki korkunç bir ülkeden gelmiş bir yabancıymış da bu yüzden artık onunla konuşmaya çekiniyormuşuz gibi.

Parapine serinkanlılığını yitirmiyordu. Bir yolunu bulup adamlarımızdan birinin karakola haber ulaştırmasını sağladı. Şansımıza Gustave, yani bizim Gustave'mış trafiği idare etme görevinin ardından bu gece nöbete kalan.

— Al işte, yine bir facia! dedi Gustave odaya girip de durumu görür görmez.

Sonra da biraz nefes almak ve henüz toplanmamış olan hastabakıcıların sofrasında bir tek atmak için gitti oraya oturdu. "Madem bu bir cinayet, onu alıp karakola götürsek daha iyi olur" diye önerdi, sonra da: "Efendi bir çocuktu Robinson, diye belirtti, karıncayı bile ezmez. Kadın ne diye öldürdü ki onu?..." Sonra biraz daha içti. İçmese daha iyi olurdu. İçki kaldırmıyordu. Ama içmeden de edemiyordu. Onun da zaafı buydu.

Onunla birlikte çıkıp yukarıdan, depodan, bir sedye aldık. Personeli çalıştırmak için saat artık çok geçti, cesedi karakola kendimiz taşımaya karar verdik. Karakol bayağı uzaktaydı, beldenin öbür ucunda, hemzemin geçitten sonraki son ev.

Böylece yürümeye koyulduk. Parapine sedyenin ön tarafını, Gustave Mandamour da öteki ucunu kavramıştı. Ancak ne biri ne de öteki düz gitmeyi başarabiliyordu. Hatta küçük merdivenden aşağı inerken Sophie'nin onlara biraz yol göstermesi dahi gerekti. O sırada Sophie'nin sanki olup bitenlerden pek fazla etkilenmemiş göründüğünü fark ettim. Oysa tam da burnunun dibinde olmuştu her şey, hatta o kadar ki öbür çatlak karı ateş ettiğinde kurşunlardan biri bal gibi ona da isabet edebilirdi. Ancak, bunu daha başka koşullarda da gözlemlemiştim, Sophie'nin duygusal açıdan havaya girebilmesi biraz zaman alıyordu. Yo, soğuk biri değildi, çünkü bir anda yakalanıveriyordu, ani bir fırtınaya tutulmuş gibi, ama yine de bu zaman alıyordu.

Her şeyin tamamen bittiğinden iyice emin olabilmek için bir süre daha cesetle birlikte onları izlemek istiyordum aslında. Ancak yapmam gerekeni yapıp o sedyenin peşinden onları adam gibi izlemek yerine, yol boyunca sağa sola saparak dolandım, nihayet hemzemin geçidin kenarındaki büyük okulu geçince de önce çitlerin arasından, sonra da dikine Sen nehrine doğru inen küçük yoldan aşağı süzülüverdim.

Parmaklıkların ötesinden onların sedyeleriyle birlikte uzaklaştıklarını gördüm, enselerinden dolanıp sıkı sıkı düğümlenmekte olan sis atkılarının arasına sıkışıp boğulmaya gider gibi bir halleri vardı. Rıhtımda, nehrin sularının kabarmasıyla iyice birbirlerine yanaşmış mavnalar suyun yoğun baskısı altındaydılar. Gennevilliers ovasından soğuk rüzgârlar esiyordu, gergin öbekler halinde, nehrin çalkantılarının üstüne doğru, onların kemerlerin arasından sızan ışıkta parlak şekilde yansımasını sağlayarak.

Orada iyice uzaklarda deniz vardı. Ancak benim artık o, yani deniz hakkında düşleyebileceğim bir şey kalmamıştı. Yapacak başka işlerim vardı benim. Kendimi yeniden kendi hayatımın önünde bulmamak için ne kadar kaybolmaya çalışırsam çalışayım, o her yerde yine karşıma çıkıveriyordu. Yeniden kendi üstüme kapanıyordum. Benim hamallığım bitmişti artık, benden paso. Başka kapıya!... Dünya kapılarını kapamıştı! Sonuna varmıştık bizler!... Bayramyerindeki gibi!... Üzülmekle bitmiyor, müziği sil baştan çalabilmek de gerek, gidip bir yerlerde daha fazla hüzün arayabilmek gerek... Başka kapıya dedik ya!... Bu şekilde, çaktırmadan yeniden talep ettiğimiz şey aslında gençliğimizdir... Utanmadan!... Her şeyden önce de, ben daha fazlasına katlanmaya hiç hazır değildim!... Halbuki ben hayatta Robinson kadar ileriye de gidememiştim!... Sonuçta ben başaramamıştım işte. Ben onun kendisini zımbalatmak için bulduğu fikir gibi tek bir sapasağlam fikir bile elde edememiştim. Yani o koca kafamdan bile daha büyük bir fikir, içindeki bütün o korkudan daha büyük, güzel bir fikir, muhteşem ve ölmek için de çok pratik bir fikir... Böyle, bütün dünyadan daha güçlü bir fikir sahibi olabilmek için daha kaç hayat yaşamam gerekecek benim? Ne bileyim! Becerememiştim işte! Benim fikirlerime gelince, onlar daha çok aralarında bir mesafe bırakarak dolanıyorlardı kafamın içinde, küçük mumlara benziyorlardı, kendinden pek hoşnut olmayan ve tüm bir ömür boyunca, cehennemi andıran korkunç mu korkunç bir evrenin içinde yanıp sönen...

Yirmi yıl öncesine kıyasla durum belki biraz daha iyiydi, yani aşama kaydetmeye giden yolda en ufak bir ilk adım dahi atmadığım söylenemezdi, ne var ki benim günün birinde Robinson'un başardığını başarabileceğimi düşünmek, yani kafamı tek bir fikirle, ama ölümden bile daha güçlü sapasağlam, muhteşem bir düşünceyle doldurmam ve o zaman da sırf bu fikir sayesinde her tarafımdan zevk, gamsızlık ve cesaret fışkırtmam olacak iş değildi hani. Fışkırtıcı bir kahraman.

Ne de cesaret dolu olurdum o zaman. Hatta paçalarımdan cesaret bile akardı ve yaşamın kendisi tüm bir cesaret fikrinden ibaret olurdu, her şeye hükmeden, Yerden Göğe kadar her şeye, insanlara ve nesnelere. Oldu olacak aşk da olurdu, hem de üstüne üstlük öylesine çok olurdu ki, Ölüm bile onun içinde kısılıp kalırdı, sevgiyle, hem de kendini içten içe o kadar iyi, o kadar sıcak hissederdi ki, o kaltak bile nihayet doyuma ulaşabilirdi, o bile sonunda aşkla, herkesle birlikte neşesini bulmaya başlardı. İşte böylesi güzel olurdu! Böylesi başarılı olurdu! Kendimi böyle sonsuz kararlarla şişirmeyi başarabilmem için kim bilir ne numaralar yapıp ne haltlar karıştırmam gerektiğini düşünerek kendi kendime gülüyordum rıhtımda... İdeallerle şişinmiş tam bir kurbağa! Alt tarafı yüksek ateşte sayıklama.

Bir saattir her yerde beni arıyordu dostlar! Üstelik yanlarından ayrıldığımda durumumun pek parlak olmadığı da gözlerinden kaçmamıştı... Sokak lambamın altında beni uzaktan ilk gören Gustave Mandamour oldu. "Hey Doktor!" diye seslendi bana. Mandamour'un borazan gibi bir sesi vardı gerçekten de. "Bu taraftan gelin! Komiser sizi bekliyor! İfadeniz için! Biliyor musunuz Doktor... diye ekledi, ama kulağıma eğilip, sizi hiç iyi görmedim!" Bana eşlik etti. Hatta yürürken bana destek bile oldu. Beni severdi Gustave. Ben ona içki konusunda asla laf etmezdim. Her konuda anlayışlıydım ben. Oysa Parapine, o bazen sert davranabiliyordu. Ara sıra içki konusunda onu azarladığı oluyordu. Gustave benim için çok şey yapmaya hazırdı. Hatta bana hayrandı. Söylemişti de. Nedenini bilmiyordu. Ben de. Ama bana hayrandı. Bir o vardı zaten.

Birlikte iki ya da üç sokak geçtikten sonra karakolun fenerini gördük. Artık kaybolmayız. Gustave'ı tasalandıran şey yazmak zorunda olduğu o rapordu. Bunu bana söylemeye cesaret edemiyordu. Benden önce herkese boş kâğıda imza attırmıştı, ama yine de raporunda eksik olan birçok şey vardı.

Koca kafalıydı Gustave, benim gibi, hatta kasketi kafama uyuyordu, düşünsenize, gelgelelim ayrıntıları kolayca unutma huyu vardı. Fikirler kafasında kolay oluşamıyordu, kendini ifade etmekte de zorlanıyordu, hele ki yazmada. Parapine yazma işinde ona yardımcı olurdu olmasına ama dramın hangi koşullarda vuku bulduğuna dair o da, yani Parapine de hiçbir şey görmemişti. Bir şeyler uydurması gerekecekti ama Komiser raporlarda uydurulmasını istemiyordu, kendi de belirttiği gibi yalnızca gerçekleri istiyordu.

Karakolun küçük merdivenlerini tırmanırken, zangır zangır titriyordum. Ben de Komiser'e fazla bir şey anlatacak durumda değildim açıkçası, kendimi gerçekten hiç de iyi hissetmiyordum.

Robinson'un cesedini oraya, Emniyet Müdürlüğü'nün iri klasörlerinin sıralandığı yerin önüne koymuşlardı.

Sıraların sağında solunda bildiriler, izmaritler, tam silinememiş bir "Kahrolsun Polis" yazısı.

Nihayet varabildiğimde, "ne o Doktor, kayıp mı oldunuz?" diye sordu bana sekreter, pek de dostça. Hepimiz o kadar yorgunduk ki, abuk sabuk laflar çıktı ağzımızdan, sırayla, bir süre.

Neyse, sonunda kullanılacak terimler ve kurşunların nereden girip nereden çıktıkları konusunda mutabakata varıldı, hatta bir tanesi hâlâ belkemiğine saplanmış duruyordu. Bulunamıyordu. Onunla gömülecekti. Diğerleri aranıyordu. Taksiye saplanmıştı diğerleri. Sıkı bir tabancaymış.

Sophie gelip bizi buldu, pardösümü almaya gitmiş. Sanki ben de ölecekmişim ya da havalanıp gidecekmişim gibi beni öpüyor, sıkı sıkı sarılıyordu. "Yahu ben bir yere gitmiyorum! diye tepiniyordum. Bir yere gitmiyorum ki ben, Sophie!" Ne desem yatıştıramıyordum.

Komiser'in sekreteriyle sedyenin yanında laflamaya başladık, meğer o neler görmüş neler, öyle diyordu, ne cinayetler ya da cinayet olmayanlar, daha ne facialar, hatta bize tüm başından geçenleri bir çırpıda anlatmaya niyetleniyordu. Onu gücendirmeyelim diye bir türlü çekip gidemiyorduk. Öyle kibardı ki. Kırk yılda bir serserilerle değil de mürekkep yalamış kişilerle sohbet edebilmekten dolayı çok mutluydu. Dolayısıyla onu kırmamak için karakola takılıp kalmıştık.

Parapine'in yağmurluğu yoktu. Bizim konuşmamızı dinlemek Gustave'ın zekâsına ninni etkisi yapıyordu. Ağzı açık kalmıştı, kalın ensesi de sanki bir arabayı çekiyormuşçasına gerilmişti. Parapine'in konuşurken bu kadar çok sözcük kullandığına yıllardır tanık olmamıştım, hatta doğrusunu söylemek gerekirse, öğrencilik yıllarımdan beri ilk kez oluyordu bu. Bugün bütün bu olup bitenler onu sarhoş etmişti. Yine de eve dönmeye karar verdik.

Mandamour'u da yanımıza kattık, Sophie'yi de, o hâlâ arada sırada bana sarılıyordu, endişeli bir ilgiyle ve sevgi gücüyle dolmuştu tüm bedeni ve yüreği ve de her tarafı, hem de en şefkatlisinden. Ben de onun gücüyle dolmuştum. Bu beni rahatsız ediyordu, çünkü bana ait değildi bu güç ve günün birinde gidip Léon gibi gayet muhteşem biçimde geberebilmek için esas ihtiyaç duyduğum güç benimkiydi. Numara yaparak kaybedecek zamanım yoktu benim. Haydi iş başına! diyordum kendi kendime. Ama bir türlü de çağrıma yanıt alamıyordum.

Cesede son bir kez bakmak için arkamı dönmeme bile razı olmadı Sophie. Ben de arkama bakmadan çekip gittim. "Kapıyı lütfen kapatınız" yazıyordu. Parapine yine susamıştı. Fazla konuşmuş olmaktan olsa gerek. Kendi çapında fazla konuşmuş olmaktan. Kanal kıyısındaki büfenin önünden geçerken, uzunca bir süre ısrarla kepenklere vurduk. Bu bana savaş sırasında Noirceur yolundaki hadiseyi anımsattı. Kapının üzerinde aynı belli belirsiz ışıltı. Sonunda, patron bizzat geldi ve bize kapıyı açtı. Olup bitenden haberdar değildi. Ona her şeyi biz anlattık, faciayla ilgili haberi de ilettik. "Aşk faciası" adını takmıştı buna Gustave.

Kanalın barı gün ağarmadan az önce açılıyordu, gemiciler

nedeniyle. Alavere havuzu gecenin sonuna doğru ağır ağır olduğu yerde dönmeye başlar. Derken çevrede ne varsa hareketlenip çalışır hale gelir. Kıyılar nehirden yavaş yavaş ayrılır, suyun iki tarafından inip çıkmaya başlar. Gölgeden sıyrılan işçiler ortaya çıkar. Her şey yeniden görünür olmuştur, tüm sadeliğiyle, tüm sertliğiyle. Çıkrıklar buraya, çitler şantiyeye, oraya, daha ötede yolun üstünde nihayet insanlar belirirler, çok daha uzaklardan gelir onlar. Tam aydınlanamamış günün içine donmuş paketler halinde sızarlar. Önce şafağın önünden geçerek yüzlerine ışık bulaştırırlar. Daha uzağa giderler. Açık seçik görebildiğimiz tek şey onların soluk ve sade yüzleridir; gerisi daha hâlâ geceye aittir. Onların hepsinin de bir gün gebermeleri gerekmeyecek mi? Nasıl yap'caklar bunu?

Köprüye doğru çıkıyorlar. Sonra da yavaş yavaş ovanın içinde kayboluyorlar ve her yerden gün ışığı yükseldikçe hep yenileri geliyor, yeni insanlar, daha da solgunları. Ne düşünürler ki bunlar?

Barın sahibi faciayla ilgili her şeyi öğrenmek istiyordu, nasıl olup bittiğini, tüm ayrıntıları anlatmamızı istiyordu.

Vaudescal'di, patronun adı, Kuzey yöresinden gayet temiz pak bir delikanlı.

Gustave ona bir sürü şey anlattı, fazlası var eksiği yok.

Olayın nasıl vuku bulduğunu uzun uzadıya tekrarlayıp duruyordu Gustave, oysa önemli olan o değildi ki; yine kelimelerin ayrıntısına boğulmuştuk bile. Ardından da, sarhoş olduğu için, sil baştan alıyordu. Ama artık o noktadan sonra söyleyecek bir şeyi kalmamıştı, hiç. Oysa ben pekâlâ onu dinlemeye devam edebilirdim bir süre daha, usul usul, bir tür uykuda gibi, derken, ötekiler itiraz ediyorlar, o da buna bayağı kızıyor.

Öfkelenerek, gidiyor küçük sobaya yaradana sığınıp bir tane geçiriyor. Her şey yerlere dökülüyor, saçılıyor: boru, ızgara ve alev almış kömürler. Cüsselidir, Mandamour, dört adama bedel.

Bu da yetmezmiş gibi bir de bize gerçek Ateş dansı nedir göstermeye kalkmaz mı! Ayakkabılarını çıkarıp közlerin ortasına zıplayarak.

Barın patronuyla vakti zamanında hileli bir "kumar aleti" meselesi yüzünden kapışmışlarmış... Sinsi herifin biriydi Vaudescal; ona dikkat etmekte yarar vardı, gerçekten namuslu biri için fazla temiz pak gömlekler giyiyordu her zaman. Kindar ve müzevirdi. Öylesi çok vardır rıhtımda.

Vaudescal'in, içkili oluşunu bahane edip Mandamour'u azlettirmeye niyetlendiğini hemen anladı Parapine.

Onun Ateş dansı yapmasını engelledi ve onu azarladı. Mandamour'u masanın en ucuna ittik. Oraya yığılıverdi, sonunda, uslu uslu, derin derin iç çekerek, kokuların arasında. Sızdı.

Uzaktan, römorkör düdüğünü öttürdü; çağrısı köprüden geçti, sonra da bir kemerden, birinden daha, alavere havuzunu da aştı, derken bir başka köprüyü, uzakta, daha uzaklarda... Nehrin tüm mavnalarını yanına çağırıyordu, aynı zamanda tüm kenti ve göğü ve kırları ve bizleri de, alıp götürüyordu her şeyi, Sen nehrini de, her şeyi, kapatalım artık bu konuyu.

SONSÖZ
ÇEVİRİNİN SONUNA YOLCULUK

"Dilleri var, bizim dile benzemez"
Karacaoğlan

Hey Bardamu! diye seslendi bana, hey Bardamu! İşte böyle başladı... Yanaşıverdi, kırk yıllık dostmuşuz gibi, gayet samimi. 1914'teki savaşta aynı havan mermisinin hedefi olmaktan ödü bokuna karışan hödüklerdeki kan kardeşliği gibi bir şey miydi yoksa onu bana böylesine, içtenmiş gibi ama yine de kuşkulu, sıcak, meraklı ve sevecen ama davetsiz bir misafir gibi yanaşmaya iten şey? Yoksa yüksek ateşle titrediğim ve sağlığımı bir daha iflah olması epey zor biçimde zedelediğim dönemlerde, yani zor dediysek de bayağı zor hani, örneğin o Fransızların ünlü lanetli yazarı, neyse adı... o işte, onun eserlerini çevirmek kadar zor olduğu tartışmasız olan Bikomimbo günlerimde mi tanışmıştık onunla, ben, yani Ferdinand Bardamu, kayaları bile parçalayacak kadar şiddetli yağan yağmurunun altında bir yerlerde, beni Afrika'dan alıp götürecek geminin geleceği yere, ufka dikmişken gözlerimi, o sonsuzluğa kadar uzanıyormuş gibi yapsa da, aslında gecenin sonuna, hepimizin kendi gecesine, o devasa, azman ve bir o kadar da ürkütücü, acımasız geceye bakarken mi gözümden kaçmıştı tanışmamız onunla? Acaba Detroit'teki Ford fabrikasında mı beraber çalışmıştık, pire sayarak, sefil, makineleşmiş ve robotlaşmış hareketlerle birbirimizin yüzüne bile bakmadan, bağırsak samimiyeti mi kurmuştuk onunla Amerikanın o garip umumî tuvaletlerinde, aynı paraları mı saymıştık birlikte, gramofon çalmasını seven dans düşkünü umumhane mamasına? Şöyle bir baktım suratına, Paris'in o kusulası varoşu Rancy'deki solgun, kansız, umutsuz ve ruhsuz hastalarımdan biri olabilir miydi bu adam, öteki dünyaya yollamayı başaramadıklarımdan yani, son yolculuklarına umursamaz, çaresiz, yorgun, bıkkın ve bir an önce çekip gitmek isteyen bir iç sıkıntısıyla eşlik ettiklerimden birinin yakını belki de? Pürüzsüz tenlerinin altındaki çürümüşlüklerini zor gizleyen nice dilberden çok daha hayat dolu ihtiyar Henrouille ananın o hiç görmediğim torunu mu çıkagelmişti hepimizden hesap sormaya? Ola ki "Tarapout" sinemasında tanışmışızdır onunla: şu uzun bacaklı İngiliz şarkıcı kızlarının pezevenklerinden biri, mesela. Ya da kokuşmuş tavşan leşlerinin bulunduğu etüvleri kurcalayan meslektaşım doktor Parapine'nin salak laborantı... Gecenin içinde bir gün yanımdan geçmiş olanlardan herhangi biri yani... Yoksa karanlıkta yollarımızın hep kesiştiği bahtı kara dostum Robinson'a mı benziyordu ne? Ama artık ne önemi vardı ki bunun, bütün bunların, lafların, çoktan yitirilmiş anıların?

Meğer neymiş? çevirmenimmiş, nereden çevirmenim oluyorsa, ben ondan bir şey istememiştim ki, hiç, kendiliğinden gelmişti yanıma, öylesine, güleç ve kandırıcı ve de yüzsüz! Zor işmiş güya yaptığı, beni çevirmek yani, öyle diyordu, sırıtarak, kendinden pek memnunmuş gibi, ne diyeyse. Yaptığı işten memnun olanlar beni mest etmişlerdir hep, pek güvenirler kendilerine, insanlık için hayırlı bir bok yaptıklarına inanırlar, tıpkı atomu parçalamasını ilk keşfedenler gibi! Bilmezler ki onlar, hele böyleleri, o saf, salak, iflah olmaz edebiyatçılar, hâlâ yazı yazarak dille uğraşarak bir yerlere varılabileceğini, yolculuğun sonunda bir şeyler keşfedeceklerini sanacak kadar bön ve alık olanlar... bilmezler ve bilmedikleri gibi üstelik inatla öğrenmemişlerdir de bugünün dünyasındaki tek geçerli yazının bol sıfırlı bir çekin altındaki imza olduğunu... o da çek sahte ya da hesap boş değilse tabii!

Ancak hiç aldırmadan bir şeyler gevelemeye devam ediyordu o deminki adam, çevirmenim olduğunu iddia eden yani: üslubum da zor muymuş ne, tıpkı dilim gibi, öyle açıkladı bana, bilgiç bilgiç, sözcüklerle oynamasını çok severmişim, kılıktan kılığa sokuyor, "*boyuyormuşum onları rengârenk*"... dilin kalıplarını kırıyormuşum, parçalıyormuşum sözdizimini, sızlatıyormuşum dilbilgisi kılavuzlarını, sokağın sesini duyurup dilini, argosunu edebiyata katarak yoğuruyormuşum metnimi, bu sayede "*antiburjuva bir dil*" yaratmışım güya, alışılmadık sıklıkta ünlemle soru işareti saçıyormuşum sağa sola, bol miktarda üç noktayla havalandırıyormuşum yazılarımı, virgüllerle "ve" edatlarını da olmayacak yerlerde kullanıp kazara kucağımdan düşürmüş gibi serpiştiriveriyormuşum bambaşka bir mantıkla, ama katiyen normal yazı dili kurallarının emrettiği yerlere değil! Konuşur gibi yazdığım için öyleymiş, hani hızlı, samimi ve isyankâr ve de fevri, o tempoymuş, kullandığım sözcüklerin tınısı, işte o benim "*küçük müziğimmiş*", oymuş tüm sözcüklerimin, cümlelerimin yerini ve cinsini, bir de yapısını belirleyen, yani konuşmanın temposuymuş yazıma yansıyan, konuşmaksızın konuşuyormuş gibi yazmamı sağlayan, çılgın tempolu bir dans gibi biçimlendirmişim bu anlatımı, yani "*sözcüklerle anlamların ölümün sınırlarında dolaştıkları ama asla ölüme dönüşmeyen o danslarını*"... Oymuş bu romana can katan. Hatta neredeyse yüksek sesle okunmalıymış yazdıklarım, anlam ve tempo kulaklarda buluşup beynin içine iyice işlesin, "*yazılı dile duygu katsın*" ve okuyanın "*bilinçdışını ellesin*" diye...

Neler anlatıyordu ki bu adam? Ben mi yapmıştım yani bütün bunları... yoksa öteki Ferdinand mı, yazarım yani... neydi soyadı? Dilimin ucunda... canım hani şu ünlü romanı yazan adam, lanetli adaşım... neyse işte, yapsa yapsa o yapmıştır bu tuhaf işleri, yaptıysa tabii! Kim bilir? Kaldı ki, o ya da ben, fark eder miydi gerçekten? Ben söyleyeceğimi söylemiştim, hem de on yıllar önce... ta 1932'de!... İşte o kadar. Gerisinden kime ne?...

Ne o? Yazarım vakti zamanında birtakım boktan laflar etmiş, ırkçı ve Yahudi düşmanı, öyle mi? Doğru. Etti... inkâr edecek değilim ya! Hatta ona dil avcısı diyen bile olmuş, kara gömlekli birileriyle arkadaşlık ettiği falan da söyleniyor, bir nevi yol arkadaşlığı diyorlar... Bilmem... Etmiş midir ki?... Sanmıyorum, o kadar da değil sanki... bence boşboğazlıkla hezeyan karışımı sözlerdi bunlar... ama her neyse, öyle ya da böyle! Yolculuğa meraklı olanlar bazen yollarını da şaşırırlar, arkadaşlarını da! Gelgelelim bütün bunlar olduysa bile, daha sonradan oldu, benden sonra, benim dışımda yani... beni ırgalamaz demek istiyorum anlayacağınız, ben neysem oyum. Benim o taraklarda bezim yok! Boşuna aramayın bende o pisliklerin izini... Öteki Ferdinand'a gelince, benim yazarım olan adam yani, dilimin ucuyla bile yargılamak geçmiyor onu içimden, hiç!... Ne savunmak, ne de yargılamak. Ola ki anlamak. Çünkü savrulduysa bir dönem o tür aşırı uçlara, belki de kestiği içindir insanoğlundan tüm umudunu, hiç çıkaramadığı içindir o kapkara gözlüklerini. "*Hep aşırı bezginlikten kaybettiğini*" itiraf ettiğinde, onda tek eksik olanın "*başkalarının yaşamlarına sevgi*" olduğunu söylediğinde, diliyle yakalanmış olmuyor mu zaten? (yoksa bunları ben mi söylüyordum şu romanın bir yerlerinde?) Bu mazeret haklı çıkaramaz elbette yediği naneleri! Anlamak dediysek, kabullenmek demedik! O da dilinin cezasını çekmişti zaten! Öte yandan... 1930'lar... onca savaş ve katliam... ihanetin bin türlüsü, kalleşlik, kepazelik ve sefillik... gel de sevgi yoksunu ve insanlık bezgini olma şimdi! Kimin sicili temiz ki tam o yüzyılın gece yarısında?

Bir tarafta badem bıyıklı, öte tarafta posbıyıklı, ortada ise ruhen köse, tüysüz kıl herifler, tuzu kuru, kibar ve şık: hani o mahkemesiz sıyrılanlar hep her işin içinden, yıkılan duvarların altından bile pişkince sırıtarak çıkan hacıyatmazlarla el ele verip unutturanlar suç ortaklıklarını, hani o gün bu gün bir çekirge sürüsü gibi kurutanlar tüm gezegeni, bağırttırmadan yolanlar kazları, sinsice yabancılaştırıp yok edenler herkesi, kâra dönüştürebildikleri her şeyi, yani özetle o ikiyüzlü, acımasız para babaları! En kötüsü de bunlar mıydı ne? Bakmayın zaten bu cici beylerin öteki Ferdinand'ı kınamalarına: kolaydır elbette diline pelesenk etmek onun baba yadigârı günah keçilerini hedef alan mide bulandırıcı ırkçı laflarını! Ama açıkça söyleyemeseler bile, derdi başkadır ona saldıranların, çünkü asıl kendi içyüzlerini, düzenlerini acımasızca teşhir eden o yolculuğumuz yüzünden aforoz ettiler onu. O da farkındaydı bunun: "*Yolculuk nedeniyle beni asla affetmediler... Yolculuktan sonra hapı yuttum!*" diye diye dilinde tüy bitmişti... Eee, koca Yolculuk bu, dile kolay! Dili zorsa bile, kaç yolculuk çıktı ki koca yüzyıldan, o sonsuz geceden? Sıkıysa gel de çık işin içinden! Bu yüzden koptu kıyametler, hâlâ da kopuyor... Bu yüzden bunca laf, bunca tartışma, bunca yorum... yok içeriğiydi, yok diliydi, yok üslubuydu, falan feşmekân.

Bu yüzden mi saydılar 12 milyon frankı, yayımlanmasından 70 yıl sonra romanımın orijinal elyazmalarına? Oysa çirkindir yazım, doktorum ya hani... Belki bu yüzden garibime gitmiştir hep, bir kısmının dizgi hatası olduğu sonradan anlaşılan garip cümlelerimde boncuk aranması!... Ama böyledir işte bu "edebiyatmeraklısıgiller": sözdeki kerametin peşine düşmeseler olmaz sanki, kılı kırk yarıp bir yorumlar sıkıştırmasalar bir yerlere, kuramlar türetmeseler ordan burdan, metinlerin içinden dışından! İşleri güçleri yok mu ki bunların? Ya da işleri budur belki... kim bilir? Neden olmasın?... Eh, o zaman, madem ciddiye alıyorlar bu işi, gereği gibi emek vereceklerse ucuza kaçmadan, adam gibi olacaksa yorumları, bulunuyorsa da meraklısı... varsın arasınlar o dille tabir olunmaz boncukları! Hem, ayrıca, bana ne? tasası bana mı düştü? Ama bir de o ötekiler yok mu!... hani o boncuğa değil de içinde gizlendiği malzemeye meraklı olanlar, onun içinde yaşayıp, onunla beslenen, sağa sola onu atanlar... dilleri pabuç kadar! Bu ahkâm kesme ve yargılama meraklıları acaba burada da, beni ve yazarımı ve şimdi de çevirmenim olduğunu söyleyen şu adamı paramparça etmek için saldırıya geçecekler miydi dilleriyle sokup, savaştaki kudurmuşlar gibi uğursuz bir koro halinde hakaretler yağdırarak?... tıpkı 1932'de bu zevatın Fransız benzerlerinin düzenin bekçi köpekleriyle el ele verip yaptıkları gibi...

Böyle söyleniyordum işte, kendi kendime, ne diye durduk yere celallendiysem öyle birden, daha şimdiden, karşılarına bile çıkmamışken? Sanki başıma neler gelebileceğini öngörmüşüm de, sonradan boşa zaman ve enerji harcamayım diye mi peşinen kusuvermiştim bu acı sözleri? Yoksa, öteki Ferdinand'ın o tam da ters tepecek isyankâr ve tahrik edici üslubunu kullanırsam gerçekten de caydırıcı olabileceğimi mi sanıyordum aklımca?... Ama başka da ne gelirdi ki elimden... o dudak bükücü küstah ekşi suratlarla nasıl baş edebilirdim ki ben... ben ki sözcüklerden ibarettim, kırılgan, silinebilir, yırtılıp atılabilir, okunmazsa tozlanan, küflenen, unutulabilen? O iç kurutucu donmuş biçim sevdalılarıyla, yenilik düşmanlarıyla dil dalaşına dalmaktansa, çeker giderdim hemen, sığınırdım o sararmaya yüz tutmuş okunmamış beyaz yaprakların içine, sözcüklerimle son bir kez karalardım sayfaları, çeker kapardım kapağımı üstüme, duymamak için artık yok etmekten başka bir şey düşünmeyenlerin savaş naralarını, ölüm tamtamlarını...

Oysa o, yani çevirmenim, bir şeyler anlatmaya devam ediyordu hâlâ, az dilli düdük değildi hani, dil otu mu yemiş ne? Sıkılmamış mıydı ha bire bir şeyler açıklamaya çalışmaktan, dinleyen varmış gibi?... "Mesleki deformasyon"muş, öyle savundu kendini. Hadi canım sen de! dedim kendi kendime, zevzekliğin yeni adı bu mu? Aman ne de çok zorlamışım onu, öyle diyordu, takdir bekleyen gıcık çalışkan talebeler gibi, bir heves, bir heves! İlgilenen olursa bu konuda daha ne ayrıntılar anlatabilirmiş: farklı bir vurguyla kullandığım ya da kendi yarattığım bir sözcüğü, farklı boyutlar eklediğim bir deyimi ya da özel bir dil kalıbını, eski argoyu, alengirli bir cümle yapısını sökebilmek, sözlerimin en örtük nüanslarını bile kavrayabilmek, sinsi ve hınzır kelime oyunlarımı yakalayabilmek, kendi dönemime ait göndermeleri çözebilmek için, ya da ikircikli ve çok anlama çekilebilecek şekilde kasıtlı olarak söylemimi ördüğüm tuzaklara düşmeyip, yazarıma özgü dil labirentlerinde kaybolmamak için ne de çok uğraşmış meğer... Sevsinler! diye söylendim, ne bekliyordu ki? O kadar kolay olsaydı bu iş, bunca yıldır dilden dile dolaşan bu çeviri ona mı kalırdı!

"En ufak bir şey atlamayayım" diye aylar boyunca sevgili dostu yazar Luc Dellisse'le sürekli yazışıp ondan yardım bile istemiş, birlikte yorumlamışlar metnin zorluklarını... derken hızını alamayıp benim dünyaca ünlü uzmanlarımdan biriyle, hakkımda bir sürü kitap yazmış Sorbonne'lu profesör Henri Godard'la da yazışmış... o da yardımlarını esirgememiş. İkisine de bu yolculukta kendisine eşlik ettikleri için ve değerli katkıları için teşekkür borçluymuş yani... (yeri gelmişken bu vesileyle uzmanlarımın ve hakkımda yazılan kitapların olduğunu da öğrenmiş bulunuyorum! Yani şimdi ben, Bardamu, bir tür hastalık, bir nevi *Bardamusis Litteraturiasis* miyim neyim?)

Bu azman metnin her deyimi, her inceliği, her esprisi, her hınzırlığı, her kelime oyunu Türkçede de "cuk" otursun diye pek çok emek vermiş meğer beyimiz, öyle sızlanıyordu hiç durmadan: tek bir sözcük için bile saatler harcadığı olmuş... sanki aksi düşünülebilirmiş gibi! Ne yani, dili dillere destan olmuş bu romanın Fransızcası başka türlü mü yazıldı sanıyor bu! Tamam, kabul ediyorum, elle yazan yazarımın işi daha kolaymış, bilgisayarlı çevirmen kadar etkilenmemiş ikide bir kesilen elektriklerden... ama olsun! Ne olmuş yani yazarım "normal" dili altüst etmişse, kurallarını hiçe sayıp yapısını parçalamışsa, kendine özgü garip, devrik, tepetaklak cümleler kurmuşsa? Mesele miydi yani yapısı, mantığı, kültürel göndermeleri, sözdizimi ters, hatta zıt sayılabilecek iki dil arasında gidip gelirken sürçü lisan etmeden bir de bu farklı dilin özelliklerini aktarabilmek? Ayrıca, kime ne çevirmenin ses uyumu uyumsuz iki dil arasında aynı tempoyu nasıl yakalayabildiğinden, aynı müziği nasıl çalabildiğinden satırlarında? Şart mıydı yani buralıların da Fransız okurla aynı içeriği kavramakla yetinmeyip bir de aynı ses tonunu duyması, aynı duyguları hissetmesi, aynı tadı alması? Laf! kendi başına iş çıkarmış besbelli! Ne yapalım yani bu yüzden hayli terlemişse sözcük seçimlerinde? Bir de kimi yerlere dipnot bile koymuş, ne olur ne olmaz, ya okur kimi "gavur" kaynaklara ulaşmakta güçlük çekerse diye... Ukala işgüzar!

Bunlar yetmiyormuş gibi, yazarımın uydurduğu sözcüklerin karşılıklarını bile türetmeye kalkmış kendince! Bayağı "böbürgen" birine benziyordu bu çocuk! Deli mi ne? Hiç mi kulak asmamış aile büyüklerinin babacan tasalanmalarına, "uyma sen o yazara, bekleyen vardır kapıda, anlamadan senin neyi niye yaptığını, 'zırvalamış bu çevirmen, diline vurmuş bunun' der atarlar taşları kafana!" diyen o haklı uyarılarına? Ama neymiş, türettiği sözcüklerden oluşan "özel sözlüğü" bile olan bir yazarı çevirirken, "düzgün" hale getirseymiş eğer o türedi sözcükleri, korumasaymış o taammüden işlenmiş seri halinde kural ve imla cinayetlerini, işte o zaman mesleğine ihanet etmiş sayarmış kendini! Çevirinin güzel sayılması için ihanet etmesi gerektiğini de bilmiyordu bu galiba! "Yolculuğu çevirmek de marifet mi?" dedim ona, "kendi yazarı bile yıllar sonra yolculuğun dilinin '*mide bu-*

landırıcı derecede edebi, ürkek ve klasik' olduğunu söylemedi mi? Sen gel de sıkıysa yazarımın sonraki romanlarını çevir, kolaysa oradaki türedilere karşılık bul!"

Hiç üstüne alınmadan başladı yine demode kavramlarla bana dil dökmeye, yok efendim "işini sevip sahiplenmek, titizlenmekten" dem vurdu, yok efendim "okura saygıyı" bile andı, yutmayacağımı bilmese "yayınevini ve edebiyat dünyasını ciddiye almaktan" söz etmeye bile çekinmezdi herhalde!... Dilini bağlamasam, daha neleri dile verecekti kim bilir, hatta bu zorlu süreçte ona destek veren, yazdıklarını defalarca okuyan eşine, ön okur dostlarına, şair kıza özel teşekkürlerini bile sıkıştıracaktı araya! Daha neler! Ama belli ki, ne yapıp edip, dilinden düşürmediği aile meselelerine lafı getirmeye kesin kararlıydı. Hoş, kim kaçabilmiş ki kaderinden... genetik harita gün gibi ortadayken dili tutuk olsa ne değişirdi ki? Hadi peki dedim, kendi dile getirsin bari, dillere düşmekten iyidir!...

"Edebiyat tarihine mal olmuş bir yapıta ve onun yazarına karşı sorumluluk dürtüsüyle hareket edip" –neler de yumurtluyordu utanmadan!– emin olmak istediği için neticenin kabul görebilirliğinden, ustalarına, babasıyla amcasına da sınattırmış yazdıklarını, bir de ailenin bilgesine, halasına (hepsi de yazar mıymış neymiş... yani belli ki bu bir aile meselesi olmuş... ne aile ama!), böylece test edilip onaylanmıştır mührünü almak istemiş yetkin ellerinden, onlar da okuyup tartışmışlar o karalamalarını, esirgememişler eleştiri ve katkılarını. Onlara da teşekkür borçluymuş yani. İyi de, mazohist miydi neydi bu çocuk, hiç mi duymamıştı, yazarımın pek hayran olduğu o Viyanalı ruhbilimcinin, Sofokles'ten arakladığı ünlü kuramlarını? "Yok canım..." diye atıldı hemen, hiç eziyet etmemişler ona... aksine çok da keyifliymiş onlardan yardım almak, paylaşmak, paslaşmak. Öyle dedi bana, neşeli ve muzip bir sırıtışla... Külahıma anlat sen! diye mırıldandım, ama bu kez içimden, maksat incinmesin! Öte yandan... şöyle bir düşündüm... haklı da olabilirdi aslında, ben anlayamamış olabilirdim bu dil akrabalığının keyfini, hiç tanık olmamıştım ki öyle bir şeye... hem... dildaşların dışında kim bilebilir, yaşamayan nereden bilsin bu geometrik dizinin matematiğini? Dilsizin dilinden anası anlar!

Kaldı ki, kâh haftalarca günde 26 saat aralıksız çalıştığı, kâh haftalarca elini bile sürmek istemeden uzak durduğu ve neredeyse iki yılını alan bu çeviri macerası bile başlıbaşına mazohist bir süreçmiş, eziyetle hazzın iç içe geçtiği, öyle iddia etti bana, bayağı da garip bir yüz ifadesiyle. Meğer benim dünyama girebilmek, dilimi benimseyebilmek için günlerce odasına kapanıp bilgisayar başına geçiyor ve bir bakıma bana dönüşüyormuş, haliyle pek bunalmış geçirdiği bu dönüşümlü değişimlerden, hayli dua etmiş ev ahalisi de, çeviri bir an önce bitsin diye, özellikle de "*baba, benimle oyun oynamana kaç sayfa kaldı?*" sorusunu ezberleyen kızı! Hep birlikte çok iyi özümsemişler yani, hem Gregor'un hem de Samsa ailesinin dramını!... Ne de olsa bir musibet bin çevirmenden yeğdir! Ama ben hâlâ anlayamamıştım onun tam olarak neyi kastettiğini, o da sanki daha çıkarmamıştı dilinin altındaki baklayı. Sormaz olaydım! Fırsat bu fırsat, kuramsal açılımlar yapan dilci bir üniversite hocası edasıyla açıkladı bana bu çeviri macerasının girdisini çıktısını.

Meğer neredeyse bir tür "sözlü çeviri" yapar gibi çevirmiş beni. Çünkü çevirmen az çok yazarla özdeşleşir, onun yazı üslubuna öykünürmüş... oysa baştan aşağı roman kahramanıyla sohbet havasında, konuşur tarzda yazılmış bu romanı çevirirken o, yani çevirmenim, yazardan çok konuşan kişiyle, yani bu durumda benimle özdeşleşmek zorunda kalmış, tüm sözlü dilmaçlar gibi. Benim iç sesimi kendine mal etmiş, benim sözlerimi benim konuşma üslubumla Türkçe dillendirip kâğıda dökmüş, bütünleştirmiş yazarımın yazı üslubuyla. O da ne demekse? Ben bilmezdim böyle şeyleri, benim zamanımda yoktu bu garip teknikler, hiç duymadım, asla. Yaşımız, mesleklerimiz ve kimi tepkilerimiz tuttuğu için dili yatkınmış bana, ancak yine de hayli sancılı olmuş benimle şu özdeşleşme işi. Eee, neredeyse asırlık fark varmış yaşadığımız dönemler arasında... Üstelik belalı bir kişilikmişim, hele o yaşadıklarım, karamsarlığım, iç sıkıntım, acılarım, isyanım, huysuzluğum, bunun doğurduğu özel ruh hali hesaba katılınca... Şöyle bir baktım ona: yediği kurşunla deşilmiş karnını tutarak ağaca yaslanmış o yüzbaşının ya da ölüm döşeğindeki sevimli varoş çocuğu Bébert'in bakışlarını andıran bir parıltı vardı gözlerinde, neredeyse dilimi yutuyordum. Dilim dolaştı, neler diyor bu adam, kafayı mı yemiş? diye geveledim, "haklısın" dedi, başını sallayarak, bir de tuhaf tuhaf sırıtarak bana aynada...

Hem... ne diye anlatıyordu şimdi bana bütün bunları, neyi niye nasıl yaptığını?... teşekkür ya da aferin mi bekliyordu benden neydi, sanki ben ondan bir şey istemişim de, sanki umurumdaymış da Türkçeye falan çevrilmek, hiç, laf! Yetmiş yıldır akıllarına gelmemişim de şimdi mi kıymete binmiştim yani? Zaten ne halt etmeye anlatmıştım ki ben bütün bunları, bir boka yaramış mıydı ki sözlerim? O kudurmuşlar, yine aynıları yani, 1914'teki rezaletten sonra 1939'da daha beter, daha uzun, daha kanlı ve daha bol cesetli, kopan kollu bacaklı bir dünya savaşı daha çıkarmamışlar mıydı, hem de daha ölümcül ve etkisi uzun ömürlü bombalar bile icat ederek? O gün bugün de güya çaktırmadan devam etmiyorlar mıydı sanki dünyanın her bir köşesinde savaş oyunlarına? O kokuşmuş "değerler", her türlü milliyetçilikler, militarizmler, katı inançlar, sömürgecilik ve vahşi kapitalizm, varoşların sefaleti, insan ruhunun kepazeliği, itaati, boyun eğişi, birbirini kazıklayışı, acımasızlığı, sevgisizliği, bütün bunlar hâlâ her yerde hüküm sürmüyor muydu yetmiş yıldır, şu mide bulandırıcı ve kanlı bir katliam lağımına dönüşmüş, barbarlığı küreselleştirip "global" rütbesine terfi etmiş dünyada?

Eee... madem hiç akıllanmayacaklar, ne diye hâlâ beni okumak ister ki bu insanlar, şimdi de bu Türkler? Öyle ya, ne diye yayımlıyorlardı ki beni? Beni bile çevirtebilmiş olmakla prestij sağlamak için... yani sadece beni prestij dizilerine katmak için mi uğraşmışlardı benimle bu kadar? Alanlar da yoksa kütüphanelerinin görünen bir köşesine koymakla mı yetineceklerdi beni, süs niyetine? Önce suratımı ekşittim, sonra da: "Bana ne yahu?", dedim birden, olsun! Varsın koysunlar! Silah alacaklarına ya da uyduruk biblo koyacaklarına evlerine, kitap alıp koysunlar... bir gün merak edip bir okuyanı çıkar belki! Kaldı ki... ne yapacaklarmış beni okuyup? Katlanabilecekler miymiş bakalım benim gerçeklerime, karamsarlığıma, dilime, anlayacaklar mıydı sanki beni? Hadi bakalım, ellerindeyim işte... hodri meydan! Şaştım bu işe kalkışan tüm şu insanlara, dile gelen ele gelir diye yıllardır tutkuyla, inatla, "batur" bir şekilde bu projenin peşini kovalayan, ola ki kendi gecesinde yol alırken bile beni yayımlayacağı günün düşünü kuran o öteki adama, hem benimle hem de şu dil ebesi çevirmenle cebelleşerek bu işe emek veren tüm o sabır küpü garibanlara, Dublin'li kuzenimin yolculuğunu da yayımlayan o yayınevindekilere, özellikle de yazdıklarıma benim kadar yakın olmasını bilen o Orçun Türkay'a, yani bu işle uğraşan tüm şu diğerlerinin aklına... hele de beni okuyacak olanlara... ne akla hizmetse!

Sempatik olmaya çalıştığını sandığım bir havada ısrarla sırıtıyordu çevirmenim, belli ki yakınlık kurmak istiyordu benimle, sahtekâr! Eminim o da eski sevgililerim Lola ve Musyne kaltakları gibiydi, çıkarcı! Yetmiş yıldır kimselerin yapamadığı bir işi başarma hevesiyle, yani züppelik olsun diye ya da çevirdiği yazarlar listesine okkalı bir çentik atmak niyetiyle, sonuçta işine geldiği için yanaşıyordu bana... Öyleydi mutlaka, elbette! Ya ne olacaktı ki? Korkarım bu adam cukkalayacağı telifleri bana asla koklatmayacak! dedim kendi kendime, kuşkucu ve kül yutmaz ve de dili damağına yapışmış: Hatta köşedeki *café* ya da öteki *bistrot*'da bir frenküzümü likörü bile ısmarlamaz şimdi bu bana! Belli ki bana ilgisi de yüzeysel ve geçiciydi, beni rahatsız etmeye değmeyecek kadar kısa süreli yani! Er geç silkip atacaktı beni kirli bir çorapmışım gibi, kaskatı ve leş kokulu, hem de altı delik ve patlak terliklerin içinden gösterilmeye utanılan cinsten... Üstelik yazar da geçiniyormuş –bir roman mı yazmış ne, bir romanla nasıl yazar olunuyorsa!– yani ilk fırsatta atacaktı kendini o nergislik maceraların kollarına, kapılacaktı anlamsız hulyalara. Bilmez miydim ben böylelerini! O halde ne diye ilgi bekliyordu ki bu benden?

Oysa o hâlâ, Amerikalı masum fahişem tatlı dilli badem gözlü Molly gibi bakıyordu bana, zaten aylardır benimle yatıp kalkarken, metnimle yani, bir tür kelime orospusu mu olmuş ne, gülüyordu bana. Nasıl vazgeçebilirmiş benden, hele insanlık bile, hani o hafızası kıt olan nankör bile yetmiş yıldır yazarımı dahi unutamamışken, nasıl kurtulabilirmiş etkimden, içine işleyen kimliğimden, iyice benimseyip sahiplendiği dilimden... nasıl unutabilirmiş benimle geçirdiği o geceli gündüzlü ve aylarca süren tutkuyu, bu hummalı yolculuğu, *Çevirinin sonuna yolculu-*

ğu?... O artık can yoldaşım olmuş benim... hatta adeta bir öteki ben! Öyle dedi bana sektirmeden, dostça sırıtarak. Ağzı olup da dili olmayan Robinson geliyor aklıma... Yoksa ben mi onun Cuma'sı olmuştum artık?

Derken, yüzü gölgelendi, eğilip bir sır verir gibi fısıldayarak kulağıma, çeviri dili konusundaki tercihleriyle ilgili bir sürü şey anlattı bana, çevirmenim olan şu çocuk, yani tercümesinin dilinden de söz etti, bana tercüman olan şu çocuk, kim bilir hangi kaygıdan ötürü gerek gördüyse... pek dertliydi belli ki. Gençliğinde onu neredeyse kitaplardan soğutacak kimi dili bozuk çevirilerden yakındı bana, dili dönmeyen, yapay: ya her kelimesi naftalin kokan, yıvış yıvış ve ağdalı... ya da aksine takır tukur, her sözcüğü uydurma ve zorlama... her ikisi de anlaşılmaz! "*Birtakım güzel eserler, güzelliğini bilmeyen, tadamıyan kimselerin eliyle çevriliyor, değerlerini yitiriyorlar*" mış. Yazık! Oysa "*kendisi yaratamıyan, kendisinin söyleyecek sözü olmayan kimse başka birinin dediklerini de çeviremez*" miş. Haklı! Üstelik kötü çeviri, yani "*kelimeleri tercüme eden çeviri, dili de bozarmış*". Bu da doğru... bu sözleri bir yerlere "ataçla" tutturmalı ki üzerinde düşünülsün.

Meğer sözcük düşmanlığı, kelime avcılığı çok yaygınmış bu dilin coğrafyasında, özden çok biçim takıntısı yani! Sevmedikleri kelimeleri sözlüklerden bile atar, benimsemedikleri sözcükleri lügatlerine sokmazmış bu tatsız zihniyetin temsilcileri... uğraşa dursun kullanıcılar, yazarlar, çevirmenler, çaresiz okurlar! Tevekkeli değil: o sözlük senin bu ansiklopedi benim boğuşmaktan kol ve sırt kasları perişan olmuş fukaranın... Tabii apayrı bir yere koymak gerekirmiş Özcan Yalım'ın çok yararlı yapıtını: karşıtı çokmuş piyasada, ama ona yakın bir eşdeğeri az... Bir de Hulki Aktunç'un argo tanıklıklarına selektör yakmadan geçemezmişiz. Gelgelelim pek sevimsiz geldi bana şu lügatçilerle sözlükçülerin savaşı. Nedir bu sözcüklere direnç? diye düşünmeden edemedim, niye atmak istiyorlardı kelimeleri dillerinden, herkes eski kelimelerine sahip çıkıp yeni sözcükler üretmeye çalışırken? Kökenleri mi tercih sebebi olmalıydı kelimelerin, yoksa ifade ettikleri anlama, nüansa, bağlama, anımsattıklarına, çağrıştırdıklarına, ima ettiklerine, bilinçdışına yollanan mesajlara, duygu yüklerine, estetiğe, sese, tınıya göre mi saptanmalıydı hangi sözcüğün yeğleneceği? Etimoloji mi belirleyiciydi kavram mı? Ne manasız bir savaştı, asık suratlı doğru dil tekelcilerinin şu menşe kavgası, düşünceyi üretmeyip tüketen, dili kurutup körelten cinsinden! Kelimelerine sevdalanmayı unutan, dans edersem flörte dönüşür kaygısıyla sözcükleriyle kırıştırmayan, yani dilinde muhabbet kalmayan bir toplumda, kısır bir cendereye sokulan kavramların içine sıkışıp, akla karayı seçerek yol almak zorunda bırakılan düşünce, gökkuşağından iyice uzaklaşır, grinin tonlarına bile yabancılaşır!

Kelimelerle sözcükleri savaştıranlar, diye sordum ona, görmezler mi dil belasının açtığı dil yarasını? Her köşeden ayrı bir dilbilim dillendirilirse, herkes kendine göre kural, kılavuz, sözlük dayatırsa, ortak bir mekânda buluşamazsa akademik dil, yani mutabık kalınan uyumlu bir düzgünü yoksa bu işin... o zaman muharrirler neyi muhafaza edecek, yazarlar neyin devrimini yapacak? Sokak kendi dilini neye göre eğriltecek ya da gençler hangi kuralı bozup kendi argolarını yaratacaklar? Örneğin *chatleşip* ya da *çatleship* bilgi sayarlarken, bunu hangi kılavuza göre telaffuz edip hangi alfabeyle hangi *portalde* ve hangi klavyede nasıl yazacaklar?... Gerçi, bu ülkedekiler kendi dillerine uygun "F" klavyeyi çoktan atmışlar, onun yerine büyük ağabeylerinin diline uygun olanı kullanıyorlarmış, hani o alfabelerinde olmayan "Q"lusuyla başlayanı, ama alay eder gibi, her üretici firma kendi kafasına göre klavyede farklı yerlere ekliyormuş özel tuşları, yani internet ortamında artık utanıp sıkılmadan yazamadıkları o noktasız "i"lerin, kuyruklu "s"lerin, ters şapkalı "g"lerin, yani tüm o "sıkıcı" harflerin yer aldığı tuşları... Değişik bir yazı dili yayılırken eskilerin bilmedikleri bir elektronik hızla, ithal bir konuşma tarzı kurulmuşken her evin başköşesindeki kötü çeviri kutusuna, kurumların resmi ya da çağdaş sahipleri farkındalar mıydı acaba, bu gidişle üzerinde anlaşamadıkları o dilin bile yakında tanınmaz hale geleceğinin? Elle yazanlar umursamasa bile, gençler yeniden keşfetmişlerken bir tür elektronik mektuplaşmayı, sanal da olsa... yasakçı zihniyetin zıt kardeşleri o paylaşamadıkları dillerinin geleceğinin bunlardan etkilenmeyeceğini mi sanıyorlar? Tartışadursunlar hâlâ, halalarına şapka mı türban mı giydireceklerini!

Dilimi tutamayıp isyan etmiştim sonunda, sanki üzerime vazifeymiş gibi. Ama keşke bu topraklara gömülmüş, tarihe karışmış nice eski kültürün dili olsa da söyleseler! Söylemeye dilim varmıyordu ama, acaba onların da böyle mi kurumuştu dilleri? Kısır, kabız tartışmalara boğulup, can damarları tıkanınca yenik mi düşmüşlerdi, ekonomisi baskın olanlara?

Yahu, dedim, eğer yüzeysel imla tartışmaları kadar bile *reyting* alamıyorsa dilinizin temel sorunları, kimi önemli kavramları karşılamaya yetmezse ne kelime hazineniz ne de sözcük dağarcığınız, bir sürü yabancı lafın tam karşılıkları yer almazsa ne lügatlerinizde ne sözlüklerinizde... ezcümle bir türlü cevap veremezsen yeni kuşakları bekleyen "*défi*"lere...(ne hacet bu Fransızca kelimelere demesinler ve İngilizceciler de bunu bir meydan okuma olarak algılamasınlar diye "*challenge*" mı deseydim yoksa?)... yani yeterince "*précis*" olamazsan nüansların ince ayrımlarında; hep başkalarının sorunsallarını kopyalama "*tentation*"u ağır basarsa; yeterli yanıtın yoksa çağın yeni "*enjeu*"lerine; yenik düşersen ithal teknolojinin yeni elektronik *wapına zapına*; "*Katır*"a mı binsem "*Qatır*"a mı diye elindeki kırk satırla Turan'a kestirmeden varmak için tartışmalara dalmışken, kolalı gömleklerine çoktan *Cola* döküldüğünün farkına bile varamıyorsan; başkalarınkini yasaklayarak yaşatabileceğini zannediyorsan resmiyet ve tabudan kütüğe dönmüş kendi dilini emir kipinden ibaret sanarak; değil yazanı her dile geleni bile tıkma derdindeysen hâlâ kodese Fransa bile onca para saçarken çevrilsin diye kendi yazarları tüm dillere; hatta kültüre ayırdığın bütçe inmişse sağlığın ya da eğitimin bile düzeyine; yani medeni kanundan karının çıkması dahi kâr etmemişse uygar olman için... Velhasılıkelam ya da uzun lafın kısası, her neyse, sadede gelirsek yani: var olan zenginliklere sahip çıkamayıp yenilerini üreterek varsıllaşamadıktan sonra, ne fark eder fakir ya da yoksul olman? Dilin kemiği yok ki! Dil atlasının tüm güzelliklerine dilinizin alışmasından bu kadar korkmayın. Dil felsefenize uydurduktan sonra, kökeni ne olursa olsun hepsi nasıl olsa sizin değil mi? Dilsever olmalı biraz. Dil ağız vermemektense bırakın diliniz açılsın... Kaldı ki, "çevrilemez" denen beni bile çevirmeye yetecek kadar zengin bir dilyetisi olan o dilinizi ağırlaştırırsanız, dilimden kurtulamazsınız sonra! O da böyle bir anlayışa sahipmiş meğer, çevirmenim yani, öyle dedi bana, dilin tüm imkânlarını seferber edip, dilinin döndüğü kadar tüm olanaklarını kullanmaya çalışmış. Bu da ne demekse?

"Dilinin altındaki endişeleri anlıyorum, ama sen yine de her şeyi böyle uluorta eleştirme!" diye uyarmadan da edemedi şu belasını arayan bülbül dilli çocuk. Yani niyetliysem bir süre buralarda kalmaya, fazla dile gelmesem iyi olurmuş, dil şakasına gelmezmiş bu iş: buralarda en çok eşanlamlısı bulunan fiillerin başında neden "kızmak" ve "mahvetmek" geldiğini sanıyor muşum ki?... Dilim durmazsa eğer, yani destursuz girersem özel bağlarına, o öğretmen edalı dil sünnetçileri hemen verirlermiş ağzımın payını, yakalayıp bir açığımı... Eee, değil mi ki mükemmellik ilahların tekelinde ve yiğidin malı da meydanda, er geç dilim sürçüp o fırsatı vererek ellerine, ben de düşermişim dillerine! Sinirlenip köpürüverdim o zaman ben de: Dili ensesinden çekilsin bu dili uzamışların! Dil kavgasıyla sindiremezler beni. Ne yani? dilimi kesip oturacağımı mı sandınız? Bana ne canım çakalların ulumasından? ("*chacal*"! Bizde de var bu sözcük, ilginç, demek buranın dilinden gelip geçmiş dilimize? dil oğlanları mı aracı oldu acep?) Ben kendi dilinde devrim yapmış bir adamım yahu, size mi dil uzatmaktan çekineceğim? Herkesin dil devrimi kendine! Dilimden anlamak istemezseniz de paşa gönlünüz bilir! ("*pacha*"? Bu kelimeyi benim yazarım da kullanıyor galiba bu kitabın bir yerlerinde, bak şimdi! Anlaşılan bu da bize onlardan geçmiş... biz de mi girişsek bir temizlik harekâtına, ne?) Ama bakın, araç dönüşünce amaca, kaç devrim olgunlaşamadan çürüdü bu yüzyılda.

Hızımı alamamıştım tabii: Kaldı ki, madem sivri dilime katlanamayacaktınız, dedim birden, sert ve hoyratça, engel olsaydınız öyleyse dil birliği ettiğim bu çocuğun beni çevirmesine! Hiç mi aklınıza gelmedi bana can verir de dilim çözülürse size de dokunabileceğim? Sizi safdiller! Benim dilim paslanmaz! Anlamadınız mı benim mumya gibi sergilenemeyeceğimi, piyasa maymununa dönüşmeyeceğimi? Kim demiş sadece geçen yüzyılın Fransası'nı dilime dolamakla yetineceğimi? Kaldı ki, yabancı dilleri konuşup tartışmaktan bu kadar korkuyorsanız, o zaman sakıncalı bulduğunuz kitapları da çevirtmeyin, yayımlatmayın, yasaklayın tüm dilleri oldu olacak! Güldü çevirmenim:

"Genellikle öyle olur zaten! dedi, gün gelir bakarsın seni de yasaklarlar!"

Baktım şöyle bir yüzüne, içten olabilir mi acep bu dilbaz çocuğun benimle samimiyeti diye, bu çağda hâlâ masumiyetini yitirmeyen birileri kalmış mıydı ki?... Yalanı bile hoş geliyordu kulağıma, içim ısınır gibiydi ona, ben de gülümsedim sonunda: Hay dilini eşek arısı soksun! Haklıydı belki, ben farkında değildim ama, aylardır akraba olmuştuk sanki, onun kaleminden çıkan cümlelerle, onun dilinden konuşuyordum artık, onun aracılığıyla seslenecektim yeni insanlara, yeryüzü cehenneminin bu özel ve ayrıcalıklı köşesinde yaşayanlara... Anlaşılacak mıydı ki sözlerim, beğenecekler miydi? Bilemiyordum henüz... Değer miydi bunca emeğe? Eh, dedim kendi kendime, ona da onlar, yani o okur olacaklar karar versin, dimi ama? Herkes kendi işine baksın!... Yazan yazmış, çeviren çevirmiş, yayımlayan yayımlamış, okur okursa eğer ona da okumak düşer... tabii isterse... beğenirse... keyfi bilir!

"Hey Bardamu! diye seslendi bana yine, hey Bardamu! gel seninle şöyle bir dolaşalım bizim buraları, gel gör *netekim* şu senin dili kılıçtan keskin general des Entrayes'ına rahmet okutabilecek yerli barsak deşenlerimizi, beyinlerinin içine bir örnek giysilerini kuşanmış milliyetçi, savaşkan, dili uzun "sivillerimizi"; gel şöyle bir uzanalım doğuya, gidelim seninle şöyle bizim buraların Bikomimbo'larına; gel gezinelim biraz bizim Detroit'larımızda, yağmur altındaki depremzede körfezin hüzünlü fabrikalarında, bak bakalım ne değişmiş onca yıldır üretim ilişkilerinde; gel bir bakalım şu bizim yerli varoşlarımıza, taşramıza, şaşarsın seninkilerle bariz benzerliklerine, ilginç gelecektir sana, o zifir dilleri Suudi'ye çalanlar, yani senin şu madrabaz peder Protiste'in yerli modelleri; gel bak, korkma, eminim hiç yabancılık çekmeyeceksin, malzeme tanıdık bile gelecektir, alt tarafı insan doğası değil mi? İnan, senin zamanına göre pek değişmedi... ya da azıcık... ucundan!" Öyle dedi bana o, yani çevirmenim, acı acı gülerek... anlamadığım şeyler olursa da, benim bile aklıma gelmeyecek kadar karamsarlık üretici ve tüyler ürpertici ve de mide bulandırıcı şeyler, yani benim bile düş gücümü aşacak korkunç şeyler, o bana yardımcı olur, çevirirmiş hepsini... anlatır, anlamamı sağlarmış, dili engel olmaktan çıkararak. İşiymiş zaten bu onun... iyisini yapmaya çalışırmış hep...

"İyi ama, başarmış mı bakalım?" diye soruverdi öteki Ferdinand'ın Sacré-Cœur üzerinde uçuşan kibirli hayaleti: "Dilden gelen elden gelse, her fukara padişah olur!" Haksız sayılmazdı elbette meraklanmakta: değil mi ki oydu malın esas sahibi... Titizlenecekti elbette! *Yolculuk*'un İngilizcesi için vakti zamanında adaya gitmeye bile üşenmeden çeviriyi bizzat denetleyen, diğer çevirmenleriyle de mutlaka yazışan, tartışan, yakın ilişki kuran da o değil miydi zaten? Ama çok uzun zaman geçmişti o beni yalnız bırakıp gideli... yani asla gelmeyecekti buralara son teftiş için, bu metinle ilgili hiç fikir beyan etmeyecekti... Hoş... zaten... kırk yıl önce terk etmeseydi de bu diyarı, nereden bilecekti ki bu çevirinin iyisini kötüsünü, sanki anlayacak mıydı bakalım *Voyage*'ın *Yolculuk*'a dönüşürken hangi rotayı izlediğini? Peki ama, yazarı bilmiyorsa kendi sözlerini bu dilde yeniden nasıl yazabileceğini... o zaman çevirinin üslubu, dili... o gerçekten hangimize aitti? Bir dönüşümün kaç sahibi olabilir ki, kimin adıyla anılmalı yel değirmenleriyle savaş?

"Hey, koca Ferdinand! diye seslendim ona, Louis! uğraşma şu çocukla, kendi çapında bir şeyler becermeye çalışmış işte... Diline sağlam biri, besbelli. Ne olur sanki bıraksan da, ucundan sahipleniverse o da şu metni? Dilini mi yuttun? Dilini ünlü kedin mi yedi? Haydi nazlanma, hakkını helal ediver işte! Baksana zaten şunun haline: pek halim *Céline*!" Bir şeyler homurdandı, duyamadım. Diline kira istiyordu anlaşılan. Neyse... ben de bıraktım sonunda onu kendi haline. Amaan, bana ne zaten bunlardan, çevirinin şusundan busundan? dedim, dilim birden bir karış dışarı çıkmış. Umurumda da değil hani, turşusunu kuracak değilim ya, okuyanlar düşünsün! Tadına varıp sahip çıkmak isterlerse de... varsın onların olsun! Yine başını salladı çevirmenim, usulca göz kırptı bana. Dil çıkardım ona. Anlaşmıştık sonunda.

Sırıttık birbirimize, çölde susuz kaldıktan sonra yolda bir şişe şarap bulmuş, o da ekşi çıkınca dilini bile değdirememiş iki eski kafadar gibi. Kolumu uzattım ona, birlikte çıktık yolculuğa, kol kola... gecenin sonuna doğru... bizim gecemizin...

Yiğit Bener
İstanbul, 1 Şubat 2002

Onnik Jamgoçyan
Osmanlı İmparatorluğu'nda Sarraflık - Rumlar, Museviler, Frenkler, Ermeniler (1650-1850)
Kaan İren-Çiçek Karagöz-Özgün Kasar (haz.)
Persler - Anadolu'da Kudret ve Görkem
Yaşar Kemal
Yeşil Kertenkele
Gürsel Korat
Kalenderiye
Dalgın Dağlar Çizgili Sarı Defter - Gölgenin Canı
Tuğrul Kudatgobilik
Koç'ta Üç Nesil - Sanayi Barışına Adanmış Bir Hayat Hikâyesi
Ben Lerner
22:04
Amin Maalouf
Fransız Akademisi'ne Kabul Konuşması ve Jean-Christophe Rufin'in Yanıtı
Henry Maguire
Bizans Saray Kültürü 829-1204
Ian McEwan
Fındık Kabuğu
İlhan Mimaroğlu
New York Kapı Dışı Sanatı
Lâle Müldür
Kuzey Defterleri
Behçet Necatigil
Küçük Muharrir - Çocukluk ve Gençlik Yazıları
Mitologya
Küçük Mitologya Sözlüğü
Dorthe Nors
Karate Vuruşu
Maggie O'Farrell
Cehennem Sıcakları İçin Talimatlar
Ömer F. Oyal
Sürgün Ruhun Rüya Defteri
Emrah Öztürk
Anlatamıyorum
Limon Yağmuru
Ali Özuyar
Sessiz Dönem Türk Sinema Tarihi (1895-1922)
Boris Leonidoviç Pasternak
İnsanlar ve Haller
Michel Crubellier-Pierre Pellegrin
Aristoteles - Filozof ve Bilme Meselesi
Aleksandr Sergeyeviç Puşkin
Yüzbaşının Kızı
Maurus Reinkowski
Düzenin Şeyleri, Tanzimat'ın Kelimeleri 19. Yüzyıl Osmanlı Reform Politikasının Karşılaştırmalı Bir Araştırması
Stella Rimington
Açık Sır - MI5 Eski Genel Direktörü'nün Otobiyografisi
Philip Roth
Portnoy'un Feryadı
Oliver Sacks
Benim Periyodik Tablom
Howard M. Sachar
Avrupa'nın Katli -1918-1942 Siyasi Bir Tarih
Gulam Hüseyin Saedi
Bayel Ağıtçıları
Top
Nil Sakman
Süreyya
Sam Savage
Cam
Yorgo Seferis
Kapadokya Kaya Kililelerinde Üç Gün
Philippe Sollers
Roland Barthes'ın Dostluğu
Claude Levi-Strauss
Bakmak Dinlemek Okumak
Yaban Düşünce
Hüzünlü Dönenceler
Cemal Süreya
Yabancı Yayınlar - Türk Dili Dergisi 1968-1975
Magda Szabó
Iza'nın Şarkısı
Yavru Ceylan
Katalin Sokağı
Kapı
Barry Charles Tharaud
Çukurova - Yaşar Kemal Edebiyatının Temelleri
Haldun Taner
Berlin Mektupları - Viyana'nın Atlattığı Vartalar (Gezi Notları)
Günün Adamı - Dışardakiler
Hak Dostum Diye Başlayalım Söze
Haldun Taner'in Timsahı / Selçuk Erez-Demet Taner
Haldun Taner'le Yaşamak - 100. Doğum Yılında Haldun Taner / Kerem Karaboğa (haz.)
Bedirhan Toprak
"Gnossiennes" Uykuyla Uyku Arasında
Alain Touraine
Krizden Sonra
Michel Tournier
Düşüncelerin Aynası
Turgut Uyar
Veys
Bir Şiirden
Dünyanın En Güzel Arabistanı
Richard Yates
Sessiz Sahil
Bağımsızlık Yolu
Erdal Yıldırım
Az Mı Gittik, Uz Mu Gittik? Yeni Vakıfların 50 Yıllık Hikâyesi

XXI. YÜZYIL KİTAPLARI
Deniz Bağrıaçık
Sorsana Bizi Sevmiş mi?
Jonathan M. Metzl - Anna Kirkland (haz.)
Yeni Bir Erdeme Dönüşen Sağlığa Karşı